Armistead Maupin, geboren 1944 in Washington, studierte Literatur an der University of North Carolina und arbeitete als Reporter für eine Nachrichtenagentur. Er schrieb für Andy Warhols Zeitschrift *Interview*, die *New York Times* und die *Los Angeles Times*. Seine Geschichten aus San Francisco, die berühmten «Tales of the City», verfasste er über fast zwei Jahrzehnte als täglichen Fortsetzungsroman für den *San Francisco Chronicle*. Maupin lebt mittlerweile in Großbritannien.

«Ich habe mich schockverliebt. Man will sofort mit in die Barbary Lane ziehen.» *NDR-Podcast eat.READ.sleep.*

«Maupins Erzählstil ist Kult.» *Cosmopolitan*

«Einmal begonnen, lassen einen die Geschichten nicht mehr los.» *NDR*

ARMISTEAD MAUPIN

STADTGESCHICHTEN

ROMAN

Aus dem Englischen
von Heinz Vrchota

ROWOHLT TASCHENBUCH VERLAG

Die amerikanische Originalausgabe erschien 1978 unter dem Titel
«Tales of the City» bei The Chronicle Publishing Company, San Francisco.

Die vorliegende deutsche Fassung von «Stadtgeschichten» wurde für diese
Neuausgabe sprachlich durchgesehen. Im Zuge dessen waren einzelne,
zum Zeitpunkt der ursprünglichen Übersetzung gewählte Begrifflichkeiten
zu ändern, da sie den Differenzierungen des Originals keine Rechenschaft trugen.
Weitere damals noch übliche Formulierungen des englischen Originaltexts
wurden aus Gründen der Werktreue äquivalent übersetzt beibehalten.

Überarbeitete Neuausgabe
Veröffentlicht im Rowohlt Taschenbuch Verlag, Hamburg, April 2024
Copyright © 2007 by Rowohlt Verlag GmbH, Reinbek bei Hamburg
«Stadtgeschichten» Copyright © 1993 by Rogner & Bernhard GmbH & Co.
Verlags KG, Berlin, 2016 by Kein & Aber AG – Zürich – Berlin
«Tales of the City» Copyright © 1978 by
The Chronicle Publishing Company, San Francisco
Gedicht S. 155: «Stopping by Woods on a Snowy Evening»,
Robert Frost, Übersetzung: Paul Celan
Die Nutzung unserer Werke für Text- und Data-Mining im Sinne
von § 44b UrhG behalten wir uns explizit vor.
Covergestaltung FAVORITBUERO, München
Coverabbildung Shutterstock
Satz aus der Martina Plantijn bei CPI books GmbH, Leck
Druck und Bindung GGP Media GmbH, Pößneck
ISBN 978-3-499-01451-2

Für meine Mutter und meinen Vater
und meine Familie im Duck House

It's an odd thing, but anyone who disappears
is said to be seen in San Francisco.

Es ist merkwürdig, aber von jedem,
der verschwindet, heißt es, er sei hinterher
in San Francisco gesehen worden.

Oscar Wilde

Der Sprung ins kalte Wasser

Mary Ann Singleton war fünfundzwanzig, als sie zum ersten Mal nach San Francisco kam.

Sie kam allein und wollte eine Woche Urlaub machen. Am fünften Abend stellte sie nach drei Irish Coffee im Buena Vista fest, dass ihr Stimmungsring blau schimmerte, und beschloss, ihre Mutter in Cleveland anzurufen.

«Hallo, Mom. Ich bin's.»

«Ach, Liebling. Dein Daddy und ich haben gerade von dir gesprochen. Bei *McMillan and Wife* haben sie heute über diesen Irren berichtet, der reihenweise Sekretärinnen erwürgt hat, und da musste ich natürlich ...»

«Mom ...»

«Ich weiß schon. Deine verrückte alte Mom macht sich mal wieder ganz umsonst krank vor Sorgen. Aber es passiert doch wirklich so viel. Denk bloß an die arme Patty Hearst, die in einer Abstellkammer eingesperrt war, mit all diesen schrecklichen ...»

«Mom ... Ferngespräch.»

«Ach so ... ja. Gott, wie musst du es gerade schön haben.»

«O ja ... du machst dir keine Vorstellung! Die Leute sind hier so freundlich, dass ich mir vorkomme wie ...»

«Bist du ins Top of the Mark gegangen, wie ich's dir gesagt hab?»

«Noch nicht.»

«Dass du mir das bloß nicht auslässt! Du weißt, dahin hat mich dein Daddy ausgeführt, als er aus dem Südpazifik zurückkam. Ich weiß noch, wie er dem Bandleader fünf Dollar zugesteckt hat, damit wir zu *Moonlight Serenade* tanzen konnten.

Und wie ich einen Tom Collins verschüttet habe über seine wunderschöne weiße Marine...»

«Mom, ich möchte, dass du mir einen Gefallen tust.»

«Aber sicher, Liebling. Nur hör mir jetzt mal zu. Oh ... bevor ich es vergesse: Gestern ist mir in der Ridgemont Mall Mr. Lassiter über den Weg gelaufen, und er hat mir gesagt, dass im Büro alles zusammenbricht ohne dich. Sie haben nicht viele gute Sekretärinnen bei Lassiter Fertilizers.»

«Mom, wo wir schon dabei sind ...»

«Ja, mein Schatz?»

«Ich möchte, dass du Mr. Lassiter anrufst und ihm sagst, dass ich am Montag nicht komme.»

«Aber ... Mary Ann, ich weiß nicht, ob du um eine Urlaubsverlängerung bitten solltest.»

«Es geht nicht um eine Verlängerung, Mom.»

«Ja, aber warum ...?»

«Ich komm nicht wieder zurück, Mom.»

Stille. Dann war von weiter weg eine gedämpfte Fernsehstimme zu hören, die Mary Anns Vater zeitweilige Erleichterung bei Hämorrhoiden versprach. Schließlich war wieder ihre Mutter dran: «Red keinen Unsinn, mein Schatz.»

«Mom ... Ich rede keinen Unsinn. Es *gefällt* mir hier. Ich fühle mich schon wie zu Hause.»

«Mary Ann, falls da ein Junge seine Finger im ...»

«Es gibt keinen Jungen ... Ich hab mir das gut überlegt.»

«Sei doch nicht albern! Du bist grade mal fünf Tage da!»

«Mom, ich weiß, was das für dich heißt, aber ... Weißt du, das hat mit dir und Daddy überhaupt nichts zu tun. Ich möchte bloß mein eigenes Leben führen ... mit einer eigenen Wohnung und so.»

«Ach, *darum* geht's. Aber mein Schatz ... das ist doch kein *Problem*. Ehrlich gesagt haben dein Daddy und ich schon mal darüber geredet, dass diese neuen Apartments draußen in Ridgemont wahrscheinlich genau das Richtige für dich wären. Die vermieten dort viel an junge Leute, und es gibt einen Swimmingpool und eine Sauna, und ich könnte dir solche zauberhaften Vorhänge nähen, wie ich sie Sonny und Vicki zur Hochzeit geschenkt habe. Und dort wärst du so ungestört, wie du ...»

«Du hörst mir nicht zu, Mom. Ich versuche, dir beizubringen, dass ich eine erwachsene Frau bin.»

«Na, dann benimm dich auch wie eine! Du kannst nicht einfach ... von deiner Familie fortlaufen und von deinen Freunden, um unter lauter Hippies und Massenmördern zu leben!»

«Du sitzt zu viel vor dem Fernseher.»

«Jaja ... Und was ist mit dem ‹Horoskop›?»

«Wie?»

«Mit diesem Horoskop-Typen. Diesem Verrückten. Diesem Mörder.»

«Mom ... Das ist der Sternzeichen-Mörder.»

«Ist doch alles eins. Und was ist mit ... mit den Erdbeben? Ich hab diesen Film gesehen, Mary Ann, und ich bin fast gestorben, als Ava Gardner ...»

«Würdest du bitte einfach Mr. Lassiter für mich anrufen?»

Ihre Mutter begann zu weinen. «Du kommst bestimmt nie wieder. Ich weiß es genau.»

«Mom ... bitte ... ich komm wieder. Das versprech ich dir.»

«Aber du bist dann nicht mehr ... dieselbe!»

«Nein. Hoffentlich nicht.»

Nach dem Telefonat verließ Mary Ann die Bar und spazierte durch den Aquatic Park an die Bay. Dort stand sie einige Zeit im kalten Wind und schaute zum Leuchtfeuer auf Alcatraz hinüber. Sie schwor sich, in nächster Zeit nicht an ihre Mutter zu denken.

Als sie wieder im Fisherman's Wharf Holiday Inn war, suchte sie Connie Bradshaws Nummer aus dem Telefonbuch heraus.

Connie war Stewardess bei United. Mary Ann hatte sie seit der Highschool nicht mehr gesehen: seit 1968.

«Fantastisch!», kreischte Connie. «Wie lang bleibst du?»

«So lang, wie's mir gefällt.»

«Super! Hast du schon 'ne Wohnung?»

«Nein ... ich ... na ja, ich dachte ... ob ich mich vielleicht bei dir einquartieren könnte, bis ich ...»

«Aber klar. Kein Problem.»

«Connie ... bist du denn solo?»

Die Stewardess lachte. «Ist ein Schimmel weiß?»

Connies Wohnung

Mary Ann zerrte ihren Rucksack in Connies Wohnung und sank seufzend in einen mit falschem Zebrafell bezogenen Pilotensessel.

«Na ... dann seid gegrüßt, Sodom und Gomorrha.»

Connie lachte. «Deine Mom ist ausgeflippt, was?»

«Frag nicht!»

«Armes Kind! Ich kenn das Gefühl. Als ich *meiner* Mom gesagt hab, dass ich nach San Francisco gehe, hat die sich gar nicht mehr eingekriegt mit ihrem Gekeife! Es war unsäglich viel schlimmer als den Sommer, wo ich bei Up With People mitmachen wollte! Schon damals hat meine Mom nur Zustände gekriegt, obwohl ich wild entschlossen war, die ganze Welt zu missionieren!»

«O Gott ... das hatt ich schon fast vergessen.»

Connies Blick verklärte sich in der Erinnerung. «Tja ... He, hast du nicht 'n ordentlichen Durst, Schatz?»

«Doch.»

«Rühr dich nicht vom Fleck. Ich bin gleich zurück.»

Im Handumdrehen kam Connie mit zwei United-Gläsern und einer Flasche Banana Cow aus der Küche zurück. Sie schenkte Mary Ann ein.

Mary Ann nippte vorsichtig. «Hm ... wenn man sich hier so umsieht, dann bist du ja praktisch schon eine Einheimische, wie? Das ... ist doch schon was.»

«Doch schon was» war das Netteste, wozu Mary Ann sich durchringen konnte. Connies Wohnung war eine wilde Mischung aus Plastik-Tiffany-Lampen und knöcheltiefen Zottelteppichen, gestickten Snoopy-Bildern und Kätzchenplakaten mit Kopf-hoch-Parolen, Salatschüsseln aus den Tropen und Pflanzenampeln aus Makramee und – bitte nicht!, dachte Mary Ann – einem Pet Rock. Mary Ann waren diese neckischen bunten Tierfigürchen aus Stein ein Graus.

«Ich hatte Glück», sagte Connie strahlend. «Wenn du fliegst und so ... da kannst du auf deinen Trips 'ne Menge Kunstobjekte aufgabeln.»

«Mhmm.» Mary Ann überlegte, ob Connie ihr Stierkämpferbild auf schwarzem Samt als Kunstobjekt ansah. Die Stewardess lächelte unbeirrt. «Schmeckt der Bananenmix?»

«Wie? Ach so ... ja. Toll.»

«Ich trink das Zeug für mein Leben gern.» Zur Bekräftigung nahm sie gleich noch ein paar Schlucke. Danach schaute sie Mary Ann an, als wäre ihr gerade erst bewusst geworden, dass die in ihrer Wohnung saß. «Mensch, du! Wir haben uns ja lange nicht gesehen!»

«Ja. Zu lange. Acht Jahre.»

«Acht Jahre ... Acht Jahre! Du siehst aber gut aus. Du siehst so richtig ... He, soll ich dir mal was ganz Schauerliches zeigen?»

Ohne eine Antwort abzuwarten, sprang sie auf und ging zu einem Bücherregal, das aus sechs orangen Foremost-Milchkästen bestand. Mary Ann konnte *Die Möwe Jonathan, Du bist dein bester Freund, Die sinnliche Frau, Der Weg der Wärme* und *More Joy of Sex* erkennen.

Connie griff nach einem großformatigen, in burgunderrotes Plastik gebundenen Buch und streckte es Mary Ann entgegen.

«Tätarä-*tä*!»

«Ach du meine Güte! *Der Freibeuter*?»

Connie nickte triumphierend und zog sich einen Stuhl heran. Sie klappte das Schuljahrbuch auf. «Du fällst garantiert *tot um*, wenn du deine Frisur siehst!»

Mary Ann fand ihr Bild aus der Abschlussklasse. Ihr Haar war sehr blond und mit Akribie gebügelt. Sie trug den obligatorischen Pullover mit Perlenkette. Und obwohl er wegretuschiert war, wusste sie noch genau, wo der Pickel saß, der ihr am Fototag gesprossen war.

Unter dem Foto stand:

MARY ANN SINGLETON
«Stille Wasser sind tief»
Pep Club 2,3,4
Future Homemakers of America 3,4
National Forensic League 4
Plume and Palette 3,4

Mary Ann schüttelte den Kopf. «Ruhe in Frieden», sagte sie und verzog das Gesicht.

Connie verzichtete gnädig darauf, ihre eigene Kurzbiografie zu präsentieren. Mary Ann kannte sie nur zu gut: Vortänzerin bei den Cheerleaders, drei Jahre lang Klassenkassiererin und Vorsitzende der YWCA-Teens. Connies Wasser waren rasch und seicht geflossen. Sie war beliebt gewesen.

Mary Ann kämpfte sich in die Gegenwart zurück. «Und was machst du so ... zum Vergnügen, meine ich?»

Connie rollte mit den Augen. «Rate mal.»

«Lieber nicht.»

«Na gut ... Zum Beispiel.» Connie beugte sich über den Kaffeetisch – eine umgearbeitete Flugzeugtür – und kramte eine Ausgabe von *Oui* heraus. «Liest du so was?», erkundigte sich Mary Ann.

«Nein. Die hat irgendein Kerl dagelassen.»

«Oh.»

«Schlag mal Seite siebzig auf.»

Mary Ann blätterte sich zu einem Artikel durch, der die Überschrift trug: «Gemischte Sauna – Willkommen zur saubersten Orgie der Welt». Illustriert war er mit einem fotografierten Wirrwarr aus Beinen, Brüsten und Hinterteilen.

«Reizend.»

«Das ist unten an der Valencia Street. Da zahlt man seinen Eintritt und nimmt, was kommt.»

«Du warst schon dort?»

«Nein. Aber ich hätte nichts dagegen.»

«Ich fürchte, auf mich musst du verzichten, wenn du vorhast, da ...»

Connie lachte herzhaft. «Keine Angst, mein Schatz. Das sollte nicht heißen, dass wir beide ... Du bist neu hier. Lass dir Zeit. Diese Stadt ist genau das Richtige zum Lockerwerden.»

«So locker werd ich nie sein ... oder so verzweifelt.»

Connie zuckte mit den Schultern und wirkte ein wenig gekränkt. Sie trank noch einen Schluck Banana Cow.

«Connie, ich wollte nicht ...»

«Schon gut, mein Schatz. Ich weiß, wie's gemeint war. Mensch du, ich hab einen Riesenhunger. Wie wär's mit einem kleinen Hamburger Helper?»

Nach dem Abendessen legte sich Mary Ann für eine Stunde hin.

Im Traum sah sie sich in einem großen gekachelten Raum voll Dampf. Sie war nackt. Ihre Mutter und ihr Vater waren da und schauten sich durch die Dampfschwaden hindurch im Fernsehen *Geh aufs Ganze* an. Connie kam mit Mr. Lassiter herein, der Mary Ann wütend beschimpfte. Mary Anns Eltern schrien auf Monty Halls ersten Kandidaten ein.

«Nimm die Kiste», kreischten sie. «Nimm doch die Kiste …»

Mary Ann wurde wach. Sie stolperte ins Bad und spritzte sich Wasser ins Gesicht.

Als sie das Schränkchen über dem Waschbecken öffnete, stieß sie auf eine ganze Rasierwasserkollektion: Brut, Old Spice, Jade East.

Connie war offensichtlich immer noch beliebt.

In der Disco in San Francisco

Die Diskothek hieß Dance Your Ass Off. Mary Ann fand das unanständig, sagte aber nichts. Connie war zu sehr damit beschäftigt, sich auf ihre Marisa-Berenson-Masche einzustimmen.

«Der Trick ist, dass du *total* gelangweilt aussehen musst.»

«Das sollte einem hier nicht schwerfallen.»

«Wenn du einen fürs Bett willst, Mary Ann, dann sieh zu, dass du …»

«Ich hab nie gesagt, dass ich das will.»

«*Sagen* tut's natürlich nie jemand! Aber merk dir eins, mein Schatz: Wenn du nicht weißt, was du sexuell willst, dann erlebst du in dieser Stadt nichts als böse Überraschungen.»

«Sehr schön gesagt. Du solltest bei Gelegenheit einen Country-&-Western-Song daraus machen.»

Connie stöhnte genervt auf. «Komm jetzt. Und *versuch* wenigstens, ein anderes Gesicht zu machen als Tricia Nixon bei der Truppeninspektion.» Sie ging voran und besetzte ein abgetakeltes Sofa an der Wand.

Der Raum sollte locker-lässig wirken: ziegelrote Wände, rotierende Brauereischilder und Flohmarktkitsch. Hennagefärbte Frauen und Männer in Rugby-Shirts standen in dekorativen Grüppchen an der Bar, als posierten sie für eine Seagram-Reklame.

Während Connie was zu trinken besorgte, setzte sich Mary Ann verlegen auf das Sofa und zwang sich, Vergleiche mit Cleveland sein zu lassen.

Aus einigen Metern Entfernung taxierte ein Mädchen in Cowboystiefeln, Trainingshose und einer mit rotem Eichhörnchenfell besetzten Bomberjacke Mary Anns Hosenanzug aus Polyester mit abschätzigem Blick. Mary Ann schaute weg, doch die Folge war bloß ein anderes Gegenüber – rückenfreies Flechtkleid mit Stegkragen, schwarze Fingernägel, Bürstenhaarschnitt und blasierter Blick.

«Da steht ein Kerl an der Bar, der ist Robert Redford wie aus dem Gesicht geschnitten.» Connie brachte die Drinks. Einen Tequila Sunrise für sich, Weißwein für Mary Ann.

«Was ist mit den Warzen?», fragte Mary Ann und griff nach dem Wein.

«Wie?»

«Der Typ. Hat er Warzen? Robert Redford hat Warzen.»

«Das ist ja abgedreht ... Du, ich hab Lust auf ein bisschen wildes Bäng-Bäng. Stürmen wir die Tanzfläche?»

«Ich glaube, ich lasse ... das Ganze erst mal auf mich wirken. Geh du ruhig schon vor.»

«Bist du sicher?»

«Ja. Danke. Mach dir um mich keine Sorgen.»

«Wie du willst, Schätzchen.»

Kaum war Connie in der Disco verschwunden, setzte sich ein langhaariger Typ in einem griechischen Bauernhemd neben Mary Ann auf das Sofa. «Stör ich, oder kann ich mich setzen?»

«Sicher ... Ich meine, nein.»

«Tanzen ist wohl nicht dein Ding, was?»

«Na ja, nicht gerade im Moment.»

«Stehst du dann mehr auf Geistiges?»

«Ich weiß nicht, was ...»

«Was bist du für ein Zeichen?»

Am liebsten hätte Mary Ann gesagt: «Ein Stoppschild.» Sie sagte: «Rate mal.»

«Mhhmm ... Du stehst auf Spielchen. Okay ... Ich würde sagen, du bist Stier.»

Das saß. «Stimmt ... Wie hast du das gemacht?»

«Ganz einfach. Stiere sind grauenhaft stur. Es gibt *keinen*, der dir freiwillig verrät, was er für ein Sternzeichen ist.» Er beugte sich so weit vor, dass Mary Ann sein Patschuli riechen konnte, und sah ihr direkt in die Augen. «Doch unter der rauen Schale des Stiers schlägt das Herz eines hoffnungslosen Romantikers.»

Mary Ann rückte sachte ein Stück zur Seite.

«Und?», sagte der Mann.

«Was, und?»

«Du bist doch eine Romantikerin, oder? Du magst Erdfarben und neblige Abende und Lina-Wertmüller-Filme, und bei der Liebe lässt du Kerzen mit Zitronenduft brennen.» Er griff nach ihrer Hand. Sie zuckte zurück. «Keine Angst», sagte er sanft. «Ich mach dir noch keinen Antrag. Ich will mir bloß deine Herzlinie ansehen.»

Er ließ seinen Zeigefinger über Mary Anns Handfläche gleiten. «Sieh dir mal deinen Ansatz an», forderte er sie auf. «Er liegt genau zwischen Jupiter und Saturn.»

«Was bedeutet das?» Mary Ann blickte auf seinen Finger. Er

lag zwischen ihrem Mittel- und ihrem Zeigefinger. «Das bedeutet, dass du ein sehr sinnliches Wesen bist», erklärte der Typ. Er ließ seinen Finger vor- und zurückgleiten. «Das stimmt doch, oder? Du bist doch ein sehr sinnliches Wesen?»

«Na ja, ich …»

«Weißt du, dass du genau wie Jennifer O'Neill aussiehst?»

Mary Ann stand ruckartig auf. «Nein, aber wenn du noch ein bisschen mehr schleimst …»

«Aber, aber, Mädchen. Schon gut, schon gut. Ich dräng mich nicht auf …»

«Gut. Dann geh ich nach nebenan. Weidmannsheil.» Sie ging in die Disco, um ihre Freundin zu suchen. Connie befand sich im Auge des Hurrikans und tanzte mit einem Schwarzen, der knielange Lurexhosen und Glitzerschuhe mit Keilabsätzen trug.

«Was ist los?», fragte die Stewardess, als sie an den Rand der Tanzfläche gewackelt kam.

«Ich bin geschafft. Kann ich die Wohnungsschlüssel haben?»

«Stimmt was nicht, Schatz?»

«Nein, nein. Ich bin bloß müde.»

«Ein heißer Typ?»

«Nein, bloß … Könnte ich bitte die Schlüssel haben, Connie?»

«Hier hast du die Zweitschlüssel. Und träum was Schönes.»

Als Mary Ann in den 41er-Bus stieg, wurde ihr schlagartig klar, warum Connie immer ein zweites Paar Schlüssel dabeihatte.

Mary Ann sah sich *Mary Hartman, Mary Hartman* an, drehte dann den Fernseher ab und schlief ein.

Es war nach zwei, als Connie nach Hause kam.

Sie war nicht allein.

Mary Ann drückte sich gegen die Rückenlehne des Sofas, steckte den Kopf unter die Decken und stellte sich schlafend.

Connie und ihr Gast stolperten auf Zehenspitzen ins Schlafzimmer.

Die Stimme des Mannes klang etwas whiskeyverwaschen, doch Mary Ann wusste sofort, wer er war.

Er fragte nach Kerzen mit Zitronenduft.

Ein neues Zuhause

Mary Ann schlich sich kurz vor Morgengrauen aus der Wohnung. Ihr grauste vor der Aussicht auf ein Trix-Frühstück zu dritt.

Sie wanderte durch die Straßen des Marina-Viertels, hielt Ausschau nach «Zu vermieten»-Schildern und aß später im International House of Pancakes ein enormes Frühstück.

Um Punkt neun war sie die erste Kundin eines Maklerbüros an der Lombard Street.

Sie wollte eine schöne Aussicht, ein Sonnendeck und einen Kamin für unter hundertfünfundsiebzig Dollar.

«Ogottogott», sagte die Maklerin. «Für ein Mädchen ohne Job sind Sie ja ganz schön wählerisch.» Sie bot Mary Ann ein «hübsches Studio in Lower Pacific Heights mit voll elektrifizierter Küche, Spannteppich und Teilausblick auf das Fillmore Auditorium» an. Mary Ann sagte Nein.

Am Schluss blieben ihr drei Möglichkeiten.

Zur ersten gehörte eine sittenstrenge Vermieterin, die wissen wollte, ob Mary Ann «Marihuana nahm».

Die zweite war eine rosa Stuckfestung an der Upper Market mit Goldflitter im Deckenputz.

Die letzte lag auf dem Russian Hill. Mary Ann kam um halb fünf dort an.

Das Haus stand an der Barbary Lane, einem aus Holzplanken gezimmerten schmalen Verbindungssteg, der zwischen der Union und der Filbert von der Leavenworth abging. Es war ein ziemlich verwittertes, mit braunen Schindeln verkleidetes zweistöckiges Gebäude. Mary Ann fühlte sich an einen alten Bären erinnert, in dessen Fell sich trockenes Laub verfangen hatte. Das Haus gefiel ihr auf Anhieb.

Die Vermieterin war eine Frau von Mitte fünfzig und trug einen pflaumenfarbenen Kimono.

«Ich bin Mrs. Madrigal», sagte sie fröhlich. «Ganz Mittelalter.»

Mary Ann lächelte. «So alt wie ich heute können Sie sich gar nicht fühlen. Den ganzen Tag bin ich schon wegen einer Wohnung unterwegs.»

«Dann lassen Sie sich Zeit. Sie haben hier so was Ähnliches wie eine Aussicht, wenn man den kleinen Flecken Bucht gelten lässt, der zwischen den Bäumen durchschimmert. Nebenkosten sind natürlich inklusive. Ein kleines Haus. Nette Leute. Sind Sie diese Woche angekommen?»

«Sieht man das so deutlich?»

Die Hausbesitzerin nickte. «Der Blick sagt alles. Sie können es nicht erwarten, in den Lotos zu beißen.»

«Wie? Ich versteh nicht ...»

«Tennyson. Sie wissen doch: ‹Dann äß ich Lotos Tag für Tag, / Schaute der Welle, die am Strand sich kräuselt, / Des weißen Schaumes zarter Krümmung nach, / Und weihte völlig Geist und Herz / Der› ... Was war das bloß, was war das bloß? ... Na, Sie verstehen schon.»

«Ist die Wohnung denn ... möbliert?»

«Wechseln Sie nicht das Thema, wenn ich Tennyson zitiere.»

Mary Ann war irritiert, doch dann merkte sie, dass die Vermieterin lächelte. «Sie werden sich an mein Geplapper schon gewöhnen», sagte Mrs. Madrigal. «Bei den anderen war das auch so.» Sie ging ans Fenster, wo der Wind ihren Kimono flattern ließ wie ein glänzendes Gefieder. «Die Wohnung ist möbliert, ja. Was sagen Sie, meine Liebe?»

Mary Ann sagte Ja.

«Gut. Dann gehören Sie jetzt zu uns. Willkommen in der Barbary Lane 28.»

«Ich danke Ihnen.»

«Ja, das sollten Sie auch.» Mrs. Madrigal lächelte. Ihr Gesicht hatte etwas leicht Verhärmtes, doch Mary Ann kam zu dem Schluss, dass sie wirklich sehr nett war. «Haben Sie irgendwelche Vorbehalte gegen Haustiere?», fragte die neue Mieterin.

«Meine Liebe ... Ich habe gegen gar nichts Vorbehalte.»

In Hochstimmung marschierte Mary Ann bis zur Ecke Hyde und Union und rief vom Searchlight Market aus Connie an. «Hallo. Was glaubst du, was passiert ist?»

«Bist du entführt worden?»

«Oh ... Connie, es tut mir leid. Ich habe mich nach einer Wohnung ...»

«Ich hab Todesängste ausgestanden.»

«Das tut mir schrecklich leid. Ich ... Connie, ich hab eine entzückende Wohnung auf dem Russian Hill gefunden, zweiter Stock in einem echt tollen Haus ... Und ich kann morgen einziehen.»

«Oh ... das ging ja schnell.»

«Es ist so *niedlich*! Am liebsten würd ich es dir jetzt sofort zeigen.»

«Klingt ganz nett. Hör zu, Mary Ann ... Also, wenn du irgendwie Geldprobleme hast oder so, kannst du bei mir wohnen bleiben, bis ...»

«Ich hab doch was gespart. Trotzdem schönen Dank. Du warst ganz toll.»

«Für dich doch immer. Aber ... was machst du denn heute Abend, Schatz?»

«Mal überlegen. Ach, ja. Robert Redford holt mich um sieben ab. Wir gehen bei Ernie's essen.»

«Versetz ihn. Er hat Warzen.»

«Und was krieg ich an seiner Stelle?»

«Das Schärfste, was die Stadt zu bieten hat. Social Safeway.»

«Social *was*?»

«Safeway, Dummerchen. Wie Supermarkt.»

«Ja, so hab ich das auch verstanden. Aber du weißt ja besser als ich, wo kleine Mädchen ihren Spaß haben können.»

«Zu deiner Information, Kleines, Social Safeway ist nun mal ... na ja, es ist halt das ... Tollste überhaupt. Nicht mehr und nicht weniger.»

«Für die, die auf Lebensmittel abfahren.»

«Für die, die auf *Männer* abfahren, Dummchen. Das ist hier Tradition. Jeden Mittwochabend. Und du brauchst nicht mal so auszusehen, als wärst du auf Anmache aus.»

«Das glaub ich nicht.»

«Es gibt nur eine Möglichkeit, es dir zu beweisen.»

«Und was soll ich machen? Hinterm Gemüse in Deckung gehen, bis ein nichtsahnender Börsenmakler des Wegs kommt?»

«Sei um acht bei mir in der Wohnung, Mädchen. Du wirst schon sehen.»

Liebe heute im Angebot

Ein Dutzend Reklametafeln baumelten von der Decke des Marina Safeway und umschmeichelten die Kundschaft mit einer doppeldeutigen Botschaft: «Nachbarn sind wir schon. Freunde wollen wir noch werden.»

Und Freunde fand man hier tatsächlich.

Als Mary Ann sich umsah, schlenderte gerade ein blonder Mann in einem Stanford-Sweatshirt auf eine Brünette in einem rückenfreien Jeanskleid zu. «Ähm ... Entschuldige, aber kannst du mir vielleicht sagen, ob man besser Saffola-Öl oder Wesson-Öl nimmt?»

Das Mädchen sagte kichernd: «Wofür?»

«Das ist ja nicht zu fassen», sagte Mary Ann und griff nach einem Einkaufswagen. «Jeden Mittwochabend?»

Connie nickte. «Das Wochenende ist auch nicht grade von Pappe.» Sie packte einen Wagen und stürzte sich in einen besonders belebten Gang. «Bis später. Es läuft besser, wenn man allein ist.»

Mary Ann schlenderte zur Obst- und Gemüseabteilung. Connies heidnisches Paarungsritual würde sie nicht daran hindern, hier *einzukaufen*.

Dann zupfte sie jemand am Ärmel.

Es war ein mondgesichtiger Kerl um die fünfunddreißig. Er trug einen legeren Anzug mit einem weißen Kunstledergürtel und passenden Schuhen. «Sind das die Dinger, die man zum chinesisch Kochen braucht?», fragte er und deutete auf die Zuckerschoten.

«Ja», sagte sie so wenig einladend wie möglich.

«Toll. Ich such schon die ganze Woche danach. In letzter Zeit fahr ich nämlich total auf chinesisches Essen ab. Ich hab mir schon einen Wok und so zugelegt.»

«Aha. Jedenfalls sind das die richtigen. Also dann ... gutes Gelingen.» Sie kratzte im wahrsten Sinn des Wortes die Kurve und steuerte auf die Kasse zu. Ihr Angreifer ließ nicht locker.

«He ... hallo, könntest du mir nicht ein bisschen was über chinesisches Essen erzählen?»

«Wie käme ich dazu.»

«Zier dich nicht so. Die meisten Mädels hier in der Stadt stehen total auf chinesisches Essen.»

«Dann bin ich die Ausnahme.»

«Okay. Schon verstanden. Jeder nach seiner Fasson, was? Worauf stehst du denn?»

«Aufs Alleinsein.»

«Okay. Schon gut, schon gut. Du hast wohl grade deine Tage, du Zicke!»

Er ließ sie zwischen den Gefriertruhen stehen. Ihre Fingerknöchel traten weiß hervor, so fest hielt sie den Rand einer der Truhen umklammert, und ihr Atem klang wie ein gepresstes Notsignal. «Mein Gott», flüsterte sie mit trockener Stimme, als eine einzelne Träne auf eine Packung Sara-Lee-Brownies fiel.

«Reizend», sagte ein Mann neben ihr.

Mary Ann wurde stocksteif. «Was?»

«Ihr Freund dort ... der mit der spritzigen Antwort. Ein wirklich vornehmer Mensch.»

«Sie haben alles mit angehört?»

«Nur die zärtlichen Abschiedsworte. War der Rest besser?»

«Nein. Es sei denn, man findet es toll, sich mit Charlie Manson über Zuckerschoten zu unterhalten.»

Der Mann zeigte beim Lachen schöne weiße Zähne. Mary Ann schätzte ihn auf ungefähr dreißig. Er hatte lockige braune Haare und blaue Augen und trug ein weiches Flanellhemd. «Manchmal trau ich hier meinen Augen nicht», sagte er.

«Das kann ich mir vorstellen.» Hatte er sie weinen sehen?

«Das Fürchterliche ist, dass die ganze Stadt übers Sich-Auseinandersetzen und Miteinanderkommunizieren und all den Scheiß aus dem Wassermannzeitalter redet, und dabei brechen sich die meisten *noch immer* einen ab, damit sie so wirken, wie sie nicht sind ... Entschuldigung, ich hör mich wohl wie ein Briefkastenonkel an, was?»

«Nein. Ganz und gar nicht. Ich ... bin ganz Ihrer Meinung.»

Er streckte ihr die Hand entgegen. «Ich heiße Robert.» Nicht Bob oder Robbie, sondern Robert. Kraftvoll und direkt. Sie ergriff seine Hand. «Ich bin Mary Ann Singleton.» Sie wünschte sich, dass er ihren Namen behalten würde.

«Tja ... auch auf die Gefahr hin, mich wie Charlie Manson anzuhören ... wie wär's mit einem kleinen kulinarischen Ratschlag für einen glücklosen Mann?»

«Gern. Aber doch wohl nicht zu Zuckerschoten?»

Er lachte. «Nicht zu Zuckerschoten. Zu Spargel.»

Mary Ann hatte dieses Thema noch nie so aufregend gefunden. Sie las gerade Roberts Reaktion auf ihr Sauce-hollandaise-Rezept aus seinen Augen, als ein schnauzbärtiger junger Mann mit seinem Einkaufswagen heranrollte. «Dich kann man auch keine Minute allein lassen.» Er sprach mit Robert.

Robert gluckste. «Michael ... das ist Mary Ann ... äh ...»

«Singleton», ergänzte Mary Ann.

«Das ist Michael. Wir wohnen zusammen. Mary Ann hat mir ihr Hollandaise-Rezept verraten, Michael.»

«Sehr schön», sagte Michael lächelnd zu Mary Ann. «Er macht eine *scheußliche* Hollandaise.»

Robert zuckte mit den Schultern. «Michael ist bei uns zu Hause der Küchenchef. Und daraus leitet er das Recht ab, mir das Leben zur Qual zu machen.» Er grinste seinen Mitbewohner an.

Mary Anns Hände waren feucht.

«Ich bin auch keine besonders gute Köchin», sagte Mary Ann. Wie kam sie bloß dazu, Robert beizuspringen? Robert brauchte ihre Unterstützung nicht. Robert wusste nicht einmal, dass sie neben ihm stand.

«Sie war mir eine große Hilfe», behauptete Robert. «Das ist mehr, als ich von anderen Leuten sagen kann.»

«Jetzt krieg dich aber wieder ein», meinte Michael grinsend.

«Na ja», sagte Mary Ann matt. «Ich glaube, ich muss jetzt ... weiter.»

«Schönen Dank für Ihre Hilfe», sagte Robert. «Ehrlich.»

«War nett, Sie kennenzulernen», sagte Michael.

«Gleichfalls», erwiderte Mary Ann und schob ihren Wagen in den Gang mit den Hygieneartikeln. Als Connie gleich darauf um die Ecke kam, stand ihre Freundin niedergeschlagen da und quetschte eine Rolle Charmin.

«Total scharf!», sagte die Stewardess. «Hier geht heute echt die Post ab!»

Mary Ann warf das Toilettenpapier in ihren Wagen. «Ich hab Kopfschmerzen, Connie. Ich glaub, ich geh nach Hause. Okay?»

«Na ja ... Wart noch kurz. Ich komm mit.»

«Connie, ich ... ich wär gern allein. Okay?»

«Klar. Okay.»

Sie sah beleidigt aus. Wie immer.

Connies Pleitenacht

Connie kam eine Stunde nach Mary Ann aus dem Marina Safeway zurück.

Geräuschvoll ließ sie ihre Einkäufe auf den Küchentresen plumpsen. «Also», sagte sie auf dem Weg ins Wohnzimmer, «ich hab jetzt Bock auf die Union Street. Du hast wohl eher Bock aufs Schlafengehen, was?»

Mary Ann nickte. «Ich muss mich morgen um einen Job kümmern und den Umzug machen. Da muss ich fit sein.»

«Vom Abstinent-Sein kriegt man Pickel.»

«Ich werd mir's merken», sagte Mary Ann, während Connie schon zur Tür hinausstakste.

Mary Ann setzte sich zum Abendessen vor den Fernseher. Sie aß Steak mit Salat und Happy Potatoes – Connie schwor auf diese Kombination, wenn es darum ging, Männer bei Laune zu halten. Sie stöberte in Connies Plattensammlung (The Carpenters, Percy Faith, 101 Strings) und schaute sich dann die Bilder aus *More Joy of Sex* an. Kurz vor Mitternacht schlief sie auf dem Sofa ein.

Als sie aufwachte, war das Zimmer lichtdurchflutet. Die Müllabfuhr rumpelte die Greenwich Street entlang. Eine Schlüsselkette schlug klimpernd gegen die Wohnungstür.

Connie schleppte sich herein. «Es ist kaum zu glauben, wie viele *Arschlöcher* es in dieser Stadt gibt!»

Mary Ann setzte sich auf und rieb sich die Augen. «Schlimme Nacht, hm?»

«Schlimme Nacht, schlimmer Morgen, schlimme Woche, schlimmes Jahr. Diese Spinner! Die Scheiße ist, dass ich dauernd bei denen lande. Wenn irgendwo im Umkreis von hundert Kilometern ein Spinner rumrennt, ist die gute alte Connie Bradshaw gleich zur Stelle und geht mit ihm aus. Scheiße!»

«Wie wär's mit einem Kaffee?»

«Was ist los mit mir, Mary Ann? Kannst du mir das mal sagen? Ich hab zwei Titten und einen netten Arsch. Ich wasche mich. Ich bin eine gute Zuhörerin ...»

«Nun komm schon. Wir brauchen beide einen Kaffee.»

Die Küche taugte in ihrer perversen Niedlichkeit überhaupt nicht als Ort für eine frühmorgendliche Seelenmassage. Mary Ann schaute aus zusammengekniffenen Augen auf die Doris-Day-gelben Wände und die kleinen Behälter, hinter deren Sichtfenstern getrocknete Bohnen lagerten.

Connie verschlang eine Schale Trix. «Ich glaub, ich werd Nonne», sagte sie.

«In dem Outfit wirst du dann im Dance Your Ass Off sicher zum Star.»

«Ach wie lustig.»

«Okay. Was war los?»

«Du willst es doch gar nicht wissen.»

«Will ich schon. Du bist also in die Union Street gegangen?»

«Zu Perry's. Dann ins Slater Hawkins. Aber die *richtige* Pleite kam erst im Thomas Lord's.»

Mary Ann goss ihr eine Tasse Kaffee ein. «Was ist denn passiert?»

«Wenn ich das mal selber wüsste! Ich sitz ganz unschuldig an der Bar und trink so vor mich hin, als ich drüben am Kamin diesen Kerl entdecke. Ich hab ihn sofort erkannt, weil ich mit ihm letzten Monat auf seinem Hausboot in Sausalito eine kleine Nummer geschoben habe.»

«Eine kleine Nummer geschoben?»

«Gevögelt.»

«Schönen Dank.»

«Na ... ich also rüber zu dem Kerl. Jerry Sonstwas. Ein deutscher Name. Wildlederhose, ein Halskettchen aus türkisen Kürbisblüten und eine Brille à la John Denver. *Einfach umwerfend.* Auf ... na ja ... so auf die Art wie drüben im Marin eben. Ich sag also zu ihm: ‹Hallo, Jerry, wer hält denn das Hausboot warm?›, und da gafft mich das Arschloch bloß an, als wär ich irgend 'ne Nutte von der Market Street oder was. Weißt du, als würd er mich nicht mal *erkennen.* Ich bin mir vorgekommen wie der letzte *Dreck.*»

«Kann ich mir vorstellen.»

«Deshalb hab ich dann gesagt: ‹Connie Bradshaw von den Friendly Skies of United.› Bloß hab ich es ... in einem richtig zickigen Ton gesagt, damit er's auch schnallt.»

«Hat er aber nicht?»

«Nein, verdammt noch mal! Er sitzt bloß da in seiner Hochnäsigkeit und glotzt stoned durch die Gegend. Schließlich bietet er mir einen Platz an, und dann macht er mich mit diesem Danny bekannt, einem Freund von ihm. Danach steht das Arschloch einfach auf und geht raus, und mich lässt er mit diesem Danny allein. Der hatte grade so ein Therapiewochenende hinter sich, und da hat er mich dann vollgelabert mit lauter Scheiß von Abstand zum Selbst gewinnen und so.»

«O Gott. Und was hast du gemacht?»

«Was *konnte* ich schon machen? Ich bin mit Danny nach Hause gegangen. Sollte ich etwa zulassen, dass er mich auch sitzen lässt und ich dann allein meine Salzstangen mampfe? Nein! Es gibt schließlich so was wie Stolz!»

«Richtig.»

«Jedenfalls hat Danny eine wirklich süße Wohnung in Mill Valley, mit Redwoodtäfelung und ganz viel farbigem Glas und so, aber er ist total *besessen* von der Ökologie. Kaum hatten wir einen Joint geraucht, brabbelte er mir auch schon einen vor über die Rettung der Wale in Mendocino und über die Zerstörung der Ozonschicht durch Intimspray für Frauen.»

«*Was?*»

«Du weißt schon. Spraydosen. Und diese dämliche Ozonschicht. Auf jeden Fall war ich da schon ziemlich stoned, und dann hab ich gesagt, dass meiner Meinung nach jede Frau das unveräußerbare ... das unveräußerliche Recht ... Wie heißt es denn nun?»

«Unveräußerlich.»

«Das unveräußerliche Recht hat, Intimspray zu benutzen, wenn sie das möchte, Ozonschicht hin oder her!»

«Und ...?»

«Und er hat gesagt, nur weil ich die *bizarre* Vorstellung habe, dass meine ... na, du weißt schon ... schlecht riecht, ist das noch lange kein Grund, den Rest der Welt der ultravioletten Strahlung und dem Hautkrebs auszusetzen. Oder so was in der Art.»

«Na ... das war ja ein erquicklicher Abend.»

«Dieser Kerl ist doch einfach *unglaublich*. Nicht nur, dass er mich mit diesem ganzen Ökoscheiß überzieht, nein ... es passiert noch nicht mal was.»

«Es ist nichts passiert?»

«Nichts. Null. Er kutschiert mich den ganzen Weg über die Brücke, und bloß zum Quatschen. Er sagt, er will zu mir als Person einen *Bezug herstellen*. Pah!»

«Und ... Was hast du gesagt?»

«Ich hab ihm gesagt, er soll mich nach Hause fahren. Und weißt du, was er da gesagt hat?»

Mary Ann schüttelte den Kopf.

«Er hat gesagt: ‹Tut mir leid, dass du umsonst gesprayt hast.›»

Ein paar Stunden später zog Mary Ann von Connies Wohnung in die Barbary Lane 28 um. Ihr Umzugsgut bestand aus einem Rucksack. Connie war erkennbar deprimiert.

«Du kommst mich doch mal besuchen, oder?»

«Klar. Und du musst zu mir auf Besuch kommen.»

«Hand aufs Herz?»

«Hand aufs Herz.»

Beide glaubten nicht daran.

Bewerbungstaktik

An ihrem ersten Vormittag in der Barbary Lane suchte Mary Ann im Branchenbuch nach dem Schlüssel zu ihrer Zukunft. Laut einer großformatigen, mit Gänseblümchen verzierten Anzeige war die Metropolitan Employment Agency eine «individuelle Arbeitsvermittlung, der Ihre Zukunft am Herzen liegt».

Das hörte sich gut an. Zuverlässig und doch mitfühlend.

Mary Ann schlang ein Instant Breakfast runter, zog ihr dezentes marineblaues Kostüm an und stieg in den 41er-Union Richtung Montgomery Street. Ihr Horoskop versprach an diesem Tag «unvergleichliche Möglichkeiten für Sie, wenn Sie den Stier bei den Hörnern packen».

Die Agentur befand sich im vierten Stock eines gelb verklinkerten Gebäudes, in dem es nach Zigarren und Salmiakgeist roch. Jemand mit einem Auge für zeitgenössische Kaliforniensia hatte die Wände des Wartezimmers mit Jugendstilplakaten und einem aus Treibholz und Kupfer gefertigten Relief einer fliegenden Möwe geschmückt.

Mary Ann setzte sich. Da niemand zu sehen war, griff sie nach einem Heft der Zeitschrift *Office Management*. Sie las gerade einen Artikel über Avocadozucht im Büro, als aus einem Nebenraum eine Frau auftauchte.

«Haben Sie schon ein Formular ausgefüllt?»

«Nein. Ich wusste nicht ...»

«Auf dem Pult dort. Ich kann Sie nicht vorlassen, solange Sie kein Formular ausgefüllt haben.»

Mary Ann füllte ein Formular aus. Mit den Fragen quälte sie sich ab. Verfügen Sie über ein Auto? Würden Sie eine Stelle außerhalb von San Francisco annehmen? Beherrschen Sie eine oder mehrere Fremdsprachen?

Sie trug das Formular zu der Frau ins Nebenzimmer. «Ich bin fertig», sagte sie so freundlich und verbindlich wie möglich.

Die Frau grunzte. Sie nahm Mary Ann das Formular ab und rückte die an einer Kette baumelnde Brille auf ihrer kleinen Schweinchennase zurecht.

Sie hatte eine Entenschwanzfrisur mit eingefärbten Strähnchen. Während sie das Formular prüfte, fingerte sie an einem Schreibtischspielzeug herum: vier Stahlkugeln, die an Schnüren von einem Gestell aus Walnussholz baumelten.

«Kein Abschluss», sagte die Frau schließlich.

«Meinen Sie ... vom College?»

Die Frau brauste auf. «Ja. Vom College, meine ich.»

«Ich war zwei Jahre auf einem Junior College in Ohio, wenn das ...»

«Zwischenprüfung?»

«Ja.»

«Ja und?»

«Was?»

«*Worin* hatten Sie Ihre Zwischenprüfung?»

«Oh. In Kunstgeschichte.»

Die Frau lächelte affektiert. «Von *der Sorte* haben wir aber garantiert mehr als genug.»

«Macht ein Abschluss denn wirklich so viel aus? Ich meine ... für einen Sekretärinnenjob?»

«Na hören Sie mal! Ich hatte schon Doktorandinnen als Tippsen.» Sie redete in der ersten Person, als wären die jobbenden Studentinnen ihre Leibeigenen. Sie schrieb etwas auf eine Karteikarte und überreichte sie Mary Ann. «Das ist eine kleine Büroartikelfirma an der Market Street. Der Verkaufsleiter braucht ein Girl Friday. Fragen Sie nach Mr. Creech.»

Der entpuppte sich als rotgesichtiger Mann um die fünfzig. Er trug ein burgunderrotes Polyestersakko mit übergroßem Fischgrätmuster. Seine Hose und die Krawatte hatten die gleiche Farbe.

«Haben Sie schon mal im Verkauf gearbeitet?» Er lächelte und lehnte sich in seinem quietschenden Drehstuhl zurück.

«Nein ... na ja, nicht so richtig. Die letzten vier Jahre habe ich bei Lassiter Fertilizers in Cleveland als Sekretärin gearbeitet. Ich war nicht direkt *im* Verkauf, aber ... wissen Sie ... ich hatte eigentlich mit allem zu tun.»

«Klingt gut. Firmentreue. Das ist immer ein gutes Zeichen.»

«Die letzten anderthalb Jahre war ich auch noch Assistentin in der Geschäftsleitung, und in meiner Zuständigkeit lagen mehrere ...»

«Schön, schön ... Ich nehme an, Sie wissen, was ein Girl Friday ist?»

«So eine Art Mädchen für alles ... oder?» Sie lachte nervös auf.

«Die Bezahlung ist gut. Sechshundertfünfzig im Monat. Und es geht sehr locker zu bei uns ... Schließlich sind wir in San Francisco.» Er fixierte Mary Ann und fing an, am Knöchel seines Zeigefingers herumzukauen.

«Mir gefällt es ... wenn es im Büro etwas ungezwungener zugeht», sagte Mary Ann.

«Mögen Sie Vegas?»

«Sir?»

«Earl.»

«Wie?»

«Ich heiße Earl. Ungezwungen ... so sagten wir doch, nicht?» Grinsend wischte er sich über die Stirn. Er schwitzte ziemlich stark. «Ich habe gefragt, ob Ihnen Vegas gefällt. Wir sind ziemlich oft in Vegas. Vegas, Sacramento, L. A., Hawaii. Das bringt 'ne Menge Spesen zusätzlich.»

«Klingt ja ... richtig gut.»

Er zwinkerte ihr zu. «Wenn Sie nicht ... Sie verstehen ... zugeknöpft sind.»

«Ach.»

«Ach was?»

«Ich bin zugeknöpft, Mr. Creech.»

Er schnappte sich eine Büroklammer vom Schreibtisch und bog sie, ohne hochzuschauen, langsam auseinander. «Die Nächste», sagte er ruhig.

«Sir?»

«Raus mit Ihnen.»

Sie ging nach Hause in ihre neue Wohnung und heulte. Als die Nachmittagssonne sich durch das Fenster ergoss, schlief sie ein. Um fünf wachte sie auf und scheuerte aus therapeutischen Gründen die Küchenspüle blitzblank. Sie aß etwas Blaubeerjoghurt und machte eine Liste von Dingen, die sie für ihre Wohnung brauchte.

Sie schrieb einen Brief an ihre Eltern. Optimistisch, aber vage. Draußen vor der Tür war ein Geräusch. Nach kurzem Lauschen öffnete sie. Sie sah gerade noch flatternde pflaumenfarbene Seide, die nach unten entschwand.

Mary Ann fand einen Zettel an ihrer Tür:

Eine Kleinigkeit aus meinem Garten, um dich in deinem neuen Heim willkommen zu heißen.

Anna Madrigal

PS: Ich bring dich um, wenn du deiner Mutter etwas davon sagst.

Auf dem Zettel klebte ein fein säuberlich gerollter Joint.

Auftritt Mona

Die Frau unten an den Mülltonnen hatte krause rote Haare und trug ein aufgepepptes Farmerinnenkleid aus Baumwolle.

Naserümpfend ließ sie ihre Hefty-Tüte in eine der Tonnen fallen und lächelte Mary Ann an. «Müll ist *sehr* aussagekräftig, kann ich dir nur sagen. Tarotkarten sind ein Dreck dagegen!»

«Was würdest du sagen zu ... Moment mal ... vier Joghurtbechern, einer Cost-Plus-Tüte, ein paar Avocadoschalen und diversen Plastikfolien?»

Die Frau drückte ihre Finger gegen die Stirn wie ein Medium. «Ah, ja ... die Person sorgt gut für sich ... wenigstens, was die Ernährung angeht. Wahrscheinlich ist sie auf Diät, und sie ... richtet eine neue Wohnung ein!»

«Unheimlich!», sagte Mary Ann lächelnd.

«Außerdem ... züchtet sie gern Pflanzen. Sie hat den Avocadokern nicht weggeworfen, und das heißt, dass sie ihn wahrscheinlich in der Küche eingepflanzt hat.»

«Bravo!» Mary Ann streckte ihr die Hand entgegen. «Ich bin Mary Ann Singleton.»

«Ich weiß.»

«Aus meinem Müll?»

«Von unserer Vermieterin. Unserer Urmutter.» Sie schüttelte Mary Anns Hand mit festem Griff. «Ich bin Mona Ramsey ... von direkt unter dir.»

«Hallo. Du hättest sehen sollen, was unsere Mutter mir gestern Abend an die Zimmertür geklebt hat.»

«Einen Joint?»

«Sie hat es dir erzählt?»

«Nein. Das gehört hier zum Standardprogramm. Wir kriegen alle einen.»

«Hat sie das Zeug im Garten?»

«Gleich da drüben hinter den Azaleen. Sie hat den Pflanzen sogar Namen gegeben ... Dante zum Beispiel, oder Beatrice, oder ... Da fällt mir ein, willst du vielleicht etwas Ginseng?»

«Was?»

«Ginseng. Ich hab grade welchen gekocht. Komm doch mit hoch.»

Monas Wohnung im ersten Stock war mit indischen Wandbehängen, einer Sammlung von Straßenschildern und Kugellampen aus dem Art déco verschönert. Ihr Esstisch war eine riesige Kabeltrommel. Ihr Sessel eine umgearbeitete viktorianische Toilette.

«Früher hatte ich mal Vorhänge», sagte sie lächelnd und reichte Mary Ann einen Becher Tee, «aber nach einiger Zeit sah's mir hier mit den Paisleystoffen viel zu altmodisch und ... höheretöchtermäßig aus.» Sie zuckte mit den Schultern. «Außerdem ... was soll's ... vor wem verberge ich denn schon meinen Körper?»

Mary Ann schaute aus dem Fenster. «Was ist mit dem Haus da drüben ...?»

«Nein ... ich meine ... mehr so ... Vor dem Kosmos kann *niemand* etwas wirklich verbergen. Unter den Strahlen des Großen Heilenden Lichts sind wir alle ... na ja ... *wahrhaft* nackt. Wen schert es da, wenn man seine *Haut* zeigt?»

«Der Tee schmeckt wirklich ...»

«Warum willst du als Sekretärin arbeiten?»

«Woher weißt du, was ...?»

«Die Übermutter. Mrs. Madrigal.»

Mary Ann konnte ihren Ärger nicht verbergen. «Sie bringt die Neuigkeiten ganz schön schnell unter die Leute, was?»

«Sie mag dich.»

«Hat sie dir das gesagt?»

Mona nickte. «Magst du sie nicht?»

«Na ... ja ... ich meine, ich kenn sie noch nicht lang genug, um ...»

«Sie glaubt, dass du sie abgedreht findest.»

«Na großartig. Die Psychokiste wird gleich mitgeliefert.»

«*Findest* du sie denn abgedreht?»

«Mona, ich ... Ja, ich glaube schon», sagte sie lächelnd. «Vielleicht liegt es ja an mir. Bei uns in Cleveland gibt es keine solchen Leute.»

«Wie schade für Cleveland.»

«Ja, vielleicht.»

«Sie will dich in die Familie aufnehmen, Mary Ann. Versuch's doch mal. Okay?»

Monas gönnerhafte Art ärgerte Mary Ann. «Ich hab damit keine Probleme.»

«Nein. Noch nicht.»

Mary Ann nippte schweigend weiter an dem höchst merkwürdig schmeckenden Tee.

Die beste Nachricht kam ein paar Minuten später. Mona arbeitete als Werbetexterin für Halcyon Communications, eine angesehene Werbeagentur am Jackson Square.

Edgar Halcyon, der Chef, brauchte Ersatz für seine Privatsekretärin, die «ihm schwanger geworden» war.

Mona arrangierte ein Vorstellungsgespräch für Mary Ann.

«Sie haben doch nicht vor, wieder nach Cleveland abzuhauen, oder?»

«Sir?»

«Bleiben Sie auf Dauer hier?»

«Ja, Sir. Ich liebe San Francisco.»

«Das sagen alle.»

«In meinem Fall ist es zufällig die Wahrheit.»

Halcyons buschige weiße Augenbrauen zuckten nach oben. «Sind Sie zu Ihren Eltern auch so frech, junge Frau?»

Mary Ann blieb ungerührt. «Was glauben Sie, warum ich nicht nach Cleveland zurückkann?»

Es war gewagt, aber es funktionierte. Halcyon warf den Kopf zurück und lachte schallend. «Okay», sagte er, um Fassung ringend. «Das war's.»

«Sir?»

«Das ist das letzte Mal, dass Sie mich so lachen sehen. Ruhen Sie sich ein bisschen aus. Ab morgen arbeiten Sie für den schrecklichsten Kerl, den diese Stadt zu bieten hat.»

Mrs. Madrigal jätete im Garten Unkraut, als Mary Ann in die Barbary Lane zurückkam.

«Du hast den Job, nicht?»

Mary Ann nickte. «Hat Mona angerufen?»

«Nein. Ich wusste einfach, dass es klappt. Du kriegst immer, was du willst.» Mary Ann zuckte lächelnd mit den Schultern. «Ja, ich glaube schon.»

«Wir beide haben viel gemeinsam, Liebes ... Ob dir das bewusst ist oder nicht.»

Mary Ann ging auf die Haustür zu, blieb dann stehen und drehte sich um. «Mrs. Madrigal?»

«Ja?»

«Ich ... Vielen Dank für den Joint.»

«Gern geschehen. Liebes. Ich denke, du wirst Beatrice mögen.»

«Es war nett von Ihnen, dass Sie ...»

Die Hausherrin schickte sie mit einem Wink fort. «Geh und sag deine Gebete auf oder so. Du stehst jetzt im Berufsleben.»

Werbespielchen

Halcyon Communications war in einer früheren Inkarnation eine Lebensmittelgroßhandlung gewesen. Jetzt strahlten einem von den dezenten Ziegelwänden Supergraphics und Mietkunst entgegen. Würdige Damen, die am Jackson Square nach Louis-quinze-Schnäppchen suchten, verwechselten die Sekretärinnen des Hauses häufig mit exquisiten Mannequins.

Mary Ann gefiel das.

Was ihr nicht besonders gefiel, war ihr Job.

«Ist die Fahne draußen, Mary Ann?»

Das war am Morgen Halcyons erste Frage. An jedem Morgen. «Ja, Sir.» Mit jeder Sekunde fühlte sie sich weniger wie Lauren Hutton. Wer würde von Lauren Hutton verlangen, schon vor neun Uhr morgens die amerikanische Flagge aufzuziehen?

«Haben wir keinen Kaffee mehr?»

«Ich habe ihn im Konferenzraum bereitgestellt.»

«Was ist das denn wieder für eine komische ... O Gott! ... Adorable ist da?»

Mary Ann nickte. «Konferenz um neun.»

«Verdammt! Sagen sie Beauchamp, er soll seinen Hintern hierherbewegen. Aber dalli.»

«Ich hab's schon bei ihm versucht, Sir. Er ist noch nicht im Haus.»

«O Gott!»

«Ich könnte es bei Mildred versuchen, wenn Sie möchten. Manchmal trinkt er unten in der Produktion Kaffee.»

«Ja, los.»

Mary Ann rief an und kam sich dabei vor wie eine Fünftklässlerin, die einen Mitschüler verpetzt hatte. Sie *mochte* Beauchamp Day; trotz seiner Verantwortungslosigkeit. Vielleicht mochte sie ihn sogar *wegen* seiner Verantwortungslosigkeit.

Beauchamp war Edgar Halcyons Schwiegersohn, der Ehemann von DeDe Halcyon, deren Debütantinnenball auch schon eine ziemliche Weile zurücklag. Nach seinem Studium in Groton und Stanford war der hübsche junge Bostoner 1971 als Trainee zur Bank of America nach San Francisco gekommen und natürlich wie geschaffen gewesen für den eleganten Junggesellenclub The Bachelors.

Den Klatschspalten zufolge hatte er seine spätere Frau 1973 beim Spinsters Ball kennengelernt. Binnen Monatsfrist genoss er die Freuden von Poolpartys in Atherton, Brunches auf Belvedere Island und Skiausflügen nach Tahoe.

Die Balz zwischen DeDe und Beauchamp verlief rasant. Die beiden heirateten im Juni 1973 auf den sonnenbeschienenen Hängen von Halcyon Hill, dem Sitz der Brautfamilie in Hillsborough. Die Braut hatte darauf bestanden, barfuß zu heiraten. Sie trug ein Folklorekleid von Adolfo, geordert bei Saks Fifth Avenue. Ihre Mitbewohnerin in Bennington und Brautjungfer, Muffy van Wyck, trug ausgewählte Verse von Kahlil Gibran vor, zu denen ein Streichquartett das Thema aus *Elvira Madigan* spielte.

Nach der Hochzeit erklärte die Brautmutter, Frannie Halcyon, gegenüber Reportern: «Wir sind so stolz auf DeDe. Sie war immer eine *ganz besondere* Individualistin.»

Beauchamp und DeDe zogen in ein elegantes Art-déco-Penthouse auf dem Telegraph Hill. Sie waren generöse Gastgeber, und man traf sie häufig bei wohltätigen Ausschweifungen ... anscheinend gingen alle Leute zu so was, bloß nicht Mary Ann Singleton.

Mary Ann hatte während eines Softballmatchs mit einer befreundeten Agentur (Halcyon gegen Hoefer, Dieterich & Brown) einmal kurz mit DeDe geplaudert. Mrs. Day wirkte auf die Sekretärin ganz und gar nicht versnobt, doch Mona fand, dass eine Dina-Merrill-Frisur bei einer Sechsundzwanzigjährigen *lächerlich* aussah.

Beauchamp jedoch hatte an jenem Nachmittag wunderbar ausgesehen und die Wurfzone des Pitchers in einen Miniolymp verwandelt.

Blaue Augen, schwarze Haare und glänzende braune Arme, die sich von einem leicht verwaschenen grünen Lacoste-Hemd abhoben ...

Mary Ann hatte richtig getippt. Beauchamp trank in der Produktion Kaffee.

«Seine Majestät verlangen nach Eurer Anwesenheit in den königlichen Gemächern.» Sie hatte keine Bedenken, Beauchamp gegenüber solche Respektlosigkeiten zu gebrauchen. Sie war überzeugt, dass sie es mit einem Gleichgesinnten zu tun hatte.

«Bestellen Sie ihm, der prinzliche Kretin sei auf dem Weg.»

Sekunden später stand Beauchamp neben ihrem Schreibtisch und zeigte sein selbstbewusstes Jünglingslächeln. «Lassen Sie mich raten. Ich habe Mist gebaut bei der Abrechnung für Adorable, stimmt's?»

«Noch nicht. Um neun ist eine Konferenz angesetzt. Er war nervös, das ist alles.»

«Er ist immer nervös. Außerdem habe ich den Termin nicht vergessen.»

«Das war mir klar.»

«Sie halten mich doch für einen fähigen Kerl, nicht?»

«Als Etatdirektor?»

«Als Ganzes?»

«Das ist unfair. Wollen Sie ein Dynamint?»

Beauchamp schüttelte den Kopf und lümmelte sich in einen der Barcelona-Sessel. «Ist er nicht ein richtiger Arsch?»

«Beauchamp ...»

«Wie steht's morgen mit dem Mittagessen?»

«Ich glaube, da ist er schon belegt.»

«Nicht er. Sie. Wird er Sie für eine Stunde aus Ihrem Käfig lassen?»

«Oh ... Ja, sicher. Machen wir's auf die deutsche Art?»

«Nein, ich lade sie ein.»

Mary Ann kicherte, zuckte dann allerdings zusammen, als Halcyon sich über die Gegensprechanlage meldete. «Ich will ihn jetzt sehen», sagte ihr Chef.

Beauchamp stand auf und zwinkerte Mary Ann zu. «Na ja, von wollen kann bei mir keine Rede sein.»

Edgar geht in die Luft

Edgar musterte seinen Schwiegersohn. Er fragte sich, wie ein so adretter, beredter und im Großen und Ganzen *vorzeigbarer* Mensch eine so furchtbare Nervensäge sein konnte.

«Ich denke, du weißt, worum es geht.»

Beauchamp beugte sich vor und schnippte ein Stäubchen von seinen Gucci-Schuhen. «Ja, um den Spruch für die Strumpfhosen. Ich finde, dass die Zweihundertjahrfeier da drin nichts zu suchen hat.»

«Ich spreche von DeDe, und das weißt du auch!»

«Wenn du meinst.»

Edgars Augen wurden zu schmalen Schlitzen. Seine Faust schloss sich um den Hals einer Lockente aus Mahagoni, die Frannie ihm bei Abercrombie's gekauft hatte. «Wo warst du letzte Nacht, Beauchamp?»

Schweigen.

«Mir macht das wahrlich keinen Spaß, mein Lieber. Und es gefällt mir ganz und gar nicht, dass meine eigene Tochter mich letzte Nacht angerufen und sich fast die Augen ausgeweint hat vor …»

«Ehrlich gesagt verstehe ich nicht, was dich das …»

«Verdammt noch mal! Frannie hat geschlagene zwei Stunden mit DeDe telefoniert und versucht, sie zu beruhigen. Wann bist du gestern Nacht überhaupt nach Hause gekommen?»

«Warum fragst du nicht DeDe? Ich bin sicher, sie hat's ins Logbuch eingetragen!»

Edgar drehte sich in seinem Sessel zur Wand. Er studierte

eine Jagdszene und versuchte, sich zu beruhigen. Er sprach leise und bedächtig, weil er wusste, dass in einem solchen Ton die größte Drohung lag. «Noch einmal, Beauchamp. Wo warst du?»

Die Antwort galt seinem Hinterkopf. «Ich hatte eine Ausschusssitzung im Club.»

«In welchem Club?»

«Im University Club. Nicht so was *ganz* Exquisites wie der PU-Club, aber Nob Hill ist es alle...»

«Warst du dort bis Mitternacht?»

«Wir haben anschließend noch was getrunken.»

«Wir? Du und irgendein Flittchen aus dem Ruffles?»

«Du meinst das Ripples. Und ich habe auch kein ... wie heißt dieses drollige Wort? ... aufgegabelt. Ich war im Club. Frag Peter Cipriani. Er war auch dort.»

«Ich bin doch kein Detektiv.»

«Das wäre mir nicht aufgefallen. Ist das jetzt alles?»

Edgar massierte sich mit den Fingerspitzen die Stirn. Er drehte sich nicht um. «Wir haben eine Konferenz.»

«Ganz recht», sagte Beauchamp im Hinausgehen.

Punkt zwölf machte sich Mary Ann mit Mona auf den Weg ins Royal Exchange.

«Scheiße», stöhnte die Werbetexterin über einem Pimm's Cup. «Ich *bin* vielleicht überdreht heute.»

Das ist keine Überraschung, dachte Mary Ann. Mona wurde fürs Überdrehtsein *bezahlt*. Sie war der hauseigene Paradiesvogel von Halcyon Communications. Kunden, die ihre Kreativität nicht vom Fleck weg beeindruckend fanden, änderten ihre Einschätzung, sobald sie ihr Büro sahen: eine Kollektion von Wasserpfeifen, eine Kühlbox aus Eiche, die als Bar diente, ein antiker Rollstuhl, eine Collage mit Muskelprotzen aus dem *Playgirl* und ein neonfarbenes Martiniglas aus einer Bar im Tenderloin.

«Was ist los?», fragte Mary Ann.

«Ich hab gestern Abend Meskalin genommen.»

«Ach ja?»

«Wir waren unten an der Mission Street und sind dort durch diese schrecklich geschmacklosen Möbelgeschäfte gezogen, wo sie Lampenschirme mit Troddeln verkaufen und runde Betten und ... puh! ... diese Dinger mit den falschen Wasserfällen um Glasröhren herum. Es war alles so *künstlich*, aber ... weißt du ... das war so eine *kosmische* Künstlichkeit ... und auf eine abgedrehte Art war es irgendwie, tja, spirituell. Du weißt schon.»

Mary Ann wusste *nicht*. Sie ging dem Thema aus dem Weg, indem sie ein Truthahnsandwich und einen Bohnensalat bestellte. Mona bestellte noch einen Pimm's Cup.

«Weißt du was?», sagte Mary Ann.

«Hm?»

«Ich bin heute Abend bei Mrs. Madrigal zum Essen.»

«Gratuliere. Sie mag dich.»

«Das hast du mir schon mal gesagt.»

«Na ja ... dann vertraut sie dir eben.»

«Warum? Ich weiß doch gar nichts von ihr.»

«Ach, nur so ... ich meinte damit nichts ...»

«Wie soll ich mich verhalten, Mona?»

«Wie, verhalten?»

«Ihr gegenüber. Ich weiß nicht recht ... Ich habe das Gefühl, sie *erwartet* etwas von mir.»

«Bürgerliche Paranoia.»

«Ich weiß ... Aber du kennst sie ziemlich gut, und da dachte ich, du könntest mich vielleicht aufklären über ... na ja ... über ihre Eigenarten.»

«Sie ist anständig. Das ist ihre Eigenart. Außerdem macht sie einen fantastischen Lammbraten.»

Mona hörte um vier auf zu arbeiten und machte bewusst einen Bogen um Mary Anns Büro, das in der Nähe des Aufzugs lag. Als sie nach Hause kam, stand Mrs. Madrigal im Garten.

Die Hausbesitzerin trug eine bunt karierte Stretchhose, einen farbverschmierten Arbeitskittel und einen Strohhut. Ihr Gesicht war vor Anstrengung gerötet. «Na ... hast du dich schon früher aus dem Staub gemacht, meine Liebe?»

«Ja.»

«Ist dir zu deinen Strumpfhosen nichts mehr eingefallen?» Mona lächelte. «Ich wollte Ihnen was sagen. Obwohl es eigentlich nichts richtig Ernstes ist.»

«Schön.»

«Mary Ann wollte etwas über Sie wissen.»

«Hast du ihr was gesagt?»

«Ich finde, das ist *Ihre* Angelegenheit.»

«Du hältst sie noch für zu grün, nicht?»

Mona nickte. «Im Moment schon, ja.»

«Wir essen später zusammen.»

«Das hat sie mir erzählt. Deshalb hab ich auch ... Na ja, ich wollte nicht, dass Sie in Verlegenheit kommen, das ist alles.»

«Danke, Liebes.»

«Ich sollte mich besser um meinen eigenen Kram kümmern, was?»

«Nein. Ich weiß das zu schätzen. Möchtest du heute Abend auch zum Essen kommen?»

«Nein, ich ... Nein danke.»

«Ich hab dich ganz besonders gern, Liebes.»

«Danke, Mrs. Madrigal.»

Die Seelenqualen der Boheme

Nach dem Büro schüttete Edgar im Bohemian Club einen doppelten Scotch in sich hinein.

Die Regularien eines wohlgeordneten Lebens nützten nichts, wenn andere sie nicht akzeptierten. Beauchamp war nur einer von vielen.

Im Cartoon Room herrschte Hochbetrieb. Edgar saß allein im Domino Room, denn er wollte es ruhig haben. Die große Angst hatte sich wieder eingestellt.

Er stand auf und ging zum Telefon. Der Hörer wurde in seiner Hand fast glitschig.

Das Hausmädchen meldete sich.

«Halcyon Hill.»

«Emma ... ist Mrs. Halcyon zu sprechen?»

«Einen Augenblick, Mr. Halcyon.»

Frannie hatte den Mund voll. «Mmmpf ... mein Schatz ... die Käseschwäne, die ich von Cyrils Party mitgenommen habe, sind ein *Gedicht*! Und Emma hat ein göttliches *Blanquette de veau* gezaubert! Wann kommst du nach Hause?»

«Ich muss heute Abend passen, Frannie.»

«Edgar! Doch nicht schon wieder diese elenden Strumpfhosen?»

«Nein. Ich bin im Club. Wir haben ... eine Ausschusssitzung.»

Schweigen.

«Frannie?»

«Was?» Sie war frostig.

«Ich muss das tun. Und das weißt du.»

«Man tut, was man tun *will*, Edgar.»

Ihm schoss das Blut ins Gesicht. «Also gut, dann eben so! Ich *will* bei dieser Sitzung dabei sein! Bist du jetzt glücklich?»

Frannie legte auf.

Er stand mit dem Hörer in der Hand da, legte dann auf und wischte sich mit einem Taschentuch über das Gesicht. Nachdem er mehrmals tief durchgeatmet hatte, griff er nach dem Telefonbuch und suchte Ruby Millers Nummer heraus.

Er wählte.

«Abend. Hier ist Ruby.» Sie klang noch großmütterlicher als sonst.

«Edgar Halcyon, Mrs. Miller.»

«Oh ... Wie schön, Ihre Stimme zu hören. Meine Güte, es ist ja schon wieder so lange her.»

«Ja ... wissen Sie ... die Geschäfte.»

«Ja, ja. Immer beschäftigt, immer beschäftigt.»

In seinen Augenbrauen stand erneut der Schweiß. «Kann ich heute Abend zu Ihnen kommen, Mrs. Miller? Ich weiß, es ist etwas kurzfristig.»

«Ach ... Warten Sie mal eben, Mr. Halcyon. Ich seh in meinem Kalender nach.» Sie legte den Hörer beiseite. Edgar konnte hören, wie sie herumkramte. «Geht in Ordnung», sagte sie schließlich. «Passt es Ihnen um acht?»

«Vielen herzlichen Dank.»

«Aber ich bitte Sie, Mr. Halcyon.»

Er fühlte sich jetzt entschieden besser. Ruby Miller bedeutete für ihn Hoffnung, wie vage auch immer. Er beschloss, an der Bar im Cartoon Room etwas zu trinken.

«Edgar, du alter Schwerenöter, warum bist du nicht zu Hause am Rosenstutzen?»

Es war Roger Manigault, einer der Bosse von Pacific Excelsior. Die Tennisplätze der Manigaults grenzten an den Obstgarten der Halcyons in Hillsborough.

Edgar lächelte. «*Du* solltest auch schon längst im Bett sein, Booter.» Der Spitzname war ein Überbleibsel aus Stanford-Zeiten, als Manigault die höheren Weihen des Footballspiels empfangen hatte. Seitdem hatte er an nichts mehr Gefallen gefunden.

Im Augenblick erregte er sich darüber, dass die Stanford University auf ihr Maskottchen, den «Stanford Indian», verzichten sollte.

«Heutzutage sind alle so schrecklich *sensibel*! Indianer sind keine Indianer mehr ... o nein! Sie sind die ersten Einwohner Amerikas. Ich habe zehn Jahre gebraucht, bis ich N**** richtig sagen konnte, und jetzt haben sie sich in Schwarze verwandelt. Herrgott noch mal, ich weiß nicht mal mehr, wie ich unser *Hausmädchen* nennen soll!»

Edgar trank einen Schluck und nickte. Er hatte das alles schon mal gehört.

«Nimm doch bloß mal das Wort ‹gay›, Edgar. Das war immer ein ganz normales Wort, das man für etwas Natürliches und *Vergnügliches* benutzt hat, Herrgott noch mal! Und jetzt! Was ist es jetzt?!» Er putzte seinen Scotch weg und knallte das Glas auf den Tresen. «Ein anständiges junges Paar muss sich ja schon fast schämen, wenn es erzählt, dass es bei den ‹Gaieties› mitgemacht hat! Früher war das mal ein schönes Sommervergnügen, aber heutzutage denkt doch jeder gleich, dass sie bei dieser Schwuchteln- und Lesbierinnenparade mitmarschiert sind!»

«Genau getroffen», sagte Edgar.

«Aber wirklich! Übrigens, wo wir gerade davon reden ... Roger und Suzie haben erzählt, dass ihnen Beauchamp und DeDe über den Weg gelaufen sind, als sie letztens ausgegangen sind. Beauchamp ist ein verdammt guter Tänzer, sagt Suzie ... Ich glaube, Hustle heißt das, wo man so aneinanderbumst.»

Bumsen trifft den Nagel wahrscheinlich auf den Kopf, dachte Edgar. Er hatte sich schon öfter über Beauchamp und Suzie Gedanken gemacht. «Entschuldige mich jetzt, Booter. Ich habe

Frannie versprochen, heute Abend früh nach Hause zu kommen.»

Gemessen an den Lügen, die sie ihm abverlangte, hätte Ruby Miller genauso gut Edgars Geliebte sein können.

Ein Stück weiter den Hügel hinauf suchte Beauchamp im University Club Trost bei Peter Cipriani, dem Erben eines sagenhaften, auf Blumen gründenden Vermögens.

«Ich glaube, ich entwickle langsam eine Paranoia.»

«Wieder der Alte?»

«Ja. Er hat mir wegen DeDe die Daumenschrauben angelegt.»

«Hat er dich in Verdacht?»

«Aber wie.»

«Und wie denkt DeDe darüber?»

«Meinst du, sie weiß, was denken heißt?»

«Sie ist ein bisschen begriffsstutzig, *aber* sie finanziert deine Leidenschaft für Wilkes-Bashford-Klamotten ... Und sie hat eine tolle Kiste.»

Beauchamp runzelte die Stirn.

«Ich meinte ihr *Auto*, Beauchamp.»

«Sehr lustig.»

«Das dachte ich auch.»

«Ich bin nicht hier, um über meine Frau zu reden, Peter.»

«Hmm ... das ist komisch. Alle anderen sind bloß deswegen da.»

Schweigen.

«Tut mir leid. Das war billig. Willst du was hören über den Bachelors Ball?»

«Sehe ich so aus?»

«Jedenfalls haben wir dich vermisst. Das heißt, wir haben deine weiße Navy-Uniform vermisst. Die hat immer genau den richtigen Akzent geliefert. Wie in der Operette.»

«Danke.»

«Unser Pflaumenprinz hatte dieses Jahr den Frack seines Großonkels an.»

«John Stonecypher?»

«Exakt. Und jetzt halt dich fest. Ihm ist doch tatsächlich eine Flasche Poppers in der Brusttasche aufgegangen.»

«O nein!»

«*Während* er mit Madge getanzt hat!»

«Wie hat sie reagiert?»

«Oh ... sie ist weiter über das Tanzparkett gewirbelt wie eine Debütantin beim Kotillon und hat so getan, als würden alle ihre Tanzpartner nach schmutzigen alten Socken riechen ... Du gehst doch heute zu ihrem großen Fest, oder?»

«Scheiße!»

«Vergessen, was?»

«DeDe macht sich vor Aufregung bestimmt schon in die Hosen!» Er kippte seinen Drink hinunter. «Ich bin schon weg.»

«Ja, vom Fenster», sagte Peter.

DeDes Tag des Zorns

DeDe saß an ihrem Louis-quinze-*escritoire* und kritzelte in ihrem Louis-Vuitton-Scheckbuch.

«Du hast Madges Party vergessen, nicht?»

«Ich bin gefahren wie eine gesengte Sau.»

«In einer halben Stunde geht's los.»

«Dann kommen wir eben zu spät. Zieh deine Krallen wieder ein. Dein Alter hat mich heute schon den ganzen Tag angemacht.»

«Hast du die Präsentation für Adorable übernommen?»

«Nein. Dein Vater.»

«Warum?»

«Warum erklärst *du* das nicht mir?»

«Ich weiß gar nicht, wovon du redest.»

«Er war sauer, DeDe. Stinksauer.»

Schweigen.

«Du weißt natürlich, warum.»

DeDe blickte in ihr Scheckbuch.

Beauchamp ließ nicht locker. «Er war sauer, weil seine über alles geliebte Tochter ihn gestern Nacht angerufen und ihm gesagt hat, dass ich ein Scheißkerl bin.»

«Ich habe überhaupt nichts ...»

«Blödsinn!»

«Ich hab mir Sorgen gemacht, Beauchamp. Es war schon nach Mitternacht. Ich hab im Club angerufen, im Sam's und im Jack's. Ich ... bin fast verrückt geworden vor Angst. Und da habe ich gedacht, dass Daddy vielleicht weiß, wo du bist.»

«Natürlich. Der kleine Beauchamp macht auch nicht *einen* Schritt, ohne dass er sich mit dem Vater aller Väter bespricht!»

«Rede nicht so über Daddy.»

«Ach ... scheiß auf deinen Dad! Ich brauche von ihm keine Erlaubnis zum Luftholen. Ich brauche ihn überhaupt nicht!»

«Ach ja? Das würde Daddy sicher auch gerne hören.»

Schweigen.

«Warum rufen wir ihn nicht an und sagen es ihm?»

«DeDe ...»

«Du oder ich?»

«DeDe ... es tut mir leid. Ich bin müde. Heute war wirklich den ganzen Tag der Wurm drin.»

«Kommt drauf an, in wem.» Sie stellte sich vor den Spiegel in der Diele und kontrollierte ein letztes Mal ihr Make-up. «Wie geht's dem kleinen Fräulein Wieheißtsienoch?»

«Wem?»

«Daddys Sekretärin. Deinem kleinen … Feierabendamüsement.»

«Das meinst du doch nicht ernst!»

«Und ob ich das ernst meine.»

«Mary Ann Singleton?»

«Was, so heißt sie? Wie drollig.»

«Herrgott noch mal! Ich kenne sie kaum.»

«Offensichtlich hat dich das nicht abgehalten.»

«Sie ist die Sekretärin deines Vaters!»

«Und sie ist nicht gerade eine Beleidigung fürs Auge.»

«Dafür kann ich doch nichts, oder?»

DeDe schürzte die Lippen, um den überschüssigen Lippenstift abzutupfen. Sie sah ihren Ehemann an. «Jetzt hör mir mal zu … Mir reicht's! Gestern warst du absolut unauffindbar.»

«Ich hab es dir doch erklärt. Ich war im Club.»

«Ach, *quelle coincidence*! Du warst im Club, als du mich letzten Mittwoch zu dem Empfang im de Young versetzt hast, *und* du warst letzten Freitag im Club, als wir die Party der Telfairs bei *Beach Blanket Babylon* versäumt haben.»

«Wir haben es schon fünfmal gesehen.»

«Darum geht es doch nicht.»

Beauchamp lachte zynisch. «Du schlägst wirklich alle Rekorde. Du bist einfach … Wo, in Gottes Namen, hast du *das* denn wieder her?»

«Ich habe Augen im Kopf, Beauchamp.»

«Wo? Wann?»

«Letzte Woche. Als ich mit Binky in der Remise du Soleil einkaufen war.»

«Du machst vielleicht schicke Sachen.»

«Du bist mit ihr über die Straße gegangen.»

«Mit Mary Ann?»

«Ja.»

«Das *ist* in der Tat belastend.»

«Es war um die Mittagszeit, und ihr habt *sehr* vertraut getan.»

«Das Beste hast du allerdings versäumt. Du hättest sehen sollen, wie ich vorher in dem kleinen Redwoodhain hinter der Transamerica Pyramid über sie hergefallen bin.»

«Diesmal kannst du dich nicht mit lockeren Sprüchen rausreden, Beauchamp.»

«Ich werd's gar nicht erst versuchen.» Er schnappte sich die Schlüssel für den Porsche vom Dielentisch. «Das hab ich bei dir schon längst aufgegeben.»

«Was du nicht sagst», antwortete DeDe, während sie ihm zur Tür hinaus folgte.

Das Abendessen bei der Vermieterin

Mary Ann schaute auf dem Weg zum Abendessen mit Mrs. Madrigal bei Mona rein.

«Willst du ein bisschen relaxen?», fragte Mona.

«Kommt drauf an.»

«Coca?»

«Ich bin auf Diät. Hast du auch Mineralwasser?»

«Ich *fass* es nicht.» Mona legte einen Handspiegel auf den Kabeltrommeltisch. «Selbst *du* müsstest doch schon mal *Porgy and Bess* gesehen haben.»

«Ja, und?» Mary Ann versagte die Stimme. Mona schaufelte mit einem kleinen Silberlöffel weißes Pulver aus einem Glasfläschchen. In den Löffelgriff war ein Ökologiesymbol eingraviert.

«Sporting Life», sagte Mona. «Happy Dust. Das Zeug gehört in Amerika einfach dazu.» Sie schob das Pulver zu einer Linie quer über den Spiegel zusammen. «Alle Stummfilmstars haben geschnupft. Was meinst du, warum sie so dahergekommen sind?» Sie wackelte mit Kopf und Armen und äffte Charlie Chaplin nach.

«Und jetzt», fuhr sie fort, «fehlt uns bloß noch ein hundsordinärer, universal einsetzbarer Essensgutschein.» Wie aus dem Nichts hatte sie plötzlich einen Zehn-Dollar-Essensgutschein in der Hand, den sie Mary Ann wie ein Zauberer zur Prüfung von beiden Seiten präsentierte.

«Bekommst du Essensgutscheine?», fragte Mary Ann. Sie verdient bestimmt viermal so viel wie ich, dachte die Sekretärin.

Mona war zu beschäftigt, um darauf eine Antwort zu geben. Sie rollte den Essensgutschein zu einem kleinen Röhrchen und steckte dieses in ihr linkes Nasenloch. «Erstaunlich, was? Und uuuunheimlich sexy!»

Sie fuhr dem Pulver hinterher wie ein wildgewordener Ameisenbär. Mary Ann war entsetzt. «Mona, ist das ...?»

«Jetzt du.»

«Nein danke.»

«Ach ... komm schon. Wenn man unter Leute will, wirkt es wahre Wunder.»

«Ich bin schon nervös genug.»

«Es macht einen doch nicht *nervös*, Herzchen. Es ...» Mary Ann stand auf. «Ich muss gehen, Mona. Ich bin spät dran.»

«O Gott!»

«Was?»

«Bei dir komm ich mir ja vor, als wär ich ... ein Junkie.»

Mrs. Madrigal wirkte in dem schwarzen Hausanzug aus Satin und der darauf abgestimmten Kopfbedeckung beinahe elegant.

«Ah, Mary Ann. Ich hab gerade das Gazpacho im Mixer. Bedien dich doch schon mal bei den Horsd'œuvres. Ich leiste dir dann gleich Gesellschaft.»

Die «Horsd'œuvres» waren auf zwei Tellern symmetrisch arrangiert. Auf dem einen lagen mehrere Dutzend gefüllter Pilze. Auf dem anderen ein halbes Dutzend Joints.

Mary Ann entschied sich für einen Pilz und sah sich in der Wohnung um.

Zwei ziemlich plump gemachte Marmorstatuen flankierten den Kamin: ein Junge mit einem Dorn im Fuß und eine Frau mit einem Krug. Überall baumelten Seidenfransen von Lampenschirmen, Überwürfen, Vorhängen und Volants, und sogar von dem Türbogen, durch den es auf den Flur hinausging. Das einzige Foto zeigte die Panama-Pacific-Ausstellung von 1915.

«Na, wie findest du mein kleines Bordell?» Mrs. Madrigal stand in dramatischer Pose unter dem Türbogen.

«Es ist ... recht hübsch.»

«Mach dich nicht lächerlich! Es ist die reinste Entartung!»

Mary Ann lachte. «Sie *wollten* es so haben?»

«Natürlich. Nimm dir doch einen Joint, Liebes, und komm *ja nicht* auf die Idee, ihn rumzureichen. Ich *ekle* mich vor diesen durchgeweichten Gemeinschaftsjoints! Ich meine ... wenn man sich schon der Entartung hingibt, dann kann man das auch mit Stil machen, findest du nicht?»

Es gab noch zwei weitere Gäste. Der eine war ein etwa fünfzigjähriger rotbärtiger Dichter aus North Beach, der Joaquin Schwartz hieß. («Ein netter Kerl», vertraute Mrs. Madrigal Mary Ann an, «aber ich wäre *dankbar*, wenn er sich an die Groß- und Kleinschreibung halten würde.») Der andere Gast war eine Frau namens Laurel, die in der Haight-Ashbury Free Clinic arbeitete. Ihre Achselhöhlen waren nicht rasiert.

Joaquin und Laurel unterhielten sich während des ganzen Essens über ihre Lieblingsjahre. Joaquin schwor auf 1957. Laurel fand, dass 1967 das einzig Wahre war ... oder *gewesen* war.

«Wir hätten so weitermachen können», sagte sie. «Ich meine, es lief doch ganz prima, oder? Wir hatten damals alle *alles* gemeinsam ... das Acid, die Musik, den Sex, die Konzerte im Avalon, den Hund, das menschliche Sein an sich. Wir waren vierzehn Freaks in dieser Wohnung an der Oak Street; vierzehn Freaks und sechs Schlafsäcke. Es war verdammt schön, weil es ... weil es Geschichte war. *Wir* waren Geschichte. Mensch, wir haben es bis aufs Titelbild vom *Time Magazine* geschafft!»

Mrs. Madrigal zeigte sich höflich. «Und was ist deiner Meinung nach passiert, Liebes?»

«Sie haben es abgemurkst. Nicht die Bullen. Die Medien.»

«Was haben sie abgemurkst?»

«Neunzehnhundertsiebenundsechzig.»

«Ich verstehe.»

«Nixon, Watergate, die verfluchte Patty Hearst, die Zweihundertjahrfeier. Den Medien wurde 1967 über, und deswegen haben sie's einfach fertiggemacht. Dabei hätte es noch einige Zeit weitergehen können. Ein bisschen was davon hat sich nach Mendocino gerettet ... aber das haben die Medien rausgefunden, und dann haben sie's endgültig abgemurkst. Mein Gott ... Ich meine, was ist denn heute noch übrig? Das Feeling von 1967 findest du nirgends mehr!»

Mrs. Madrigal zwinkerte Mary Ann zu. «Du bist ja so still.»

«Ich weiß nicht recht, ob ich ...»

«Was ist *dein* Lieblingsjahr?»

«Ich glaube, ich habe gar keines.»

«Meines ist 1987», sagte Mrs. Madrigal. «Dann bin ich fünfundsechzig oder so um den Dreh ... Dann kann ich mir meine Rente abholen und genug Geld zur Seite legen, um mir eine kleine griechische Insel zu kaufen.» Sie ringelte sich eine Locke ihres Haars um den Zeigefinger und lächelte sanft. «Das heißt, ich würde mich auch mit einem kleinen Griechen zufriedengeben.»

Als Mary Ann nach dem Essen zur Toilette ging, sah sie sich unterwegs im Schlafzimmer ihrer Vermieterin um. Auf der Frisierkommode entdeckte sie eine Fotografie in einem Silberrahmen.

Ein junger Mann, ein Soldat, stand neben einem Auto aus den Vierzigerjahren. Er war ziemlich hübsch, doch er schien sich in seiner Uniform nicht so recht wohlzufühlen.

«Daran siehst du, dass die alte Dame eine Vergangenheit hat.» Mrs. Madrigal stand in der Tür.

«Oh ... ich bin zu neugierig, nicht?»

Mrs. Madrigal lächelte. «Ich hoffe, das bedeutet, dass wir Freundinnen sind.»

«Ich ...» Mary Ann wandte sich aus Verlegenheit wieder der Fotografie zu. «Ein gut aussehender Mann. Ist das Mr. Madrigal?»

Die Vermieterin schüttelte den Kopf. «Es gab nie einen Mr. Madrigal.»

«Ich verstehe.»

«Das stimmt nicht. Wie solltest du auch? Madrigal ist ein ... Deckname heißt es in Gangsterfilmen doch immer. Vor mehr als zehn Jahren habe ich reinen Tisch gemacht, und der alte Name musste als Erstes dran glauben.»

«Wie hießen Sie früher?»

«Sei nicht ungezogen. Wenn ich gewollt hätte, dass du das erfährst, hätte ich den Namen ja nicht abgelegt.»

«Aber ...?»

«Was es mit dem Mrs. auf sich hat?»

«Ja.»

«Witwen und Geschiedene werden nicht ... wie sagt Mona immer? ... angemacht. Wir werden nicht so oft angemacht wie alleinstehende Mädchen. Das muss dir doch inzwischen auch schon klar geworden sein.»

«Wer wird hier angemacht? Ich habe noch nicht mal einen

obszönen Anruf gekriegt, seit ich nach San Francisco gezogen bin. Ehrlich gesagt, täte mir ein bisschen Anmache sogar ganz gut.»

«Die Stadt ist doch voller reizender junger Männer.»

«Ja, aber die sind bloß zueinander reizend.»

Mrs. Madrigal kicherte. «Stimmt, da läuft hier so einiges.»

«Bei Ihnen hört sich das an, als ginge es um die Grippe. Ich finde es schrecklich deprimierend.»

«Unsinn. Nimm es als Herausforderung. Wenn eine Frau in dieser Stadt triumphiert, dann ist ihr Triumph *total*. Du wirst es schon schaffen, meine Liebe. Das dauert eben seine Zeit.»

«Ja, meinen Sie?»

«Ich *weiß* es.» Die Vermieterin zwinkerte und legte Mary Ann den Arm um die Schulter. «Komm, gehen wir jetzt wieder zu diesen *Langweilern* rüber.»

Das Rendezvous mit Ruby

Ruby Millers Haus lag an der Ortega Street im Sunset District. Es war ein Bungalow mit grün gestrichener Putzfassade auf manikürtem Rasen und einer Schale mit Plastikrosen im Panoramafenster. Ein in der Einfahrt abgestellter Rambler trug einen Aufkleber mit der Aufforderung: WENN DU JESUS LIEBST, DANN HUPE.

Edgar parkte den Mercedes auf der anderen Straßenseite. Als er die Tür abschloss, sah er, dass Mrs. Miller ihm vom Fenster aus zuwinkte.

Er winkte ebenfalls. O Gott! Er fühlte sich wie ein Schuhvertreter, der zu Frauchen nach Hause kam.

Mrs. Miller schaltete das Licht auf der Veranda ein, nahm ihre Schürze ab und strich sich eine Strähne ihrer grauen Haare aus der Stirn. «Sie sind wirklich eine Augenweide! Was man von mir allerdings nicht behaupten kann ... Ich hatte ja nicht vor ...»

«Entschuldigen Sie. Ich hoffe, ich mache Ihnen nicht zu viele Umstände.»

«Reden Sie keinen Unsinn. Ich fühle mich geschmeichelt.» Sie tätschelte seine Hand und führte ihn ins Haus. «Ernie ... sieh mal, wer da ist!»

Ihr Ehemann saß in einem skandinavischen Sessel und sah fern. Seine Arme waren von der gleichen Konsistenz und Farbe wie Provolone-Käse.

«Hallo, Mr. Halcyon.» Er stand nicht auf. Die Glotze beanspruchte ihn völlig.

«Wie steht's denn so, Ernie?»

«Bob Parker hat gerade einen Marine mit seiner Liebsten zusammengebracht.»

«Tut mir leid, ich ...»

«*Truth or Consequences*. Sie haben diesen Marine aus Okinawa geholt und ihn mit seiner Verlobten zusammengebracht. Sie hatte ein Froschkostüm an, und er hat sie küssen müssen ... mit verbundenen Augen.»

Mrs. Miller hängte sich bei Edgar ein. «Ist das nicht reizend? Aber Sie sehen wohl nicht viel fern, was?»

«Nein. Ich fürchte nicht.»

«So, genug geplaudert jetzt. Machen wir uns an die Arbeit. Möchten Sie vorher noch irgendwas? Ein Glas Hi-C vielleicht? Oder ein paar Mais-Chips?»

«Danke, ich brauche nichts.» Aus lauter Nervosität hatte er im Club in letzter Minute noch Hühnerleber in sich hineingeschlungen. «Von mir aus können wir jederzeit anfangen.»

«Na, dann wollen wir zwei beide mal rüber in die Garage. Und dass du mir den Fernseher nicht zu laut aufdrehst, Ernie, hast du gehört?» Ihr Mann antwortete mit einem Brummen.

Mrs. Miller führte Edgar durch die Küche. «Dieser Ernie und sein Fernsehen! Wahrscheinlich entspannt ihn das ... Außerdem ist es sehr viel gottgefälliger als die Filme, die heutzutage im Kino laufen und wo man so ... na, Sie wissen schon ... lauter so unappetitliche Sachen sieht.»

«Mmm», antwortete Edgar unbestimmt. Er wollte höflich, aber desinteressiert klingen. Mrs. Miller entfesselte ihre Monologe mit der gleichen Zuverlässigkeit wie New Yorker Taxifahrer oder italienische Friseure. Edgar wollte seine Zeit bei Mrs. Miller nicht mit einem Vortrag über Schweinigeleien im Kino verschwenden.

Im Halbdunkel der Garage machte sich Ruby Miller ans Werk. Sie räumte erdverkrustete Gartengeräte von der Tischtennisplatte und nahm ein paar Kerzenstummel aus einer alten MJB-Kaffeedose. Leise vor sich hin summend, streifte sie das vertraute purpurrote Gewand aus Cordsamt über.

«Haben Sie irgendwelche Veränderungen bemerkt?»

«In der Garage?»

Mrs. Miller kicherte. «In *Ihnen*. Das ist heute Ihr fünfter Besuch. Sie sollten eigentlich ... Veränderungen spüren.»

«Ich bin nicht sicher. Vielleicht habe ich ...»

«Forcieren Sie nichts. Es kommt ganz von selbst.»

«Wenn ich Ihre Zuversicht bloß teilen könnte.»

«Meinen *Glauben*, Mr. Halcyon. Glaube ist etwas anderes als Zuversicht.»

Sie ärgerte ihn allmählich. «Mrs. Miller ... meine Frau erwartet mich in Kürze zu Hause. Könnten wir ...?»

«Natürlich.» Sie wurde ganz geschäftsmäßig. Sie streifte einige nicht vorhandene Flusen vom Vorderteil ihres Gewands und knetete kurz ihre Finger durch. «Nehmen Sie bitte die Stellung ein.»

Edgar lockerte seine Krawatte und kletterte auf die Tischtennisplatte. Er legte sich auf den Rücken. Mrs. Miller zündete eine Kerze an und stellte sie neben Edgars Kopf auf die Platte.

«Mr. Halcyon?»

«Ja?»

«Verzeihen Sie bitte, aber ... na ja, ich habe mich gefragt, ob ... Sie erwähnten vorhin Mrs. Halcyon. Und ich habe mich gefragt, ob Sie es ihr gesagt haben.»

«Nein.»

«Ich weiß, wie ungern Sie darüber sprechen, aber ... manchmal hilft es, wenn jemand mitmacht, der einem sehr nahe steht und ...»

«Meine Familie ist katholisch, Mrs. Miller.»

Sie war sichtlich erschüttert. «Oh ... Das tut mir leid.»

«Ist schon in Ordnung.» Er wischte es mit einer Handbewegung beiseite.

«Ich wollte nicht sagen, dass es mir leidtut, dass Sie katholisch sind. Ich wollte sagen, dass ...»

«Ich weiß, Mrs. Miller.»

«Der Herr liebt auch Katholiken.»

«Ja.»

Sie drückte ihre Fingerspitzen gegen Edgars Schläfen und machte kleine kreisende Bewegungen. «Jesus wird bei Ihrer Heilung helfen, Mr. Halcyon, aber Sie müssen an ihn glauben. Sie müssen wieder zu einem kleinen Kind werden und Zuflucht suchen in seinen Armen.»

Ein Motorrad brauste die Ortega Street entlang und knatterte blasphemisch, als Ruby Miller die Beschwörungsformel anstimmte, die Edgar inzwischen auswendig kannte:

«Heile ihn, Jesus! Heile deinen Diener Edgar. Heile seine aussetzenden Nieren und lasse ihn wieder ganz werden. Heile ihn, Jesus! Heile deinen Diener ...»

Der Junge von nebenan

Mary Ann verabschiedete sich bei Mrs. Madrigal kurz nach zehn. In ihrer Wohnung legte sie die Beine hoch, nippte an einem Mineralwasser und ging ihre Post durch.

Die bestand aus einer kurzen, düsteren Mitteilung ihrer Mutter, einer bunten Hallmark-Karte von Connie, auf der sie ihr Desertion unterstellte, und einem Schächtelchen, in dem ihre mit aufgedruckten Stadtansichten von San Francisco verschönerten Schecks von der Hibernia Bank lagen.

Als kleine Aufmerksamkeit für die Empfänger waren die Schecks mit dem Aufdruck «Genieß den Tag!» versehen.

Trotz ihres erbärmlichen Einkommens hatte Mary Ann die Wahl einer Bank irgendwie als Voraussetzung empfunden, um sich in dieser Stadt zu etablieren.

Anfangs hatte sie zwischen der Chartered Bank of London und der Wells Fargo Bank geschwankt. Erstere bot einen wunderbaren Namen voller Klasse und einen Kamin in der Eingangshalle, doch in der gesamten Stadt bloß eine einzige Niederlassung. Letztere hörte sich so hübsch nach Wildem Westen an und hatte unzählige Zweigstellen. Doch sie mochte die Werbung nicht. Diesen Bilderbuchcowboy Dale Robertson hatte sie *noch nie* besonders attraktiv gefunden.

Schließlich hatte sie sich für die Hibernia entschieden.

Deren Werbung versprach, dass man alle Kunden mit Namen kannte.

Jemand klopfte an Mary Anns Tür.

Es war Brian Hawkins. Er hatte die Wohnung gegenüber. Er arbeitete als Kellner bei Perry's, und sie hatten bisher nur ein- oder zweimal kurz miteinander geplaudert, Brian hatte extrem unregelmäßige Arbeitszeiten.

«Hallo», sagte er. «Mrs. Madrigal hat mich gerade angerufen.»

«Ja, und?»

«Worum geht's denn? Um die Möbel?»

«Tut mir leid, Brian, aber ich komme nicht so ganz …»

«Sie hat gesagt, dass du bei irgendwas Hilfe brauchst.»

«Ich kann mir nicht vorstellen, was …» Es dämmerte. Mary Ann lachte. Sie schüttelte den Kopf und musterte wieder einmal Brians kastanienbraune Locken und seine grünen Augen. Mrs. Madrigal war zwar aufdringlich, aber ihr Geschmack war nicht übel.

Brian sah leicht verärgert aus. «Vielleicht hilfst du mir auch auf die Sprünge.»

«Ich glaube, Mrs. Madrigal betätigt sich als Kupplerin.»

«Du *brauchst* gar niemand, der dir beim Möbelrücken hilft?»

«Es ist etwas peinlich. Ich … na ja, ich habe ihr vorhin gesagt, dass es in San Francisco nicht genügend Heteromänner gibt.»

Brian strahlte plötzlich übers ganze Gesicht. «Ja. Ist das nicht großartig?»

«Oh, Brian … Entschuldige. Ich dachte, du wärst …»

«Keine Bange. Ich bin hetero durch und durch. Ich steh nur *überhaupt nicht* auf Konkurrenz.»

Er lud sie zu einem Schlummertrunk bei sich ein. Seine winzige Küche war mit leeren Chiantiflaschen und Sierra-Club-Plakaten dekoriert. Die aus einem Topf auf dem Fensterbrett hängenden Überreste einer vernachlässigten Grünlilie boten einen grausigen Anblick.

«Dein Herd ist vielleicht toll», sagte Mary Ann.

«Ja, der ist wirklich eine Wucht, was? Überall sonst würde man ihn für Schrott erklären. Aber für unsereins verbreitet er was vom Charme der Alten Welt.»

«Gehört der zur Wohnung?»

«Willst du mich auf den Arm nehmen? Die Stereoanlage und die Trimmbank gehören mir. Der Rest stammt von der Drachenlady.»

«Von Mrs. Madrigal?»

Er nickte und musterte sie von Kopf bis Fuß. «Sie will uns also verbandeln, was?» Sein Lächeln kam einem anzüglichen Grinsen immer näher.

Mary Ann beschloss, sich nicht darum zu kümmern. «Sie ist ein bisschen merkwürdig, aber ich glaube, sie meint es gut.»

«Sicher.»

«Hatte sie dieses Haus schon immer?»

Brian schüttelte den Kopf. «Ich glaube, sie hatte früher einen Buchladen in North Beach.»

«Ist sie denn von hier?»

«*Niemand* ist von hier.» Er goss noch etwas Almadén Pinot Noir in ihr Glas. «Du bist aus Cleveland, nicht?»

«Ja. Woher weißt du das?»

«Mona hat es mir erzählt.» Die grünen Augen bohrten sich in sie.

Mary Ann schaute in ihr Glas. «Hier gibt es wohl *überhaupt* keine Geheimnisse.»

«Darauf würde ich mich nicht verlassen.»

«Warum nicht?»

«In dieser Stadt haben *alle* Geheimnisse. Man muss nur ein bisschen tiefer graben, um sie zu finden.»

Er tut geheimnisvoll, dachte sie, weil er meint, dass das sexy ist. Sie kam zu dem Schluss, dass es Zeit war zu gehen.

«Tja», sagte sie und stand auf. «Ich muss morgen arbeiten. Danke für den Wein ... und für die Besichtigung.»

«Ich stehe jederzeit gern zu Diensten.»

Davon war sie überzeugt.

Die Matriarchin

Als Edgar um Viertel nach elf nach Hause kam, war unübersehbar, dass Frannie getrunken hatte.

«Na, wie war's im Club, Liebling? Hast du mal wieder auf braves Mitglied gemacht?»

Sie thronte auf dem Sofa im Wintergarten. Die Beine hatte sie unter ihr thailändisches Seidengewand gezogen. Ihre Perücke war verrutscht. Sie roch nach Rum und Trader Vic's Mai Tai Mix.

«Hallo, Frannie.»

«Das war ja 'ne arg lange Ausschusssitzung.»

«Wir haben die Pläne für das Grove Play besprochen.» Er versuchte, ungezwungen zu klingen, doch Frannie war schon zu sehr hinüber, um seine Bemühung noch würdigen zu können.

«'ne Menge Arbeit, was?»

«Wir haben nachher noch was getrunken. Du weißt ja, wie das so geht.»

Frannie nickte und unterdrückte einen Hickser. Sie wusste zweifelsohne, wie das so ging.

Edgar wechselte das Thema. «Und du? Hattest du einen schönen Tag?» Er redete mit ihr wie ein bemühter Vater mit einem kleinen Kind. Was war bloß aus dem zauberhaften jungen Mädchen geworden, das mal wie Veronica Lake ausgesehen hatte?

«Ich war mit Helen und Gladys zu Mittag in diesem *entzückenden* Restaurant an der Polk Street ... im Pavilion. Danach habe ich eine Keramikente gekauft. *Ganz was Feines.* Vielleicht ist es auch eine Gans. Eigentlich ist sie wohl als Suppenterrine gedacht, aber ich habe mir überlegt, dass sie in deinem Arbeitszimmer mit ein bisschen Efeu drin ganz hinreißend aussehen würde.»

«Sehr schön.»

«Auuußerdem ... war ich am Nachmittag beim Treffen meiner

Opera Guild, und dort habe ich eine ganz wunderbare Neuigkeit erfahren. Was glaubst du, was es ist?»

«Ich habe keine Ahnung.» O Gott, wie er dieses Spiel hasste!

«Mach doch. Nur ein klitzekurzes Ratespielchen.»

«Frannie, ich bin seit heute früh auf den Beinen ...»

«Llliebst du mich denn kein bisschen?»

«Himmelherrgott noch mal!»

«Ach so, schon *kapiert*! Wenn du bloß den Miesepeter spielen willst ... Rate mal, wer in der Stadt ist!»

«Wer?»

Frannie hielt die Spannung so lange wie möglich aufrecht, drapierte erst mal ihren Körper auf dem Sofa um und rückte ihre Perücke zurecht. Sie braucht Zuwendung, dachte Edgar. Von dir hat sie schon lange keine mehr bekommen.

«Die Huxtables», sagte Frannie schließlich.

«Die wer?»

«Also wirklich, Edgar. Nigel Huxtable. Der Dirigent. Seine Frau ist Nora Cunningham.»

«Ich erinnere mich dunkel.»

«Du hast die ganze *Aïda* mit den beiden verschlafen.»

«Ja. Ein wunderbarer Abend.»

«Sie sind wegen einer Benefizveranstaltung für Kurt Adler hier. Es weiß praktisch *niemand*, dass die beiden im Mark wohnen ... Und wir werden ihnen zu Ehren eine Party geben!»

«Ach ja?»

«Freust du dich denn gar nicht?»

«Wir hatten gerade letzten Monat eine Party, Frannie.»

«Aber das ist ein richtiger *Coup*, Edgar! Die Farnsworths werden *platzen* vor Neid. Viola hat sich jetzt zwei Monate lang diebisch gefreut, weil sie meint, dass sie mit diesem lächerlichen kleinen Barbecue, das sie für Baryschnikow gegeben hat, allen anderen eins ausgewischt hat.»

«An die Party kann ich mich gar nicht mehr erinnern.»

«Und ob du dich erinnern kannst. Sie hat diese schäbigen russischen Kellner aus einem Lokal an der Clement Street ange-heuert, die dann russisches Dressing und russischen Tee serviert haben, und bei Baryschnikows Ankunft hat der Organist das Lara-Thema aus *Doktor Schiwago* gespielt. Es war so schauerlich, dass ich gar keine Worte dafür finde!»

«Das waren doch gerade eine ganze Menge.»

«Edgar ... neben den Huxtables verkommt Baryschnikow zu einer Witzfigur wie ... Barney Google. Und ich *weiß*, dass ich sie kriegen kann, Liebling.»

«Frannie, ich glaube aber nicht, dass ich ...»

«Bitte ... Ich habe mich auch nicht beklagt, als du mir verboten hast, Truman Capote oder Giancarlo Giannini einzuladen.»

Edgar drehte sich zur Seite. Er konnte es nicht mitansehen, wenn Frannie das gleiche bemitleidenswerte Clownsgesicht zog wie Emmett Kelly. «In Ordnung, dann versuch's halt. Und lass es nicht zu teuer werden, ja?»

Emma machte ihm ein Stück übrig gebliebene Quiche warm. Er aß in seinem Arbeitszimmer und blätterte dabei das neue Buch durch, das er bestellt hatte: *Death as a Fact of Life*.

«Was liest du denn da, Liebling?» Frannie lehnte am Türrahmen.

Er schlug das Buch zu. «Konsumentenforschung. Langweiliges Zeug.»

«Kommst du ins Bett?»

«Ja, gleich, Frannie.»

Als er ins Schlafzimmer kam, lag sie wie tot im Bett und schnarchte.

Begegnung im Park

Edgar meldete sich über die Gegensprechanlage bei Mary Ann. «Ich brauche so schnell wie möglich das Drehbuch für Adorable. Ich glaube, ein Exemplar ist bei Beauchamp.»

«Der ist gerade außer Haus, Mr. Halcyon.»

«Dann fragen Sie mal bei Mona nach.»

«Ich glaube nicht, dass sie ...»

«Fragen Sie bei ihr nach, verdammt noch mal! Irgendwer muss doch eines haben!»

Sobald Mary Ann sich auf den Weg gemacht hatte, wählte Edgar die Nummer von Jack Kincaid.

«Praxis Dr. Kincaid.»

«Ist er da?»

«Darf ich ihm sagen, wer am Apparat ist?»

«Nein, dürfen Sie nicht!»

«Einen Moment bitte, Mr. Halcyon.»

Kincaids Ton war entschieden zu fröhlich. «Hallo, Edgar. Wie läuft's mit den Strumpfhosen?»

«Wann kann ich kommen?»

«Weswegen?»

«Wegen der Tests. Ich will neue machen lassen.»

«Edgar, das würde an der Diagnose aber nicht das Geringste ...»

«Ich bezahle doch dafür, verdammt noch mal!»

«Edgar ...»

«Bei Addison Branch hast du dich auch getäuscht. Das hast du mir selbst erzählt.»

«Das war doch ganz was anderes. Bei ihm waren die Symptome nicht so ausgeprägt.»

«Symptome können sich ändern. Es ist schon drei Monate her.»

«Edgar ... hör mir jetzt mal zu ... ich sage dir das als Freund: Hör auf, dagegen anzukämpfen! Du rennst bloß mit dem Kopf gegen die Wand. Damit bist du weder fair zu dir noch zu den Menschen, die dich lieben.»

«Kannst du mir mal sagen, was Fairness damit zu tun haben soll?»

«Stell dich den Tatsachen, Edgar. Du kommst sowieso nicht darum herum. Sprich mit deiner Familie darüber. Kauf dir eine Jacht und mach mit Frannie eine Weltumseglung. Mein Gott ... miet dir ein Schloss in Spanien oder brenn mit einer Nutte durch oder mach am Jackson Square weiter allen die Hölle heiß ... aber stell dich den Tatsachen! Mach um Gottes willen ... nein, um deinetwillen ... aus dem nächsten halben Jahr das Beste, was du kannst.»

Als Mary Ann zurückkam, stand er wartend neben ihrem Schreibtisch. «Ich gehe weg. Wenn jemand nach mir verlangt ... ich bin mit einem Kunden beim Essen.»

«Bei Doro's?»

«Es spielt keine Rolle, wo ich bin. Sagen Sie bloß, ich sei nicht im Hause.»

Mit langen Schritten eilte er auf die Straße. Es empörte ihn, dass ein Vertrag erfüllt wurde, den er nie unterzeichnet hatte.

Es Frannie sagen? O Gott! Welchen Gewinn würde sie daraus ziehen können, wenn so *etwas* erst mal in den Klatschspalten stand?

«Frances Halcyon, die vorbildhafte Dame der Gesellschaft aus Hillsborough, errang am Freitagabend mit einem intimen kleinen Abendessen für die Opernkünstler Nora Cunningham und Nigel Huxtable einen neuerlichen Triumph. Frannie, die in New York gerade *A Chorus Line* gesehen hatte («Ganz wunderbar!»), erfreute die verwöhnten Gaumen ihrer erlesenen Gäste mit Rindsrouladen und Herzoginkartoffeln. Gatte Edgar (er ist der Werberiese) überraschte die anwesenden Gäste mit der Ankündigung seines kurz bevorstehenden Todes ...»

Edgar verließ den Jackson Square und schlenderte über die Columbus hinauf in das heftig pochende Herz von North Beach. Carol Dodas blinkende Brustwarzen zwinkerten ihm unbarmherzig zu. Sie waren die aufdringlichen Zeugen einer Revolution, zu deren Aufständischen er nie gehört hatte.

Vor dem Garden of Eden brüllte ein schielender Penner: «Das Ende ist da. Schließt Frieden mit dem Herrn. Söhnt euch aus mit Jesus!»

Edgar brauchte einen Ort, an dem er wieder einen klaren Kopf bekommen konnte.

Und die Zeit dafür. Kostbare Zeit.

Er setzte sich auf eine Bank am Washington Square. Gleich neben ihm saß eine Frau ungefähr in seinem Alter. Sie trug eine legere Wollhose und einen Kittel mit Paisleymuster und las im Bhagavad Gita.

Sie lächelte.

«Ist das die Antwort?», fragte Edgar und deutete auf das Buch. «Was ist die Frage?», antwortete die Frau.

Edgar grinste. «Gertrude Stein.»

«Ich glaube nicht, dass sie das gesagt hat. Sie etwa? Kein Mensch ist so schlagfertig, wenn er im Sterben liegt.»

Da war es schon wieder.

Eine gewisse Verwegenheit überkam ihn. «Was würden *Sie* sagen?»

«Wann?»

«Am Ende. Was wären Ihre letzten Worte? Wenn Sie sich welche aussuchen könnten.»

Die Frau musterte ihn. Dann sagte sie: «Wie wär's mit ... ‹Ach du Scheiße!›?»

Sein Lachen hatte etwas Animalisches. Und es war so befreiend, dass ihm die Tränen herunterliefen. Die Frau betrachtete ihn gütig, mit einer gewissen Distanz zwar, aber doch irgendwie liebenswürdig.

Fast kam es Edgar so vor, als wüsste sie alles.

«Möchten Sie ein Sandwich?», fragte sie, als er zu lachen aufhörte. «Eines mit *focaccia*-Brot.»

Edgar saugte ihre Güte in sich auf und sagte Ja. Es war schön, dass es jemand gab, der sich einmal um *ihn* kümmerte. «Ich heiße Edgar Halcyon», sagte er.

«Wie nett», sagte sie. «Ich heiße Anna Madrigal.»

Kleine Häppchen, große Wirkung

Mary Ann saß an ihrem Schreibtisch und zog sich gerade die Lippen nach, als Beauchamp auf leisen Sohlen heranschlich.

«Ist das Krawattenmonster schon Mittag essen?»

«Oh ... Beauchamp ...» Sie ließ den Lippenstift in der geflochtenen Handtasche verschwinden, die sie mit Fröschen und Pilzen aus einem Ausschneidebogen verziert hatte. «Er wollte ... Er ist schon mehr als eine Stunde weg. Ich glaube, er hat sich über irgendwas aufgeregt.»

«Über die Nachrichten.»

«Nein, es muss was anderes gewesen sein.»

«Vielleicht hat man ihn gebeten, beim Grove Play eine Waldnymphe zu spielen.»

«Was?»

«Ach, nichts. Wir sind zum Essen verabredet, erinnern Sie sich?»

«Oh ... Ja, das stimmt.»

Sie hatte den ganzen Vormittag an nichts anderes gedacht.

Im MacArthur Park bestellten sie beide Salat. Mary Ann knabberte an dem ihren halbherzig herum. Sie war leicht irritiert durch die vielen Käfige voller Vögel und die großstädtisch-alternative Blasiertheit, die im Restaurant herrschte. Beauchamp spürte ihr Unbehagen.

«Sie fürchten sich ein bisschen, was?»

«Ich ... Wie meinen Sie das?»

«Na ja. Wegen dem hier. Wegen uns.»

«Warum sagen Sie das?»

«Mmm-mm. Sie müssen zuerst antworten.»

Um Zeit zu schinden, stocherte sie nach einem Avocadostückchen. «Wahrscheinlich, weil es ... etwas Neues ist.»

«Mit einem verheirateten Mann essen zu gehen?»

Sie nickte und wich dem Blick seiner intensiven blauen Augen aus.

«Könnte ich etwas Eiswasser haben, Beauchamp?»

Ohne seinen Blick von ihr zu nehmen, winkte er einen Kellner heran. «Sie haben wirklich keinen Grund, nervös zu sein. Sie sind es doch, die frei ist. Das hat allerhand für sich.»

«Was heißt frei?»

«Alleinstehend.»

«Ach so ... ja.»

«Alleinstehende brauchen auf nichts Rücksicht zu nehmen.»

Der Kellner kam. «Die Dame möchte etwas Eiswasser haben», sagte Beauchamp. Er lächelte Mary Ann an. «Es macht Ihnen doch nichts aus, wenn ich Sie als Dame bezeichne, oder?»

Sie schüttelte den Kopf. Der Kellner grinste affektiert und verschwand.

«Wissen Sie was?», sagte Mary Ann.

«Was?» Sein Blick durchbohrte sie fast.

«Ich habe Ihren Namen immer wie ‹Bo-shom› ausgesprochen statt wie ‹Bietschem›.»

«Das machen alle.»

«Und ich bin mir so dämlich vorgekommen, als Mildred mich korrigiert hat. Man spricht es englisch aus, nicht?»

Er nickte. «Meine Eltern waren schamlos affektiert.»

«Mir gefällt der Name so. Sie hätten es mir sagen sollen, als ich ihn falsch ausgesprochen habe.»

Er zuckte mit den Schultern. «Das ist doch egal.»

«Am Anfang habe ich sogar Greenwich Street falsch ausgesprochen.»

«Ich habe zur Kearny auch ‹Kierny› gesagt.»

«Echt?»

«Und zu Ghirardelli ‹Dschierardelli›, und … der Gipfelpunkt aller Blasphemie! … die Cable Cars habe ich Straßenbahn genannt!»

Mary Ann kicherte. «*Das* tu ich noch immer.»

«Was ist schon dabei! Die sollen sich doch alle ins Knie ficken, wenn Sie keinen Spaß verstehen!»

In der Hoffnung, damit ihre Verlegenheit kaschieren zu können, lachte sie.

«Wir sind alle wie kleine Kinder, die man im Wald ausgesetzt hat», sagte Beauchamp. «Zumindest immer wieder mal. Machen Sie einfach das Beste daraus. Unschuld ist etwas sehr Erotisches.» Er pickte einen Croûton aus seinem Salat und warf ihn sich in den Mund. «Für mich jedenfalls.»

Der Kellner kam mit Mary Anns Wasser.

Sie dankte ihm, nippte daran und überlegte, welche neue Wendung sie der Unterhaltung geben könnte. Beauchamp kam ihr zuvor.

«Haben Sie eigentlich meine Frau schon kennengelernt?»

«Äh … Doch, ja. Bei dem Softballmatch.»

«Ach ja. Und was hatten sie für einen Eindruck von ihr?»

«Sie ist sehr nett.»

Er lächelte matt. «Ja ... sehr nett.»

«Ich seh ziemlich oft was in der Zeitung über sie.»

«Ja. Dem entgeht man leider kaum.»

Ihr wurde unbehaglich. «Beauchamp ... Ich glaube, Mr. Halcyon wird gleich zurück ...»

«Wollen Sie eine Sensationsmeldung hören, die Sie in den Klatschspalten garantiert nicht finden werden?»

«Ich möchte nicht über Ihre Frau sprechen.»

«Das kann ich Ihnen nicht verdenken.»

Sie tupfte sich mit einer Serviette den Mund ab. «Das Mittagessen mit Ihnen war wirklich ...»

«Wir haben seit dem Fol de Rol nicht mehr miteinander geschlafen.»

Sie entschied sich, nicht zu fragen, was der oder das Fol de Rol war. «Ich denke, wir sollten gehen, Beauchamp.»

«DeDe und ich sind nicht einmal *Freunde*, Mary Ann. Mit ihr unterhalte ich mich nie so wie mit Ihnen. Wir gehen nicht aufeinander *ein* ...»

«Beauchamp ...»

«Verdammt noch mal, ich versuche, Ihnen etwas zu sagen! Können Sie nicht mal für zehn Sekunden aufhören mit Ihrem ... moralischen Getue?» Er senkte den Kopf und rieb sich mit den Fingerspitzen die Stirn. «Entschuldigen Sie ... O Gott! ... Bitte helfen Sie mir, ja?»

Sie griff über den Tisch und drückte seine Hand. Er weinte.

«Was kann ich denn tun, Beauchamp?»

«Ich weiß nicht. Lassen Sie mich nicht allein ... bitte. Reden Sie mit mir.»

«Beauchamp, hier ist nicht der richtige Ort für ...»

«Ich weiß. Wir brauchen mehr Zeit.»

«Wir könnten uns nach der Arbeit auf einen Drink treffen.»

«Wie wäre es mit dem Wochenende?»

«Ich glaube nicht, dass das …»

«Ich kenne was Nettes in Mendocino.»

Ein Stück von Annas Vergangenheit

Die Sonne im Park schien auf einmal wärmer, und die Vögel sangen viel freudiger.

Jedenfalls kam es Edgar so vor.

«Madrigal. Das ist ein hübscher Name. Gibt es nicht in Philadelphia irgendwelche Madrigals?»

Anna zuckte mit den Schultern. «Also, ich stamme aus Winnemucca.»

«Oh … In Nevada kenne ich mich nicht besonders aus.»

«Aber Sie waren doch sicher schon einmal in Winnemucca. Wahrscheinlich mit achtzehn.»

Edgar lachte. «Mit zwanzig. Wir sind eine Familie von Spätentwicklern.»

«In welchem waren Sie denn?»

«Mein Gott! Sie sprechen von der Steinzeit. Ich könnte mich beim besten Willen nicht mehr daran erinnern!»

«Es war Ihr erstes Mal, nicht?»

«Ja.»

«Na, dann können Sie sich auch daran erinnern. Jeder erinnert sich an das erste Mal.» Sie zwinkerte aufmunternd wie eine Lehrerin, die einem schüchternen Schüler das Große Einmaleins aus der Nase zu ziehen versuchte. «Wann war das? So um 1935 rum?»

«Ich glaube … es war 1937. In meinem ersten Jahr in Stanford.»

«Wie sind Sie hingekommen?»

«Mein Gott … mit einem klapperigen Oldsmobile. Wir sind die ganze Nacht gefahren, bis wir mitten in der Wüste auf dieses enttäuschende Haus aus Schlackensteinen gestoßen sind!» Er kicherte in sich hinein. «Wahrscheinlich hatten wir uns einen Märchenpalast aus Tausendundeiner Nacht vorgestellt. Oder wenigstens etwas mit Gaslaternen und viel rotem Samt.»

«Die Leute aus San Francisco sind elend verwöhnt!»

Er lachte. «Na ja, ich fand, dass wir mehr verdient hatten. Es war fast grotesk, wie brav das alles eingerichtet war. Sie hatten im Gesellschaftszimmer sogar ein Foto von Franklin und Eleanor hängen.»

«Man muss doch den Schein wahren, oder? Erinnern Sie sich denn jetzt an den Namen?»

Edgars Augenbrauen zuckten nach oben. «Mein Gott, ja ... die Blue Moon Lodge! Ich habe schon jahrelang nicht mehr daran gedacht!»

«Und der Name des Mädchens?»

«Für ein Mädchen ging sie kaum noch durch. Mehr für fünfundvierzig.»

«Damit ist sie immer noch ein Mädchen. Glauben Sie mir.»

«War nicht so gemeint.»

«Und wie hieß sie?»

«O Gott ... Nein, daran kann ich mich unmöglich erinnern.»

«Margaret?»

«Ja! Wie konnten Sie ...?»

«Sie hat mir alle Bücher mit *Puh dem Bären* vorgelesen.»

«Was?»

«Sind Sie sicher, dass Sie die Geschichte hören möchten?»

«Wissen Sie, wenn ich Ihnen ...»

«Meine Mutter war die Besitzerin der Blue Moon Lodge. Das war mein Zuhause. Ich bin dort aufgewachsen.»

«Sie haben sich das doch nicht etwa ausgedacht, oder?»

«Nein.»

«Mein Gott!»

«Wagen Sie es *ja* nicht, sich zu entschuldigen. Wenn Sie es doch tun, nehme ich Ihnen das Sandwich wieder weg und laufe schnurstracks nach Hause. Ehrenwort!»

«Warum haben Sie mich einfach so dahinreden lassen?»

«Weil Sie sich daran erinnern sollten, was für ein Mensch Sie damals waren. Denn mit dem, der Sie jetzt sind, scheinen Sie nicht allzu glücklich zu sein.»

Edgar sah sie direkt an. «Nein, nicht?»

«Nein.»

Er biss in sein Sandwich. Seine Gegenwart bereitete ihm viel größeres Unbehagen als die fragwürdige Vergangenheit dieser Frau. Er wechselte das Thema. «Haben Sie denn jemals ... ich meine ...?»

Sie lächelte. «Was schätzen Sie?»

«Das ist nicht fair.»

«Okay. Ich bin mit sechzehn von zu Hause weggelaufen. Das war ein paar Jahre bevor Sie im Blue Moon Kunde wurden. Und für meine Mutter gearbeitet habe ich nie.»

«Ich verstehe.»

«Ich führe inzwischen mein eigenes Haus.»

«Hier?»

«In der Barbary Lane 28, San Francisco, 94 109.»

«Auf dem Russian Hill?»

Sie gab das kleine Spiel auf. «Ich bin eine ganz normale Wohnungsvermieterin, Mr. Halcyon.»

«Aha.»

«Sind Sie enttäuscht?»

«Kein bisschen.»

«Gut. Also bis morgen ... da sind *Sie* dann mit dem Essenkaufen dran.»

Monas neuer Mitbewohner

Das ganz und gar nicht kosmische Schrillen des Telefons setzte Monas Mantra ein abruptes Ende.

«Ja?»

«Hallo, ich bin's. Michael.»

«Mouse! Mein Gott! Ich hab schon gedacht, die CIA hätte dich gekidnappt!»

«Ja, es ist lange her, was?»

«Drei Monate.»

«Ja. Das ist ungefähr mein Durchschnitt.»

«Oh ... Hat er dich an die Luft gesetzt?»

«Na ja, wir haben uns auf halbwegs gesittete Art getrennt. Er war die Höflichkeit in Person, und ich habe den ganzen Vormittag im Lafayette Park gesessen und geheult. Ja ... er hat mich an die Luft gesetzt.»

«Das tut mir aber leid, Mouse. Ich hab gedacht, dass es diesmal richtig gut läuft. Irgendwie hab ich ihn ganz nett gefunden, diesen ... Hat er nicht Robert geheißen?»

«Ja. Ich hab ihn auch irgendwie ganz nett gefunden.» Er lachte. «Hab ich dir je erzählt, was er macht? Er wirbt Leute an für die Marines. Einmal hat er mir einen kleinen Schlüsselring geschenkt. Mit einem Medaillon dran. Und auf dem steht: ‹Nur die tüchtigsten Männer passen zu den Marines.›»

«Niedlich.»

«Wir sind jeden Morgen durch den Golden Gate Park gejoggt ... bis hinunter zum Meer. Robert hat meistens so ein rotes Kapuzen-T-Shirt von den Marines angehabt. Deswegen haben uns die alten Knacker immer angehalten und uns erklärt, wie schön sie es doch finden, dass es auf dieser Welt noch ein paar anständige und aufrechte junge Männer gibt. Mensch, was haben wir darüber gelacht ... meistens hinterher im Bett.»

«Und warum läuft's nicht mehr?»

«Keine Ahnung. Wahrscheinlich hat er die Panik gekriegt. Wir haben schon *gemeinsam* Möbel gekauft und so. Das heißt ... eigentlich nicht *richtig* gemeinsam. Er hat ein Sofa gekauft und ich zwei passende Sessel. Man sollte ja bei allem auch gleich an die Scheidung denken ... Aber trotzdem war es so was wie ein Meilenstein. Bis zur Möbelkaufphase hab ich es vorher noch mit keinem geschafft.»

«Na, das ist doch *auch* schon was.»

«Eben ... Und ich hatte noch nie einen, der mir im Bett deutsche Gedichte vorgelesen hat. Auf Deutsch.»

«Das ist ja scharf!»

«Und er hat eine Mundharmonika, Mona. Manchmal hat er gespielt, wenn wir in der Stadt rumgelaufen sind. Ach, was war ich stolz, dass ich ihn hatte!»

«Und das Reden?» – «Was?»

«Konnte er reden? Oder war er zu sehr mit seiner Mundharmonika beschäftigt?»

«Er war ein netter Kerl, Mona.»

«Deswegen hat er dich ja auch rausgeschmissen.»

«Er hat mich nicht rausgeschmissen.»

«Das hast du doch eben gesagt.»

«Es hat halt einfach nicht ... sollen sein, das ist alles.»

«Red keinen Scheiß. Du bist ein hoffnungsloser Romantiker.»

«Danke für deine tröstlichen Worte.»

«Ich weiß nur, dass ich dich drei Monate nicht zu Gesicht bekommen habe. Außer deinem Traumprinzen gibt's auch noch andere Leute auf der Welt ... Und wir lieben dich auch.»

«Ich weiß. Es tut mir leid, Mona.»

«Mouse ...?»

«Wirklich. Ich wollte dich nicht ...»

«Michael Mouse, wenn du mir jetzt einen vorheulst, gehe ich nie wieder mit dir tanzen!»

«Ich heule nicht. Ich bin bloß nachdenklich.»

«Du hast zehn Sekunden, um mit dem Blödsinn aufzuhören. Mein Gott, Mouse, die Wälder sind voll von joggenden Marine-Anwerbern. Ogottogott! Das kommt davon, weil du auf diesen Typ normale Unschuld vom Lande so abfährst! Ich wette, dieses Arschloch hat zu Hause einen ganzen Schrank voll Holzfäller-hemden. Oder etwa nicht?»

«Es reicht.»

«Jetzt stapft er in seiner blauen Bomberjacke sicher grade unten im Toad Hall rum. Den einen Daumen hat er in seine Levi's gehakt, und in der anderen Hand hat er eine Flasche Acme-Bier.»

«Du bist vielleicht ein Biest.»

«Das ist doch genau dein Typ. Aber, sag mal ... wenn ich ein paar deutsche Gedichte lerne, würdest du dann bei mir wohnen, bis du was gefunden hast? Platz gibt's genug in dem Schuppen hier. Und Mrs. Madrigal hätte sicher nichts dagegen.»

«Ich weiß nicht recht.»

«Aber du stehst doch auf der Straße, oder? Hast du überhaupt noch Geld?»

«Ein paar Tausender auf dem Sparkonto.»

«Also, die poetische Tour à la Edna St. Vincent Millay hab ich jetzt satt. Es passt doch alles, du kannst hier unterschlüpfen, bis du eine neue Wohnung gefunden hast ... oder einen neuen Mundharmonikaspieler. Je nachdem, was zuerst kommt.»

«Das funktioniert *nie*.»

«Warum denn nicht?»

«Du schwörst auf Transzendentale Meditation und ich auf Außersinnliche Transzendenz. Das funktioniert *nie*.»

Noch am selben Abend brachte er all sein irdisches Hab und Gut in Monas Wohnung:

Die literarischen Werke von Mary Renault und der kürzlich verstorbenen Adelle Davis. Ein Sortiment von Arbeitsstiefeln, Overalls und Hosen aus Kaplan's Army Surplus an der Market Street.

Eine Jugendstillampe in Form einer Nymphe, die auf einem Bein balancierte. Ein Sammelsurium an Meeresmuscheln. Ein T-Shirt mit dem Aufdruck: TANZEN 1, AUSSEHEN 4. Eine Gefäßklemme zum Halten der Joints. Ein Heimfahrrad. Ein Foto von Patti LaBelle mit Widmung.

«Die Möbel sind noch bei Robert», erklärte er.

«Vergiss den Pisser», sagte Mona. «Du hast jetzt eine neue Mitbewohnerin.»

Michael drückte sie an sich. «*Du* hast mir wieder mal das Leben gerettet.»

«Nicht der Rede wert, Babycakes. Unterhalten wir uns lieber über die Grundregeln, okay?»

«Also, ich drücke die Zahnpastatube von unten aus.»

«Du weißt, worum's mir geht, Mouse.»

«Ja. Na ... wir haben doch jeder ein eigenes Zimmer.»

«Genau. Und das Wohnzimmer ist Sperrgebiet für alle Schnullis.»

«Natürlich.»

«Und wenn ich mal einen Doppelstecker mit nach Hause bringe, dann lässt du gefälligst deine Finger von ihm, verstanden?»

«Seh ich etwa so aus, als ob ich so was Garstiges tun könnte?»

«Und was ist mit dem baskischen Gärtner vom letzten Sommer?»

«Ach ja.» Michael lächelte. «Der war doch ganz in Ordnung, oder?»

Mona streckte ihm die Zunge raus.

Ihr erstes Rendezvous

Anna schlug vor, zum Mittagessen in den Washington Square Bar & Grill zu gehen. «Es ist zum Schreien dort», sagte sie lachend am Telefon. «Jeder spielt auf Teufel komm raus den Literaten. Für den Preis eines Hamburgers kann man so tun, als hätte man gerade einen kleinen Gedichtband abgeschlossen.»

Edgar war argwöhnisch. «Ich glaube, mir wäre etwas weniger Lärmiges lieber.»

«Etwas weniger Öffentliches, meinen Sie?»

«Na ja ... Ja.»

«Um Himmels willen! Ich bin doch nicht Ihre Geliebte! Wenn einer Ihrer Kumpel uns sieht, können Sie sagen, dass ich eine Kundin bin oder so was.»

«Meine Kundinnen sehen nicht so gut aus wie Sie.»

«Sie Schwerenöter!»

Sie saßen schließlich zwei Tische von Richard Brautigan entfernt. Oder von einem Typen, der sich Mühe gab, wie Richard Brautigan *auszusehen*.

«Drüben an der Bar sitzt Mimi Fariña.»

Edgar musste passen.

«Die Schwester von Joan Baez, Sie Banause. Wo haben Sie denn Ihr ganzes Leben lang gesteckt? Hier auf der Halbinsel?»

Er grinste etwas müde. «Für den Gebieter über ein Elendsquartier sind Sie ganz schön frech.»

«Die Gebieterin.»

«Entschuldigung. Mit Berühmtheiten kenne ich mich nicht besonders aus.»

Anna lächelte ihn an und sagte ohne jeden Vorwurf: «Hat Ihre Frau nicht permanent welche zu Gast?»

«Sie lesen Zeitung?»

«Manchmal.»

«Meine Frau *sammelt* Dinge, Anna. Sie sammelt Porzellan-enten, alte Korbmöbel, Vogelkäfige des neunzehnten Jahr-hunderts aus der französischen Provinz, die aussehen wie das Schloss in Blois ... Und sie sammelt Menschen. Letztes Jahr hat sie sich Rudolf Nurejew, Luciano Pavarotti, mehrere Auchin-closses und einen wahrhaftigen, originalen spanischen Prinzen namens Umberto de Soundso in die Vitrine gestellt.»

«Dabei sind die heutzutage so schwer zu finden.»

«Außerdem sammelt sie Flaschen. Rumflaschen.»

«Oh.»

«Sollen wir aufhören, über sie zu reden?»

«Wenn Sie möchten. Übrigens, was *hätten* Sie denn gerne?»

«Ich hätte gern, dass eine gut aussehende ... Wie alt sind Sie?»

«Sechsundfünfzig.»

«Ich hätte gern, dass eine gut aussehende sechsundfünfzig-jährige Frau mit mir am Strand spazieren geht und mir Witze erzählt.»

«Wann?»

«Jetzt gleich.»

«Werfen Sie den Mercedes an.»

Der Strand von Point Bonita lag beinahe verlassen da. An seinem nördlichen Ende ließ eine Gruppe Teenager einen riesigen Dra-chen mit schimmerndem Schwanz steigen.

«Du meine Güte», sagte Edgar. «Erinnern Sie sich noch, wie viel Spaß das immer gemacht hat?»

Anna stapfte neben ihm durch den grobkörnigen schwarzen Sand. «Gemacht *hat*? Ich lasse dauernd Drachen steigen. Wenn man stoned ist, ist es das Tollste *überhaupt*.»

«Marihuana?»

Anna warf ihm einen verruchten Blick zu. Sie wühlte in ihrer gewebten Umhängetasche und förderte einen sauber gedrehten Joint zutage. «Man beachte das Zigarettenpapier. Ich dachte, es könnte vielleicht an Ihr stures Kaufmannsherz rühren.»

Als Zigarettenpapier hatte sie eine nachgemachte Ein-Dollar-Note genommen.

«Anna ... ich möchte kein Spielverderber sein ...»

Sie ließ den Joint wieder in der Tasche verschwinden. «Natürlich nicht. Na dann! Machen wir doch einen netten kleinen Spaziergang, ja?»

Ihre aufgesetzte Freundlichkeit verletzte ihn. Er fühlte sich älter denn je. Er wollte Kontakt zu Anna gewinnen. Etwas Verbindendes. Etwas Dauerhaftes.

«Anna?»

«Ja?»

«Für eine Sechsundfünfzigjährige sind Sie meiner Meinung nach ganz unglaublich.»

«So ein Blödsinn.»

«Nein, wirklich.»

«Ich bin *genau* so, wie eine Sechsundfünfzigjährige sein sollte.»

Er lachte matt. «Ich wünschte, Sie würden mich akzeptieren.»

«Edgar ...» Sie hakte sich zum ersten Mal bei ihm ein. «Ich akzeptiere *Ihr Wesen*. Ich möchte nur, dass Sie sich von der alten, harten Schale befreien, in der Sie stecken. Ich möchte, dass Sie erleben, wie wundervoll Sie ...»

Sie ließ seinen Arm los und lief über den Strand auf die Teenager zu. Nach kaum einer Minute kam sie zurück und zog den großen silbernen Drachen hinter sich her.

Sie hielt Edgar die Schnur hin. «Er gehört für zehn Minuten Ihnen», sagte sie keuchend. «Machen Sie was draus.»

«Sie sind verrückt», sagte er lachend.

«Vielleicht.»

«Womit haben Sie die Jungs überredet?»

«Fragen Sie mich nicht.»

Am Ende des Strands hockten die Teenager eng aneinandergedrängt im Kreis und sahen zu, wie Annas Bestechungsgeschenk in Rauch aufging.

Auf nach Mendocino

Beauchamps silberfarbener Porsche schoss bei der Abfahrt von einem der Marin-Hügel durch die Kurven wie eine Flipperkugel auf Erfolgskurs.

Mary Ann spielte nervös an ihrem Stimmungsring herum. «Beauchamp?»

«Ja?»

«Was haben Sie Ihrer Frau gesagt?»

Er lächelte wie ein Jungpfadfinder auf Abwegen. «Sie glaubt, dass ich ein Kind aufs Land bringe.»

«Was?»

«Ich hab ihr erzählt, dass die Guardsmen auf dem Mount Tam ein Wochenende für Kinder aus sozial schwachen Familien veranstalten. Aber das spielt keine Rolle. Sie hat nicht einmal hingehört. Sie und ihre Mutter waren gerade mit der Planung einer Party für Nora Cunningham beschäftigt.»

«Für die Opernsängerin?»

«Ja.»

«Ihre Familie kennt eine Menge berühmte Leute, was?»

«Wahrscheinlich.»

«Sie haben doch Mr. Halcyon nichts davon erzählt, oder?»

«Wovon?»

«Davon, dass wir ... wegfahren.»

«O Gott! Sind Sie verrückt?»

Sie drehte sich zur Seite und sah ihn an. «Ich weiß nicht. Bin ich es?»

Das Motel lag auf einer bewaldeten Klippe mit Aussicht auf die Küste bei Mendocino.

Es bestand aus einem halben Dutzend kleiner Häuschen in unterschiedlichem Verfallsstadium. Es hieß Fools Rush Inn.

Die Betreiberin des Motels zwinkerte Mary Ann immer wieder zu.

Als sie gegangen war, sagte Mary Ann: «Es gibt nur ein Bett.»

«Ja. Ich sorge dafür, dass sie noch ein Klappbett bringt.»

«Sie wird uns für reichlich komisch halten.»

«Ja, nicht?»

«Beauchamp, Sie haben gesagt, wir würden nicht ...»

«Ich weiß. Und das war mein Ernst. Machen Sie sich keine Sorgen. Ich sage ihr, dass Sie meine Schwester sind oder so was.»

Mary Ann packte ihre Tasche aus, während Beauchamp im Kamin Feuer machte. Aus Gewohnheit hatte sie ihr ramponiertes Exemplar von *Nicholas and Alexandra* eingepackt, an dem sie während der letzten drei Sommer gelesen hatte.

«Einen Scotch?», fragte er.

«Ich glaube nicht.»

«Er hilft mir, mich zu entspannen.»

«Dann trinken Sie doch einen.»

«Ich bin Ihnen wirklich sehr dankbar, Mary Ann. Ich hatte etwas Abstand bitter nötig.»

«Ich weiß. Hoffentlich hilft es auch.»

Er saß auf der Stufe vor dem Kamin und nippte an seinem Scotch.

Sie setzte sich neben ihn. «Sie haben nicht viele Freunde, oder?»

Er schüttelte den Kopf. «Es sind alles DeDes Freunde. Ich habe kein Vertrauen zu ihnen.»

«Ich fände es so schön, wenn Sie mir vertrauen könnten.»

«Ich auch.»

«Sie *können* mir vertrauen, Beauchamp.»

«Ich hoffe.»

Sie legte ihre Hand auf sein Knie. «Tun Sie es.»

Als es dunkel wurde, fuhren sie ins Dorf und aßen im Mendocino Hotel zu Abend.

«Früher war es hier mal ganz wunderbar», sagte Beauchamp mit einem Blick in die Runde. «Es war urwüchsig und billig, und die Böden waren schief ... so richtig toll.»

Mary Ann sah sich um. «Ich finde, es sieht recht hübsch aus.»

«Es ist zu fein geworden. Zu selbstbewusst. Der Charme ist verloren gegangen.»

«Aber es gibt eine Sprinkleranlage.»

Er lächelte. «Perfekt. Die Antwort passt hundertprozentig zu Ihnen.»

«Was hab ich denn gesagt?»

«Mit Ihnen ist es genauso, Mary Ann. Genau wie mit diesem Haus. Sie sollten nie selbstbewusst werden ... oder Ihr Zauber verschwindet.»

«Sie halten mich für naiv, nicht?»

«Ein bisschen.»

«Für unverbildet?»

«O ja!»

«Beauchamp ... für mein Empfinden ist das kein ...»

«Ich vergöttere das, Mary Ann. Ich vergöttere Ihre Unschuld.»

Als sie in ihr Häuschen zurückkamen, war noch etwas Glut da. Beauchamp kniete sich vor den Kamin und warf ein Kiefernscheit auf den Rost.

Er blieb auf den Knien und verharrte bewegungslos und wirkte wie ein in Gold getauchter Faun auf einem Gemälde von Maxwell Parrish. «Sie haben das Klappbett noch nicht gebracht. Ich frage mal im Büro nach.»

Mary Ann setzte sich neben ihm auf den Boden. Sanft streichelte sie über die dunklen Haare auf seinem Unterarm.

«Vergiss das Klappbett, Beauchamp.»

Brian geht die Wände hoch

Brian drückte dreimal auf Mary Anns Klingel, murmelte «Scheiße» und schlich über den Flur zurück in seine eigene Wohnung. Er hätte es sich denken können.

Ein Mädchen wie sie wusste am Samstagabend was Besseres zu tun, als sich bei Kentucky Fried Chicken was zu essen zu holen und sich dann vor den Fernseher zu knallen. Ein Mädchen wie sie ging aus und machte einen drauf ... es tanzte und trank und knabberte am Brut-behauchten Ohr eines Jungmanagers mit einem Sportwagen, einem Trimaran in Tiburon und einer Eigentumswohnung in Sea Ranch.

Er schälte sich aus seinem blauen Perry's-Jeanshemd und machte auf dem Schlafzimmerboden zwei Dutzend hektischer Liegestütze. Welchen Sinn sollte es haben, wegen Mary Ann im Geiste einen Steifen zu kriegen?

Außerdem war sie wahrscheinlich eine dumme Schlampe. Wahrscheinlich las sie *Reader's Digest Condensed Books* und schickte Kettenbriefe weiter und malte über ihre *i* kleine Kreise.

Wahrscheinlich war sie im Bett *Dynamit*.

Er stieg unter die Dusche und sublimierte seine Geilheit bei einem Donna-Summer-Song.

Was sollte es also heute Abend sein? Das Henry Africa's. Es war von Perry's und der Union Street weit genug weg, um wenigstens einen *scheinbaren* Ausweg zu bieten. Von ein paar der Mädchen dort war bekannt, dass sie neben «Echt!» und «Super!» noch andere witzige Kommentare im Repertoire hatten. Von zweien zumindest.

Aber er konnte sich nicht damit anfreunden.

Er starb allmählich an Farnkrautvergiftung, und er stand knapp vor einer Überdosis Schummerlicht aus Tiffanylampen. Diese ganze Plastik-Fantastik-Szene ging ihm auf die Nerven. Aber wohin sonst ...?

Mensch! Das Come Clean Center.

Letzten Monat hatte er dort ein paar *scharfe* Frauen aufgegabelt. Ins Come Clean Center zogen scharfe Frauen wie Lemminge, die sich in den Hafen der Ehe stürzen wollten. Aber man brauchte sie nicht zu heiraten, um sie zu nageln!

Einfach perfekt! Er trocknete sich hastig ab, stieg in Cord-Levi's und zog ein Rugbyhemd in Grau und Kastanienbraun an. Warum war ihm das nicht schon früher eingefallen, verdammt noch mal?

Vor dem Schrankspiegel schlug er sich mit der flachen Hand auf den Bauch. Es ergab ein kompaktes Geräusch, wie wenn ein Baseball im Fanghandschuh landet. Nicht schlecht für zweiunddreißig!

Er ging zur Tür, machte aber wieder kehrt, als ihm noch etwas einfiel.

Er griff sich einen Kissenbezug vom Bett, ging noch einmal an den Schrank und stopfte den Bezug mit schmutzigen Boxershorts, Hemden und Bettlaken voll.

Er sprintete fast die Barbary Lane entlang.

Das Come Clean Center machte sich in aller Zwanglosigkeit an der Kreuzung Lombard und Fillmore breit, direkt gegenüber vom Marina Health Spa. Es war blau und im funktionalen Sixties-Stil, und es hatte so wenig Charakter, dass es genauso gut in Boise oder Augusta oder Kansas City hätte aus dem Boden wachsen können. Auf einem Schild neben der Tür stand: BITTE NACH 20.00 UHR NICHT MEHR WASCHEN.

Brian schmunzelte. Er konnte den Kummer der Betreiber nachfühlen. Es gab Leute, die blieben tatsächlich bis zum bitteren Ende. Er schaute auf die Uhr: 19.27 Uhr. Er musste rasch arbeiten.

Vor den rumorenden Speed Queens an der Wand saß ein Dutzend junger Frauen, die alle taten, als interessierten sie sich bloß für ihre Wäsche. Ihre Blicke glitten kurz in Brians Richtung, dann wieder zurück zu den Maschinen. Brians Herz arbeitete wie ein Maytag-Rührwerk.

Er taxierte die Männer, die er sehen konnte. Keine rechte Konkurrenz. Ein paar Kerle im Freizeitanzug, einer mit einem schlechten Toupet, ein Schwächling mit einem Glitzerstein im Ohr.

Er schob die Ärmel hoch, zog den Bauch ein und bewegte sich mit panthergleicher Eleganz zu den Waschmittelautomaten hinüber. Jedes Detail war jetzt von Belang, jedes Hervortreten einer Sehne, jedes Zucken eines Augenlids ...

«Psst, Hawkins!»

Als Brian herumwirbelte, sah er sich Chip Hardesty gegenüber, der sein schlimmstes Spielshowlächeln aufgesetzt hatte. Chip war Junggeselle, lebte in Larkspur und hatte in einem umgewandelten Lagerhaus an der Northpoint eine Zahnarztpraxis. In die Trennwände seiner Praxis war eine Unmenge gefärbtes Glas eingearbeitet, und sie hing voller Seidenbanner im Stil der

Renaissance. Die Leute fühlten sich häufig wie in einer von den Farnkrautkneipen.

Brian seufzte gereizt. «Okay ... Dann ist dieser Claim also schon abgesteckt.»

«Ich gehe gerade. Mach dir bloß nicht ins Hemd.»

Das war Chip Hardesty in Reinkultur. *Mach dir bloß nicht ins Hemd.* Er sieht vielleicht aus wie ein Sportreporter aus dem Fernsehen, dachte Brian, aber seine Witze kommen direkt aus dem Studentenwohnheim, circa 1963.

«Und du konntest nirgends landen?», fragte Brian, um Chip ein bisschen zu triezen.

«Ich war gar nicht darauf aus.»

«Ach nein?»

Chip hielt seinen Wäschekorb hoch. «Siehst du das?»

«In Larkspur gibt's wohl keine Waschsalons.»

«Jetzt hör mir mal zu. Wenn ich heute Abend nicht verabredet wäre, würde ich ein überreifes Früchtchen vernaschen.»

«Hier aus dem Laden?»

«Aber sicher, Alter.»

«Wo?»

«Das könnte dir so passen. Mach deine Beinarbeit gefälligst selber.»

«Ach, verpiss dich doch, du alter Wichser.»

Chip glückste und wies mit einem Seitenblick in eine Ecke des Waschsalons. «Sie gehört dir ganz allein, Alter. Es ist die in Orange.» Er schlug Brian auf die Schulter und ging zur Tür. «Sag ja nicht, ich hätte dir noch nie einen Gefallen getan.»

«Auf geht's», murmelte Brian und ging zum Angriff über.

Manöverkritik

Beauchamp?»

«Ja?»

«Liegst du auf der Seite gut?»

«Ja. Kein Problem.»

«Bist du sicher? Ich leg mich auch gern auf die andere.»

«Ich bin sicher.»

Mary Ann setzte sich im Bett auf und biss unschlüssig auf ihrem Zeigefinger herum. «Weißt du, was ich mir schön vorstelle?»

Schweigen.

«Auf dem Highway habe ich ein Schild gesehen von einem Bootsverleih. Wir könnten uns ein Lunchpaket machen, ein Kanu mieten und einen ganzen schönen Sonntagvormittag lang gemütlich den ... Dings ... hinaufpaddeln. Wie heißt der Fluss überhaupt?»

«Big.»

«Big River?»

«Ja.»

«Na, an dem Namen könnte man noch einiges verbessern, aber im Paddeln bin ich spitze, und ich könnte die ganzen Gedichte rezitieren, die ich in meinem Abschlussjahr geschrie...»

«Ich muss früh zurück.»

«Hast du nicht gesagt, dass du ...»

«Mary Ann, könnten wir vielleicht ein bisschen schlafen, hm?» Er rollte sich von ihr weg, rückte weiter zur Bettkante hinaus. Mary Ann blieb aufrecht sitzen und sagte erst mal nichts.

Schließlich:

«Beauchamp?»

«Was?»

«Bist du ...?»

«Was?»

«Nicht so wichtig. Ich dachte nur, ob ...»

«Was denn, verdammt!»

«Bist du ... verärgert wegen vorhin?»

«Was glaubst *du* denn?»

«Es macht nichts, Beauchamp. Ich meine, es macht dir vielleicht etwas aus, aber mir überhaupt nicht. Wahrscheinlich warst du bloß verspannt. Es war Zufall.»

«Wie toll. Vielen Dank, Frau Dr. Sexualberatung.»

«Ich versuche doch nur ...»

«Lass es gut sein, ja?»

«Vielleicht hast du zu viel getrunken, weißt du.»

«Ich hatte ganze drei Scotchs!»

«Na ja, das reicht doch, um ...»

«Lass es gut sein, verflucht noch mal!»

«Weißt du, Beauchamp, mich stört der Gedanke, dass ... das hier ... der Grund für unseren Ausflug gewesen sein soll. Ich bin mit dir hier rausgefahren, weil ich dich *mag*. Du hattest mich um meine Hilfe gebeten.»

«Die hat ja auch grandios gewirkt!»

«Du denkst nur zu viel daran. Ich glaube, deine Probleme mit DeDe ...»

«Herrgott, musst du *sie* denn ins Spiel bringen?»

«Ich dachte bloß, dass ...»

«Ich will nicht über DeDe reden!»

«Und was ist, wenn *ich* über sie reden will, hm? Ich bin doch diejenige, die sich bei dieser Sache die Finger verbrennen kann, Beauchamp. Ich bin diejenige, die den Kopf hinhält. Du kannst dich jederzeit nach Hause verziehen in dein Penthouse und zu deiner Frau und deinen Partys mit der feinen Gesellschaft. Aber mir bleibt bloß ... der Computer der Partnervermittlung ... und der Ball der einsamen Herzen in diesem blöden Jack Tar Hotel!»

Sie sprang aus dem Bett und ging ins Badezimmer.

«Was machst du?», wollte Beauchamp wissen.

«Ich putz mir die Zähne, wenn du nichts dagegen hast!»

«Mary Ann, sieh mal ... ich ...»

«Ich kann dich nicht verstehen. Das Wasser läuft.»

Er rief: «Es tut mir leid, Mary Ann!»

«Mrrpletlrp.»

Er ging zu ihr ins Badezimmer, stellte sich hinter sie und streichelte besänftigend ihren Bauch. «Ich sagte, es tut mir leid.»

«Würde es dir etwas ausmachen, mich hier alleine zu lassen?»

«Ich liebe dich.»

Schweigen.

«Hast du gehört?»

«Beauchamp, ich verschütte gleich noch das Mundwasser!»

«Ich liebe dich, verflucht noch mal!»

«Aber doch nicht *hier*, um Himmels willen!»

«Doch, hier!»

«Beauchamp, um Himmels willen! Beauchamp!»

Sie stützte das Kinn auf und studierte sein klassisch schönes Gesicht im Schlaf. Er schnarchte so leise, dass es sich anhörte wie Schnurren. Sein braun gebrannter und dunkel behaarter rechter Arm lag um ihre Taille.

Er redete im Schlaf.

Zuerst war es unverständliches Zeug. Dann glaubte sie, einen Namen zu hören, konnte ihn aber nicht verstehen. Es war nicht DeDe ... und es war nicht Mary Ann.

Sie beugte sich zu ihm hinunter. Die Geräusche wurden noch unverständlicher. Er wälzte sich auf den Bauch und zog dabei seinen Arm von ihrer Hüfte. Dann begann er wieder zu schnarchen.

Mary Ann schlüpfte aus dem Bett und ging auf Zehenspitzen

ans Fenster. Der Mond überzog das Meer mit einer silbrigen Spur. «Das ist ein Moon River», hatte ihr Bruder Sonny ihr erklärt, als sie zehn gewesen war. Sie hatte ihm geglaubt. Sie hatte auch geglaubt, dass sie irgendwann Audrey Hepburn sein und einem Mann begegnen würde, der ihr George Peppard sein konnte.

Die nächsten zwei Stunden saß sie vor dem Kamin und las *Nicholas and Alexandra*.

Saubere Anmache im Marina

Brians Beute saß auf einem Plastikstuhl in der mit einem Zottelteppich ausgelegten Wartezone des Come Clean Center. Sie trug eine orangefarbene Hose, die nachts den Schutz einer ganzen Straßenarbeiterkolonne garantiert hätte.

Ihr Mao-Tse-tung-T-Shirt spannte derart über ihrem Busen, dass der Große Vorsitzende breit grinste.

Und sie las in einem *People*-Heft.

Brian zögerte vor dem Waschmittelspender und heuchelte Unentschlossenheit, Dann drehte er sich um.

«Ahm ... entschuldige? Könntest du mich über den Unterschied zwischen Downy und Cheer aufklären?»

Sie blickte von einem Artikel über Cher hoch und beäugte ihn durch kobaltblaue Haftschalen. Während sie weiter auf ihrem Klumpen Care-free Sugarless herumkaute, beschnupperte sie den neuen Bullen, der hufescharrend auf ihrer Weide aufgetaucht war.

«Downy ist ein Weichspüler», sagte sie lächelnd. «Der macht deine Sachen richtig weich und duftig. Hier ... willst du meinen probieren?»

Brian lächelte ebenfalls. «Bist du sicher, es reicht für zwei?»

«Aber ja.»

Sie zog eine Flasche Downy aus ihrem roten Plastikwäsche-korb. «Siehst du? Hier steht, dass ...»

Brian stellte sich neben sie. «Wo?»

«Hier ... auf dem Etikett, unter ...»

«Ach ja.» Ihre Wange war *Zentimeter* entfernt. Er konnte ihr Charlie riechen. «Ich seh's ... aprilfrisch.»

Sie las kichernd weiter. «Und es hilft gegen elektrostatische Aufladung.»

«Ich halte es immer kaum aus, wenn ich geladen bin. Geht es dir auch so?»

Sie legte den Kopf schief und sah ihn spöttisch an, dann las sie weiter vor. «Macht Weißes weißer und Buntes bunter.»

«Natürlich.»

«Sorgt für kuschelige Weichheit und Fülle.»

«Mhhm. Kuschelige Weichheit ... und Fülle.»

Sie zuckte zurück, sah ihn dann an und grinste geziert. «Du gehst ja vielleicht ran.»

«Tja, das macht wahrscheinlich die Aprilfrische.»

«Du bist echt zu viel!»

«Das sagen mir alle.»

«Na, dann kannst du ja jetzt ...»

«Du bist wohl nicht von hier, was?»

«Warum?»

«Ich weiß nicht. Du hast so was ... Nein, vergiss es.»

«Was habe ich?»

«Ach, es klingt wie eine Masche.»

«Kannst du die Entscheidung darüber vielleicht mir überlassen?»

«Na ja, du hast irgendwie so was ... Kosmopolitisches an dir.» Sie sah ihn für einen Moment verständnislos an und warf dann einen Blick auf ihr T-Shirt, bevor sie wieder ihn ansah.

«Warum hast du das gemacht?», fragte er.

«Ich hab nachgedacht, ob ich mein *Paris-Match*-T-Shirt anhabe.» Er gluckste leise. «Ich meine nicht deine Sachen. Du hast ... irgendwie ... ein gewisses Flair. Ach, vergiss es.»

«Bist du denn von hier?»

«Klar. Dritter Trockner von rechts.»

«Ach, Mensch!»

«Ich weiß, dass er nicht nach viel *aussieht*, aber innen drin ist es recht hübsch. Kristalllüster, Velourstapeten, Armstrong-Linoleum ... Wo ist deine Wohnung?»

«Im Marina.»

«Ganz hier in der Nähe, was?»

«Ja.»

«Wie schnell können wir dort sein?»

«Ich glaub nicht, dass ... In fünf Minuten.»

«Was glaubst du nicht?»

«Vergiss es.»

«Schön. Sollen wir?»

«Halt, ich weiß noch nicht mal, wie du heißt.»

«Natürlich. Wie dumm. Ich heiße Brian Hawkins.»

Sie ergriff seine Hand und schüttelte sie einigermaßen förmlich. «Ich bin Connie Bradshaw. Friendly Skies of United.»

Darf man schon gratulieren?

Auf dem Boden rund um Connies Bett lagen die Gestalten verstreut, die es sonst tagsüber bevölkerten: ein eineinhalb Meter großer Plüschsnoopy, ein hellgrüner Sitzsackfrosch, ein Frotteepython mit beweglichen Augen (vergib ihr, Sigmund Freud, dachte Brian) und dazu ein kastanienbraunes Kissen mit der Aufschrift: SCHOOL SPIRIT DAY, CENTRAL HIGH, 1967.

Brian saß gegen das Kopfbrett gelehnt im Bett. «Stört es dich, wenn ich rauche?»

«Nein, nein.»

Er gluckste. «Das ist doch purer New Wave, findest du nicht auch?»

«Was?»

«Na ja ... dass die beiden hinterher noch im Bett liegen und ... Ach, es hat nichts zu sagen.»

«Ganz richtig.»

«Willst du, dass ich gehe?»

«Hab ich das gesagt, Byron?»

«Brian.»

«Wenn du willst, kannst du gehen.»

«Bist du sauer oder so?»

Schweigen.

«Ach, mir scheint, Gnädigste sind sauer.»

«Oh ... du bist ja so klug, was?»

«Störst du dich an meinem *Verstand*?»

Schweigen.

«Sieh mal, Bonnie ...»

«Connie.»

«Dann sind wir jetzt quitt. Sieh mal ... wenn du willst, nehm ich die Schuld auf mich. Ich bin die Liberalität in Person. Du brauchst nur eine Glocke zu läuten, und schon fängt bei mir der Speichel zu laufen an. Ich züchtige mich dann selbst und trage *wochenlang* an meiner Schuld. Aber sag mir erst mal, was ich *angestellt* habe, ja?»

Sie drehte sich auf die andere Seite und ging in Embryonalstellung. «Wenn du's nicht von selber weißt, hat es keinen Sinn, darüber zu reden.»

«Bonnie! Connie!»

«Springst du mit allen deinen Bettgefährtinnen so um?»

«*Wie* denn?»

«Ficken, spritzen, Danke sagen!»

«Na, du gehst ja hart zur Sache.»

«Du hast mich gefragt.»

«Ja, das hab ich.»

«Ich glaub nicht, dass es *abnormal* ist, wenn man ein bisschen Zärtlichkeit möchte.»

«‹She may be weary, women do get weary ...›»

«Hör auf damit und ...!»

«‹Wearin' the same shabby dress ...›»

«Du bist ein echtes Arschloch, ist dir das klar? Man kann dich wirklich nur ... *bedauern*! Du hast ungefähr so viel Gefühl wie ... Ach, ist ja auch egal!»

«Gut gesprochen.»

«Verpiss dich, du Sack!»

Connie saß inzwischen an ihrer Frisierkommode im französischen Rustikalstil und bürstete sich wie besessen die Haare.

«Entschuldige», sagte Brian. «Sind wir wieder gut?»

«Weshalb solltest du dich entschuldigen? Wir kennen uns doch nicht einmal.»

«Du hast mir immerhin was von deinem Weichspüler gegeben. Bedeutet das gar nichts für dich?»

«Doch. Das Ende eines schrecklichen Tages.»

«Mein Gott. Was ist dir denn *sonst noch* passiert?»

«Nichts. Rein gar nichts.»

«Und was hast du dann?»

«Geburtstag, du Affe!»

Er hielt sie in den Armen, bis sie zu weinen aufhörte, und wischte ihr danach mit einem Zipfel ihres geblümten hawaiianischen Wickelrocks die Tränen aus dem Gesicht.

«Ich habe Hunger», sagte er. «Wie sieht's bei dir aus?»

Sie gab keine Antwort und blieb wie eine kaputte Barbiepuppe auf der Bettkante sitzen. Brian ging in die Küche.

Ein paar Minuten später trug er mit aufgesetzter Feierlichkeit eine blecherne Quicheform herein. «Findest du nicht auch, dass die Bäckereien in North Beach ihr Geschäft verstehen?», sagte er.

Auf der Spitze eines dreistöckigen Sandwichs mit Erdnussbutter und Marmelade erstrahlten vier überlange Streichhölzer in festlichem Glanz.

«Du darfst dir was wünschen», sagte er. «Aber mach keine dummen Sprüche!»

Mrs. Day in ihrem Heim

DeDe war auf hundertachtzig. Es war schon später Sonntagnachmittag, und Beauchamp war von seinem Wochenende mit den Guardsmen auf dem Mount Tam immer noch nicht zurück.

Wie aufgezogen lief sie auf der Suche nach etwas, mit dem sie sich beschäftigen konnte, im Penthouse herum. Sie hatte bereits *Town and Country* gelesen, die Birkenfeigen gegossen, den Corgi ausgeführt und mit Michael Vincent über die Korbmöbel für das Wohnzimmer geplaudert.

Es blieben nur noch die Rechnungen.

Sie nahm an ihrem *escritoire* Platz und machte sich daran, die Fensterkuverts aufzuschlitzen. Die letzte Rechnung von Wilkes Bashford belief sich auf eintausendsiebenhundertachtundvierzig Dollar. Daddy würde zerspringen vor Wut. Sie hatte diesen Monat bereits drei Vorschüsse auf ihre Apanage erhalten.

Weg damit. Wenigstens diesmal sollte Beauchamp für seine Rechnungen bluten. Sie hatte es gründlich satt.

Ärgerlich stand sie auf und ging ans Fenster, wo sie sich einem Panorama von fast schon grotesker Exotik gegenübersah: der bewaldete Abhang des Telegraph Hill, die schlichte Erhabenheit eines norwegischen Frachters, der kühne blaue Schwung der Bay ... und dann ... das plötzliche Aufblitzen von grellem Grün, als ein Schwarm – nein, *der* Schwarm – Papageien nach Norden zu den Eukalyptusbäumen oberhalb von Julius Castle flog.

Die Vögel standen auf dem Russian Hill in einem legendären Ruf. Früher einmal hatten sie verschiedenen Menschen gehört. Dann waren sie ihren jeweiligen Käfigen irgendwie entflohen und hatten sich zu dieser lärmenden Einheit von Freiheitskämpfern zusammengeschlossen. Den meisten Berichten zufolge verbrachten sie die eine Hälfte des Tages auf dem Telegraph Hill, die andere auf dem Potrero Hill. Ihr Krächzen während des Fluges betrachteten viele Leute aus dem Viertel als eine Hymne an die befreite Seele.

Nicht so DeDe.

Sie fand die Papageien in aufsässiger Weise arrogant. Man konnte sich in der Stadt den wunderbarsten Papagei kaufen, doch Liebe, hatte sie beobachtet, konnte man von ihm nicht erwarten. Man konnte ihn füttern, sich um ihn kümmern und vor Freude über seinen Liebreiz spitze Schreie ausstoßen, doch es gab keine Garantie, dass er einen nicht verlassen würde.

Bestimmt gab es daraus etwas zu lernen.

DeDe schloss sich im Bad ein und goss eine halbe Flasche Vitabath in die Wanne. Sie suhlte sich eine Stunde lang im Wasser und versuchte, ihre Nerven zu beruhigen. Es half immer, an alte Zeiten zu denken, an sorglose Tage in Hillsborough, wo sie und Binky und Muffy öfters die Schlüssel für Daddys Mercedes stibitzten, im Fillmore herumkutschierten und die an den Straßenecken herumlungernden Schwarzen Sexbolzen neckten.

Eine schöne Zeit. Vor dem Kotillon. Vor dem Spinsters Ball. Vor Beauchamp.

Und was war jetzt? Muffy hatte einen kastilischen Prinzen geheiratet. Binky spielte immer noch das verwöhnte Prinzesschen aus jüdischem Hause.

Und DeDe war mit dem Sprössling einer verarmten, aber vornehmen Bostoner Familie geschlagen, der sich einbildete, ein Papagei zu sein.

Als DeDe so im warmen, angenehm duftenden Wasser lag, wurde ihr mit einem Mal klar, dass sich der Großteil ihrer Vorstellungen von Liebe und Ehe und Sex gefestigt hatte, als sie vierzehn gewesen war.

Mutter Immaculata, ihre Sozialkundelehrerin, hatte ihr erklärt, wie alles lief:

«Die Jungen werden es darauf anlegen, dich zu küssen, DeDe. Mit dem musst du rechnen, und dem musst du begegnen können.»

«Aber *wie*?»

«Die Antwort liegt ganz nah an deinem Herzen, DeDe. Es ist das Skapulier, das du um den Hals trägst.»

«Ich verstehe nicht so ganz, wie …»

«Wenn ein Junge dich zu küssen versucht, musst du dein Skapulier herausziehen und sagen: ‹Hier, küss das, wenn du etwas küssen musst.›»

Auf DeDes Skapulier befand sich eine Abbildung von Jesus oder vom heiligen Antonius oder sonst einem von denen. Keiner hatte je versucht, es zu küssen.

Mutter Immaculata kannte sich wirklich aus.

DeDe stieg aus der Wanne und stand danach lange vor dem Spiegel, wo sie sich Oil of Olaz ins Gesicht schmierte. Das Gewebe unter ihrem Kinn war weich und schwammig. Nichts Dramatisches. Es konnte immer noch für Babyspeck durchgehen.

Der Rest ihres Körpers hatte eine gewisse … sinnliche Qualität, wie sie fand, obwohl es sicherlich schön gewesen wäre, das mal wieder von einem Außenstehenden zu hören. Wenn Beauchamp sie nicht mehr begehrte, so gab es doch andere, die das taten. Verflucht noch mal, sie hatte wahrlich keinen Grund, sich zu verhalten wie die Miss Peninsula Virgin von 1969.

Sie kramte ihr Adressbuch heraus und suchte nach Splinter Rileys Nummer.

Splinter mit den breiten Schultern und dem Schmelz im Blick. Splinter, der sie in einer lauen Nacht auf Belvedere Island (1970? 1971?) angefleht hatte, mit ihm zum Bootshaus der Mallards zu gehen, wo er sich dann an ihrem Oscar-de-la-Renta-Kleid verging und sich mit befriedigender Gründlichkeit sein männliches Vergnügen holte.

Mein Gott! Sie hatte kein Fitzelchen davon vergessen. Die Duftmischung aus Schweiß und Chanel for Men. Die feuchten Planken, über die ihr Hintern damals schrappte. Die entfernten Klänge von Walt Tollesons Combo, die oben auf dem Hügel «Close to You» spielte.

Ihre Hand zitterte, als sie wählte.

Bitte mach, sandte sie ein Stoßgebet gen Himmel, dass Oona nicht zu Hause ist.

Die Wan-Tan-Connection

Gott sei Dank hob Splinter ab.

«Hallo?»

«Hallo, Splint.»

«Wer ist dran, bitte?»

«Hier hast du einen Hinweis: ‹Sittin' on the dock of the bay, wastin' tiiiiime ...›»

«DeDe?»

«Ich war mir sicher, dass ich damit bei dir was auslösen würde.» Ihr Ton war verlockend, aber damenhaft, wie sie meinte.

«Wie schön, mal wieder von dir zu hören. Was treibt ihr beide denn so, Beauchamp und du?»

«Nicht viel. Beauchamp ist mit den Guardsmen weg.»

«Mist! Habe ich ein Treffen verpasst?»

«Was?»

«Beauchamp und ich sind im selben Ausschuss. Die ziehen mir die Haut ab, wenn ich ...»

«Vielleicht hat es auch gar nichts mit den Guardsmen zu tun, Splint ... wenn ich es mir recht überlege.» Nun, das war die Antwort *darauf*.

«Hoffentlich hast du recht. Aber, was kann ich für dich tun?»

«Ich erinnere mich an Zeiten, da konnte ich etwas für dich tun.»

Schweigen.

«Beauchamp kommt erst heute Abend zurück, Splint.»

«DeDe ...»

«Keine Bedingungen.»

«Ich glaube nicht, dass ...»

«Ist Oona da? Bist du deshalb so zögerlich?»

«Nein. DeDe, hör mal ... ich fühle mich ungeheuer geschmeichelt, das schwöre ich dir ...»

«Keine emotionalen Verwicklungen. Ich habe mich sehr verändert, Splint.»

«Ich mich auch.»

«Was hätte sich bei dir großartig verändern können?»

«Ich liebe Oona.»

Sie legte einfach auf.

Fast im gleichen Augenblick hob DeDe auch schon wieder ab und rief in Jiffy's Market an. Sie bestellte zwei Liter Milch, eine Packung Familia und ein paar Bananen. Cornflakes hatten etwas sehr Tröstliches. Sie konnte dann immer an ihre Kindheit auf Halcyon Hill denken.

Der Botenjunge kam eine Viertelstunde später.

DeDe kannte ihn. Es war Lionel Wong, ein muskulöser Achtzehnjähriger, der schwer auf dem Bruce-Lee-Trip war.

«Soll ich's in die Küche stellen, Mrs. Day?»

«Ja bitte, Lionel. Ich hol gleich mein Portemonnaie aus dem Schlafzimmer.»

«Nicht nötig, Mrs. Day. Wir können es auf Ihre Rechnung setzen.»

«Nein ... ich möchte dich für deine Mühe belohnen.»

Sie ging ins Schlafzimmer und kam mit einem Dollarschein zurück.

«Vielen Dank.»

DeDe lächelte. «Hast du dir die Ausstellung im de Young angesehen?»

«Was?»

«Die Ausstellung über die Volksrepublik. Sie ist *fantastisch*, Lionel. Du solltest wirklich stolz sein auf dein Volk.»

«Ja, Ma'am.»

«Wirklich *fantastisch*. Dieser Kulturkreis ist einfach toll.»

«Ja.»

«Möchtest du was trinken, Lionel? Aber ich habe weder Cola noch Pepsi im Haus. Wie wär's mit einem Bitter Lemon?»

«Ich muss noch zu ein paar anderen Kunden, Mrs. Day.»

«Nur für einen Augenblick?»

«Vielen Dank, aber ...»

«Lionel ... bitte ...»

Eine halbe Stunde später kam Beauchamp nach Hause. Er traf Lionel am Lift.

«Du arbeitest sonntags, Lionel? Das ist aber happig.»

«Mir macht das nichts aus.»

«War irgendwas für die Days dabei?»

«Ja ... Mrs. Day brauchte dringend ein paar Sachen.»

«Wie geht's mit dem Kung-Fu?»

«Gut.»

«Mach weiter so. Du hast schon ganz gut Muskeln bekommen.»

«Danke. Bis bald mal.»

«Streng dich nicht zu sehr an. Und tu nichts, was ich nicht auch tun würde.»

Oben räkelte DeDe sich in ihrem zweiten Vitabath an diesem Tag.

Nackte Tatsachen

Der Parkplatz am Devil's Slide war gerammelt voll: blumenbemalte Hippie-Bullis, Schrottmühlen aus der Stadt, Bio-Pick-ups mit schindelverkleideten Zigeunerhäuschen drauf und eine Reihe staubiger Harley-Davidsons. Mona musste ihren 64er Volvo fast einen halben Kilometer vom Strand entfernt abstellen. «Scheiße», stöhnte sie. «Vor lauter Fleisch sieht man da unten wahrscheinlich keinen Sand mehr.»

«Hoffentlich», sagte Michael mit einem anzüglichen Grinsen.

«Das ist sexistisch. Selbst wenn du über *Männer* redest.»

«Dann bin ich eben ein Sexist.»

Mit Dutzenden anderen pilgerten sie über die unbefestigte Straße in Richtung Strand. «Hier geht's ja zu wie beim Pioniertreck über den Donnerpass», sagte Mona.

Michael grinste. «Ja. Ein falscher Schritt, und du wirst gefressen.»

Als sie an den Highway kamen, zahlte Mona dem Kartenverkäufer einen Dollar für sie beide.

«Das geht auf meine Rechnung», sagte sie. «Du bist in Trauer.»

Michael hüpfte zu der Treppe hinunter, die über die Klippe führte. «Dann sieh mal zu, wie ich gleich aufblühe, Babycakes!»

Zwei Minuten später standen sie auf einem breiten weißen Sandstrand. Michael warf einen Kieselstein in die Luft. «Wo sollen wir hingehen? Ans schwule oder ans normale Ende?»

«Lass mich mal raten.»

Michael grinste. «Am schwulen Ende ist es weniger windig.»

«Ich bin aber nicht gerade scharf drauf, über die Felsen dort zu klettern.»

«Ich werde dich tragen, o Blüte meines Herzens.»

«Du bist der geborene Gentleman!»

Arm in Arm marschierten sie auf die kleine Bucht zu, die sich zwischen die Felsen am Nordende des Strands schmiegte. Unterwegs kamen sie an fünf oder sechs herumtollenden Badenden vorbei, die alle nackt waren und so braun wie Fruchtriegel aus dem Bioladen.

«Sieh dir die an!», seufzte Mona. «Da komm ich mir ja vor wie ein frisch gerupftes Huhn.»

Michael schüttelte den Kopf. «Das bringt doch nichts. Sie haben keinen Badehosenstreifen.»

«Keinen was?»

«Badehosenstreifen. Das ist das Stück weiße Haut, das man sieht, sobald man die Unterwäsche auszieht.»

«Wer braucht denn so was? Ich hab meine Unterwäsche schon

seit Ewigkeiten nicht mehr vor Publikum ausgezogen. Und ich bin lieber durchgehend braun.»

«Das kannst du halten, wie du lustig bist. Ich will jedenfalls einen Badehosenstreifen.»

«Du bist bloß prüde, das ist alles.»

«Vor fünf Minuten war ich noch sexistisch.»

Mona bückte sich nach einem Stück Seetang und hängte es Michael übers Ohr. «Du bist eine sexistische und prüde Schwuchtel, Michael Mouse.»

Auf dem winzigen Fleckchen Strand lagen dreißig oder vierzig nackte Männer. Mona und Michael breiteten ein Badetuch aus. Es trug die Aufschrift *Chez Moi ou Chez Toi*? und das lebensgroße Abbild eines nackten Mannes.

Mona schaute sich um und warf dann noch einmal einen Blick auf das Badetuch. «Wie überflüssig. Hast du keine Angst, dass die Leute Vergleiche anstellen?»

Michael war bereits damit beschäftigt, sein Sweatshirt, sein Bodyshirt und seine Levi's auszuziehen. Lachend streckte er sich dann in seinem kurzen grüngelben Turnhöschen aus Satin auf dem Badetuch aus.

Mona zog ihre Levi's und ihr Top ebenfalls aus. «Na und, wie gefall ich dir als frisch gerupftes Riesenhuhn?»

«So ein Quatsch. Du siehst fabelhaft aus. Du siehst aus wie ... eine Nymphe.»

«Na, das bringt mir hier aber gar nichts.»

«Sei dir da mal nicht so sicher. Es grassiert nämlich gerade eine gemeine Heterosexualitätswelle, eine richtige Epidemie. Ich kenne eine ganze Menge Schwule, die sich in die Sutro Baths schleichen und dort mit Frauen anbändeln.»

«Wie bizarr.»

«Tja ... mit der Zeit verliert eben alles seinen Reiz. Mir hängt es eigentlich längst zum Hals raus, dass ich mir im Lion die Leber ruinieren darf, damit ich dann das Privileg genieße, mit einem Kerl rumzumachen, dessen Mann übers Wochenende in L. A. ist.»

«Heißt das, du wirst hetero?»

«*Das* hab ich nicht gesagt.»

Mona drehte sich auf den Bauch und drückte Michael eine Flasche Bain de Soleil in die Hand. «Reib mir doch den Rücken ein, ja?»

Michael gehorchte und trug die Lotion in kräftigen Kreisbewegungen auf. «Du hast wirklich einen guten Body, weißt du.»

«Danke, Babycakes.»

«Gern geschehen.»

«Mouse?»

«Ja?»

«Findest du, dass ich ein Schwulenmuttchen bin?»

«*Was?*»

«Ich finde schon. Das heißt, ich bin mir sogar sicher.»

«Du hast wohl mal wieder närrische Pilze gegessen, was?»

«Eigentlich ist es mir egal, ob ich ein Schwulenmuttchen bin. Es gibt Schlimmeres.»

«Aber du *bist* kein Schwulenmuttchen, Mona.»

«Schau dir doch die Symptome an. Ich hänge mit dir rum, oder etwa nicht? Tanzen gehen wir ins Buzzby's und ins Endup, und im Palms gehöre ich praktisch zur *Einrichtung*.» Sie lachte. «Scheiße! Ich hab so viele Blue Moons getrunken, dass ich mir schon fast vorkomme wie Dorothy Lamour.»

«Mona ...»

«Verflucht noch mal, Mouse! Ich kenne kaum noch Heteromänner.»

«Du lebst in San Francisco.»

«Darum geht's nicht. Die meisten Heteromänner *mag* ich

nicht mal mehr. Brian Hawkins widert mich an. Heteromänner sind ungehobelt und langweilig und ...»

«Vielleicht hattest du bloß mit den falschen zu tun.»

«Und wo sind dann die *richtigen*, hm?»

«Woher soll ich das wissen. Es muss doch irgendwo ...»

«*Untersteh* dich und schlag mir einen von diesen Softies aus dem Marin vor. Unter den vielen Haaren und dem ganzen Patschuli schlägt bei denen das Herz eines richtigen Schweins. *Den* Trip hab ich schon hinter mir.»

«Was kann ich da noch sagen?»

«Nichts. Rein gar nichts.»

«Ich habe dich sehr, sehr gern, Mona.»

«Ich weiß, ich weiß.»

«Soweit dir das was gibt ... Manchmal wünsche ich mir, es wäre genug.»

Zwei Stunden später zogen sie Hand in Hand durch ein Rotes Meer aus nackten Männerkörpern zum Auto zurück.

Sie aßen auf dem Pier 54 zu Abend, gingen kurz ins Buzzby's tanzen und kamen gegen halb elf in die Barbary Lane zurück.

Sie trafen Mary Ann auf der Treppe.

«Hattest du ein schönes Wochenende?», fragte Mona.

«Ja, danke.»

«Warst du weg?»

«Ja, im Norden. Mit einer Schulfreundin.»

«Hast du Michael Tolliver schon kennengelernt? Er ist mein neuer Mitbewohner.»

«Nein, ich ...»

«Ja», sagte Michael lächelnd, «ich glaube schon.»

«Tut mir leid, aber ich ...»

«Im Marina Safeway.»

«Oh ... ja. Und, wie geht's dir?»

«Ach, man schlägt sich so durch.»

In der Wohnung fragte Mona: «Du hast Mary Ann in einem Supermarkt kennengelernt?»

Michael lächelte wehmütig. «Sie hat versucht, Robert aufzureißen.»

«Sieh an», sagte Mona. «Sieh an.»

Miss Singleton speist allein

Nachdem Mary Ann ihren Koffer ausgepackt hatte, lief sie in dem gesteppten rosa Bademantel aus der Ridgemont Mall, den ihre Mutter ihr geschickt hatte, ruhelos in der Wohnung herum. Sie *hasste* Sonntagabende.

Als sie noch ein kleines Mädchen gewesen war, hatten Sonntagabende bloß eines bedeutet: noch nicht gemachte Hausaufgaben.

Genau so fühlte sie sich jetzt. Unruhig, schuldbewusst und in ängstlicher Erwartung der Vorwürfe, die mit Sicherheit auf sie zukommen würden. Beauchamp Day war eine Hausaufgabe, die sie hätte zu Ende bringen sollen. Sie würde dafür zahlen. Früher oder später.

Sie beschloss, sich zu verwöhnen.

Unter dem Wasserhahn taute sie auf die Schnelle ein Schweinekotelett auf, obwohl sie sich fragte, ob es nicht ein Sakrileg war, mit Shake-'n-Bake-Fleisch von Marcel & Henry so zu verfahren.

Sie stellte eine Duftkerze auf den alten Pfarrhaustisch im Wohnzimmer und zündete sie an, kramte ihre Stoffservietten von Design Research hervor, ihr rostfreies Besteck mit den Holzgriffen, ihr pseudodänisches Porzellan und ihr Sahnekännchen aus Keramik, das aussah wie eine Kuh.

Einsamkeit war keine Entschuldigung für Nachlässigkeit.

Sie suchte die Küche nach Gemüse ab. Doch sie fand nur eine Tüte mit welkem Salat und eine halb aufgegessene Packung Stouffer's Spinach Soufflé. Sie entschied sich für Hüttenkäse mit Schnittlauch.

Sie dinierte bei Kerzenschein und las einen Artikel in der *Ms.*, der den Titel «Auf der Suche nach dem multiplen Orgasmus» trug. Die Musik kam von KCBS-FM, dem Softsender:

> *Out of work, I'm out of my head.*
> *Out of self-respect,*
> *I'm out of bread,*
> *Underloved and underfed,*
> *I wanna go home ...*
> *It never rains in California,*
> *But, girl, don't they warn ya,*
> *It pours, man, it pours.*

Nach dem Essen beschloss Mary Ann, das Rezept für die «Monstermaske» aus ihrem Pflanzenkosmetikbuch zu probieren. Unter Einsatz von Haferschleim, getrockneten Pflaumen und einer überreifen Feige kochte sie einen ganzen Topf von dem Zeug und schmierte es sich unbarmherzig ins Gesicht.

Danach lag sie zwanzig Minuten unbeweglich in einem Schaumbad.

Sie konnte spüren, wie die Maske trocknete, in großen leprösen Fetzen abblätterte und oberhalb ihres Busens im Wasser versank. Damit würde sie noch einmal zehn Minuten rumkriegen. Was dann?

Sie konnte ihren Eltern schreiben.

Sie konnte ihre Bewerbung für den Sierra Club ausfüllen.

Sie konnte zu Cost Plus hinunterspazieren und noch einen Kaffeebecher kaufen.

Sie konnte Beauchamp anrufen.

Nachdem sie aus der Badewanne gewankt war wie ein ausrangiertes Monster aus einem japanischen Horrorfilm, prüfte sie ihr Gesicht im Spiegel.

Sie sah aus wie ein riesiges Shake-'n-Bake-Schweinekotelett.

Und wofür? Fürs Dance Your Ass Off? Für Mr. Halcyon? Für Michael Wiehießernoch von unten? Für einen verheirateten Mann, der im Schlaf fremde Namen flüsterte?

Sie würde ihn *nicht* anrufen. Die Liebe, die er zu bieten hatte, war falsch, zerstörerisch und aussichtslos.

Er würde *sie* anrufen müssen.

Kurz vor Mitternacht schlief sie mit *Nicholas and Alexandra* auf dem Schoß ein.

Drüben auf dem Telegraph Hill verfolgte DeDe mit misslaunigem Blick, wie Beauchamp die Schiffsuhr in der Bibliothek stellte.

«Ich habe heute mit Splinter gesprochen.»

Er sah nicht auf. «Mhmmm.»

«Anscheinend hatte er euren kleinen Guardsmen-Job auf dem Mount Tam vergessen.»

«Na ja, weißt du ... Hat er hier angerufen?»

«Nein.»

«Dann versteh ich nicht.»

«Ich ... Ich habe Oona angerufen. Und er ist an den Apparat gegangen.»

«Du verabscheust Oona.»

«Wir arbeiten gemeinsam an einem Projekt unserer Liga. Es geht um das Model Ghetto Program in Hunters Point. Beauchamp, was meinst du, warum Splinter ein so wichtiges Treffen vergessen hat? Er hat mir gesagt, ihr beide wärt im gleichen Ausschuss.»

«Versteh ich auch nicht.»

Sie grunzte hörbar. Beauchamp drehte sich um und pfiff nach dem Corgi, der im Halbschlaf auf der Couch lag. Der Hund jaulte begeistert auf, als sein Herrchen eine Schublade des Schreibtischs aufzog und seine Leine herausholte.

«Ich mache mit Caesar seinen gewohnten Rundgang.»

DeDe legte die Stirn in Falten. «Ich war heute schon zweimal mit ihm unten.»

«Okay. Dann brauche ich die frische Luft eben selbst.»

«Was ist los? Bist du auf dem Mount Tam nicht genug an die frische Luft gekommen?»

Er ging ohne Erwiderung und machte auf dem Weg nach unten Zwischenstation im Schlafzimmer. Leise schloss er die Tür und kramte etwas, das er aus Mendocino mitgebracht hatte, aus der Lade mit seiner Unterwäsche.

Nachdem er den Gegenstand in die Brusttasche seines Sportsakkos hatte gleiten lassen, fuhr er in das Dunkel der Garage hinunter und legte ihn dort ins Handschuhfach des Porsche.

Greift sich gut an, sagte er vor sich hin, während Caesar ihn über die Filbert Steps zum Coit Tower zerrte.

Greift sich sehr gut an.

Mona gegen das Schwein

An einem Montagvormittag, wie er schlimmer nicht hätte sein können, machte Mona auf dem Weg zu einer Besprechung mit Mr. Siegel, dem Chef von Adorable Pantyhose, an Mary Anns Schreibtisch halt.

«Was ist denn mit *dir* los, Babycakes?»

«Nichts ... alles!»

«Ja. Der Mond steht ganz beschissen. Wo wir schon beim

Thema sind, ich muss diesem Arschgesicht Siegel heute Vormittag wieder mal eine kleine Dressurnummer vorführen. Hast du Beauchamp gesehen?»

«Nein.»

«Wenn du ihn siehst, dann sag ihm, dass er in zehn Minuten unten sein muss. Heh ... fühlst du dich nicht wohl, Mary Ann?»

«Doch, doch.»

«Ich hab eine Valium dabei, wenn du eine willst.»

«Nein. Danke. Mir geht's gut.»

«Wahrscheinlich hätte ich sie selber nehmen sollen.»

Mona stand neben Beauchamp. Mit einer Hand hielt sie sich krampfhaft am Storyboard fest. «Wir sollten es ganz locker angehen», erklärte sie. «Wir machen keinen Rückzieher ... wir bringen bloß eine *Verbesserung*. Der alte Nylonzwickel war nicht unsicher. Der neue ist einfach nur ... besser.»

Der Gesichtsausdruck des Kunden blieb unverändert.

«Das jugendliche Image ist entscheidend. Der Baumwollzwickel ist jung, aufregend, flott. Der Baumwollzwickel ist für die trendbewusste Frau von heute.»

Buddha würde ihr vergeben müssen.

Mona enthüllte die erste Karte auf dem Storyboard. Man sah eine junge Frau mit Dorothy-Hamill-Frisur auf dem Trittbrett einer Cable Car. Als Text war zu lesen: «An meine Haut lasse ich nur Adorable».

Mona gestikulierte mit einem Zeigestock. «Beachten Sie, dass wir den Zwickel in der Kopfzeile nicht erwähnen.»

«Mmm», sagte der Kunde.

«Der *Anklang* ist natürlich schon da. Hygienisch. Sicher. Praktisch. Aber wir kommen nicht frontal damit heraus und sagen es. Es geht um den hintergründigen, unaufdringlichen, unterschwelligen Effekt.»

«Es ist zu wenig deutlich», sagte der Kunde.

«Der Zwickel kommt später zum Tragen ... hier in der vierten Zeile. Wir wollen den Leuten ja nicht mit dem Zwickel ins Gesicht springen.»

Den Leuten nicht mit dem Zwickel ins Gesicht springen? Hatte das *die* Frau gesagt, die eine zweite Lillian Hellman werden wollte?

Der Kunde grunzte. «Wir verkaufen keine Hintergründigkeit, Schätzchen.»

«Nein? Was verkaufen wir *dann* ... Schätzchen?»

Beauchamp packte Mona am Arm. «Mona ... Vielleicht könnten wir den Zwickel ja in die erste Zeile hochziehen, Mr. Siegel?»

«Der jungen Dame scheint das nicht zu gefallen.»

«*Frau*, Mr. Siegel. Der jungen *Frau*. Bitte sagen Sie nicht Dame zu mir. Mir würde es nicht im *Traum* einfallen, Sie als Herrn zu bezeichnen.»

Beauchamp war knallrot. «Verdammt noch mal, Mona ... Mr. Siegel, ich denke, ich komme mit der Revision der Vorschläge alleine zurecht. Und mit Ihnen unterhalte ich mich später, Mona.»

«Behandeln Sie mich nicht so herablassend, Sie Lackaffe! *Ich* bin mit *meinem* Job nicht verheiratet.»

«Was ist das denn für ein *Niveau*, Mona?»

«Genau das richtige! Denn das von diesem fetten, sexistischen, kapitalistischen Drecksack ist auf keinen Fall ...»

«Mona!»

«Sie wollen, dass der Zwickel mehr ins Auge springt, Mr. Siegel? Das können Sie haben. Sehen Sie her. Zwickel, Zwickel, Zwickel, Zwickel, Zwickel, Zwickel, Zwickel ...»

Sie stürzte zur Tür, blieb stehen, wirbelte herum und fixierte Beauchamp. «Ihr Karma ist *echt* beschissen!»

Am Abend eröffnete sie Michael die Neuigkeit.

«Und was machst du jetzt, Mona?»

Sie zuckte mit den Schultern. «Keine Ahnung. Stempeln gehen. Mich einem Frauenkollektiv anschließen. In Billigstläden einkaufen. Das Koksen aufgeben. Ich komm schon irgendwie zurecht.»

«Vielleicht überlegt es sich Halcyon noch mal, wenn du ...»

«Vergiss es. Das war eine Sternstunde. Ich würde es um nichts auf der Welt zurücknehmen!»

«Vielleicht könnte ich ja meinen alten Job bei P. S. wieder kriegen.»

«Wir schaffen das schon, Mouse. Ich kann als Freiberuflerin arbeiten. Und Mrs. Madrigal hat dafür sicher Verständnis.»

Michael setzte sich auf den Fußboden, zog Mona ihre Earth Shoes aus und fing an, ihre Füße zu massieren. «Sie ist ganz verrückt nach dir, was?»

«Wer? Mrs. Madrigal?»

«Ja.»

«Ja ... ich glaub schon.»

«Man merkt es ihr an. Hast du ihr schon erzählt, dass du rausgeflogen bist?»

«Nein ... aber ich werde es wohl müssen.»

Wer will mich?

Obwohl Mona es abstritt, machte der Verlust ihres Jobs sie depressiv. Michael versuchte es mit der Nummer, die er immer abzog, wenn er sie aufheitern wollte: Er las ihr die Kleinanzeigen aus der «Trader Dick»-Abteilung des *Advocate* vor.

«O Gott! Hör dir die an! ‹Anständiger, normal wirkender Gerichtsreporter, 32, der genug hat von Kneipen, Saunen und Tuntengift, sucht Dauerfreundschaft mit *richtigem Mann*, der Wildwasserfahrten, klassische Musik und Gartenarbeit mag. Bitte keine Dicken, Tunten oder Hascher. Ich meine es *ehrlich*. Ron.›»

Mona lachte. «Meinst *du* es denn ehrlich?»

«Tun das nicht alle?»

«Aber du würdest mich doch auf Knall und Fall verlassen, oder?»

Michael überlegte einen Augenblick. «Nur wenn er ein Häuschen auf dem Potrero Hill hätte, mit einer rustikalen Küche, einem funktionierenden Kamin und ... einem Golden Retriever, der in dem kleinen, aber geschmackvoll gestalteten Garten herumtollt.»

«Fantasier nur weiter.»

«Weißt du ... als ich vor drei Jahren hierhergezogen bin, hatte ich in meinem ganzen Leben noch nie so viele Schwuchteln gesehen! Ich wusste nicht mal, dass es *auf der Welt* so viele Schwuchteln gab! Mein Gott! Ich dachte, ich bräuchte bloß auf eine Party zu gehen und mir jemand auszusuchen. Es wollen doch alle einen Liebhaber, oder?»

«Nein.»

«Okay ... Dann eben *fast* alle. Jedenfalls hab ich geglaubt, dass ich spätestens nach einem halben Jahr unter die Haube komme. Allerspätestens!»

«Aber, das hast du doch geschafft. Weit über hundertmal.»

«Sehr witzig.»

«Was ist mit Robert?»

«Liaisönchen zählen nicht.»

«Und wenn ich mir einen Schnäuzer wachsen lasse?»

Michael grinste und warf mit einem geblümten Kissen nach ihr. «Komm schon. Gehen wir ins Kino oder stellen wir sonst was an.»

«Ich weiß nicht recht ...»

«Im Surf läuft ein Fellini-Double-Feature.»

«Depri.»

«Ach was. Tonnenweise große Titten, hübsche Jungs und Zwerge. Voll antidepri.»

«Geh du mal alleine. Du kannst auch das Auto haben, wenn du willst.»

«Und was machst *du*?»

Mona zuckte mit den Schultern. «Ich mach mir's mit Anaïs Nin gemütlich oder nehm eine Quaalude. Keine Ahnung.»

«Ist mein Angel Dust noch in deinem Geheimversteck?»

«Ja. Aber das brauchst du doch nicht fürs Kino, Mensch!»

«Vielleicht *geh* ich gar nicht ins Kino, Mutter!»

«Aha.»

«Allein ins Kino gehen ist schrecklich.»

«Michael, ich bin wirklich nicht in der richtigen Stimmung für …»

«Schon verstanden.»

«Wo gehst du hin?»

«Ach, ich werd so ein bisschen rumziehen.»

«Du gehst schweinigeln, was?»

«Vielleicht.»

«Sei vorsichtig, hörst du.»

«Hmm?»

«Lass dich auf nichts Riskantes ein.»

«Du liest zu viel Zeitung.»

«Sei einfach vorsichtig … und lass den Kopf nicht hängen. Irgendwann kommt dein Traumprinz noch.»

Michael warf ihr von der Tür aus einen Kuss zu. «Deiner auch, mein Schatz.»

Mona kramte eine halbe Stunde in der Wohnung herum, sprach mit ihrem Kaktus und warf ihre I-Ging-Münzen.

Und sie entschied sich gegen eine Quaalude. Von Quaaludes wurde ihr immer so ausschweifend zumute. Und welchen Sinn hatte es, sich ausschweifend zu fühlen, wenn man niemanden zum Ausschweifen hatte?

Ließ sich das denn konjugieren? Ausschweifen. Ich schweife aus. Du schweifst aus. Wir alle haben ausgeschweift.

Wörter plagten Mona permanent auf diese Art und erinnerten sie so an die Kluft zwischen der Kunst und dem Geldverdienen. «Mona kann gut mit Wörtern umgehen», pflegte ihre Mutter früher immer kühl festzustellen. «Wenn sie mal bloß lernt, damit Geld zu verdienen.»

Ihre Mutter verdiente ihr Geld als Maklerin.

Mona hatte seit acht Monaten nicht mit ihr gesprochen. Nicht, seitdem die Mutter in Minneapolis als Wahlhelferin für Reagan angefangen und die Tochter in einem Brief munter über ihren Workshop «Sexuelle Bewusstwerdung» bei der Cosmic Light Fellowship berichtet hatte.

Es war egal.

Mona fand ohnehin zusehends, dass ihre *wirkliche* Mutter eine Frau war, die in solchem Einklang mit allem Schöpferischen stand, dass sogar ihre Marihuanapflanzen Namen trugen.

Also stapfte Mona nach unten, um Mrs. Madrigal die Neuigkeit zu eröffnen.

Wenn der Schuh nur passt

Michael entschied sich gegen das Angel Dust. Es ging das Gerücht um, dass in der Woche davor im Barracks einer auf Angel Dust tot umgefallen war. Wahrscheinlich stimmte das gar nicht, aber warum sollte man sein Schicksal herausfordern?

Unter den Schwulen von San Francisco kursierten solche finsteren Geschichten gleich *dutzendweise*. Gott allein wusste, wo sie herkamen!

Da gab's den Kritzler, einen unheimlichen Typen, der am Tresen saß und einen porträtierte ... bevor er einen mit nach Hause nahm und umbrachte.

Ganz zu schweigen von dem Mann im weißen Bulli, einem gesichtslosen Teufel, dessen nichtsahnende Mitfahrer niemals mehr den Weg nach Hause fanden.

Und erst der Dempster-Dumpster-Killer, dessen SM-Fantasien keine Grenze kannten.

Das reichte fast, um sich zu Hause lieber die Mary-Tyler-Moore-Show anzusehen.

Er landete wieder einmal im Castro. Klar, er meckerte *mindestens* zweimal täglich über das Schwulenghetto, aber wenn man Anschluss suchte, sprach rein zahlenmäßig doch einiges dafür.

Im Toad Hall und im Midnight Sun standen die Etepetetes wie gewohnt dicht an dicht. Da ging er lieber ins Twin Peaks, wo er sich mit seinem braven Pullover und seinen Cordhosen von der Umgebung weniger abhob.

Das Cruising hatte – zu diesem Schluss war Michael schon vor langer Zeit gekommen – eine Menge mit dem Trampen gemein.

Es war am besten, wenn man sich so anzog wie die Leute, von denen man mitgenommen werden wollte.

«Ganz schön voll, was?» Der Typ am Tresen trug Levi's, ein Rugby-Shirt und rot-weiß-blaue Tigers. Er hatte ein freundliches, kantiges Gesicht, das Michael an Leute denken ließ, die er früher einmal bei der Campus Crusade for Christ gekannt hatte.

«Was ist los?», fragte Michael. «Haben wir Vollmond oder so?»

«Da muss ich passen. Ich kenn mich bei dem Quatsch überhaupt nicht aus.»

Ein erster Pluspunkt für ihn. Trotz Monas missionarischem Eifer stand Michael nicht auf Astrologiefreaks. Er grinste. «Behalt's für dich, aber der Mond steht gerade im ‹Uranus›.»

Der Mann schaute ihn verständnislos an, dann fiel der Groschen. «Der Mond steht in deinem Anus. Das ist zum Schreien!»

Los, mach weiter, sagte sich Michael. Erzähl ihm einen billigen Witz nach dem anderen. Nur keine Scham.

Der Typ mochte ihn offensichtlich. «Was trinkst du?»

«Mineralwasser.»

«Das hab ich mir gedacht.»

«Warum?»

«Ich weiß nicht. Du siehst so ... gesund aus.»

«Danke.»

Der Typ streckte ihm die Hand entgegen. «Ich heiße Chuck.»

«Und ich Michael.»

«Hallo, Mike.»

«Michael.»

«Oh ... Mensch, weißt du was? Ich muss dir die Wahrheit sagen. Ich hab dich genau angeguckt, als du reingekommen bist ... und ich hab mir gesagt: ‹Das ist er, Chuck.› Das schwör ich bei Gott!»

Was sollte diese *Mackernummer*? «Immer weiter so», sagte Michael grinsend. «Ich kann die Streicheleinheiten brauchen.»

«Weißt du, was es so richtig gebracht hat, Mann?»

«Nein.»

Der Mann deutete mit einem selbstsicheren Lächeln auf Michaels Schuhe. «Die da.»

«Meine Schuhe?»

Er nickte. «Ja, deine Weejuns.»

«Echt?»

«Und die weißen Socken.»

«Verstehe.»

«Sind die neu?»

«Die Weejuns?»

«Genau.»

«Nein. Ich hab sie grade neu besohlen lassen.»

Der Mann fixierte weiter Michaels Slipper und wackelte ehrfurchtsvoll mit dem Kopf. «Neu besohlt. Supertoll!»

«Entschuldige, aber bist du ...?»

«Wie viele Paar hast du?»

«Nur die.»

«Ich hab sechs Paar. Schwarze, braune, welche aus Wildleder ...»

«Die gefallen dir wohl, was?»

«Hast du meine Anzeige im *Advocate* gesehen?»

«Nein.»

«Da steht ...» Er hob die Hand, um es Michael bildhaft vorzuführen. «‹Bass Weejuns.› In fetten Großbuchstaben.»

«Die Formulierung allein springt einem ja schon ins Auge.»

«Ich krieg eine Unmenge Anrufe. Lauter Studitypen. Viele haben einfach die Nase voll von den ganzen aufgetakelten Tunten hier in der Stadt.»

«Das kann ich mir vorstellen.»

Der Mann rückte ein Stück näher und senkte die Stimme. «Hast du sie schon mal ... angelassen beim Sex?»

«Nicht, dass ich mich erinnern könnte. Aber ... wenn du sechs Paar davon hast, warum hast du dann heute Abend keine an?»

Der Mann war entsetzt über Michaels *faux pas*. «Zu Rugby-Shirts zieh ich grundsätzlich meine Tigers an!»

«Ach ja, klar.»

Der Mann hielt einen Fuß zur Begutachtung hoch. «Billy Sive hat in *Front Runner* genau die Gleichen an.»

Ein bisschen Sherry
und ein bisschen Zuwendung

Mrs. Madrigal wirkte merkwürdig zurückhaltend, als sie die Tür aufmachte.

«Mona, meine Liebe ...»

«Hallo. Ich dachte, Sie hätten vielleicht gerne Gesellschaft.»

«Aber sicher.»

«Eigentlich habe ich gerade gelogen. Ich dachte, *ich* hätte vielleicht gerne Gesellschaft.»

«Na, dann werden wir ja beide glücklich, nicht? Komm rein.» Die Vermieterin schenkte ihrer Mieterin ein Glas Sherry ein. «Ist Michael weg?»

Mona nickte. «Er ist in der Sauna, glaube ich.»

«Aha.»

«Und da weiß man nie, wann er wiederkommt.»

«Er ist ein reizender Junge, Mona. Ich habe wirklich nichts einzuwenden gegen ihn.»

Mona rümpfte die Nase. «Sie sagen das, als wären er und ich *verheiratet* oder so.»

«Verheiratet kann man auf sehr viele Arten sein, meine Liebe.»

«Ich glaube nicht, dass Sie verstehen, wie das mit Michael und mir läuft.»

«Mona ... es gibt Dinge, die einen stärker aneinander binden als Sex. Und die halten auch länger vor. Als ich noch ... klein war, hat mir meine Mutter mal eine Geschichte erzählt: Legen ein Mann und eine Frau jedes Mal einen Penny in eine Dose, wenn sie im ersten Jahr nach ihrer Hochzeit miteinander schlafen, und nehmen sie danach jedes Mal einen Penny heraus, bekommen sie nie wieder alle Pennys aus der Dose zurück ... Wahnsinn! Ich habe schon jahrelang nicht mehr daran gedacht.»

«Das ist ja 'ne tolle Geschichte.»

Mrs. Madrigal lächelte. «Es ist auch ein Trost für die, die noch nie sehr viele Pennys reingesteckt haben.»

Mona nippte verlegen an ihrem Sherry.

«Habt ihr schon mal miteinander gesprochen, du und Michael?»

«Über Sie?»

Die Vermieterin nickte.

«Ich ... Nein. Ich denke, das ist Ihre Sache.»

«Ihr beide steht euch sehr nahe. Da wird er doch schon mal nachgefragt haben.»

«Nein. Kein einziges Mal.»

«Weißt du, es macht mir nichts aus ... wenn er es weiß.»

«Das ist mir schon klar ... aber ich denke wirklich, dass *Sie* es ihm sagen sollten.»

«Danke, meine Liebe.»

«Ich habe meinen Job verloren», sagte Mona endlich.

«*Was?*»

«Der alte Scheißkerl hat mich gefeuert.»

«Wer?»

«Edgar Halcyon. Sein Schwiegersohn hat sich bei ihm über mich beschwert, und der Alte hat mich sofort an die Luft gesetzt.»

«Aber Mona ... warum sollte er ...»

Mona schnaubte verächtlich. «Sie kennen Edgar Halcyon nicht. Er ist das größte Arschloch an der Barbary Coast.»

«Mona!»

«Wenn es doch stimmt! Aber eigentlich war es eine Erleichterung für mich. Wie ich diesen Job gehasst habe! Den ganzen Demografiescheiß ... und diese dämlichen Verbraucheranalysen und ...»

«Hast du ... etwas angestellt, Mona?»

«Ich war ehrlich zu einem Kunden. Und so was ist absolut tabu.»

«Was hast du gesagt.»

«Ach, das ist doch egal.»

«Mona! Mir ist es nicht egal!»

«Mein Gott! Was haben Sie denn?»

«Ich ... Es tut mir leid. Ich wollte dich nicht ... Wird es denn gehen, Mona? Finanziell, meine ich?»

«Ja, sicher. Die Miete kann ich zahlen.»

«Das habe ich nicht gemeint.»

«Ich weiß. Tut mir leid. Ich wollte nicht so giftig sein. Es geht mir gut, Mrs. Madrigal. Wirklich.»

Es ging ihr nicht gut. Sie verabschiedete sich zehn Minuten später, ging hinauf in ihre Wohnung, nahm die Quaalude und döste nach einer Weile ein.

Michael kam um halb zwei zurück. Er fand sie schlafend auf der Couch und weckte sie. «Brauchst du irgendwas, Babycakes? Willst du nicht lieber ins Bett gehen?»

«Nein. Ich liege ganz gut hier.»

«Das ist Chuck, Mona.»

«Hallo, Chuck.»

«Hallo, Mona.»

«Schlaf gut, Babycakes.»

«Ihr auch.»

Die beiden Männer gingen in Michaels Schlafzimmer und machten die Tür hinter sich zu.

Vergewaltigung? Ach nee!

DeDe fand ihre Mutter auf der Terrasse von Halcyon Hill; sie empörte sich gerade über den Gesellschaftskalender von San Francisco für 1976.

«Es ist nicht zu glauben! Es ist *einfach* nicht zu glauben!»

«Mutter, würdest du mal für einen Moment ...»

«Sie *sind* drin. Sie sind *tatsächlich* drin.»

«Wer?»

«Diese schrecklichen Leute, die das ehemalige Anwesen der Feeneys am Broadway gekauft haben. Viola hat mir erzählt, dass sie drin sind, aber ich konnte es einfach nicht ...»

«Er beherrscht sieben Sprachen, Mutter.»

«Und wenn er *steppen* kann. Sie haben vorher im Castro gewohnt, DeDe ... und jetzt leben sie da mit seinem Liebhaber ... oder ist es *ihrer*?»

«Binky sagt, er gehört beiden.»

«Nein! Meinst du wirklich? Natürlich nehmen sie *ihn* nie irgendwohin mit ... Und er hat sogar einen eigenen Eingang, damit er unter einer anderen Adresse wohnt.»

«Mutter, ich muss dringend mit dir sprechen.»

«Viola sagt, dass sie sogar verschiedene *Postleitzahlen* haben!»

«Mutter!»

«Was ist, mein Schatz?»

«Ich glaube, Beauchamp hat eine Geliebte.»

Schweigen.

«Das heißt, ich bin sogar sicher.»

«Mein Schatz, bist du ...? Du armes Kind! Wie hast du ...? Bist du ...? Gib mir doch mal den Cocktailpitcher, Schatz, ja?»

DeDe griff in ihre Umhängetasche von Obiko und zog den verräterischen Schal heraus. Frannie drehte ihn mit ausgestrecktem Arm hin und her und nippte währenddessen weiter an ihrem Mai Tai.

«Hast du ihn in seinem Wagen gefunden?»

DeDe nickte. «Er ist am Montag zu Fuß zur Arbeit gegangen. Binky und ich sind gegen Mittag mit dem Porsche zu Mr. Lee in den Salon gefahren, und da hab ich ihn gefunden. Ich hab versucht, so zu tun, als wäre nichts ...» Ihre Stimme brach. Sie begann zu weinen. «Mutter ... Diesmal gibt es keinen Zweifel mehr.»

«Du bist sicher, dass der Schal ihr gehört?»

«Ich hab sie damit gesehen.»

«Er könnte sie ja auch nach Hause gefahren haben, DeDe. Außerdem ... glaubst du nicht, dass dein Vater es gemerkt hätte, wenn sie ... ein Verhältnis angefangen hätte mit ...»

«Mutter! Ich weiß es!»

Frannie begann zu greinen. «Dabei sollte die Party so *reizend* werden.»

DeDe fuhr zum Mittagessen in Prue Giroux' Stadthaus auf dem Nob Hill.

Angesichts der Umstände hätte sie ja vielleicht abgesagt, aber es handelte sich um kein *x-beliebiges* Essen.

Es traf sich das Forum, ein erlesener Zirkel sozial engagierter Damen der Gesellschaft, die jeden Monat zusammenkamen, um Themen von grundlegender gesellschaftlicher Bedeutung zu diskutieren.

In den Monaten davor waren der Alkoholismus, die Homosexualität der Frau und die Misere der Weintraubenpflückerinnen Thema gewesen. Diesmal würden die Damen über das Thema Vergewaltigung sprechen.

Prues Koch hatte *göttliche* Krabbenquiche gezaubert.

DeDe war nervös. Es war ihr erstes Essen mit dem Forum, und sie war sich über den Ablauf nicht im Klaren. Um sich an jemandem orientieren zu können, hatte sie sich neben Binky Gruen gesetzt.

«Du brauchst bloß Prue im Auge zu behalten», flüsterte Binky. «Wenn sie mit dem silbernen Glöckchen klingelt, heißt das, dass sie genug gehört hat und du aufhören sollst zu reden.»

«Aber, was soll ich *überhaupt* sagen?»

Binky tätschelte DeDes Hand. «Das wird Prue dir schon mitteilen.»

KLINGELINGELING!

Die Damen ließen ihre Gabeln fallen und beugten sich vor – ein Dutzend erwartungsvoller Gesichter über den Spargeltellern.

«Herzlich willkommen», sagte Prue strahlend und blickte in die Runde. «Ich bin überglücklich, dass Sie heute anwesend sein können, um sich über Ihre persönlichen Einblicke in ein Thema von allergrößter Bedeutung auszutauschen.» An dieser Stelle fiel ihr Gesichtsausdruck schlagartig in sich zusammen wie ein durchgeschütteltes Soufflé. «Unser ganz spezieller Gast ist heute Velma Runningwater, eine Ureinwohnerin unseres Landes, die sich in Petaluma erfolgreich gegen eine Massenvergewaltigung durch sechzehn Mitglieder der Hell's Angels zur Wehr gesetzt hat.»

Binky pfiff leise. «Das ist ja besser als das Treffen, zu dem sie die Macholesbe angeschleppt hat!»

«Gib mir mal die Brötchen», flüsterte DeDe.

«Doch bevor wir Miss Runningwaters wirklich bemerkenswerte Geschichte hören, möchte ich mit Ihnen allen, die sich hier zum Forum zusammengefunden haben, ein außergewöhnliches Experiment versuchen ...»

«Jetzt kommt's», sagte Binky und stieß DeDe unter dem Tischtuch an. «Sie denkt sich immer einen Hammer aus.»

«Heute», sagte Prue und legte eine dramatische Pause ein, «werden wir ein persönliches Plauderstündchen zum Thema Vergewaltigung wagen ...»

Binky kniff DeDe. «Ist es nicht ganz unglaublich?»

DeDe kaute nervös auf ihrem Brötchen herum. Unter den Ärmeln ihres Hemdblusenkleids von Geoffrey Beane hatten sich bereits dunkle Ringe gebildet. Sie fand das Sprechen vor Publikum ganz *unausstehlich*. Sogar im Sacred Heart hatte sie davor schon Angst gehabt.

«Es wird Ihnen mit Sicherheit schwerfallen», fuhr Prue fort, «aber ich möchte, dass Sie alle von einem Erlebnis berichten, das Sie wahrscheinlich zu verdrängen versucht haben ... von einem Erlebnis, bei dem Ihrer ... Persönlichkeit ... gegen Ihren Willen Gewalt angetan wurde. Hier und heute haben Sie nun die Möglichkeit, sich mitzuteilen, sich Ihren Schwestern gegenüber zu öffnen.»

«Shugie Sussman ist nicht meine Schwester», flüsterte Binky. «Sie hat nach dem Kotillon in meinen Alfa gekotzt.»

«Ssssch», zischelte DeDe. Sie zählte die Sekunden bis zum Augenblick der Wahrheit. Was konnte sie schon sagen? Sie war noch nie vergewaltigt worden, Herrgott noch mal! Noch nicht einmal *ausgeraubt*.

«Wahrscheinlich wäre es hilfreich», säuselte Prue, als sie die Zurückhaltung ihrer Gäste spürte, «wenn ich den Anfang machen und Ihnen meine eigene Geschichte offenbaren würde.»

Binky kicherte.

DeDe trat mit dem Fuß nach ihr.

«Das ist das erste Mal», fuhr Prue fort, «dass ich es jemandem erzähle. Reg natürlich ausgenommen. Es ist weder im Tenderloin noch im Fillmore, noch im Mission passiert, wie Sie vielleicht annehmen, sondern in ... Atherton!»

Die Damen japsten unisono.

«Außerdem», sagte die Gastgeberin nach einer Kunstpause, «war es jemand, der Ihnen allen *sehr gut* bekannt ist ...»

Prue senkte den Kopf. «Es würde nicht weiterhelfen, wenn ich auf die schauerlichen Einzelheiten näher einginge ... Vielleicht hat jetzt jemand anderes Lust, sich uns mitzuteilen. Wie wäre es mit Ihnen, DeDe?»

Scheiße. Es blieb nie aus.

DeDe stand zögernd auf und legte ihre Serviette zusammen. «Ich ... ich weiß nicht ... so recht.»

Binky kicherte.

Prue klingelte leise mit dem Silberglöckchen. «Also bitte ... DeDe möchte sich uns mitteilen. Wir sind Ihre Schwestern, DeDe. Vor uns können Sie alles ganz offen aussprechen.»

«Es war ... schrecklich», sagte DeDe endlich.

«Natürlich war es schrecklich», sagte Prue verständnisvoll. «Können Sie uns sagen, wo es passiert ist, DeDe?»

DeDe schluckte. «Zu Hause», sagte sie schwach.

Prues Hand verkrampfte sich im Vorderteil ihres Saris. «Es war doch kein ... Eindringling?»

«Nein», sagte DeDe. «Ein Botenjunge.»

Als DeDe nach Hause kam, ging sie sofort zum Telefon und rief bei Jiffy's an; sie bestellte eine Schachtel Doughnuts und eine Flasche Drano Abflussfrei.

Zehn Minuten später war Lionel da.

Liebesduett auf der Rollschuhbahn

Mona feierte ihren ersten Tag in Freiheit gemütlich mit einem Vormittagscappuccino bei Malvina's. Als sie in die Barbary Lane zurückkam, stand Michael gerade unter der Dusche.

«O Gott! Hast du gestern Abend in der Sauna nicht genug Dampf gekriegt?»

Michael steckte den Kopf hinter dem Vorhang hervor. «Oh ... tut mir leid. Machst du ein Fenster auf? Nein, warte ... ich mach es schon.» Er stieg tropfnass aus der Dusche und schob das Fenster hoch.

«Äh ... Michael? Herzblatt?»

«Hm?»

«Warum machst du das?»

«Was?»

«In Jeans unter die Dusche gehen.»

«Oh ...» Lachend hüpfte er wieder in die Kabine. «Ich bearbeite mein bestes Stück mit der Drahtbürste. Soll ich's dir mal zeigen?» Er griff nach einer Drahtbürste, die auf dem Boden der Duschkabine lag. «Mit der kriegt man es wunderbar hin, dass die Formen genau dort durch helle Stellen betont werden, wo es drauf ankommt.» Michael scheuerte vorsichtig über den Schritt seiner Jeans und verzog in gespieltem Schmerz das Gesicht. «Auaaa!»

Mona reagierte kühl. «Do-it-yourself-SM, oder was?»

Michael bespritzte sie mit Wasser. «Wenn die trocken sind, sehen die *saustark* aus.»

«Wo hast du das denn her? War das einer von den *Tipps für die patente Hausfrau*?»

«Das ist keine Lappalie, du Frau. Mein bestes Stück muss heute Abend hundert Prozent perfekt aussehen.»

«Triffst du dich mit Chuck?»

«Mit wem? ... Ach so. Nein. Ich will in die Grand Arena.»

«Ist das eine neue Kneipe?»

«Nein. Eine Rollschuhbahn.»

«*Du* gehst Rollschuh laufen?»

«Ja, ich gehe Rollschuh laufen. Dienstags ist immer Gay Night.»

Mona verdrehte die Augen. «Jetzt *weiß* ich, dass ich mich umbringen werde.»

«Es ist sagenhaft. Du wärst *begeistert*.»

«Ich hab noch nicht mal davon *gehört*.»

Michael stieg aus der Dusche, schälte sich aus seinen Jeans und trocknete sich ab. «Na, *du* bist mir vielleicht ein Schwulenmuttchen.»

«Das hab ich nicht gehört», sagte Mona und ging hinaus.

Michael erreichte die Grand Arena erst gegen acht und machte sich auf das Schlimmste gefasst.

Natürlich trat es auch ein.

Es gab bereits keine Männerrollschuhe mehr.

Kein Wunder. Die riesige Bahn in South San Francisco war voller flanellbehemdeter Männer, die in aufgeregter Balz ihre Runden drehten.

Michael atmete tief durch.

Er zog seinen dunkelblauen Parka aus, mutete sich die Erniedrigung von Frauenrollschuhen zu (weiß, mit zimperliesenhaften Troddeln) und stakste unbeholfen an den Rand der Rundbahn.

Er grinste, als er die Orgelmusik vom Band erkannte: «I Enjoy Being a Girl.»

Auf der Bahn war etwa ein halbes Dutzend Mädchen unterwegs. Vier davon waren unter zwölf. Die anderen waren turmfrisurbewehrte Loretta-Lynn-Dubletten in softeisfarbenen Kunstlaufkostümen. Sie klebten an softeisfarbenen Partnern des anderen Geschlechts, die sie über die Rollbahn wirbelten, als wären sie Brisbanes Antwort auf Baryschnikow.

Die anderen hundert Männer legten nicht ganz so viel Grazie an den Tag.

Mit fuchtelnden Armen und aufgerissenem Mund rollten sie wie eine an- und abschwellende Flut aus Jeansstoff über die Bahn. Einige waren allein; andere kurvten vergnügt in Vierer- oder Fünferschlangen durch das Rund. Für Michael war es ein bezaubernder Anblick.

Er wartete noch einen Moment, um sich zu wappnen.

Wann war er zum letzten Mal gelaufen? In Murphey's Skating Rink ... Orlando 1963.

Er murmelte ein kurzes baptistisches Allerweltsgebet vor sich hin. Mit der Außersinnlichen Transzendenz war man in solchen Situationen aufgeschmissen.

Entgegen seinen Befürchtungen klappte es ziemlich gut.

In den Kurven wackelte er ein wenig, aber es gab nichts zu kichern.

Nach fünf Minuten fuhr er sicher genug, um sich ernsthaft dem Cruising zu widmen.

Er hatte auch schon einen Favoriten. Einen blonden Kerl in Baumwollhose und blauem Gant-Hemd. Er sah aus wie der stellvertretende Klassensprecher jeder beliebigen Highschool-Klasse in Nordflorida. Wahrscheinlich fuhr er *immer noch* einen Mustang.

Und er war allein.

Michael pirschte sich an seine Beute heran, indem er zwei kleine Schwarze Kinder in Dyn-O-Mite-T-Shirts überholte. Das einzige Hindernis war jetzt noch ein softeisfarbenes Heteropaar, das nur ein paar Meter weiter eine Show abzog, als wäre es bei Arthur Murray in die Tanzschule gegangen.

Das Paar flitzte dahin wie eine Jacht im Wind, schwenkte nach links und machte Michael den Weg frei ...

Er kam sich vor wie der Star eines Roller Derby bei einer Attacke.

Den Blick fest auf sein Opfer gerichtet, beschleunigte er kurz vor der Kurve ... und erkannte, allerdings zu spät, was gleich passieren würde. Der Blonde legte sich nicht in die Kurve.

Er bremste ab.

Und Michael hatte vergessen, wie man bremste.

Er ruderte hektisch mit den Armen, bis seine Hände am qualitativ hochwertigen Hemdzipfel seiner Jagdbeute Halt fanden. Als er mit seinem Galahad im Schlepptau reichlich unelegant gegen das Eisengeländer krachte, knickte ihm das rechte Bein weg.

Die beiden Kinder stoppten einen Augenblick, betrachteten das Gemetzel mit unverhohlener Freude und rollten dann weiter.

Michaels Gesicht war voller Blut. Der Blonde half ihm auf die Beine.

«O Gott. Ist dir was passiert?»

Michael tastete vorsichtig sein Gesicht ab. «Es ist die Nase. Aber das macht nichts. Sie blutet immer, wenn man nicht nett zu ihr ist.»

«Bist du sicher? Soll ich dir ein Kleenex holen?»

«Nein danke. Ich glaube, ich humple mal zum Klo.»

Als Michael zurückkam, wartete der Blonde auf ihn. «Man hat gerade eine Pärchenrunde ausgerufen», sagte er grinsend. «Meinst du, du schaffst das?»

Michael grinste zurück. «Aber klar. Solange du mir sagst, wann du bremsen willst.»

Und so rollten sie nun einträchtig Hand in Hand unter der rotierenden Spiegelkugel dahin.

«Ich heiße Jon», sagte der Blonde.

«Ich bin Michael», sagte Michael, und prompt fing seine Nase wieder zu bluten an.

Gemischte Sauna

Die Valencia Street war mit ihren Gewerkschaftslokalen, mexikanischen Restaurants und Motorradwerkstätten eine reichlich verkommene Adresse für das Tor zum Himmelreich.

Für Brian lag gerade darin ein besonderer Kick.

Er suhlte sich in der Verkommenheit, genoss das Gefühl der Verruchtheit, das er jedes Mal spürte, wenn er endlich das schäbige Leuchtschild sah: «IHRER GESUNDHEIT ZULIEBE – SAUNA».

In dem kleinen Vorraum hinter dem Eingang zeigte er kurz seinen verschweißten Personalausweis vor und blechte bei dem Kerl hinter dem Tresen fünf Dollar. Vier Dollar für den Eintritt. Einen Dollar für Die Party.

Die Party machte die Montage im Sutro Bath House zu etwas Außergewöhnlichem.

Frauen durften gratis rein, und an diesem Abend sah man mindestens ein Dutzend.

Es waren doppelt so viele Männer da, und die trafen sich mit den Frauen in einem Raum, der merkwürdig an einen Partykeller in Walnut Creek erinnerte: Lampen mit rosa Schirmchen, zusammengewürfelte Möbel und eine elektrische Miniatureisenbahn, die auf einem Regal geräuschvoll einmal rund um den Raum schnaufte.

Ein an der Wand montierter Fernseher offerierte den Partybesuchern eine Folge von *Phyllis*.

An der gegenüberliegenden Wand flimmerten altmodische Pornos über eine Leinwand.

Die Partybesucher waren nackt, doch manche versteckten sich unter einem Badetuch.

Und die meisten sahen sich *Phyllis* an.

Brian zog sich im Umkleideraum aus. Über ihm saß in einem Plastikbaum ein mechanischer Kanarienvogel und zwitscherte unaufhörlich vor sich hin. Brian lächelte darüber, wickelte sich dann ein Handtuch um die Hüften und machte sich auf den Rückweg zum Fernsehraum.

Auf dem Flur traf er eine der Organisatorinnen.

«Hallo, Frieda.»

«Na, wie steht's, Brian?»

«Ich bin grad erst gekommen. Hat's denn schon Stunk gegeben heut Abend?»

Frieda hatte dafür zu sorgen, dass die Frauen in der Sauna von den Männern nicht bedrängt wurden ... es sei denn, sie wollten es so.

Sie schüttelte den Kopf. «Es geht so sanft zu wie immer.»

«Wie schade.»

Frieda grinste und kniff ihn in den Arsch. «Mach's dir doch selbst, du Ferkel.»

Damit verabschiedete sie sich zu ihrem Rundgang. Sie trug ein T-Shirt mit der Aufschrift: KOMM DOCH MAL!

Brian kam zu dem Schluss, dass es für den Orgienraum noch zu früh war. Die Party lief noch auf Hochtouren. Die meisten wollten erst mal ordentlich Käse und Aufschnitt futtern, bevor sie nach oben gingen. Außerdem war *Phyllis* noch nicht zu Ende.

Brian rückte sein Handtuch zurecht und schlenderte auf eine nahtlos braune Blondine zu.

«Hast du Lust auf ein Stück Salami?»

«Na, *das* ist ja mal was Neues.»

Er grinste. «Ich schwöre, dass es nicht so gemeint war.»

«Ich bin ganz auf vegetarisch eingestellt», erwiderte sie lächelnd.

«Ich auch.» Er streckte ihr die Hand hin. «Schlag ein.» Sie musterte ihn kurz. Dann fragte sie pointiert: «Welche Richtung?»

«Ach ... na ja, streng halt.»

«Mit gelegentlichen Rückfällen in Richtung Lacto und Ovo, was?»

«Genau. Außer am Wochenende und an den Abenden, wo ich stoned bin. Da bin ich Steako-lacto-ovo ... oder vielleicht auch Koteletto-lacto-ovo ...»

Sie grinste über seinen Schwindel.

«Ein Rindvieh bist du ... dass du's genau weißt!»

«Ich wusste doch, dass wir noch zur Sache kommen.»

«Eigentlich mache ich es fast *nie* mit Vegetariern.»

«Man sieht, die Dame hat Geschmack.»

«Kennen wir uns nicht von früher?»

«Da war mein Spruch aber besser.»

«Nein ... im Ernst. Haben wir dieses Jahr bei den New Games nicht gemeinsam Earth Ball gespielt?»

«Nein, aber ich ...»

«Hast du's mit Walen?»

«Was?»

«Mit Walen. Ob du Walschützer bist.»

Brian schüttelte schuldbewusst den Kopf und wünschte sich sehnlich, dass er schon mal einen Wal gerettet hätte; oder auch zwei.

«Und wie ist es mit Robbenbabys?»

«Null. Ich hab mich schon für alles Mögliche engagiert. Aber im Moment engagier ich mich hier.»

«Du bist immerhin ehrlich.»

«Gott sei Dank, wenigstens ein kleines Kompliment.»

«Heh ... machst du dich über mich lustig?»

«Gott, nein. Ich komm mir nur vor, als würde ich ... mich um eine Stellung bewerben, das ist alles.»

Sie lächelte wieder. «Das tust du doch auch.»

Sie lachten beide. Brian entschied, dass es an der Zeit war, die Initiative zu ergreifen. «Weißt du ... ich hab zwar keine Kabine, aber vielleicht könnten wir ... na ja ... nach oben gehen ...»

«Ich kann den Exhibitionismus da oben nicht ab.»

«Vielleicht könnten wir dann ...»

«Schon gut», sagte sie lächelnd. «Ich hab eine Kabine.»

Hillarys Kabine

Brian war platt. Sie war eine *Göttin*. Eine jüngere Schwester von Liv Ullmann vielleicht ... und, Allmächtiger, sie hatte eine Kabine! Das Mädchen meinte es ernst!

«Ich heiße Hillary», sagte sie und schloss die Tür. Die Kabine war nicht größer als ein begehbarer Schrank.

«Wie sollte es auch anders sein.»

«Was?»

«Der Name passt zu dir. Oder du zu ihm.»

«Du brauchst mir keine Komplimente zu machen. Über so was bin ich hinaus.»

«Ich hab es aber ernst gemeint.»

«Wie heißt du?»

«Brian.»

Sie tätschelte die Stelle neben sich auf dem Bett. «Setz dich, Brian.» Obwohl sie nackt war, hörte sie sich sonderbar nüchtern an. «Hast du das schon oft gemacht?»

«In die Sauna gehen?» Sie *konnte* nicht das Vögeln meinen.

«Nein. Ich meine, mit Mädchen was angefangen ... mit Frauen.»

Er zeigte sein strahlendstes Steve-McQueen-Lächeln. «Ich kann nicht klagen.»

«Und wie lang bist du schon schwul?»

«*Was?*»

«Kein Problem, wenn du nicht drüber reden willst.»

«Ah ... Ich glaube, da hast du dich vertan.»

«Auch gut ... egal.» Sie sah ihn mit routiniertem Mitleid an. Brian war völlig durch den Wind.

«Nein, Hillary ... es ist nicht egal. Ich bin nicht schwul, verstehst du?»

«Du bist nicht schwul?»

«Nein.»

«Was machst du dann hier?»

«Ich glaub, ich dreh durch! Was ich hier mache? Ja verflucht, was *glaubst* du denn, was ich hier mache?»

«Eine Menge Typen, die hier aufkreuzen, sind schwul ... oder mindestens bi.»

«Ich aber nicht, kapiert? Mein Repertoire ist zwar begrenzt, aber ich beherrsche es.» Sachte legte er seine Hand auf ihr Bein.

Sachte nahm sie seine Hand wieder weg.

«Wir sind alle ein bisschen homosexuell, Brian. Vielleicht hast du den Bezug zu deinem Körper verloren.»

«Aber ich bin doch nicht auf *meinen* Körper scharf!»

«Du kannst hier auch mal keinen auf Macho machen, weißt du.»

«Wer macht denn hier auf Macho? Ich versuche, zu einem Fick zu kommen.»

«Genau. Zur herzlosen und mechanischen Ausbeutung einer ...»

«Schau ...» Er schaltete in eine sanftere Tonlage. «Ich finde es nicht ganz fair von dir, wenn du mir unterstellst, dass ich ein Chauvi oder so was bin. Ich meine, wir sind doch gleichberechtigt, oder? Sieh dir uns beide an. Du hast mich in deine Kabine eingeladen ... und ich habe die Einladung angenommen. Stimmt doch, oder?»

Sie blickte zur Wand. «Ich dachte, du brauchst Hilfe.»

«Die *brauch* ich auch! Und wie!»

«Wir meinen nicht dasselbe.»

«Kann ich denn was dafür, wenn ich so abgedreht bin? Schon solange ich denken kann, spüre ich diese perverse Sehnsucht nach Frauen.»

«Sei nicht so schrecklich schnodderig! Du bist keinen Deut besser als ein Schwuler, weißt du.»

«Hab ich das behauptet, Hillary? Na, sag schon. Ich mag Schwule. Ich *akzeptiere* Schwule. Mensch, zwing mich nicht auch noch zu sagen, dass einige meiner besten Freunde schwul sind!»

«Ich würde es dir sowieso nicht glauben.»

«Hillary, jetzt hör doch ...»

«Ich glaube, du gehst besser, Brian.»

«Hör mir doch bitte mal ...»

«Zwing mich nicht, Frieda zu rufen.»

Er rutschte von der Liege, hob sein Handtuch vom Fußboden auf und wickelte es sich um die Hüften. Hillary stand schon an der Tür und hielt sie für ihn auf.

«Einmal», stieß er hervor, «als ich zwölf war, haben dieser Junge aus meiner Pfadfindergruppe und ich unsere Hosen ausgezogen und ...»

«Das zählt nicht», sagte sie.

Brian blieb im Flur stehen und sah wehmütig zu, wie Hillary die Tür schloss.

Die Venus kehrte in ihre Muschel zurück.

Frühstück im Bett

Michael hatte beim Aufwachen einen pelzigen Mund.

Er schlüpfte so leise wie möglich aus dem Bett, ging ins Badezimmer und drückte mit seinem silbernen Zahnpastaroller von Tiffany etwas Aim auf seine Zahnbürste.

Als er auf Zehenspitzen ins Schlafzimmer zurückschlich, sagte das Wesen unter den Laken etwas zu ihm: «Du hast gemogelt.» Michael kroch wieder ins Bett. «Ich dachte, du schläfst noch.»

«Jetzt muss *ich* mir auch die Zähne putzen.»

«Musst du nicht. Ich hab wegen *meinem* Atem eine Paranoia, nicht wegen deinem.»

Jon schlug die Bettdecke zurück und ging ins Badezimmer. «Dann haben wir *noch* etwas gemeinsam.»

Mona klopfte im falschen Augenblick.

«Ah ... ja ... Moment noch, Mona.»

Mona rief durch die Tür: «Zimmerservice, die Herren. Ziehen Sie einfach die Decken hoch.»

Michael grinste Jon an. «Meine Mitbewohnerin. Mach dich auf was gefasst.»

In dem Moment platzte Mona auch schon herein und brachte ein Tablett mit Kaffee und Croissants.

«Hallo! Ich bin Nancy Drew! Und ihr müsst die Hardy Boys sein!»

«Sie gefällt mir», sagte Jon, nachdem Mona wieder abgezogen war. «Macht sie das jeden Morgen?»

«Nein. Ich denke, sie ist neugierig.»

«Worauf?»

«Auf dich.»

«Oh ... Seid ihr zwei ...?»

«Nein. Wir sind nur befreundet.»

«Hast du noch nie mit …?»

Michael schüttelte den Kopf. «Noch nie.»

«Warum nicht?»

«Warum nicht? Na ja … lass mich mal überlegen. Wie wär's damit … Ich bin so warm, dass ich mit der flachen Hand bügeln kann.»

«Und was heißt das?»

«Das heißt, dass ich in Bezug auf Frauen völlig unbeleckt bin. Nach Kinsey hundertprozentig Kategorie sechs.»

«Oh.»

«Erschreckt dich das?»

«Nein, ich dachte nur … Wie alt bist du?»

«Hoffentlich bist du kein Päderast. Ich bin sechsundzwanzig.»

«Ich bin achtundzwanzig … und kein Päderast.»

«Da bin ich aber froh.»

«Und wie war's in der Highschool?»

«Im Durchschnitt zwei minus.»

Jon lächelte. «Ich wollte wissen, wie es in der Highschool mit den *Mädchen* war. Hast du denn mit keiner was laufen gehabt?»

«Auf der Highschool hab ich mich immer nur mit den anderen Jungs rumgetrieben. Wir haben uns Budweiser reingezischt und uns Heteros ausgeguckt, die wir hinterher verkloppt haben.»

«Tatsächlich?»

Michael nickte. «Man kann sich gar nicht vertun bei den Heteros. Sie haben einen komischen Gang und stützen ihre Schulbücher immer auf der Hüfte ab. Das war doch bei dir bestimmt auch so, was? … Als du noch hetero warst.»

Jon schaute ihm in die Augen. «Schalt doch nicht gleich auf Abwehr. Ich hab dich nicht kritisiert.»

«Ich kann dich beruhigen, wenn dir das was hilft. Mein Coming-out hatte ich erst vor drei Jahren. In der Highschool war ich der reinste Eunuch.»

«Damals hätte ich dich gern gekannt.»

«Lieber als heute?»

«Nein, *zusätzlich* zu heute.» Jon wuschelte durch seine Haare. «Ich *mag* dich, du Schwachkopf!»

Nachdem Jon gegangen war, sprudelte es aus Michael nur so heraus. «Er ist *unglaublich*, Mona. Er hat eine praktische Einstellung, er ist selbstbewusst ... und er ist ein richtiger *Doktor*! Kannst du dir vorstellen, dass ich jetzt einen Doktor habe, der das Bett mit mir teilt?»

«Hat er dir einen Antrag gemacht?»

«Komm mir nicht mit technischen Details.»

«Was für ein Doktor ist er denn?»

«Gynäkologe.»

«Das könnte ja noch mal nützlich sein.»

Michael gab ihr einen Klaps auf den Po. «Lass mich gefälligst ein bisschen herumspintisieren.»

«Dann wirst du wohl ausziehen wollen, was?»

«Mona!»

«Nun?»

«Du bist meine *Freundin*, Mona. Irgendwie werden wir immer zusammen sein.»

«Ach ja? Und wie willst du das anstellen? Willst du mich adoptieren?» Sie ging zur Tür, machte sie auf und sagte zu einer unsichtbaren Besucherin: «Ach, hallo, Mrs. Plushbottom! Darf ich Ihnen meinen Vater Michael Tolliver vorstellen, den berühmten Geschichtenerzähler und Bonvivant, und meine Mutter, den Gynäkologen!»

Michael schüttelte lachend den Kopf. «Ich würde dich vom Fleck weg heiraten, Mona Ramsey.»

«Ja, wenn du der einzige Mann auf der Welt wärst und ich die einzige Frau. Gibt's sonst noch was Neues?»

Er küsste sie auf die Stirn. «Keine Sorge. Ich werd die Sache schon vermasseln.»

«Das hört sich an, als wolltest du es nicht anders.»

«Verschon mich mit jungianischen Analysen.»

«Dann bring jetzt den Müll runter. Was geschehen soll, geschieht auch.»

Der Maestro verschwindet

Die PR-Dame war fast genauso erschüttert wie Frannie. «Mrs. Halcyon ... glauben Sie mir ... wir haben unser Möglichstes getan, um ...»

«Die Party fängt in zwei Stunden *an*. Ich habe *Women's Wear Daily* informiert, den *Chronicle* und den *Examiner*, Carson Callas ... Wie haben Sie es bloß angestellt, dass Sie einen Dirigenten *verloren* haben?»

Die Pressesprecherin schlug einen förmlichen Ton an. «Der Maestro ist nicht ... verloren gegangen, Mrs. Halcyon. Wir konnten nur nicht feststellen, wo er sich aufhält. Wir haben eine Nachricht für ihn hinterlassen, und die Chancen stehen gut ...»

«Was ist mit der Cunningham? Sie wird doch auch ohne ihn kommen, oder?»

«Wir bemühen uns, Miss Cunningham einen anderen Begleiter zur Seite zu stellen für den Fall, dass ... Wir tun unser Möglichstes, Mrs. Halcyon. Schließlich kann man Miss Cunningham nicht jeden x-beliebigen Tenor anbieten.»

«Wollen Sie damit andeuten, dass sie gar nicht ...? O Gott ... Also nein, das ist die schäbigste Entschuldigung für ... Was soll ich bloß meinen Gästen sagen?»

Beauchamp und DeDe trafen später als geplant auf Halcyon Hill ein. Der Reißverschluss von DeDes Galanos-Kleid war geplatzt. Um die Nervenprobe zu überstehen, hatte Beauchamp vier J&B-Whiskys in sich hineingeschüttet.

«Mutter steht sicher kurz vor dem Nervenzusammenbruch», sagte DeDe.

«Mach mir keine falschen Hoffnungen.»

«O Gott ... Carson Callas ist schon da. Er *genießt* es, über nicht aufgetauchte Ehrengäste zu schreiben. Die Stonecyphers hat er damals regelrecht gedemütigt mit seinem Artikel über ... Beauchamp, würdest du bitte versuchen, nicht so gelangweilt dreinzuschauen?»

«Da drüben ist Splinter.»

«Ich möchte was trinken, Beauchamp.»

«Bitte. Bedien dich. Ich werde mich mit Splinter unterhalten.»

«Beauchamp, falls du erwartest, dass ich alleine an die Bar gehe ...»

«Prue Giroux mixt sich ihre Drinks auch selbst.»

«Verdammt noch mal, Beauchamp! Ich habe keine Lust, mich ... mit Oona zu unterhalten.»

Es war zu spät. Die Rileys standen schon neben ihnen und verströmten eheliches Glück. DeDe rang sich ein Lächeln ab. Ihr Abendkleid spannte wie eine Wurstpelle.

«Wo ist denn nun die Diva?», fragte Splinter gutgelaunt. «Das ist doch das richtige Wort, oder?»

Oona lächelte und kniff ihren Ehemann in den Arm. «Er ist ein solcher Dummkopf! Wie hast du es bloß geschafft, einen Intellektuellen zu heiraten, DeDe?»

Die Botschaft kam laut und deutlich durch. Einen *impotenten* Intellektuellen.

Splinter hatte Oona von dem Telefonat erzählt. Davon war DeDe überzeugt.

Beauchamp brach das Schweigen. «Jedenfalls muss dieser Intellektuelle dringend ein paar graue Zellen vernichten. Kommst du mit an die Bar, Splinter?»

Die beiden Männer machten sich auf den Weg.

Oona blieb und lächelte DeDe an. Doch es lächelte nur ihr Mund.

«Du hast mein ganzes Mitgefühl, DeDe.»

«Wofür?»

«Für das Martyrium, das du hinter dir hast.»

«Welches Martyrium?»

«Ach so ... ich verstehe. Entschuldige bitte. Wir sollten wohl besser über die Oper oder sonst was reden.»

«Ich habe nicht die leiseste Ahnung, wovon du sprichst.»

«Vergiss es. Du musst mich für *schrecklich* gefühllos halten.»

«Oona, würdest du mir bitte ...»

«Der Botenjunge, mein Schatz. Der *chinesische* Botenjunge.»

Schweigen.

«Shugie hat mir vom letzten Forum erzählt, und ich muss dir sagen, dass wir *alle* tiefes Mitgefühl für dich empfinden. Es muss schrecklich gewesen sein.» Oona lächelte diabolisch. «Es *war* doch schrecklich, oder?»

«Ich muss jetzt gehen, Oona.»

«Ich werde kein *Sterbenswörtchen* darüber verlieren, meine Liebe. Wir Mädchen vom Sacred Heart müssen doch zusammenhalten, nicht?»

«Und außerdem», fügte sie hinzu, während sie DeDes BH-Träger unter das Kleid zurückschob, «muss ein Mädchen ja *irgendwie* über die Runden kommen.»

Frannie von der Rolle

Frannie war etwas flatterig geworden. «Was soll ich bloß *machen*, Edgar?»

«Ich würde sagen, es war eine Fügung des Schicksals.»

«Hör auf mit dem Unsinn! Wir können nicht einfach dastehen und seelenruhig zusehen, wie alles ... den Bach runtergeht.»

«Findest du nicht, dass sich alle gut amüsieren?»

«Natürlich amüsieren sie sich gut! Sie zerreißen sich das *Maul* über mich, Edgar. Sieh dir bloß Viola an! Sie kichert schon den ganzen Abend mit Carson herum!»

«Frannie ... sieh mal ... wenn du jemanden brauchst, der für ein bisschen Stimmung sorgt, könnte ich den Akkordeonspieler aus dem Club anrufen. Es ist zwar ein bisschen kurzfristig, aber vielleicht würde er ja ...»

Frannie stöhnte. «Ein Akkordeonspieler ist doch kein *Ersatz* für die größte Sopranistin der Welt, Edgar!»

«Ich wusste nicht, dass sie singen wollte.»

«Sie *braucht* nicht zu singen, Edgar! Mein Gott! Machst du das mit Absicht?»

«Was?»

«Dass du dich aufführst wie ein Banause.»

«Ich *bin* ein Banause.»

«Du bist kein ...»

«Mein Vater war Leiter eines Kaufhauses, Frannie.»

«Aber er hatte eine Dauerloge in der Oper!»

«Er war Leiter eines Kaufhauses.»

Beauchamp plauderte in einer stillen Ecke der Terrasse mit Peter Cipriani.

«Und was hast *du* für eine Theorie über La Grande Nora?»

Peter zuckte mit den Schultern. «Mir ist das völlig egal. Ich bin wegen ganz was anderem hier. Außerdem ist die Troyanos meine neue Leidenschaft.»

«Du hast ganz große Pupillen.»

«Na hoffentlich. Ich hab ja auch Psilocybin genommen.»

«Mein Gott.»

«Schließlich bin ich mit Shugie Sussman da.»

«Und das ist eine Entschuldigung für deinen veränderten Bewusstseinszustand?»

«Weißt du eine bessere?»

«Ich passe.»

«Ich hoffe, das Schätzchen kann fahren. Ich habe mir im Mill schon zwei Drinks gegönnt, bevor ich sie abgeholt habe.»

«Ich langweile mich *fürchterlich*», sagte Margaret van Wyck Montoya-Corona.

DeDe schaute sie mit Glupschaugen an. «Das wird Mutter aber freuen, wenn sie das hört.»

«Ach so, DeDe, nein ... nicht *hier* ... Ich meine ganz generell. Jorge ist für drei Wochen in Madrid. Glaub mir, es macht wirklich keinen Spaß, mit einem Präserkönig verheiratet zu sein.»

«Das kann ich mir vorstellen.»

«Was mir am allermeisten fehlt, ist Gesellschaft.»

«Dann leg dir doch einen Hund zu.»

Muffy grinste. «Ich hab mir schon überlegt, dass ich mir vielleicht einen Samoaner zulege.»

«Du meinst einen Samojeden.»

«Nein. Ich meine einen *Samoaner*. Penny und Trinka haben sich *beide* einen Samoaner zugelegt. Ein Samoanergespann sozusagen. Die zwei arbeiten als Mechaniker im Mission ... und sie sind so was von *kräftig gebaut*, meine Liebe.»

DeDe verzog das Gesicht. «Ich mag keine dicken Männer.»

«Nicht dick.» Sie hob beide Hände. «Kräftig.»

«Ah. Ich verstehe.»

«Das ist jedenfalls tausendmal besser, als sich vom Versandhaus so einen Plastikdödel schicken zu lassen.»

Edgar zog seine Tochter zur Seite. «Ich brauche deine Hilfe», flüsterte er.

«Wobei?»

«Deine Mutter hat sich auf dem Lokus eingesperrt.»

«Schon wieder?»

«Bitte sei so lieb, DeDe. Sie ist ganz aufgelöst wegen ... dieser Sängerin.»

Im ersten Stock brüllte DeDe durch die Badezimmertür ihre Mutter an: «Mutter!»

Schweigen.

«Verdammt noch mal, Mutter! Du bist *nicht* Zelda Fitzgerald. *Die* Masche hat langsam einen Bart.»

«Geh weg.»

«Wenn du wegen Nora Cunningham so von der Rolle bist ... Ich hab mit Carson Callas gesprochen. Er sagt, sie macht das immer so.»

«Das ist mir egal.»

«Er will dich mit fünfundzwanzig Zentimetern beglücken, Mutter. Mit fünfundzwanzig Zentimetern.»

«Was?»

«Den Großteil seiner Glosse in der *Western Gentry* will er ...»

Die Toilettentür ging auf. Frannie stand mit verheulten Augen und einem Mai Tai in der Hand da. «Hast du ihn gefragt, ob er zum Frühstück bleiben möchte?», sagte sie.

Die Kiste mit den sechs Taktstöcken

Der Partyservice machte für die restlichen Gäste auf Halcyon Hill Rührei. Während Frannie Carson Callas mit Beschlag belegte, entschlüpfte Edgar in sein Arbeitszimmer und rief in der Barbary Lane an.

«Madrigal.»

«Ich bin's, Anna.»

«Hallo, Edgar.»

«Das mit Mona tut mir leid, Anna.»

«Du musst dich nicht entschuldigen.»

«Muss ich doch. Ich hätte dich heute Vormittag nicht so anfauchen sollen.»

«Ich ... So was gehört zu deinem Job, Edgar.»

«Wenn ich früher gewusst hätte, wie viel Mona dir bedeutet ...»

«Ich hätte nicht anrufen sollen. Ich mische mich zu viel ein.»

«Nächste Woche habe ich einen Tag frei. Wir könnten mal wieder an den Strand.»

«Gern.»

«Gott sei Dank!»

«Aber sei jetzt brav und kümmere dich wieder um deine Gäste.»

Drüben in der Barbary Lane lag Mona bäuchlings auf dem Sofa und las die *New West*, als Michael hereinschlurfte. «Na», sagte sie. «Wie sieht's aus in der wunderbaren Welt der Gynäkologie?»

«Ich war nicht mit Jon zusammen.»

«Hoppla! Wie schnell die lodernde Flamme der Liebe doch erlöschen kann!»

«Er hatte heute Abend eine Besprechung.»

«Und deshalb warst du in der Sauna, was?» Das Stirnrunzeln, mit dem sie ihn ansah, war nur halb scherzhaft gemeint.

«Es ist nicht gut, wenn man alle seine Eier in ein Körbchen legt.»

«Mal ganz bildlich gesprochen, hm?»

Er grinste. «Genau.»

«Über meine Lippen dringt kein Laut.»

Er zwängte sich neben sie auf das Sofa. «Rate mal, wer da war!»

«Der mormonische Tabernacle Choir.»

«Okay, wenn du keinen Tratsch hören willst …»

«Nein. Sag schon. Ich will's ja hören.»

«Nein. Zuerst muss ich dir erzählen, was ich bei Hamburger Mary's erlebt habe.»

«Ich kann es nicht ausstehen, wenn du mich bestrafst.»

«Ich stimme dich doch nur ein, Mona. Entspann dich. Stell dir vor, ich bin dein Guru. Maharishi Mahesh Mouse. Ich bringe dir den Schlüssel zum Königreich der Folsom Street. Das heilige rote Einstecktuch, das sitzet zur Linken der Levi's. Das …»

«Du bist ein Arsch, Michael!»

«Schon gut, schon gut. Ich sitze also gerade bei Hamburger Mary's, esse einen Bohnensprossensalat und überlege, ob meine neuen Sears-Stiefel nicht doch *zu* neu aussehen, als auf einmal dieses Pärchen reingerauscht kommt und sich mitten unter eine Horde Motorradfahrer setzt.»

«Ein Schwulenpärchen?»

«Aber woher denn. Ein Kerl und seine Frau auf Exotiktrip. Der neueste Schick des Jahres 1976. Sie hatte ein David-Bowie-T-Shirt an, damit auch gleich jeder wusste, auf was sie steht, und er hat ausgesehen, als würde er sich in seinem sportiven Ensemble von Grodins *grauenhaft* unwohl fühlen. Ich meine, vor fünf Jahren hätten sich diese Typen unten im Fillmore District rumgetrieben und sich gemeinsam mit den Brüdern und Schwestern Gekröse mit Saubohnen reingestopft. Und jetzt haben sie's mit den Tunten. Sie sind ganz *versessen* auf den Kontakt mit Perversen.»

«Das bringt einem nichts als Kummer! Davon kann ich denen ein Lied singen!»

«Die Situation spitzt sich also von Minute zu Minute zu. Und dann setzt sich dieser Kerl neben die beiden. Er hat eine Future-Farmers-of-America-Jacke an und trägt einen Ring durch die Nase, was Mr. Grodins Ensemble so ins Schleudern bringt, dass man nicht weiß, ob er nicht gleich wieder auf die andere Seite der Bay flüchten muss.»

«Und was war mit seiner Frau?»

«Sie ist *fürchterlich* sauer, weil Bubi nicht völlig abfährt auf diesen Hort der Dekadenz. Schließlich schaut sie ihn mit großen Augen an und sagt mit einer geballten Ladung Bedeutung in der Stimme: ‹Was sagt dir denn mehr zu, Rich? S oder M?›»

«Und?»

«Er hat gedacht, sie redet von Grillsoßen.»

«Und wen hast du dann in der Sauna getroffen, Mouse?»

«Also … Ich hab ihn erst nach ein paar Stunden getroffen. Wie ich so den Gang entlangspaziere und in die Kabinen schaue, winkt mich dieser grauhaarige Kerl zu sich hinein. Er kam mir zwar reichlich alt vor, aber er hatte einen guten Körper. Ich geh also in die Kabine und setz mich auf den Rand seiner Liege, und als er sagt: ‹Warst du schon fleißig heute Abend?›, weiß ich im selben Moment, wer er ist. Schon wegen seinem Akzent. Außerdem kenn ich ihn von den Plattenhüllen.»

«Wen?»

«Nigel Huxtable.»

«Der Dirigent?»

«Exakt. Kein Geringerer als der Ehemann von Nora Cunningham.»

«Habt ihr zwei denn ...?»

«Soll das ein Witz sein?»

«Ich wollte doch nur ...»

«Ich bin abgehauen, sobald ich gesehen habe, was er in seiner Tasche hatte.»

«Erzähl, erzähl ...»

«Einen Kassettenrekorder ... eine Kassette von seiner Frau, wie sie die ‹Casta Diva› singt ... ein Stück Goldbrokatkordel, das angeblich vom Vorhang in der Scala stammt ... und sechs Taktstöcke aus Gummi!»

«Ach, du meine Güte!»

«Ich hab überhaupt nichts gemacht, Mona. Mit niemand.»

«Erzähl das mal deinem Gynäkologen!»

Zurück nach Cleveland?

Die Tage bei Halcyon Communications schleppten sich dahin wie Wochen.

Beauchamp schenkte Mary Ann ein Lächeln, wenn er an ihrem Schreibtisch vorbeikam, und manchmal zwinkerte er ihr im Aufzug zu, aber es kamen keine weiteren Einladungen mehr, keine schmerzerfüllten Bitten um Zuwendung.

Es war, als hätte es Mendocino nie gegeben.

In Ordnung, dachte Mary Ann, wenn er es so haben will. Sie hatte eine Menge anderer Möglichkeiten, ihre Energien einzusetzen ... *und Meilen, Meilen noch vorm Schlaf.*

Sie machte Edgar Halcyons Kaffeemaschine sauber.

Sie kaufte einen Glasschneider und machte aus einer großen Weinflasche ein Terrarium für ihren Schreibtisch.

Sie schuf sich an ihrer Pinnwand eine «persönliche Ecke» mit Peanuts-Cartoons, mit Zettelchen, die sie aus Fortune Cookies geschält hatte, und mit Urlaubspostkarten von Freundinnen.

Jeden Vormittag machte sie einmal kurz Pause, saß völlig regungslos und mit geschlossenen Augen an ihrem Schreibtisch und sagte sich den unerschrockenen Leitsatz der Siebziger vor:

«Heute ist der erste Tag vom Rest meines Lebens.»

Eines Abends tauchte Michael an ihrer Tür auf. Er hielt ein Tongefäß in Form eines Huhns in Händen.

«Das ist die Hälfte von meinem *poulet Tolliver*», sagte er grinsend. Seinen Namen sprach er aus wie *Tollivé*. «Mona ist weg und hebt entweder ihr Bewusstsein oder senkt ihre Erwartungen, und ich dachte ... Da hast du.»

«Das ist aber süß, Michael.»

«Fang mit der Schwärmerei erst an, wenn du es gesehen hast. Es sieht aus wie eine Möwe, die sich mit einer 747 angelegt hat.»

«Es riecht köstlich.»

«Soll ich's auf den Esstisch stellen?»

«O ja. Danke.»

Er setzte den Tontopf ab und schüttelte dann lächelnd den Kopf.

«Was ist?», fragte Mary Ann.

«Im Süden macht man das, wenn jemand stirbt. Essen bringen, meine ich.»

«Da liegst du gar nicht so verkehrt.»

«Wie meinst du das?»

«Bist du ... Hast du die andere Hälfte von dem Hähnchen schon gegessen?»

Er schüttelte den Kopf.

«Hättest du gern Gesellschaft?»

Michael verdrehte die Augen. «Manchmal würd ich mein Leben dafür geben.»

Mary Ann nutzte die Zeit, bis Michael seine Hähnchenhälfte anschleppte, um einen Salat zu machen.

Sie aßen bei Kerzenschein.

«Das ist mein erstes richtiges Abendessen ... mit einem Gast.»

«Welche Ehre.»

«Ich hoffe, du magst Green-Goddess-Sauce.»

«Mmm. Das nächste Mal essen wir Spargel, und dann kannst du mir deine Sauce hollandaise vorführen.»

«Woher weißt du, dass ich ...? Oh ...»

Michael nickte. «Robert. Ich musste in unserer Scheidungsvereinbarung auf das Rezept verzichten.»

Mary Ann wurde rot. «Es ist ganz einfach.»

«Ich hätte keine alten Geschichten aufwärmen sollen. Tut mir leid.»

«Das ist schon okay. Ich hatte immer ein blödes Gefühl wegen der Sache.»

«Warum? Robert ist doch ein geiler Kerl. Ich hätte es auch so gemacht. Das heißt, ich *habe* es so gemacht. Was glaubst du, wo *ich* ihn kennengelernt habe?»

«Im Safeway?»

«Aber nicht im selben wie du. In dem an der Upper Market Street. Von *meiner* Warte aus ist es dort entschieden prickelnder.» Er gab sich selbst eine Ohrfeige. «Lass das. Du machst das Mädchen ganz verlegen.»

Sie lachte. «Wirke ich dermaßen unbedarft?»

«Nein, ich ... Ja, manchmal schon.»

«Na ja, ich bin es wohl auch.»

«Es hat bei dir aber auch einen gewissen Reiz.»

«*Das* hab ich schon mal irgendwo gehört.»

«Oh ... Von wem?»

«Das spielt keine Rolle.»

Michael lächelte etwas gequält, während er sie anschaute. «Bist du deswegen dem Seelentod so nahe?»

«Michael, ich ...»

«Weißt du was ... wir hauen nächste Woche mal so richtig auf den Putz. Wir können irgendwohin gehen, wo es ganz schrecklich anständig zugeht ... ins Starlight Roof oder so. Dein Leben fängt erst richtig an, wenn du mal mit dem Tolliver Gigolo Service ins Geschäft gekommen bist.»

Mary Ann rang sich ein Lächeln ab. «Ja, das könnte ganz nett sein.»

«Halt deine Begeisterung etwas im Zaum, ja?»

«Vielleicht bin ich nächste Woche nicht mehr hier, Michael.»

«Hmm?»

«Ich glaube, ich gehe nach Cleveland zurück.»

Michael pfiff. «Dort bist du dem Seelentod nicht mehr nur nahe, dort *bist* du tot.»

«Ich glaube, im Moment hat was anderes keinen Sinn.»

«Soll das heißen» – er warf seine Serviette auf den Tisch –, «dass ich gerade ein ganzes Hähnchen darauf verschwendet habe, mich mit einer Frau anzufreunden, die nur auf der Durchreise ist?» Er stand vom Tisch auf, ging zum Sofa hinüber, setzte sich und verschränkte die Arme. «Komm hier rüber. Wir müssen uns jetzt mal von Frau zu Frau unterhalten!»

Michaels aufmunternde Worte

Mary Ann stand verunsichert auf. Michaels neue Rolle als Ratgeber war ihr unbehaglich. Sie bereute es, dass sie den Gedanken an eine Rückkehr nach Cleveland überhaupt erwähnt hatte.

«Kann ich dir etwas Crème de Menthe anbieten?»

«Warum willst du weg, Mary Ann?»

Sie setzte sich neben ihn. «Das hat viele Gründe ... ich weiß nicht ... San Francisco ganz allgemein.»

«Nur weil dich irgendein Schwachkopf sitzen gelassen hat ...»

«Darum geht's nicht ... Michael, man kann sich hier auf nichts verlassen. Es ist alles so einfach zu haben. Niemand beschäftigt sich hier mal ausführlicher mit einem anderen Menschen oder mit einer Sache, weil gleich um die Ecke was anderes läuft, das vielleicht noch ein bisschen interessanter ist.»

«Was hat er eigentlich *getan*?»

«Ich komme hier einfach nicht zurecht, Michael. Ich möchte in einer Umgebung leben, in der ich mich nicht dafür entschuldigen muss, dass ich Nescafé serviere. Weißt du, was mir an Cleveland gefällt? Die Menschen in Cleveland sind nicht immer auf irgendeinem ‹Trip›!»

«Anders ausgedrückt: Sie sind langweilig.»

«Es ist mir egal, was du davon hältst. Mir ist das wichtig. Sehr wichtig sogar.»

«Warum willst du deswegen nach Hause zurück? Langweilige Menschen haben wir hier auch. Warst du noch nie zum Mittagessen bei Paoli's?»

«Es hat überhaupt keinen Sinn ...»

Das Telefon klingelte. Michael sprang auf und hob ab. «Das langweilige Zuhause von Mary Ann Singleton.»

«Michael!» Mary Ann riss ihm den Hörer aus der Hand. «Hallo.»

«Mary Ann?»

«Mom?»

«Wir haben uns solche Sorgen gemacht.»

«Gibt's sonst was Neues?»

«Sprich nicht so mit mir. Wir haben seit *Wochen* nichts mehr von dir gehört.»

«Tut mir leid. Ich hatte viel um die Ohren, Mom.»

«Wer war dieser Mann?»

«Welcher Mann? Ach so ... Michael. Das ist bloß ein Freund.»

«Und wie heißt dieser Michael?»

Mary Ann legte die Hand über die Sprechmuschel. «Wie heißt du mit Nachnamen, Michael?»

«De Sade.»

«Michael!»

«Tolliver.»

«Michael Tolliver, Mom. Er ist ein richtig netter Kerl. Er wohnt einen Stock unter mir.»

«Dein Daddy und ich haben über dich gesprochen, Mary Ann ... Hör also gut zu, was wir dir zu sagen haben. Wir sind uns beide einig, dass du die Gelegenheit haben solltest ... in San Francisco flügge zu werden ... Aber jetzt ist der Zeitpunkt gekommen ... Also, wir können nicht einfach dasitzen und zusehen, wie du dein Leben wegwirfst.»

«Wenn ich etwas wegwerfe, dann ist es immer noch *mein* Leben, Mom.»

«Nicht, wenn dir offensichtlich die Reife fehlt, um ...»

«Woher wollt ihr das denn wissen?»

«Mary Ann ... Ein merkwürdiger Mann ist bei dir ans Telefon gegangen.»

«Der Mann ist nicht merkwürdig, Mom.»

«Wer weiß?», sagte Michael grinsend.

«Du kanntest nicht einmal seinen Nachnamen.»

«Wir sind hier an der Westküste nicht so förmlich.»

«Das ist nicht zu übersehen ... Wenn dein Urteilsvermögen inzwischen so weit nachgelassen hat, dass du bei dir in der Wohnung einen völlig ...»

«Mom, Michael ist homosexuell.»

Schweigen.

«Er steht auf *Jungs*, kapiert? Ich weiß, dass du schon was davon gehört hast. Sie zeigen so was jetzt im Fernsehen.»

«Ich glaube, du hast völlig den Verstand ...»

«Nicht völlig. Aber wenn du mir noch etwas Zeit lässt ...»

«Ich kann nicht glauben, dass du mich so ...»

«Mom, ich ruf dich in ein paar Tagen wieder an, ja? Hier läuft alles prima. Na-hacht.»

Sie legte auf.

Michael strahlte sie vom Sofa her an.

Mona war die zweite Angriffswelle.

«Mein Gott, Mary Ann! Kein Wunder, dass es dir schlechtgeht. Du sitzt den ganzen Tag auf deinem Hintern rum und erwartest, dass dir das Leben lauter tolle Einladungen schickt. Aber da hab ich eine brandheiße Neuigkeit für dich. Dort draußen läuft nicht *ein* Mensch rum, der auf die Idee käme, dir ein Grußkärtchen zu schicken.»

«Und welchen Sinn soll es dann haben, mich ...?»

«Wenn du was vom Leben willst, musst du was *tun*, Mary Ann. Und wenn es dir schlechtgeht, dann kämpf dich da raus und pack das Leben am ... Hol dir einen Bleistift und schreib dir mal eine Adresse ...»

Krieg und Frieden

Eine Abordnung Strandläufer patrouillierte auf dem Strand bei Point Bonita und pickte die Limodosenringe aus dem schimmernden schwarzen Sand. Das Wasser war an manchen Stellen blau, an anderen grau.

Edgar legte den Arm um Annas Taille. «Weißt du, ich werde sie wieder nehmen.»

«Wen?»

«Mona ... Wenn du's mir sagst, nehme ich sie wieder.»

Anna schüttelte den Kopf. «Das würde ich nicht tun. Außerdem käme sie selbst *dann* nicht mehr zurück, wenn du deine Meinung ändern würdest.»

«Heißt das, dass ich ein blöder Affe bin?»

«Du nicht. Dein Schwiegersohn.»

«Hat sie dir das gesagt?»

Anna nickte. «Hat sie recht?»

«Absolut.»

«Das dachte ich mir schon.»

«Hast du ihr etwas gesagt, Anna?»

«Über dich?»

«Ja.»

Anna schüttelte den Kopf. «Das geht nur uns was an, Edgar. Nur uns beide.»

«Ich weiß, aber ...»

«Aber was?»

«Sie ist für dich wie eine Tochter, nicht?»

«Ja.»

«Fällt es dir da nicht schwer, es ihr *nicht* zu sagen?»

«Ja.»

«Ich würde es am liebsten in die ganze Welt hinausposaunen.»

Anna lächelte. «Dazu braucht es bloß eine Aktennotiz an deine Sekretärin.»

«Die wird es noch vor Mona herausfinden.»

«Hoffentlich nicht.»

«Warum? Ich habe mehr zu verlieren als du.»

Anna betrachtete ihn einen Moment. «Komm. Holen wir die

Decke aus dem Auto. Hier draußen ist es kälter als zwischen den Titten einer Hexe.»

Edgar kicherte. «Ich wusste nicht, dass brave Mädchen so einen Ausdruck kennen.»

«Tun sie auch nicht.»

«Wir haben das immer in Frankreich gesagt. Während des Kriegs.»

«Damals habe ich das auch gelernt.»

«Was redest du denn da?»

«Ich war in Fort Ord.»

«Du warst im Women's Army Corps?»

«Ich habe für einen Colonel, der die meiste Zeit besoffen war, die Munitionsanforderungen getippt. Aber was ist jetzt, holen wir die Decke oder nicht?»

Sie kuschelten sich im Windschatten einer Düne aneinander. «Wie war das, in einem Puff aufzuwachsen?»

Anna verzog den Mund. «Wie war das, in Hillsborough aufzuwachsen?»

«Ich bin nicht in Hillsborough aufgewachsen. Ich bin in Pacific Heights groß geworden.»

«Ach du meine Güte! Da bist du ja *mächtig* rumgekommen, was?»

«Komm schon. Ich habe dich zuerst gefragt.»

«Na dann ...» Sie schöpfte eine Handvoll Sand und ließ ihn durch die Finger rinnen. «Ein Aspekt war, dass ich vierzehn werden musste, bis mir klar wurde, dass auf amerikanischen Banknoten nicht steht: ‹Gültig für eine ganze Nacht›.»

Edgar lachte.

«Außerdem habe ich in Bezug auf etliche Dinge einen kuriosen Aberglauben entwickelt, mit dem ich mich noch heute herumschlage.»

«Zum Beispiel?»

«Zum Beispiel ... kann ich keine Schnittblumen ertragen. Schick mir also nie einen Strauß langstielige Rosen, wenn du willst, dass unsere sonderbare und wunderbare Beziehung bestehen bleibt.»

«Was stört dich an Schnittblumen?»

«Die Schönen der Nacht sehen in ihnen Vorboten eines baldigen Todes. Es geht da um Schönheit, die in ihrer Blüte zerstört wird, und so Zeug.»

«Oh.»

«Keine schöne Sache.»

«Nein.»

Anna schaute zu Boden und zog mit dem Finger eine Linie durch den Sand.

Und Edgar kam es vor, als würde sie seinen Schmerz nicht nur spüren, sondern auch teilen.

Im nächsten Zwiespalt

Das Bay Area Crisis Switchboard befand sich in einem renovierten viktorianischen Haus in Noe Valley. Die Fassade war dattelgolden, maulwurfsgrau, avocadogrün, fuchsienrot und schokoladenbraun gestrichen. Ein Schild im Fenster informierte die Besucher des Hauses darüber, dass dessen Bewohner keinen Wein der Firma Gallo tranken.

Mary Ann hatte schon da ein komisches Gefühl.

Sie drückte auf die Klingel. Ein Mann in einem Renaissancehemd machte ihr auf. Mary Anns Blick glitt von dem Hemd über einen dünnen roten Bart hoch zu der Stelle, an der normalerweise sein linkes Ohr gewesen wäre.

«Ich ... habe vorhin angerufen.»

«Supertoll. Die neue Freiwillige. Ich bin Vincent.»

Er führte sie in einen spärlich möblierten Raum, der von einem gewaltigen Wandbehang aus Makramee beherrscht wurde, in den Muschelstücke und Federn und Treibholz eingearbeitet waren. Es blieb ihr gar nichts anderes übrig, als etwas dazu zu sagen.

«Der ist ja ... wirklich wunderbar.»

«Ja», sagte Vincent strahlend. «Den hat meine Alte gemacht.»

Mary Ann nahm an, dass er nicht seine Mutter meinte.

Zu ihrer großen Erleichterung erwies er sich als sehr netter Kerl. Beim Switchboard machte er die Schicht von Dienstag bis Donnerstag. Er war Künstler. Und er machte ihr einen Nescafé, ohne sich zu entschuldigen.

«Wahrscheinlich werden wir ... sozusagen ... parallel arbeiten», erklärte er ihr, «zwischen acht und elf kriegen wir so viele Anrufe rein, dass wir zu zweit gut zu tun haben.»

«Haben die denn alle vor ... sich umzubringen?»

«Nein. Nach einiger Zeit durchschaust du auch die Dauerkunden.»

«Die Dauerkunden?»

«Verrückte. Einsame. Anrufer, die nur reden wollen. Das geht natürlich auch klar. Schließlich sind wir für so was da. Und bei manchen genügt's, wenn man sie an die richtige soziale Einrichtung weiterschickt.»

«Wer gehört in die Gruppe?»

«Geschlagene Ehefrauen, schwule Teenager, alte Leute mit Fragen zur Sozialversicherung, Kinderschänder, Vergewaltigungsopfer, Minderheiten mit Wohnungsproblemen ...» Er rasselte die Liste runter wie ein Verkäufer in einer Howard-Johnson-Eisdiele, der die achtundzwanzig verschiedenen Sorten aufzählt.

«Und was ist mit den Selbstmördern?»

«Ach so ... von denen kriegen wir pro Abend vielleicht zwei oder drei rein.»

«Weißt du, ich hab nie eine spezielle Ausbildung ...»

«Kein Problem. Um die haarigen Fälle kümmere ich mich. Die meisten wollen bloß deine Zuwendung.»

Mary Ann trank ein paar Schluck Kaffee. Vincents unaufgeregtes Selbstvertrauen gab ihr Kraft. «Die Arbeit hier gibt einem sicher recht viel, was?»

Vincent zuckte mit den Schultern. «Manchmal schon. Und dann ist es wieder der totale Nerv. Kommt immer drauf an.»

«Hat es in letzter Zeit ... haarige Fälle gegeben?»

«Keine Ahnung. Ich war ein paar Wochen nicht da.»

«Warst du auf Urlaub?»

Er schüttelte den Kopf und hielt die rechte Hand hoch. Mary Ann hatte schon zuvor bemerkt, dass sein kleiner Finger bandagiert war ... nicht jedoch, dass er in der Mitte aufhörte.

«Du armer Kerl! Wie ist das denn passiert?»

«Ach ...»

Das Ohr ... der Finger ... Plötzlich war ihr alles schrecklich peinlich.

Vincent sah sie rot werden. «Ich geh manchmal auf 'nen Trip.»

«Tabletten?»

Er lächelte. «Nein ... bloß auf 'nen Trip. Wenn ich depressiv bin. Völlig durch den Wind.»

«Ich fürchte, ich ...»

«Es ist nichts Schlimmes. Ich komm schon damit klar. Aber jetzt aufgepasst! Es ist fast acht. Bist du bereit?»

«Ja. Ich glaube schon.» Sie sank auf den Stuhl vor dem Telefon. «Ich denke, ich werde erst mal beide Ohren spitzen.»

Sie hätte sich die Zunge abbeißen können.

Fantasie für zwei

Nachdem Michael und Jon sich im Ghirardelli Cinema *Franken-
stein Junior* angesehen hatten, spazierten sie am Aquatic Park
auf den Pier hinaus.

Es war dunkel auf dem Pier. Gruppen von chinesischen Fi-
schern durchbrachen die Stille mit Gelächter und dem blecher-
nen Plärren von Transistorradios. Ein Hubschrauber machte am
Himmel wupp-wupp.

Die beiden setzten sich am Ende des Piers auf eine überdi-
mensionierte Betonbank.

«Er ist ein Fragezeichen», sagte Michael.

«Wer?»

«Der Pier. Ein riesengroßes Fragezeichen.»

Jon blickte über die schwarze Lagune, die durch die Krümmung des Piers gebildet wurde. «Stimmt nicht. Er ist andersrum
geschwungen. Er ist ein spiegelverkehrtes Fragezeichen.»

«Gebildete Leute nehmen immer alles so wörtlich.»

«Entschuldige.»

«Hab ich dir schon die Geschichte von meinem Schimpansen
erzählt?»

«Schimpanse wie Affe, oder was?»

«Ja, genau. Möchtest du sie hören?»

«Unbedingt.»

«Also ... Schon als kleiner Junge wollte ich immer einen
Schimpansen haben. Ich hab mir ausgemalt, wie ich einen
Schimpansen so dressiere, dass er zu uns in die fünfte Klasse
stürmt und Miss Watson, meine Lehrerin, mit Wasserballons
bombardiert.» Er lachte. «Wenn ich mir's recht überlege, war
sie wahrscheinlich eine Lesbe. Ich hätte netter sein sollen zu
ihr ... Jedenfalls hab ich die Idee *nie* aufgegeben ... den Wunsch
nach einem Schimpansen, meine ich ... und letztes Jahr hab ich es

mal meinem Ex-Mann erzählt ... Ich meine, er ist jetzt mein Ex-Mann ... Zu der Zeit war er mein Mann.»

«Bleib bei deinem Schimpansen.»

«Okay ... Der *riesengroße* Zufall war, dass Christopher schon seit der Kindheit genau *die gleiche* Fantasie hatte. Wir haben das also ... eine Weile diskutiert und sind dann zu dem Schluss gekommen, dass wir zwei verantwortungsbewusste Erwachsene waren und es überhaupt keinen Grund gab, warum wir keinen Schimpansen haben sollten. Jedenfalls hat Christopher diesen Freund von sich angerufen, der bei Marine World arbeitet und sich mit dem Papierkrieg und dem ganzen Quark auskennt, und schließlich ... wurden wir zu den stolzen Eltern eines Schimpansenteenagers, der Andrew hieß.»

Jon lächelte. «Andrew, Michael und Christopher. Wie hübsch.»

«Das haben wir auch gedacht. Und es ist auch ganz wunderbar geworden, als wir ihn erst mal stubenrein hatten. Wir haben ihn *überall* mitgenommen ... In den Golden Gate Park, zum Renaissance Faire ... und in den *Zoo*. Meine Güte, wie *gern* er doch in den Zoo gegangen ist! Dann hat uns unser Freund bei Marine World eines Tages gefragt, ob wir Andrew nicht ... mit einer Schimpansendame zusammenbringen wollten, die einem anderen Freund von ihm gehörte. Natürlich waren wir damals ganz schön nervös, denn dadurch sollten wir ja faktisch Großeltern werden.»

«Faktisch.»

«Der große Tag war also da ... Aber Andrew spielte nicht mit.»

«O nein!»

«Stell dir vor, er weigerte sich sogar, mit ihr im selben *Zimmer* zu bleiben.»

«Okay, lass mich raten.»

Michael nickte traurig. «Er war so warm, dass er mit der flachen Hand hätte bügeln können!»

«Jetzt mach mal halblang!»

«Ich konnte damit ganz gut umgehen, weil ich Andrew wirklich *liebte*, aber Christopher nahm es persönlich. Er war *überzeugt*, dass es nicht so weit gekommen wäre, wenn er mit Andrew öfter Ball gespielt ...»

Jon fing zu lachen an. «Du bist vielleicht eine Nummer!»

«Es war *schrecklich*, sag ich dir! Christopher hat mir Vorhaltungen gemacht, dass ich Andrew verhätschelt hätte und ihn übertrieben oft zu Busby-Berkeley-Filmen ins Kino mitgenommen hätte ... und dass ich es ihm nicht verboten hätte, sich im Sears-Katalog die Seiten mit der Männerunterwäsche anzuschauen!»

«Hör auf!»

Michael grinste und gab sein Spiel auf. «Sag bloß, die Geschichte hat dir nicht gefallen!»

«Denkst du dir immer Sachen aus?»

«Immer.»

«Warum?»

Michael zuckte mit den Schultern. «‹Ich will ihn über mein wahres Selbst gerade genug täuschen, dass er mich haben will.›»

«Woraus ist das denn?»

«Das sagt Blanche DuBois. In *Endstation Sehnsucht*.»

Jon schlang seinen Arm um Michaels Hals. «Komm zu mir, Blanche.» Sie küssten sich recht lange, obwohl die Betonbank ziemlich kalt war.

Als sie sich voneinander lösten, sagte Michael: «Würde es sich besser anhören, wenn der Mann Andrew hieße und der Schimpanse Christopher?»

«Dein Mann war auch erfunden?»

«O ja ... *besonders* mein Mann.»

Die rätselhafte Besucherin

Am Strand wurde der Wind stärker, weshalb Anna die Decke zurechtzog, die ihnen Schutz bot. «Hier, Edgar ... halt sie fest. Sonst sieht noch jemand, dass deine Sachen von Brooks Brothers sind.»

«Pass bloß auf.»

«Ich muss schon sagen ... diese Socken sind geradezu adorabel ... wenn du den Ausdruck entschuldigst. Ich nehme an, dass in St. Moritz heutzutage *jeder* anthrazitfarbene Kniestrümpfe trägt!»

«Das kitzelt, Anna. Lass das.»

«Kitzlig? Edgar Halcyon? Ist nichts mehr heilig?»

«Anna, ich warne dich ...»

«Du bist ganz schön ruppig für ein Stadtkind!» Sie sprang plötzlich auf, zerrte an seiner ohnehin schon gelockerten Krawatte und stolzierte dann über den Strand. Edgar jagte sie in die Dünen zurück und warf sich mit dem Kampfruf eines Samurais auf sie.

Lachend und keuchend lagen sie aneinandergeschmiegt da.

«Komm mit», sagte Anna und fasste ihn an den Händen. «Lass uns ein bisschen Treibgut suchen.»

«Nicht so hastig, Anna.»

«Fühlst du dich nicht wohl?»

«Doch. Ich ...»

«Bist du sicher?»

«Ja, alles bestens.»

«Ich vergesse immer, dass du ein alter Bussard bist.»

«Ich bin zwei Jahre älter als du.»

«Eben. Ein alter Bussard.»

Um vier Uhr klarte der Himmel auf. Sie spazierten barfuß den Strand entlang.

«Das erinnert mich an etwas», sagte Edgar.

«An eine Whiskeyreklame?»

Er lächelte und drückte ihre Hand. «Als ich neunzehn war, haben mich meine Eltern den Sommer über nach England geschickt. Ich habe bei ein paar Cousins von mir in einem Dorf gewohnt, das Cley-next-the-Sea hieß. Dort bin ich immer am Strand spazieren gegangen und habe Karneole gesucht.»

«Sind das Steine?»

«Wunderschöne rote. Orangerote. Einmal habe ich auf dem Strand eine alte Dame getroffen. Wenigstens habe ich sie damals für alt gehalten. Ihre Tochter war auch dabei. Sie war achtzehn und sehr schön. Die beiden haben mich aufgefordert, mit ihnen zu gehen. Sie waren auch auf der Suche nach Karneolen.»

«Bist du mitgegangen?»

«Was glaubst du?»

«Ich glaube, Edgar war zu beschäftigt ... oder es war ihm peinlich.»

Edgar blieb stehen und schaute Anna an. Er machte ein Gesicht wie ein Löwe, der einen Dorn in der Pfote stecken hatte. «Es ist zu spät, nicht, Anna?»

Sie ließ ihre Schuhe in den Sand fallen und schlang ihm die Arme um den Hals. «Für das Mädchen ist es zu spät, Edgar. Aber die alte Dame rumzukriegen, ist ein Kinderspiel.»

Sie lagen wieder unter der Decke.

«Wir sollten zurückfahren, Anna.»

«Ich weiß.»

«Ich habe Frannie gesagt, ich würde ...»

«Ist schon gut.»

«Sind wir dabei, einen großen Fehler zu machen?»

«Na hoffentlich!»

«Du weißt nicht sehr viel über mich.»

«Nein.»

«Ich habe nicht mehr lange zu leben, Anna.»

«Oh ... Das dachte ich mir schon.»

«Du hast es gewusst ...?»

Anna zuckte mit den Schultern. «Warum sollte Edgar Halcyon sonst so was machen?»

«O Gott.»

Anna spielte mit den weißen Locken an seinem Hinterkopf. «Wie viel Zeit haben wir noch?»

Zu Hause in der Barbary Lane legte Anna sich genüsslich in die Badewanne. Sie sang gerade ein sehr altes Lied, als es bei ihr klingelte. Sie trocknete sich ab, schlüpfte in ihren Kimono und drückte auf den Türöffner, um ihren Besuch reinzulassen.

«Wer ist da?», rief sie über den Flur.

«Eine Freundin von Mary Ann Singleton», kam die Antwort. Es war die Stimme einer jungen Frau.

«Sie ist weggegangen, meine Liebe. Zum Crisis Switchboard.»

«Wäre es Ihnen recht, wenn ich hier warte? Ich meine, hier in der Diele. Es geht nämlich um was Wichtiges.»

Anna ging auf den Flur hinaus. Die junge Frau war blond und füllig und sah aus wie ein Kind, das sich verlaufen hatte. Und sie trug eine Gucci-Einkaufstasche.

«Setzen Sie sich nur, meine Liebe», sagte die Vermieterin. «Mary Ann müsste bald nach Hause kommen.»

Als Anna wieder in der Badewanne lag, ging ihr die Besucherin nicht aus dem Kopf. Sie kam ihr irgendwie vertraut vor. Da war etwas mit den Augen und der Form des Kinns.

Plötzlich wusste sie es.

Die junge Frau sah aus wie Edgar.

Wo war Beauchamp dann?

Das Gesicht der Frau lag im Dunkeln. Sie hatte so stark zugenommen, dass Mary Ann sie nicht auf Anhieb erkannte.

«Mary Ann?»

«Oh ...»

«Ich bin Beauchamps Frau. DeDe. Ihre Vermieterin hat mich reingelassen.»

«Ja. Mrs. Madrigal.»

«Sie war sehr freundlich. Hoffentlich macht es Ihnen nichts aus. Ich fürchtete, ich könnte Sie verpassen.»

«Nein ... Schon gut. Haben Sie Zeit, um auf einen Drink mit nach oben zu kommen?»

«Erwarten Sie keinen ... Besuch?»

«Nein», sagte Mary Ann so, dass sie damit bereits die Anschuldigung zurückwies.

DeDe setzte sich auf einen Regiestuhl mit gelbem Plastikbezug und faltete die Hände über der Einkaufstasche.

«Möchten Sie ein Glas Crème de Menthe?», fragte Mary Ann.

«Danke. Haben Sie auch weiße?»

«Weiße was?»

«Crème de Menthe.»

«Ach so ... nein ... nur die andere.»

«Ach so ... Danke, dann nehme ich nichts.»

«Ein Mineralwasser vielleicht?»

«Wirklich, ich fühle mich auch so wohl.»

Mary Ann ließ sich auf den Rand des Sofas sinken. «Aber nicht *allzu* wohl.» Sie lächelte schwach.

DeDe sah auf ihre Hände. «Nein. Wahrscheinlich nicht. Mary Ann ... Ich bin nicht gekommen, um Ihnen eine Szene zu machen.»

Mary Ann schluckte. Sie spürte, wie ihr Gesicht heiß wurde.

«Ich wollte Ihnen das hier bringen.» DeDe kramte in ihrer Einkaufstasche und zog dann Mary Anns braun-weiß getupften Schal heraus. «Ich habe ihn in Beauchamps Auto gefunden.»

Mary Ann starrte entgeistert auf den Schal. «Wann?»

«Am Montag, nachdem Sie mit ihm in Mendocino waren.»

«Oh.»

«Er hat mir davon erzählt.»

«Ich verstehe.»

«Es ist doch Ihrer, oder?»

«Ja.»

«Es ist mir egal. Ich meine … Es ist mir *nicht* egal, aber ich lasse mich davon nicht mehr … fertigmachen. Ich habe mich damit abgefunden. Ich glaube, ich habe sogar Verständnis dafür, wie er … Sie da hineingezogen hat.»

«DeDe, ich … Warum sind Sie dann hier?»

«Weil ich … hoffe, dass Sie mir die Wahrheit sagen werden.»

Mary Ann hob in einer Geste der Hilflosigkeit die Hände. «Habe ich das denn nicht gerade getan?»

«Waren Sie letztes Wochenende mit ihm zusammen, Mary Ann?»

«Nein! Ich war …»

«Und vorletzten Dienstag?»

Mary Ann fiel die Kinnlade runter. «DeDe … ich schwöre bei Gott … ich war einmal mit Beauchamp zusammen, und bei diesem einen Mal ist es dann auch geblieben. Er hat mich gebeten, mit ihm nach Mendocino zu fahren, weil …» Sie brach abrupt ab.

«Weil was?»

«Es hört sich idiotisch an. Er … hat gesagt, er braucht jemanden zum Reden. Er hat mir leidgetan. Aber seither habe ich kaum ein Wort mit ihm gewechselt.»

«Sie sind jeden Tag mit ihm zusammen.»

«Wir halten uns im gleichen Gebäude auf. Das ist aber auch schon alles.»

«Haben Sie in Mendocino miteinander *geschlafen*?»

«Ich ... Ja.»

DeDe stand auf. «Es tut mir leid, dass ich Sie belästigt habe. Ich glaube, wir haben jetzt beide genug von dieser Seifenoper.» Sie drehte sich um und ging zur Tür.

«DeDe?»

«Ja?»

«Hat Beauchamp *gesagt*, dass ich mit ihm zusammen war am letzten Wochenende und ... an diesem anderen Tag?»

«Nicht direkt.»

«Er hat es aber durchblicken lassen?»

«Ja.»

«Ich war bestimmt nicht mit ihm zusammen, DeDe. Bitte glauben Sie mir.»

DeDe lächelte bitter. «Das tue ich ja. Ist *das* nicht das Schreckliche daran?»

Zu Hause in der Montgomery Street schlitzte DeDe mit Inbrunst die Post auf, um die sie sich den ganzen Tag nicht gekümmert hatte.

Es waren neue Rechnungen von Wilkes und Abercrombie's gekommen, das neueste Heft des *Architectural Digest*, eine Spendenaufforderung der Bennington Alumni Association und ein Brief von Binky Gruen.

Den Brief von Binky nahm DeDe mit in die Küche, wo sie sich eine Schüssel Familia-Cornflakes mit Milch machte. Sie öffnete den Umschlag mit einem Brotmesser. Der Brief war auf Golden-Door-Briefpapier geschrieben.

Meine liebe DeDe,

Deine alte Binky suhlt sich hier auf Amerikas elegantester Abspeckfarm in Luxus und Selbstmitleid. Wir stehen zu einer unaussprechlichen Zeit auf und joggen dann in total unschmeichelhaften Jumpsuits aus rosa Frottee, die hier «Pinkys» heißen, durch die Wildnis. (Bitte keine Witze über Binky in ihrem Pinky, mein Schatz.) Ich habe schon sechs Pfund abgenommen. Tusch! Filmstars, wo man auch hinsieht. Ich komme mir déclassée vor, wenn ich nicht auch in der Sauna meine Foster Grants aufsetze. Versuch's mal. Du wirst es hassen.

Fühle Dich geherzt und geküsst von Deiner

Binky

Beauchamp kam in die Küche. «Wo warst du heute Abend?»

«Bei der Junior League.»

Er schaute auf die leere Schüssel. «Hat man dir dort nichts zu essen gegeben?»

«Die Schüssel war nur *halb voll*, Beauchamp!»

«Bedien dich nur. Es ist sowieso zu spät, um bis zur Eröffnung der Opernsaison wieder eine halbwegs akzeptable Figur hinzukriegen.» Er lächelte aufreizend und ging hinaus.

DeDe sah ihm mit finsterem Blick nach, bis er außer Sicht war. Dann griff sie nach Binkys Brief und las ihn noch einmal.

Was das einfache Volk so treibt

Die Bestie vor ihrer Tür trieb Mary Ann kalte Schauer über den Rücken.

Das Gesicht des Untiers war kreidebleich, nur auf den Wangenknochen saßen gespenstisch wirkende Rougeflecken. Seine Brust war glatt, seine Beine dicht behaart, und aus seiner

Stirn reckten sich drohend zwei knorrige Ziegenhörner nach oben.

Die Bestie sagte etwas zu ihr.

«Weißt du auch mit zwei Hörnern was anzufangen, hm?»

«Michael!»

«*Falsch*, du Langweilerin. Ich bin der große Gott Pan.»

«Du hast mich zu Tode erschreckt!»

«Dabei bin ich doch eine sanfte und verspielte Kreatur ... der Beschützer der Wälder und der Schafhirten ... Ach was! Gibt es denn überhaupt jemand, der seine Rolle bei dir durchhalten kann?»

Mary Ann lächelte. «Gehst du zu einer Kostümparty?»

«Nein. Eigentlich wollte ich meine Tante Agnes von der Greyhoundstation abholen.»

«Du willst *so* zum Busbahn...? Warum *rede* ich überhaupt mit dir?»

«Willst du mich nicht reinbitten?»

Sie kicherte. «Meiner Mutter würdest du so bestimmt gefallen.»

«Es wird dich vielleicht ganz fürchterlich schocken, aber ich bin *nicht* besonders scharf darauf, deiner Mutter zu gefallen. Also, was ist jetzt? Wenn du mich noch länger auf dem Flur stehen lässt, kriegt der Mann auf dem Dach bestimmt einen Herzinfarkt.»

«Komm schon rein. Was für ein Mann auf dem Dach?»

Michael polterte ins Zimmer, setzte sich und rückte die braune Afroperücke zurecht, die seine Hörner hielt. «Der neue Mieter. Ein gewisser Williams. Ich hab ihn vor einiger Zeit auf der Treppe zum Dach gesehen. Und schon allein das war für ihn fast zu viel.»

«Oben auf dem Dach gibt es eine Wohnung?»

«So was Ähnliches. Ich würde eher Dachbaracke dazu sagen.

Es will sie nur selten jemand mieten, aber man hat von da oben eine *umwerfende* Aussicht. Der Kerl ist vor ein paar Tagen eingezogen. Sag, kann ich was zu trinken haben?»

«Klar ... Ich hab noch etwas ...»

«Sag Crème de Menthe, und ich verschlinge dich!»

Sie ruckelte an einem seiner Hörner.

«Weißwein, Euer Heiligkeit.»

«Gerne ... Nein, ich will doch nichts. Ich muss nämlich gleich gehen. Ich hatte gehofft, du kommst mit.»

«Als was? Als Geiß?»

«Als Schäferin. Ich habe ein reizendes Schäferinnenkleid mit Rüschenmieder und ... Sieh mich nicht so an, du Frau! Es gehört Mona!»

Mary Ann lachte. «Ich würde liebend gern mitkommen, Michael ... bloß habe ich heute Dienst beim Crisis Switchboard.»

«Aber ich stecke doch in der Krise! Einsamer Homophiler mit behaarten Beinen und extravaganter Erscheinung sucht attraktive, aber langweilige Dame für vergnüglichen Abend bei ...»

«Wie wär's mit dem Kerl, mit dem ich dich gesehen habe?»

«Jon?»

«So ein Blonder?»

Michael nickte. «Heute wird doch die Opernsaison eröffnet.»

«Oh ... Und du kannst Opern nicht ausstehen, hmh?»

«Nein ... das heißt, eigentlich schon ... aber darum geht es nicht. Jon hat sich zusammen mit einem Freund ein Abonnement zugelegt. Aber du hast recht ... ich kann mit Opern eigentlich nicht viel anfangen. Ich glaube nicht, dass ich mich dort ... ach, du weißt schon.»

Sie küsste ihn vorsichtig auf seine berougte Wange. «Was hältst du davon, wenn ich dir einmal Ausgehen gutschreibe?»

Er stand auf, seufzte und rückte seine Hörner zurecht. «Das sagen sie *alle*.»

«Wo ist die Party?»

«Ganz in der Nähe. Im Hyde and Green Plant Store. Ich geh zu Fuß hin.»

«In dem Aufzug?»

«Sei nicht so ... Cleveland-like. Der halbe Russian Hill läuft doch so rum.»

«Sei jedenfalls vorsichtig.»

«Weswegen?»

«Weiß ich auch nicht ... Wegen der Leute, die auch so aussehen.»

«Viel Vergnügen mit den Selbstmördern.»

«Danke.» Sie schubste ihn spielerisch zur Tür hinaus. «Such dir einen netten Ziegenbock.»

Intermezzo

Zur gleichen Zeit gingen in den Nebengelassen der Oper die eleganten Herren ein und aus und putzten sich umgeben von rotem Leder, dem dunklen Holz und den glänzenden Armaturen des Herrenwaschraums im Logenbereich das Gefieder. Für die nächsten zwei Stunden würde dies die eleganteste Toilette der Stadt sein. «Pass auf die Tür auf», befahl Peter Cipriani.

«Wieso?», sagte Beauchamp.

«Na, das fehlte gerade noch, dass einer dieser kleinkarierten alten Saftsäcke besoffen hier reinplatzt!»

Peter zog einen Briefumschlag von Gump's mit dem aufgeprägten Familienwappen der Ciprianis aus der Tasche. Er fuhr mit einem kleinen Goldlöffel hinein und hob den Löffel dann an sein linkes Nasenloch.

«Ah! Unverschnitten! So mag ich mein Koks *und* meine Männer!»

Beauchamp war nervös. «Mach schon! Beeil dich!»

«Ladys first!»

Der Löffel wanderte zum zweiten Mal hinunter und wieder hinauf, nur belieferte er diesmal Peters anderes Nasenloch. Beauchamp folgte Peters Beispiel und suchte danach seine Frackschöße vor dem Spiegel nach Fusseln ab.

«Das ist vielleicht wieder eine traurige Veranstaltung hier!»

Peter grinste ihn an. «Gehst du hinterher mit den Halcyons ins L'Orangerie?»

«Da musst du DeDe fragen. Heute Abend entscheiden sie und ihre Mutter, was gemacht wird.»

Peter zog eine Tube Bill-Blass-Bräunungscreme aus der Brusttasche und machte sich daran, seine Wangenknochen aufzufrischen. «Warum seilst du dich nicht in der Pause ab und gehst mit mir in den Club?»

«Gibt's denn heute im Club was Besonderes?»

Peter stöhnte. «Du armes unbedarftes Fräulein aus reichem Hause! Ich meine doch nicht unseren Club. Ich rede von dem an der Ecke Eighth und Howard.»

«Ich schätze, dort bist du heute Abend auf dich allein gestellt, Peter.»

«*Chacun à son goût*. Mir hängen diese Pseudopatrizier jedenfalls zum Hals raus. Ich hab mal wieder Lust auf ein paar Pseudoholzfäller.»

Ryan Hammond rauschte in den Waschraum. Ryan war Engländer, oder *redete* jedenfalls wie einer. In den Klatschspalten tauchte er häufig als Begleiter von verwitweten Damen auf und als Star musikalischer Komödien, die auf der Halbinsel liefen.

«Sieh mal einer an», säuselte Peter, «sogar die englischen Schnepfen sind heute aus dem Unterholz gekrochen.»

Beauchamp sah seinen Freund strafend an.

Ryan ignorierte Peter und ging zu den Pissoirs.

«Die Puppe, die Sie heute im Schlepptau haben, ist echt scharf, Ryan. Wie alt ist sie? Hundertundacht?»

«Peter!», fuhr Beauchamp ihn an.

Während Ryan sein Geschäft verrichtete, fixierte er Peter mit seinem bösesten Blick à la George Sanders. «Guten Abend, Mr. Cipriani. Ich wusste gar nicht, dass Massenet nach Ihrem Geschmack ist.»

«Normalerweise ja nicht ... aber die Operneröffnung ist nun mal ein *solches* Schauspiel. Außerdem ist es der einzige Abend im Jahr, wo *Sie* weniger Schmuck tragen als Ihre Freundinnen.»

Der Waschraum hatte sich bereits wieder geleert, als ihn Edgar zusammen mit Booter Manigault betrat.

Booter hatte sich mit seinen Ordensbändern aus dem Zweiten Weltkrieg und dem Ohrhörer eines Transistorradios geschmückt. Er hörte sich das Spiel der Giants gegen Cincinnati an.

Die beiden Männer stellten sich vor die Wand. «Es ist schon fast wieder Entenzeit», stellte Edgar ausdruckslos fest.

«Was? ... Entschuldige, Edgar.» Booter zog den Ohrhörer heraus.

«Ich habe gesagt, es ist schon fast wieder Entenzeit. Es kommt mir so vor, als hätten wir gestern erst das Grove Play gehabt, und jetzt ist schon fast wieder Entenzeit.»

«Ja, ja ... das alte *tempus fugit* wirklich, was?» Booter kicherte in sich hinein. «Wer sagt da, es gibt bei uns in Kalifornien keine Jahreszeiten? Gerade jetzt verlassen die Nutten ihre Nester in Rio Nido und ziehen nach Marysville. Ich würde sagen, das ist ein sicheres Anzeichen für den Herbst, meinst du nicht auch?»

Schweigen.

«Edgar ... fühlst du dich nicht wohl?»

«Nein, nein ... Es geht mir gut.»

«Du siehst ziemlich blass aus.»

«Das macht die Oper.» Edgar rang sich ein Lächeln ab.

Booter steckte sich den Ohrhörer wieder rein. «Wie recht du doch hast!»

Vincents Alte

Michael schraubte die Kappe von einer Tube Dance-Arts-Clownweiß und besserte in der Diele der Barbary Lane 28 sein Pangesicht aus. Er liebte diese alte Diele mit ihren angelaufenen Art-déco-Damen, ihren vergoldeten Spiegeln und ihrer Decke aus geprägten Metallplatten voller Dreißigerjahre-Hieroglyphen.

Irgendwie versetzte ihn dieses Foyer immer in eine heitere, gelöste Stimmung. Er kam sich dann vor wie Fred Astaire in *Ich tanze mich in dein Herz hinein* oder wie Noël Coward auf dem Weg zu seiner Verabredung mit Gertie Lawrence im Savoy Grill.

Dem Himmel sei Dank für Mrs. Madrigal, dachte er, eine Vermieterin von beinahe kosmischem Feingefühl, die nie den Drang verspürt hatte, das Gebäude mit Plastikpalmen oder selbstklebenden florentinischen Spiegelfliesen aus dem Goodman-Lumber-Baumarkt zu verschandeln.

Michael unterzog sich einer letzten unbarmherzigen Inspektion und lächelte anerkennend. Er sah verdammt gut aus.

Seine Hörner wirkten unerhört realistisch. Seine Kunstpelzhinterbacken schwangen von der Hüfte weg und verliehen ihm eine ulkige Erotik. Sein Bauch war flach, und seine Brust ... nun, seine Brust war die eines Mannes, der beim Bankdrücken im Fitnesscenter des YMCA kaum je mogelte.

Du siehst heiß aus, sagte er sich. Merk dir das!

Merk dir das und lass den Kopf nicht hängen, wenn dich deine Eltern später aus Orlando anrufen und wissen wollen, ob du schon ein paar «nette Mädchen» kennengelernt hast ... wenn sich herausstellt, dass der geile Typ aus dem Midnight Sun einen festen Freund hat, der in Berkeley in der Kunstspringermannschaft ist ... wenn in der Sauna jemand sagt: «Ich möchte gerade etwas Ruhe haben.» ... wenn der schöne und zurückhaltende Dr. Jon Fielding seine byroneske Augenbraue hebt und es höflich ablehnt, sich aus seinem Elfenbeinturm der Wohlanständigkeit in die Niederungen eines anderen Schwulendaseins zu begeben.

Na, dann verzehr dich mal vor Gram, Dr. Beautiful! Heute treibt Pan sein Unwesen!

Als Mary Ann ins Bay Area Crisis Switchboard kam, war Vincent allem Anschein nach wieder einmal auf einem Depri-Trip.

Sie sah nach, ob an seinen Extremitäten neue Anzeichen eines Gemetzels zu entdecken waren.

Er trug noch immer einen Verband um den Stumpf seines kleinen Fingers, doch sonst fehlte – außer seinem linken Ohr – nichts. Mary Ann stieß einen unhörbaren Seufzer der Erleichterung aus und setzte sich vor ihr Telefon. «Dir geht's heute gar nicht gut, hm?»

Vincent lächelte wehmütig und hielt eine griechische Fummelkette hoch. «An der halte ich mich schon seit dem Frühstück fest.»

«Was ist los?»

«Ich glaube, das ist nichts für ...» Er drehte sich von ihr weg und spielte mit seiner guten Hand nervös an einem Rolodex-Adressenkarussell herum. «Ich mag andere Leute nicht mit meinen grauenhaften Durchhängern konfrontieren.» Seine traurigen Augen und die schütteren roten Barthaare ließen Mary Ann an eines der bedauernswerten Tiere aus dem Zoo denken, die kurz vor dem Aussterben standen.

«Erzähl schon», sagte sie lächelnd. «Dann krieg ich gleich noch ein bisschen Übung dafür.» Sie tätschelte das Telefon.

Vincent schaute sie an. «Du bist wirklich ... eine supertolle Person.»

«Ach, komm.»

«Nein, wirklich. Bei unserer ersten Begegnung hab ich gedacht, du bist auch so 'ne Trulla aus gutem Hause, wie wir sie hier schon ein paarmal gehabt haben. Ich war total sicher, dass du ein bisschen ... Unterschichttourismus machst und hier deine guten Taten für die Junior League ableistest oder so ... Aber du bist ganz anders. Du bist wirklich schwer in Ordnung.»

Mary Ann wurde rot. «Danke, Vincent!»

Vincent kratzte an seinem Stummel und lächelte Mary Ann warmherzig an.

Wie sich herausstellte, war Vincents Alte das Problem.

Als er seine Alte kennengelernt hatte, war er gerade Anstreicher gewesen und sie Kellnerin in einer Bio-Pizzeria, die The Karmic Anchovy hieß. Sie hatten gemeinsam für den Frieden gekämpft und ihre Liebe in den Feuern eines fanatischen Eifers geschmiedet. Sie hatten ihr erstes Kind Ho genannt und sich einer Kommune in Olema angeschlossen.

Eine Verbindung, die im Nirwana gestiftet worden war.

«Und was ist dann passiert?», fragte Mary Ann sanft.

Vincent schüttelte den Kopf. «Keine Ahnung. Wahrscheinlich der Krieg.»

«Der Krieg?»

«Vietnam. Sie ist nicht mehr zurechtgekommen, als er vorbei war. Sie ist regelrecht auseinandergefallen.»

Mary Ann nickte verständnisvoll.

«Der Krieg hat ihr ganzes Leben bestimmt, Mary Ann, und nachher konnte sie sich nirgends mehr verwirklichen. Sie hat's eine Zeit lang mit den *Indianern* probiert, dann mit der Ölverschmutzung der Gewässer und mit der Pacific Gas & Electric, aber das war nichts im Vergleich mit früher. Einfach nichts.»

Er schaute auf die Fummelkette, die um seine Finger geschlungen war. Mary Ann hoffte, dass er nicht zu heulen anfangen würde.

«Wir haben alles ausprobiert», fuhr Vincent fort. «Ich hab sogar unsere Essenmarken vom Sozialamt verkauft, damit sie in ein Awareness-Center am Russian River fahren konnte.»

«Wohin?»

«Du weißt schon. Wo man zu sich selbst findet. Feministische Therapie, Bioenergetik, Kräuterlehre, transzendentales Volleyball ... Es hat nicht geholfen. Nichts hat geholfen.»

«Das tut mir wirklich leid, Vincent.»

«Ist das vielleicht fair?», sagte Vincent und zwinkerte seine Tränen weg. «Für Pazifisten müsste es auch so was geben wie die American Legion.»

Mary Ann war jetzt sicher, dass *sie* gleich weinen würde.

«Vincent ... das renkt sich alles wieder ein.»

Vincent schüttelte nur traurig den Kopf.

«*Garantiert*, Vincent. Du liebst sie, und sie liebt dich. Und darauf kommt es doch an.»

«Sie hat mich verlassen.»

«Oh ... Na ja, dann musst du eben zu ihr. Sag ihr, wie viel sie dir bedeutet. Sag ihr, wie sehr ...»

«Ich kann mir keine Reise nach Israel leisten.»

«Sie ist in Israel?»

Vincent nickte. «Sie ist in die israelische Armee eingetreten.» Plötzlich stieß er seinen Stuhl zurück, lief aus dem Zimmer und schloss sich im Bad ein.

Mary Ann horchte an der Tür. Sie war bleich vor Angst.

«Vincent?»

Schweigen.

«*Vincent!* Das wird schon wieder. Hörst du mich, Vincent?»

Sie hörte ihn im Badezimmerschränkchen wühlen. «Um Gottes willen, Vincent! Schneid dir nichts ab!» Dann klingelte ihr Telefon.

Einen Tango zum Jubiläum

Und wo ist unser Streuner heute Abend?», fragte Mrs. Madrigal, während sie Mona ein Glas Sherry einschenkte.

«Michael?»

«Kennst du noch andere Streuner?»

«Schön wär's.»

«Mona! Habt ihr beide euch gezankt oder was?»

«Nein. So hab ich das nicht gemeint.» Sie strich über den abgewetzten roten Samt der Armlehne. «Michael ist zu einem Kostümfest gegangen.»

Die Vermieterin zog ihren Sessel näher an den von Mona heran. Sie lächelte. «Ich glaube, Brian ist heute Abend da.»

«O Gott! Sie hören sich ja an wie meine Mutter!»

«Drück dich nicht um das Thema herum. *Magst* du Brian nicht?»

«Er ist ein Weiberheld.»

«Und das heißt?»

«Das heißt, dass ich auf so was im Moment mit Handkuss verzichte.»

«Na, das klingt vielleicht überzeugend.»

Mona trank ihren Sherry und wich Mrs. Madrigals Blick aus. «Ist das Ihre Antwort auf alles?»

Die Vermieterin lachte glucksend. «Es ist nicht *meine* Antwort auf alles. Es ist *die* Antwort auf alles ... Komm jetzt, du Unglückskind, hol deinen Mantel. Ich habe zwei Karten für *Beach Blanket Babylon*.»

Bei einem wärmenden Krug Sangria entspannten sich die beiden Frauen inmitten der überladenen Schrillheit des Club Fugazi. Als die Revue vorüber war, blieb Mrs. Madrigal sitzen und plauderte angeregt mit den ebenfalls angeheiterten Leuten in ihrer Nähe.

«Ach, Mona ... ich fühle mich ... als wäre ich unsterblich. Ich finde es toll, dass wir beide hier sind.»

Spontane Gefühlsregungen machten Mona verlegen. «Es ist eine fabelhafte Show», sagte sie und versteckte das Gesicht hinter ihrem Weinglas.

Mrs. Madrigal ließ auf ihrem kantigen Gesicht langsam ein Lächeln erblühen. «Du wärst so viel glücklicher, wenn du dich mit meinen Augen sehen könntest.»

«Niemand ist glücklich. Was ist schon Glück? Mit dem Glücklichsein ist es vorbei, sobald das Licht wieder angeht.»

Die ältere Frau schenkte sich etwas Sangria ein. «Scheiß drauf», sagte sie sanft.

«Was?»

«Scheiß drauf. Und sag so was nie wieder. Wer hat dir dieses dämliche Existenzialistengewäsch beigebracht?»

«Ich wüsste nicht, was Sie das angeht.»

«Nein. Das weißt du wohl tatsächlich nicht.»

Mona war irritiert von der Verletztheit, die sich im Blick ihrer Begleiterin spiegelte. «Entschuldigen Sie. Ich bin heute ganz biestig drauf. Wissen Sie was ... wir gehen noch irgendwohin auf einen Kaffee, ja?»

Beim Anblick des Caffè Sport lief Mona ein Nostalgieschauer über den Rücken.

Mrs. Madrigal hatte es nicht anders geplant.

«O mein Gott», sagte Mona und grinste angesichts des Neapolitanerkitschs im Restaurant. «Ich hatte schon fast vergessen, was für ein Heuler diese Kneipe ist!»

Sie entschieden sich für einen kleinen Tisch weiter hinten, gleich neben dem verstaubten Flachrelief einer «Römischen Ruine», das ein bemühter, aber praktischer Künstler mit Maschendraht geschützt hatte. Die Musikbox spielte einen Tango.

Mrs. Madrigal bestellte eine Flasche Verdicchio.

Als der Wein gebracht wurde, prostete sie Mona zu. «Auf noch mal drei», sagte sie fröhlich.

«Noch mal drei was?»

«Jahre. Wir haben heute Jubiläum.»

«Wie?»

«Du bist jetzt seit drei Jahren bei mir Mieterin. Und zwar genau heute.»

«Um Gottes willen, wie können Sie sich bloß an so was noch erinnern?»

«Ich bin eine Elefantin, Mona. Alt und gebrechlich ... aber glücklich.»

Mona sah sie mit einem zärtlichen Lächeln an und hob ihr Glas. «Na, dann auf die Elefanten. Ich bin froh, dass ich mir die Barbary Lane ausgesucht habe.»

Anna schüttelte den Kopf. «Irrtum, meine Liebe.»

«Wie bitte?»

«Du hast dir die Barbary Lane nicht ausgesucht. Sie hat dich ausgesucht.»

«Was soll das heißen?»

Mrs. Madrigal sagte augenzwinkernd: «Trink erst mal aus.»

Bei wem klingelt's zuerst?

Mary Ann ließ das Krisentelefon klingeln und trommelte gegen die Badezimmertür. «Vincent, hör mir zu. Es ist nichts so schlimm, wie es einem vorkommt! Hörst du mich, Vincent?»

Im Geist machte sie gehetzt eine Inventur der Gegenstände im Badezimmerschränkchen. Befanden sich Scheren darin? Oder Messer? Oder Rasierklingen?

KLLLIINNNGGEL!

«Vincent! Ich muss ans Telefon, Vincent! Sag doch bitte was! Um Himmels willen, Vincent!»

KLLLIINNNGGEL!

«Vincent, du bist ein Kind des Universums! Genauso wie die Bäume und die Sterne! Du hast ein Recht, auf dieser Welt zu sein, Vincent! Ob du willst ... ob du willst oder nicht ... Heute ist der erste Tag vom Rest deines Lebens ...»

Stoßweise wallte die Übelkeit in ihr hoch. Mit großen Schritten stürzte sie von der Badezimmertür ans Telefon. «Bay Area Crisis Switchboard», keuchte sie.

Die Stimme am anderen Ende klang so überspannt und asthmatisch wie die eines Walt-Disney-Waldgeists kurz vor der Senilität.

«Wer spricht da?»

«Äh ... Mary Ann Singleton.»

«Du bist neu.»

«Sir, könnten Sie mal kurz dran...?»

«Wo ist Rebecca? Ich rede immer mit Rebecca.»

Mary Ann hielt die Hand über die Sprechmuschel. «VINCENT!»

Schweigen.

«VINCENT!»

Seine Antwort hörte sich merkwürdig gedämpft an. «Was?»

«Geht es dir gut, Vincent?»

«Ja.»

«Der Typ hier verlangt nach einer Rebecca.»

«Sag ihm, dass du Rebeccas Nachfolgerin bist.»

Mary Ann redete wieder ins Telefon. «Sir ... Ich bin Rebeccas Nachfolgerin.»

«Lügnerin.»

«Sir?»

«Nenn mich nicht immer Sir! Wie alt bist du überhaupt?»

«Fünfundzwanzig.»

«Was hast du mit Rebecca angestellt?»

«Aber ich *kenne* diese Rebecca doch nicht einmal!»

«Du *kennst* sie nicht, häh?»

«Nein.»

«Willst du mir einen blasen?»

Vincent stand wie ein verängstigtes Eichhörnchen mitten im Zimmer. Inmitten des Gestrüpps aus Bart und Haaren blinzelten seine traurigen Augen vor sich hin.

«Mary Ann?»

Sie schaute nicht hoch. Sie hing noch immer über dem Abfalleimer.

«Kann ich dir was bringen, Mary Ann? Ein Erfrischungstuch vielleicht? Ich glaub, in der Schreibtischschublade liegt noch eins.»

Sie nickte. Vincent reichte ihr das feuchte Tüchlein und legte ihr unbeholfen die Hand auf die Schulter.

«Es tut mir leid ... wirklich. Ich wollte dir keine Angst einjagen. Mein Gott, es tut mir wirklich ...»

Sie schüttelte den Kopf und zeigte auf den baumelnden Telefonhörer. Aufgeregtes Fiepen war zu hören. Vincent legte den Hörer auf die Gabel zurück.

«Wer war das?»

Sie richtete sich vorsichtig auf und taxierte Vincent. Es schien noch alles dran zu sein. «Er ... ein Spinner, glaub ich.»

«Ach ... Randy Andy.»

«Randy Andy?»

Vincent nickte. «Rebecca hat ihn so getauft. Ich hätte dich auf ihn vorbereiten sollen.»

«Ruft er oft an?»

«Ja. Rebecca hat immer gesagt, wenn es ihm egal ist, *wen* er anruft, dann kann er auch gleich uns anrufen.»

«Oh ...»

«Das hat was mit ... na ja ... Wir sind halt für alle da, und ...»

«Was ist mit Rebecca passiert?»

«Oh ... Sie hat sich den goldenen Schuss gesetzt.»

Sie saßen wieder vor den Telefonen.

Vincent lächelte Mary Ann etwas unsicher an. «Bist du 'n Junkie oder so?»

«Was?»

Er hob ihre Dynamints-Schachtel hoch. «Du hast in fünf Minuten die halbe Packung verdrückt.»

«Ich bin wohl etwas nervös.»

«Nimm welche von meinen.» Er hielt ihr eine Tüte Studentenfutter hin. «Ich hab es aus dem Tassajara.»

«Ist das am Ghirardelli Square?»

Er lächelte nachsichtig. «Nein, in der Nähe von Big Sur. Ein Zen-Center.»

«Ach so.»

«Gewöhn dir den Zucker ab, hörst du? Sonst bringt er dich noch um.»

Die Vermieterin öffnet ihr Herz

Okay», sagte Mona und schüttete den Verdicchio hinunter. «Was sollte diese kryptische Äußerung bedeuten?»

Mrs. Madrigal lächelte. «Was habe ich gesagt?»

«Sie haben gesagt, die Barbary Lane hätte mich *ausgesucht*. Und Sie haben es wörtlich gemeint, nicht?»

Die Vermieterin nickte. «Erinnerst du dich nicht mehr, wie wir uns kennengelernt haben?»

«Das war im Savoy-Tivoli.»

«Diese Woche vor drei Jahren.»

Mona zuckte mit den Schultern. «Ich kapier's immer noch nicht.»

«Es war kein Zufall, Mona.»

«Was?»

«Ich habe das bewerkstelligt. Und für mein Empfinden habe ich es ganz geschickt angestellt.» Sie lächelte und ließ den Wein in ihrem Glas kreisen.

Mona rief sich diesen weit zurückliegenden Sommerabend in Erinnerung. Mrs. Madrigal war mit einem Körbchen voll Alice-B.-Toklas-Brownies an ihren Tisch gekommen. «Ich habe zu viele gemacht», hatte sie gesagt. «Nehmen Sie zwei, aber heben Sie sich einen für später auf. Denn die Wirkung ist gewaltig.»

Dem war eine angeregte Unterhaltung gefolgt, ein langer, weinseliger Plausch über Proust und Tennyson und die Astralebene. Am Ende des Abends waren aus den beiden Frauen dicke Freundinnen geworden.

Am nächsten Tag hatte Mrs. Madrigal wegen der Wohnung angerufen. «Hier ist die Verrückte, die du im Tivoli kennengelernt hast. Es gibt da auf dem Russian Hill ein Haus, das behauptet, es sei dein Zuhause.»

Mona war zwei Tage später eingezogen.

«Aber warum?», fragte Mona.

«Du hast mir gefallen ... und außerdem warst du berühmt.»

Mona verdrehte die Augen. «Genau.»

«Du warst wirklich berühmt. Der Werbefeldzug für Bademoden, den du damals bei J. Walter Thompson konzipiert hast, war in *aller* Munde.»

«Das war in New York.»

Mrs. Madrigal nickte. «Ab und zu lese ich auch die Wirtschaftsseiten.»

«Manchmal hauen Sie mich um.»

«Wie schön.»

«Und wenn ich damals Nein gesagt hätte?»

«Wegen der Wohnung, meinst du?»

«Ja.»

«Keine Ahnung. Dann hätte ich's wahrscheinlich mit was anderem probiert.»

«Ich schätze, ich sollte mich geschmeichelt fühlen.»

«Ja. Schätze ich auch.»

Mona spürte, wie sie rot wurde. «Jedenfalls bin ich froh.»

«Na ... dann trinken wir doch darauf!»

«Moment», sagte Mona mit einem Blick auf das erhobene Glas der Vermieterin. «Wir stoßen erst an, wenn ich weiß, worauf wir trinken.»

Mrs. Madrigal zuckte mit den Schultern. «Worauf denn wohl, meine Liebe? Auf unser Zuhause.»

Mary Ann war dort schon wieder zurück und erholte sich von ihrem Abend beim Switchboard.

Sie hatte bereits den Küchenschrank mit dem neuen Papier ausgelegt, das nach Nussholz aussah, den klebrigen Dreck von der hinteren Konsole des Herds geschrubbt und das blaue Dingsbums in der Klospülung ausgewechselt.

Als Mona auf einen Sprung vorbeischaute, saß Mary Ann tief über den Küchentisch gebeugt.

«Mensch, was machst du denn da?»

«Ich beschrifte mein Gewürzregal.»

«O Gott.»

«Das ist meine Therapie.»

«Eigentlich sollte das Switchboard deine Therapie sein.»

«Nimm dieses Wort nicht in den Mund.»

«Warum? Was ist passiert?»

«Ich will nicht darüber reden.»

«So ist es recht. Unterdrück alles. Behalt deine vielen Höhere-Tochter-Neurosen für dich, bis du ...»

«Ich war *nie* eine höhere Tochter, Mona.»

«Das spielt doch keine Rolle. Du warst aber der Typ dafür.»

«Woher willst *du* das wissen? Verdammt noch mal, woher willst du wissen, *welcher* Typ ...?»

«Aber meine Damen ...» Es war Michael, der in der Tür stand. Seine bepelzten Panbeine waren verfilzt und voller Weinflecken.

«Mouse ... Dass du schon zurück bist.»

«Meinst du, es ist *einfach*, in dem Aufzug bei jemand zu landen?»

Mona unterdrückte ein Schmunzeln. Sie ging zu ihm hinüber und griff in den Kunstpelz. «Igitt!»

«Schon gut, schon gut. Nair-Enthaarungscreme hilft halt nicht bei jedem.»

Auf der Abspeckfarm

Beifuß- und Avocadosträucher schimmerten in der Nachmittagshitze, als die riesige goldfarbene Limousine durch die Hügel rund um Escondido nach Norden glitt.

DeDe lehnte sich in den Sitz zurück und schloss die Augen.

Sie war unterwegs zum Golden Door!

Das Golden Door! Amerikas aufwendigste und edelste Abspeckfarm! Eine funkelnde Oase der Saunagänge und Gesichtsbehandlungen, der Pediküren und Maniküren, der Tanzübungen, der Kräuterpackungen und der Feinschmeckerküche!

Und sie hatte sich keinen Augenblick zu früh auf den Weg gemacht.

DeDe hatte *genug* von San Francisco, genug von Beauchamp und seinen Betrügereien, genug von den Schuldgefühlen, die sie wegen Lionel geplagt hatten. Außerdem konnte sie dieses mopsgesichtige und verdrießliche Scheusal, das ihr aus Spiegeln und Schaufenstern entgegenblickte, nicht mehr ertragen.

Sie wollte die alte DeDe wiederhaben, die DeDe von Aspen und Tahoe, die goldmähnige Verführerin, die mit den Studenten aus der Phi-Delts-Verbindung und den Mitgliedern des Bachelor-Clubs geflirtet und Splinter Riley vor gar nicht so langer Zeit zur Raserei getrieben hatte.

Sie hatte es schon einmal geschafft.

Sie würde es auch ein zweites Mal hinkriegen.

Der Fahrer schaute über die Schulter nach hinten. «Sind Sie zum ersten Mal hier, Madam?»

DeDe lachte unsicher. «Sehe ich schon so schlimm aus?»

«O nein, Madam. Ich frage bloß, weil Sie ein neues Gesicht sind.»

«Ich nehme an, Sie bekommen hier allerhand berühmte Gesichter zu sehen.»

Er nickte. Offensichtlich gefiel es ihm, dass sie das Thema anschnitt. «Gerade letzte Woche war Miss Esther Williams hier.»

«Was Sie nicht sagen.»

«Und letzten Monat waren die Gabors da. Das heißt, drei davon. Außerdem saßen in diesem Auto schon Rhonda Fleming, Jeanne Crain, Dyan Cannon, Barbara Howar...» Er brach seine Aufzählung ab, doch wahrscheinlich handelte es sich bloß um eine Kunstpause; DeDe war überzeugt, dass er die Liste auswendig konnte. «Dann noch Mrs. Mellon und Mrs. Gimbel, Roberta Flack, Liz Carpenter ... Ich könnte sie gar nicht alle aufzählen, Mrs. Day.»

Beim Klang ihres eigenen Namens durchlief sie ein Ruck, aber sie versuchte, sich nichts anmerken zu lassen. Die Gabors hätten sich *garantiert* nichts anmerken lassen.

Vor dem elektronisch gesicherten Tor stand zu beiden Seiten der Straße eine Reihe imposanter Monterey-Kiefern. Der Fahrer murmelte etwas in eine Gegensprechanlage, und das Tor schwang auf.

Der Fahrweg dahinter schlängelte sich in einem weiten Bogen den Hügel hinunter. Er wurde auf der einen Seite vom institutseigenen Orangenhain flankiert, auf der anderen von dichtstehenden Kiefern und Eichen.

Dann tauchte das Große Tor auf, das im Sonnenschein glänzte wie die Tore von Xanadu.

DeDe kam sich vor wie Sally Kellerman am Eingang zu Shangri-la!

Ihr Calvin-Klein-T-Shirt war unter den Achseln bereits zwei Schattierungen dunkler.

Der Fahrer hielt den Wagen vor einem Pförtnerhäuschen neben dem Großen Tor an, nahm ihr Gepäck und führte sie durch die sagenumwobene Pforte. Dahinter überquerte DeDe auf einer grazilen japanischen Brücke ein von Weiden gesäumtes Bächlein, schritt anschließend durch geöffnete Shoji-Wände und zuletzt durch eine massive Holztür.

Der Empfangsraum strahlte mit seinen Rattanmöbeln und

japanischen Seidenmalereien elegante Schlichtheit aus. Nach dem kurzen, aber erfreulichen Austausch von Nettigkeiten mit einer etwa vierzigjährigen Empfangsdame setzte DeDe Halcyon Day ihren Namen in eines der erlesensten Gästebücher der Welt. Ihre Zweitausendfünfhundert-Dollar-Verwandlung hatte begonnen!

DeDes Zimmer lag wie vereinbart zum Camellia Court. («Lass dich bloß in kein Zimmer zum Bell Court oder zum Azalea Court stecken», hatte Binky sie gewarnt. «Die Zimmer sind nicht schlecht, aber sehr Piedmont-mäßig, wenn du verstehst, was ich meine.»)

DeDe schlenderte inmitten der orientalischen Pracht ihrer persönlichen Behausung umher und unterzog ihre Tokonama (eine Nische, in der ein Bronzebuddha residierte) und ihre «Mondscheinterrasse» mit Blick auf den Garten einer Inspektion. Auf ihrem Nachttisch lag ein Exemplar von Erich Fromms *Die Kunst des Liebens*, in dem sie, weit entfernt von den Quälereien in San Francisco, unbeschwert zu lesen begann.

Dann klingelte das Telefon.

Ob sie sich freundlicherweise gelegentlich zum Einwiegen begeben würde?

Zum Einwiegen!

Sie fasste sich an den Wabbelhintern, schickte ein Stoßgebet zum Himmel und wappnete sich für die Begegnung mit der kalten, stählernen Realität der Waage.

Michaels Schocker

Monas und Michaels Mittagessen bestand aus zwei Cheesedogs und einer Portion Pommes im Noble Frankfurter an der Polk Street.

«Ich hätte mir die Fingernägel anders lackieren sollen», sagte Mona.

«Wie meinen, Ma'am?»

«Grüner Nagellack am Würstchenstand ist keine Dekadenz à la Divine. Er ist schlicht und einfach geschmacklos.»

Michael lachte. «Es hat was von *Grey Gardens*. Es gibt dir einen Hauch heruntergewirtschaftete Eleganz.»

«Das trifft die Sache beinahe. Wir bewegen uns auf die Zahlungsunfähigkeit zu, Mouse. Mit meinem Arbeitslosengeld können wir den Lebensstil, den wir uns angewöhnt haben, nicht mehr finanzieren.»

Es war nur halb im Spaß gesagt, und Michael wusste das.

«Mona ... Ich hab mich diese Woche bei einer Agentur eintragen lassen. Vielleicht kriegen sie ja schon bald einen Kellnerjob für mich rein. Du sollst nicht denken, dass ich auf dem Arsch kleben bleibe und mich bei dir durchschnorre ...»

«Ich weiß, Michael. Keine Sorge. Ich hab bloß laut gedacht. Es ist nur so, dass wir mit der Miete schon einen Monat hinten sind, und da habe ich Mrs. Madrigal gegenüber ein komisches Gefühl. Sie wird kein Wort sagen ... aber sie muss ihre Steuern zahlen und so, und ich ...»

«Haha!», sagte Michael und hielt als Ausrufezeichen eine Fritte hoch. «Ich habe dir noch gar nicht von meinem Geld-so-fort-Plan erzählt!»

«O Gott. Ob ich das aushalte?»

«Hundert Mäuse, Babycakes! In einer Nacht!» Er warf sich die Fritte in den Mund. «Meinst du, du kommst damit klar?»

«Wird's einem nicht ein bisschen kalt beim Rumstehen unten an der Ecke Powell und Geary?»

«Sehr witzig, Wonder Woman. Willst du meinen Plan hören oder nicht?»

«Schieß los.»

«Ich, Michael Mouse Tolliver, werde mich am Jockey-Shorts-Tanzwettbewerb im Endup beteiligen.»

«Hör doch auf!»

«Ich meine es ernst, Mona.»

Unten in der Stadt, im Haus von Halcyon Communications, rief Edgar Halcyon Beauchamp Day in sein Büro.

«Setz dich.»

Beauchamp grinste affektiert. «Danke.» Er saß bereits.

«Ich denke, wir sollten uns mal unterhalten.»

«Gut.»

«Ich weiß, dass du mich für einen blöden Affen hältst, aber wir sind nun mal aufeinander angewiesen, nicht?»

Beauchamp lächelte verlegen. «Ich wäre mit meiner Formulierung vielleicht ein bisschen ...»

«Ist es dir mit diesem Geschäft ernst, Beauchamp?»

«Sir?»

«Scherst du dich überhaupt einen Dreck um die Werbung? Willst du dich dein Leben lang damit herumschlagen?»

«Na, ich glaube, ich habe deutlich gezeigt ...»

«Es hat doch nichts zu bedeuten, was du *gezeigt* hast, verdammt noch mal! Was hast du für ein *Gefühl* dabei? Kannst du dir ernsthaft vorstellen, ein ganzes Leben lang Strumpfhosen in den Markt zu drücken?»

Bei diesem Gedanken verkrampfte sich in Beauchamp alles, aber er wusste, wie die Antwort zu lauten hatte. «Es ist mein Beruf», sagte er mit Nachdruck.

Edgar sah erschöpft aus. «Ja, nicht?»

«Ja, Sir.»

«Du willst meinen Job, nicht?»

«Ich …»

«Leute, die nicht auf meinen Job scharf sind, stelle ich gar nicht erst *ein*, Beauchamp.»

Beauchamp fühlte sich inzwischen so unbehaglich, dass er seine lässige Sitzhaltung aufgab. «Ja, Sir, das kann ich nachvollziehen.»

«Ich möchte mit dir reden, solange DeDe nicht in der Stadt ist. Hast du heute Abend Zeit für ein paar Drinks im Club?»

«Gut. Ja, Sir.»

«Was ich dir sagen werde, ist streng vertraulich. Ist das klar?»

«Ja, Sir.»

Der Familienmythos

Anna wartete im Seal Rock Inn auf ihn.

«Hat dich die Empfangsdame schief angesehen?»

«Verdammt, nein. Ich habe an der schlimmsten Kränkung meines Lebens zu kauen.»

Sie grinste ihn an. «Mein Ego ist auch ein bisschen angekratzt. Ich dachte schon, du hast es dir vielleicht anders überlegt und bist mit einer barbusigen Animierdame aus dem Big Al's auf und davon.»

«Entschuldige», sagte er und küsste sie auf die Stirn. «Beauchamp und ich waren im Bohemian Club und haben was getrunken. Es hat dann länger gedauert, als ich geplant hatte.»

«Was?»

«Ach, nichts. Jedenfalls nichts Wichtiges. Etwas Geschäftliches … Mein Gott, du siehst fabelhaft aus!»

«Das macht bloß das Licht.» Sie nahm ihn am Arm und zog ihn ans Fenster. «Das da draußen ist das beste Beispiel, das ich kenne.»

Hinter den dunklen Bäumen setzte sich der Seal Rock mit einem unheimlichen Schimmern vom Ozean ab, lag weiß wie ein Eisberg unter dem Mond.

«Zauberhaft», sagte sie und drückte seinen Arm.

Edgar nickte.

«Siehst du, genau das meine ich», sagte sie augenzwinkernd. «Bei richtiger Beleuchtung sieht selbst Seehundkacke gut aus.»

«Anna?»

«Hmmm?»

«Danke.»

«Gern geschehen.»

«Ich fühle mich ...»

«Ich weiß.»

«Lass mich doch ausreden.»

«Ich dachte, das hättest du schon.»

«Darf ich vielleicht mal ernst sein?»

«Untersteh dich!»

«Ich liebe dich, Anna.»

«Dann sind wir quitt, okay?»

«Okay.»

Anna stützte den Kopf auf und musterte sein Gesicht. «Ich wette, du weißt nicht mal, woher dein Name stammt.»

«Hat er nicht was mit Vögeln zu tun?»

«Du kennst die Sage?»

«Ich habe sie früher mal gehört, aber wieder vergessen. Warum erzählst du sie mir nicht noch mal?»

«Also gut. Es war einmal ein gerechter und friedliebender Herrscher namens Ceyx, der das Königreich Thessalien regierte. Ceyx war verheiratet mit Halcyone, der Tochter des Äolus, des Herrn der Winde ...»

«Mein Gott, woher weißt du das alles?»

«Margaret hat mir immer aus *Bulfinch's Mythology* vorgelesen.»

«Margaret?»

«Aus der Blue Moon Lodge. Die Dame, die es als Erste mit dir probieren durfte. Aber nun unterbrich mich doch nicht dauernd.»

«Entschuldige.»

«Jedenfalls begab sich Ceyx auf eine Seereise, um ein Orakel zu befragen. Sein Bruder war gestorben, und er war überzeugt, dass die Götter es auf ihn abgesehen hatten. Halcyone hatte allerdings eine schreckliche Vorahnung, dass Ceyx auf dieser Reise zu Tode kommen würde, und flehte ihn an zu bleiben.»

«Aber er brach natürlich trotzdem auf.»

«Natürlich. Er war ein viel beschäftigter Mann in gehobener Stellung, und sie war eine hysterische Frau. Wie nicht anders zu erwarten, brach ein schrecklicher Sturm los, und Ceyx verlor sein Leben. Einige Tage später fand Halcyone seinen Leichnam, der genau an der Stelle, wo Ceyx die Segel gesetzt hatte, im Meer trieb.»

«Reizend.»

Anna legte ihm die Hand auf den Mund. «Jetzt wird's erst so richtig schön. Halcyone wurde in einen wunderbaren Vogel verwandelt. Sie flog zum Leichnam ihres Liebsten, und als sie sich auf seiner Brust niederließ, verwandelte sich auch Ceyx in einen Vogel. Daraufhin bestimmte Äolus, dass die Meere jeden Winter für eine Woche völlig still bleiben sollten, damit es den Halcyon-Vögeln möglich würde, auf einem Floß aus Zweigen ihr Nest zu bauen und ihre Jungen auszubrüten. Und wenn sie nicht gestorben sind, dann leben sie noch heute.»

«Das ist doch hübsch», sagte Edgar und schaute zu ihr auf. «Mein Vater hatte mehr Fantasie, als ich ihm zugetraut hätte.»

«Ich kann dir nicht ganz folgen.»

«Er hat sich diesen Namen ausgesucht. Ursprünglich hieß er Halstein.»

«Aber, warum denn?»

Edgar lächelte und küsste sie. «Wahrscheinlich wollte er ein Bohemien sein.»

DeDe triumphiert

Halb untergetaucht in warmem Wasser, hielt DeDe Halcyon Day reichlich unsicher einen Volleyball zwischen den Knien fest.

«Bleib bloß da», murmelte sie mit zusammengebissenen Zähnen. In den vergangenen zehn Minuten hatte sie der Filmdiva, die ihre Übungen gleich neben DeDe machte, schon zweimal einen Torpedo hinübergejagt.

Die Filmdiva lächelte und zeigte Sportsgeist. «Das ist vielleicht knifflig, was? Ich komme mir vor, als hätte ich die *Hindenburg* zwischen den Beinen.»

Irgendwie hielt DeDe den Volleyball weiterhin fest, während sie die nächste Runde Kreiselbewegungen machte und ihre Arme wie wild über dem Kopf schwang. Jeder Muskel in ihrem Körper schrie vor Schmerz.

«Und strecken!», rief die Trainerin vom Beckenrand aus. «Streeeeeccckken Sie Ihren wundervollen Körper.»

«Wundervoll?», stöhnte die Filmdiva. «Mein Arsch ist von dem vielen Wasser schon so aufgequollen, dass er aussieht wie eine Sun-sweet-Pflaume.»

DeDe grinste ihre Leidensgefährtin an. Sie freute sich über die Derbheit einer Frau, die auf der Leinwand immer ausgesehen hatte, als wäre sie der normalen Welt entrückt. Betrachtete man sie jedoch aus solcher Nähe, stellte allein schon die Narbe eines Luftröhrenschnitts am Halsansatz ihre Sterblichkeit unter Beweis.

Aber ihre Augen *waren* lavendelblau.

DeDe war bereits die zweite Woche im Golden Door. Sechs selbstquälerische Tage lang hatte sie ihren Körper an seine Grenzen getrieben, war um Viertel vor sieben aufgestanden und in einem zartrosa Jogginganzug durch die Gegend gehechelt, ungeschminkt und mit Haaren, die wegen einer dicken Schicht Vaseline kraftlos und ekelig vom Kopf hingen. Es war mörderisch, aber sie machte Fortschritte.

Oder etwa nicht?

Na ja, wenigstens *fühlte* sie sich besser. Das Frühstück im Bett erhielt einen zusätzlichen Reiz, weil sie sich da bereits auf ihre Leonardo-da-Vinci-Übungen um neun freute. Danach kamen die «Hüpf dich frei!»-Session und die morgendliche Gesichtsbehandlung und das Yoga und eine Kräuterpackung nach Kneipp und ... verdammt, es *musste* sich etwas getan haben!

In der Abenddämmerung würde sie sich in dem fächerförmigen Whirlpool suhlen und mit der Filmdiva und ein paar anderen Mitgliedern dieser elitären Schwesternschaft herumalbern. Sie fühlte sich wieder wie ein junges Mädchen, gelassen und unverfälscht und eins mit sich. Ihr Stolz war zurückgekehrt, und mit diesem auf wundersame Weise auch ihre Selbstbeherrschung. Nicht einmal, nein, schon zweimal hatte sie der Filmdiva einen Beutezug durch den Orangenhain erfolgreich ausgeredet.

Sie war jetzt über den Berg.

Die alte DeDe – die Vor-Beauchamp-DeDe – hatte ihr Leben

wieder in die Hand genommen, und das war ein verdammt gutes Gefühl!

«O Gott, das ist ja nicht zu fassen!»

«Wenn es was Gutes ist», zischte die Filmdiva mit einem finsteren Blick, «will ich es *gar nicht erst* hören.»

DeDe stieg von der Waage, trat dann wieder hinauf und machte an den Gewichten rum. «Sehen Sie sich das mal an. Sehen Sie sich das doch bitte mal an. Achtzehn Pfund! Ich habe achtzehn Pfund abgenommen in zwei Wochen!»

«Das ist doch nicht normal. Sie sollten zum Arzt gehen»

«Ein Wunder ist geschehen!»

«Mein Gott, was hatten Sie denn erwartet bei drei Riesen?» Die Filmdiva gab ihre gespielte Verärgerung auf und schloss DeDe mit einem strahlenden Lächeln in ihre immer noch wabbeligen Arme. «Ich wünsche Ihnen so sehr, dass es Sie glücklich macht, DeDe!»

Einen Moment lang dachte DeDe, sie müsste heulen. Da stand dieses Idol, diese Göttin – und *sie* war neidisch auf DeDe! Das würde ihr zu Hause niemand abnehmen!

Sie würden einfach ihren Augen trauen müssen.

Auf dem Flug von San Diego nach San Francisco kam DeDe sich wie ausgewechselt vor.

Ihre Haut schimmerte und hatte Farbe, und aus ihren Augen sprühte das Selbstvertrauen. Das pfirsichfarbene T-Shirt schmiegte sich an ihre Taille – ihre *Taille*! –, als gäbe es dort nichts zu kaschieren.

Vom Nebensitz aus quasselte sie ein aggressiver Matrose mit geistlosem Gerede über «Frisco» zu und langweilte sie mit endlosen Einzelheiten über seine Versetzung nach Treasure Island.

Es war egal. Sie genoss die Wärme seines Beins an dem ihren.

Sie fühlte sich herrlich unabhängig, unbelastet von Beauchamps kleinen heimlichen Liebesgeschichten und befreit aus dem trüben Sumpf ihrer Ehe.

Warum auch nicht? Beauchamp hatte sie nicht vermisst. Garantiert nicht. Und sie hatte *ihn* nicht vermisst. Genau, in Zukunft sollte das die Regel sein.

Die Regel?

O Gott. Ihre Regel war ausgeblieben.

Boris tritt ins Spiel

An einem warmen Herbstsamstag rekelte sich Mary Ann behaglich in ihrem Bett in der Barbary Lane und sog den intensiven Duft des Eukalyptusbaums vor ihrem Fenster ein.

Eine fette getigerte Katze schob sich behäbig über das Fensterbrett und scheuerte ihren Rücken am Rahmen des hochgeschobenen Fensters. Als ihr das langweilig wurde, verpasste sie dem von der Vorhangschiene baumelnden bunten Glasschmetterling mehrere halbherzige Hiebe.

Mary Ann grinste und warf ein Kissen nach der Katze. «Boris ... nicht!»

Boris fasste diese Geste als Einladung zum Spielen auf. Mit einem dumpfen Plopp landete er auf Mary Anns Pseudoflokati und marschierte in aller Ruhe in Richtung Bett.

«Glücklicher alter Boris», sagte Mary Ann und kraulte den Kater hinter den Ohren. Boris, dachte sie unwillkürlich, war schön und unabhängig und wurde geliebt. Er gehörte zu niemand Bestimmtem (zumindest nicht in der Barbary Lane 28), sondern bewegte sich entspannt zwischen seinen vielen Wohltätern und Freunden hin und her.

Warum konnte sie es nicht auch so halten?

Es hing ihr zum Hals raus, dass sich immer alle an ihr die Füße abtraten – liebesmäßig und gefühlsmäßig, und überhaupt. War es nicht an der Zeit, dass sie ihr Leben wieder selbst in die Hand nahm? Dass sie sich ihren Problemen stellte und jeden Augenblick intensiv erlebte?

Ja! Sie hüpfte aus dem Bett, womit sie Boris erschreckte, und wirbelte auf Zehenspitzen durch das Zimmer. Gott, was für ein Tag! In dieser wunderbaren Stadt, in diesem märchenhaften Haus! Wo kleine Cable Cars den halben Weg bis zu den Sternen hinaufklettern und Katzen durch das Fenster kommen und der Fleischer Französisch spricht und ...

Boris flitzte an ihr vorbei. Offenbar war er entschlossen, dieser Wahnsinnigen zu entfliehen.

Er rannte durch das Wohnzimmer, doch dann hielt ihn die geschlossene Wohnungstür auf.

«Willst du raus, Boris? Hmh, mein Schatz, möchtest du gerne raus?» Mary Ann machte ihm die Tür auf, merkte aber sofort, dass sie damit genau das Falsche tat. Boris hetzte über den Flur und suchte Zuflucht in der Höhe – er sprang die Treppe zum Dach hoch.

Zum Haus auf dem Dach.

Unten im ersten Stock servierte Michael Mona das Frühstück ans Bett: verlorene Eier, Neunkorntoast, italienischen Kaffee und französische Würstchen von Marcel & Henri. Er pfiff «What I Did for Love», als er das Tablett aufs Bett stellte.

«Ja, ja», sagte Mona grinsend, «mit einem kleinen Betthäschen sieht die Welt gleich viel rosiger aus.»

«Du sagst es, Babycakes!»

«Wo ist Jon? Bitt ihn doch rüber. Wir können zu dritt frühstücken.»

«Jon ist zu Hause. Ich war letzte Nacht bei ihm.»

«Du kleiner Dummkopf! Du hast also den ganzen weiten Weg auf dich genommen, um für mich Frühstück zu machen?»

«Ich musste auch mal meine schmutzige Wäsche vorbeibringen.»

«Deine schmutzige Wäsche vorbeibringen! Von wegen!»

«Es tut mir leid, aber Mr. Lee nimmt nur Hemden und Bettwäsche an.» Er beugte sich vor und küsste sie auf die Stirn. «Okay ... Ich hab dich auch ein bisschen vermisst.»

Michael hatte den letzten Abend mit einer Cocktailparty eröffnet, zu der die Zeitschrift *After Dark* ins Stanford Court gebeten hatte. «Was soll ich dir sagen, Mona? So richtig pisselegant!»

Gleich nach «nette kleine Affäre» war «pisselegant» Michaels Lieblingsausdruck.

«Eigentlich hatte ja Jon die Einladung gekriegt. Ich hab dort kein Schwein gekannt ... Tab Hunter natürlich mal ausgenommen.»

«Natürlich.»

«Für fünfundvierzig sieht er verdammt gut aus, und irgendwie hätte ich gern mit ihm geredet, aber er war umschwärmt von lauter schnieken Typen, und was sagt man außerdem zu so einem wie Tab Hunter? Vielleicht: ‹Hallo, ich bin Michael Tolliver, und Sie haben mir immer besser gefallen als Sandra Dee›?»

«Du hast recht. Das bringt's nicht.»

«Alsooo ... habe ich mir ein Pizzakanapee nach dem anderen reingeschoben und mich sonst redlich bemüht, dem Kerl von Brebner's aus dem Weg zu gehen, der mir damals gesagt hat, dass ich viel zu durchschnittlich aussehe, um es als Model zu was zu bringen.»

«Armer Mouse!»

«Aber er hatte doch recht! Meine Güte, Mona, du hättest diese Schönlinge dort sehen sollen! Die hatten so viel Haarspray drauf, dass man ihnen wahrscheinlich eine Umweltverträglichkeitsprüfung abverlangt hat, bevor sie die Erlaubnis für die Party gekriegt haben!»

«Willst du denn noch immer mitmachen?», fragte Mona nach dem Frühstück.

«Wo mitmachen?»

«Beim Jockey-Shorts-Tanzwettbewerb.»

«Was denkst du denn? Ich hab die *ganze Woche* geübt. Du kommst doch, oder? Morgen um halb sechs.»

«Warum sollte ich da hingehen?»

«Was weiß ich … zur moralischen Unterstützung, würde ich sagen.»

«Jon wird schon mitkommen.»

«Nein. Mir wär's lieber, wenn Jon nichts davon erfährt, Mona.»

«Okay», sagte sie einlenkend. «Ich bin dabei.»

Alte Versprechen gelten wieder

Beauchamp erwartete DeDe inmitten eines Pulks von Stewardessen in rosa-orangen Miniröcken am PSA-Terminal. Als er sie entdeckte, lächelte er fluoreszierend und drängte sich durch die Menge bis zu ihr durch.

Er war tiefbraun, und seine Augen wussten gar nicht wohin vor Überraschung.

«Du siehst großartig aus!», begrüßte er sie strahlend. «Mein Gott, aus dir ist ja ein neuer Mensch geworden!»

Vielleicht sind aus mir auch *zwei* neue Menschen geworden, dachte DeDe. Doch selbst diese Aussicht konnte den Triumph, den sie angesichts von Beauchamps Reaktion verspürte, nicht schmälern.

Sie hatte vorgehabt, ihm ganz kühl zu begegnen, doch ein Blick in sein Gesicht, und ihre Catherine-Deneuve-Eisigkeit schmolz dahin.

«Es war nicht gerade einfach», sagte sie schließlich.

Daraufhin schlang er seine Arme um sie und küsste sie leidenschaftlich auf den Mund. «Ich schwöre bei Gott, dass du mir gefehlt hast!», sagte er und vergrub sein Gesicht in ihren Haaren.

Es war ihr fast schon zu viel. Hatte ihm die ganze Zeit nicht mehr gefehlt als *das*? Zwei Wochen allein in der Stadt. Genug Zeit, um die Dinge im rechten Licht zu sehen und festzustellen, was sie ihm mal bedeutet hatte.

Oder war er bloß hingerissen von ihrer neuen Figur?

Auf dem Weg zum Telegraph Hill hörte DeDe eine Kurzfassung der zwei Wochen, die sie nicht da gewesen war.

Der Familie ging es gut. Mutter hatte einige Tage in dem Haus in St. Helena verbracht und sich um ihre Korrespondenz gekümmert, während der Tierarzt der Familie Faust seine Behandlung hatte angedeihen lassen. Daddy war allem Anschein nach bester Laune. Er und Beauchamp hatten sich bei einigen Drinks freundschaftlich unterhalten. Mehrmals.

DeDe lächelte, als sie das hörte. «Er hat dich wirklich gern, Beauchamp.»

«Ich weiß.»

«Es freut mich, dass ihr eine Möglichkeit gefunden habt, miteinander zu reden ... von Mann zu Mann, meine ich.»

«Ja, ich bin auch froh darüber. DeDe?»

«Hmm?»

«Wie kann ich dir bloß beweisen, dass ich dich immer noch liebe?»

DeDe musterte ihn von der Seite, als müsste sie sich vergewissern, dass die Worte wirklich aus seinem Mund gekommen waren. Seine Haare hatten sich im Fahrtwind eng an seinen Kopf gelegt; seine Augen behielten die Autobahn im Blick. Nur sein jungenhafter und verletzlicher Mund verriet seinen inneren Aufruhr.

DeDe legte ihm sanft ihre Hand auf den Oberschenkel.

Beauchamp redete weiter: «Weißt du, wann du mir am meisten gefehlt hast?»

«Beauchamp, du brauchst mir nicht ... Wann?»

«Morgens. In dieser Schrecksekunde zwischen Schlafen und Wachsein, wenn man nicht genau weiß, wo man ist oder warum man überhaupt existiert. Da hast du mir gefehlt. Da hätte ich dich wirklich *gebraucht*, DeDe.»

Sie drückte seinen Oberschenkel. «Das ist schön.»

«Ich möchte, dass es in Zukunft wieder besser läuft zwischen uns.»

«Wir werden sehen.»

«Mir ist es *ernst* damit, DeDe. Ich werde mir Mühe geben. Das verspreche ich dir.»

«Ich weiß.»

«Du glaubst mir nicht, stimmt's?»

«Ich *würde* dir gerne glauben, Beauchamp.»

«Ich kann's dir nicht verübeln. Ich bin ein Arschloch.»

«Beauchamp ...»

«Ist doch so. Ich bin ein Arschloch. Aber ich werde alles wiedergutmachen, das verspreche ich dir.»

«Immer eins nach dem anderen, okay?»

«Ja. Immer eins nach dem anderen.»

Auf Halcyon Hill glitt die untergehende Sonne hinter die Bäume, während Frannie mit ihrem einzigen Vertrauten durch den Garten spazierte.

«Ich weiß nicht, warum Edgar so anders geworden ist», sagte

sie und nippte deprimiert an ihrem Mai Tai. «Er hat sich sonst immer um alles gekümmert ... um uns ... Weißt du, es ist komisch, aber als Eddie während des Kriegs in Frankreich war, hat er mir schrecklich gefehlt. Er war nicht *bei* mir, aber irgendwie war er doch da ... Jetzt ist er bei mir, aber er ist nicht da ... Verflixt noch mal, da war mir die Art, wie er mir damals gefehlt hat, entschieden lieber!»

Tränen quollen ihr aus den Augen, doch sie wischte sie nicht weg. Sie befand sich in einer anderen Zeit, in der Einsamkeit keine Last, sondern etwas Schönes gewesen war, in der Fotos und Liebesbriefe und die honigsüße Stimme von Bing Crosby sie sanft durch den schwersten Winter ihres Lebens geleitet hatten.

Doch jetzt war es Sommer, und Bing wohnte gleich um die Ecke. Was war schiefgelaufen?

«‹I'm ... dreammminnngg ... of a ... whiiite ... Chrisssmusss ... juss like the ones I usssse to knooow ...›»

Vor lauter Tränen konnte sie das Lied nicht zu Ende singen. «Es tut mir leid», entschuldigte sie sich schniefend bei ihrem Begleiter. «Ich sollte dich nicht damit belasten, mein Engel. Du bist *so* geduldig ... und du bist so gut zu mir ... Wenn es dich nicht gäbe, würde ich es machen wie Helen ... aber garantiert ... Sie geht mit ihrem *Innenausstatter* essen, stell dir das bloß mal vor! Aber komm jetzt. Da ist noch ein winzig kleines Schlückchen Mai Tai im Pitcher.»

Sie goss etwas Mai Tai in eine große Plastikschüssel, die auf der Terrasse stand.

Faust, ihre Dänische Dogge, leckte ihn mit Begeisterung auf.

Der Mann vom Dach

Boris' Schwanz schlug wie ein Metronom den Takt, als er zuerst den Flur entlang- und dann die Stufen zum Dach hochschoss.

Mary Ann zog den Bademantel über und machte sich an die Verfolgung dieses inoffiziellen Mieters. Sie hatte Angst, er könnte irgendwo im Haus eingeschlossen werden. Die Stufen zum Dach waren nicht mit Teppich belegt, sondern mit grünem Bootslack gestrichen. Ganz oben versperrte der Katze direkt neben einem efeuüberwucherten Fenster auch eine grellorange Tür den Fluchtweg. Boris war empört.

«Hierher, Schnurzilein ... komm doch, Boris ... braver Boris ...»

Boris wollte nichts davon wissen. Er blieb wie festgenagelt stehen und zuckte immer wieder drohend mit dem Schwanz.

Mary Ann stieg weiter hinauf, bis sie nur noch einen Meter von der Tür weg war. «Du bist vielleicht ein Quälgeist, Boris! Aber das weißt du selber auch, was?»

Die Tür flog auf und traf Boris von der Seite, worauf der entgeisterte Kater jaulend die Treppe hinunterjagte. Mary Ann war starr vor Schreck.

Vor ihr stand ein großer Mann mittleren Alters.

«Tut mir leid», sagte er peinlich berührt. «Ich habe Sie nicht gehört. Hoffentlich habe ich Ihrem Kater nicht wehgetan.»

Mary Ann bemühte sich, ihre Fassung wiederzufinden. «Nein ... ich glaube nicht ...»

«Sie haben einen hübschen Kater.»

«Oh ... es ist nicht mein Kater. Er ist so eine Art Gemeinschaftskater. Ich glaube, er ist ganz unten am Ende der Straße zu Hause. Entschuldigen Sie ... ich wollte nicht stören.»

Der Mann machte ein besorgtes Gesicht. «Ich hab sie ganz schön erschreckt, was?»

«Halb so schlimm.»

Lächelnd streckte er ihr seine Hand entgegen. «Ich bin Norman Neal Williams.»

«Hallo.» Als sie ihm die Hand schüttelte, fiel ihr auf, wie groß seine Hand war. Allerdings wirkte der Mann gerade durch seine Größe besonders verletzlich.

Er trug eine ausgebeulte graue Anzughose und ein bügelfreies Hemd mit kurzen Ärmeln. Ein kleines Büschel dunkelbrauner Haare drängte sich über die Oberkante seiner Klemmkrawatte.

«Sie wohnen doch gleich hier unten, nicht?»

«Ja ... Ach so, entschuldigen Sie ... Ich bin Mary Ann Singleton.»

«Auch drei Namen.»

«Wie bitte?»

«Mary Ann Singleton. Das sind drei Namen. Genau wie Norman Neal Williams.»

«Ach so ... Wollen Sie denn Norman Neal genannt werden?»

«Nein. Nur Norman.» – «Aha.»

«Wissen Sie, ich stelle mich gern mit vollem Namen vor, weil Norman Neal Williams so schön fließt.»

«Da haben Sie recht.»

«Darf ich Sie zum Kaffee einladen?»

«Oh, danke, aber ich habe noch so viel zu ...»

«Die Aussicht ist wirklich hübsch.»

Das wirkte. Sie wollte gern sehen, welchen Blick man von da oben hatte, und außerdem war sie neugierig, wie es in dem Liliputhäuschen auf dem Dach aussah.

«Okay», sagte sie lächelnd. «Gern.»

Die Aussicht war umwerfend. Weiße Segel auf einer Bucht in Delfter Blau. Angel Island in der Ferne eingehüllt in Nebel und geheimnisvoll wie Bali Ha'i. Kreisende Möwen über roten Ziegeldächern.

«Die Miete zahlt man *dafür*», sagte er, als wollte er sich für die drangvolle Enge entschuldigen. Sitzen konnte man nur auf dem Bett und auf einem Küchenstuhl neben dem Fenster, das auf die Bay hinausging.

Mary Ann seufzte beim Anblick des Panoramas. «Das Aufstehen muss für Sie jeden Morgen ein *Genuss* sein.»

«Das stimmt. Aber ich bin nicht viel hier.»

«Oh.»

«Ich bin Vertreter.»

«Ach so.»

«Für Vitaminpräparate.» Er deutete auf einen Musterkoffer in der Zimmerecke. Mary Ann erkannte das Firmenzeichen.

«Oh ... Nutri-Vim. Davon hab ich schon gehört.»

«Die reine Natur.»

Mary Ann war überzeugt, dass seine Begeisterung bloß geschäftsmäßig war. Denn Natürliches konnte sie an Norman Neal Williams rein gar nichts entdecken.

Erweckung wie in alten Zeiten

Am Sonntagmorgen ging Mona in die Kirche.

In alten Zeiten – nach Woodstock und vor Watergate – war sie häufig in die Kirche gegangen. Nicht in *irgendeine* Kirche, wie sie dann immer rasch dazusagte, sondern in eine Basisgemeinde, in eine Kirche mit *Relevanz*.

Das war alles lange vorbei. Mona war fertig mit der *Basis*, und die Relevanz war inzwischen genauso außer Mode wie Pukamuscheln. Trotzdem empfand sie bei der Rückkehr in die Glibb Memorial Church ein *wonniges* Nostalgiegefühl.

Vielleicht war es die Lightshow, oder die Rockgruppe ... oder es waren die Afro-Aphrodisiaka des Reverend Willy Sessums, der zappelnd wie ein Mr. Bojangles von Gottes Gnaden den Dritte-Welt-Sozialismus anging.

Vielleicht war's aber auch die Quaalude, die sie beim Frühstück genommen hatte.

Egal.

Heute fühlte sie sich abgeklärt. Ausgeglichen. Sie war ein karmisches Rädchen in dem großen, taumeligen Getriebe von Glibb Memorial. Sie sang mit der Inbrunst einer Südstaaten-Baptistin und wurde dabei unterstützt von ihren Nachbarn, einem Holzfäller aus dem Noe Valley und einer Drag Queen aus dem Tenderloin, die in einem korallenroten Debütantinnenkleid steckte.

> *He's got the Yoo-nited Farm Workers*
> *In His hands!*
> *He's got the Yoo-nited Farm Workers*
> *In His hands!*

«Jawohl!», rief Reverend Sessums, der mit einem Lederbeutel voll schwarzem Juju-Zauberstaub zwischen seinen Schäfchen hin und her flitzte. «Unser Herr Jesus liebt dich, Bruder! Und er liebt auch dich, Schwester!»

Das galt Mona. Mona *persönlich*. Reverend Willy Sessums lächelte sie strahlend an, umarmte sie und bestreute sie mit Juju-Staub.

Trotz der Quaalude verkrampfte Mona sich, und das ärgerte sie genauso wie der Zynismus, der ihre Verlegenheit verdeckte, sobald es um etwas Persönliches ging. Der Reverend sollte sie in Ruhe lassen.

Was er natürlich nicht tat.

«Hörst du mich, Schwester?»

Sie nickte, lächelte zaghaft.

«Unser Herr Jesus liebt dich! Er liebt uns alle! Die Schwarzen und die Braunen und die Gelben und die Weißen ... und die Rosaroten.» Das Letzte galt dem Mann im Ballkleid.

Mona schaute zu der Drag Queen hinüber. Sie hoffte, dass Sessums in ihr ein neues Opfer gefunden hatte.

Hatte er nicht.

«Wenn du Willy glaubst ... wenn du glaubst, dass Unser Herr Jesus dich mehr liebt als die Ölgesellschaften, als das Big Business, als die chauvinistischen Männerschweine und als das Armed Services Committee des Repräsentantenhauses ... wenn du das glaubst, Schwester, dann lass den alten Willy ein ‹Ja, ich glaub's!› hören.»

Mona schluckte und sagte: «Ja, ich glaub's.»

«Wie war das, Schwester?»

«Ja, ich glaub's.»

«Sag es laut, Schwester, damit Unser Herr Jesus dich hören kann!»

«Ja, ich glaub's.»

«Wuuunnnnnderbaaaar! Du bist *ganz toll*, Schwester!» Sessums tänzelte und klatschte wieder im Rhythmus der Musik und zwinkerte Mona so vertraulich zu, als wäre er der Komiker eines Nachtclubs, der über sie gerade einen harmlosen Witz gerissen hatte.

Die Band stimmte «Love Will Keep Us Together» an, und Sessums ging weiter.

«Ich könnte jedes Mal sterben, wenn das kommt», gestand die Drag Queen Mona, als sie den Song erkannte. «Findest du Captain and Tennille nicht auch *supertoll*?»

Mona nickte. Sie fasste sich langsam wieder.

Ihr Nachbar wühlte in seiner Handtasche, beförderte einen vibratorförmigen Inhalierstift zutage und hielt ihn Mona hin.

«Popper dir einen, Schätzchen.»

Nach der Kirche fuhr Mona zurück in die Barbary Lane, wo sie in eine düstere, kontemplative Stimmung verfiel.

Sie war einunddreißig. Sie hatte keinen Job. Sie lebte mit einem Mann zusammen, der sie jeden Augenblick wegen eines anderen Mannes verlassen konnte. Und ihre Mutter in Minneapolis hatte irgendwie nicht mehr die Energie, sich mit ihr zu beschäftigen.

Ihr einziger *echter* Schutzengel war Anna Madrigal, doch das Interesse der Vermieterin war in der letzten Zeit so groß geworden, dass es Mona nervös machte.

Weiter absacken ging nicht mehr, sie war jetzt ganz unten.

Das Telefon klingelte.

«Hallo?»

«Mona?»

«Ja.»

«Ich bin's, D'orothea.»

«Mensch. Wo bist du?»

«Hier. In San Francisco. Freust du dich?»

«Natürlich ... Bist du auf Urlaub hier?»

«Aber nein. Es ist jetzt so weit. Ich hab's getan. Ich bleibe hier. Können wir uns treffen?»

«Ich ... Ja klar.»

«Überschlag dich mal nicht vor Begeisterung.»

«Ich bin bloß ein bisschen überrascht, D'or. Gehen wir morgen Mittag essen?»

«Ich hatte auf heute Abend gehofft.»

«Da kann ich nicht. Ich gehe zu ... zu einem Tanzwettbewerb.»

«Das hat natürlich Vorrang.»

«Ich erzähl dir morgen mehr darüber.»

«Wann?»

«Um zwölf? Bei mir?»

«Barbary Lane 28?»

«Ja ... Einverstanden?»

«Du hast mir schrecklich gefehlt, Mona.»

«Du mir auch, D'or.»

Wir spielen mit Kindern

Mary Ann schaute kurz vor Mittag bei Mona rein. Sie kam in einem Aufzug, den Michael immer ihren «Lauren-Hutton-Fummel» nannte.

Levi's und ein rosa Button-down-Hemd aus der Knabenabteilung von Brooks Brothers ... und dazu ein hellblauer Pullover mit rundem Ausschnitt, den sie lässig um die Schultern geschlungen trug.

«Hallo», zwitscherte sie. «Habt ihr beiden Lust auf einen Brunch bei Mama's?»

Mona schüttelte den Kopf. «Michael hungert. Heute ist der große Wettbewerb, und er bildet sich ein, dass er dick ist.»

«Wo ist er?»

«Hinterm Haus. Er röstet seine Speckschwarten in der Sonne.»

Mary Ann lachte. «Und wie steht's mit dir?»

«Danke. Aber ich glaube, ich passe.»

«Fühlst du dich auch ... wohl, Mona?»

«Seh ich nicht so aus?»

«Doch ... klar ... ich wollte damit nicht sagen ... Du wirkst so ... abwesend, das ist alles.»

Mona zuckte mit den Schultern und schaute zum Fenster hinaus. «Ich hoffe, ich bin noch nicht im Endstadium.»

Die Warteschlange bei Mama's reichte bis vor das Haus und dann noch ein Stück die Stockton Street hinauf. Mary Ann ging im Geist gerade andere Brunchlokale durch, als ihr aus der Schlange eine vertraute Gestalt verhalten zuwinkte.

«Ach ... Hallo, Norman.»

«Hallo. Ich hab Ihren Platz freigehalten.» Norman zwinkerte ihr reichlich auffällig zu und täuschte damit rundherum garantiert niemand. Mary Ann drängelte sich hinter ihm in die Schlange.

Ein kleines Mädchen zupfte an Normans Hosenbein. «Wer ist die denn?», wollte es wissen.

Norman lächelte. «Sie ist eine Freundin, Lexy.»

«Na», sagte Mary Ann mit einem Blick zu dem Kind hinunter. «Und wo kommst *du* her?»

«Aus meiner Mommy.»

Mary Ann kicherte. «Sie ist *köstlich*, Norman. Ist das Ihr Kind?»

Bevor er noch antworten konnte, streckte das Kind seinen Arm aus und zupfte an Mary Anns Pullover. «Hast du dich jetzt vorgedrängelt?»

«Na ja, ich ...»

Norman lachte. «Alexandra ... das ist Mary Ann Singleton. Wir wohnen im gleichen Haus ... gleich dort drüben auf dem großen Hügel.» Er zwinkerte Mary Ann zu. «Sie ist das Kind von Freunden aus San Leandro. Ich verhelfe ihnen am Sonntag manchmal zu einer Verschnaufpause.»

«Wie süß.»

Norman zuckte mit den Schultern. «Mir macht es nichts aus. Und so kriege ich das Beste aus beiden Welten.» Er zog spielerisch an einem der Zöpfe des Mädchens. «Hab ich nicht recht, Lexy?»

«Mit was?»

«Ach, egal. Ich erzähl's dir später.»

«Kann ich jetzt die Tauben füttern, Norman?»

«Nach dem Frühstück, einverstanden?»

Mary Ann ging vor dem Kind in die Knie. «Du hast ja ein *wunderhübsches* Kleid an, Alexandra!»

Das Kind schaute sie an und kicherte dann.

«Weißt du, wie man dazu sagt, Alexandra?»

«Zu was?»

«Zu deinem Kleid. Es ist ein Heidi-Kleidi. Kannst du das auch schon sagen?»

Alexandra schaute leicht gekränkt drein. «Das ist ein *Dirndl*», sagte sie kategorisch.

«Ach so. Na dann ...» Mary Ann stand auf und grinste Norman an. «Es musste ja wohl so kommen, nicht?»

Das Trio genehmigte sich bei Mama's Omeletts. Alexandra aß schweigend und musterte Mary Ann.

Hinterher auf dem Washington Square unterhielten sich die Erwachsenen, während Alexandra im Sonnenschein Tauben jagte.

«Sie ist ganz schön aufgeweckt, was?»

Norman nickte. «Manchmal kriege ich bei ihr richtig Komplexe.»

«Kennen Sie ihre Eltern schon lange?»

«Ach ... fünf Jahre vielleicht. Ihr Vater und ich waren zusammen in Vietnam.»

«Oh ... Tut mir leid.»

«Wieso?»

«Na ja ... Vietnam ... Es muss schrecklich gewesen sein.»

Er lächelte und hob die Arme. «Sehen Sie, keine Verwundungen. Ich war Verwaltungsoffizier in Saigon. Ein reiner Bürojob. Beim Nachrichtendienst der Marine.»

«Und wie sind Sie auf Vitamine gekommen?»

Er zuckte mit den Schultern. «Ich hab angefangen, mich für meinen Lebensunterhalt zu interessieren.»

«Ich verstehe.»

«Ich fürchte, über mich gibt es nichts besonders Interessantes zu erzählen, Mary Ann.»

«Aber nein ... Ich finde, Sie sind sehr ...»

«Heute Abend läuft im Kino ein Film, zu dem ich Sie sehr gerne einladen möchte, wenn Sie nicht schon ...»

«Was für ein Film?»

«Ein Oldie. *Polizeirevier 21*. Mit Kirk Douglas und Eleanor Parker.»

«Oh, da komm ich liebend gern mit», sagte sie.

Wozu hat man Freundinnen?

Beauchamp und DeDe verbrachten einen geruhsamen Sonntagvormittag in Sausalito, inklusive Brunch im Altamira.

Sie waren wieder ein Paar, eine perfekte Kombination – braun gebrannt, exotisch und schön. Auf der im strahlenden Sonnenschein liegenden Terrasse verfolgte man sie mit hungrigen Blicken, steckte über Gläsern voll Ramos Fizz die Köpfe zusammen und stellte allerhand Spekulationen an.

Und DeDe kostete jede Minute davon aus.

«Beauchamp?»

«Hmmh?» Seine Augen hatten *genau* die gleiche Farbe wie die Bay.

«Letzte Nacht war es ... toller als in unserer Hochzeitsnacht.»

«Ich weiß.»

«War das ...? Habe ich mich so verändert, oder du?»

«Spielt das eine Rolle?»

«Für mich schon. Ein bisschen.»

Beauchamp zuckte mit den Schultern. «Ich schätze, ich weiß inzwischen ... was ich will.»

«Mich verwirrt das alles ein bisschen, Beauchamp.»

«Warum?»

«Ich weiß nicht recht. Es ... läuft jetzt gut zwischen uns, und ... Na ja, ich möchte halt wissen, was ich richtig mache, damit ich so weitermachen kann.»

Er rieb sein Knie an dem ihren. «Bleib einfach, wie du bist, okay?»

«Okay», sagte DeDe lächelnd.

Als sie wieder zu Hause in der Montgomery Street waren, legte Beauchamp dem Corgi eine seiner Leinen an. «Ich denke, ich gehe mit Caesar zum Tower hoch. Hast du Lust auf einen Spaziergang?»

«Danke, aber ich sollte mich um meine Post kümmern.» Sobald Beauchamp aus der Tür war, rief sie Binky Gruen an. «Bink?»

«DeDe?»

«Ich bin zurück.»

«Und?»

«Was, und?»

«Wie viel, du Dummchen? Wie viel hast du abgenommen?»

«Ach so ... achtzehn Pfund.»

Binky pfiff durch die Zähne. «Wenn du mich fragst, hört sich das ganz nach Anorexie an.»

«Binky, ich brauche ...»

«Ich bin übrigens *ganz sicher*, dass Shugie Sussman Anorexie hat. Ich meine, es gibt nicht den geringsten Zweifel. Sie verfällt zu einem Nichts, und niemand kann sie davon überzeugen, dass sie kein Pummel ist. Es ist eine Tragödie, DeDe. Wenn das so weitergeht, müssen wir das arme Ding noch in einem Briefumschlag in die Menninger-Klinik schicken!»

«Binky, ich würde zwar liebend gern hören, was mit Shugie Sussman los ist, aber ...»

«Entschuldige, mein Schatz. Hast du den Aufenthalt genossen? Ich meine, abgesehen von diesen grauenhaften Leonardo-da-Vinci-Ü...?»

«Ich brauche deine Hilfe.»

«Jederzeit.»

«Ich ... brauche einen Arzt.»

«O nein! Du bist wirklich krank! Mein Gott, ich bin so eine ...»

«Nein, ich bin nicht krank. Ich muss bloß mal zum Arzt.»

«Oh.»

«Ich dachte dabei an den, bei dem du letztes Frühjahr gewesen bist.»

«Oje.»

«Noch steht es ja nicht fest. Ich bin mir nicht sicher. Aber ich würde mich entschieden wohler fühlen, wenn ich ...»

«Es kann auch vom Training kommen, DeDe. Manchmal kann so eine körperliche Veränderung deinen Zyklus völlig durcheinanderbringen.»

«Daran hab ich auch schon gedacht.»

«Es könnte sogar von einer Anorexie kommen.»

«Würdest du *bitte* aufhören? Es könnte von sonst was kommen. Ich möchte bloß ...»

«Nur nicht von Beauchamp, was?»

Schweigen.

«Du möchtest zu einem Gynäkologen, der euch nicht kennt, hab ich recht?»

«Ja.»

«Okay. Der Kerl ist schlicht gesagt perfekt. Er ist sanft, diskret und dabei noch eine wahre *Augenweide*. Hast du was zu schreiben?»

«Ja.»

«Jon Fielding. Das Jon ohne *h*. Die Adresse ist Sutter 450. Du kannst ihm sagen, dass ich dich geschickt habe.»

Die Beach Boys

Mrs. Madrigals Mieter und Mieterinnen hatten diese Ecke des Gartens «Barbary Beach» getauft.

Na ja, dachte Michael, als er sein Badetuch auf die Ziegelsteine legte, ein Sonntag am Lake Temescal ist was anderes, aber das hier muss es auch tun.

In weniger als sieben Stunden würde er im Endup auf der Tanzfläche stehen.

Er brauchte jeden Sonnenstrahl, den er kriegen konnte.

«Hallo», sagte eine Stimme irgendwo zwischen ihm und der Sonne. Michael schirmte seine Augen ab und schaute hoch. Es war der Kerl aus dem zweiten Stock. Brian Soundso. Er hatte ein Badetuch mit einem Coors-Aufdruck dabei.

«Hallo. Nur keine Scheu. Das Wasser ist sehr angenehm.»

Brian nickte und breitete sein Badetuch aus. Eineinhalb Meter weg, wie Michael feststellte. Nahe, aber doch nicht *zu* nahe. Ein GAV wie aus dem Bilderbuch – geil, aber verklemmt.

«Meinst du, es zahlt sich überhaupt aus?», fragte Brian.

«Wahrscheinlich nicht, aber was soll's? Wir können es uns nicht leisten, die *anderen* schweinchenrosa Menschen zu enttäuschen, die in den Bars so rumstehen.»

Brian lachte. Offensichtlich hatte er die Ironie hinter der Bemerkung verstanden. Okay, dachte Michael, es ist ihm klar, dass wir nicht auf dieselben Bars abfahren. Und noch weniger auf dieselben Körper. Aber trotzdem ... Er weiß es, und er weiß, dass ich weiß, dass er es weiß. Damit lässt sich leben.

«Ich bin Michael. Und du bist Brian ... richtig?»

«Richtig.»

Sie schüttelten sich die Hand, und da sie immer noch bäuchlings dalagen, mussten sie sich dafür weit über die Sicherheitszone zwischen ihnen strecken.

Michael lachte. «Wir sehen aus wie die zwei Kerle auf dem Deckengemälde in der Sixtinischen Kapelle!»

Eine Viertelstunde später hatte Michael wieder Lust zu reden.

«Du bist doch solo, oder?»

«Ja.»

«In dieser Stadt muss das doch was ganz Wunderbares sein. Ich meine ... für einen Hetero.»

«Hmh?»

«Na ja, ich meine ... hier gibt es so viele Schwule, dass ein Hetero bei den Frauen doch heiß begehrt sein muss. Wenigstens ... na, du weißt schon, was ich meine.»

Brian schnaubte verächtlich. Er hatte sich inzwischen auf den Rücken gedreht und die Hände hinter dem Kopf verschränkt. «Gestern Abend hab ich mich volle vier Stunden im Slater Hawkins herumgetrieben und versucht, eine Trulla aufzureißen, mit der ich auf dem College nicht ein Wort geredet hätte.»

«Ja, ja», sagte Michael, der doch etwas bestürzt war über diese Bemerkung. «Es wird immer mehr zu einem Spiel, oder? Das Auspacken macht mehr Spaß als das, was hinterher kommt. Zumindest manchmal ...» Er schaute zu Brian hinüber und fragte sich, ob sie sich überhaupt etwas zu sagen hatten.

«Kennst du Mary Ann Singleton?»

«Ja.»

«Weißt du, Mary Ann und ich hatten vor Kurzem eine richtige Aussprache, bei der sie mir gesteckt hat, dass sie am liebsten nach Cleveland zurückgehen würde, und ich hab ihr dann alles erzählt, was die Außersinnliche Transzendenz zum eigenverantwortlichen Leben und so zu sagen hat ... Das Unheimliche ist aber, dass ich manchmal denke, sie hat recht. Vielleicht sollten wir alle nach Cleveland zurück.»

«Genau. Oder auf eine Farm in Utah oder so. Zurück zum einfachen Leben.»

«Mhmm. Damit hab ich's auch ab und zu. Vielleicht in ein Dorf in den Bergen von Colorado, wo man nur das Nötigste hat: ein nettes französisches Restaurant und eine Filiale von Design Research.»

Beide lachten. Michael fühlte sich mit Brian sofort viel wohler.

«Eins geht mir wirklich auf die Eier», sagte Brian. «Du weißt nie, wie Frauen eigentlich sind ... jedenfalls nicht für länger. Sie zeigen dir immer nur das, was du sehen *sollst*.»

Michael nickte. «Und deswegen kreisen deine Fantasien auch immer um das Falsche.»

«Genau.» Brian fing an, die Grashalme zwischen den Ziegelsteinen auszurupfen.

«Mein Gott! So geht's mir doch die ganze Zeit», fuhr Michael fort. «Ich lerne in einer Bar oder in der Sauna jemanden kennen ... ich meine natürlich einen Mann ... und er sieht genau so aus ... wie ich mir das immer wünsche. Ein netter Schnäuzer, Levi's, ein gestärktes Kakihemd von der Army ... stark ... So einer, den man nach Orlando mitnehmen könnte, wie er ist, und bei dem sie's nicht mal merken würden. Und dann gehst du mit zu ihm nach Hause, Upper Market klarerweise, und du verkneifst dir so lang wie möglich, aufs Klo zu gehen, weil dich das unweigerlich auf die Erde zurückholen und deine Fantasien killen würde...»

Brian sah reichlich verwirrt drein.

«Es geht um das Badezimmerschränkchen», klärte Michael ihn auf. «Gesichtscremes und Shampoos gleich im *Dutzend*. Und auf dem Spülkasten haben sie alle so eine kleine goldene Schale stehen mit lauter bunten Seifenkugeln drin!»

Göttin in Ebenholz

Es war Sonntagabend. Die Schwarze Frau aß alleine im hinteren Raum von Perry's.

Sie war ein Musterbeispiel für Anmut und Kultiviertheit, dunkel und glänzend wie ein Ballerinaschuh aus Lackleder. Brian fiel auf, dass sie ihren Pommes frites keine Beachtung schenkte und nur selten den Blick vom Teller hob.

«Noch etwas Kaffee?»

Sie schaute hoch und lächelte ihn an. Versonnen, wie Brian fand. Sie schüttelte den Kopf und sagte: «Danke.» Sie war überwältigend.

«Wie wär's mit Nachtisch?»

Noch ein Nein.

Okay, dachte er, Schluss mit der Standardnummer. Jetzt werden schwerere Geschütze aufgefahren.

«Die Pommes frites haben Ihnen wohl nicht geschmeckt, hmh?»

Sie tätschelte ihre schmale Taille. «Ich bin dagegen allergisch. Aber sie sehen wunderbar aus.»

«Ein, zwei Stück würden Ihnen doch nicht wehtun.»

«Ich habe noch nie solche runden Pommes frites gesehen. Sie kommen mir vor wie Kartoffelchips mit Schilddrüsenentzündung.»

Brian lachte betont männlich. *Jetzt* wird's langsam interessant, Junge. Aber schön locker bleiben. Lässig und leicht. Und nichts überstürzen, um Himmels willen, ja nichts überstürzen ...

Sie legte die Serviette auf den Teller. Scheiße! Gleich würde sie die Rechnung verlangen!

Sie lächelte schon wieder. «Könnte ich ...?»

«Wissen Sie eigentlich, dass Sie Lola Falana unheimlich ähnlich sehen?»

Subtiler ging es kaum noch. Wenn sie sich davon nicht abschrecken ließ, dann von gar nichts.

Ihr Gesichtsausdruck veränderte sich aber nicht. Sie lächelte noch immer. «Du möchtest mich zu einem Drink einladen, stimmt's?»

«Äh ... Ja, eigentlich schon.»

«Wann bist du mit deiner Arbeit fertig?»

«Um zehn.»

«Heißt das, dass wir jetzt verabredet sind?»

«Da kannst du Gift drauf nehmen. Ich heiße Brian.»

«Ich heiße D'orothea», antwortete sie.

Am anderen Ende der Stadt arbeitete sich Michael Tolliver mühsam durch einen Wald aus Lacoste-Hemden. Mona war dicht hinter ihm.

«Damit ist die Sache entschieden, Mouse.»

«Welche Sache?»

«Ich bin *tatsächlich* ein Schwulenmuttchen.»

«Ach, hör doch auf!»

«Sieh dich bloß mal um! Ich bin die einzige Frau hier!»

Michael packte sie an den Schultern und drehte sie um ihre eigene Achse, bis sie zur Bar schaute. Hinter dem Tresen arbeitete eine recht kernig aussehende Frau in Levi's und Männerhemd. «Fühlst du dich jetzt wohler?»

«Na klar. Sag mal ... ziehst du dich jetzt um, oder was?»

«Ich denke, ich muss mich erst mal eintragen lassen. Ist es vertretbar, wenn ich dich jetzt verlasse?»

«Wahrscheinlich. Hau schon ab.» Sie zwinkerte ihm zu und gab ihm einen Klaps auf den Po. «Grüß Bert Parks schön von mir.»

Die Barfrau schickte Michael zu einem Mann, der für die Teilnehmerliste zuständig war. Der Mann schrieb Michaels Namen und die nötigsten Informationen auf und überreichte ihm dann ein nummeriertes Pappschild, das an einem Stück Schnur baumelte.

Er war Nummer sieben.

«Wo ... äh ... zieh ich mich um?»

«Auf der Damentoilette.»

«Wie passend.»

In der Damentoilette waren bereits drei andere Typen. Zwei hatten sich bis auf ihre Jockey-Shorts ausgezogen und verstauten gerade ihre Kleider in Plastiktüten, die vom Veranstalter gestellt wurden. Der dritte, der sich mit Secondhandklamotten aus dem Vietnamkrieg herausgeputzt hatte, rauchte einen Joint.

«Hallo», sagte Michael und nickte seinen Gladiatorenkollegen zu.

Die Kerle lächelten mehr oder weniger berechnend zurück. Michael musste bei ihrem Anblick an seine Teilnahme beim Orlando Highschool Science Fair von 1966 denken. Sie waren aufgesetzt schnodderig. Und total scharf auf den Sieg.

Na ja, dachte Michael, hundert Mäuse sind hundert Mäuse.

«Können wir ... sollen wir hier drin warten, bis wir dran sind?»

Ein Blonder in einem Mark-Spitz-Slip lächelte über Michaels Naivität. «Ich weiß ja nicht, was du vorhast, mein Schatz, aber ich mische mich unter die Leute. Vielleicht wählt man auch noch eine Miss Sympathie.»

Also mischte sich Michael unter die Leute. Er trug bloß sein Pappschild und die Jockey-Shorts, die er am Vortag bei Macy's gekauft hatte.

Mona verdrehte die Augen, als sie ihn sah.

«Es bringt wenigstens die Miete», sagte Michael.

«Bild dir bloß nicht zu viel ein. Ich glaub, ich hab eben Arnold Schwarzenegger aus der Damentoilette kommen sehen.»

«Wie du einen immer aufbaust, Mona.»

Sie zog am Elastikbund von Michaels Unterhose und ließ ihn gegen seinen Bauch schnalzen. «Es wird schon gut gehen, Kleiner.»

D'orotheas Klagelied

Wie vereinbart traf sich Brian mit ihr im Washington Square Bar & Grill.

Sie lehnte dekorativ an der Bar, und ihre braunen Augen sprühten vor Interesse, während sie mit Charles McCabe plauderte. Der Kolumnist schien ähnlich fasziniert zu sein.

«Du kennst ihn?», fragte Brian, nachdem sie sich von Charles McCabe verabschiedet hatte.

«Ich habe ihn eben erst kennengelernt.»

«Du gehst ganz schön ran, was?»

Sie stieß ihn neckisch in die Seite. «Merkst du das jetzt erst?»

Wie sich herausstellte, war D'orothea Model. Sie hatte fünf Jahre in New York gearbeitet und ihr elegantes Gesicht an die *Vogue* und an den *Harper's Bazaar* verkauft, an Clovis Ruffin und Stephen Burrows und «alle anderen, die auf der Afro-Welle mitschwimmen wollten».

Sie hatte eine Menge Geld verdient, erzählte sie. «Nicht schlecht für ein Mädchen, das vor dem Apostroph in Oakland gelebt hat.»

«Was heißt das, vor dem Apostroph?», wollte Brian wissen.

Sie lächelte. «Ganz einfach. Früher hab ich mal Dorothy Wilson geheißen, aber dann kam Eileen Ford, machte Dorothea daraus und steckte auch noch ein Apostroph zwischen das *D* und das *o*.» Sie zog dramatisch die eine Augenbraue hoch. «Seeeehr chic, findest du nicht auch?»

«Ich finde Dorothy ganz gut.»

«Es ging mir ja nicht anders, mein Schatz! Aber mir blieb nur die Wahl zwischen dem Apostroph oder so einem grauenhaften afrikanischen Namen wie Simbu oder Tamara oder Bonzo. Und eher lass ich mich steinigen, als dass ich genauso heiße wie der Schimpanse von Ronald Reagan!»

Brian lachte. Ihm fiel auf, dass ihr Gesicht sogar noch schöner war, wenn sie lebhaft wurde. Er schwieg eine Weile, dann stellte er ihr die nüchterne Frage: «War es hart, in Oakland groß zu werden?»

Sie drehte wie in Zeitlupe den Kopf und blickte ihn aus dicht bewimperten Augen an. «Ah ... ich verstehe! Ein Soz-ja-liiist!»

Brian wurde rot. «Nein, nicht direkt ...»

«Dann hilf mir mal auf die Sprünge. Bist du vielleicht ein Vista Volunteer? Oder ein Bürgerrechtsanwalt?»

Ihre Treffsicherheit ärgerte ihn maßlos. «Ich habe in Chicago mal für die Urban League gearbeitet, aber ich versteh nicht, was das ...»

«Und das ganze Unrecht hat dich so viel Kraft gekostet, dass du deinen Beruf hingeschmissen und dir einen Kellnerjob an Land gezogen hast. Die Leier kenn ich, Baby. Die Leier kenn ich.»

Er schüttete seinen Drink hinunter. «Ich glaub nicht, dass du außer der einen noch eine andere Leier kennst.»

Sie stellte ihren Dubonnet auf den Tresen und sah ihn starr an. «Tut mir leid», sagte sie leise. «Wahrscheinlich bin ich nervös, weil ich wieder in dieser Stadt bin.»

«Schon vergessen.»

«Du scheinst ein netter Kerl zu sein, Brian. Ich brauche jemanden zum Reden.»

«Einen Therapeuten.»

«Wenn dir danach ist. Hättest du was dagegen?»

«Ich hatte auf etwas Ursprünglicheres gehofft.»

Sie ging auf seine Andeutung nicht ein. «Manchmal hilft es, wenn man sich bei einem Fremden ausspricht.»

Brian bestellte beim Barmann noch einen Drink. «Dann leg los. Der Doktor ist ganz Ohr.»

Sie sah ihn nur selten an, während sie ganz ungeschminkt ihre Geschichte erzählte.

«Vor vier Jahren, als ich in New York gerade meine ersten Erfolge hatte, habe ich bei einer Bademodenkampagne von J. Walter Thompson jemand kennengelernt. Wir waren fast die ganze Zeit zusammen und haben auf Locations überall an der Ostküste Fotos geschossen. Es hat ungefähr drei Wochen gedauert, bis wir uns verliebt hatten.»

Brian nickte und ließ gleichzeitig alle seine Hoffnungen fahren.

«Jedenfalls haben wir uns dieses wunderbare Loft in SoHo eingerichtet und sind zusammengezogen, und ich habe das glücklichste halbe Jahr meines Lebens genossen. Dann ist irgendwas passiert ... ich weiß nicht, was ... und meine große Liebe hat einen Job in San Francisco angenommen. Wir haben uns danach weiter geschrieben, haben nie ganz den Kontakt verloren, und ich habe immer weiter ... Geld verdient.»

Sie trank einen Schluck Dubonnet und schaute ihn zum ersten Mal direkt an. «Jetzt bin ich wieder zu Hause, Brian, und wünsche mir nur, dass mein Schwarm wieder ein Teil meines Lebens wird. Aber das hängt allein ...»

«Von ihr ab.»

Sie schenkte ihm ein warmes Lächeln. «Du bist ganz schön fix», sagte sie.

«Danke.»

«Der Drink geht auf meine Rechnung, okay?»

Wie gewonnen, so zerronnen

Die Zeremonienmeisterin für den Jockey-Shorts-Tanzwettbewerb war ein Wesen namens Luscious Lorelei. Die platinblonde Perücke schwebte über ihrer rundlichen Figur wie ein Atompilz über einem Atoll.

Michael stöhnte und zupfte seine Shorts zurecht. «Scheiße, was tu ich bloß hier, Mona? Wo ich doch früher mal bei den Future Farmers of America war!»

«Du kümmerst dich um die Miete, falls du das vergessen haben solltest.»

«Ja, richtig. Ich kümmere mich um die Miete, ich kümmere mich um die Miete. Dies ist eine Tonbandansage ...»

«Nimm's nicht so tragisch.»

«Und wenn ich verliere? Oder wenn sie lachen? Nicht auszudenken! Oder wenn sie mich gar nicht beachten?»

«Du kannst nicht verlieren, Mouse. Die Arschlöcher dort

können gar nicht tanzen, und du siehst besser aus als alle zusammen. Du musst nur an dich glauben!»

«Danke für die moralische Aufrüstung.»

«Entspann dich, Mouse.»

«Ich glaub, ich muss kotzen.»

«Heb dir das fürs Finale auf.»

Fünf Bewerber um den Einhundert-Dollar-Preis hatten sich bereits ins Zeug gelegt. Der sechste zappelte in einem knappen Leopardenstretchhöschen über die Tanzfläche.

Das Publikum brüllte vor Begeisterung.

«Hör dir das an, Mona. Die Sache ist wohl gelaufen.» Michael machte sich insgeheim Vorwürfe, dass er sich für die weißen Standardshorts entschieden hatte. Dieser Pöbel stand ganz offensichtlich auf was Schärferes.

«Komm schon», sagte Mona und zog ihn durch die Menge an den Rand der Tanzfläche. «Du bist als Nächster dran, Mouse.» Sie blieb auch dann noch neben ihm, als er im Schein einer elektrisch erleuchteten amerikanischen Flagge wartete.

Sobald der Applaus für Teilnehmer Nummer sechs abgeklungen war, begab sich Luscious Lorelei ans Mikrofon. «Na Jungs, was sagt ihr dazu? Sind denn die Brustmuskeln von diesem Schnittchen nicht einfach SUPERRRRB? Du HEILIGE Jungfrau Maria!» Sie wog ihren ausgestopften Busen in Händen. «Beutelreis hat noch nie so gut ausgesehen.»

Michael spürte, wie der letzte Rest Farbe aus seinem Gesicht schwand. «Ruf Mary Ann an», flüsterte er Mona zu. «Ich geh mit ihr zurück nach Cleveland.» Mona munterte ihn mit einem Klaps auf den Po auf.

«Okay», brüllte Lorelei, «unser nächster Teilnehmer ist ... Teilnehmer Nummer sieben! Er stammt aus Orlando, Florida, wo die Sonne immer scheint und wo all die WUUUUNDEER-

BAAREN Früchtchen herkommen, und er heißt Michael ... Michael Soundso ... *Schääätzchen*, ich kann deine Schrift nicht lesen. Wenn du da irgendwo rumstehst, könntest du Lorelei vielleicht deinen Namen verraten?»

Michael hob zaghaft die Hand und sagte: «Tolliver.»

«Wie war das, mein Schatz?»

«Michael Tolliver.»

«OKAAAY! Beifall für Michael Oliver!»

Michael, der inzwischen einen hochroten Kopf hatte, stieg auf die Tanzfläche hoch, während Lorelei wieder in der Dunkelheit verschwand. Die Nachtschwärmer an der Bar drehten sich zur Begutachtung des Neulings wie auf Kommando um. Die Musik setzte ein. Dr. Buzzard's Original Savannah Band spielte «Cherchez la Femme».

Michael legte bei seinem Körper den Gang ein und bei seinem Hirn den Leerlauf. Er bewegte sich im Takt der Musik und folgte ihrem Rhythmus wie ein Irrwisch. Es war fast so wie in seinem Traum, diesem Albtraum aus der Highschool-Zeit, in dem er bei einer Schultheateraufführung die Bühne betreten hatte ... in seinen Jockey-Shorts!

Der Nebel vor seinen Augen lichtete sich lange genug, damit er die Leute erkennen konnte. Ihre glänzenden, braun gebrannten Gesichter. Ihre muskulösen Nacken. Und hundert klitzekleine Krokodile, die ihm von hundert Brustkörben höhnisch entgegengrinsten ...

Dann gefror ihm das Blut.

Denn dort unten in der Menge sah er aus einem Seidenhemd und einem Brioni-Blazer verschwommen das eine Gesicht herausragen, das er hier ganz und gar nicht sehen wollte. Ihre Blicke trafen sich, doch nur einen Moment lang, denn der andere verzog voller Abscheu das Gesicht und wandte sich ab.

Jon.

Die Musik hörte auf. Michael sprang von der Bühne hinunter in die Menge, hatte aber keinen Sinn für die Hände, die sich ihm gratulierend entgegenstreckten und seinen Körper streiften. Durch einen Nebel aus Poppersschwaden bahnte er sich einen Weg zur Schwingtür in der Ecke der Disco.

Jon war gegangen.

Michael stand in der Tür und sah der schlanken Gestalt nach, die auf der Sixth Street immer kleiner wurde. Jon war in Begleitung von drei anderen Männern, die ebenfalls Anzüge trugen. Die vier brachen kurz in schallendes Gelächter aus, bevor sie in einen beigen BMW stiegen und davonfuhren.

Eine Stunde später erfuhr er es.

Er hatte gewonnen. Hundert Dollar und einen goldenen Jockey-Shorts-Anhänger. Sieg.

Mona küsste ihn auf die Wange, als er von der Tanzfläche stieg. «Wen *kümmert's* denn, ob wir einen Doktor im Haus haben oder nicht?» Michael lächelte schwach, hielt sich an ihr fest und ließ sich von der Musik einlullen.

Dann fing er zu heulen an.

Fiasko in Chinatown

Als sie aus dem Gateway Cinema kamen, schlugen Mary Ann und Norman auf der Jackson den Weg nach Westen in Richtung Chinatown ein.

Bis sie zu der Chevron-Tankstelle im Pagodenstil kamen, die an der Columbus lag, hatte eine geballte Ladung Nebel die Ränder der Neonreklame schon etwas verschwimmen lassen.

«An solchen Abenden», sagte Norman, «komme ich mir immer vor wie eine Figur aus einer Hammett-Geschichte.»

«Hammond?»

«Hammett. Dashiell Hammett. Kennst du ... *Der Malteser Falke*?»

Sie hatte den Titel schon mal gehört, sonst aber keine Ahnung. Aber das war auch egal.

Der einzige Falke, den es in Normans Leben gab, stand im Blechkleid eines Falcon an der Ecke Jackson und Kearny.

«Musst du gleich nach Hause?», fragte er zögernd. Wie ein Kind, das darum bat, länger aufbleiben zu dürfen.

«Na ja, ich sollte ... Nein. Nicht gleich.»

«Gehst du gern chinesisch essen?»

«Sehr gern», antwortete Mary Ann lächelnd. Ihr war mit einem Mal klar geworden, wie sehr sie diesen tollpatschigen, freundlichen Mann mit der Klemmkrawatte mochte, bei dem sie unwillkürlich an Smokey den Bären denken musste. Sie war nicht *Feuer und Flamme* für ihn, aber sie mochte ihn doch sehr.

Norman führte sie ins Sam Woh's an der Washington Street. Sie schlängelten sich zuerst durch die winzige Küche, dann die Treppe hinauf und schließlich an einen Tisch im ersten Stock.

«Mach dich auf was gefasst», sagte Norman.

«Worauf?»

«Lass dich überraschen.»

Kurz danach verabschiedete sie sich diskret zur Toilette. Es gab in dem engen Kabuff kein Waschbecken, und erst, als sie schon fast wieder an ihrem Tisch war, fiel ihr auf, wo es sich befand.

«Hallo, Sie! Sie waschen Hände!»

Wie vom Donner gerührt drehte sie sich um. Sie wollte sehen, woher die Stimme kam. Ein empörter chinesischer Kellner nahm gerade Teller voll Nudeln aus dem Speiseaufzug. Mary

Ann blieb wie angewurzelt stehen, starrte ihren Ankläger an und schaute dann nach hinten zu den Toiletten.

Das Waschbecken war vor der Tür. *Im Restaurant.*

Etliche Gäste beobachteten sie und freuten sich über ihre unbehagliche Situation.

Der Kellner ließ nicht locker. «Sie waschen Hände. Sie nicht waschen Hände, Sie nicht essen!»

Sie wusch sich die Hände und kehrte mit rotem Kopf an ihren Tisch zurück. Norman grinste verlegen. «Ich hätte dich warnen sollen.»

«Du *wusstest*, was er tun würde?»

«Er ist Spezialist für Grobheiten. Es ist ein Witz. Ein Feldwebel, der zum Kellner mutiert ist. Die Leute kommen extra dafür her.»

«*Ich* aber nicht.»

«Es tut mir wirklich leid.»

«Können wir gehen, Norman?»

«Das Essen ist aber ...»

«Bitte?»

Also gingen sie.

Zu Hause in der finsteren Schlucht der Barbary Lane griff Norman fürsorglich nach Mary Anns Arm.

«Die Geschichte mit Edsel tut mir leid.»

«Die Geschichte mit wem?»

«Er heißt so. Der Kellner. Edsel Ford Fong.»

Sie musste unwillkürlich lachen. «Echt?»

«Es sollte ein kleiner Gag sein, Mary Ann.»

«Ich weiß.»

«Aber er ist gründlich danebengegangen. Tut mir leid.»

Sie blieb im Vorgarten stehen und stellte sich direkt vor ihn hin. «Du bist sehr altmodisch. Das gefällt mir.»

Er schaute auf seine schwarzen Wingtip-Schuhe hinunter. «Ich bin sehr alt.»

«Nein, bist du nicht. Du solltest so was nicht sagen. Wie alt bist du?»

«Vierundvierzig.»

«Das ist doch nicht alt. Paul Newman ist älter.»

Er kicherte. «Ich bin aber nicht gerade Paul Newman.»

«Du bist ... genau richtig, Norman.»

Er stand verlegen da, als sie ihre Hand sanft über die Konturen seines Unterkiefers gleiten ließ. Sie drückte ihre Wange an seine. «Genau richtig», wiederholte sie.

Sie küssten sich.

Ihre Finger glitten über seine Brust und umschlossen auf der Suche nach einem Halt seine Krawatte.

Prompt hatte sie das ganze Ding in der Hand.

«Starry, Starry Night»

Es gab Vormittage, da fühlte Vincent sich wie der letzte überlebende Hippie.

Der Letzte Hippie. Der Ausdruck bekam plötzlich tragische Größe, als Vincent in seinem Badezimmer in der Oak Street stand und seine bernsteinfarbene Mähne auseinanderzupfte, damit sein fehlendes Ohr nicht allzu sehr auffiel.

Wenn man schon nicht der Erste sein konnte, dann blieb einem wenigstens das bittersüße und edle Gefühl, der Letzte zu sein. Der Letzte Mohikaner. Das Letzte Abendmahl. Der Letzte Hippie!

Diese Überlegungen hatte Vincent einmal seiner Alten vorgetragen, und zwar nur wenige Stunden bevor sie sich nach Israel aufgemacht hatte, um dort in die Armee einzutreten, doch Laurel hatte ihn bloß verspottet. «Dafür ist es zu spät», hatte sie gesagt und auf der einen Seite seine Haare hochgehoben. «Du bist nur noch sieben Achtel des Letzten Hippies.»

Sie war nicht immer so gewesen.

Während des Kriegs hatte sie einen völlig anderen Drive gehabt. Sie war vom Sternzeichen Jungfrau und damit ein analer Charakter, hatte aber beides in eine positive Richtung gelenkt.

Astralreisen. Kerzengießen. Makramee.

Doch post bellum hatte sich die Situation verschärft. Laurel besuchte damals einen Selbstverteidigungskurs für Frauen und probierte ihre Griffe an ihm aus, wenn er sein Mantra aufsagte. Obwohl sich ihre Ausbilder bei einem vierzigtägigen Intensivkurs in Arica sehr ins Zeug legten, war sie auf einmal besessen vom Rolfing.

Aber nicht als Patientin. Als Therapeutin.

Diese verheißungsvolle Karriere fand ein abruptes Ende, als ein Zahnarzt aus dem Marin County drohte, sie wegen tätlicher Beleidigung einsperren zu lassen.

«Der hatte doch 'ne Paranoia», meinte sie hinterher.

«Er hat gesagt, dass du voll drauf eingestiegen bist», entgegnete Vincent gelassen.

«Natürlich bin ich voll drauf eingestiegen! Es gehört zu meinem Job, dass ich das tue!»

«Er hat behauptet, dass du so einiges gesagt hast, während du ihn gerolft hast.»

«Was soll ich denn gesagt haben, hm?»

«Lassen wir das lieber, Laurel.»

«Was soll ich gesagt haben?»

«‹Du Bürgerschwein!› zum Beispiel oder ‹Du gehörst an die Wand gestellt!›»

«Das ist gelogen!»

«Na ja, er hat behauptet, dass ...»

«Jetzt hör mir mal zu, Vincent! Wem glaubst du denn eigentlich? Mir oder so einem beschissenen paranoiden Bürgerschwein?»

Jetzt war sie aber nicht mehr da. Sie hatte Amerika für immer verlassen.

Dieses Amerika, das sie immer mit einem k geschrieben hatte, nie mit einem c.

Schon der Gedanke an diese Eigenart trieb ihm die Tränen in die Augen, und er klammerte sich in seiner Verzweiflung an die letzten Überbleibsel aus ihrem gemeinsamen Leben.

Er schlurfte in die Küche und starrte deprimiert auf sein quietschbuntes, fluoreszierendes «Keep on Truckin'»-Poster.

Laurel hatte es dort aufgehängt. Vor ewigen Zeiten. Es war inzwischen vergilbt und rissig, und der Spruch klang grausam anachronistisch.

Vincent hatte schon vor langer Zeit aufgehört, frohgemut nach vorn zu schauen.

Mit der Hand, an der noch alle Finger dran waren, riss er das Poster ab, zerknüllte es und schleuderte es mit einem qualvollen Urschrei quer durch den Raum. Dann stürmte er ins Schlafzimmer und tat Che Guevara und Tania Hearst das Gleiche an.

Der Abschied war längst überfällig.

Vincent kam zu dem Schluss, dass das Switchboard der beste Ort dafür war. Es war so eine Art neutraler Zone. Ein öffentlicher Bereich, der mit ihm und Laurel nichts zu tun hatte.

Er war um halb acht dort und machte sich mit Wasser aus dem Hahn im Badezimmer eine Tasse Nescafé. Er räumte seinen Schreibtisch auf, leerte die Papierkörbe aus und putzte sein

Skalpell mit einem Erfrischungstuch. Mary Ann würde um acht kommen.

Er hatte genügend Zeit, um die Sache geordnet anzugehen.

Als er seine letzte Eintragung ins Dienstbuch machte, verspürte er einen Anflug von schlechtem Gewissen gegenüber den gequälten Seelen, die an diesem Abend anrufen und seinen Trost suchen würden.

Was würde Mary Ann ihnen sagen?

Und was würde sie tun, wenn sie ihn fand?

Er gelangte zu der Einsicht, dass das Skalpell unfair war, und zählte die Perlen seiner Fummelkette ein letztes Mal ab. Es musste einen Weg geben, eine Methode, die sauberer war und den Schrecken für Mary Ann milderte.

Dann hatte er die richtige Idee.

Neuigkeiten von zu Hause

Mary Ann schaute noch bei Mona und Michael rein, bevor sie sich zum Crisis Switchboard aufmachte.

Michael machte ihr mit rot geweinten Augen auf.

«Hallo», sagte er leise. «Willkommen im Heartbreak Hotel.»

«Hast du Besuch?» Im Schlafzimmer spielte Musik.

«Schön wär's.»

«Michael ... ist was passiert?»

Er schüttelte den Kopf und zwang sich zu einem Lächeln. «Komm rein. Ich möchte dir was vorspielen.»

Er führte sie in sein Schlafzimmer und deutete auf einen Sessel. «Setz dich und heul dich aus. Diese Frau ist das Geschenk Gottes an alle Romantiker.» Er hielt ein Plattencover hoch. Jane Olivers *First Night*.

Mary Ann stützte den Kopf auf und hörte zu. Die Chanteuse sang «Some Enchanted Evening» und quetschte damit noch mehr Tränen aus Michael heraus.

«Jede Schwuchtel hier vergöttert sie», erklärte Michael. «Es ist richtige Aufwaschmusik.»

«Aufwaschmusik?»

«Ach, du weißt schon. Nach dem Sex. Man spielt die Platte hinterher, wenn er sich eine Zigarette anzündet und ... der große Aufwasch losgeht.»

Mary Ann wurde rot. «Warum spielt man sie nicht schon vorher?»

«Ah ... Gute Frage. Vorher ist es wahrscheinlich ... bedrohlich. Nachher ist es nicht mehr gefährlich.»

«Aha.» Mary Ann lachte nervös.

Michael warf sich auf das Bett und starrte zur Decke hoch. «Hoffentlich werd ich nicht noch zum Zyniker.»

«Aber nein.»

«Glaubst du an die Ehe, Mary Ann?»

Sie nickte. «Meistens.»

«Ich auch. Ich denke immer daran, wenn ich einen neuen Typen sehe. Allein im 41er-Union hab ich heute viermal geheiratet.»

In Mary Anns Lachen klang Verlegenheit mit.

«Ich weiß schon», sagte Michael ohne jeden Vorwurf. «Ein Haufen Trutschen im Kaftan, die mit Drag Queens als Brautjungfern durch den Golden Gate Park tänzeln und dabei Zitate aus *Rote Männer auf grünen Matten* hersagen ... Aber so was meine ich nicht.»

«Ich weiß.»

«Er wäre so was wie ... ein guter Freund. Einer, mit dem man sich einen Weihnachtsbaum kaufen kann.»

«Genau.» Sie versuchte vergeblich, sich vorzustellen, wie sie zusammen mit Norman eine Blautanne kaufte.

Mona war schon den ganzen Tag außer Haus. Ihre Abwesenheit setzte Michael wieder zu, sobald Mary Ann gegangen war. Mona machte es einem in letzter Zeit schwer, sich mit ihr zu amüsieren, aber sie bot wenigstens ein bisschen Ablenkung.

Sie bewahrte ihn vor Lands End.

Na toll, dachte er, als er die Stereoanlage ausschaltete und sich in die Küche verdrückte. Dein ganzes mickriges Leben steht auf der Kippe. Du gehörst zu niemand, und niemand gehört zu dir. Deine geheiligte Keuschheit ist einen *Scheißdreck* wert.

Er kramte im Kühlschrank nach etwas Essbarem und förderte eine halbe Grapefruit und eine Flasche abgestandenes Mineralwasser zutage. Gleich neben den Eiswürfeln stand in stoischer Isolation ein Fläschchen Locker-Room-Poppers und wartete auf seinen Einsatz. Michael warf einen mörderischen Blick auf die gedrungene braune Flasche und knallte die Tür des Tiefkühlfachs zu. «Frier dir doch den Arsch ab, du blödes Ding!»

In dem Moment klingelte das Telefon.

«Mikey?»

«Mama?»

«Wie geht's dir, Mikey?»

«Gut, Mama. Es ist doch nichts ...? Es ist doch alles in Ordnung, oder?»

«Ach ... es geht so. Aber Papa und ich haben eine Überraschung für dich, Mikey.»

Michael zog mit den Fingerspitzen die Falten auf seiner Stirn nach. Lieber Gott, tu mir das nicht an. «Was denn, Mama?»

«Na ja, du weißt doch, dass Papa schon *seit Jahren* versucht, eine Reise herauszuschinden bei der Florida Citrus Mutual ...»

O Gott, *bloß* nicht! Ich trete auch sofort in eine Kirche meiner Wahl ein! Und ich werde jeden Anflug von fleischlichen Begierden aus meinem Herzen verbannen!

«Und was glaubst du, was heute Nachmittag passiert ist?»

«Ihr habt die Reise gekriegt.»

«Mhhmm. Und was glaubst du, wo es hingeht?»

«Nach Fire Island.»

«Was?»

«Ach, nichts, Mama. Bloß ein dummer Scherz. Ihr kommt nach San Francisco, nicht?»

«Ist das nicht toll? Wir haben vier ganze Tage, Mikey! Wir haben auch schon die Hotelreservierung und alles!»

Wie sich herausstellte, war ihr Zimmer im Holiday Inn an der Van Ness reserviert. Vom 29. Oktober bis zum 1. November.

Der Schrecken, den dieser Termin bedeutete, wurde Michael erst klar, als er im Kalender nachsah.

Mr. und Mrs. Herbert L. Tolliver ließen ihre Orangenhaine, ihre geliebten Schnellrestaurants Sizzlers und Shakey's und ihre *Saturday Evening Posts* im Stich, damit sie vier vergnügliche Tage in Everybody's Favorite City erleben konnten.

Am Halloween-Wochenende.

Heiliger Strohsack.

Ein Zufluchtsort für Streuner

Anna hatte ihr Schlafzimmer für Edgars Besuch penibel aufgeräumt.

Das Bett war frisch bezogen, die Farne waren mit Wasser besprüht, und die Fotografie, die sonst immer auf der Frisierkommode stand, steckte zuunterst im Wäscheschrank.

«Kein Wasserbett?», sagte Edgar, der das Zimmer zum ersten Mal sah, mit einem schelmischen Grinsen.

«Ich muss dich leider enttäuschen», sagte Anna mit einem

Schulterzucken. «Ich musste es in Reparatur geben. Letzte Nacht hatte ich einen Freier, mit dem ich beinahe die Katze ersäuft hätte.»

«Welche Katze?»

Sie warf mit einem Kissen nach ihm. «Verdammt, du musst doch sagen: ‹Welcher Freier?›»

«Okay. Welcher Freier?»

«Weiß ich nicht mehr. Es waren so viele!»

Er nahm sie in die Arme und hielt sie eine Weile fest. Dann küsste er sie sanft auf die Augenlider. Als er fertig war, schaute Anna zu ihm hoch und sagte: «Fitzgerald.»

«Wie bitte?»

«Das ist aus *Der Große Gatsby* … ‹Sie war eine von den Frauen, deren Augen nach einem Kuss verlangen.› Oder so ähnlich jedenfalls … Willst du was zu trinken, oder hast du schon Schlagseite?»

«Anna!»

Sie boxte ihn in die Seite. «Du riechst nach teurem Scotch.»

«Ich war bei einer Cocktailparty im Summit.»

«Mit Frannie?»

Edgar nickte.

«Und wie konntest du dann …?»

«DeDe hat sie nach Hause gebracht.»

«Edgar … sie wird sicher merken, dass du …»

«Sie war kaum noch bei Bewusstsein, Anna.»

Anna legte ihre Hand auf seine Brust und deutete mit ihrem langen, feingliedrigen Zeigefinger zum Fenster.

«Sieh mal», sagte sie und rückte das Kissen unter seinem Kopf zurecht. «Willst du den Beweis sehen?»

Er drehte sich herum und schaute zum Fenster. Dort sah er einen dicken getigerten Kater, der das Fensterbrett entlangstrich.

Das Tier blieb kurz stehen, begrüßte Anna mit einem Miau und ging dann weiter.

«Er heißt Boris», sagte Anna.

«Lässt du ihn nicht herein?»

«Er gehört nicht mir.»

«Ach so ... Dann zählt es auch nicht.»

«Ich liebe ihn», sagte Anna kategorisch. «Und das zählt doch, oder?»

«Es gibt eine Theorie», sagte Anna, als sie Edgar eine Tasse Tee reichte und wieder ins Bett stieg, «nach der wir alle Bewohner von Atlantis sind.»

«Wer?»

«Wir. Die Menschen in San Francisco.»

Edgar grinste nachsichtig und machte sich auf eine neue abenteuerliche Geschichte gefasst.

Anna bemerkte es. «Soll ich dir die Geschichte erzählen ... oder hast du mich schon über?»

«Nein, nein, erzähl mir eine Geschichte.»

«Also ... in einer von unseren letzten Inkarnationen waren wir Bewohner von Atlantis. Und zwar alle. Du, ich, Frannie, DeDe, Mary Ann ...»

«Bist du *sicher*, dass sie nicht im Haus ist?»

«Sie ist zu ihrem Switchboard gegangen. Entspannst du dich jetzt vielleicht?»

«Okay. Ich bin entspannt.»

«Gut. Wir haben also alle in diesem wunderbaren, aufgeklärten Königreich gelebt, das vor langer, langer Zeit im Meer versank. Und nun sind wir zurückgekehrt auf diese Halbinsel am Rande des Kontinents ... weil irgendwo in uns das geheime *Wissen* verborgen liegt, dass wir gemeinsam ins Meer zurückkehren müssen.»

«Beim Erdbeben.»

Anna nickte. «Ist dir nichts aufgefallen? Du hast *beim* Erdbeben gesagt, und nicht *bei einem* Erdbeben. Du wartest darauf. Wir alle warten darauf.»

«Und wo ist da die Gemeinsamkeit mit Atlantis?»

«In der Transamerica Pyramid zum Beispiel.»

«Hmm?»

«Weißt du denn nicht, was die Silhouette von Atlantis bekrönt hat, Edgar ... Der Bau, der alles überragte?»

Er schüttelte den Kopf.

«Eine Pyramide! Eine riesengroße Pyramide, auf deren Spitze ein Leuchtfeuer brannte!»

Als Edgar sich eine Stunde später auf die Barbary Lane hinausschlich, sah Anna ihm vom Fenster aus nach. Sie klopfte einmal an die Scheibe, aber er hörte sie nicht.

Es sah noch jemand zu. Von einem Versteck aus, das sich in den Büschen am Rande des Vorgartens befand.

Norman Neal Williams.

Haltlos

Mary Ann war spät dran, doch der Mercedes, der unten an der Treppe zur Barbary Lane stand, fiel ihr trotzdem auf. Das Nummernschild war ein Namensschild: FRANNI. Es war ihr sofort klar, dass der Wagen Edgar Halcyon gehörte.

Wie klein diese Stadt doch ist, dachte sie. In mancher Hinsicht kleiner als Cleveland. Sie fragte sich, welche hochgeschätzte Gastgeberin den Halcyons heute Abend auf dem Russian Hill Cocktails servieren durfte.

«Na, du Schöne der Nacht.»

Es war Brian Hawkins, der mit einem eindeutigen Grinsen im Gesicht die Leavenworth herunterschlenderte.

«Keine Zeit. Ich muss zum Switchboard», sagte sie knapp.

«Ach so ... die Selbstmörderoase.»

Mary Ann runzelte die Stirn. «Das ist nur ein Teil davon.»

«Wann hast du dort Schluss?»

«Ziemlich spät.»

«Ich verstehe. Okay ... Wenn du Lust hast, dann komm doch nachher noch auf einen Joint zu mir.»

«Ich bin hinterher meistens sehr müde, Brian.»

Er drückte sich an ihr vorbei und stieg die Treppe hinauf. «Na prima. Direkter geht's ja wohl kaum noch, was?»

Die Straßenbahn der Linie J Church war mal wieder pickepackevoll.

Mary Ann zahlte bei der mürrischen Fahrerin und arbeitete sich dann durch eine Wolke aus Woolworth-Parfüm zentimeterweise nach hinten zu einem freien Platz. Sie setzte sich neben eine alte Frau in einem pinkfarbenen Tuchmantel und mit einer arg mitgenommenen braunen Perücke auf dem Kopf.

«Es wird wärmer.»

«Wie bitte?»

«Anscheinend wird's wieder wärmer.» Eine Quasseltante, dachte Mary Ann. Jedes Mal dasselbe.

«Ja, da haben sie recht.»

«Wo sind Sie her?»

«Aus Cleveland.»

«Meine Schwester ist mal in Akron gewesen.»

«Aha ... Ja, Akron ist wirklich eine hübsche Stadt.»

«Ich bin hier geboren und aufgewachsen. An der Castro Street. Bevor die ganzen ... na, Sie wissen schon ... da hingezogen sind.»

«Ich weiß, was Sie meinen.»

«Haben Sie schon zu Jesus gefunden?»

«Wie bitte?»

«Haben Sie Jesus schon als Ihren persönlichen Erlöser angenommen?»

«Na ja ... ich bin ... Meine Eltern sind Presbyterianer.»

«In der Bibel steht: ‹Wenn jemand nicht von Neuem geboren wird, kann er das Reich Gottes nicht sehen.›»

Wenn es einen Gott gibt, dachte Mary Ann, dann macht er sich bestimmt einen Spaß daraus, mir immer solche Leute zu schicken: fundamentalistische Weibsbilder. Hare Krishnas, die mit ihren Blumen hausieren gehen. Scientologen, die einem an der Ecke Powell und Geary «Persönlichkeitstests» anbieten.

Als die Straßenbahn an der Twenty-fourth Street hielt, drängelte Mary Ann in Richtung Tür.

Die alte Frau streckte ihren Arm auf den Gang hinaus, sagte «Lobet den Herrn!» und drückte ihrer Konvertitin ein eselsohriges Flugblatt in die Hand. Mary Ann wurde rot und nahm es mit einem Kopfnicken an.

Als die Straßenbahn weiterfuhr, blieb sie an der Ecke stehen und las die fettgedruckte Überschrift des Flugblatts: JIMMY CARTER FOR PRESIDENT.

Mary Ann kam zu dem Schluss, dass die Welt im Wandel war. Selbst für eine Provinzlerin wie sie hatte die Twenty-fourth Street etwas fast schon kurios Altmodisches. Die Männer trugen ihre Haare immer noch zu Pferdeschwänzen gebunden, und die Frauen wallten in ländlichen Großmutterkleidern durch die Gegend.

«Echt toll!» klang hier so platt wie «Ach, Dummerchen!».

Und was kommt als Nächstes?, fragte sie sich. Was wird an die Stelle der Gratisarztpraxen, der Switchboards, der Alternativzeitungen und des makrobiotischen Dies und Das treten?

Die Diele des Switchboard lag im Dunkeln. Ein schmaler Lichtstreif aus dem hinteren Raum wies ihr den Weg zu einem klingelnden Telefon.

«Ich bin da. Vincent. Tut mir schrecklich leid! Aber mir ist einfach die Zeit davongelaufen. Du musst ganz schön ... *Nein!* ... *O Gott, Vincent, nein!* ... *Du hast dich doch nicht etwa*?»

Seine Zunge war das Allerschlimmste. Sie quoll aus seinem Mund wie eine dicke schwarze Wurst.

Sachte hin und her schaukelnd, baumelte Vincent von der Decke. Um seinen Hals lag ein abscheuliches Gewirr aus Schnur und Muscheln und Federn. Laurels Wandbehang hatte zu guter Letzt eine Verwendung gefunden.

Vincent war so organisch wie möglich gestorben.

Das Betthupferl

Der Polizist, der Mary Ann an der Barbary Lane absetzte, war so jung, dass er noch Pickel hatte. Aber er war freundlich und schien aufrichtig um sie besorgt zu sein.

«Sind Sie sicher, dass Sie alleine zurechtkommen?»

«Danke, ja.» Sie war nahe dran, ihn auf eine Crème de Menthe zu sich nach oben einzuladen ... Alles wäre ihr recht gewesen, um an diesem Abend nicht allein sein zu müssen.

Als sie die Treppe zur dunklen Barbary Lane hinaufhastete, hoffte sie inständig, dass Mona oder Michael zu Hause sein würden. Es reagierte aber niemand auf ihr Klingeln.

Als sie oben im zweiten Stock ihren Schlüssel aus der Handtasche holen wollte, bemerkte sie den Lichtschein unter Brians Tür. Kurz entschlossen änderte sie ihren Kurs.

Er trug Boxershorts und ein Sweatshirt, als er ihr die Tür aufmachte. Sein Gesicht glänzte vor Schweiß.

«Das kommt von den Sit-ups», erklärte er und deutete mit dem Kopf auf seine Trimmbank.

«Entschuldige, wenn ich dich ...»

«Das macht doch nichts.»

«Ich ... Gilt deine Einladung zu einem Joint noch?»

Während Brian sich Mary Anns Schreckensbericht anhörte, war auf seinem Gesicht fast keine Reaktion abzulesen. Als sie fertig war, stieß er einen leisen Pfiff aus. «War er ein guter Freund von dir?»

Mary Ann schüttelte den Kopf. «Überhaupt nicht.»

«Und deswegen tut es jetzt ganz besonders weh, was?»

«Mein Gott, Brian, wenn ich nur ein *bisschen* mehr mit ihm geredet hätte ...»

«Ach nein, das hätte auch nichts geändert.» Er schüttelte den Kopf und lächelte mitleidig. «Dann haben wir also beide einen wunderbaren Tag hinter uns.»

«Was hast *du* erlebt?»

«Nicht viel. Ich war bei einer Party in Stinson Beach.»

«Und es hat dir nicht gefallen?»

Er zog an dem Joint. «Stell dir mal Folgendes vor. Fünf Ehepaare und ich. Lauter junge Leute. Das heißt ... halbwegs junge Leute. So dreißig bis fünfunddreißig. Sie laufen immer noch in Turnschuhen rum, wohlgemerkt, aber sie fahren inzwischen einen Audi, schicken ein paar kleine Würmer auf die Französisch-Amerikanische Schule und unterhalten sich über ihre Cuisinarts ...»

«Ihre was?»

«Über ihre edlen Küchengeräte.» Er gab den Joint an sie weiter. «Nächste Einstellung: ein Strand voller schweinchenrosa Leute, die Frauen auf der einen Seite, in angeregtem Geplauder über Whirlpools und Zellulitis und den besten Laden für vollrei-

fen Brie ... und die Typen am Volleyballnetz, wo sie in ihren uralten Madras-Bermudas, die ihre Frauen ihnen schon mindestens
zweimal weiter machen mussten, husten und pusten ... und dazu
diese Horden von butterblonden Kindern, die sich darum streiten, wer mit Big Bird und G. I. Joe spielen darf ...»

Mary Ann lächelte zum ersten Mal, «Ich seh's vor mir.»

«Und mitten in dem ganzen Durcheinander unser Held ... der
sich fragt, ob er vom Sozialamt Essenmarken kriegen kann, falls
er bei Perry's aufhört ... der inbrünstig hofft, dass ihn die Trip-
perklinik in dieser Woche mal nicht anruft ...»

Er hörte auf zu reden, als er ihren Gesichtsausdruck sah. «Das
war ein Witz, Mary Ann ... Und dann kommt dieser Typ aus
dem Haus gelaufen, mit einer Gitarre um den Hals, als wär er bei
einer *Hootenanny-Session* gewesen, nur dass er in Wirklichkeit
Rechtsanwalt ist ... und er schmeißt sich in den Sand und legt
los mit: ‹I don't give a damn about a greenback dollar ...›..., und
alles klatscht und singt und schunkelt mit den Kindern auf dem
Schoß ...»

Mary Ann nickte, obwohl sein zynischer Ton sie irritierte. Für
sie hörte sich das alles ausgesprochen *niedlich* an.

«Schauerlich! Sobald die Singerei losging, bin ich ins Haus
zurück, hab mich in einem Zimmer aufs Bett gesetzt, einen Joint
geraucht und mich bei meinen Glückssternen bedankt, dass ich
nicht ebenfalls in diesem *erbärmlichen* Mittelklassegefängnis
stecke!»

«Ich verstehe.»

«Und dann kommt ... dieses Kind ins Zimmer marschiert ... so
ungefähr sechs ... und sie fragt mich, warum ich nicht singe, und
ich erkläre ihr, dass ich ein lausiger Sänger bin, und sie sagt, dass
sie das verstehen kann, weil sie auch ganz schlecht singt.»

«Wie süß.»

«Ja, die war in Ordnung.»

«Ist sie bei dir geblieben?»

«Sie wollte, dass ich ihr was vorlese.»

«Und, hast du's gemacht?»

«Nicht besonders lang. Du meine Güte, war ich vielleicht stoned.»

«Für mich hört sich das alles überhaupt nicht schlimm an.»

«Ihr Alter und ich waren gemeinsam auf der George Washington.»

«Wo?»

«Wir haben beide an der gleichen Fakultät Jura studiert. Er ist der Kerl, der sich aus dem *greenback dollar* nichts gemacht hat.»

«Du warst mal Rechtsanwalt?»

Der Joint war inzwischen so kurz, dass Brian sich die Finger verbrannte. Er warf den Stummel auf den Boden und trat ihn aus. «O ja ... nur habe ich mir aus dem *greenback dollar* auch in der richtigen Welt nichts gemacht. Als einer, der nichts gekostet hat, war ich weit und breit begehrt.»

«Du hast nichts verlangt?»

«Nicht, wenn du in Chicago Schwarz warst ... oder in Toronto Wehrdienstverweigerer oder in Arizona *Indianer* ... oder in L. A. Chicano.»

«Aber du hättest doch ...»

«Jura habe ich *gehasst*. Die *Fälle* waren mir wichtig ... und ... na ja, irgendwann hatte ich dann keine mehr.»

Er schaute auf seine Hände, die zwischen seinen Knien baumelten. «Der gute alte Vincent und ich hätten ein prima Gespann abgegeben.»

«Brian ...»

«Na sag schon.»

«Danke fürs Zuhören.»

«Raus mit dir. Ich muss mit meinen Sit-ups weitermachen.»

Tröstliche Worte

Mr. Halcyon war freundlicher als erwartet, als sie ihn um einen freien Tag bat.

«Es tut mir leid um Ihren Freund, Mary Ann.»

«Er war nicht direkt ein *Freund* ...»

«Trotzdem.»

«Jedenfalls danke ich Ihnen sehr.»

«Das Leben in Atlantis ist nicht leicht, was?»

«Sir?»

«Ach, nichts. Gehen Sie ruhig. Ich kann jemand von Kelly Girl kommen lassen.»

Ihre Ratlosigkeit war größer denn je. Sie saß auf ihrem Korbsofa, stopfte eine Pop-Tart in sich hinein und schaute auf die Bay hinaus. Das Wasser war so blau ... aber war der Preis nicht zu hoch?

Wie oft hatte sie jetzt schon gedroht, nach Cleveland zurückzugehen?

Wie oft hatte die Aussicht auf ein Familienservice und ein gesichertes Leben im eigenen Haus sie schon von den Hängen dieses wunderbaren Vulkans weglocken wollen?

Würde es je dazu kommen, dass sie sich hier einmal nicht wie eine Kolonistin auf dem Mond vorkam?

Oder würde sie eines Tages aufwachen und sich als alte Dame im Tuchmantel wiederfinden, die mit leicht angeschmutzten Handschuhen auf dem Russian Hill herumtappte, bei Marcel & Henri die Entscheidung für ein einzelnes Lammkotelett möglichst lange hinauszögerte und dem Fleischer oder dem Türsteher oder dem netten jungen Bremser, der ihr in die Cable Car half, erklärte, sie würde in den nächsten Tagen, sobald ihre Rente da war oder anderes Wetter kam oder sie ein neues Zuhause für ihre Katze gefunden hatte ... nach Cleveland zurückkehren?

Es klingelte.

Als sie aufmachte, war das Gesicht ihres Besuchers von einem riesigen Blumentopf mit gelben Chrysanthemen verdeckt.

«Hallo, Mary Ann.»

«Norman?»

«Ich hab dich doch nicht aufgeweckt, oder?»

«Nein. Komm rein.»

Er stellte den Blumentopf auf eines der Tischchen aus Teak, die sie bei Cost Plus gekauft hatte. «Sind die für mich?», fragte sie.

Er nickte. «Ich hab gehört, was gestern Abend passiert ist.»

«Wie lieb von dir ... Wer hat es dir erzählt?»

«Der Kerl von gegenüber. Ich bin ihm heute Vormittag draußen vor dem Haus begegnet.»

«Brian.»

«Ja. Aber, störe ich dich auch ...»

«Aber nein. Es freut mich, dass du gekommen bist, Norman. Ehrlich.» Sie küsste ihn flüchtig auf die Wange. «Ehrlich.»

Norman wurde rot. «Ich dachte, die gelben gefallen dir vielleicht besser als die weißen.»

«O ja.» Sie tätschelte die Pflanze anerkennend. «Gelb ist meine Lieblingsfarbe. Kann ich dir einen Kaffee anbieten?»

«Wenn es nicht zu viel Umstände macht.»

«Natürlich nicht. Ich bin gleich wieder da.» Sie lief in die Küche und machte sich an ihrer französischen Kaffeekanne aus rostfreiem Stahl und Glas zu schaffen, die den stolzen Namen Melior trug und von der Firma Thomas Cara stammte. Vor einem Monat hatte Mary Ann dafür fünfunddreißig Dollar ausgegeben ... und sie ganze zwei Mal benutzt.

Sie war sich fast sicher, dass Norman ein Nescafé-Typ war, aber warum sollte sie ein Risiko eingehen?

Der Kaffee schien Norman zu schmecken. «Mensch!», sagte er grinsend, als er seine Tasse abstellte. «Brian hat mir gezeigt, was unsere Vermieterin im Garten anbaut.»

«Ach so ... du meinst das Gras?» Sie war verblüfft über die Lässigkeit, mit der sie das sagte. Ihre zunehmende Weltoffenheit erstaunte sie manchmal selbst.

«Ja. Das ist hier wohl ziemlich normal, hm?»

Mary Ann zuckte mit den Schultern. «Sie baut es nur für uns an ... und für sich selbst. Aber das weißt du ja ... Du hast beim Einzug doch auch einen bekommen, oder?»

«Was soll ich bekommen haben?»

«Einen Joint ... Hat an deiner Tür kein Joint geklebt?»

Norman sah überrascht aus. «Nein.»

«Ach so ... na ja ...»

«Sie hat dir einen Joint an die Tür geklebt, als du eingezogen bist?»

Mary Ann nickte. «Das ist hier so eine Art Hausbrauch. Bei dir muss sie es ... vergessen haben oder so.»

Norman lächelte. «Ich komme mir nicht vernachlässigt vor.»

«Du rauchst nicht, hm?»

«Nein.»

«Vielleicht hat sie das geahnt. Sie hat eine ungeheure Intuition.»

«Ja ... vielleicht. Brian sagt, dass sie früher in einem Buchladen in North Beach gearbeitet hat.»

Mary Ann konnte keinen rechten Zusammenhang erkennen. «Ja, das hat er mir auch erzählt. Ich hab sie nie danach gefragt.»

«Sie ist nicht von hier, oder?»

«Soll das ein Witz sein?», sagte Mary Ann. Dankbar packte sie die Gelegenheit beim Schopf, den Spruch einmal selbst anbringen zu können: «*Niemand* ist von hier.»

«Für mich hört sie sich an, als würde sie aus dem Mittelwesten stammen.»

«Kann gut sein ... Ich glaube, sie und Mona reden ziemlich ähnlich.»

«Mona?»

«Der Rotschopf aus dem zweiten Stock.»

«Ach so.»

Er wirkte ein wenig verloren. Der arme Kerl. Sie hoffte, dass er eines Tages lernen würde, sich als Teil der Familie zu begreifen.

Der Hinweis aus der Buchhandlung

Norman verließ Mary Anns Wohnung kurz vor Mittag.

Die nächsten drei Stunden brachte er damit zu, in Buchläden herumzustöbern, hatte aber keinen Erfolg. Schließlich stieß er an der Upper Grant auf einen kleinen, verstaubten Laden, der sich zwischen ein Ledergeschäft und einen alternativen Eissalon zwängte.

Er schnüffelte einige Zeit herum, bevor er sich an den alten Mann wandte, der weiter hinten arbeitete.

«Haben Sie irgendwas über Sky-diving?»

«Worüber?»

«Über Sky-diving. Fallschirmspringen.»

«Ist das ein Sport?»

«Ja. Das ist ein Sport.»

Der alte Mann lüpfte seine Strickjacke, um sich an der Seite zu kratzen, dann zeigte er auf ein Regal in Kopfhöhe. «Das ist alles, was wir über Sport haben.» Er wirkte leicht angewidert, als hätte Norman ihn nach der Pornoabteilung gefragt.

«Na ja, nicht so wichtig. Ich wollte mir bloß den alten Laden wieder einmal ansehen. Früher bin ich hier oft reingekommen. Sie haben ihn schön hergerichtet, den Laden.»

«Finden Sie?»

«Ja. Sehr geschmackvoll. Solche Läden findet man heutzutage kaum noch. Es ist schön, wenn man Leute trifft, die das Alte noch schätzen.»

Der alte Mann kicherte. «In meinem Alter ... sollte ich's auch schätzen können.»

«Ja ... Aber im Herzen sind Sie doch jung geblieben, nicht? Und darauf kommt's schließlich an. Jedenfalls sind Sie viel aufgeschlossener als die Frau, die den Laden früher hatte.»

Der alte Mann fixierte ihn. «Sie kannten sie?»

«Nicht besonders gut. Sie ist mir nur als richtig unangenehme Person aufgefallen.»

«*Das* hat noch niemand über sie gesagt. Ein bisschen seltsam war sie vielleicht.»

«Ein bisschen arg seltsam! Haben Sie den Laden von ihr gekauft?»

Der Alte nickte. «So vor zehn Jahren. Und seither bin ich ohne Unterbrechung hier.»

«Ach, so was ist doch schön. So ein Laden braucht eine gewisse ... Kontinuität. Mrs. Wiehießsienoch ist wohl wieder zurück an die Ostküste ... Oder woher kam sie gleich noch?»

«Aber nein. Sie lebt immer noch hier. Ich sehe sie ab und zu.»

«Das überrascht mich aber. Meinem Eindruck nach hat sie sich hier nicht wohlgefühlt. Sie hat immer was gesagt von ... ach, von irgendwo im Osten. Wissen Sie noch, wo sie herstammt?»

«Osten kann man wohl sagen. Sie war aus Norwegen.»

«Aus Norwegen?»

«Vielleicht war's auch Dänemark. Ja, genau ... Dänemark.»

«Dann muss ich sie mit jemand verwechseln.»

«Hieß sie Madrigal?»

«Ja, genau. So hieß sie.»

«Sie kam damals aus Dänemark, da bin ich mir ganz sicher. Sie ist hier geboren ... in den Staaten, meine ich ... aber sie hat in Dänemark gelebt, bevor sie den Laden gekauft hat. Von dort hat sie wahrscheinlich auch ihre merkwürdigen Angewohnheiten mitgebracht.»

«Tja, davon hatte sie wirklich ein paar.»

Der Alte lächelte. «Sehen Sie die Registrierkasse da?»

«Ja.»

«Wissen Sie, als ich den Laden übernommen habe ... an meinem ersten Tag hier ... da habe ich auf der Kasse einen Zettel gefunden, den sie drangeklebt hatte und auf dem «Viel Glück und Gottes Segen» stand ... Und was glauben Sie, was noch dranklebte?»

Norman zuckte mit den Schultern.

«Eine Zigarette. Eine selbst gedrehte Zigarette. Mit einem Stück Klebeband drangepappt.»

«Seltsam.»

«Mehr als seltsam», antwortete der alte Mann.

Gerade als Mona und D'orothea ins Malvina's gehen wollten, kam Norman die Union Street in Richtung Washington Square herunter.

Mona nickte ihm zu, doch er reagierte nicht.

«Er wohnt in unserem Haus», klärte sie D'orothea auf. «Aber er ist so ängstlich, dass er sich vermutlich sogar vor seinem eigenen Schatten fürchtet.»

«So sieht er auch aus.»

«Trotzdem beobachtet er mich. Er redet nicht viel, aber er beobachtet mich.»

Im oberen Raum von Malvina's tranken sie Cappuccino und puzzelten die fehlenden Jahre zusammen.

«Ich hab ganz den Faden verloren», sagte Mona. «Was ist mit Curt geworden?»

«Allerhand ... So ein Jahr ungefähr war er bei *Sleuth*. Dann kamen ein paar neue Seifenopern, und dann kriegte er eine größere Rolle in *Absurd Person Singular*. Er hat sich gut gemacht.»

«Du doch auch, oder?»

«Ich auch, ja.»

«Ich bin meinen Job los.»

«Ich weiß.»

«Wie hast du ...?»

«Ich arbeite gerade für Halcyon. Beauchamp Day hat es mir gesagt.»

«Wie klein die Welt doch ist.»

«Mit New York bin ich fertig, Mona. Ich möchte, dass San Francisco wieder meine Heimat wird.»

«Zurück nach Hause und nie mehr auf die Walz?»

«Das hört sich so zynisch an.»

«Entschuldige.»

«Ich brauche dich, Mona.»

«D'or ...»

«Ich will dich wiederhaben.»

Mona verbessert sich

Es war ein strahlender, stürmischer Vormittag. Michael warf einen Stein in die Bay und legte seinen Arm um Monas Schultern. «Marina Green ist wirklich ein toller Park», sagte er.

Mona verzog das Gesicht, blieb stehen und streifte ihren uralten Earth Shoe am Randstein ab.

«Ganz zu schweigen von Marina Brown.»

«Ach, was bist du doch romantisch!»

«Scheiß auf Romantik. Sieh dir nur an, was sie dir einbringt.»

«Danke, den Dämpfer hatte ich nötig.»

«Entschuldige. Ich hab's nicht so gemeint.»

«Aber du hast doch recht.»

«Nein, hab ich nicht. Ich bin feige. Ich hab nichts als Schiss. Du wirst sicher bald was ganz Wunderbares erleben, Mouse. Und du hast es auch verdient, weil du nie aufgibst. Aber ich hab schon lange aufgegeben.»

Michael setzte sich auf eine Bank und wedelte den Platz neben sich sauber. «Was triezt dich denn so, Mona?»

«Ach, nichts Besonderes.»

«Quatsch.»

«Du brauchst nicht noch einen Abtörner, Mouse.»

«Wer sagt das? Abtörner sind mein Lebenselixier.»

Sie setzte sich neben ihn und schaute mit glasigen Augen auf die Bay hinaus. «Ich glaube, ich ziehe aus, Mouse.»

In seinem Gesicht spiegelte sich keine Reaktion. «Hmh?»

«Eine Freundin möchte, dass ich zu ihr ziehe.»

«Aha.»

«Es hat nichts mit dir zu tun, Mouse. Ehrlich nicht. Ich hab nur das Gefühl, dass sich *irgendwas* ändern muss, weil ich sonst ausflippe ... Ich hoffe, du ...»

«Was ist das für eine Freundin?»

«Du kennst sie nicht. Sie ist Model, und ich kenne sie aus New York.»

«Und das ist alles, hm?»

«Sie ist wirklich sehr lieb, Mouse. Außerdem hat sie in Pacific Heights gerade ein wunderschön umgebautes Victorian House gekauft.»

«Reich ist sie wohl auch, was?»

«Ja, reich ist sie wohl auch.»

Er sah sie schweigend an.

«Ich brauche ... ein bisschen Sicherheit, Mouse. Ich bin jetzt einunddreißig, verdammt noch mal!»

«Und was heißt das?»

«Das heißt, dass ich es leid bin, meine Kleider auf dem Flohmarkt zu kaufen und mir vorzugaukeln, dass sie Pep haben. Ich möchte ein Bad, das sich leicht sauber halten lässt, und eine Mikrowelle und ein Plätzchen, wo ich Rosen pflanzen kann, und so einen blöden Hund, der sich freut, wenn ich nach Hause komme!»

Michael biss auf die Spitze seines Zeigefingers und blinzelte ihr zu. Dann sagte er leise: «Wuff.»

Sie spazierten ein Stück die Kaimauer entlang.

«Warst du mit ihr zusammen, Mona?»

«Mhmm.»

«Warum hast du mir nie was davon erzählt?»

«Es war mir eigentlich nie so wichtig. Diese Szene war nicht gerade ... meine Welt. Ich war eine lausige Lesbe.»

«Und jetzt bist du das nicht mehr, hmh?»

«Darauf kommt's doch nicht an.»

«Und ob's darauf ankommt.»

«Sie ist ein wunderbarer Mensch, und ...»

«Sie wird gut für dich sorgen, und du kannst zu Hause bleiben und nach Herzenslust Bonbons essen und Filmzeitschriften lesen ...»

«Es reicht, Mouse!»

«Ach, komm! Vielleicht stimmt es, dass du schon lange aufgegeben hast, aber ich werde nicht einfach so zusehen, wie du dein Leben wegwirfst. Außerdem bist du *ihr* gegenüber mehr als unfair, Mona! Was soll sie denn mit einer lauwarmen Geliebten, die plötzlich ihre Leidenschaft für gefliese Badezimmer entdeckt hat?»

«Du hast nicht das Recht ...»

«Man kriegt nichts geschenkt, Mona! Absolut nichts!»

«Ach ja? Wo bleibt dann deine Miete?»

Die Worte trafen ihn härter, als sie erwartet hatte. Michael wurde augenblicklich still.

«Ich hab's nicht so gemeint, Mouse.»

«Warum nicht? Es stimmt doch.»

«Mouse ... das mit der Miete macht mir wirklich nichts aus.» Er weinte. Mona blieb stehen und griff nach seiner Hand. «Sieh mal, Mouse, du hast dann die ganze Wohnung für dich allein, und Mrs. Madrigal wird dir garantiert Zeit lassen, bis du einen Job hast und die Miete zahlen kannst.»

Er rieb sich mit den Handrücken die Augen. «Warum klingt das alles wie das Ende einer Liebesaffäre in einem B-Movie?»

Sie küsste ihn auf die Wange. «Klingt wirklich so, was?»

«Eine komische Affäre. Du bist nicht mal so lange geblieben, dass ich dir meine Eltern vorstellen konnte.»

Beim Gynäkologen

Das Wartezimmer war in dem gleichen Grünton gehalten, der DeDe schon damals im Convent of the Sacred Heart deprimiert hatte. An den Wänden hingen Clowns – weinende Clowns –, und es gab nichts zu lesen außer dem *Ladies' Home Journal* vom Juli 1974. Es war nicht anders als beim Zahnarzt.

Die Sprechstundenhilfe schenkte DeDe keine Beachtung. Sie las den *Chronicle* und plünderte eine Tüte Paprikachips.

«Wird es noch lange dauern?», fragte DeDe und ärgerte sich im selben Moment über ihren unterwürfigen Ton.

«Was haben Sie gesagt?» Das halslose Ungeheuer zeigte sich deutlich verärgert, weil es bei seiner Lektüre gestört worden war. «Ach so ... Der Doktor wird sich gleich um Sie kümmern.» Sie machte ein etwas freundlicheres Gesicht, hielt die Zeitung hoch und deutete auf eine Kolumne auf der Rückseite. «Haben Sie das heute schon gelesen?»

DeDe reagierte abweisend. «Ich lese die Kolumne nie.»

«Ach ... das gibt's doch nicht!»

«Wenn ich es doch sage. Es ist der reinste Quatsch. Eine Freundin von mir war schon mal kurz davor, ihn zu verklagen.»

«Das ist ja toll. Haben Sie schon mal ...» Sie unterbrach sich mitten im Satz und schob rasch einen Katalog für Ärztebedarf über die Zeitung, als gleich neben ihrem Schreibtisch eine Tür aufschwang.

DeDes Blick traf auf einen schlanken blonden Mann in blauem Baumwollhemd, legeren Hosen und weißer Baumwolljacke. Sie musste sofort an Ashley Wilkes denken.

«Ms. Day?»

Der Punkt ging an ihn. Sie hatte am Telefon kein Wort über ihren Familienstand verloren, sondern sich bloß als «eine Freundin von Binky» vorgestellt und sich dabei wohl genauso heimlichtuerisch angehört wie jemand, der während der Prohibition in eine Flüsterkneipe eingelassen werden wollte.

«Ja», sagte sie tonlos und streckte ihm die Hand hin.

Weil er ihr Unbehagen bemerkte, führte er sie aus dem Wartezimmer in den Raum mit den Klettergeräten.

«Ist Ihnen öfter übel in letzter Zeit?», fragte er sanft, als er sich an die Arbeit machte.

«Öfter nicht, aber manchmal. Zum Beispiel, wenn ich Zigarettenrauch rieche.»

«Gibt es Essen, das Sie nicht vertragen?»

«Ja, schon.»

«Und zwar?»

«Schweinefleisch süßsauer.»

Er gluckste. «Aber eine halbe Stunde später geht es Ihnen wieder gut.»

Es gab hier nichts zu lachen. DeDe verschloss sich ihm gegenüber ... soweit das in ihrer Lage überhaupt ging.

«Waren Sie in letzter Zeit öfter müde?»

Sie schüttelte den Kopf.

«Wie geht es Binky?»

«Wie bitte?»

«Wie es Binky geht. Ich habe sie seit dem Filmfestival nicht mehr gesehen.»

«Sie ... Ich glaube, es geht ihr gut.» Es empörte sie, dass jemand in so einem Augenblick von Binky Gruen reden konnte.

Als er fertig war, kam er mit einem Lächeln auf seinem glatten Gesicht vom Waschbecken zurück. «Sie können es behalten, wenn Sie wollen?»

«Was?»

«Das Baby. Es ist nicht nötig, auch noch das Ergebnis der Urinuntersuchung abzuwarten. Sie werden Mutter, Mrs. Day.»

DeDe fragte sich hinterher, ob ein automatischer Abwehrmechanismus ihre Reaktion auf diese Eröffnung gedämpft hatte. Sicherlich hätten sich die wenigsten Frauen ausgerechnet diesen Moment ausgesucht, um sich in Gedanken an die strahlend blauen Augen ihres Arztes zu verlieren.

Nach der Untersuchung wurde er DeDe immer sympathischer. Seine schlaksige Lockerheit und sein jungenhaftes Lächeln wirkten befreiend. Sie hatte das Gefühl, dass sie ihm vertrauen konnte. Ja zum Baby oder nein zum Baby? Sie war überzeugt, dass er das Delikate an ihrer Situation spürte.

«Rufen Sie mich an», sagte er, «sobald Sie sich entschieden haben. Und in der Zwischenzeit nehmen Sie die hier.» Er zwinkerte ihr zu. «Sie sind rosa und hellblau. Eine subtile Propagandamaßnahme.»

Er verabschiedete sich im Wartezimmer von ihr und wandte sich an die Sprechstundenhilfe, als DeDe zur Tür ging.

«Sind Sie mit der Zeitung durch?»

Sie nickte und gab ihm den *Chronicle*.

Er schlug dieselbe Seite auf, von der die Sprechstundenhilfe so gefesselt gewesen war. Als Erstes schlich sich ein Lächeln in sein Gesicht, dann schüttelte er den Kopf.

«Abartig», sagte der Arzt. «Richtig abartig.»

Die Diagnose

Bestürzt starrte Frannie ihre Tochter an.

«O Gott, DeDe! Bist du sicher?»

DeDe nickte, während sie mit den Tränen kämpfte. «Ich habe heute Morgen mit ihm gesprochen.»

«Und ... er ist sich ganz sicher?»

«Ja.»

«O mein Gott.» Frannie hielt sich an dem schmiedeeisernen Gitter im Frühstückszimmer fest, als könnte sie daran auch inneren Halt finden. «Warum erfahren wir das ... erst jetzt? Warum hat er uns nicht schon früher aufgeklärt?»

«Weil er es noch nicht genau wusste, Mutter.»

Frannie wurde schrill. «*Nicht genau wusste*? Woher nimmt er das Recht, den lieben Gott zu spielen? Haben *wir* nicht ein Recht, Bescheid zu wissen?»

«Mutter ...»

Frannie wandte sich ab und verbarg ihr Gesicht vor ihrer

Tochter. Sie nestelte an einem Topf gelber Spinnenchrysanthemen herum. «Hat der Arzt ... hat er gesagt, wie viel Zeit ihm noch bleibt?»

«Ein halbes Jahr», sagte DeDe leise.

«Wird er ... leiden?»

«Nein. Jedenfalls nicht vor dem Ende.» DeDes Stimme versagte. Ihre Mutter hatte zu weinen angefangen. «Bitte nicht, Mutter. Er ist doch schon so alt. Es ist einfach Zeit für ihn, hat der Tierarzt gemeint.»

«Wo ist er jetzt?»

«Auf der Terrasse.»

Frannie wischte sich im Hinausgehen die Tränen aus den Augen.

Auf der Terrasse kniete sie sich neben die Chaiselongue, auf der Faust schlief.

«Armes Herzchen», sagte sie und streichelte die ergraute Schnauze des Hundes. «Mein armes, liebes Herzchen.»

Um die Mittagszeit stocherte Frannie verdrießlich in ihrem Käsesoufflé herum und redete gegen das Stimmengewirr im Cow Hollow Inn an.

«Ich habe gesagt ... ich hoffe, dass ich mich darauf einstellen kann.»

«Du schaffst das schon.» Helen Stonecypher feuchtete ihre Serviette an und befreite einen ihrer Schneidezähne von einer Geminesse-Lippenstift-Spur.

«Findest du, dass ich gefühlsduselig bin?»

«Aber nein.»

«Ich dachte, ich lasse vielleicht seinen Fressnapf bronzieren ... Als eine Art ... Andenken.»

«O wie süß.»

«Du weißt, wie wenig ich Frauen ausstehen kann, die wegen

ihrer Hunde hysterisch werden ... aber Faust war ... ist ...» Ihre Stimme verließ sie.

Helen tätschelte Frannies Hand, sodass die Armreifen der beiden Frauen im Gleichklang klimperten. «Tu das, was für *dich* am besten ist, mein Schatz. Erinnerst du dich noch an Choy? An den Koch meiner Großmutter in dem großen Haus an der Pacific Avenue?»

Frannie nickte und kämpfte weiter gegen ihre Tränen.

«Also, der alte Choy war für Omilein das liebste Wesen auf der Welt ... und als er gestorben ist ...»

«Daran kann ich mich erinnern. Hat er sie da nicht gerade im Rollstuhl über den Jahrmarkt auf Treasure Island geschoben?»

Helen nickte. «Als er tot war, hat Omilein seinen Zopf abschneiden und sich daraus einen Choker machen lassen.»

«Einen was?»

«Ein eng anliegendes Halsband, mein Schatz ... mit drei oder vier sehr distinguierten kleinen Elfenbeinperlen, die in die Stränge eingearbeitet wurden. Es hat richtig hübsch ausgesehen, und Omilein hat das Halsband *abgöttisch* geliebt. Deswegen hatte sie es auch um, als sie 1947 in unserer Loge starb.»

«Ach ja, ich erinnere mich», sagte Frannie mit einem tapferen Lächeln. *«Götterdämmerung.»*

Helen steckte ihre Puderdose zurück in die Handtasche. «Komm jetzt, Schatz. Gehen wir auf einen ordentlichen Drink ins Jean's.»

«Helen ... nicht gerade jetzt.»

«Schatz, du bist *wirklich* down!»

«Es geht mir sicher gleich wieder ...»

«Er war nun mal ein sehr betagter Köter.»

«Ist.»

«Ist ... Frannie, sieh es doch mal so: Er hatte ein langes und erfülltes Leben. *Kein* Hund hatte es jemals so gut wie er.»

«Das stimmt», sagte Frannie, und ihre Miene hellte sich etwas auf. «Das stimmt absolut.»

Die Tollivers fallen ein

Alles in allem war das Halloween-Wochenende ganz gut verlaufen.

Bisher.

Michaels Eltern hatten gleich nach ihrer Ankunft in San Francisco einen Dodge Aspen gemietet, sodass es ein Leichtes gewesen war, ihnen mit Muir Woods, Sausalito, der Lombard Street – der «krummsten Straße der Welt» – und Fisherman's Wharf die Zeit zu vertreiben.

Aber inzwischen war es Sonntag. Der Hexensabbat stand ihnen erst noch bevor.

Wenn Michael es geschickt, das heißt sehr geschickt anstellte, konnte er sie vielleicht hindurchmanövrieren und ihr *Reader's-Digest*-Feingefühl vor den Schrecknissen der *Liebe, die ihren Namen nicht zu sagen wagt*, bewahren. Unter Umständen.

In dieser Stadt, dachte Michael, hielt *Die Liebe, die ihren Namen nicht zu sagen wagt*, ihre Klappe nie.

Sein Vater lachte in sich hinein, als er die Wohnung sah. «Du hast fürs Saubermachen wohl das ganze Wochenende gebraucht, was?»

«Ich bin jetzt ordentlicher als früher», antwortete Michael grinsend.

«Für mich sieht's eher so aus, als hätte hier eine Frau die Hand im Spiel.» Er zwinkerte seinem Sohn zu.

Michaels Mutter runzelte missbilligend die Stirn. «Herb, ich hab dir doch gesagt, du sollst nicht ...»

«Ach, das ist schon okay, Alice. Wir beide sind doch keine Tattergreise. Ich kann mich noch gut erinnern, wie ich in Michaels Alter war. Mensch, Junge ... Ich hoffe, du hast sie nicht unseretwegen ausquartiert.»

«Herb!»

«Deine Mutter geht nicht mit der Zeit, Mike. Schnüffel lieber ein bisschen in der Küche rum, Alice. Ich wundere mich, dass du dich so lange beherrscht hast.»

Michaels Mutter zog eine Schnute und stapfte aus dem Zimmer.

«Raus jetzt mit der Sprache», drängte ihn sein Vater. «Was wird hier eigentlich gespielt? Deine Mutter und ich haben eigentlich gedacht, dass du sie uns vorstellst, diese ... na, wie heißt sie wieder?»

«Mona ... Papa, sie ist bloß ...»

«Es ist mir doch piepegal, was sie ist, Mike. Ehrlich gesagt bin ich ein bisschen enttäuscht, dass du denkst, du musst das arme kleine Ding vor uns verstecken. Ich hab auch schon mal einen Blick in den *Hustler* geworfen, mein Junge. Ich weiß durchaus, was heutzutage so läuft.»

«Papa ... sie ist ausgezogen. Sie wollte es so.»

«Wegen uns?»

«Nein. Sie wollte sowieso weg, weil sie mit jemand anderem zusammenwohnen will. Aber ich bin ihr nicht böse.»

«Dann musst du aber ein Volltrottel sein! Sie ist einfach auf und davon, und du bist ihr nicht mal böse? Mein Gott, Mike ...»

Er unterbrach sich, als er seine Frau kommen hörte. Sie blieb an der Küchentür stehen und hielt eine kleine braune Flasche hoch. «Was ist das für Zeug, Mikey?»

Michael wurde kreidebleich. «Äh ... Mama, das ist ... das hat meine Mitbewohnerin dagelassen.»

«Im Gefrierfach?»

«Sie hat ihre Tuschepinsel damit sauber gemacht.»

«Ach so.» Sie schaute die Flasche noch mal an und stellte sie in den Kühlschrank zurück. «Dein Gemüsefach gehört mal wieder geputzt, Mikey.»

«Ich weiß, Mama.»

«Wo hast du das Ajax stehen?»

«Mama, können wir nicht mal ...?»

«Es ist ekelig, Mikey. Außerdem geht das doch ganz fix.»

«Herrgott, Alice! Lass den Jungen doch in Ruhe! Wir sind nicht fast fünftausend Kilometer geflogen, damit wir ihm sein Gemüsefach putzen! Hör zu, mein Sohn, deine Mutter und ich wollten dich heute Abend zum Essen ausführen. Wie wär's, wenn du uns eins von deinen Lieblingslokalen zeigst?»

Na prima, dachte Michael. Wir tänzeln ins Palms hinunter, setzen uns dort ans Fenster, trinken ein paar Blue Moons und schauen zu, wie die Motorradtrinen von den Cycle Sluts den Verkehrspolizisten mit Lederdildos zuwinken.

Den Aspen hatten sie oben auf der Leavenworth in der Nähe der Green Street abgestellt. Michaels Mutter war ganz außer Atem, als sie an die Union kamen. «So eine Straße hab ich in meinem ganzen Leben noch nicht gesehen, Mikey!»

Michael, der ihre Naivität plötzlich ganz erfrischend fand, drückte ihren Arm. «Ja, diese Stadt überrascht einen immer wieder.»

Wie auf ein Stichwort kreuzten die Nonnen auf.

«Herb, sieh doch da!»

«Zum Teufel noch mal, Alice! Zeig nicht mit dem Finger!»

«Herb ... die fahren Rollschuh!»

«Das seh ich auch! Mike, was soll das denn ...?»

Ehe ihr Sohn antworten konnte, waren die sechs Gestalten

mit den weißen Hauben auf dem Kopf geschlossen um die Ecke gebogen und brausten inzwischen dem Trubel auf der Polk Street entgegen.

Eine von den Nonnen brüllte zu Michael herüber.

«Hallo, Tolliver!»

Michael winkte etwas zaghaft.

Die Nonne hielt den Daumen hoch, warf ihm eine Kusshand zu und rief: «Du warst zum *Verlieben* in deinen Jockey-Shorts!»

«Scherz oder Keks» in der Vorstadt

Mary Ann zupfte ihren Fahrer am Ärmel. «Sieh mal da, Norman ... kannst du bitte hupen?»

«Wer ist das?»

«Michael und seine Eltern. Michael wohnt mit Mona zusammen.»

Norman drückte auf die Hupe. Michael schaute herüber, und Mary Ann warf ihm aus dem Fenster des Falcon einen Kuss zu. Er lächelte betrübt und tat so, als würde er sich eine Handvoll Haare ausreißen. Seine Eltern marschierten ungerührt weiter.

«Der arme Junge!», sagte Mary Ann.

«Was ist denn los?»

«Ach ... das ist ein bisschen kompliziert.»

«Er ist eine Schwuchtel, nicht?»

«Ein Schwuler, Norman.»

Lexy steckte den Kopf nach vorne. «Was ist eine Schwuchtel?»

«Setz dich hin», befahl Norman.

Mary Ann drehte sich um und nestelte an Lexys Wonder-Woman-Cape herum. «Du siehst *so* hübsch aus, Lexy.»

Das Kind hüpfte auf dem Rücksitz herum. «Warum hast du kein Kostüm an?»

«Na ja ... weil ich erwachsen bin, Lexy.»

Das Kind schüttelte heftig den Kopf und zeigte aus dem Fenster auf drei Männer, die als Cheerleader verkleidet waren. «*Die* Erwachsenen haben auch Kostüme an.»

Norman gluckste vor Lachen und schüttelte den Kopf.

Mary Ann seufzte. «*Wie* alt ist sie, hast du gesagt?»

Es war fast dunkel, als sie in San Leandro ankamen. Norman hielt in einer Gegend, wo die Häuser alle in pseudosüdamerikanischem Stil gebaut waren. Er ließ Lexy aussteigen.

Die Kleine hüpfte mit einem riesigen «Scherz oder Keks»-Beutel aus Plastik den Bürgersteig entlang.

«Bist du auch sicher, dass ihr nichts passiert?», wollte Mary Ann wissen.

Norman nickte. «Ihre Eltern wohnen im nächsten Block. Ich hab ihnen gesagt, dass ich ... na ja ... Sie soll sich halt mal so richtig austoben dürfen.»

«Hoffentlich wissen sie das auch zu würdigen.»

«Ich würde es nicht machen, wenn ich nicht selber Spaß dran hätte.» Er grinste etwas verlegen. «Weißt du, das läuft alles nach dem Motto: ‹Rent a kid›.»

«Mhm. Ist doch ganz hübsch, so was.»

«Langweilst du dich auch nicht?»

«Kein bisschen.»

Norman hatte einen feierlichen Ausdruck im Gesicht, als er Mary Ann ansah. Dann drückte er ihre Hand.

«Norman?»

«Ja?»

«Warst du schon mal verheiratet?»

Schweigen.

«Entschuldige. Es ist bloß, weil du mit Kindern so gut umgehen kannst, und da ...»

«Roxanne und ich wollten Kinder haben. Jedenfalls hatten wir welche geplant.»

«Oh ... Ist sie gestorben?»

Norman schüttelte den Kopf. «Sie ist mit einem Fliesenvertreter aus Daly City durchgebrannt. Als ich in Vietnam war.»

«Das tut mir leid.»

Er zuckte mit den Schultern. «Es ist lange her. Es war ungefähr zu der Zeit, als Lexy auf die Welt gekommen ist. Ich hab's verschmerzt.»

Mary Ann war diese neue Erkenntnis über seine Person peinlich, deshalb schaute sie aus dem Fenster. War Lexy sein einziges Bindeglied zu einem geplatzten Traum? Hatte er alle Hoffnungen, jemals wieder eine Familie zu gründen, aufgegeben?»

«Norman ... ich versteh nicht, wie dich jemand verlassen kann.»

«Ist doch egal.»

«Es ist überhaupt nicht egal, Norman! Du bist ein liebenswürdiger, freundlicher und liebevoller Mann, und niemand sollte ... Norman, bei dir ist so viel Liebe zu spüren, die du jemand anderem schenken kannst.»

Er bewegte unruhig die Hände in seinem Schoß und schaute auf sie hinunter. «Jemand anderem», wiederholte er ausdruckslos.

Er wartete auf ein Zeichen von ihr. Er *bettelte* um ein Zeichen von ihr.

Sie hob die Hand, um sein trauriges Bärengesicht zu streicheln, stieß allerdings einen Schrei aus, als sich eine fremde Hand auf ihre Schulter legte.

Lexy war wieder da.

«Ach, du bist's, Lexy ...» Mary Ann lachte erleichtert. «Wie ist es gelaufen?»

«Ein verschrumpelter Apfel.»

«Aber Äpfel sind doch was Feines. Wenn du ihn nicht willst, ess ich ihn.»

Das Kind schaute sie an, holte dann den Apfel hervor und biss trotzig hinein.

Norman schrie entsetzt auf. «Lexy … nein!»

Lexy grinste ihn an. Der Saft lief ihr übers Kinn. «Keine Bange», beruhigte sie ihn. «Ich hab schon nachgesehen, ob Rasierklingen drin sind.»

Ganz der Vater

Am Ende fuhr Michael mit seinen Eltern ins Cliff House. Es war das heterosexuellste Lokal, das ihm einfiel.

Außerdem war es sehr weit weg von der Halloween-Tollerei auf der Polk Street, und das machte es unwahrscheinlich, dass Rollschuh laufende Nonnen das familiäre Beisammensein noch einmal stören würden.

Die Nonnen, erklärte er seinen Eltern so unbekümmert wie möglich, waren «ein paar verrückte Freunde von Mona». Und, ja, die Schwestern waren Männer.

«So schwule Früchtchen etwa?»

«Herb!» Michaels Mutter ließ die Gabel fallen und starrte ihren Gatten an.

«Stell dich nicht so an! Wie soll ich sie denn sonst nennen?»

«Es ist einfach kein netter Ausdruck, Herb.»

«Mein Gott. Ich bin Zitrusfarmer. Ich hab mein Leben lang nichts anderes gemacht, als *Früchtchen* großzuziehen!» Er lachte röhrend.

«Du sollst nicht so über Leute reden, die nicht anders können.»

«Die nicht anders können! Warum können die nicht anders,

als mitten auf der Straße Rollschuh zu fahren und sich dafür anzuziehen wie doofe Nonnen?»

«Herb ... sprich bitte leiser. Vielleicht sind Katholiken im Lokal.»

Michael schaute von seinem Teller hoch und griff so leger wie möglich in den Disput ein: «Es ist so eine Art Mardi Gras, Papa. Und da machen viele Leute eben allerhand verrückte Sachen.»

«Ja, viele schwule Leute.»

«Nicht nur ... solche, Papa. Alle.»

Sein Vater schnaubte verächtlich und machte sich wieder über sein Steak her. «Und warum kasperst *du* dann nicht auch da draußen rum?»

«Weil er mit uns zusammen ist, Herb. Vielleicht wäre er ja *auch* gerne da draußen ... und würde zu einer Party gehen oder so. Ich kann mir schon vorstellen, dass es da lustig zugeht.»

«Dann hau doch ab. Ich bleibe jedenfalls hier sitzen und esse mein Steak unter normalen Leuten zu Ende.»

Ein Kellner, der Herbert Tollivers Wasserglas auffüllte, bekam die Bemerkung mit. Er machte ein leidendes Gesicht und verdrehte die Augen.

Dann zwinkerte er Michael zu.

Als sie wieder in der Barbary Lane 28 waren, wärmte Alice die gesellschaftlichen Ereignisse von Orlando aus dem letzten halben Jahr auf.

Man hatte ein neues Einkaufszentrum gebaut. Die Tochter der Henleys, Iris, war haschsüchtig und lebte in Atlanta mit einem Professor zusammen. Eine Schwarze Familie hatte das Einfamilienhaus der McKinneys ein Stück weiter unten an der Straße gekauft. Tante Miriam ging es gut, obwohl sie sich nur sehr, sehr langsam von ihrer Frauenoperation erholte. Und in ganz Mittelflorida waren sich die Leute einig, dass Earl Butz niemals geschasst worden wäre, wenn er dieselbe Bemerkung über einen Iren gemacht hätte.

Mit einem frühen Frost rechneten sie nicht.

Herbert Tolliver saß während dieses epischen Vortrags ruhig da und kommentierte ihn nur durch gelegentliches Kichern oder Nicken. Angenehm besäuselt von dem Wein, den es zum Essen gegeben hatte, strahlte er seinen Sohn in herzlicher Zuneigung an.

«Na ... läuft denn auch alles gut bei dir, Mike?»

«Es läuft nicht schlecht, Papa.»

«Und mach dir wegen deiner kleinen Freundin keine Sorgen, hörst du?»

«Nein, nein, Papa.»

«Du wirst uns fehlen zu Weihnachten, deiner Mama und mir.»

«Er ist jetzt erwachsen, Herb, und da hat er eigene Freunde ...»

«Das weiß ich selber, verdammt noch mal! Ich hab doch nur gesagt, dass er uns fehlen wird! Oder hast du was anderes gehört?»

Seine Frau schüttelte den Kopf. «Dein Papa hat recht, Mikey.»

«Ihr werdet mir auch fehlen. Aber es ist einfach zu teuer, wegen der paar Tage mit dem Flugzeug ...»

«Ich weiß, Mikey. Mach dir deswegen keine Gedanken»

«Mike ... wenn wir dir ein bisschen über die Runden helfen können, bis du einen Job ...»

«Danke, Papa. Ich denke, ich schaffe es so. Ich hab auch schon ein paar kleinere Jobs aufgegabelt.»

«Wenn was ist, dann sagst du uns Bescheid, okay?»

«Okay, Papa.»

«Wir sind mächtig stolz auf dich, Junge.»

Michael zuckte mit den Schultern. «So viel ist da ja nicht, auf das man stolz sein könnte.»

«Red doch keinen Stuss! Du kannst es mit jedem aufnehmen, Junge. Du hast dich wieder berappelt, bevor du es überhaupt merkst. Weißt du, mein Sohn, eigentlich beneide ich dich. Du bist jung, du bist unabhängig, und du lebst in einer wunderschönen Stadt voller aufregender Frauen. Du brauchst dir wirklich keine Sorgen zu machen, mein Sohn!»

«Wahrscheinlich hast du recht.»

«Und ob ich recht habe. Das wird nur so flutschen.» Er gluckste und gab seinem Sohn einen gespielten Nasenstüber. «Du musst dir bloß diese Schwuchteln vom Hals halten.»

Michael setzte ein mannhaftes Lächeln auf. «Ich bin sowieso nicht ihr Typ.»

«Prima!», sagte Herbert Tolliver und fuhr seinem ganzen Stolz durch die Haare.

DeDes wachsendes Dilemma

Als DeDe Beauchamp im Büro anrief, war er gerade dabei, Halcyons schärfstes neues Model in die Weihnachtskampagne für Adorable einzuweihen.

«Du, ich bin mitten in einer ...»

«Tut mir leid, Liebling. Ich wollte bloß ... Ich hatte Bedenken, dass du die Vernissage von Pinkie und Herbert heute Abend vergessen könntest.»

«Mist.»

«Du hast sie vergessen.»

«Wann müssen wir dort sein?»

«Ich kann dich von der Arbeit abholen. Wir brauchen uns nur kurz sehen zu lassen.»

«Um sechs?»

«Ist gut ... Ich liebe dich, Beauchamp.»

«Ich dich auch. Bis sechs dann, ja?»

«Ja. Und bleib brav.»

«Aber immer.»

Er legte auf und zwinkerte D'orothea zu. «Meine Frau. Manchmal glaube ich, der Herrgott hat die Frauen nur erschaffen, damit sie die Männer an Cocktailpartys erinnern.»

D'orothea stöhnte bloß.

«Aha», sagte Beauchamp grinsend. «Ich hör mich wohl wie ein Chauvinistenschwein an, was?»

«Nein», antwortete sie kühl. «Möchten Sie's denn gern?»

In der Hoover Gallery herrschte ein Gewoge von Erbsengrün und Pink. Die Frauen hatten sich mit dem Understatement ihrer Lilly-Pulitzer-Modelle in Schale geworfen, während die Männer in ihren blauen Blazern Individualität mittels buntscheckiger Madrashosen zum Ausdruck brachten.

Beauchamp und DeDe nahmen gleich Kurs auf die Bar, lächelten um die Wette und stellten ihr wiedergefundenes Glück zur Schau wie andere ihre Tahiti-Bräune.

DeDe hing immer noch an Beauchamps Arm, als Binky Gruen die beiden abfing.

«Ach, Gott sei Dank, dass ihr zwei aufgetaucht seid! Schnell, Beauchamp, gib mir einen Kuss! Ich muss beschäftigt aussehen!»

Beauchamp schmatzte ihr einen auf die Wange. «Ich habe schon bessere Ausreden gehört, Miss Gruen.»

«Verdammt, red doch weiter! Er schaut rüber!»

«Wer?»

«Carson Callas. Er hat mir die letzte Viertelstunde seinen Pfeifenatem ins Gesicht geblasen und mir erzählt, wie sexy er doch ist! Igittigitt!»

Beauchamp wich in gespielter Überraschung zurück. «Findest du Carson Callas denn nicht sexy?»

«Doch. Wenn man auf Zwerge mit Muschelkettchen um den Hals steht.»

«Nein, wie biestig! Seine Spalte ist ab jetzt sicher dicht für dich, Binky.»

«Das ist meine für ihn schon seit jeher. Komm, sei ein Schatz und mach mir hier noch mal Scotch rein. Ich spüre einen Anfall von existenzieller Langeweile. Und deine magere Angetraute sieht auch aus, als könnte sie einen Drink vertragen.»

Beauchamp nahm Binkys Glas und wandte sich an DeDe. «Champagner, meine magere Angetraute?»

«Ja, bitte.» Ihr Ton war absichtlich kühl. Es ging ihr auf die Nerven, wenn Binky und Beauchamp ihre Lombard-und-Gable-Nummer abzogen.

Als Beauchamp in der Menge verschwunden war, konnte Binky endlich zur Sache kommen.

«Und?»

«Was, und?»

«Warst du bei Dr. Fielding?»

«Binky ... hier ist wohl kaum der Ort dafür.»

«Ja oder nein?»

«Ja.»

Binky pfiff durch die Zähne. «Ich weiß einen prima Abtreiber, wenn du einen brauchst ...»

«Binky ... hör bitte auf damit, ja?»

«Na, *pardonnez-moi!* Ich dachte, du könntest gerade jetzt eine gute Freundin brauchen. Aber anscheinend liege ich damit falsch.»

«Binky, ich ... Sieh mal, es tut mir leid ... Aber du hast eine Art, dich auszudrücken ... ‹einen prima Abtreiber›. Um Himmels willen! Ist er vielleicht auch noch ein guter Koch?»

Binky kicherte. «Nein, aber als *Innenausstatter* ist er Spitze!»

«Das ist überhaupt nicht witzig.»

«Weißt du, ich glaube, du solltest das aus dem Bauch heraus entscheiden.» Sie tätschelte DeDes Bauch. «Das sollte keine Anspielung sein, mein Schatz. Sieh mal ... wenn dir diese verstockten katholischen Schuldgefühle zu viel werden, warum ziehst du die Sache dann nicht durch und trägst den kleinen Bankert aus?»

«Ich dachte, das wäre dir sowieso schon klar.»

«Was spricht denn dagegen? Beauchamp kann ein Auge zudrücken. Er braucht sowieso einen Erben, oder nicht? Und wer sollte den Unterschied schon merken?»

«Binky ... du weißt ja nicht, was du da redest ...»

«Sag bloß, man könnte ihn *sehen*?»

DeDe starrte Binky einige Sekunden an, bevor sie schließlich nickte.

«Die Haare?», fragte Binky und bekam Kulleraugen. «Eine andere Haarfarbe?»

«Nein.»

«Doch nicht die *Haut*?»

Wieder ein Nicken.

«Du Ärmste! Ach, DeDe, ich wollte dir wirklich nicht ... Welche Farbe?»

DeDe zeigte auf ihre Diane-von-Fürstenberg-Narzisse und brach in Tränen aus.

Nachdem DeDe auf der Toilette ihre Wimperntusche in Ordnung gebracht hatte, mischte sie sich wieder unter das gemeine Volk. Beauchamp wartete mit lauwarmem Champagner auf sie.

«Ich bin drüben bei Peter und Shugie», klärte er sie auf. «Willst du nicht mit rüberkommen?»

DeDe schüttelte den Kopf und rang sich ein verwässertes Lächeln ab. «Im Moment noch nicht, Beauchamp. Binky und ich sind gerade mitten im Erzählen.»

Als sie wieder allein war, klebte sie sich ein frisches Lächeln ins Gesicht und steuerte die Ecke an, in der Binky Hof hielt. Eine Hand, die sich um ihren Unterarm schloss, hielt sie zurück.

«Sieht Mrs. Day nicht zum Anbeißen aus?»

Wenn DeDes Arm frei gewesen wäre, hätte sie sich vielleicht bekreuzigt. Es war der Klatschkolumnist der *Western Gentry*.

Carson Callas.

Mrs. Madrigal und Mouse

Michael räumte gerade die Hälfte seiner Kleider in Monas Schrank ein, als Mrs. Madrigal anrief.

«Michael, mein Lieber. Könntest du einen Augenblick runter-kommen?»

«Klar. In drei Minuten, okay?»

«Lass dir Zeit, mein Lieber.»

Na, dachte er, als er den Hörer auflegte, jetzt ist es wohl so weit. Die Zwangsräumung steht bevor. Bis jetzt ist sie wegen der Miete mehr als nachsichtig gewesen, aber was zu viel ist, ist zu viel.

Michael zog eine Cordhose und ein weißes Hemd an, putzte sich die Zähne, brachte seine Haare mit Pro Max in Form und fuhr mit einem feuchten Handtuch über seine Collegeschuhe.

Warum sollte er auch noch aussehen wie ein Schmarotzer?

Das eckige Gesicht der Vermieterin, sonst immer so lebhaft, war zu einem Empfangsdamenlächeln erstarrt.

Mrs. Madrigal war von einer Aura angestrengter Zurückhal-tung umgeben und bewegte sich so übertrieben würdevoll, dass ihr Kimono wie ein schlampiger Morgenmantel wirkte.

«Mona ist weg, nicht?»

Michael nickte. «Ja, seit gestern.»

«Für immer?»

«Angeblich ja. Aber Sie kennen ja Mona.»

«Ja.» Ihr Lächeln geriet völlig schief.

«Aber ich bleibe da, Mrs. Madrigal. Das heißt ... ich *würde* gerne dableiben. Mona wird noch die restliche Miete für diesen Monat zahlen, und ich habe mich jetzt bei einer Stellenvermittlung eintragen lassen. Wenn Sie Bedenken haben wegen ...»

«Wo ist sie hingezogen, Michael?»

«Oh ... äh ... zu jemand anderem. Nach Pacific Heights.»

Mrs. Madrigal ging zum Fenster, wo sie mit dem Rücken zu Michael regungslos stehen blieb. «Nach Pacific Heights», wiederholte sie.

«Hat sie ... Ihnen nichts gesagt, Mrs. Madrigal?»

«Nein.»

«Ich bin sicher, dass sie es vorhatte. In letzter Zeit ist bei ihr alles ein bisschen drunter und drüber gegangen. Aber egal, ich bin ja noch da. Es ist jedenfalls nicht so, dass sie ihren Mietvertrag aufgelöst hat, oder so.»

«Kennst du diesen Jemand, Michael?»

«Wen? ... Ach so ... Nein, ich habe sie nie kennengelernt.»

«Eine Frau?»

Michael nickte. «Die beiden kennen sich aus New York.»

«Oh.»

«Mona sagt, dass sie sehr nett ist.»

«Davon bin ich überzeugt ... Michael, du brauchst mir diese Frage nicht zu beantworten, wenn du nicht willst ...»

«Mhmm?»

«Ist diese Frau ... Sind Mona und sie ganz besonders gute Freundinnen?»

«Äh ...»

«Du weißt, was ich meine, mein Lieber?»

«Klar. Aber ich kann es nicht sagen, Mrs. Madrigal. Sie waren es mal ... in New York. Ich glaube, jetzt sind sie bloß ... normale Freundinnen.»

«Aber ... warum, um alles in der Welt, ist sie dann ...? Michael, hat Mona jemals mit dir über mich gesprochen? Hat sie irgendwas gesagt ... aus dem du schließen konntest, dass sie sich hier nicht wohlgefühlt hat?»

«Nein, Ma'am», antwortete Michael in aller Ernsthaftigkeit und fiel damit in die Konventionen Mittelfloridas zurück. «Es hat ihr hier in der Barbary Lane *unheimlich* gut gefallen ... und sie hat Sie sehr gemocht.»

Mrs. Madrigal sah ihn an. «Sie *hat* mich sehr gemocht?», fragte sie.

«Nein. Sie mag Sie *immer noch* sehr gern, und ich bin sicher, dass sie sich melden wird. Ehrlich.»

Die Vermieterin wurde wieder kühl und geschäftsmäßig. «Aber *du* bleibst wenigstens. Das ist doch schon was.»

«Ich werde mich auch bemühen, dass es mit der Miete besser wird.»

«Ich weiß. Aber jetzt mal was anderes, mein Lieber. Ich habe gerade frisches Gras da, und der Abend ist noch jung. Hast du nicht Lust, mir Gesellschaft zu leisten?»

Ihre Finger zitterten merklich, als sie mit der Zigarettenkurbel arbeitete. Sie stellte sie nieder, atmete tief durch und massierte sich mit beiden Händen die Stirn. «Tut mir leid, Mouse. Ich benehme mich schrecklich dumm.»

«Bitte, Sie brauchen sich nicht ... Wo haben Sie den Namen aufgeschnappt?»

Sie kaute auf ihrer Unterlippe und beobachtete ihn. «Ich bin nicht der einzige Mensch, den Mona sehr gernhatte.»

«Ach so ... ja klar.»

«Meine blöden Finger wollen nicht so wie ich! Würdest du bitte ...?»

Michael griff nach der Zigarettenkurbel und wich Mrs. Madrigals Blick aus, als sich ihre Augen mit Tränen füllten. «Mrs. Madrigal, wenn ich Ihnen doch bloß sagen könnte ...»

Sie rutschte nicht näher an ihn ran, aber sie legte ihm ihre lange schlanke Hand aufs Knie, während sie sich ein Taschentuch vors Gesicht presste. «Ich kann weinerliche Frauen nicht *ausstehen*», sagte sie.

«Der Schatten weiß Bescheid!»

Der rattengesichtige Mann im Safarianzug drückte sich so nahe an DeDe heran, dass sie die Cherry-Blend-Tabakmischung in seinem Atem riechen konnte. «Sie haben abgenommen», sagte er mit einem affektierten Grinsen und entblößte eine unregelmäßige Reihe vuittonfarbener Zähne.

DeDe nickte. «Und wie ist es Ihnen ergangen, Carson?»

«Man tut, was man kann. Sie waren auf einer Abspeckfarm, was?»

«Im Golden Door.» Sie lächelte bei ihrer Antwort, führte sie allerdings nicht weiter aus. Es war klar, dass Carson sie aushorchte, und sie hatte keine Lust, in der *Western Gentry* über ihre Figurprobleme zu lesen.

«Kompliment, es steht Ihnen ausgesprochen gut.»

«Danke, Carson.»

«Und wie finden Sie den Künstler?»

Das brachte sie einen Augenblick aus der Fassung. Bilder waren das *Letzte*, was ihr bei einer Vernissage auffiel. «Oh ... ein sehr individueller Stil. Und ziemlich ... gefühlvoll.»

«Wollen Sie und Beauchamp auch kaufen?»

«Oh … nein, ich glaube nicht, Carson. Beauchamp und ich halten es mehr mit der Westkunst.»

Carson nuckelte an seiner Pfeife und schaute sie mit seinen kleinen Äuglein durchdringend an. «Der Mann kommt aus dem Westen», sagte er schließlich.

«Ich meine … Sie wissen schon … alte Sachen.»

«Ja, alte Sachen. Bei manchem sind die alten Meister eben doch besser.» Er zwinkerte ihr zu und kaute sehr betont auf dem Stiel seiner Pfeife herum, bis DeDe seine Anzüglichkeit mit einem dünnen Lächeln quittierte.

«Würden Sie mich jetzt bitte entschuldigen, Carson? Ich glaube, Beauchamp …»

«Ich hatte gehofft, Sie würden mir etwas über den Fol de Rol erzählen.»

«Oh … aber sicher.» DeDe war augenblicklich besserer Laune. Wenn dieser Coup gelang, würde Shugie Sussman die Wände hochgehen!

Carson Callas zog einen Block und einen Stift aus der Tasche seines Safarianzugs. «Sie gehören doch zum Komitee, nicht?»

«Ja. Ich und ein paar andere.»

«Wer wird dieses Jahr auftreten?»

«Oh, es ist ganz *wunderbar*, Carson! Das Motto ist ‹Wein, Weib und Gesang›, und wir haben Domingo, Troyanos und Wixell gewinnen können …»

«Mit Vornamen, bitte.»

«Plácido Domingo …»

«Ach so, klar …»

«Tatjana Troyanos und Ingvar Wixell.» Sie verkniff es sich, die Namen zu buchstabieren, da ihr einfiel, wie eitel Callas war. Er konnte ja nachschlagen, wenn er wieder in sein Büro kam.

Der Klatschreporter steckte Block und Stift wieder ein. «Ein vergnüglicher Abend, nicht?»

«Kann man so sagen, ja.»

«Aber wohl nicht so vergnüglich wie Ihre sonstigen Abende.»

«Hmh ... Wie bitte, Carson?»

Das anzügliche Grinsen war wieder da. «Ich denke, Sie verstehen mich ganz gut, Herzchen.»

Durch neue Gäste war es in der Galerie zusehends lauter geworden, aber plötzlich drang der Lärm nicht mehr so richtig zu DeDe durch. Sie schluckte und zwang sich zu einer blasierten Haltung.

«Also, Carson! Manchmal treiben Sie es *zu weit*!»

«Ich denke, da haben wir beide viel gemeinsam.»

«Carson, ich verstehe überhaupt nicht ...»

«Sehen Sie ... wir sind doch beide erwachsen. Mir kann keiner vorwerfen, dass ich mich je vor einer Ausschweifung gedrückt hätte ... und ich bilde mir ein, dass ich eine verwandte Seele erkenne, wenn mir eine begegnet.»

Mein Gott, dachte DeDe, wie oft hatte er *den* Spruch schon vom Stapel gelassen?

In der Stadt wurde ständig darüber gewitzelt, dass Callas einmal ohne Erfolg das gesamte Ensemble einer Musicalbühne angemacht hatte. Nach den Frauen hatte er sich bis zu den unattraktivsten Männern hinuntergearbeitet.

«Carson ... ich plaudere ganz gern mit Ihnen, aber ich glaube, ich brauche jetzt noch was zu trinken.»

«Noch eine einzige Frage zum Fol de Rol?»

«Gern.»

«Werden Sie Ihre Abtreibung davor oder danach machen lassen?»

Fast im selben Augenblick rutschte DeDe das Glas aus der Hand und zersprang wie zur Unterstreichung dieser grauenhaften Frage in tausend Stücke. Callas fiel auf die Knie und half DeDe, die Scherben in einer Cocktailserviette aufzusammeln.

«Ach, kommen Sie! Es ist doch halb so wild, DeDe. Ich bin sicher, dass wir das hinkriegen ... falls Sie an einem Abend mal Lust haben, mit mir darüber zu sprechen.» Er steckte seine Visitenkarte hinter den Gürtel ihres Kleids und stand wieder auf.

«Ihre Freunde sind um Sie *besorgt*», setzte er nach. «Und daran ist doch wohl nichts Schlimmes.»

DeDe schaute nicht hoch, sondern klaubte weiter schweigend die Scherben auf.

Diskretion konnte man von Binky Gruen partout nicht erwarten.

Wie man seinen Heißhunger stillt

Nach einer mörderischen Schicht bei Perry's fiel Brian um Mitternacht sofort ins Bett, doch fünf Stunden später wachte er mit einem Mordshunger wieder auf.

Er stapfte in Boxershorts in die Küche und stellte auf der Suche nach etwas Essbarem den Kühlschrank auf den Kopf.

Ketchup. Mayonnaise. Zwei vergammelte Frankfurter Würstchen. Und ein Glas Silberzwiebeln.

Wäre er stoned gewesen, hätte er sich vielleicht an das Zeug herangewagt. (Als er mal einen halben Maui-Wowie-Joint geraucht hatte, war als Dip für die Ritz Cracker bloß Crisco da gewesen.)

Aber nicht heute Nacht.

Heute Nacht – Scheiße, es war fünf Uhr morgens! – sehnte er sich nach einem Zimburger. Und nach einer großen Portion fetter Pommes und nach einem Schoko-Malz-Shake vielleicht oder einem ...

Er durchwühlte seinen Wäschesack, bis er ein Rugby-Shirt

ausgrub, das den Schnüffeltest bestand, zwängte sich in Levi's und Adidas und sprintete fast auf die Barbary Lane hinaus.

Die Hyde Street lag gespenstisch ruhig da. Das uralte Laufkabel, das in seinem eisernen Kokon ruhte, wirkte störender als sonst immer. Vom Kamm des Russian Hill aus gesehen, präsentierten sich die Kaianlagen wie eine farblose Landschaft, wie eine Schwarz-Weiß-Postkarte aus den Vierzigerjahren.

Selbst die Porsches, die auf der Francisco Street abgestellt waren, sahen aus, als hätte man sie ausgesetzt.

Brian kam sich vor wie in der letzten Einstellung von *Das letzte Ufer*.

Bei Zim's herrschte dagegen aufgekratzte Munterkeit. Tüchtige Kellnerinnen, Ausgebrannte, die keinen Schlaf fanden, und Partyüberhänger, die nicht genug kriegen konnten, brachten Leben in die Bude, in der es rund um die Uhr was zu essen gab.

Brians Kellnerin steckte in einer Arbeitskluft mit Country-Touch. Orange Bluse mit Trägerrock. Orange kariertes Halstuch. Auf ihrem Namensschild stand «Candi Colma».

«‹The City of the Dead›», sagte Brian grinsend, als sie eine Serviette und eine Gabel auf den Tisch knallte.

«Was?»

«Du kommst aus Colma. Aus der Stadt der Friedhöfe.»

«Eigentlich aus South San Francisco. Ich wohne gleich hinter der Stadtgrenze. Aber South San Francisco hat nicht aufs Namensschild gepasst.»

«Candi Colma hört sich sowieso hübscher an.»

«Das stimmt.» Sie schenkte ihm ein nettes Lächeln, das auf eine Vertrautheit anspielte, die es zwischen ihnen gar nicht gab. Brian schätzte sie auf Ende dreißig, aber man sah es ihr nur um die Augen an. Sie hatte eine schmale, feste Taille und aufregend lange Beine.

Die toupierten blonden Haare übersiehst du einfach, sagte er sich. Um fünf Uhr morgens kannst du nicht mehr wählerisch sein.

Nachdem sie seine Bestellung aufgenommen hatte, verfolgte er sie mit seinen Blicken durch das Lokal. Sie ging wie eine Frau, die wusste, dass sie Publikum hatte.

«War der *Zimburger* gut?»

«Ja, sehr gut.»

«Sonst noch einen Wunsch? Nachtisch vielleicht?»

«Was hast du denn zu bieten?»

«Steht alles auf der Karte, Süßer.»

Er klappte die Karte zu und schenkte ihr sein gekonntestes Huckleberry-Finn-Lächeln. «Wetten, nicht ... Süße?»

Sie kam ein bisschen näher, fuhr sich mit dem Bleistift über die Unterlippe, schaute sich nach allen Seiten um und flüsterte dann: «Ich kann erst um sieben.»

Brian zuckte mit den Schultern. «Mir kommt's nicht darauf an, *wann* du kannst, sondern *wie* du's kannst.»

Candis Camaro stand gleich um die Ecke beim Maritime Museum. Er war pflaumenblau, und ein Aufkleber verkündete: ICH BREMSE FÜR TIERE.

Als die Gurtwarnung nicht mehr fiepte, sah sie Brian entschuldigend an. «Ich würde mich wohler fühlen, wenn wir zu mir nach Hause fahren.»

«Nach Colma?»

Sie nickte. «Wenn es dir nichts ausmacht.»

«Gott, das ist ja 'ne halbe Stunde Fahrt!»

«In der Richtung ist der Verkehr gar nicht schlimm.»

«Und wie soll ich wieder nach Hause kommen?»

«Ich fahr dich. Weißt du ... ich wohne nicht allein.»

Brian schlug sich mit der Hand an die Stirn. «Ach du Scheiße.»

«Nicht doch. Es ist ein Mädchen. Mit ihr geht schon alles klar. Aber sie macht sich garantiert Sorgen, wenn ich nicht nach Hause komme.»

«Ruf sie doch an.»

Sie schüttelte den Kopf. «Tut mir leid, Brian. Wenn du's lieber vergessen willst, kann ich das verstehen.»

«Nein. Fahren wir.»

«Du musst nicht, wenn du ...»

«Hab ich nicht gerade gesagt, dass wir fahren sollen?»

Sie steckte den Schlüssel ins Zündschloss. «Ich wohne in einem Wohnwagen. Ich hoffe, das macht dir nichts aus.»

Brian schüttelte den Kopf und starrte auf die zinngraue Oberfläche der frühmorgendlichen Bay hinaus.

Er war sich jetzt sicher.

Das hatte er alles schon einmal erlebt.

Der darbende Schnüffler

Norman schlang zum Frühstück gerade ein paar kalte Frühlingsrollen hinunter, als das Telefon klingelte.

Das Geräusch erschreckte ihn. Er war es nicht gewohnt, in dem kleinen Haus auf dem Dach angerufen zu werden.

«Hallo.»

«Mr. Williams?»

Er erkannte das penetrante Mittelwesten-Genäsel sofort. «Ich hoffe, es ist was Wichtiges.»

«Na ja, ich ... ich habe mich gerade gefragt, wie es so läuft.»

«Habe ich Ihnen nicht die Nummer meines Antwortdienstes gegeben?»

«Mr. Williams ... Ich habe dort drei Nachrichten hinterlassen in den letzten zwei ...»

«Denken Sie, Sie sind meine einzige Klientin?»

«Natürlich nicht ... aber ich sehe keinen Grund, warum Sie mir nicht ...»

«Es steht Ihnen absolut frei, jemand anderen zu engagieren, wenn Ihnen das lieber ist.» Er wusste, dass er sich das leisten konnte. Er war inzwischen viel zu wertvoll für sie.

«Ich habe höchstes Vertrauen in Ihre ...»

«Und ich habe gerade *drei* vermisste Ehemänner zu suchen ... und ein davongelaufenes Kind aus Denver und einen solchen Haufen Kerle, die ihre Frauen betrügen, dass ich gar nicht mehr weiß, wo ich ... Außerdem zahlen Sie mich nach Erfolg, falls Sie das vergessen haben sollten. Und nicht nach Stunden.»

«Ich weiß.» Ihr Ton klang beschwichtigend.

«Sie hätten die ganze Geschichte platzen lassen können mit Ihrem Anruf. Ich bin nie wirklich ungestört in dieser Keksdose hier. Es hätte sein können, dass einen halben Meter neben mir jemand sitzt und sich dann seinen Reim macht auf die ganze ...»

«Ich weiß, Mr. Williams. Es tut mir leid, dass ich ... Aber könnten Sie mir nicht wenigstens sagen, ob Sie etwas herausgefunden haben?»

Er wartete einen Augenblick, bevor er sagte: «Es läuft ganz gut.»

«Glauben Sie denn, dass ...?»

«Ich glaube, wir haben sie.»

Das haute sie um. «O Gott», stieß sie ungläubig hervor.

«Ich muss es aber langsam angehen. Die Sache ist recht kitzlig.»

«Ja, ja, klar.»

«Hier im Westen sind die Leute mit ihrem Privatleben nämlich ganz schön pingelig.»

«Ja, natürlich.»

«Es wird wohl noch ein paar Wochen dauern. So viel kann ich Ihnen sagen.»

«Ich hoffe, Sie können verstehen, warum ich so ...»

«Passen Sie auf ... Sehen Sie's doch mal so: Sie haben jetzt dreißig Jahre gewartet, da wird Sie doch ein Monat mehr nicht umbringen.»

«Haben Sie nicht zwei Wochen gesagt?»

«Mrs. Ramsey!»

«Schon gut. Okay. Haben Sie feststellen können, ob der Name ...?»

«Ja. Fauler Zauber. Es ist ein Anagramm.»

«Anna Madrigal? Sie meinen, man muss ...?»

«Hören Sie, Gnädigste! Warum warten Sie nicht ganz einfach auf meinen Bericht, hm?»

«Ich werde Sie nicht wieder belästigen, Mr. Williams.»

Sie legte auf.

Der Anruf ließ ihm den ganzen Vormittag keine Ruhe mehr. Für wen spielte er das Theater eigentlich?

Das Kind aus Denver war schon vor *Wochen* wieder aufgetaucht und hatte dem eventuell einträglichsten Auftrag seiner Karriere ein Ende bereitet. Der Großteil seiner Vermisstenkundschaft war zu raffinierteren Büros übergewechselt, und den Fall eines Ehemanns auf Abwegen hatte er zum letzten Mal 1972 gehabt.

Er zog den Ramsey-Fall künstlich in die Länge, weil es sein *einziger* Fall war ... und weil er das Faktum seines Versagens nicht akzeptieren konnte.

Wenn das noch lange so ging, würde er vielleicht tatsächlich bald Nutri-Vim-Produkte verkaufen.

«Paul?»

«Ja?»

«Ich bin's, Norman.»

«Hallo, alter Junge ... die Abzüge sind noch nicht fertig. Ich ruf dich an, wenn ich sie habe, okay?»

«Ich ruf nicht deshalb an. Ich dachte ... na ja, ich dachte, du würdest vielleicht schon einen nächsten Termin festmachen wollen.»

«O nee. Dafür ist es noch zu früh. Außerdem ... Ich glaube, wir drehen diese Woche.»

«Wie ist die Bezahlung?»

«Nicht schlecht. Willst du ...?»

«Ja. Ich kann es einrichten.»

«Wie lang vorher brauchst du Bescheid?»

«Ein paar Tage.»

«Kein Problem.»

«Ich möchte das Geld im Voraus, Paul.»

«Geritzt.»

Trauma im Wohnwagen

Der Treasure Island Trailer Court entpuppte sich als ein trauriges kleines Feldlager gleich neben dem Camino Real an der Grenze zwischen Colma und South San Francisco.

Der nächstgelegene Nachbar war der Cypress Lawn Cemetery, ein Friedhof.

Als Candis Camaro vom Highway auf den Campingplatz bog, zuckte Brian beim Anblick der hässlichen kleinen Monopolyhäuschen, die sich in langen Reihen über einen Hügel in der Ferne schlängelten, zusammen.

Ganze Reihen.

Die Leute auf der Halbinsel verurteilten sich oft zu Reihen, dachte Brian. Reihenhäuser, Reihensiedlungen, Reihengräber ...

Ah, aber nicht die Leute vom Treasure Island Trailer Court. Auf dem Treasure Island Trailer Court gab es *rues*. Französisch. Viel mehr Klasse.

Rue 1, Rue 2, Rue 3 ... Candis Zuhause war ein blassrosa Travel-Eze-Wohnwagen, der an der Rue 8 in einem Bett aus immergrünen Sukkulenten steckte. Auf einem geschnitzten Holzschild stand: CANDI UND CHERYL.

Mehr brauchte Brian nicht zu wissen.

«Ah ... Candi. Ich muss dir mal was sagen.»

«Mhhmm?»

«Du wirst es nicht glauben, aber ... ich denke, ich kenne deine Freundin.»

«Cheryl?»

«Arbeitet Sie auch im Zim's?»

Candi grinste. «In der Frühschicht. Aber das macht gar nichts, Brian. Cheryl und ich sehen uns ja kaum.»

«Ich war schon mal hier, Candi.»

Sie tätschelte seinen Oberschenkel. «Ich hab doch gesagt, dass es nichts macht, oder?»

Offensichtlich fand auch Cheryl, dass es nichts machte.

Sie schlang gerade ihre Froot Loops hinunter und sah nur mäßig überrascht drein, als Brian mit Candi hereinplatzte. «Sieh mal einer an. Was hat die Katze denn da wieder angeschleppt?»

Sie war jünger als Candi. Um einiges. Ihr Bernadette-Peters-Schmollmund löste bei Brian ein heftiges Déjà-vu-Erlebnis aus. Hätte man ihm die Wahl zwischen den beiden gelassen, hätte er sofort getauscht. «Wie klein die Welt doch ist, was?»

Sie grinste unanständig. «Eigentlich nicht. Ich würde eher sagen, dass dir der Nachschub ausgegangen ist.»

Während Candi sich zum Schlafzimmer durchkämpfte, rief sie ihrer Mitbewohnerin über die Schulter zu: «Du bist schon wieder zu spät dran, Cheryl. Ich kann mir nicht jedes Mal 'ne Entschuldigung für dich ausdenken. Langsam wird es peinlich.»

«Ich hab bloß auf meine dämliche Perücke gewartet, wenn es dir recht ist!»

Schweigen.

«Hast du verstanden?»

Die Stimme, die aus dem Schlafzimmer kam, war leise und drohend. «Cheryl, komm mal kurz her.»

«Ich bin mit meinen Froot Loops noch nicht ...»

«Komm sofort her, Cheryl!»

Cheryl stieß ihren Stuhl geräuschvoll nach hinten, sah Brian an, verdrehte die Augen und ging aus dem Zimmer. Gleich darauf war gedämpftes Gezeter zu hören. Als Cheryl wieder auftauchte, trug sie eine Zim's-Uniform und Candis Haaraufbau.

«Macht das Bett nicht kaputt», schnurrte sie, griff Brian zwischen die Beine und ging zur Tür hinaus.

«Brian?»

«Hmh?»

«Möchtest du was trinken? Eine Pepsi oder so?»

«He, du bist nicht mehr im Dienst.»

«Ich dachte bloß ... na ja, du weißt schon. Manche Leute kriegen hinterher Durst.»

«Ich brauche aber nichts.»

«War ich ...? Findest du, dass ich genauso hübsch bin wie Cheryl? Ich meine ... ich weiß, dass ich älter bin und so, aber ... würdest du sagen, dass ich für mein Alter akzeptabel aussehe?»

Er spielte mit ihrem Ohrläppchen und küsste sie auf die Nasenspitze. «Besser als akzeptabel. Sogar ohne diese furchtbare Perücke.»

Sie strahlte. «Weißt du was? Ich hab den ganzen Tag frei, der Camaro ist vollgetankt ...»

«Ich muss aber nach Hause, Candi. Ich erwarte einen Anruf.»

«Es würde gar nicht lange dauern. Ich könnte dir eine Stelle zeigen, wo Kürbisse wachsen. Die sind gerade ganz wunderschön.»

Brian schüttelte lächelnd den Kopf.

«Möchtest du, dass ich dich nach Hause fahre?»

«Es gibt doch einen Bus, nicht?»

«Ja. Wenn du damit lieber fährst. Aber es macht mir gar keine Umstände, Brian.»

Er kletterte aus dem Bett. «Ich fahr ganz gern Bus.»

«Ich würd mich freuen, wenn du mich anrufen würdest.»

«Bestimmt. Stehst du im Telefonbuch?»

Candi nickte.

«Ich ruf dich an.»

«Unter Moretti.»

«Okay.»

«Mit zwei t.»

«Gut. Ich klingel nächste Woche mal durch.»

Als er ging, hatte er ihr zwar seinen Nachnamen nicht gesagt, aber er hatte eine gerahmte Fotografie an der Badezimmerwand gesehen.

Cheryl beim Highschool-Abschluss, in Robe und Hut.

Candi in Straßenkleidung und gerade dabei, Cheryl zu umarmen.

Darunter stand handschriftlich: «Für die beste Mom auf der ganzen großen Welt.»

Sind es mit dem Baby wirklich drei?

Wagnerianischer Nebel senkte sich über die Avenues, als DeDe im silberfarbenen Porsche ihres Ehemanns vor Carson Callas' Haus losfuhr.

Erledigt.

Beim Gedanken daran fröstelte es sie ein wenig. Dieser eklige kleine Körper. Die gelb verfärbten Fingernägel, die sich in ihr Fleisch gegraben hatten. Dieses ... Ding ... das er im Nachttisch aufbewahrte.

Ihr Geheimnis war aber immer noch eines, und DeDe bezweifelte sehr, dass der Klatschreporter eine Wiederholung verlangen würde. Als sie die Upper Montgomery Street erreichte, lag die krasse Würdelosigkeit des gesamten Geschehens bereits so weit hinter ihr wie ihre Debütantinnenzeit.

Während der Liftfahrt zum Penthouse hinauf hatte DeDe beinahe das Gefühl, nobel gehandelt zu haben. Sie hatte ein Opfer gebracht und in den sauren Apfel gebissen ... um ihre Ehe zu retten und den guten Namen der Familie Halcyon sauber zu halten.

«Wie steht's mit den Walen?», wollte Beauchamp wissen.

«Es hat sich noch nichts bewegt», log DeDe. «Wir streiten uns immer noch um einen Termin für die Benefizveranstaltung.»

«Ich finde ja, dass du mit Leukämie besser dran wärst.»

«Muffy macht schon in Leukämie. Das wäre nicht besonders originell.»

«Wie wär's dann mit behinderten Kindern?»

«Um Gottes willen, nein. Wir waren letzten Monat bei *mindestens* drei Tanztees zugunsten behinderter Kinder. Außerdem muss man sich mit Walen nicht fotografieren lassen.» DeDe saß auf Beauchamps Schoß und drückte ihm einen Kuss auf den

Mund. «Du siehst nicht so aus, als hättest du mich sehr vermisst.»

«Ich habe gelesen.»

«Was?»

«Du sitzt darauf.»

«Oh.» Sie stützte sich auf die Armlehne des Ohrensessels, als Beauchamp *Some Kind of Hero* hochhielt.

«James Kirkwood», sagte er.

DeDe musterte den Schutzumschlag. «Geht es um Vietnam?»

«Ja. Irgendwie schon.»

«Beauchamp?»

«Hmh?»

«Bringst du mich ins Bett?»

«Ich hab einen anstrengenden Tag hinter mir, DeDe.»

«Bloß zum Kuscheln, okay?»

Er ließ das Buch auf den Boden plumpsen und lächelte sie an. «Okay.»

«Beauchamp?»

«Hmm?»

«Wir kommen jetzt viel besser zurecht, findest du nicht auch?»

«Womit?»

«Na ja, ich meine ... mit unserem Zusammenleben.»

«Was soll das? Spekulierst du auf die Große Verdienstmedaille für Hausfrauen?»

«Nein wirklich, ich finde ...»

«Die Ehe ist ein Schlauch, DeDe ... für *alle*. Andere Leute kommen damit auch nicht besser zurecht als wir. Das habe ich dir schon immer gesagt.»

«Trotzdem ... Ich glaube, wir lernen immer noch dazu und ... wachsen.»

«Einverstanden. Wenn du dich damit wohler fühlst.»

«Fühlst *du* dich damit denn nicht wohler?»

«Wahrscheinlich schon.»

«Früher ... hatte ich nie das Gefühl, dass wir *reif* genug wären, um Kinder großzuziehen.»

«Ach du meine Güte!»

«Aber du musst doch zugeben, dass wir schon einiges überstanden haben ...»

«Wie oft muss ich dir das denn noch sagen, DeDe? Ich habe nicht die Absicht ...»

«Du! *Du!* Es ist *mein* Körper! Was ist, wenn *ich* ein Kind haben will? Wie steht's denn *damit*, hm?»

Er setzte sich im Bett auf und grinste sie affektiert an. «Kein Problem. Du brauchst dir bloß einen Kerl zu suchen, der dir eines macht.»

«Du bist widerlich!»

«Erwarte aber nicht, dass ich dafür zahle. *Oder* damit lebe.»

«Mit was? Ein Kind ist doch kein Ding, Beauchamp. Es ist ein *Mensch*!»

Seine Augen bohrten sich in sie. «O Gott! Bist du schwanger?»

«Nein.»

«Na, dann halt jetzt die Klappe ... und schlaf endlich. Ich hab morgen einen langen Tag vor mir.»

Wer ist der Glückliche?

Mary Ann verbrachte ihre Mittagspause bei Hastings, wo sie eine Krawatte aussuchte, die perfekt zu Norman passte. Es war vielleicht kein besonders dezenter Hinweis, sagte sie sich, aber *irgendwer* musste gegen diese geschmacklose, vollgekleckerte Klemmkrawatte etwas unternehmen.

Auf dem Rückweg zum Jackson Square fiel ihr ein großer gelber Hertz-Laster auf, der in einer Ladezone auf der Montgomery einparkte.

Der untersetzte Fahrer ging gemächlich zur Rückseite des Lasters und machte die Doppeltür auf.

Drinnen waren mindestens zwei Dutzend junger Frauen zusammengepfercht wie Rinder auf dem Transport zum Viehmarkt. Die meisten waren wie Sekretärinnen angezogen und kicherten nervös.

«Okay», sagte der Fahrer. «Stellt euch auf die Hebebühne. Immer sechs auf einen Schlag.» Während er nach vorne zum Führerhaus ging, warteten die jungen Frauen folgsam darauf, dass er sie auf die Straße hinunterließ. Als die letzte von der hydraulischen Hebebühne gestiegen war, kam der Fahrer wieder nach hinten und verpasste jeder einen Bauchladen aus Pappe.

Gefüllt waren die Bauchläden mit kleinen Gratispäckchen Newport Lights.

Mary Ann schauderte es. Da kamen sie also her! Diese bemitleidenswerten Geschöpfe, die an jeder Straßenecke standen und einem Gratiszigaretten oder Glücksmünzen aus Holz oder knallige Reklamezettel für immer neue Billigrestaurants aufdrängten.

Es gab schlimmere Jobs als ihren. Und nicht zu knapp.

Sie ging schneller. Sie hatte schon eine Viertelstunde Verspätung.

Als Mary Ann in die Agentur kam, seufzte sie erleichtert auf. Mr. Halcyon war immer noch in der Besprechung mit den Leuten von Adorable.

Sie öffnete die Krawattenschachtel und besah sich ihren Kauf noch einmal. Die Krawatte war aus Seide mit kastanienbraunen und marineblauen Streifen. Konservativ, aber ... mit Biss. Genau das, was Norman fehlte.

Danach kritzelte sie lange mit einem Flair-Stift auf ihrem Notizblock herum, bis sie sich für Folgendes entschied:

> *hör nicht hin, wenn sie höhnen*
> *du seist alt und ich sei jung*
> *denn ich bin alt genug zur einsicht*
> *und jung genug zur nachsicht bist du*

Nicht schlecht, wie sie fand. Außerdem waren Gedichte eine wunderbare Therapie, mit deren Hilfe sie in die besseren Zeiten an der Central High entfliehen konnte, als sie für die *Plume and Palette* allerhand angsterfüllte Verse im Stil von E. E. Cummings produziert hatte.

Doch mit diesem Gedicht fühlte sie sich nicht so recht wohl, denn es rührte ein bisschen zu direkt an das defensive Gefühl, das sie in ihrer Beziehung zu Norman empfand.

Beziehung? Bisher hatten sie sich bloß geküsst. Und noch dazu war es ein völlig zahmer Gutenachtkuss gewesen. Norman war wie ... ein großer Bruder? Nein ... aber auch nicht wie ein Onkel.

Mary Ann empfand für Norman das, was sie als Zwölfjährige für Gregory Peck empfunden hatte, als sie wegen *Wer die Nachtigall stört* fünfmal ins Kino gegangen war ... nur um sich diesem gänsehäutigen, trockenkehligen, rückenrieselnden Gefühl hinzugeben, das sie jedes Mal überkam, wenn Atticus Finch auf der Leinwand erschien.

Aber Norman Neal Williams war kein Gregory Peck.

Mary Ann zerriss das Gedicht.

Mr. Halcyon war noch in seiner Besprechung, als plötzlich Beauchamp um Mary Ann herumscharwenzelte.

«Na, ist es anstrengend heute?»

«Es geht so», antwortete sie mit betonter Gleichgültigkeit.

«Du siehst ein bisschen ... geschafft aus.»

«Das ist wahrscheinlich mein Biorhythmus.» Mary Ann wusste nicht genau, was das heißen sollte, aber so blieb alles auf einer unpersönlichen Ebene.

«Darf ich dich heute Abend zu einem Drink ausführen?»

Sie fixierte ihn mit kaltem Blick. «Ich kann dich nicht mehr ernst nehmen. Echt nicht.»

«Ich wollte nur ein bisschen nett sein.»

«Vielen herzlichen Dank. Aber heute Abend bin ich schon verabredet.»

«Aha! Und wohin entführt dich der Glückliche?»

Sie spannte einen Bogen Papier in die Schreibmaschine. «Ich wüsste nicht, was dich das ...»

«Ach, komm! Ich möchte es wirklich gerne wissen.»

Sie begann zu tippen. «Das Lokal heißt Beach Chalet.»

«Ah.»

«Kennst du es?»

«Klar. Du wirst begeistert sein. Die Veterans of Foreign Wars treffen sich dort.»

Als sie zu ihm hochschaute, sah sie, wie ein höhnisches Grinsen über sein Gesicht huschte. Mit einem zackigen militärischen Gruß ging er auf den Flur hinaus. «Überfriss dich nicht an den Erdnüssen, Kleines!»

New York, New York

Den Hörer ihres Rokokotelefons ans Ohr gepresst, schwang D'orothea ihre Zigarette – eine Sherman mit goldenem Filter – wie einen Dirigentenstab.

Sie telefonierte mal wieder mit New York.

Zum vierten Mal in zwei Tagen.

Mona rekelte sich auf der neuen Büffelleder-Chaiselongue von Billy Gaylord und verfolgte das Geschehen mit stillem Zynismus. Sie hatte es satt, mit New York zu konkurrieren.

«Ach, Bobby», kreischte D'orothea, «das ist diesen Monat schon das dritte Mal, dass du Lina ins Toilet mitgenommen hast ... Das weiß ich ja alles, mein Schatz, aber ... Lass dir das gesagt sein, Bobby. *Einmal*, das ist noch Underground-Sightseeing, aber dreimal, das ist nur noch *krank* ... Aber es ist doch gar nicht *vergleichbar* mit dem Anvil. Das Anvil war früher was richtig Tolles. Ich meine, Rudi ist da immer hingegangen, und das sagt ja eigentlich alles! ... So was hab ich dort nie gesehen ... Ach, ganz bestimmt nicht, Bobby. Ich hab nie gesehen, dass da einer mit der Faust ... Aber das ist sowieso egal. Das Toilet ist schlicht und einfach ein *Dreckloch*. Ich hab mir dort ein wunderbares Paar Bergdorf-Goodman-Schuhe kaputt gemacht ...»

In diesem Stil ging es noch zehn Minuten weiter. Als D'orothea auflegte, lächelte sie Mona entschuldigend an. «Scheiße, da bin ich gerade noch rechtzeitig abgesprungen. Der Big Apple ist so wurmstichig, dass es sich mit Worten gar nicht mehr beschreiben lässt.»

«Und deswegen brauchst du jeden Abend den aktuellen Bericht von dort, oder wie?»

«Ach, doch nicht *jeden* Abend.»

«An Verderbtheit haben wir hier auch einiges zu bieten ... Und was ist eigentlich das Toilet?»

«Eine Bar.»

«Das ist klar.»

«In der *Vogue* ist ein Artikel darüber drin.»

«Und ich Dummerchen hab sie gar nicht ...»

«Heh! ... Was hast du denn, Mona?»

«Es hängt mir einfach zum Hals raus, dass ich mich dauernd mit New York beschäftigen muss. Ich meine, du bist wieder hierhergezogen, und ich finde, du ...»

«Darum geht's doch nicht, Mona. Du trauerst irgendwas nach.»

«Das stimmt nicht. Ich bin immer so.»

«Ich glaube, dass dir Michael fehlt.»

«Übertreib's nicht mit dem Analysieren.»

«Wenn wir nicht darüber reden, mein Engel, dann ...»

«Es ist nichts dahinter. Ich hab nur miese Laune. Vergiss es einfach.»

«Mir fällt auch schon bald die Decke auf den Kopf. Komm ... gehen wir spazieren.»

In der Barbary Lane kochte Brian Hawkins gerade einen Beutel tiefgefrorenen Chinamix. Als das Essen fertig war, schlang er es noch am Küchentisch hinunter und sah dabei seine Post durch.

Es war nicht viel. Ein Werbezettel für eine neue Pizzeria. Ein Rundschreiben der Chicago Urban League. Ein Umschlag in knalligem Pink mit dem Treasure Island Trailer Court als Absender.

In dem Umschlag steckte eine Briefkarte mit dem aufgedruckten Gesicht eines niedlichen kleinen Kindes, eines nymphenhaften Wesens, das mit schmachtendem Blick aus dem Fenster eines Wohnhauses sah.

Lieber Brian,

bei Perry's hat man mir deine Adresse gegeben. Hoffentlich ist dir das auch recht. Ich wollte dir nur sagen, wie fabelhaft es mit dir war. Du bist ein richtig lieber Kerl, und ich hoffe, du rufst mich mal an. Ich kann dich nicht anrufen, weil ich kein forscher Typ bin. Ha, ha. Aber im Ernst, du bist ein richtig toller Mensch. Fühl dich nicht verpflichtet, mir auch zu schreiben.
Ich liebe dich
Candi

Das *i* in «Candi» hatte sie mit einem Smiley bekrönt.

Brian warf die Post in den Mülleimer, stellte das Geschirr in die Spüle und ging ins Schlafzimmer, um sich einen Joint zu drehen. Er hatte noch etwas Maui Wowie da. Jedenfalls genug für eine hübsche Dröhnung.

Als er auf dem gebraucht gekauften Sofa lag, ging er im Geist die unbefriedigenden kleinen Eskapaden des letzten halben Jahres durch. Mary Ann Singleton, die ihm *noch immer* keine Ruhe ließ ... Connie Bradshaw, ein richtiges Kitschmuseum ... die Tussi aus den Sutro Baths ... und jetzt ein Mutter-Tochter-Gespann!

Er lachte schallend.

Entweder war er ein Masochist oder Gott ein Sadist.

Nach einer Weile stand er auf und zog sich Levi's und ein kakifarbenes Armeehemd an. Er ging zur Tür, blieb kurz stehen und machte dann noch mal kehrt, um einen zweiten Joint zu drehen.

Dann sprang er die Treppe hinunter in den ersten Stock und klingelte bei Michael.

Vollmond in Seacliff

Jon Fielding konnte einen Anflug von Neid nicht unterdrücken, als der Diener der Hampton-Giddes ihm einen gefüllten Pilz anbot.

Harold war eine absolute *Entdeckung*.

Tüchtig, zuvorkommend und intelligent. Mit der richtigen Mischung aus milchkaffeebrauner Haut und grauen Schläfen, um als altes Familienfaktotum durchgehen zu können ... ein überzähliger Diener, den Mutter aus dem vornehmen Neuengland rübergeschickt hatte.

«Er ist eine Perle», sagte Jon zu Collier Lane, sobald Harold sich wieder entfernt hatte.

Collier nickte. «Schlichtweg perfekt. So eine Art schwuler Uncle Ben.»

«Ist er denn schwul?»

«Es wäre ihm zu wünschen. Er ist der Filmvorführer.»

«Schauen wir hier Filme an?»

«Ja, dort drüben. Vor dem Claes Oldenburg, der wie eine Ansammlung von Einkaufstüten aussieht. Die Leinwand kommt von der Decke herunter. Nach den Zigarren und dem Brandy lassen sie *Boys in the Sand* laufen.»

Die Hampton-Giddes hatten nirgendwo geknausert, stellte Jon fest. Braunes Wildleder an den Wänden. Das Kaminholz in einem verchromten Ständer. Tonnenweise Marmor und ein Beleuchtungssystem, das für eine kleinere *Aida*-Inszenierung gereicht hätte.

Der Arzt grinste seinen Rechtsanwaltsfreund an. «Jemand hat mir erzählt, dass man sogar ihren Fernseher runterdimmen kann.»

Collier grinste ebenfalls: «Die können ihr ganzes Leben runterdimmen.»

An der Dinnerparty nahmen acht Personen teil. Rick Hampton und Arch Gidde (die Hampton-Giddes), Ed Stoker und Chuck Lord (die Stoker-Lords), Bill Hill und Tony Hughes (die Hill-Hugheses) und Jon Fielding und Collier Lane.

Jon und Collier suchten Zuflucht im schwarzen Onyxbadezimmer der Hampton-Giddes.

«Mensch, Jon, geht dir dieses Gerede über neu gestaltete Küchen nicht auf die Nerven?»

«Zieh dir eine Bahn rein», sagte der Arzt. «Mit Koks geht alles besser.»

Die Hampton-Giddes hatten für ihre Gäste Kokain bereitgestellt. Aber nur im Badezimmer. Außer Sichtweite der Dienstboten. Collier schniefte eine Bahn.

«Gehen wir doch in die Sauna», sagte er, als er sich wieder aufrichtete.

«Wir können nicht einfach abhauen, Collier.»

«Warum nicht? Ich langweile mich hier zu Tode.»

«Dann zieh dir noch eine rein.»

«Wo bleiben eigentlich die Schnuckel? Normalerweise zeigen unsere Gastgeber Anstand und laden ein oder zwei dekorative Schnittchen ein ... Mein Gott, wer ist schon scharf darauf, sich den ganzen Abend diese abgeschlafften alten Gucci-Tunten anzuschauen.»

«Ich kann jetzt nicht gehen. Vielleicht nach dem Film ...»

«Scheiß auf den Film! Wo bleibt denn da das richtige Leben? Noch dazu haben wir heute Vollmond! Kannst du dir vorstellen, was da in der Sauna ...?»

Jon kniff Collier in die Backe. «Es gibt so etwas wie gesellschaftliche Verpflichtungen, mein Junge.»

«Du bist ein Waschlappen, Fielding.»

Jon lächelte. «Dusch dich kalt ab. Das hält 'ne Weile an.»

«Also», sagte William Devereux Hill III., als er Edward Paxton Stoker Jr. die gedämpfte Winterendivie reichte, «haben Tony und ich im Gesellschaftskalender für St. Louis nachgeschlagen, und sie stehen *nicht* drin. Keiner von beiden.»

«Schrecklich.»

«Und machen wir uns doch nichts vor, mein Schatz. In St. Louis ist da nicht *allzu* schwer reinzukommen!»

«Wie wäre es mit dem Achten?», fragte Archibald Anson Gidde.

Charles Hillary Lord blätterte seinen in schwarzes Leder gebundenen Hermès-Terminkalender um. «Tut mir leid. An dem Abend führt Edward Mrs. Langhurst ins Konzert aus, weil Edo de Waart dirigiert. Die Musik macht aus mir wieder mal eine grüne Witwe.»

«Was ist mit dem Mittwoch darauf?»

«Da haben wir Karten fürs Theater.»

«Ich passe.»

«Es ist schon verrückt, nicht?», seufzte Charles Hillary Lord.

«Was macht dein Schnuckel?», fragte Richard Evan Hampton und grinste Jon Philip Fielding über den Marmortisch hinweg affektiert an.

«Wer?»

«Dieses Jüngelchen in Jockey-Shorts. Aus dem Endup.»

«Ach so ... Ich hab ihn schon länger nicht mehr gesehen.»

«Na, er war wohl auch kaum dein Typ, nicht?»

«Hmh?»

«Ich meine, wie viele Leute kennst du denn schon, die an einem Tanzwettbewerb in Unterhosen teilnehmen?»

«*Ihn* kannte ich jedenfalls. Und ich mochte ihn, Rick.»

«Dann werde ich mich wohl entschuldigen müssen, meine Liebe.»

«Nein, ich werde mich entschuldigen.»

«Wieso?»

«Wir haben Vollmond, Mr. Hampton, und ich kann dieses ‹Daughters of the American Revolution›-Kränzchen nicht länger ertragen. Wenn Sie mich jetzt entschuldigen würden, meine Herren.» Er schob seinen Stuhl zurück, stand auf und nickte seinem Freund zu. «Ich nehme mir ein Taxi», sagte er.

«Den Teufel wirst du tun», sagte Collier Lane.

In ihren Brioni-Blazern rauschten sie ab in die Sauna.

Normans Geständnis

Nach dem dritten Glas Weißwein im Beach Chalet machte Mary Ann das spießig-rustikale Archie-Bunker-Ambiente des Lokals kaum noch etwas aus.

«Es gefällt mir hier», gab sie Norman gegenüber freimütig zu. «Die Kneipe ist sehr ... urwüchsig.» Zum Teufel mit Beauchamp und seiner schnoddrigen Bemerkung über die Veterans of Foreign Wars.

«Ich dachte, dass dir die Freski hier vielleicht gefallen», sagte Norman.

«Die was ...?»

«Die Malereien an den Wänden.»

«Ach so ... ja, sie sind toll. Jugendstil, nicht?»

Norman nickte. «Der gute alte Mr. Roosevelt und seine Beschäftigungsprogramme aus dem New Deal. Wie wär's jetzt mit einem kleinen Strandspaziergang?»

Mary Ann hatte keine besondere Lust dazu. Es war kalt draußen, und sie fand die Neon-Bierreklamen und die Stammkunden in Bowlingjacken, die den Tresen umlagerten, ganz gemütlich.

Sie lächelte Norman an. «*Du* würdest gerne raus, nicht?»

«Ja.»

«Stimmt irgendwas nicht, Norman?»

«Nein. Ich möchte bloß ein bisschen spazieren gehen. Okay?»

«Klar.»

Er lächelte und tippte mit dem Finger an ihre Nasenspitze.

Auf dem Strand hängte sie sich bei Norman ein, um sich an ihm zu wärmen. Bei Vollmond schimmerte das Cliff House wie ein Herrensitz aus einem der Romane von Daphne du Maurier.

Sie brach das Schweigen zuerst.

«Möchtest du reden?»

«Ich wollte, ich ... Ach, lass mal.»

«Was denn, Norman?»

«Ich wollte, ich würde besser aussehen.»

«Norman!»

«Das mit dem Alter wäre nicht so schlimm, wenn ... Ach, vergiss es.»

Sie blieb stehen und drehte ihn herum, sodass er ihr ins Gesicht sehen musste. «Also ... erstens bist du *nicht* alt, Norman. Du hast es gar nicht nötig, dich dauernd dafür zu entschuldigen. Und zweitens bist du ein *sehr* starker, maskuliner und ... attraktiver Mann.»

Er reagierte, als hätte er überhaupt nicht zugehört. «Warum gehst du mit mir aus, Mary Ann?»

Sie warf die Arme in die Luft und stöhnte. «Du hörst mir nicht mal *zu*.»

«Es sind doch so viele Männer hinter dir her. Ich hab gesehen, wie Brian Hawkins dich ansieht.»

«Hör mir bloß mit dem auf!»

«Findest du Brian denn nicht hübsch?»

«Brian Hawkins hält jede Frau, die mit ihm ins Bett steigt, für eine ...» Mary Ann unterbrach sich.

«Für eine was?»

«Norman ...»

«Für eine *was*?»

«Für eine Hure.»

«Oh.»

«Norman ... ich wollte, ich könnte dir begreiflich machen, wie viel für dich spricht.»

«Überanstreng dich nicht.»

«Norman, du bist *sanft* ... und taktvoll ... und du glaubst an viele ... traditionelle Werte ... und du gibst mir nie das Gefühl, dass ich altmodisch bin.»

Er lachte traurig. «Weil ich noch altmodischer bin als du.»

«Das hab ich nicht gesagt. Und danke für das Kompliment!»

«Glaubst du, dass ich dich glücklich machen könnte, Mary Ann?»

Davor hatte sie sich die ganze Zeit gefürchtet. «Norman ... ich fühle mich immer sehr wohl, wenn ich mit dir zusammen bin.»

«Danach habe ich nicht gefragt.»

«Wir haben uns doch gerade erst kennengelernt.»

Der Spruch war so lahm, dass es ihr sofort leidtat. Sie suchte in Normans Gesicht nach Anzeichen dafür, dass sie Schaden angerichtet hatte. Er sah aus, als würde er mit irgendwas ringen. Seine Gesichtszüge waren eigenartig verzerrt.

«Ich bin kein Pillendrücker, Mary Ann.»

«Was?»

«Ich bin nicht Vertreter für Nutri-Vim. Das hab ich nur so gesagt, damit ... Ich hab es nur so gesagt.»

«Aber was ist mit dem ...?»

«Ich komm schon bald an eine schöne Stange Geld. Dann kann ich dir alles kaufen, was du dir wünschst. Ich weiß schon, dass ich dir im Moment vorkommen muss wie eine Lusche, aber ich bin ...»

«Norman», sagte sie so schonend wie möglich, «ich möchte nicht, dass du mir etwas *kaufst*.»

Sein Gesicht hatte jeden Ausdruck verloren. Sein ganzes Elend lag in seinem Blick.

«Norman ...» Sie rückte seine neue Krawatte zurecht. «Sie steht dir ganz ausgezeichnet.»

«Ich fahr dich nach Hause.»

«Ich möchte nicht, dass du das Gefühl hast ...»

«Schon gut. Manchmal ... will ich halt einfach zu viel.»

Auf der Rückfahrt zur Barbary Lane sagte er kaum ein Wort.

Worüber D'or sich ausschweigt

Vor dem dunklen Hang des Alta Plaza Park leuchtete die neonhelle Telefonzelle wie Protoplasma. Mona und D'orothea spazierten die Jackson Street entlang nach Westen.

Mona schüttelte sich. «Was für ein gruseliger Ort für ein Telefongespräch!»

«Hast du vor der Dunkelheit Angst?»

«Schrecklich.»

«Das hätt ich nicht gedacht.»

«Haben nicht alle Angst vor der Dunkelheit? Es ist das Einzige, was uns von den Tieren unterscheidet.»

D'or grinste. «Ich nicht. Ich halte mich auch da an die Devise: ‹Black is beautiful›.»

«Bei *dir* stimmt das ja auch.»

D'or blieb stehen und griff nach Monas Händen. «Schatz ... würdest du ...?»

«Würde ich was?»

«Ach, nichts.» Sie verscheuchte den Gedanken mit einer Handbewegung und ging weiter. «Nichts Wichtiges.»

Mona runzelte die Stirn. «Ich kann das nicht ausstehen.»

«Was, mein Schatz?»

«Wenn du mit etwas nicht rausrückst, weil du dir einbildest, dass ich es nicht verkrafte.»

«Ich wollte dir damit nicht ...»

«Ich bin nicht so schrecklich empfindlich, D'or. Meinst du nicht, dass du ein bisschen *mitteilsamer* sein könntest?»

«Von mir aus.» D'or wirkte verstimmt.

«Außerdem brauche ich nicht dauernd zu hören, dass du mich liebst. Ich *weiß*, dass du mich liebst, D'or. Es ist nur so ... dass du deine ... deine Gedanken kaum mit mir teilst. Manchmal habe ich das Gefühl, als würde ich mit einer Fremden zusammenleben.»

Schweigen.

«Tut mir leid. Aber du hast gefragt, was ich auf dem Herzen habe.»

«Willst du etwa ausziehen?»

«Nein! Ich habe mir keine Wunder erwartet, D'or ... nie. Ich hatte bloß ...»

«Ist es der Sex? Du weißt doch, dass es für mich keine Rolle spielt, ob ...»

«D'or ... ich *mag* dich wirklich.»

«Aua.»

«Verflucht noch mal ... das ist schon eine ganze Menge, oder etwa nicht? Ich meine, mir ist noch nicht mal klar, ob ich überhaupt jemand fürs Bett haben möchte. Ob nun Mann *oder* Frau. Manchmal denke ich, dass es fünf wirklich gute Freunde oder Freundinnen auch tun würden.»

Sie gingen einige Zeit schweigend nebeneinanderher, bis D'orothea sagte: «Und was machen wir nun?»

«Ich möchte bei dir bleiben, D'or.»

«Aber ich muss mich ändern, oder wie?»

«Davon habe ich nichts gesagt.»

«Aber, Mona ... *irgendwas* passt dir doch nicht.»

Mona funkelte sie wütend an. «Glaubst du denn allen Ernstes, dass ich meinen Lebenszweck darin sehe, mir den Arsch breit zu sitzen, während du dir bei demselben Dreckskerl, der mich rausgeschmissen hat, mal so eben hunderttausend Dollar abholst?»

«Mona ... ich könnte mit Edgar Halcyon reden ...»

«Wenn du das tust, packe ich noch am selben Tag meine Sachen.»

«Was soll ich dann tun? Was verlangst du denn von mir?»

«Ich weiß es einfach nicht ... Irgendwie komme ich mir ausgegrenzt vor. Ich kann diese alten Weiber mit ihren lila gefärbten Haaren nicht ausstehen, die in der Handtasche chemische Keulen spazieren tragen und in einem fort mit ihren Pudeln ...»

«Daran kann ich ja wohl nichts ändern ...»

«Aber du könntest mich an deinem Leben teilnehmen lassen, D'or. Stell mich deinen Bekannten vor ... und deiner Familie. Herrgott noch mal, deine Eltern wohnen in Oakland, und ich hab sie noch *nie* zu Gesicht bekommen!»

D'orotheas Stimme war eisig, als sie sagte: «Lass bloß meine Eltern aus dem Spiel.»

«Da haben wir's!»

«Was soll *das* nun wieder heißen?»

«Das soll heißen, dass du dir vor Angst fast in die Hosen machst, weil Mommy und Daddy rausfinden könnten, dass du eine Lesbe bist!»

«Das stimmt nicht.»

«Was ist es dann?»

«Ich ... habe keinen Kontakt mehr zu meinen Eltern. Ich habe noch kein einziges Mal mit ihnen gesprochen, seit ich aus New York zurück bin. Kein einziges Mal.»

«Ach, erzähl mir doch nichts!»

«Hast du je erlebt, dass ich mit ihnen telefoniert hätte? Wann soll ich denn mit ihnen geredet haben?»

«Aber weshalb sprichst du denn nicht mit ihnen?»

«Wann hast *du* das letzte Mal mit deiner Mutter gesprochen?»

«Das ist ganz was anderes. Meine Mutter wohnt in Minneapolis. Aber für dich wäre es überhaupt kein Umstand, mit deinen ...»

«Du hast doch keine *Ahnung*, was für ein Umstand es für mich wäre, Mona.»

Mona blieb stehen und stellte sich vor D'orothea hin. «Jetzt hör mir mal zu. Mir ist schon klar, dass du um einiges ...» Sie unterbrach sich.

«Dass ich um einiges was?»

«Was weiß ich. Dass du ... mehr Lebenserfahrung hast?»

D'orothea lachte wehmütig. «Das trifft's noch nicht mal ansatzweise, mein Schatz!»

«Na, wenn schon? Hältst du mich etwa für snobistisch? Ich hab mich schon oft für Leute aus der Dritten Welt eingesetzt, das kann ich dir sagen!»

«Mein Vater arbeitet als Bäcker in der Twinkie-Keksfabrik, Mona!»

Mona unterdrückte ein Grinsen. «Das hast du dir ausgedacht.»

«Lass mich jetzt in Ruhe damit, ja?»

«Nein. Du meinst, dass ich mit älteren Schwarzen nicht umgehen kann, stimmt's? Dass ich trotz allem gar nicht anders kann, als rassistisch *und* altenfeindlich zu sein!»

Schweigen.

«Das ist doch der springende Punkt, oder?»

«Ich glaube, dass du sehr gut mit Menschen umgehen kannst. Aber hören wir jetzt auf damit. Einverstanden?»

Also hielt Mona den Mund.

Ihr liberales Bewusstsein würde ihr allerdings nicht erlauben, das Thema fallen zu lassen.

Sie würde der Angelegenheit auf eigene Faust nachgehen.

Es konnte nicht *so* viele Wilsons geben in der Twinkie-Fabrik.

Michaels Besucher

Michael machte gerade das Bett, als es an der Tür klingelte. Er musste über sich selbst lachen, als er sich beeilte. Er machte das Bett nie *seinetwegen*. Er tat es wegen anderer Leute ... oder in der Hoffnung auf andere Leute.

Das war auch der wahre Grund dafür, dass er die Toilette immer sauber hielt und im Badezimmerschränkchen stets eine frische Gästezahnbürste aufbewahrte. Man konnte nie wissen, wann man sich in der Rolle der zukünftigen Ehegattin bewähren musste.

Beim zweiten Klingeln öffnete er die Tür. Innerlich hatte er sich bereits darauf eingestellt, Mary Ann wieder mal sein mitfühlendes Ohr zu leihen.

«Brian!»

«Ich ... störe doch nicht etwa?»

«Ehrlich gesagt räkelt sich gerade Casey Donovan in meinem Boudoir.»

«Oh, entsch...»

«Das war ein Witz, Brian. Reine Extravaganz. Was kann ich für dich tun?»

«Nichts ... Ich ... ich hab noch 'ne Portion Maui Wowie über.

Und da hab ich gedacht, dass du vielleicht auch Lust hättest, was zu rauchen ... und 'ne Weile zu quatschen.»

Was für ein drolliges Wort, dachte Michael. Quatschen. Die Heteros trauerten der Hippieära immer noch nach.

Das Gras wirkte sehr rasch.

«Meine Fresse», platzte Michael heraus. «Wie teuer ist das Zeug denn?»

«Zweihundert die Unze.»

«Ich bitte dich!»

«Ich schwör's bei Gott.»

«Meine Zähne sind ganz taub.»

«Wer braucht die schon?»

Michael lachte. «Wo du recht hast, hast du recht! Ist das Zeug von hier, Brian?»

«Mhmm. Aus L. A.»

«Das gute alte Lah!»

«Hmh?»

«Lah. L. A. ... kapiert?»

«Ach so ... ja.»

«L. A. ist Lah. Und S. F. ist Sif.»

«Wie wahr!»

Sie lachten. «Meine Fresse, Brian. Noch ein Zug, und ich seh den lieben Gott.»

«Zu spät. Er ist nach Lah umgezogen.»

«Der liebe Gott ist in Lah?»

«Was glaubst du, wer mir das Zeug verkauft hat?»

«Manchmal», sagte Brian, «hab ich das Gefühl, dass es aus und vorbei ist mit der sexuellen Revolution. Weißt du, was ich meine?»

«Denk schon.»

«Ich mein ... was ist noch übrig? Verstehst du?»

«Klar.»

«Typen und Tussis, Tussis und Tussis, Typen und Typen.»

«Genau.»

«Aber jetzt ... weißt du ... das Pendel.»

«Genau ... das verfluchte Pendel.»

«Ich meine, Michael ... ich glaube ... ich glaube, die Sache ist gelaufen, Mann.»

«Welche Sache?»

«Alles.»

«Sodom und Gomorrha, hm?»

«Vielleicht nicht ganz so ... dramatisch, aber so in der Preislage. Wir werden die ... mit *wir* mein ich solche Leute wie dich und mich ... wir werden die fünfzigjährigen Libertins sein in einer Welt voller zwanzigjähriger Calvinisten.»

Michael schüttelte es. «Bei denen die Geilheit im Herzen sitzt wie bei Jimmy ... aber sonst nirgends.»

«Stimmt ... Bist du jetzt geil?»

Michaels Herz setzte aus. «Äh ...»

«Von Gras werd ich immer geil.»

«Ja ... ich weiß, was du meinst.»

«Warum ... tun wir dann nichts dagegen?»

Es war so still im Zimmer, dass Michael die Haare auf Brians Brust wachsen hören konnte.

«Findest du nicht ... dass das ... etwas kompliziert ist, Brian?»

«Warum?»

«Warum?», wiederholte Michael. «Na ja, ich ... äh ... wir beide sind nicht unbedingt vom selben Ufer, oder?»

«Na und? Es muss in dieser verdammten Stadt doch wenigstens eine Kneipe geben, wo es Heterotussis *und* Schwule gibt.»

«Du möchtest, dass wir ... gemeinsam auf Aufriss gehen?»

«Könnte ein Riesenspaß werden, hm?»

Michael sah ihn etwas länger an und lächelte dann träge. «Du meinst es richtig ernst, was?»

«Aber natürlich!»

«Das ist ja vielleicht abgedreht.»

«Ich wusste, dass du darauf anspringst.»

«Vielleicht», sagte Michael, der gleich wieder zu Pan wurde, «können wir ja ein Pärchen auseinanderspannen.»

Die drei von der Sauna

Als er das Haus der Hampton-Giddes verließ, inhalierte Jon den reinigenden Nebel, der sich von der Bay aus nach Seacliff ergossen hatte.

Collier grinste ihn an. «Ich hab ja gewusst, dass es dir früher oder später bei den Ohren rauskommt.»

«Halt die Klappe.»

«Du bist noch immer vernarrt in dieses Tolliver-Jüngelchen, was?»

«Ich bin *in gar niemand* vernarrt, Collier. Aber ich habe dieses giftige Gerede über irgendwelche Twinks gründlich satt. Das ist bloß die Trutschenvariante für den Chauvinismus der Mackerschweine!»

«Kann ich das an Bartlett's *Worte der Woche* schicken?»

«Warum beschränkst du dich nicht aufs Fahren, hm?»

«Fahren wir in die Sauna?»

«Da willst du doch hin, oder?»

«Ich könnte dich auch bei deinem Twink absetzen.»

«Wenn du noch einmal damit anfängst, Collier ...»

«Zur Sauna also, Mylord.»

Jon hüllte sich während der langen Fahrt in die Gegend um die Eighth und die Howard in Schweigen. Er litt unter seiner verfahrenen Situation. Die Spießigkeit der Hampton-Giddes erschien ihm ebenso wenig erstrebenswert wie die Ziellosigkeit der Michael Tollivers.

In so einer Lage bot die Sauna den einfachsten Ausweg.

Diskret, leidenschaftslos und unverbindlich. Er konnte sich für ein, zwei Stunden austoben und danach wieder unbefleckt eintauchen in seine Existenz als Arzt.

Es blieb ihm gar keine andere Wahl.

Von Dekorateuren, Friseuren und bestimmten Polizeidienstgraden wurde in San Francisco geradezu *erwartet*, dass sie schwul waren.

Aber wer wollte schon einen schwulen Gynäkologen?

Seiner Erfahrung nach erwarteten die meisten Frauen von ihrem Gynäkologen Zurückhaltung, wenn er in ihre intimsten Regionen Einblick nahm. Sie erwarteten allerdings *nicht*, dass ihm diese Zurückhaltung leichtfiel. Im hintersten Winkel ihres Herzens glimmte eine schwache Hoffnung, dass sie dem armen Kerl gehörig den Kopf verdrehen würden.

Ja, so ein schwuler Gynäkologe hatte es schon schwer.

Im Fernsehraum der Club Baths hatte sich eine Horde Handtuchtarzans versammelt.

Ausnahmsweise verfolgten sie gebannt das Fernsehprogramm.

«Den Orgienraum kannst du während der Mary-Hartman-Show vergessen», sagte Collier.

Jon grinste. Er fühlte sich zusehends wohler. «Ich habe sowieso Hunger. Wir sind ja über die gedämpfte Winterendivie nicht hinausgekommen, wie du weißt.»

Sie steckten ein paar Hot Dogs in die Mikrowelle und lachten über den obligatorischen Aufkleber, der Leute mit Herzschritt-machern warnte. Ein Herzschrittmacher tauchte in den Club Baths ungefähr so häufig auf wie eine Accu-Jac-Wichsmaschine im Bohemian Club.

Hinterher trennten sie sich, und jeder suchte sein persönliches Abenteuer im Wunderland.

Jon strich eine Viertelstunde durch die Gänge und entschied sich schließlich für einen Dunkelhaarigen in einer Kabine neben den Duschen. Der Kerl lag auf seiner Liege und stützte sich auf die Ellbogen.

Er hatte sein Handtuch noch um, und seine Lampe hatte er auf hell gestellt.

Ein gutes Zeichen, dachte Jon. Wenn einer es furchtbar nötig hatte, schaltete er unweigerlich auf Schummerlicht und legte sein Handtuch ab.

Als sie fertig waren, sagte Jon: «Wenn ich gehen soll, kannst du's ruhig sagen.»

«Kein Problem», antwortete der Dunkelhaarige.

«Es ist schön, ein bisschen dazuliegen.»

«Ja. Da draußen ist die Hölle los.»

«Wir haben Vollmond.»

«Mir sind die ruhigeren Abende lieber. Ich meine ... manchmal komme ich bloß her, um ... mich zu entspannen.»

«Ich auch.»

Der Dunkelhaarige verschränkte die Hände hinter dem Kopf und schaute zur Decke hoch. «Ich war heute Abend nicht mal besonders geil.»

«Ich auch nicht. Ich rede mir immer ein, dass ich bloß wegen der Dampfsauna herkomme, aber irgendwie funktioniert es dann doch anders.»

Der Mann lachte. «*Quelle coincidence!*»

Jon setzte sich auf. «Es ist wohl besser, ich gehe ...»

«Kann ich dich zu einem Kaffee einladen?»

«Danke, aber ich bin mit einem Freund da.»

«Dein Liebhaber?»

Jon lachte. «O Gott, nein!»

«Bist du ... noch zu haben?»

«Aber ja.»

«Darf ich dir meine Telefonnummer geben?»

Jon nickte und streckte dem Dunkelhaarigen seine Hand hin. «Ich heiße Jon», stellte er sich vor.

«Und ich heiße Beauchamp.»

Cruising im Stud

Für seine nächtliche Tour mit Brian setzte Michael auf das Stud. Die Bar an der Folsom Street war entsprechend megasexuell, und ihre pseudoalternative Einrichtung würde Brian wohl am wenigsten verschrecken.

Vielleicht würde sie ihn sogar an Sausalito erinnern.

«Das erinnert mich an das Trident», sagte Brian, als sie durch die Tür kamen.

Michael grinste. «Das ist wohl die goldene Regel der Siebziger, was? Es spielt keine Rolle, was du anstellst, solang du es irgendwo machst, wo es wie in einer Scheune aussieht.»

«Mensch! Sieh mal da drüben an der Bar! Was für Titten!»

«Ja. Der rennt mindestens schon seit der Highschool ins Fitnessstudio!»

«Ich rede von der Tussi, Michael!»

«Weißt du was?», sagte Michael. «Du guckst dir deine Sorte Titten an und ich mir meine!»

Die Gäste standen zwanglos um den Tresen in der Mitte, manche in Dreier- oder Vierergruppen. Sie lachten in kurzen, gekünstelten Ausbrüchen, und eine abgetakelt wirkende Band tat so, als würde Kenny Loggins «Back to Georgia» singen.

«Unser Plan sieht also so aus», sagte Michael laut. «Wenn mir was über den Weg läuft, was für dich interessant sein könnte, treib ich es in deine Richtung.»

«Nicht *es*, Michael. *Sie.*»

«Genau. Und du machst umgekehrt das Gleiche.»

«Keine Sorge.»

«Siehst du irgendwas, was dich anmacht?»

«Ja. Der Atombusen da drüben.»

«Die Frau musst du aber erst noch von dem Kerl loseisen, mit dem sie da ist.»

«Vielleicht ist er ja schwul.»

«Das kannst du vergessen. Er ist hetero.»

«Wie willst du das denn wissen?»

«Sieh dir doch mal seinen Arsch an, Brian!»

«Haben Schwule nie einen fetten Arsch?»

«Wenn sie einen haben, dann gehen sie nicht in Bars. Das ist die *andere* goldene Regel der Siebziger.»

Die Frau, die sich neben Brian setzte, hatte ein beigefarbenes T-Shirt an, das in unaufdringlichen Kleinbuchstaben den Aufdruck «Miststück» trug.

«Seid ihr zwei Hübschen zusammen da?»

«Ja. Das heißt ... nicht direkt. Er ist schwul, und ich bin hetero.»

«Wie schön für dich.»

«So war das nicht gemeint. Michael ist ein Freund von mir.»

«Und was machst du so?»

«Du meinst mit Michael?»

«Nein. Du allein. Wie verdienst du zum Beispiel dein Geld?»

«Ich arbeite als Kellner. Im Perry's.»

«Oh. Das ist ja abgedreht.»

Ihre Bemerkung ärgerte ihn. «Wieso?»

«Na ja, ich meine ... dort geht's doch richtig ... künstlich zu, oder?»

«Mir gefällt's», log er. Von einem möchtegernradikalen Weibsbild im Miststück-T-Shirt ließ er *seinen* Arbeitsplatz doch nicht runtermachen.

«Ich arbeite für Francis.»

«Für Francis, das sprechende Maultier?»

Sie verdrehte genervt die Augen. «Für Francis Ford Coppola.»

Michael stand alleine an der Bar, als Brian zu ihm zurückkam. «Und, hattest du Erfolg?»

Brian trank einen großen Schluck Bier. «Ich bin nicht lang genug am Ball geblieben, um es rauszufinden. Die war vielleicht daneben.»

«Was heißt das denn?»

«Ach, Schwamm drüber.»

«Stell dich nicht so an. Ich will die Schweinereien hören. Steht sie auf Fesselspiele? Lässt sie sich gern erniedrigen? Mag sie Natursekt? Oder kann sie etwa nur auf Satinbettlaken?»

«Sie wollte wissen, ob ich auf ... Cockrings stehe.» Michael kreischte beinahe los. «Du nimmst mich auf den Arm!»

«Wozu ist so ein Ding denn überhaupt gut?»

«Ein Cockring? Mensch ... wie soll ich das erklären? Es ist ein Stahlring mit ... ungefähr so 'nem Durchmesser ... obwohl, manchmal ist er auch aus Messing oder aus Leder ... und den ziehst du über deine ... Ausstattung.»

«Und wozu soll der Scheiß gut sein?»

«Damit steht er dir länger.»

«Oh.»

«Ist das Leben nicht voller Überraschungen?»

«Hast du einen?»

Michael lachte. «O Gott, nee.»

«Warum nicht?»

«Na ja ... das ist bloß noch was, an das man denken muss. Von meinen Sonnenbrillen hatte ich noch keine länger als eine Woche.» Plötzlich lachte er. Ihm war etwas eingefallen. «Ich kannte mal einen Kerl ... einen wie aus dem Ei gepellten Börsenmakler ... und der hatte *permanent* einen um. Aber *davon* war er schnell wieder geheilt.»

«Was ist passiert?»

«Er musste zu einer Konferenz nach Denver fliegen, und sie haben ihn drangekriegt, als er auf dem Flughafen durch den Metalldetektor marschiert ist.»

«O Gott! Was haben sie gemacht?»

«Sie haben seinen Koffer aufgemacht und seine schwarzen Lederchaps gefunden!»

Brian pfiff durch die Zähne und schüttelte den Kopf.

«Es ist noch nicht zu spät für einen Kaffee im Pam-Pam's.»

«Die Verabredung gilt, Mann!»

«I am woman, hear me roar ...»

Kurz nach sieben stolperte Beauchamp aus dem Bett und ins Badezimmer.

DeDe drehte sich auf die andere Seite, atmete gleichmäßig weiter und gab vor zu schlafen. *Diesmal* wollte sie seine Entschuldigung gar nicht erst hören. Seine vielen Entschuldigungen hatten sie taub gemacht, und die Anstrengung, ihm immer wieder zu glauben, kostete sie viel zu viel Kraft.

Er war um vier Uhr früh nach Hause gekommen. Basta.

Es gab vielleicht keine andere *Frau*, aber es gab mit Sicherheit andere *Frauen*.

Ihre Reaktion darauf musste durchschlagend, wohlüberlegt und frauentypisch sein. Sie versuchte, sich vorzustellen, wie Helen Reddy sich in so einer Situation verhalten hätte.

Das Telefon riss sie dann um Viertel nach neun aus dem Schlaf.

«Hallo.»

«Schläfst du noch, mein Engel?»

«Nicht ganz.»

«Du klingst deprimiert.»

«Wirklich?»

«Sieh mal ... Wenn es wegen dieser bewussten Sache da ist ... Ein einfacher kleiner Eingriff, und schon bist du wieder ...»

«Binky, ich ...»

«Das ist heute nicht mehr so wie früher, wo man es noch mit rostigen Kleiderbügeln gemacht hat.»

«Es *reicht*, Binky!»

Schweigen.

«Binky ... es tut mir leid. Okay?»

«Aber ja.»

«Ich ... habe schlecht geschlafen.»

«Klar doch. Pass auf ... Ich hab was Tolles auf Lager. Willst du's hören?»

«Ich bin ganz Ohr.»

«Jimmy Carter ist ein Kennedy!»

«Ah ... kannst du das noch mal sagen?»

«Ist das nicht das *Schärfste*, was dir seit *Monaten* zu Ohren gekommen ist?»

«Wohl eher das Unappetitlichste.»

«Aber, aber ... Ich erzähle dir doch nur, was gestern Abend

bei den Stonecyphers *das* Thema war. Anscheinend hat man Schweigegeld gezahlt, damit auch sichergestellt war, dass ...»

«Was soll *das* denn wieder heißen?»

«Miss Lillian war mal Joe Kennedys Sekretärin.»

«Wann?»

«Ach, sei keine Spielverderberin, mein Engel. Ich finde die Geschichte einfach himmlisch.»

«Himmlisch, ja.»

«Na, sie erklärt immerhin das Gebiss, oder nicht?»

Als DeDe endlich vom Telefon loskam, ging sie schaudernd ins Bad.

Nach einem halbstündigen Gespräch mit Binky fühlte man sich, als hätte man einen ganzen Auswahlband mit Walt Whitman in einem Rutsch in sich hineingefressen.

DeDe ging gar nicht erst in die Küche, sondern schlüpfte hastig in einen Kaschmirrollkragenpullover und Levi's und warf sich nachträglich noch ihre Anne-Klein-Wildlederjacke über die Schultern. Sie wollte spazieren gehen. Und nachdenken.

Wie gewohnt ging sie zu den Filbert Steps, deren Pfefferkuchenhäuser und steil auf und ab führende Sackgassen eine Kulisse für ihren Kummer abgaben, wie Walt Disney sie nicht besser hätte liefern können.

An der Napier Lane setzte sie sich auf den Plankenweg und beobachtete die Katzen aus dem Viertel, die in der Sonne herumspazierten.

Es war einmal eine Katze, die in der Sonne einschlief und träumte, sie wäre eine Frau, die in der Sonne schlief. Als sie aufwachte, konnte sie sich nicht mehr erinnern, ob sie eine Katze war oder eine Frau.

Wo hatte sie das bloß gehört?

Egal. Sie fühlte sich weder wie eine Katze *noch* wie eine Frau.

Ihr ganzes Leben lang hatte sie getan, was man ihr aufgetragen hatte. Aus der wohlwollenden Alleinherrschaft von Edgar Halcyon hatte sie sich ohne die geringste Verzögerung in die prinzipienlose Tyrannei von Beauchamp Day begeben.

Ihr Ehemann bestimmte mit der gleichen Entschiedenheit über sie, wie ihr Vater es getan hatte. Er manipulierte sie mit Schuldgefühlen, Liebesversprechen und ihrer Angst vor Zurückweisung. Noch *nie* hatte sie etwas für sich selbst getan.

«Dr. Fielding?»

«Ja?»

«Entschuldigen Sie, dass ich Sie zu Hause störe.»

«Das macht doch nichts. Ah ... mit wem spreche ich, bitte?»

«Mit DeDe Day.»

«Oh. Wie geht es Ihnen?»

«Ich ... ich habe mich entschieden.»

«Schön.»

«Ich will das Kind bekommen, Dr. Fielding.»

Der Doktor steht hoch im Kurs

Beauchamp beschloss, sein Mittagessen bei Wilkes Bashford zu heben. In einem Ambiente aus Korbmöbeln, Acrylglas und gekalkten Wänden schüttete er drei Negronis in sich hinein und probierte gleichzeitig ein Paar Walter-Newberger-Schuhe für zweihundertfünfundzwanzig Dollar an.

Walter Newberger bediente ihn höchstpersönlich.

«Und, was haben Sie für ein Gefühl?», wollte der Designer wissen.

«Einfach himmlisch», antwortete Beauchamp. «*Exakt* die richtige Menge Campari.»

«Ich meinte die *Schuhe*, Beauchamp. Sie *können* doch wohl aufstehen, oder?»

Beauchamp grinste spitzbübisch. «Nur, wenn es unbedingt sein muss ... Wo haben Sie Ihr Telefon stehen?»

«Ein Apparat steht im Spiegelkabinett.»

Beauchamp wankte ins Spiegelkabinett und wählte die Nummer von Jons Praxis in der Sutter Street 450.

«Hallo, Blondie.»

«Guten Tag.»

«Ich bin gerade bei dir um die Ecke, du geiles Luder. Warum nehmen wir uns nicht ein Zimmer im Mark Twain und schieben einen Quickie?»

«Ich bin im Moment leider beschäftigt. Aber wenn Sie etwas später noch einmal anrufen könnten, wird Ihnen meine Sprechstundenhilfe sicher ...»

«Ach, ich verstehe!»

«Sehr schön.»

«Hast du eine Patientin da?»

«Das trifft zu.»

«Ist sie hübsch?»

«Es tut mir leid ... ich kann darüber keine ...»

«Aaach ... stell dich nicht so an! Sag mir doch schon, ob sie hübsch ist.»

«Ich muss jetzt leider aufhören.»

«Hübscher als ich *kann* sie doch gar nicht sein, oder?»

Der Doktor legte auf.

Beauchamp lehnte sich laut lachend gegen den Stoffkaktus im Spiegelkabinett. Dann bummelte er zurück an die Bar, wo der Schuhdesigner ihn erwartete.

«Setzen Sie sie auf die Rechnung», sagte Beauchamp.

Der Alte war offenbar immer noch beim Mittagessen in der Villa Taverna.

Beauchamp schlenderte in die Vorstandssuite und stellte ein paar Überlegungen an.

Der Raum war gar nicht schlecht. Klare Linien und eine ganz passable Beleuchtung. Wenn erst mal diese *grauenhaften* Jagdszenen und die abgenutzten Barcelona-Sessel draußen waren, konnte Tony Hail wahrscheinlich im Handumdrehen etwas ganz Tolles hinzaubern ... mit Körben und ein paar Birkenfeigen und vielleicht mit Straußeneiern auf dem Regal hinter dem ...

«Suchst du etwas?» Es war Mary Ann, die das Revier des Alten entschlossen verteidigte.

«Nein», war seine schlichte Antwort.

«Mr. Halcyon wird erst um zwei zurück sein.»

Beauchamp zuckte mit den Schultern. «Kein Problem.»

Sie blieb eisern an der Tür stehen, bis er an ihr vorbeigegangen war und sich auf den Weg in sein Büro am anderen Ende des Flurs machte.

An diesem Abend gab Mary Ann einem Drang nach, der sie schon die ganze Woche plagte.

Sie erzählte Michael von Norman ... und von dem verkorksten Abend im Beach Chalet.

Michael tat alles mit einem Schulterzucken ab. «Was soll da schon groß dran sein? Du bist sexy. Und du bist eine Herzensbrecherin. Aber das ist nicht *deine* Schuld.»

«Es geht mir doch gar nicht *darum*, Mouse. Ich werde einfach das Gefühl nicht los, dass er ... irgendwas vorhat.»

«Wo viel Rauch ist, ist nicht automatisch viel Feuer.»

«Was?»

«Er versucht, dir zu imponieren. Hast du denn seither noch mal mit ihm geredet?»

«Ein-, zweimal. Aber nur belangloses Zeug. Er hat mir bei Swensen's ein Eis spendiert. Weißt du, er hat so was ... wie soll ich sagen ... Verzweifeltes an sich. Es kommt mir vor, als würde er bloß noch den richtigen Moment abpassen ... um mir dann irgendwas zu beweisen.»

«Sieh mal ... Wenn du vierundvierzig wärst und mit deinem Vitaminkoffer von Tür zu Tür laufen ...»

«Aber das *tut* er doch gar nicht. Da bin ich mir völlig sicher. Er hat mir *selbst* erzählt, dass das gar nicht stimmt ... und ich glaube ihm das.»

«Aber er schleppt seinen dämlichen Nutri-Vim-Koffer doch wirklich oft genug in der Gegend rum.»

«Er hält die Leute zum *Narren*, Michael. Ich weiß nicht, warum, aber er tut's.»

Michael setzte ein teuflisches Grinsen auf. «Es gibt einen Weg, das herausfinden.»

«Und wie?»

«Ich weiß, wo Mrs. Madrigal die Zweitschlüssel aufbewahrt.»

«Ach, Mouse ... nein, schlag dir das aus dem Kopf. So was könnte ich nicht.»

«Er ist heute Abend nicht da. Ich hab ihn vorhin weggehen sehen.»

«Nein, Mouse!»

«Okay, okay. Wie wär's dann mit Kino?»

«Mouse ...?»

«Hmh?»

«Findest du wirklich, dass ich sexy bin?»

«O du fröhliche ...»

Nicht das Wetter, sondern die Stadt selbst machte Mary Ann
klar, dass es nun doch Winter geworden war.

Auf dem Dach des Emporium-Kaufhauses drehten sich fröhlich die Riesenräder. In den Schaufenstern der chinesischen Wä-
schereien wuchsen Aluminiumbäumchen. Und Mitte Dezember
klebte an einem strahlend sonnigen Morgen ein Zettel an ihrer
Tür.

Mary Ann,
wenn du noch keine anderen Pläne hast, dann komm doch
bitte am Heiligen Abend nach unten und trink mit mir und
dem Rest deiner Barbary-Lane-Familie ein Schlückchen
Eierflip.
Herzlich
A. M.
PS: Ich könnte bei den Vorbereitungen etwas Unterstützung
gebrauchen.

Diese Nachricht – und der Joint auf dem Zettel – gab ihr enormen Auftrieb. Es war schön, sich wieder als Teil einer Gemein-
schaft zu fühlen, obwohl sie die übrigen Hausbewohner eigentlich kaum als Mitglieder einer «Familie» sah.

Aber warum sollte man Mrs. Madrigal diese Wunschvorstel-
lung nicht lassen?

Die Weihnachtsparty ließ Mary Ann nicht mehr los.

«... und wenn wir die Lichter auf dem Baum eingeschaltet haben,
könnten wir vielleicht ein paar Weihnachtslieder singen ... Oder
wir machen einen kleinen *Sketch*! Ein Sketch wäre *supertoll*,
Mouse!»

Michael blieb ungerührt. «Großartig. Du darfst Judy Garland sein, und ich mache einen auf Mickey Rooney.»

«Mouse!»

«Also gut. *Du* bist Mickey Rooney, und *ich* bin Judy Garland.»

«Du kannst dich wohl gar nicht dafür begeistern, was?»

«*Du* dafür umso mehr. Du läufst jetzt schon seit drei Tagen rum wie ein aufgescheuchtes Huhn und wirbelst alles durcheinander.»

«*Magst* du Weihnachten denn nicht?»

Er zuckte mit den Schultern. «Darum geht es nicht. Weihnachten mag *mich* nicht.»

«Na ja ... mir ist schon klar, dass es zu einer Kommerzgeschichte geworden ist, aber das ist noch lange ...»

«Ach, *das* stört mich doch gar nicht. Auf die geschmacklosen Lichter und das Gewusel und die Plastikrentiere fahre ich sogar ab. Was mich nervt ... ist das Sentimentale daran.»

«Das Sentimentale?»

«Es ist eine Verschwörung. Es ist eine Verschwörung gegen die Singles, damit die sich einsam fühlen.»

«Mouse ... ich bin *auch* ein Single, und ich ...»

«Na und? Sieh dich doch mal an ... Du legst dich mächtig ins Zeug, damit du auch ja irgendwo unterkommst.» Er fuchtelte mit den Armen in der Luft herum. «Wenn du schon so abfährst auf Weihnachten, wo ist dann eigentlich dein Baum? Oder dein Kranz ... oder dein Mistelzweig?»

«Vielleicht hole ich mir ja noch einen Baum», verteidigte sie sich schwach.

«Das lass mal lieber bleiben. Es ist völlig sinnlos, dass du eine Expedition zur Polk Street machst und dir so ein jämmerliches Winzbäumchen kaufst, damit du dir zu Hause was auf den Tisch stellen kannst. Hinterher gibst du noch mal zwei Tageslöhne für

Glitzerkram aus, wie er dir in Cleveland immer so gut gefallen hat, und am Ende sitzt du einsam und alleine im Dunkeln und lässt dich von deinem Bäumchen anblinkern.»

«Ich habe Freunde, Mouse. Und *du* hast auch Freunde.»

«Freunde gehen wieder nach Hause. Aber es gibt nichts Schrecklicheres, als ausgerechnet am Weihnachtsabend allein ins Bett zu gehen ... denn wenn du aufwachst, ist es eben nicht so wie in der Kodak-Werbung, wo die kleinen Kinder in Häschenpantoffeln herumlaufen und ... Es ist schlicht und einfach so wie an jedem anderen langweiligen Tag des Jahres!»

Sie rückte auf dem Sofa näher an ihn heran. «Könntest du nicht Jon zu unserem Fest einladen?»

«Was soll das? ... Hör bloß auf damit!»

«Ich glaube, dass er dich sehr gernhatte, Mouse.»

«Nur dass ich ihn seither nicht mehr gesehen habe ...»

«Und wenn ich ihn anrufe?»

«Hör endlich auf!»

«Okay, ich werde *nie wieder* was sagen!»

Er griff nach ihrer Hand. «Entschuldige. Es ist nur ... Mir gehen diese Wir-Leute so auf die Nerven.»

«Welche Leute?»

«Die Wir-Leute. Sie sagen nie ‹ich›. Sie sagen: ‹Nach Weihnachten sind wir auf Hawaii.› Oder: ‹Wir müssen den Hund mal wieder impfen lassen.› Sie suhlen sich in der ersten Person Plural, weil sie noch genau wissen, wie schrecklich es in der ersten Person Singular war.»

Mary Ann stand auf und zerrte an seiner Hand. «Komm mit, Ebenezer Scrooge.»

«Wohin?»

«Wir gehen auf den Christbaummarkt. Und wir kaufen *zwei* Bäume.»

«Mary Ann ...»

«Komm schon. Beweg jetzt deinen hübschen Po, sonst werd ich nicht mehr froh.» Sie kicherte, weil ihr solche Anzüglichkeiten sonst nie einfielen. «Da siehst du mal, wofür Weihnachten alles gut ist.»

Michael konnte sich ein Lächeln nicht verbeißen. «We are *not* amused!»

Licht ins Dunkel

Nachdem Mona wochenlang mit sich gerungen hatte, machte sie sich an die Ausführung ihres geheimen Plans, D'orothea wieder mit ihren Eltern zusammenzubringen.

Ihre Ausgangsbasis war sehr schmal.

Sie brachte in Erfahrung, dass die Twinkies von der Continental Baking Company hergestellt wurden und dass diese in der Bay Area zwei Niederlassungen hatte. Die eine war die Wonder Bread Bakery in Oakland. Die andere hatte die Adresse Bryant Street.

«Wir freuen uns über Ihren Anruf bei Hostess Cakes.»

«Ich ... Stellen Sie auch Twinkies her?»

«Ja. Außerdem Ho Hos, Ding Dongs, Crumb Cakes ...»

«Danke, danke. Arbeitet bei Ihnen ein Mr. Wilson?»

«Welchen brauchen Sie denn?»

«Äh ... ich weiß nicht recht.» Sie hätte beinahe «den Schwarzen» gesagt, aber das kam ihr irgendwie rassistisch vor.

«Donald K. Wilson arbeitet als Packer bei uns ... und dann haben wir noch einen Leroy N. Wilson. Der ist Bäcker.»

«Ich glaube, das ist der Richtige.»

«Leroy?»

«Ja ... Könnten Sie mich bitte mit ihm verbinden?»

«Tut mir leid. Die Bäcker arbeiten in der Nachtschicht. Von elf bis sieben.»

«Können Sie mir dann seine Privatnummer geben?»

«Tut mir leid. Es ist uns untersagt, solche Informationen weiterzugeben.»

Herrgott noch mal, dachte sie. Was ist das denn hier? Ein Atomkraftwerk oder eine ordinäre Keksfabrik? «Wenn ich vorbeikommen würde ... heute Nacht, meine ich ... könnte ich dann kurz mit ihm sprechen?»

«Warum nicht? Vielleicht, wenn er Pause hat?»

«Ginge es auch gegen Mitternacht?»

«Ich denke schon.»

«Sind Sie immer noch an der Bryant Street?»

«Mhmm. Es ist ein großer brauner Ziegelbau Ecke Fifteenth.»

«Vielen Dank.»

«Soll ich ihm vielleicht etwas bestellen?»

«Nein ... Trotzdem danke schön.»

D'orothea kam um acht nach Hause. Nach zehn Stunden im Blitzlichtgewitter war sie völlig geschafft.

«Wenn ich bis in alle Ewigkeit keinen Rice-a-Roni mehr sehe, dann isses mir immer noch zu früh!»

Mona lachte und reichte ihr ein Glas Dubonnet. «Rat mal, was es zu essen gibt?»

«Ich bring dich um!»

«Immer mit der Ruhe ... Es gibt Schweinekoteletts mit Okra!»

«Das ist nicht wahr!»

Mona nickte lächelnd. «Das hat deine Mutter doch wahrscheinlich auch immer gekocht.»

«Das ist eine Beleidigung für jede Mutter, wenn man so was über sie sagt!»

«Na gut ... dann eben deine Vorfahrinnen.»

«Hast du mal wieder Roots gelesen?»

«Ich *steh* auf Schwarze Küche, D'or!»

D'or schaute sie finster an. «Würdest du auf mich auch noch stehen, wenn ich nicht Schwarz wäre?»

«D'or! Was redest du denn da!»

D'or sah Mona einige Zeit an. Dann beendete sie die Diskussion mit einem Lächeln und sagte augenzwinkernd: «Ich bin so was von alle. Schmeiß endlich die Koteletts auf den Tisch, Alte.»

Nach dem Essen legten sie sich vor den Kamin und schauten Farbdias von D'orothea in Adorable-Strumpfhosen an.

Das war wohl der Augenblick, um es ihr zu sagen.

«D'or ... Michael hat mich gefragt, ob ich heute mit ihm in die Spätvorstellung im Lumière gehe.»

«Das ist doch schön.»

«Es macht dir nichts aus, wenn ich ...?»

«Du brauchst doch mich nicht um Erlaubnis zu fragen, wenn du ins Kino gehen willst.»

«Na ja, normalerweise hätt ich dich gern dabei ...»

D'orothea tätschelte ihre Hand. «In zehn Minuten bin ich sowieso in der Falle, Schatz. Geh du mal und amüsier dich, okay?»

Kurz nach Mitternacht raste Monas Herz dermaßen, dass die Twinkie-Fabrik genauso gut das Haus Usher hätte sein können.

Der Warteraum erinnerte sie an die Lobby eines alten Hotels im Tenderloin District.

Sie drückte auf eine Klingel am Empfangstresen. Ein paar Minuten später fragte sie ein Mann, der augenscheinlich Bäcker war, ob er ihr behilflich sein könnte.

«Kennen Sie Leroy Wilson?», wollte Mona wissen.

«Klar ... Wollen Sie mit ihm reden?»

«Das wäre nett.»

Der Mann verschwand wieder nach hinten, und es dauerte noch einmal zehn Minuten, bis Leroy Wilson einer völlig verblüfften Mona Ramsey gegenübertrat.

Der Bäcker war mit einer feinen Schicht Puderzucker überzogen. Und seine Haut war genauso weiß wie der Zucker.

Anna zeigt Nerven

Das Pärchen stapfte auf einem schmalen, unbefestigten Weg, den andere Ausflügler bereits matschig getrampelt hatten, mühsam den dunklen Hang hoch.

«Wie spät ist es?», fragte er.

Sie schaute auf ihre Uhr. Eine Timex für Männer. «Kurz vor Mitternacht.»

Es war nicht der Nebel, der dem Mann kalte Schauer über den Rücken jagte, als sie sich durch den Eukalyptuswald arbeiteten. Seine Begleiterin machte einen ganz gelassenen Eindruck.

«Für eine Frau bist du ganz schön draufgängerisch, Anna.»

«Was ist los? Kannst du nicht mehr? Hast du vergessen, dass diese kleine Spritztour deine Idee war?»

«Ich weiß gar nicht, was da in mich gefahren ist.»

Sie stand schweigend da. Er blickte zu ihr hinunter und streifte ihr eine Haarsträhne aus dem Gesicht.

«Doch, ich weiß es, Anna. Ich weiß es.»

Auf dem Gipfel des Mount Davidson verschnauften sie unter dem riesigen Betonkreuz.

Edgar zeigte mit ausgestrecktem Arm über die Stadt, die sich zu ihren Füßen ausbreitete.

«Mein ganzes Leben lang ... mein ganzes beschissenes Leben lang existiert das hier schon, und ich war noch nie hier oben.»

«Tu doch so, als hättest du dir's aufgespart.»

Er griff nach ihrer Hand und zog sie näher an sich ran. «Und es hat sich gelohnt, das kann ich dir sagen.»

Schweigen.

«Anna?»

«Edgar, wir sind doch wohl nicht zum Turteln hier heraufgeklettert, oder?»

Edgar setzte sich auf den Sockel des Kreuzes. «Ich ... nein.»

Sie setzte sich neben ihn. «Was ist denn?»

«Ich weiß nicht recht. Ich bin heute angerufen worden.»

«Von wem?»

«Von einem Mann, der sich mit mir über Madrigale unterhalten möchte.»

«Was?»

«Ja, das hat er gesagt. Und das war eigentlich auch schon alles. ‹Ich bin ein Freund, und ich möchte mich mit Ihnen über Madrigale unterhalten.› Er war aufreizend wortkarg bei der ganzen Sache.»

«Glaubst du, dass er ...»

«Was sonst? Wahrscheinlich will er Geld.»

«Erpressung?»

Edgar gluckste. «Komisch, nicht? Vor einem halben Jahr hätte mich so etwas noch völlig arg aus der Fassung gebracht.»

«Aber woher sollte er davon wissen?»

«Wer weiß? Und wen *kümmert* das schon?»

«*Dich* doch anscheinend. Du hast mich gerade den Kalvarienberg hochgetrieben, um es mir zu erzählen.»

«Nein, das war nicht der Grund.»

«Wirst du dich mit ihm treffen?»

«Ja, aber nur kurz. Sobald ich mir sein Gesicht eingeprägt habe, kriegt er einen Tritt in den Arsch und fliegt die Treppe runter.»

«Hältst du das für klug?»

«Was soll er schon tun? Ich sterbe sowieso bald. Meine Güte, ich hätte nie gedacht, dass das mal nützlich werden könnte!»

Anna hob einen Zweig auf und ritzte einen Kreis in die feuchte Erde. «Wir dürfen nicht nur an uns denken, Edgar.»

«Du meinst Frannie?»

Anna nickte.

«Frannie lässt er sicher aus dem Spiel. Wenn er erst mal mitbekommen hat, wie wenig ich mir aus der Sache mache.»

«Man kann nie wissen.»

«Das stimmt ... Aber es bringt mich auch nicht um den Schlaf.»

«Bist du denn sicher, dass es ... um eine Erpressung geht?»

«Absolut.»

Anna stand auf. Sie ging auf die Lichter der Stadt zu. «Hat er seinen Namen gesagt?»

«Er sagte nur Williams. Mr. Williams.»

«Wann sollst du dich mit ihm treffen?»

«Am Nachmittag vor Heiligabend.» Grinsend fügte er hinzu: «Ganz schön bizarr, nicht?»

Anna erwiderte sein Lächeln nicht. «Ich möchte deiner Familie nicht wehtun, Edgar. Und dir auch nicht.»

«Mir? Anna, du hast mir noch keine *Sekunde* lang ...»

«Trotzdem *könnte* es passieren, Edgar. Ich könnte dir großen Kummer machen.»

«Quatsch!»

«Deine Familie braucht dich jetzt, Edgar. Es ist nicht gerecht und auch nicht fair, wenn ich ...»

«Was ist denn bloß in dich gefahren? Eigentlich hätte *ich* allen Grund, nervös zu sein! Ich habe dich hier raufgebracht, weil ich dich bitten wollte, mit mir wegzugehen!»

343

Anna wirbelte herum und sah ihn an. «Was?»

«Ich möchte, dass du mit mir weggehst.»

«Aber, wir ... Wohin?»

«Wohin du willst. Wir könnten eine Kreuzfahrt nach Mexiko machen. Es wäre kein Problem, sie als Geschäftsreise zu tarnen. Ich bitte dich, Anna! Man kann mir bereits ansehen, wie viel Zeit mir noch bleibt!»

Sie hatte Tränen in den Augen. «Ich kann dir nur ansehen ... dass du ein wunderbarer Mann bist.»

«Heißt das ja?»

«Du kannst Frannie das nicht antun.»

«Würdest du das meine Sorge sein lassen!»

«Ich möchte nicht ...» Es schnürte ihr die Stimme ab. «Ich möchte nicht, dass du in diese Geschichte hineingezogen wirst, Edgar.»

«Mensch, ich stecke doch schon *mitten*drin!»

«Es ist noch nicht zu spät. Du kannst Mr. Williams sagen ... du kannst ihm sagen ... Ach, ich weiß nicht ... Streite es einfach ab. Er kann unmöglich Beweise haben. Und wenn wir uns nie wiedersehen ...»

Er packte sie an den Schultern und schaute ihr in die Augen. «Das geht jetzt aber zu weit, Gnädigste.»

«Wem sagst du das!» Sie fing an zu schluchzen.

«Anna, bitte nicht ...»

«Ich hab dich belogen, Edgar. Ich liebe dich mit jeder Faser meines Herzens, aber ich hab dich belogen!»

«Was redest du denn da?»

Anna hatte sich wieder etwas gefangen und wandte sich von ihm ab. «Es ist schlimmer, als du glaubst», sagte sie.

Die Frau des Bäckers

Mona war einen Augenblick sprachlos, als sie um Mitternacht diesem Fremden in der Twinkie-Fabrik gegenüberstand.

Diesem *weißen* Fremden.

«Ja, Ma'am?», sagte er freundlich. «Was kann ich für Sie tun?»

«Ich ... Entschuldigen Sie bitte, aber ... ich glaube, ich muss doch den anderen Mr. Wilson sprechen.»

«Don? Den Packer? Ich kann ihn holen, wenn Sie so lange ...»

«Nein. Warten Sie bitte ... Haben Sie eine Tochter, die Dorothy heißt?»

Leroy Wilsons Gesicht wurde noch weißer, als es ohnehin schon war. «O mein Gott!»

«Mr. Wilson, ich ...»

«Sind Sie vom Roten Kreuz oder so? Ist ihr was passiert?»

«Aber nein! Es geht ihr gut. Glauben Sie mir! Ich habe sie heute Abend erst gesehen.»

«Sie ist in San Francisco?»

«Ja.»

Die Erleichterung auf seinem Gesicht wurde von Bitterkeit verdrängt. «Ich hätte auch nicht erwartet, dass wir was von ihr hören.»

«Sie wohnt jetzt hier, Mr. Wilson.»

«Und wer sind Sie?»

«Entschuldigung ... Mona Ramsey. Ich wohne mit Ihrer Tochter zusammen.»

«Was wollen Sie von mir?»

«Ich wollte Sie ... Möchten Sie Dorothy nicht wiedersehen, Mr. Wilson?»

Er schnaubte verächtlich. «Was *wir* möchten, spielt ja wohl keine große Rolle, oder?»

«Ich glaube ... Ich glaube, Dorothy würde sich freuen, wenn ...»

«Dorothy *verleugnet* mich und ihre Mutter.»

Das war es also, dachte Mona. Die weltläufige Miss D'orothea Wilson war das Produkt einer in der Unterschicht angesiedelten Mischehe. Und das ging ihr ganz furchtbar gegen den Strich.

Unter anderem erklärte dieser Umstand auch D'orotheas halb europide Züge und ihre heftige Abneigung gegen jede Beschäftigung mit ihrem afrikanischen Erbe.

Kurz gesagt war sie wie die Oreo-Cookies außen Schwarz und innen weiß.

Leroy Wilson lud Mona auf eine Tasse Kaffee in die Cafeteria im zweiten Stock der Fabrik ein. Man merkte ihm an, dass ihn das Verhalten seiner Tochter verletzt hatte, und das war wohl auch der Grund, warum er fast die ganze Zeit seinen Besuch reden ließ.

«Mr. Wilson, ich weiß nicht, warum Dorothy sich entschieden hat ... den Kontakt zu Ihnen und Mrs. Wilson abzubrechen ... aber ich glaube schon, dass sie inzwischen anders denkt. Sie möchte in San Francisco leben, und ich bin überzeugt, dass das auch heißt ...»

«Ich kann mich noch nicht mal daran erinnern, wann Dorothy uns das letzte Mal geschrieben hat.»

«Das geht total schnell, dass man in New York seine alten Kontakte verliert, und es geht noch schneller, wenn man als Model arbeitet und ...»

«Kommen Sie zur Sache.»

Mona stellte ihren Pappbecher ab und schaute ihm in die Augen.

«Ich möchte, dass Sie und Ihre Frau diese Woche zum Abendessen zu uns kommen.»

Er blinzelte und sah sie mit offenem Mund an.

«Wir wären nur zu viert.»

«Weiß Dorothy davon?»

«Na ja, äh ... Nein.»

«Dann ist es wohl besser, wenn Sie jetzt wieder nach Hause gehen.»

«Mr. Wilson, ich bitte Sie ...»

«Was haben Sie eigentlich davon?»

«Dorothy ist meine *Freundin*.»

«Da steckt doch noch mehr dahinter.»

«Mein Gott, ich finde es einfach so *schade*!»

Er sah sie mit ernstem Blick an, doch Mona spürte, dass so etwas wie Intuition am Werk war. «Reden Sie denn noch mit Ihrem Daddy?»

«Mr. Wilson ...»

«Reden Sie noch mit ihm?»

«Ich ... habe ihn nie gekannt.»

«Ist er gestorben?»

«Das weiß ich nicht. Er hat meine Mutter verlassen, als ich noch ganz klein war.»

«Oh.»

«Nur zu. Machen Sie sich über meine Motive her, wenn Ihnen danach ist. Ich wollte nur ...»

«Okay. Wann?»

«Was wann?»

«Wann sollen wir kommen?»

«Oh, ich bin ja so ...» Sie schlang ihm die Arme um den Hals und drückte ihn an sich, doch dann wurde es ihr peinlich, und sie ließ ihn los. «Wäre Ihnen Heiligabend recht?»

«Ja», antwortete Leroy Wilson. «Ich denke schon.»

Alte Flammen

Weihnachten. Manchmal passiert es, manchmal nicht.

Dieses Jahr, dachte Brian, während er eine Flasche Gatorade leer trank, wird es nicht passieren.

Nicht mal, wenn es in der Barbary Lane schneit. Nicht mal, wenn du zu viel Eierflip trinkst. Nicht mal, wenn Donny und Marie und Sonny und Cher und der ganze Mormonenchor mit einem Haufen Geschenken bei dir vor der Tür stehen und dir ein Weihnachtsständchen bringen ... Nicht mal dann wird es passieren.

Soweit es ihn betraf, würde Mrs. Madrigals Party nicht anders sein als jede andere Party auch.

«Cheryl?»

«Ja.»

«Hier ist Brian.»

«Ah ... Welcher Brian?»

«Brian Hawkins. Der von Perry's.» Der Brian, der deine Mutter genagelt hat, du Trampel!

«Oh ... Hallo!»

«Wie geht's denn so?»

«Ach ... ganz gut.»

«Wohnst du immer noch da draußen?»

«Ja ... *Ich* schon.»

«Prima.»

«Candi ist ausgezogen. Sie arbeitet jetzt in Redwood City. Im Waterbed Wonderland.»

«Toll.»

«Sie hat jetzt einen Macker. Was ganz Berühmtes. Larry Larson.»

«Kenn ich nicht.»

«Kennst du doch ... Kanal 36.»

«Keine Ahnung.»

«Der Zauberkönig des Wasserbetts.»

«Aha.»

«‹Mit uns fängt der Spaß im Bett erst richtig an!›?»

«Jetzt ist der Groschen gefallen.»

«Larry lässt sie vielleicht bald in einem Werbespot auftreten.»

«Na ... dann ist jetzt wohl die große Karriere angesagt. Aber ich wollte dich eigentlich was fragen, Cheryl ... Hast du Lust auf eine Weihnachtsparty?»

«Wann?»

«An Heiligabend.»

«Oh ... ich würde *liebend gern* mitkommen, aber Larry hat uns zum Truthahnessen mit allem Drum und Dran in Rickey's Hyatt House eingeladen.»

«Oh.»

«Ich könnte aber mit Larry reden. Vielleicht macht es ihm nichts aus, wenn du mitkommst.»

«Ist schon okay.»

«Es tut mir schrecklich leid, dass du ausgerechnet am Heiligen Abend allein ...»

«Allein sein werde ich sicher nicht, Cheryl.»

«Ich würde ja sonst versuchen, mich freizumachen, aber Larry hat für hinterher auch schon Mateus reservieren lassen.»

«Der gute Larry denkt wirklich an alles.»

«Ja. Er ist total nett.»

«Na, dann wünsch ich dir, dass du auch so einen findest ... so ein spießiges reiches Arschloch, das alles für dich bezahlt ... den Mateus und ... die protzigen Möbel und ... die Speichenfelgen und ...»

«Du bist immer noch der gleiche Drecksack wie früher, weißt du das?»

«Und du bist immer noch so emanzipiert wie ein Hamster.»

«Ich habe *nie* behauptet, dass ich emanzipiert bin!»

«Es würde sowieso keiner glauben!»

«Weißt du, dass du mir furchtbar leidtust?»

«Mir geht's mit dir nicht anders.»

«Du kannst Frauen nicht ausstehen, was?»

«Hältst du dich etwa für eine Frau?»

Sie knallte den Hörer auf.

«Connie?»

«Bleib mal dran. Ich muss die Musik leiser stellen.» Die Ray Conniff Singers schlachteten im Hintergrund gerade den «Little Drummer Boy».

«Hallo», sagte sie, als sie zurück war. «Wer ist dran?»

«Dein Geburtstagsgeschenk.»

«Byron?»

«Brian.»

«Oh ... Entschuldige. Wir haben uns ja lange nicht gesehen?»

«Ja. Weißt du ... vielleicht wird es ja eine stinklangweilige Sache, aber ich bin zu der Weihnachtsparty eingeladen, die meine Vermieterin gibt, und ... na ja, deshalb ruf ich an.»

Schweigen.

«Was sagst du dazu?»

«War das eine Einladung, Brian?» – «Ja.»

«Aha. Für wann?»

«Ah ... für den Vierundzwanzigsten.»

«Bleibst du mal eben dran?» Sie legte kurz den Hörer zur Seite. «Geht klar», sagte sie schließlich. «Der Vierundzwanzigste passt.»

Am Scheideweg

Bei Perry's war es an diesem Tag mittags noch voller als sonst. Beauchamp drängelte sich bis ans hintere Ende der Bar durch und nickte dem Empfangschef im blauen Blazer zu.

«Ich bin mit einem Freund verabredet», erklärte er.

Jon erwartete ihn an einem Tisch in dem kleinen rückwärtigen Hof. «Entschuldige», sagte Beauchamp. «Ich hatte mal wieder mit den Strumpfhosen zu tun.»

Der Gynäkologe lächelte. «Du versuchst also immer noch, mir mein Geschäft zu verderben, hm?»

«Das ist ja lustig. So habe ich das noch gar nie betrachtet.»

«Ich habe dir einen Bullshot bestellt.»

«Wunderbar.»

«Ich kann aber nicht lange bleiben, Beauchamp.»

«Kein Problem. Ich muss auch bald weg.»

«Ich finde das hier sowieso keine gute Idee.»

Beauchamp runzelte die Stirn. «Aber es spricht doch wirklich nichts dagegen, wenn sich zwei Männer ...»

«Spricht eine Ehefrau für dich *nicht* dagegen?»

«Fang nicht schon wieder damit an!»

«Das hatte ich auch nicht vor.»

«Und überhaupt ... Warum solltest *du* dir Gedanken machen, wenn ich es nicht mal tue? DeDe hat doch keine Ahnung, wer du bist. Du könntest *sonst wer* sein. Du könntest ein Freund aus dem Club sein.»

«Darum geht es auch nicht.»

«Und worum geht es *dann* ...?»

«Kann ich jetzt Ihre Bestellung aufnehmen?» Die Bullshots waren da, und mit ihnen ein Kellner, dessen grüne Augen und braune Locken beide Männer vorübergehend von der aktuellen Krise ablenkten.

Beauchamp wurde rot und nahm das Erstbeste, das er auf der Karte sah. «Ja. Einmal Schäferpastete.»

«Für mich auch», ergänzte Jon.

Der Kellner ging ohne ein weiteres Wort.

«So ein Affe», beschwerte sich Beauchamp.

Jon zuckte mit den Schultern. «Aber hübsch.»

«*Darauf* achtest du wohl immer, was?»

«Du etwa nicht?»

«Nicht, wenn ich mit jemand zusammen bin, der mir etwas bedeutet!»

Jon schaute in sein Glas. «Ich glaube, du erwartest zu viel von mir, Beauchamp.»

Schweigen.

«Ich denke, wir sollten es ... dabei belassen.»

«Und das war's dann? Einfach so?»

«Das war's nicht ‹einfach so›, und das weißt du auch. Das hat sich schon seit längerer Zeit angebahnt.»

«Es ist wegen DeDe, nicht?»

«Nein. Jedenfalls nicht nur.»

«Weswegen *dann*?»

«Ich bin mir nicht ganz sicher.»

«Das glaube ich dir nicht.»

«Beauchamp ... Ich glaube, ich *vertraue* dir nicht.»

«Ach du meine Güte!»

«Ich weiß, dass DeDe dir nicht vertrauen kann. Warum sollte *ich* es dann tun?»

«Das ist doch nicht das Gleiche.»

«Und *ob* es das Gleiche ist. Sie leidet genauso wie du und ich.»

«Kannst du mir mal sagen, was der ganze Zirkus wegen DeDe soll? Was hat DeDe mit unserer ...»

«Sie ist schwanger, Beauchamp.»

Schweigen.

«Sie ist meine Patientin.»

«Hurerei, verdammte.»

«Ich dachte, die wäre dein Privileg?»

«O Gott.»

«Stimmt, warum sollte man ihn nicht auch in Betracht ziehen?»

«Wie kannst du *darüber* bloß Späße machen, Jon?»

«Es sind nicht *meine* Späße, Beauchamp. Es sind deine. Und ich werde dabei nicht mitmachen.»

Das Essen kam. Sie sagten beide kein Wort, bis der Kellner wieder weg war.

«Ich möchte mich aber weiter mit dir treffen, Jon.»

«Das ist typisch.»

«Im Club gibt's Heiligabend eine Party.»

«Heiligabend habe ich schon etwas vor.» Jon schob seinen Stuhl zurück, stand auf und legte einen Zehn-Dollar-Schein auf den Tisch. «Ich habe keinen Hunger. Betrachte dich als eingeladen.»

Beauchamp hielt ihn am Handgelenk fest. «Verdammt, warte doch mal! Hast du DeDe was von uns erzählt?»

«Lass mich los.»

«Ich will es wissen!»

Jon riss sich los und rückte seine Krawatte zurecht. «Sie ist sehr lieb», sagte er. «Sie hatte einen Besseren verdient als ausgerechnet dich.»

Mit einem Fuß über dem Abgrund

Die Krämpfe hatten wieder eingesetzt.

Edgar stand vom Schreibtisch auf und streckte langsam seine

Arme nach vorne. Er bog sie vom Körper weg wie ein erschöpfter Fahnenschwinger.

Er wiederholte die Übung vier- oder fünfmal, bis ihm klar wurde, dass sie nicht funktionierte. Dann stellte er sich vor den Spiegel im Waschraum seines Büros. Sein Gesicht war wachsweiß.

Chronische Pyelonephritis. Eine gleichzeitige Entzündung von Nieren und Nierenbecken. Die Giftstoffe in seinem Körper wurden nicht abgebaut, bis dann eines Tages ... eine akute Perikarditis sein Herz zum Stillstand bringen würde.

Hochtrabende Fachausdrücke für kaputte Nieren.

Mary Ann meldete sich über die Gegensprechanlage. «Mildred hat aus der Produktion angerufen. Sie möchte mit Ihnen über den Botenjungen sprechen.»

«Um Gottes willen! Können Sie mir die alte Krähe nicht so lange vom Hals halten, bis ...»

«Tut mir leid, Mr. Halcyon. Sie war ganz außer sich, und ich wusste nicht, was ich ...»

«Hat er ihr wieder den Vogel gezeigt?»

Mary Ann kicherte. «Sie werden es nicht glauben, wenn ich es Ihnen erzähle.»

«Spannen Sie mich nicht auf die Folter.»

«Sie hat ihn am Kopierer erwischt. Er hat seine ... Männlichkeit kopiert.»

«Was!»

«Mildred ist heute früher da gewesen als normal, und da hat sie ihn erwischt, wie er gerade auf dem Kopierer gesessen hat ... mit runtergelassenen Hosen.»

Edgar musste lachen. Er lachte so heftig, dass er einen Hustenanfall bekam.

«Fehlt Ihnen was, Mr. Halcyon?»

«Das ist die lustigste ... aberwitzigste Geschichte, die ich ... Was wollte er denn mit den Kopien?»

Jetzt prustete Mary Ann los. «Er hat ... er hat das schon seit *Wochen* gemacht, Mr. Halcyon.» Sie machte eine Pause, um sich wieder zu fassen. «In der Produktion hat man ihn nur noch den Kopierblitzer genannt, aber niemand hat gewusst, wer es war. Mildred hat ...» Sie kicherte los und verlor erneut die Fassung.

«Was war mit Mildred?» Du meine Güte, dachte er. Träume ich, oder tratsche ich tatsächlich mit meiner Sekretärin?

«Mildred hat die ganze Zeit gedacht, dass es jemand aus dem Entwurf ...»

«Mhmm. Lauter Perverse.»

«Jedenfalls ... hat er immer eine Unmenge Kopien gemacht und sie dann jeden Morgen in die Schreibtische der Sekretärinnen gelegt ... Bis Mildred dahintergekommen ist.»

«Na, damit ist er im ganzen Haus sicher der Einzige, der sich bei seiner Werbung an die Realität hält!»

«Na ja, nicht ganz.»

Edgar begann erneut zu lachen. «O Gott! Sagen Sie bloß, er ...»

«Ja, Sir. Er hat mit dem Vergrößerer gearbeitet.»

Frannie rief nach der Mittagspause an. Sie klang gereizt.

«Edgar, ich möchte, dass du gegen diese Leute bei Macy's etwas unternimmst.»

«Was ist es denn diesmal?»

«Noch nie, Edgar ... noch *nie* in meinem ganzen Leben ... bin ich so *gedemütigt* worden ...»

«Frannie ...»

«Ich bin heute Vormittag zu Loehmann's gefahren, draußen in Westlake ...»

«Hast du nicht gerade von Macy's gesprochen?»

«Lass mich zu Ende erzählen. Ich bin zu Loehmann's gefahren, weil ich für Helen zu Weihnachten etwas Hübsches kaufen wollte, und Loehmann's führt ganz *entzückende* Designerstücke von Anne Klein, Beene Bag, Blassport ...»

«Frannie.»

«Die Erklärung ist *notwendig*, Edgar! Bei Loehmann's gibt es also diese reizenden Kleider. Nur muss man wissen, dass vor dem Verkauf immer alle Markenschilder rausgetrennt werden, weil es die Überschussproduktion ist, die man *dort praktisch umsonst* kaufen kann ... Und weil ich Helen zwar toll, aber auch nicht zu toll finde, kam mir die Idee, ihr diesen exquisiten Calvin-Klein-Kapuzenpullover aus Kaschmir zu schenken. Er hatte zwar kein Markenschild mehr, aber ich konnte *trotzdem* sehen, dass er von Calvin Klein ist, weil er das GJG drin hat.»

Edgar kapitulierte und ließ es über sich ergehen. «Was ist das GJG?», fragte er höflich.

«Das ist der *Code*. Aber es ist natürlich ziemlich schäbig, seiner besten Freundin einen Pullover ohne Markenschild zu schenken, und deshalb habe ich bei Loehmann's gefragt, ob sie überzählige Schilder dahaben. Man hat mir gesagt, dass sie alle schon beim Hersteller rausgetrennt werden, sodass ...»

«Macy's, Frannie!»

«Dazu komme ich ja gerade. Ich bin also zu Macy's gegangen ... das heißt, nicht eigentlich zu Macy's, sondern in diesen neuen Laden am Union Square, der einfach Shop heißt, und dort habe ich mir ein paar Calvin-Klein-Pullover rausgesucht ... Im Umkleideraum habe ich dann bemerkt, dass eines der Markenschilder so lose war, dass es fast schon *runterfiel*, und deshalb habe ich dann meine Nagelschere rausgeholt und ...»

«Ach du lieber Gott!»

«Tu nicht so frömmlerisch, Edgar! Die haben Hunderte davon, und ich wollte doch nur … Als dann diese Verkäuferin reingeplatzt kam, so eine schreckliche kleine Südamerikanerin, hätte man denken können, ich wäre eine *Diebin* oder so was!»

Gleich nachdem Frannie aufgelegt hatte, hing Edgar schon wieder am Telefon.

«Anna?»

«Hallo.»

«Ich muss dich sehen, Anna.»

«Edgar … ich glaube nicht, dass …»

«Keine Widerrede. Ich möchte dir etwas zeigen.»

«Was?»

«Das wirst du schon sehen. Ich hole dich morgen nach dem Frühstück ab.»

«Was ist mit Mr. Williams?»

«Der kommt erst gegen sechs. Und bis dahin sind wir längst zurück.»

Hausfriedensbruch

Einen Tag vor Heiligabend rief Michael Mona in Pacific Heights an.

«Na, Babycakes!»

«Mouse!»

«Hör auf, mich Mouse zu nennen! Ich dachte, du wolltest eine Lesbe werden und keine Einsiedlerin! Kannst du mir mal sagen, wo du die ganze Zeit gesteckt hast?»

«Mouse … es tut mir leid … Aber ich musste mich an so viel Neues gewöhnen …»

«*Das* kann ich mir vorstellen. Es ist ja auch schrecklich anstrengend, einen auf elegant zu machen. Ich hab das ja mal selbst für drei Tage in Laguna Beach ausprobiert ... und ich wäre fast an einer Überdosis Kaftane eingegangen.»

Mona musste lachen. «Du hast mir gefehlt, Mouse. Du hast mir wirklich gefehlt.»

«Dann beweis es doch und komm zu Mrs. Madrigals Fete.»

«Wann?»

«Morgen Abend.»

«Da kann ich nicht. O Gott ... an morgen Abend will ich noch nicht mal *denken*.»

«Warum?»

«D'ors Eltern kommen zum Essen.»

«Meine Fresse ... so richtig mit Schwiegereltern und so! D'or muss der totale *Knüller* sein!

«Sie weiß noch nicht mal was davon.»

«Sie ...? Was hast du denn da wieder ausgeheckt, Babycakes?»

«Ach, das ist eine lange Geschichte. Es genügt ja wohl, wenn ich sage, dass ich fast durchdrehe.»

«Mrs. Madrigal wird enttäuscht sein.»

«Ich weiß. Und es tut mir auch leid.»

«Vielleicht rufst du sie ja noch an oder so. Ich glaube, sie bildet sich ein, dass du ... sauer bist auf sie.»

«Wie kommt sie denn auf ...?»

«Du hast dich schon seit Wochen nicht bei ihr gemeldet, Mona.»

«Danke für die Schuldgefühle.»

«Es geht doch nicht um Schuldgefühle. Sie hat mich gebeten, dich anzurufen. Du fehlst ihr nämlich.»

Schweigen.

«Ich werde ihr das mit eurer Esseneinladung erklären. Dafür hat sie sicher Verständnis. Aber du rufst sie an, okay?»

«Okay.» Ihre Stimme klang ungewöhnlich kraftlos.

«Fühlst du dich denn auch wohl, Babycakes?»

«Mouse ... ich glaube, D'or hat Drogenprobleme.»

Michael musste schallend lachen.

«Ich mache keine Späße, Mouse!»

«Was ist denn los? Klaut sie dir etwa deine Quaaludes?»

«Nur zu deiner Information, du Klugscheißer, gestern Abend habe ich in ihrer Kommode völlig *unidentifizierbare* Tabletten gefunden, und sie hat ganz merkwürdig reagiert, als ich sie darauf angesprochen habe.»

«Hat sie sich denn sonst schon mal merkwürdig aufgeführt?»

«Nein. Eigentlich nicht.»

«Na, dann entspann dich doch.»

«Das geht nicht. Meine letzte Quaalude brauche ich für morgen.»

Zur gleichen Zeit versuchte Mary Ann zu entscheiden, was sie mit Norman anfangen sollte.

Schon seit Tagen hatte sie ihn nicht mehr zu fassen bekommen. Tagsüber ließ er sich in der Barbary Lane nicht blicken, und er kehrte oft erst um drei oder vier Uhr morgens in sein Häuschen auf dem Dach zurück; Mary Ann konnte dann seine schweren Schritte auf der Treppe hören.

Sie nahm an, dass er ziemlich heftig trank, und der Gedanke, dass sie vielleicht der Grund dafür war, setzte ihr einigermaßen zu.

Mrs Madrigal hatte ihm wegen der Party schon zweimal eine Nachricht an die Tür geklebt, doch er hatte nicht darauf reagiert. Offenbar war er von etwas besessen, das ihn zu einem unzugänglichen und leicht manischen Menschen machte, angetrieben von der unstillbaren Sehnsucht nach einem Heiligen Gral, den außer ihm niemand sehen konnte.

Es *musste* etwas geschehen.

In der Eingangsdiele des Hauses war es dunkel, als Mary Ann die Tür unter der Treppe öffnete, durch die man in den Keller gelangte. Während sie auf der Suche nach dem Lichtschalter in der Dunkelheit herumtastete, horchte sie angestrengt auf eventuelle Geräusche von der Treppe über ihr. Sie würde *sterben*, wenn sie bei dem, was sie tat, von jemand ertappt würde.

Das mit Spinnweben überzogene Schlüsselbrett hing direkt unter dem Sicherungskasten. Sie musste ein bisschen suchen, bis sie den Schlüssel mit dem Anhänger «Dachhaus» fand. So leise wie irgend möglich schloss sie dann die Kellertür hinter sich und schlich die drei Treppen zu der orange gestrichenen Tür hinauf.

Obwohl sie *genau* wusste, dass Norman nicht da war, klopfte sie zweimal an die Tür. Das Geräusch hallte durch das Treppenhaus. Sie erstarrte. Ob es jemand gehört hatte?

Es war völlig ruhig im Haus.

Mary Ann ließ den Schlüssel ins Schloss gleiten. Das Schloss ging ziemlich hart. Sie werkelte mit dem Schlüssel herum, bis die Tür aufsprang und die Dunkelheit des kleinen Häuschens sie umhüllte.

Binnen kürzester Zeit hatte sie den Nutri-Vim-Koffer gefunden.

Im heiligen Hain

Der Förster, der ihnen Einlass gewährte, würdigte Anna, die es sich auf dem Vordersitz von Edgars Mercedes bequem gemacht hatte, keines Blickes.

Sie zwinkerte dem wie versteinert dastehenden Wächter zu, als sie an ihm vorbeifuhren.

«Ich hoffe, er hält mich für eine Hure.»

«Das wäre sicher keine Premiere.»

Anna zwickte ihn ins Knie. «Für ihn oder für dich, mein Herr?»

In dieser Frage verstand er keinen Spaß. «Du bist die erste und einzige Frau, die ich jemals hierhin mitgenommen habe, Anna.»

Sie stellten den Wagen auf einem Parkplatz gleich neben der Einfahrt ab und machten sich zu Fuß auf ihre Odyssee.

«Es ist vollbracht», sagte Anna, als sie zwischen den hoch aufragenden Redwoodbäumen dahinspazierten. «Anna Madrigal im Bohemian Grove.»

«Für mich gehörst du hier unbedingt hin.»

«Trotzdem ... danke.»

«Ich wollte, ich wäre schon vor zwanzig Jahren auf die Idee gekommen.»

«Vor zwölf.»

Edgar grinste. «Vor zwölf», wiederholte er.

Anna hakte sich lächelnd bei ihm unter und schüttelte voller Verwunderung den Kopf.

Edgar schlüpfte ganz unvermittelt in die Rolle von White Rabbit. Seine Alice blinzelte ihn mit ihren großen blauen Augen an, als er ihr die Bühne im Wald zeigte.

«Du bist hier *aufgetreten*?»

«Bei meinem Auftritt als Walküre musste die Aufführung sogar unterbrochen werden.»

«Du im *Fummel*, Edgar?»

«Ach was ... die Griechen haben es ja auch gemacht.»

«Die Griechen haben vieles gemacht.»

Er lächelte. «Rutsch mir den Buckel runter.»

«Das war bei den Griechen auch ein beliebter Zeitvertreib.»

Edgar gab ihr einen Klaps auf den Po und jagte sie die River

Road hinauf, ohne sich um den Druck zu kümmern, der ihm die Brust einschnürte.

Die einzelnen Lager, an denen sie vorüberkamen, hießen ähnlich wie die Hochzeitssuiten im Madonna: Pink Onion, Toyland, Isle of Aves, Monastery, Last Chance ...

Edgars Lager hieß Hillbillies.

Ein zweistöckiges Landhaus, das sich zu einem Hof mit einer Grillstelle öffnete, beherrschte diese Enklave. Edgar schloss die Tür auf und führte Anna in den ersten Stock, wo ein Sofa und ein Natursteinkamin auf sie warteten.

Anna lächelte verschmitzt. «Jetzt wird mir alles klar!»

Edgar grinste wie ein Satyr.

«Schau nicht so selbstgefällig drein, Edgar Halcyon. Mit deiner Dekadenz kann ich es noch jeden Tag aufnehmen!»

Sie fasste in die Tasche ihrer dicken blauen Matrosenjacke und zauberte ein zierliches Zigarettenetui aus Schildpatt hervor, dem sie einen Joint entnahm.

«Anna ...»

«Hier. Das Zeug befreit dich von allen Beschwerden.»

Er zog eine Augenbraue hoch. «Bist du da so sicher?»

«Entschuldige. Ich ... Verdammt, sonst kann ich mit Worten immer *so gut* umgehen.»

Er verzieh ihr mit einem Lächeln. Sie hielt ihm den Joint weiter hin.

«Anna ... kannst du dich nicht einfach mit dem letzten Vertreter seiner Art begnügen?»

Sie tippte sich mit dem Joint gegen die Unterlippe, bevor sie ihn in das Etui zurückschob. «Das ist eine wunderbare Idee», antwortete sie sanft.

In eine Navajo-Decke gehüllt, saßen sie vor dem Kaminfeuer.

«Wenn wir noch in der guten alten Zeit leben würden, könnten wir jetzt zusammen in die Wildnis fliehen.»

Sie strich mit den Fingern seine weiße Mähne zurecht. «Sind wir nicht schon in einer Wildnis?»

«Dann ... in eine noch wildere Wildnis.»

«Das wäre schön.»

«Wir müssen nicht zurück, Anna.»

«Müssen wir doch.»

Er drehte sich von ihr weg und schaute in die Flammen. «Hättest du es mir gesagt, wenn Mr. Williams nicht aufgetaucht wäre?»

«Nein.»

«Warum nicht?»

«Es war ... nicht nötig.»

«Ich finde dich immer noch schön, Anna.»

«Danke.»

«Was soll ich ihm heute Abend sagen?»

Anna zuckte mit den Schultern. «Sag ihm ... dass seine Miete fällig ist.»

Edgar umarmte sie lachend. «Ich möchte noch was wissen.»

«Und zwar?»

«Warum hast du mich nicht zu deiner Party eingeladen?»

«Aber, woher ...?»

«Ich habe Mary Ann davon reden hören.»

Sie lächelte ihn staunend an. «Du bist so lieb.»

«Das war keine Antwort auf meine Frage.»

«Wäre dir acht recht?»

Er nickte. «Dann komme ich gleich, wenn ich mit Mr. Williams fertig bin.»

L'art pour l'art

Die Erinnerungsbilder, die Mary Ann an diesem Vormittag durch den Kopf gingen, verschmolzen zu einem höllischen Wirrwarr. Getrieben von der Schreckensvorstellung, sie könnte Norman im Treppenhaus begegnen, stahl sie sich aus dem Haus und rannte die Barbary Lane hinunter zur Leavenworth Street. Dort hielt sie das erste Taxi an, das sie kriegen konnte.

«Wohin?»

«Äh ... Was wäre denn ein gutes Museum?»

«Das Legion of Honor?»

«Ist das da draußen hinter der Brücke?»

«Genau, 'ne Menge hübsche Sachen von Rodin.»

«Okay.» Das passte wunderbar. Sie *lechzte* jetzt nach Kunst ... und nach Schönheit ... und nach allem Hehren, das ihr über den schlimmsten Heiligen Abend ihres Lebens hinweghelfen könnte.

Mary Ann spazierte fast eine Stunde lang durch das Museum und trat dann wieder hinaus ins wohltuende Sonnenlicht des kolonnadenumsäumten Hofes. Sie setzte sich auf den Sockel zu Füßen des *Denkers*, bis sie die sonderbare Ironie dieser Szene bemerkte und sich ins Café Chanticleer im Inneren des Museums zurückzog.

Nach drei Tassen Kaffee kam sie zu einem Entschluss.

Nahe dem Eingang fand sie im Erdgeschoss eine Telefonzelle. Sie zerrte Normans Nutri-Vim-Visitenkarte aus ihrer Handtasche und wählte die Nummer, die mit Bleistift auf die Rückseite gekritzelt war.

«Ja?»

«Norman?»

«Ja?»

«Ich bin's, Mary Ann.»

«Hallo.» Er hörte sich betrunken an, *sehr* betrunken.

«Ich habe ... ein Problem. Und ich hatte gehofft, dass wir beide uns gleich treffen könnten.»

Nach einer Pause sagte er: «Klar.» Trotz der Fakten, die sie inzwischen kannte, fand sie es abscheulich, wie sie seine Gefühle ausnützte.

«Ich bin hier draußen im Palace of the Legion of Honor.»

«Kein Problem. In einer halben Stunde bin ich da, okay?»

«Okay. Norman?»

«Hmh?»

«Fahr vorsichtig, hörst du?»

Sie stellte sich auf dem Parkplatz neben eine Statue mit dem Titel *Das Schattenreich* und wartete auf ihn. Norman hievte sich mit übertriebener Würde aus dem Falcon. Er hatte schwer einen sitzen.

«Na, wie gehs so?»

«Ganz gut, ganz gut.» Warum *sagte* sie so was? Warum war sie freundlich zu ihm?

«Willss du ins Museum?»

«Nein danke. Ich war schon den ganzen Vormittag drin. Könnten wir nicht ein bisschen rumlaufen?»

Norman zuckte mit den Schultern. «Wo?»

«Dort drüben?» Mary Ann deutete über die Straße auf so was wie einen Golfplatz, der von einem Netz aus Fußwegen durchzogen war. Sie wollte keine Leute um sich haben.

Norman bot ihr mit der Galanterie eines Besoffenen seinen Arm an. Überhaupt war alles, was er tat, wie ein scheußlicher Abklatsch dessen, was sie früher an ihm bewundert hatte. Als sie sich bei ihm einhakte, unterdrückte sie ein Schaudern. Wenn es schon sonst zu nichts gut war, dann würde es wenigstens verhindern, dass er lang hinschlug.

Sie überquerten die Straße und gingen einen abschüssigen Weg am Rand des Golfplatzes entlang. Der Nebel wälzte sich auf die Stadt zu und verwischte die Umrisse der Monterey-Zypressen auf einer Anhöhe weiter vorne. Hinter diesen Bäumen lag irgendwo der Ozean.

Mary Ann ließ Normans Arm los. «Ich wollte unter vier Augen mit dir sprechen, Norman.»

«Ja?» Er lächelte sie an. Offenbar schöpfte er neue Hoffnung. «Ich weiß über die Bilder Bescheid.»

Er blieb wie angewurzelt stehen und schaute sie konsterniert an. «Hmhh?»

«Ich habe die Bilder gesehen, Norman.»

«Welche Bilder?» *Natürlich* würde er es ihr nicht leicht machen. «Du weißt, wovon ich rede.»

Er schob die Unterlippe vor wie ein schmollendes Kind und ging weiter. Schneller als vorher. «Ich habe *keine Ahnung*, wovon du redest!»

«‹Wonnige Wickelkinder›? ‹Pralle Püppis›?»

«Du musst verrückt …»

«Ich weiß über dich und Lexy Bescheid, Norman!»

Rat mal, wer zum Essen kommt?

Mona stand neben dem für vier Personen gedeckten Tisch und summte zur Beruhigung im Eilverfahren ihr Mantra.

D'orotheas Eltern würden in zehn Minuten kommen. Und D'orothea war noch immer ahnungslos.

«Ganz im Ernst, Mona. Ich hasse Überraschungen. Wenn du diese langweiligen Macholesben aus Petaluma eingeladen hast, kannst du meinen Teller gleich wieder wegräumen. Wie man Eichhörnchen das Fell abzieht, weiß ich selber!»

Mona sah D'orothea nicht an. «Unsere Gäste werden dir gefallen. Das versprech ich dir, D'or.»

Scheiße, dachte sie. Und wenn sie ihr *nicht* gefallen? Und wenn sie die Entfremdung noch stärker spürt als je zuvor? Und wenn die merkwürdige Kleinbürgerehe der Wilsons bei ihrer Tochter unsägliche psychische Narben hinterlassen hatte?

«Und noch was, Mona ... *Sobald* einer deiner Secondhand-Gurus anfängt, über das Dritte Auge oder über irgendwelchen astrologischen Firlefanz zu schwadronieren ...»

«Ich geb dir eine halbe Quaalude ab, okay?»

«Nicht mal mit *Drogen* kannst du mich gefügig machen, Mona.»

Mona drehte sich weg und rückte eine Gabel zurecht.

«Entschuldige. Das war unfair.»

«Wirst du wenigstens *versuchen*, dich wie ein zivilisiertes Wesen zu benehmen, D'or?»

«Aber sicher. Was soll's.»

«Ich wünsch mir, dass es ... na ja, ich wünsch mir, dass es nett wird.»

«Ich weiß. Und ich werde mir Mühe geben.»

Die nächste Viertelstunde war das Schlimmste, was Mona je durchgemacht hatte.

Sie huschte im ganzen Haus herum und tat so, als wäre sie mit den Vorbereitungen beschäftigt, weil sie *wusste*, dass ihr die Angst anzusehen sein würde, sobald sie auch nur einen Augenblick stillhielt.

Die Wilsons waren unpünktlich.

D'orothea war oben im Schlafzimmer und schminkte sich.

Mona ließ ihr Mantra fahren und sagte ein Kindergebet auf. Sie war gerade mit der Hälfte durch, als es klingelte. Es gab jetzt keinen Ausweg mehr. Keine Ausreden. Keinen Aufschub.

Als sie die Haustür aufmachte, erschien D'or gerade auf dem Treppenabsatz.

«Es tut mir leid, dass wir zu spät kommen», sagte Leroy Wilson ruhig. «Darf ich vorstellen, das ist Mrs. ...»

Sein Blick glitt die Treppe hoch, und auf einmal bekam er ganz große und glasige Augen. «Dorothy? Um Himmels willen! Dorothy, was ist bloß mit dir ...?»

D'orothea war auf dem Treppenabsatz zur Salzsäule erstarrt. «Mona ... Mein Gott, Mona, was hast du da bloß ...?» Sie brach in Tränen aus, fuhr herum und stürmte wie eine Irre die Treppe hoch.

Mona war am Boden zerstört und stand sprachlos vor Leroy Wilson und der kleinen, rundlichen Frau, die so spät ins Haus gekommen war, dass sie das bizarre Geschehen gar nicht mitbekommen hatte.

Vor Leroy Wilson und der kleinen, rundlichen und *weißen* Frau.

Während die Wilsons unten ratlos herumstanden, lag D'or oben in Monas Armen und heulte Rotz und Wasser.

«Ich schwör's dir, Mona ... Ich schwöre bei Gott ... Ich wollte dich nie anlügen. Ich wollte arbeiten ... Ich wollte bloß arbeiten. Als ich vor fünf Jahren nach New York kam, wollte mich niemand buchen. Rein gar niemand! Dann hatte ich ein paar Aufträge, wo wir dunkel geschminkt wurden ... so was mit arabischen Haremsdamen ... und wie aus heiterem Himmel haben die Leute plötzlich nach dem dunkelhäutigen Girl gefragt, das solchen Sexappeal hatte ... Ich hab es nie drauf *angelegt*. Es hat sich einfach so ...»

«Aber D'or, ich verstehe nicht, warum ...»

«Ich bin eine Betrügerin, Mona!» Ihr Schluchzen wurde lauter. «Ich bin bloß ... ein weißes Mädchen aus Oakland!»

«Aber D'or ... deine Haut ...?»

«Das machen die Tabletten. Die, die du in meiner Kommode gefunden hast. Sie sind gegen Vitiligo.»

«Und was ...?»

«Das ist eine Krankheit, durch die man am ganzen Körper weiße Flecken bekommt. Wenn man diese Scheckhaut hat, nimmt man Tabletten, damit die Pigmente nachdunkeln. Wenn du weiß bist und zwei Monate lang die Tabletten nimmst, dann ... Hast du nie *Black Like Me* gelesen?»

«Doch, aber das ist schon lange her.»

«Na ja, ich hab's genauso gemacht, wie es in dem Buch steht. In New Orleans habe ich einen Hautarzt gefunden, der mir die Tabletten zusammen mit UV-Bestrahlungen verschrieben hat, dann hab ich mich für drei Monate rar gemacht und bin hinterher in New York als Schwarzes Model wieder aufgetaucht. Ich habe Geld verdient, Mona ... mehr Geld, als ich in meinem ganzen Leben zu Gesicht bekommen hatte. Natürlich habe ich den Kontakt zu meinen Eltern abgebrochen, aber ich wollte nie ...»

«Aber nutzt sich das denn nicht ab?»

«Natürlich. Es ist eine permanente Belastung. Nach ein paar Monaten musste ich immer wieder mal verschwinden und neue UV-Bestrahlungen bekommen ... und natürlich habe ich dauernd diese Tabletten geschluckt ... bis ich die ganze Heuchelei nicht mehr länger ertragen konnte und mich entschieden habe ...»

«... nach San Francisco umzuziehen und weiß zu werden.»

D'or nickte und wischte sich die Tränen aus dem Gesicht. «Natürlich hab ich gedacht, dass ich mich bei dir verkriechen könnte, bis ich mich wieder ... zurückverwandelt habe ... und ich hatte immer vor, meine Eltern wiederzusehen, aber nicht schon vor ...»

«Warum hast du mir nichts davon *gesagt*, D'or?»

«Ich hab es doch *versucht*. Mein Gott, wie oft hab ich es versucht. Aber jedes Mal, wenn ich kurz davor war, hast du mir im Handumdrehen was aus deinem Kochbuch für Schwarze aufgetischt oder angefangen, mir Vorträge über mein kostbares afrikanisches Erbe zu halten ... und da bin ich mir dann immer so schrecklich verlogen vorgekommen. Ich wollte nicht, dass du dich ... meinetwegen schämst.»

Mona lächelte. «Sehe ich so aus, als würde ich mich schämen?»

«Aber meine Haare sind echt, Mona. Ich habe eine Naturkrause.»

«Kannst du dir vorstellen, an was ich gedacht habe, D'or?»

D'or schüttelte den Kopf.

«Ich habe gedacht, dass du sterben musst. Und ich bin halb verrückt geworden deswegen. Ich habe gedacht, du nimmst die Tabletten, weil du sterben musst.»

«Woran denn?»

«Woran wohl? An Sichelzellenanämie.»

Die Konfrontation

Norman lief jetzt beinahe und wankte auf die Zypressen am Rande der Anhöhe zu, ohne auf seine Umgebung zu achten. «Halt blos die Kllappe, hörs du? Halt blos die Kllappe!»

«Ich werde *nicht* die Klappe halten, Norman! Ich werde nicht untätig zusehen, wie du dieses Kind auf so entsetzliche und *widerwärtige* Weise ...»

«Das geht dich überhaupt nix an!»

«Ich habe die Magazine in deinem Koffer gesehen, Norman!»

«Was hatts du in meim Koffer zu suchen?»

«Du bist krank, Norman. Du bist ...» Ihr Atem ging fast genauso schwer wie seiner. Sie zerrte ihn am Arm. «Bleib endlich stehen.»

Er gehorchte und blieb an der höchsten Stelle der Anhöhe ruckartig stehen. Weil er ziemlich schwankte und sein Gleichgewicht wiedergewinnen wollte, streckte er die Arme nach seiner Begleiterin aus. Mary Ann hielt den Atem an; allerdings nicht wegen Norman, sondern wegen des gähnenden Abgrunds, den sie durch die Nebelschwaden sah.

«Norman ... *komm zurück*!»

«Wa...?»

«Wir sind auf einer Klippe! Komm zurück! Bitte!»

Er sah sie verständnislos an und torkelte dann ein paar Schritte auf sie zu. Sie packte ihn am Arm und hakte ihren anderen Arm um einen Baum.

Norman war ungehalten. «Aber ich hab doch kaum wass damit su tun.»

«Norman, wenn du nicht ...»

«Diese dämlichen Bilder sind noch gahr nichs! Da hab ich viel größere Dinger laufen wie das!»

«Norman ...» Sie redete etwas sanfter mit ihm und führte ihn vom Abgrund weg. «Mit dem, was du tust ... verstößt du zum Beispiel auch gegen das Gesetz.»

«Ha! Ja glaubs du denn, das weis ich nich?»

«Wie *konntest* du bloß, Norman? Du warst immer so lieb zu Lexy.»

«Na und?»

«Ich lass das nicht zu, Norman. Ich werde die Eltern von dem armen Kind anrufen.»

«Denkst du, die wissen nicht *Bescheid*?»

Mary Ann sagte mit zusammengebissenen Zähnen: «Großer Gott!»

«Was glaubs du denn, von was sie ihre Miete zahlen, hm? Lexy ist ein *Star*, verflucht noch mal! Sie ist ein kleiner Super... Herrgott, ich bin doch bloß ... ihr Agent!»

«Aber du hast bei den Bildern mitgemacht!»

Er nickte mit einem Anflug von Stolz.

«Und bei ein paar Filmen.»

«Auch das noch!»

«Was soll ich machen? Sie lässt ja keinen andern an sich ran.»

«Norman!»

«Du hältst mich für ein Arschloch, was? Du hältst mich für eins von diesen Arschlöchern, die mit Kinderpornos Geschäfte machen!»

«Norman, bleib stehen ...»

«Na, dann pass mal auf, Miss Etepetete! Ich bin Privatdetektiv, und ich steh grad vor der Auflösung vom größten Fall in meiner Karriere!»

«Norman, geh endlich von dort ...»

Sie konnte nicht hinsehen.

Als Mary Ann sich wieder umdrehte, schlurfte Norman über den Weg, der am Rand der Klippe entlanglief. Zu ihrer Erleichterung war er an der steilsten Stelle vorbei und bewegte sich jetzt auf einem Terrain, das etwas weniger gefährlich aussah.

«Norman, komm zurück!»

«Sieh doch zu, wie du ohne mich nach Hause kommst!», blaffte er über die Schulter nach hinten.

Dann verlor er plötzlich den Halt unter den Füßen, rutschte vom Weg ab und fiel mitten in das lockere Geröll und den Sand, die den Hang zum Meer hinunter bedeckten.

Zu Tode erschrocken lief Mary Ann zu ihm hin. Er lag platt auf dem Rücken und ruderte mit Armen und Beinen wie ein umgedrehter Kakerlak. Ein paar Meter weiter unten erwartete ihn die nächste Klippe. Er winselte kläglich.

«Bitte ... hillf mir doch, bitte ...»

Mary Ann warf sich auf die Erde und streckte ihren Arm so weit den Hang hinunter, wie es nur ging. «Nicht bewegen, Norman. Bleib ganz ruhig liegen, okay?»

Er hörte nicht auf sie. Mit allen vieren schlug er wild um sich, bis der Boden unter ihm wie flüssige Lava zu rutschen anfing. Mary Ann versuchte verzweifelt, ihn am Arm zu packen, aber sie griff ins Leere.

Seine Rutschpartie zur Klippe ging langsam, aber stetig vor sich. Ein grausiger Anblick.

Das Einzige, was von ihm übrig blieb, war seine Klemmkrawatte, die schlaff in Mary Anns Hand hing.

Während sie durch den wallenden Nebel zum Museum zurücklief, hallten Normans Schreie in ihrem Kopf nach.

In der Telefonzelle zählte sie ihr Geld nach. Siebenunddreißig Cent. Sie hatte sich darauf verlassen, dass sie mit Norman nach Hause fahren würde.

Sie wählte 673-MUNI.

«Muni», sagte ein Mann am anderen Ende der Leitung.

«Bitte ... wie komme ich vom Legion of Honor in die Barbary Lane?»

«In die Barbary Lane? Moment. Okay ... Sie gehen runter an die Ecke Clement und Thirty-fourth, nehmen dort den 2er-Bus in Richtung Clement bis zur Ecke Post und Powell, und dort steigen Sie um in die 60er-Cable-Car in Richtung Hyde.»

«Den 2er in Richtung Clement?»

«Ja.»

«Danke schön.»

«Gern geschehen. Fröhliche Weihnachten auch!»

«Ja, fröhliche Weihnachten», sagte sie.

Die Party

Wo ist Mary Ann?», fragte Connie Bradshaw, die unter Mrs. Madrigals Türbogen mit den roten Troddeln stand. «Hast du nicht gesagt, dass sie auch kommt?»

Brian nahm sich einen Joint von einem Wedgwood-Teller. «Sie ist da. Jedenfalls hab ich sie oben gesehen.»

«Ogottogott, ich hab sie ewig nicht mehr gesehen!»

«Ihr seid gute Freundinnen, hm?»

«Ach, die allerbesten! Ich meine ... in letzter Zeit hatten wir nicht so viel Kontakt, aber ... Na ja, du weißt ja, wie's in dieser Stadt geht.»

«Klar.»

«Äh ... Ich glaube, da möchte sich jemand mit dir unterhalten, Brian.»

«Oh ... Hallo, Michael.»

«Hallo. Hast du zufällig unser aufgescheuchtes Huhn gesehen?»

«Wen?»

«Mary Ann.»

Brian zog an seinem Joint und gab ihn an Connie weiter. «Über die haben wir grade geredet. Was ist mit ihr? Ich dachte, sie hat die Orgie hier organisiert?»

«Hat sie auch. Wahrscheinlich macht sie sich gerade hübsch oder so. Heh, warte mal. Ich hab was für dich.» Michael verschwand in der Küche und kam mit einem kleinen, in Silberfolie eingeschlagenen Päckchen zurück.

Brian wurde rot. «Was soll das denn, Mann ... Wir haben doch gesagt: Keine Geschenke.»

«Ich weiß», sagte Michael. «Es ist auch kein Weihnachtsgeschenk. Ich bin bloß nicht dazu gekommen, es dir früher zu geben.»

«Wie niedlich», warf Connie ein.

Brian warf ihr einen Blick zu und wandte sich wieder an Michael. Der sah noch spitzbübischer drein als sonst. «Sag mal, Michael, das ist doch nicht etwa ...?»

«Mach's doch auf», quietschte Connie. «Ich bin ja so aufgeregt!»

Brian schaute Michael direkt in die Augen. «Soll ich?», fragte er lächelnd.

«Warum nicht? Je früher du das Ding auspackst, desto früher kommt es zum Einsatz.»

«Genau!», meinte Connie.

Brian riss das Päckchen auf. Er war nicht überrascht, als zwischen dem Seidenpapier der schwere Messingring sichtbar wurde. «Der ist aber hübsch, Michael. Ausgesprochen kleidsam.»

«Bist du sicher? Ich kann ihn auch umtauschen, wenn er dir ...»

«Nein. Ich finde ihn ... richtig toll.»

Ohne eine Miene zu verziehen, sagte Michael: «Ich hoffe, die Größe stimmt.»

«Was ist es?», drängelte Connie.

Brian hielt den Ring hoch, damit sie ihn sich ansehen konnte. «Ist er nicht hübsch?»

«*Super*. Und wofür ist das Ding gut?»

Brian warf Michael einen raschen Seitenblick zu. «Es ist ... ein Weihnachtsschmuck», sagte er in anerkennendem Ton. «Man hängt es sich auf den Baum.»

Michael holte in der Küche ein Tablett voll Brownies ab. «Ist da was drin?», fragte er.

Mrs. Madrigal lächelte nur.

«Hab ich's mir doch gedacht», sagte Michael.

«Ist Mary Ann schon runtergekommen?»

«Nein.»

«Ich verstehe nicht, was sie so lange ...»

«Ich kann mal nachsehen, wenn Sie möchten.»

«Nein danke, mein Lieber ... ich brauche dich hier unten.»

«Erwarten Sie noch mehr Gäste?»

Sie schaute auf die Uhr. «Einer fehlt noch», sagte sie geistesabwesend, «aber ich bin mir nicht sicher ... Es war keine feste Zusage, mein Lieber.»

«Ist denn ... alles in Ordnung, Mrs. Madrigal?»

Sie lächelte und gab ihm einen Kuss auf die Wange. «Ich bin doch mit meiner Familie zusammen, oder nicht?»

Als Michael wieder ins Wohnzimmer kam, fielen ihm fast die Brownies aus der Hand.

«Mona!»

«In Fleisch und Blut.»

«Das ist ja scharf! Wo hast du D'orothea gelassen?»

«Die feiert mit ihren Eltern in Oakland weiße Weihnachten.»

«*Schneit* es in Oakland?»

«Weißt du, das ist eine lange Geschichte, Mouse.»

Michael stellte das Tablett ab und schloss sie in die Arme. «Du hast mir schrecklich gefehlt!»

«Du mir auch.»

«Du hast dich kein bisschen verändert.»

«Ja», sagte sie grinsend. «Ich bin immer noch die gute alte Mona ... die es mit jeder Perversität aufnimmt.»

«Sag beim Abschied ...»

Als Mary Ann endlich kam, entschuldigte sie sich gleich bei Mrs. Madrigal.

«Ich hoffe, ich habe Ihnen keine Umstände gemacht. Ich ... na ja, wahrscheinlich habe ich über dem vielen Geschenkekaufen einfach das Gefühl für die Zeit verloren.»

«Mach dir keine Gedanken, meine Liebe. Es war überhaupt kein Problem, und Michael ist der perfekte ... Du hast nicht zufällig Mr. Williams gesehen, meine Liebe? Wenn er da ist, sollten wir ihn zu uns ...»

«Nein. Nein, ich habe ihn nicht gesehen. Seit gestern oder vorgestern nicht mehr.»

«Wie schade.»

«Er war häufig weg in letzter Zeit. Und er hat einen ganz veränderten Eindruck gemacht ... auf mich jedenfalls.»

«Ja, auf mich auch.»

«Ich finde es schön, dass ich meine Freundin Connie wieder mal sehe.»

«Ich weiß. Wie *klein* die Welt doch ist, nicht? Mona hat es schließlich auch noch geschafft, und ... Meine besten Wünsche für euch alle!» Sie küsste Mary Ann ein bisschen zu heftig auf die Wange und lief dann an ihr vorbei aus dem Zimmer.

Mary Ann kam es so vor, als würde sie weinen.

Mona machte sich eine Viertelstunde später auf die Suche nach der Vermieterin. Sie entdeckte Mrs. Madrigal auf der Treppe, über die man zur Barbary Lane hochstieg.

«Erwarten Sie noch jemand?», fragte Mona, als sie sich neben sie setzte.

«Nein, meine Liebe. Jetzt nicht mehr.»

«Jemand, den ich kenne?»

«Ich wollte, du hättest ihn kennenlernen können.»

«Hättest?»

«Ich wollte sagen ... Es ist so schwer zu erklären, meine Liebe.»

«Es tut mir leid, dass ich mich so lange nicht gemeldet habe.»

Mrs. Madrigal wandte sich zu ihr um. Sie hatte Tränen in den Augen. «Oh, es ist so schön, dass du das gesagt hast!», brach es aus ihr heraus. Sie lehnte sich einen Augenblick an Monas Schulter, doch schon bald setzte sie sich wieder aufrecht hin und hatte ihre Fassung zurückgewonnen.

«Wenn Sie mich ertragen können», sagte Mona, «würde ich gerne wieder hier einziehen.»

«Dich *ertragen*? Du dummes Kind! Du hast mir mehr gefehlt, als du dir vorstellen kannst!»

Mona lächelte. «Danke ... und fröhliche Weihnachten.»

«Fröhliche Weihnachten, meine Liebe.»

«Warum kommen Sie nicht wieder rein? Es ist *kalt* hier draußen!»

«Ja. Ich komme gleich. Geh du nur vor.»

«Kann Ihr Freund denn nicht einfach ins Haus kommen?»

«Er wird nicht mehr kommen, meine Liebe. Er hat sich schon von uns verabschiedet.»

Sein Abschied fand auf Halcyon Hill statt.

Dr. Jack Kincaid verabreichte seiner Frau eine Beruhigungsspritze, während seine Tochter und sein Schwiegersohn ihm Adieu sagten.

Er lag ausgestreckt im Bett. Seine Haut war so blass, dass man sie für durchsichtig halten konnte.

«Daddy?»

«Bist du das, DeDe?»

«Ja, ich und Beauchamp.»

«Oh.»

«Wir haben eine Überraschung für dich, Daddy.»

Beauchamp warf seiner Frau einen besorgten Blick zu. DeDe funkelte ihn an, wandte sich dann ab und kniete neben dem Bett ihres Vaters nieder.

«Daddy ... Wir werden dich zum Großvater machen.»

Schweigen.

«Hast du verstanden, Daddy.»

Edgar lächelte. «Ich hab es gehört.»

«Freust du dich denn nicht?»

Kraftlos hob er die Hand. «Kannst du es mir ... zeigen?»

«Sie ist noch so klein.» DeDe stand auf, nahm seine Hand und drückte sie sanft gegen ihren Bauch. «Ich glaube nicht, dass man schon was ...»

«Doch, doch. Ich kann sie spüren. Du glaubst, dass es ein Mädchen wird, hm?»

«Ja.»

«Ich auch. Hast du schon einen Namen ausgesucht?»

«Nein, noch nicht.»

«Kannst du sie nicht Anna nennen?»

«Anna?»

«Ich habe den Namen ... immer sehr gemocht.»

Er lächelte noch einmal und drückte seine Hand gegen das warme neue Leben. «Hallo, Anna», sagte er. «Wie geht's dir, altes Haus?»

Das Golden Gate

Dick vermummt machten sich Mary Ann und Michael am Neujahrstag auf den Weg über die Brücke.

«Das hab ich noch nie gemacht», gestand sie ihm.

«Das ist ja nicht zu glauben», sagte er grinsend. «Es gibt etwas, was *du* noch nicht gemacht hast?»

«Lass das, Michael!»

Er gab ihr einen Stups. «Du hattest gut zu tun dieses Jahr, was, Lucrezia?»

«Hör zu, Michael! Wenn wir allein sind, kannst du deine Witze machen, aber wir müssen sehr aufpassen, dass ...»

«Glaubst du, ich weiß nicht, wie man Komplize spielt?»

«Ich bin immer noch völlig durch den Wind wegen der ganzen Geschichte!»

Michael lehnte sich an die Brüstung. «Zeig mir, wo es passiert ist.»

Sie sah etwas verstimmt drein und wies dann mit einer Kopfbewegung auf die Klippen. «Dort drüben. Siehst du die Boje dort? Gleich dahinter.»

Er zeigte auf die Boje. «Die dort?»

«Zeig doch nicht *hin*, Michael!»

«Warum nicht?»

«Am Ende sieht dich noch jemand.»

«Ach, komm! Man hat noch nicht mal die Leiche gefunden.»

«Umso *schlimmer*. Sie könnte jeden Moment auftauchen.»

«Und dann?»

«Na ja, es könnte doch sein, dass die Polizei dann denkt, dass ... jemand nachgeholfen hat. Und es ist möglich, dass sich irgendein Zeuge meldet, der mich als die Person identifizieren kann, die mit ihm am Museum war. Und ... es gibt *so viele* Dinge, die auf mich hindeuten könnten ...»

«Ich verstehe immer noch nicht, warum du den Unfall nicht einfach gemeldet hast. Es *war* doch ein Unfall, oder etwa nicht?»

«Ja doch!»

Er grinste. «Man wird ja noch fragen dürfen.»

«Michael ... wenn ich dir jetzt etwas sage, schwörst du dann auf einen Stapel Bibeln, dass du es *nie* jemand erzählen wirst?»

«Denkst du, ich würde dich hintergehen? Ich hab doch *mitgekriegt*, wie du mit deinen Feinden umspringst.»

«Vergiss es.»

«Nein, ich bitte dich! Ich versprech's dir! Komm schon, verrat es mir.»

Sie musterte ihn streng, bevor sie sagte: «Norman war noch *was anderes* als nur so ein Porno-Heini, Michael.»

«Hmh?»

«Er war Privatdetektiv.»

«Donnerwetter! Woher weißt du das?»

«Er hat es mir gesagt. Kurz bevor er abgestürzt ist. Und er hat mir auch gesagt, dass er an einem großen Fall gearbeitet hat, durch den er zu einer Menge Geld kommen wollte. Da hab ich mich natürlich gefragt, warum er überhaupt in die Barbary Lane eingezogen ist und warum er mir ... bestimmte Fragen gestellt hat.»

«Toll! Erzähl weiter!»

«Als ich nach dem ... du weißt schon ... in unser Haus zurückgekommen bin ... habe ich mir wieder den Zweitschlüssel aus dem Keller geholt und sein Zimmer noch mal auf den Kopf gestellt. Und diesmal hab ich nicht bei den Kinderpornos aufgehört!»

Michael pfiff durch die Zähne. «Nancy Drew kann von dir noch eine Menge lernen!»

«Er hatte eine dicke Akte, Michael. Und was glaubst du, über wen er Nachforschungen angestellt hat?»

«Über wen?»

«Über Mrs. Madrigal!»

«Was!»

«Ich konnte es auch kaum glauben.»

«Und was hat in der Akte *dringestanden*?»

«Keine Ahnung.»

«Jetzt halt aber mal die *Luft* an!»

«Ich hab sie verbrannt, Michael. Ich hab sie in mein Zimmer mitgenommen und sie in einem Abfalleimer verbrannt. Was glaubst du, warum ich so spät zur Party gekommen bin?»

Auf dem Cypress Lawn Cemetery im Süden der Halbinsel stieg eine Frau mit einem orientalisch gemusterten Turban aus einem zerbeulten Auto und stapfte bis zu einem frischen Grab den Hang hinauf.

Sie blieb einen Moment davor stehen und summte eine Melodie vor sich hin, bevor sie ein Zigarettenetui aus Schildpatt zückte, einen Joint herausnahm und ihn sachte auf das Grab legte.

«Viel Spaß», sagte sie lächelnd. «Es ist kolumbianisches Gras.»

ENDE DES ERSTEN BUCHES

ANDERS DE LA MOTTE
& MÅNS NILSSON

DER TOD
MACHT
URLAUB IN
SCHWEDEN

KRIMINALROMAN

Aus dem Schwedischen von
Marie-Sophie Kasten

Die schwedische Originalausgabe erschien 2021 unter dem Titel
»Döden går på visning« bei Forum, Stockholm.

Besuchen Sie uns im Internet:
www.droemer.de

Eigenlizenz März 2025
© 2021 Anders de la Motte und Måns Nilsson
© 2022 der deutschsprachigen Ausgabe Droemer Verlag
Ein Imprint der Verlagsgruppe
Droemer Knaur GmbH & Co. KG
Maria-Luiko-Straße 54, 80636 München
Alle Rechte vorbehalten. Das Werk darf – auch teilweise – nur
mit Genehmigung des Verlags wiedergegeben werden.
Die Nutzung unserer Werke für Text- und Data-Mining
im Sinne von § 44b UrhG behalten wir uns explizit vor.
Published by agreement with Salomonsson Agency.
Redaktion: Viola Eigenberz
Covergestaltung: Nicole Pfeiffer, Hamburg
Coverabbildung: Collage von Nicole Pfeiffer unter
Verwendung von Motiven von Getty Images
Satz: Adobe InDesign im Verlag
Druck und Bindung: GGP Media GmbH, Pößneck
ISBN 978-3-426-30874-5

Kontaktadresse nach EU-Produktsicherheitsverordnung:
produktsicherheit@droemer-knaur.de

2 4 5 3 1

Wir lieben Österlen und haben uns bemüht, die Geografie und die Geschichte der Region so korrekt wie möglich zu beschreiben. In manchen Fällen haben wir uns allerdings zugunsten der Handlung gewisse Freiheiten erlaubt.

Die Zitate aus William Shakespeares Stück *King Lear* sind in der Übersetzung von W. Schlegel, Dorothea Tieck, Wolf Graf Baudissin und Nicolaus Delius, Artemis & Winkler Verlag, wiedergegeben.

PERSONENGALERIE

Peter Vinston, 49: Kriminalkommissar bei der Mordkommission Stockholm

Tove Esping, 28: Kriminalassistentin bei der Polizei Simrishamn

Jessie Anderson, 42: Promimaklerin und TV-Star

Elin Sidenvall, 25: Jessies Assistentin

Christina Löwenhjelm, 49: Psychologin und Peter Vinstons Ex-Frau

Poppe Löwenhjelm, 54: Herr auf Schloss Gärnäs und Christinas neuer Ehemann

Amanda Vinston, 16: Peters und Christinas Tochter

Lars-Göran Olofsson, 60: Bienenzüchter und Polizeichef von Simrishamn

Thyra Borén, 52: Chefkriminaltechnikerin

Joanna Osterman, 44: Reporterin und Chefredakteurin beim *Cimbrishamner Tagblatt*

Felicia Oduya, 33: Betreiberin von *Felicias Kaffeehaus* in Komstad

Sofie Wram, 63: Pferdezüchterin und Reitlehrerin

Jan-Eric Sjöholm, 72: pensionierter Schauspieler und Künstler

Alfredo Sjöholm, 61: Kostümassistent und Designer

Niklas Modigh, 33: Hockeyprofi in Los Angeles

Daniella Modigh, 31: Influencerin und Springreiterin

Margit Dybbling, 75: Vorsitzende des Ortsvereins Gislövshammar

Svensk und Öhlander: Polizisten bei der Polizei Simrishamn

Fredrik Urdal, 36: Elektriker aus Tomelilla

Hasse Palm, 57: Elektriker aus Sjöbo

Hund Bob: Felicias Collie, der im Kaffeehaus herumhängt

Katze Pluto: langhaarige Hofkatze, die bei der Bäckastuga herumschleicht

PROLOG

So lange wie möglich hatte sich die Sonne am Frühlingshimmel gehalten, aber jetzt versank sie allmählich im Bornholmer Seegatt. Möwen segelten über den Dünen im Wind, während das tief stehende Abendlicht das Meer in Quecksilber verwandelte. Das Wasser war noch kalt, es war erst Mitte Mai, und der Strand lag verwaist da. Einen halben Kilometer entfernt gingen in dem pittoresken Fischerdorf Gislövshammar die Lichter an, und am Horizont sah man die graue Silhouette eines Frachtschiffes, das langsam westwärts steuerte.

Früher einmal hatten Seeräuber die Gegend unsicher gemacht, indem sie falsche Leuchtfeuer an den Stränden entzündeten, um Schiffe in seichte Gewässer zu locken und die Besatzung zu töten. Heute ruhten immer noch Wracks und Knochenreste dort draußen, tief unter den verräterischen Sandbänken. Vielleicht hatte der schöne Platz daher auch etwas Unheilvolles an sich. Ein letzter Hauch der bösen Taten hing noch in der Luft.

Der Umzugswagen, der sich näherte, hatte gerade die Hauptstraße verlassen und war in einen namenlosen Schotterweg eingebogen, der sich zwischen gelben Rapsfeldern und dunklen Waldabschnitten hindurchschlängelte. Das Sträßchen endete an einer Wendeplatte direkt oberhalb der Dünen, so nah am Meer, dass die beiden Männer im Führerhaus Tang und Salzwasser riechen konnten.

Neben dem Lastwagen erhob sich ein hoher, neu errichteter Stahlzaun mit einem massiven motorbetriebenen Tor und der Aufschrift *Gislövsstrand. Nicht nur ein Wohnort, sondern ein Lebensgefühl.* Darunter hing in grellen Farben ein wesentlich unfreundlicherer Hinweis: *Zutritt für Unbefugte verboten!*

Der Fahrer, ein vierschrötiger Kerl mit Nackenwulst, fuhr bis zur Gegensprechanlage vor. Dort ließ er das Seitenfenster herunter, beugte sich hinaus und erreichte mit Mühe die Ruftaste. Bei der Bewegung quoll sein Bauch zwischen Hosenbund und Pullover hervor.

Ein Kreis aus LED-Lampen leuchtete auf, und der Mann geriet ins Visier eines Kameraauges.

»Jessie Anderson«, ertönte eine schneidende Stimme mit amerikanischem Akzent aus dem Lautsprecher.

»Hallo, hier ist Ronny von Österlen Umzüge«, sagte der Fahrer im breiten schonischen Dialekt. »Wir kommen mit …« Ronny brach kurz ab und suchte nach dem richtigen Wort. »Mit dem Haken.«

Langsam glitt das Metalltor auf.

»Come on in!«

Das Grundstück hinter dem Zaun war zum größten Teil ein Bauplatz, samt Aufenthaltsbaracke, Abfallcontainer und einigen Maschinen. Geradeaus sah man eine Reihe identischer, neu gegossener Fundamente, aus denen Plastikrohre in den Abendhimmel ragten. Links, Richtung Meer, lag das bisher einzige fertiggestellte Haus. Ronny pfiff durch die Zähne.

»Was für ein Hammergrundstück!«

Das Haus bestand aus Beton, Stahl und Glas. Gerade Linien, scharfe Ecken, kein Dachvorsprung oder anderes, was die quadratische Form durchbrach.

»Sieht aus wie ein Riesenbunker. Muss mindestens fünfhundert Quadratmeter haben, oder was denkst du?«

Sein Kollege Stibbe nickte stumm.

In der Einfahrt standen zwei Autos, eines davon ein weißes Porsche-Cabrio. Ronny stellte den Motor ab, und die beiden Männer schlugen gleichzeitig die Lastwagentüren hinter sich zu.

Eine Frau kam ihnen mit hohen, klappernden Absätzen entgegen. Sie musste knapp über vierzig sein, hatte langes blondes Haar, trug eine großzügig aufgeknöpfte Bluse und einen engen Rock.

Bevor Ronny etwas sagen konnte, hielt sie verärgert einen Finger in die Luft und sprach weiter in ihr Handy.

»Can I put you on hold for just a minute, James?«

Ronny und Stubbe tauschten einen vielsagenden Blick, wie immer, wenn sie eine attraktive Kundin vor sich hatten.

»Sind Sie Jessie Anderson?«, fragte Ronny, obwohl er das Gesicht der Frau schon aus Zeitschriften und dem Fernsehen kannte.

»Sie kommen zwei Stunden zu spät«, erwiderte Jessie streng.

Ronny zuckte mit den Achseln.

»Der Künstler, Olesen, hatte das Teil nicht richtig verpackt. Stibbe und ich mussten ihm dabei helfen. Das hat länger gedauert als ...«

»Das ist nicht mein Problem«, unterbrach ihn Jessie. »Zeiten sind dafür da, dass man sie einhält. Ich werde Ihren Chef morgen früh anrufen und verlangen, dass er das von der Rechnung abzieht. Laden Sie jetzt ab, wir haben es eilig. Elin wird Ihnen zeigen, wo die Skulptur stehen soll.«

Sie winkte eine jüngere dunkelhaarige Frau mit Brille heran, machte dann auf ihren schwindelerregend hohen Absätzen kehrt und trippelte ins Haus zurück, während sie ihr Telefonat wieder aufnahm.

»Sorry for that, James. As I was saying, don't pay any attention to the rumors. The market in Skåne is booming and Gislövsstrand is an excellent investment opportunity ...«

»Ich bin Elin Sidenvall, Jessie Andersons Assistentin«, stellte sich die junge Frau vor. Sie war etwa fünfundzwanzig Jahre alt und sprach Stockholmerisch. Ihr Hemd war bis zum Hals zugeknöpft, und ihre Absätze waren deutlich praktischer als die ihrer Chefin. In der einen Hand hielt sie ein Klemmbrett.

»Die Skulptur kommt nach unten ins Wohnzimmer.«

»Runter?«, fragte Ronny. »In der Arbeitsbeschreibung steht nichts von irgendwelchen Treppen.«

Elin sah in ihren Unterlagen nach.

»Wird im Wohnzimmer im Erdgeschoss platziert«, las sie vor.

»Genau. Keine Treppe«, konstatierte Ronny.

»Das Haus befindet sich in Hanglage«, korrigierte Elin trocken. »Eingangshalle, Küche, Gästezimmer, Ankleidezimmer und einige andere Räume sind hier im oberen Stockwerk. Die Gesellschaftsräume, das Spa und das Schlafzimmer liegen unten, mit Zugang zum Garten und zum Meer. Die Skulptur soll im Wohnzimmer stehen, genau unter der Küche. Hier steht es, sehen Sie!«

Sie hielt den Männern das Klemmbrett hin und klopfte mit dem Finger darauf.

Normalerweise hätte Ronny protestiert, aber ihr Chef hatte ihnen ausdrücklich die Order gegeben, diese Kundin mit Samthandschuhen zu behandeln.

Elin Sidenvall hob fragend eine Augenbraue.

»Also, wie machen wir es?«

Ronny seufzte resigniert und schlurfte zur hinteren Wagentür.

»Das sind ja ganz schöne Drachen, oder was denkst du, Stibbe?«, brummte er, als Elin außer Hörweite war.

Nach einer knappen Stunde hatten es die beiden Umzugsleute geschafft, die Skulptur die Treppe hinunterzutragen und sie an der vorgesehenen Stelle im Wohnzimmer zu platzieren. Elin überwachte sie dabei streng und unterbrach die Arbeit, sobald auch nur das kleinste Risiko bestand, gegen eine Wand oder das Treppengeländer zu stoßen. Dann holte sie ein Metermaß, um zu kontrollieren, dass die Skulptur an exakt der richtigen Stelle stand. Und trotzdem war Jessie Anderson nicht zufrieden. Ronny und Stibbe mussten die Skulptur noch dreimal hin und her schieben, bevor Jessie sie endlich gehen ließ.

Elin begleitete sie nach draußen. Vielleicht lag es an seinem niedrigen Blutzuckerspiegel oder an der unerwarteten Schlepperei, jedenfalls missachtete Ronny die Anweisungen seines Chefs.

»Heute stand was in der Zeitung über Sie«, sagte er. »Dieser Nicolovius hat Sie in seinem neuesten Leserbrief ziemlich übel beschimpft.« Ronny merkte zu seiner Zufriedenheit, dass das Thema der Assistentin peinlich war.

»Wer auch immer dieser Kerl ist, hasst er Ihre Chefin auf jeden Fall ordentlich. Aber da ist er nicht der Einzige, oder?«

Elin reagierte nicht.

Ronny zwinkerte ihr zu, bevor er seinen Lastwagen bestieg.

»Machen Sie das Tor auf?«, fragte er durch das geöffnete Seitenfenster.

»Fahren Sie einfach vor, es öffnet sich automatisch«, erwiderte die Assistentin kurz angebunden.

Elin Sidenvall blieb stehen und sah zu, wie sich das Tor wieder schloss, während die Rücklichter des Lasters vom Wald verschluckt wurden. Eine einsame Lampe bildete einen Lichtkreis auf dem asphaltierten Vorplatz, aber drum herum wurde die Dunkelheit immer dichter. Die Möwen waren verstummt, irgendwo in der Ferne rief ein Käuzchen.

Der schaurige Laut ließ Elin frösteln und erweckte das ungute Gefühl wieder zum Leben, das sie verfolgte, seit sie heute Morgen den unangenehmen Leserbrief gesehen hatte.

Österlen wird diese Freveltat niemals vergessen, hatte dieser Nicolovius geschrieben.

Der Tag der Abrechnung naht, an dem die Schuldigen teuer für ihre Gier bezahlen werden.

Die Worte ließen sie nicht los. War sie eine der Schuldigen, und was meinte der anonyme Schreiber damit, dass sie teuer bezahlen müssten?

Plötzlich, ohne genau zu wissen, warum, fühlte sich Elin beobachtet. Als gäbe es da draußen in der kompakten Finsternis außer dem Käuzchen noch jemanden.

Jemanden, der ihr und Jessie Böses wollte.

Wieder rief das Käuzchen.

»Blödsinn«, murmelte Elin vor sich hin. Sie durfte sich das nicht zu Herzen nehmen, genau wie Jessie gesagt hatte, und sich nicht von irgendeinem rückwärtsgewandten Feigling Angst machen lassen, der sich auch noch hinter einem Pseudonym versteckte.

Sie holte ein paarmal tief Luft, dann ging sie ins Haus zurück und schloss die Tür hinter sich.

Hinter dem geräumigen Eingangsbereich breitete sich die riesige Küche aus rostfreiem Edelstahl und glatten Steinarbeitsflächen aus. Aus den versteckten Lautsprechern hörte man leise Musik.

Elin betrat den Treppenabsatz, der über dem Wohnzimmer schwebte. Dort unten stand Jessie und bewunderte die soeben gelieferte Metallskulptur – sie war rund zwei Meter hoch, dick wie ein Oberarm und stellte einen Angelhaken dar. Das Fundament hielt den Haken in aufrechter Position, wobei der Griff Richtung Meer zeigte und die Spitze zum Treppenabsatz, auf dem Elin stand, ungefähr wie ein großes zurückgelehntes J.

»Magnificent, nicht wahr?« Jessie ließ ihre Hand über das Metall gleiten: von der Öse, an der man die Angelschnur befestigte, schräg hinunter in die Beuge und wieder hinauf zur Spitze mit den kräftigen Widerhaken.

»*The Hook!* Bereit, unsere Kunden zu ködern und das Interesse der Medien zu fangen.«

Trotz Jessies spaßhaftem Ton musste Elin ein Schaudern unterdrücken. Sie fand, dass die Skulptur unheimlich aussah, aber behielt es lieber für sich.

»Bist du dir wirklich sicher, dass es funktionieren wird?«, fragte sie stattdessen.

»Wie oft soll ich dir das noch erklären?«, schnaubte Jessie. »Das gehört zu den Basics der Maklerstrategie. Der Haken ist eine Ablenkung, damit verändern wir den Fokus.«

Sie ließ die Hand mit den langen, blutroten Nägeln auf dem Widerhaken liegen.

»Statt *Die Lokalbevölkerung protestiert weiterhin gegen das Millionenprojekt* werden die Zeitungen schreiben: *Star-Maklerin schenkt Skulptur eines lokalen Künstlers.*«

Sie ließ die Hand sinken.

»Sind wir *all set for tomorrow?*«

Elin nickte.

»Der Vorsitzende des Kulturausschusses kommt um zehn.«

»Und die Zeitungen?«

»*Cimbrishamner Tagblatt, Ystads Allehanda, Skånska Dagbladet* und *Sydsvenskan* sind dabei. *Di Weekend* will auch etwas bringen, aber sie können erst nächste Woche jemanden schicken.«

»Okay. Nicht gerade *Vanity Fair* …« Jessie grinste schief. »Aber gut gemacht. Du siehst, die Skulptur zahlt sich schon aus. Dieser scheußliche Haken wird den Einheimischen ihren lang ersehnten Stopp auf der regionalen Kunstroute verschaffen. Simsalabim, kein Gemecker mehr! Und auch keine anonymen Leserbriefe oder Petitionen. Die Kunden werden zurückkommen, das Geld wird fließen.«

Jessie strich noch einmal mit der Hand über das glatte Metall.

»Wir haben sie am Haken«, murmelte sie. »Alle.«

Von draußen war ein plötzlicher Knall zu hören.

»Was war das?«, fragte Elin.

»Sicher die Umzugstypen, die zusammenpacken«, meinte Jessie.

»Nein, die habe ich schon vor einigen Minuten wegfahren sehen!«

»Dann sollten wir wohl rausgehen und nachschauen?«

Jessie stieg die Treppe hinauf, ging mit Elin im Schlepptau durch die Küche und die Eingangshalle und riss die Haustür auf.

»Was zum Teufel!«

Ein gespenstisch flackerndes Licht bei den Baucontainern warf lange Schatten über den Platz.

»Es brennt!«, schrie Elin.

Ungleichmäßige Flammen schlugen aus dem Müllcontainer, als wäre das Feuer gerade erwacht und suchte nach einer Angriffsfläche.

»Sieh mal!« Elin zeigte auf Jessies Porsche.

Das Wort SAU prangte in roten Buchstaben auf dem weißen

Lack. In der Luft hing noch der Gestank der Sprayfarbe und vermischte sich mit dem Brandgeruch.

Jessie stand einen Moment stumm da, die Kiefer angespannt, während sie den Blick über den Platz schweifen ließ.

»*Fucking cowards!*«, rief sie. »Zeigt euch!«

Der Ruf hallte laut zwischen den Baucontainern, dann war alles wieder still. Das Einzige, was man hörte, war das Prasseln des Feuers, das langsam zunahm. Dann war plötzlich eine Bewegung neben dem brennenden Container zu sehen. Elin schnappte nach Luft.

Eine dunkle Gestalt trat halb aus den Schatten. Sie trug schwarze Kleidung, der Kopf war von einer Sturmhaube bedeckt. Die Person zeigte auf die beiden Frauen und strich sich in einer Drohgebärde mit der anderen Hand über den Hals.

Vom Feuer ertönte ein Knall, ein Funkenregen stieg in den Himmel auf. Die Flammen flackerten auf, wodurch die Schatten dichter wurden. Als das Feuer wieder Fahrt aufnahm, war die schwarz gekleidete Figur verschwunden.

»Der Tag des Jüngsten Gerichts«, flüsterte Elin. »Genau wie Nicolovius geschrieben hat.«

Jessie drehte sich zu ihr um. Ihre Stimme war ruhig und eiskalt.

»In der Waschküche steht ein Feuerlöscher«, sagte sie. »Beeil dich, bevor sich das Feuer ausbreitet! Sobald es gelöscht ist, suchst du einen Autolackierer, der gleich morgen früh diesen Scheiß da übermalen kann.«

»A-aber«, protestierte Elin. »Wir müssen die Feuerwehr rufen. Und die Polizei! Er kann noch da draußen sein.«

»Wir rufen niemanden«, unterbrach Jessie sie. »Sonst landen wir morgen im *Cimbrishamner Tagblatt,* was genau das ist, was diese feigen Mistkerle erreichen wollen!« Sie wies auf den brennenden Container. »Wer auch immer dieser Saboteur war, er ist längst weg. Jetzt hol schon den Feuerlöscher, mach den Brand aus und kümmere dich um meinen Wagen! Und kein Wort zu irgendjemandem. Das hier ist nie passiert, verstanden, Elin!«

1

Es war Ende Juni, und der schwedische Hochsommer lugte vorsichtig um die Ecke.

Kriminalkommissar Peter Vinston saß seit fast drei Stunden am Steuer, eigentlich sogar sieben, wenn man die gesamte Reise von Stockholm mitzählte.

Er war ein groß gewachsener Mann, knapp über eins neunzig, hatte aber nichts von jener gebeugten Haltung, wie man sie oft bei großen Menschen sah. Das rotblonde Haar war kurz geschnitten, die Wangen glatt rasiert, und obwohl er noch keine fünfzig war, waren seine Koteletten schon lange ergraut. Einige seiner Kolleginnen behaupteten, dass ihn das, in Kombination mit den dreiteiligen Anzügen, die er immer trug, distinguiert aussehen ließ – eine Aussage, die in ihm gemischte Gefühle hervorrief.

Vinston fuhr einen schwarzen Saab, einen der allerletzten, die in Trollhättan vor Stilllegung der Fabrik vom Band gekommen waren. Er hatte nie etwas anderes als einen Saab besessen, und dieser hier würde aller Wahrscheinlichkeit nach sein letzter sein, was ihn mit Wehmut erfüllte. Deshalb pflegte er sein Auto pedantisch. Er ließ es regelmäßig warten und jeden kleinsten Fehler sofort beheben, wusch und polierte es, bis er sich im Lack spiegeln konnte.

Vinston rutschte auf dem Fahrersitz herum. Sein letzter Halt war bei Gränna gewesen, und sein langer Körper brauchte langsam ein bisschen Bewegung und einen anständigen Kaffee. Aber jetzt war er fast da. Oder, besser gesagt, müsste er fast da sein.

Das Handy, dessen GPS ihm 600 Kilometer lang den Weg gewiesen hatte, von der schnurgeraden Autobahn zu immer kurvigeren Landstraßen, schien plötzlich unsicher zu sein.

»Bitte wenden«, teilte es ihm mit, änderte dann aber seine Anweisung zu »weiter geradeaus«, nur um kurz darauf wieder zu verkünden: »Bitte wenden«.

Vinston war so auf die widersprüchlichen Instruktionen konzentriert, dass er die gitterartige Viehsperre am Boden nicht sah und von der Erschütterung überrascht wurde, als die Reifen gegen den Weiderost stießen.

Leise fluchte er vor sich hin und suchte nach Hinweisen darauf, dass die Federung beschädigt worden war, bemerkte allerdings nichts. Durch den Weiderost schien dafür das GPS endgültig die Orientierung verloren zu haben. »Straße nicht bekannt«, meldete es aufgeregt. »Straße nicht bekannt, Straße nicht bekannt!«

»Ich hab's ja gehört«, brummte Vinston verärgert und stellte den Ton ab.

Er ließ den Wagen einige Hundert Meter weiterrollen, aber da sich sein digitaler Wegweiser nicht erholte, blieb er am Straßenrand stehen. In allen Richtungen waren grüne Felder zu sehen, hier und dort von Weidenalleen oder kleinen Waldungen unterbrochen. Vinston kramte im Handschuhfach und holte seine treue Straßenkarte hervor, aber nicht einmal der Kartenzeichner des Königlichen Automobilklubs schien zu wissen, dass dieser Schotterweg existierte.

Da blieb ihm nur eine Möglichkeit.

Obwohl sie seit fast sieben Jahren geschieden waren, stand Christinas Nummer immer noch als erste Kurzwahl in seiner Kontaktliste. Eigentlich hätte er sie schon längst durch eine andere ersetzen müssen, das Problem war nur: Es gab keine andere.

Sie hatten sich vor bald achtzehn Jahren kennengelernt, kurz nachdem er bei der Kriminalpolizei in Stockholm angefangen hatte. Sie waren sich ausgerechnet im Waschkeller begegnet.

»Ich hätte nicht gedacht, dass jemand unter siebzig Laken mangelt«, hatte eine spöttische Stimme hinter ihm bemerkt, und als er sich umdrehte, stand sie da. Groß, dunkel und mit einem geflochtenen Zopf. Eine Brille, von der sie später erklären würde, dass sie

18

sie eigentlich nicht brauchte und nur benutzte, damit ihre Patienten sie ernster nahmen, saß auf ihrer Nasenspitze.

»Ich heiße Christina und werde weder Tina noch Chrissie genannt, okay?«

Es zeigte sich, dass sie in der Wohnung über ihm wohnte, und noch in derselben Woche führte er sie aus.

»Eigentlich sollte ich Nein sagen«, hatte sie erklärt. »Du bist es etwas zu gewohnt, dass Frauen Ja sagen, stimmt's?«

Dann hatte sie kurz geschwiegen, wie um zu sehen, ob er widerspräche, was er nicht tat. Ihre Analyse war vollkommen richtig. Irgendwas an seinem Aussehen reizte die Frauen.

»Aber …«, hatte sie weitergeredet, während sie den Kopf schief legte, »dieses eine Mal werde ich eine Ausnahme machen. Kino und Abendessen, aber nichts Teures.«

Sie hatten sich einen französischen Film angesehen, und kurz vor dem Abspann hatte sie seine Hand genommen. Ein halbes Jahr später waren sie zusammengezogen, nach einem weiteren halben Jahr war sie schwanger, und einen Monat vor Amandas Geburt heirateten sie im Stockholmer Rathaus.

Christina war Psychologin, aber als Amanda klein war, begnügte sie sich damit, halbtags in einer Praxis am Mariatorget zu arbeiten und nebenher an einem Buch und einer Abhandlung zu schreiben. Vinston hingegen machte Karriere bei der Polizei. Er wurde vom Dezernat für Gewaltverbrechen zur Mordkommission befördert, reiste quer durchs Land, war an der Lösung einiger viel beachteter Fälle beteiligt und erwarb sich einen bemerkenswerten Ruf. Irgendwo auf halber Strecke, unklar wo, wann oder warum, verlief ihre Ehe im Sand. »Manche Dinge hören einfach auf, ohne dass jemand Schuld daran hat«, fasste Christina die Lage zusammen.

Als ihr eine Forschungsstelle in Lund angeboten wurde, widersprach Vinston nicht, zumindest nicht sehr heftig. Er fragte Amanda auch nicht, ob sie bei ihm in Stockholm bleiben wolle, denn obwohl er seine Tochter sehr liebte, war Christina ein besserer Elternteil, als er es jemals sein könnte. Das Beste für Amanda war, bei ihrer Mutter zu wohnen.

Also half er ihnen beim Umzug, schraubte mit gewissen Schwierigkeiten ihre neu gekauften Möbel zusammen und besuchte sie dann, so oft er konnte, in Lund.

Als Amanda alt genug war, selbst mit dem Zug zu fahren, war es meist sie, die zu ihm nach Stockholm kam. In den letzten Jahren waren die Reisen aber immer seltener geworden, und der Kontakt zwischen Vater und Tochter bestand hauptsächlich aus Textnachrichten und Videogesprächen, was Vinston in der Seele wehtat. Aber, redete er sich ein, jetzt tat er ja etwas dagegen.

Christina antwortete wie immer beim ersten Klingeln.

»Bist du angekommen?«

»Hallo, ich bin's, Peter«, sagte Vinston völlig unnötigerweise, weil er fand, das gehöre sich so bei einem Telefonat.

»Bist du da?«, wiederholte Christina, ohne auf seine Begrüßung einzugehen.

»Nicht ganz. Das Navi hat irgendwo hinter Sankt Olof angefangen zu spinnen. Ich stehe mitten zwischen Feldern.«

»Siehst du den Milchtisch?«

»Was?«

»Den Milchtisch. Ein Holzgestell mit ein paar alten rostfreien Milchkannen drauf.«

»Ich weiß, was eine Milchrampe ist«, erwiderte Vinston gereizt. »Ich bin in der letzten Viertelstunde bestimmt an zehn solchen Dingern vorbeigefahren. Werden die immer noch genutzt?«

»Nein, natürlich nicht. Aber die Touristen lieben sie. In Schonen sagt man übrigens Milch*tisch*. Lustig, oder?«

Wie gewöhnlich fiel es Vinston schwer, auszumachen, ob Christina ihn auf den Arm nahm.

»Ich bin gerade über so ein Viehgitter gefahren«, sagte er.

»Ah, dann bist du auf dem richtigen Weg. Und im Übrigen bin ich ziemlich sauer auf dich.« Der blitzschnelle Themenwechsel war auch eine von Christinas Spezialitäten. »Ich habe heute Vormittag mit Bergkvist gesprochen.«

»Wirklich? Warum denn?«, fragte Vinston beunruhigt. Bergkvist war sein Chef bei der Kripo. Ein cholerischer Typ mit rotem Gesicht, Unterbiss und schweren Tränensäcken unter den Augen, wodurch er an eine Bulldogge erinnerte.

»Weil du erst gesagt hast, du würdest nicht zu Amandas Geburtstagsparty kommen, wie schon in den letzten drei Jahren«, erwiderte Christina. »Und dann meldest du dich vor ein paar Tagen plötzlich und willst spontan herkommen und hast sogar mehrere Wochen frei. Du weißt sonst noch nicht einmal, wie man Spontanität buchstabiert, Peter. Also habe ich Bergkvist angerufen, um herauszufinden, ob du krank bist. Und das bist du offenbar?«

Vinston seufzte.

»Wann gedachtest du, mir von deinen Ohnmachtsanfällen zu erzählen?«, wollte Christina wissen.

»Es geht mir gut, ich wollte euch nicht beunruhigen ...«, wich Vinston aus, was zumindest teilweise der Wahrheit entsprach. Die Anfälle machten ihm in Wirklichkeit mehr Sorgen, als er zugeben wollte.

Eine Bewegung im Rückspiegel ließ ihn den Kopf heben. Ein Stück weit entfernt wiegte sich ein Busch im Wind.

»Das ist nur der Stress«, wiegelte er ab. »Ich habe zu viel gearbeitet, schlecht gegessen und zu wenig geschlafen, genau wie du immer sagst. Der Arzt hat behauptet, dass nach ein paar Wochen Urlaub alles wieder gut ist. Frische Luft und Ruhe sind die einzige Medizin, die ich brauche.« Er bemühte sich, die Worte glaubhaft klingen zu lassen, nicht nur Christinas, sondern auch seiner selbst wegen. In Wahrheit wusste er nicht genau, was ihm fehlte. Der Arzt hatte einen Haufen Proben genommen, aber die Ergebnisse ließen auf sich warten.

Wieder bemerkte er eine Bewegung, diesmal im Seitenspiegel. Vinston drehte den Kopf. War jemand am Auto?

Christina schimpfte noch ein bisschen weiter, erinnerte ihn daran, dass er bald fünfzig wurde und auf sich achten müsse. Dann, ohne Vorwarnung, war plötzlich Amanda am Telefon.

»Hej, Papa, hast du's noch weit bis zum Ferienhaus?«

»Hallo, Schatz. Ich glaube nicht …«, antwortete er ausweichend. Er hoffte, dass Amanda das Gespräch über seine Gesundheit nicht mitbekommen hatte. Er wollte nicht, dass seine Tochter glaubte, er sei aus einem anderen Grund hier als wegen ihres Geburtstags, weshalb er schnell das Thema wechselte.

»Alles Gute zum Geburtstag! Bist du bereit für die große Party?«

»Ja, es wird total cool! Poppe und Mama haben ein riesiges Partyzelt organisiert, eine Band, Feuerwerk und lauter andere Sachen. Es kommen über hundert Gäste. Du wirst es *lieben*.«

Die letzte Bemerkung war ironisch gemeint, dessen war sich Vinston ziemlich sicher. Er hasste Small Talk, sah überhaupt keinen Sinn darin, Plattitüden mit Leuten auszutauschen, die er aller Wahrscheinlichkeit nach nie wiedersehen würde.

Poppe war Christinas neuer Mann und damit Amandas Stiefvater. In Wirklichkeit hieß er natürlich nicht Poppe, sondern hatte einen sehr viel adligeren Namen, den Vinston sich allerdings absichtlich nie gemerkt hatte. Poppe verdiente sein Geld mit verschiedenen Investitionen und besaß unter anderem das schonische Schloss, in dem Christina und Amanda jetzt wohnten. Ein Fasanenjagd-Golf-und-rote-Hosen-Typ, so beschrieb Vinston ihn die wenige Male, die er in die Verlegenheit kam, dies tun zu müssen. Aber da sowohl Christina als auch Amanda ihn mochten, musste er Qualitäten besitzen, die Vinston bisher entgangen waren.

»Ich höre gerade einen True-Crime-Pod über einen von deinen Fällen«, erzählte Amanda weiter. »Der Uppsala-Würger. Superspannend! Du hast ihn mit einem kaputten Schnürsenkel überführt, stimmt's?«

In letzter Zeit hatte Amanda begonnen, sich für Vinstons Arbeit zu interessieren, was ihn sehr freute.

»Ja, das stimmt, wobei noch andere beteiligt waren außer mir, und es war nicht nur der Schnürsenkel ...«

Irgendetwas brachte Vinstons Wagen zum Schaukeln, und durch das Seitenfenster glotzte ihn plötzlich ein Paar großer Augen an. Fast hätte er aufgeschrien.

Eine Kuh. Oder besser gesagt: viele Kühe.

Sein gesamter Wagen war von Kühen umringt.

»Entschuldige, Amanda, aber ich muss jetzt auflegen. Wir sehen uns heute Abend«, beendete er das Gespräch mit möglichst fester Stimme, während die Kuh am Seitenfester ihn weiter mit glasigem Blick und langsam mahlendem Unterkiefer beobachtete. Die Tiere waren braun und weiß, und nach einigen Sekunden erkannte Vinston, dass er sich geirrt hatte. Das hier waren überhaupt keine Kühe, das waren Stiere. Zehn Stück, vielleicht sogar fünfzehn, waren aus dem Nichts aufgetaucht und blockierten nun seinen Wagen in beide Fahrtrichtungen.

Er startete den Motor und drückte vorsichtig auf die Hupe. Die Tiere reagierten kaum. Vinston versuchte es noch einmal, diesmal sehr viel energischer, aber ohne Erfolg. Die Bullen blieben um den Saab herum stehen und glotzten.

Einen Augenblick lang überlegte Vinston, ob er aussteigen und versuchen sollte, sie wegzujagen. Aber zum einen bezweifelte er, dass er die Autotür überhaupt würde öffnen können, und zum anderen – was an seinem Selbstwertgefühl nagte – traute er sich nicht. Vinston hatte es generell nicht so mit Tieren, er fand sie unberechenbar und aufdringlich, und von einer ganzen Bullenherde umringt zu werden, änderte an seiner Überzeugung nicht gerade etwas.

Er konnte weder fahren noch aussteigen. Die einzige Alternative, die ihm blieb, war, im Wagen sitzen zu bleiben und darauf zu hoffen, dass die Tiere irgendwann die Lust am Glotzen verlieren würden.

Wieder schwankte der Saab. Einer der Bullen kratzte sich, indem er seinen Körper an der einen Hintertür des Wagens rieb.

Vinston meinte dabei fast zu hören, wie die kleinen Dreckkörnchen im Fell gegen den Lack schabten. Er ließ das Fenster ein wenig herunter und versuchte, den Stier wegzuschieben, aber da schob ein anderer das Maul vor und versuchte, seine Zunge durch den Spalt zu stecken, was Vinston erschrocken veranlasste, das Fenster sofort wieder zu schließen. Es blieb ihm also nichts anderes übrig, als den Tatsachen ins Auge zu sehen – er steckte hier fest, bis die Bullen es leid wurden oder jemand ihn rettete. Aber wer sollte das schon sein?

Tove Esping war auf dem Weg zurück zur Polizeistation in Simrishamn.

Das einzige Zivilfahrzeug der Wache war in der Werkstatt, daher fuhr sie ihren eigenen Volvo Kombi. Der war innen und außen verdreckt, und im Coupé hing ein interessantes Duftgemisch aus Pferd und Hund, das Esping schon lange nicht mehr wahrnahm.

Sie hatte den Vormittag und einen Teil des Nachmittags mit verschiedenen Verhören zugebracht. Zuerst mit einem Bauern, dem Diesel gestohlen worden war, dann mit einem Rentner, dessen Briefkasten zum dritten Mal von Jugendlichen mit selbst gebauten Traktoren umgefahren worden war, und zum Schluss hatte sie mit einem Sommergast gesprochen, der zwei kommunale Bäume umgesägt hatte, um eine bessere Aussicht zu erhalten. Das konnte man kaum als schwere Verbrechen bezeichnen und war nicht gerade das, wovon sie geträumt hatte, als sie auf die Polizeihochschule gegangen war. Aber nach fünf Jahren im Streifenwagen war sie zumindest endlich Ermittlerin. Kriminalassistentin stand auf ihrer noch sehr neuen Visitenkarte. Sie war erst seit einem halben Jahr in dieser Position und konnte das Gefühl noch nicht richtig abschütteln, dass ihre Beförderung vor allem dadurch zustande gekommen war, dass es keinen anderen Kandidaten gegeben hatte. Deshalb hatte sie beschlossen, schnell den Stapel unbearbeiteter Fälle abzuarbeiten, den ihr dienstmüder Vorgänger zurückgelassen hatte, als er in Rente ging. Sie wollte keine Polizistin werden, die in Birkenstock herumlief, in der einen Hand eine Zeitung, in der anderen eine Kaffeetasse, während sich die Ermittlungen erst mal »setzten«. Ihre Samstagsrunden hatten sich als gute Idee erwiesen, denn die Leute waren meistens zu Hause, und so konnte sie mehrere Befragungen in einem Aufwasch machen.

Heute würde sie drei weitere Akten schließen können, insgesamt acht diese Woche, was für die Polizei von Simrishamn sicherlich ein Rekord war.

Esping trommelte zufrieden auf dem Steuer herum und gab ein bisschen Gas, wodurch der Kies gegen die Kotflügel prasselte. Die Abkürzung, die sie benutzte, existierte auf keiner Karte, es war ein typisch schonischer Feldweg, den nur ein paar Einheimische kannten.

Ein Stück weiter vorn sah sie eine Gruppe Jungbullen mitten auf dem Weg stehen und fuhr langsamer. Als sie näher kam, sah sie, dass die Tiere einen Autofahrer umringten, der dumm genug gewesen war, auf der Weide anzuhalten. Der Fahrer saß noch am Steuer, und es war deutlich zu sehen, dass er sich nicht traute auszusteigen. Esping musste lachen. Offenbar ein verirrter Tourist mit Angst vor Kühen, der Hilfe brauchte. Was für ein Glück, dass der lange Arm des Gesetzes zu Hilfe geeilt kam.

Vinston bemerkte, dass ein anderer Wagen hinter ihm auf dem Weg auftauchte. Ein roter, klappriger alter Kombi mit schwarzer Tür. Der Fahrer blieb ein Stück entfernt stehen, stieg aus und ging, ohne zu zögern, auf die Stiere zu. Beim Näherkommen erkannte Vinston, dass es eine Frau war. Sie war mittelgroß und wahrscheinlich knapp dreißig Jahre alt, trug einen Regenmantel und Gummistiefel und hatte das blonde Haar zu einem Pferdeschwanz gebunden.

Als sie auf die Bullen zulief, breitete sie die Arme aus.

»Verzieht euch!«, sagte sie in bestimmtem Ton.

Die Tiere standen ganz still da. Das Einzige, was sich bewegte, waren die Schwänze, die gereizt hin und her schlugen. Vinston hielt die Luft an.

Die Frau ging einfach weiter und zeigte keinerlei Anzeichen von Angst. Als sie nur noch ein, zwei Meter vom nächsten Stier entfernt war, rückte dieser zur Seite, erst mit langsamen Schritten, dann mit ein paar Galoppsprüngen. Die Bewegung setzte eine Kettenreaktion in Gang, und innerhalb weniger Sekunden hatte sich die Herde zwanzig Meter wegbewegt.

Vinston ließ das Seitenfenster herunter. Die Frau hatte Sommersprossen auf ihrer spitzen Nase, und ihre blauen Augen schauten intelligent und wachsam.

»Danke für die Hilfe!«, sagte Vinston so unbeschwert wie möglich.

»Kein Problem. Das sind nur Jungtiere. Neugierig, aber ungefährlich, solange man streng mit ihnen ist.«

Sie sprach Schonisch mit einem rauen R-Laut, die Variante, die Vinston am schlechtesten verstand.

Esping betrachtete den Mann im Auto. Er war um die fünfzig und sah, abgesehen von seiner geplagten Miene, ziemlich nett aus.

Er war rotblond, groß und trug Hemd, Krawatte und Weste. Das Jackett hing auf einem speziellen Bügel an der Rückseite des Fahrersitzes, der Wagen war strahlend sauber. Tove Esping beugte sich vor und schaute neugierig durchs Wagenfenster. Helle Ledersitze ohne den kleinsten Schmutzfleck, nichts lag herum, nicht einmal ein alter Parkschein oder ein Pappbecher zwischen den Sitzen. Nichts, was darauf hindeutete, was der etwas zu gut gekleidete Mann beruflich machte. Oder was ihn hierher in die Pampa führte.

»Sie sehen so aus, als hätten Sie sich verfahren«, sagte sie. »Aus Stockholm?«

Der Mann nickte.

Esping versuchte, ein Lächeln zu unterdrücken, und wollte noch eine Frage stellen, aber der Mann war schneller.

»Sie wissen nicht zufällig, wo das Ferienhaus Bäckastuga liegt?«

»Bäckastuga? Doch.« Sie zeigte den Weg entlang. »Fahren Sie einfach ein paar Hundert Meter weiter und dann links, direkt nach dem Milchtisch. Sie wissen, was ein Milchtisch ist?«

»Ja, das weiß ich«, brummte der Mann überraschend gereizt.

Er startete den Motor und nickte kurz zum Abschied, bevor er davonfuhr.

Esping blieb stehen und sah dem Wagen nach.

Irgendetwas war an diesem mürrischen Kerl und seinem klinisch reinen Auto seltsam, weshalb sie beschloss, sich ihn und sein Nummernschild zu merken.

Das Ferienhäuschen lag genau da, wo die neugierige Frau mit dem schmutzigen Volvo gesagt hatte. Ein kleines weißes Fachwerkhaus mit Strohdach und Sprossenfenstern, von üppigem Grün und einer Steinmauer umgeben. In der Mauer befand sich ein Bogentor, um das sich Kletterpflanzen rankten und durch das man über einen Kiesweg, an hohen Stockrosen vorbei, zu der blauen Eingangstür gelangte. Das alles war so schön, dass man meinen konnte, es sei einem Urlaubsprospekt entsprungen.

Vinston zog sich sein Jackett an und holte seine Reisetasche aus dem Kofferraum. Wie gewöhnlich hatte er zu viel eingepackt, die Rollen seiner Tasche gruben sich tief in den Kies, und nach wenigen Metern sah er ein, dass es leichter wäre, sein Gepäck zu tragen. Die kleine Pforte quietschte leise, und um Vinston herum summten Bienen und Hummeln, ganz beschäftigt mit der Blumenpracht in den Rabatten und Töpfen. Die Junisonne schien warm, und als er die Haustür erreichte, klebte ihm schon das Hemd am Rücken.

Bäckastuga stand auf einem hübsch geschnitzten Holzschild.

»Was für eine Idylle«, brummte Vinston vor sich hin.

Er fand den ausgehöhlten Stein mit dem Schlüssel, von dem Christina gesprochen hatte, schloss auf und trat ein. Die Türöffnung war so niedrig, dass er sich bücken musste, um sich nicht den Kopf anzuschlagen.

Die Diele ging in eine Wohnküche mit weiß verputzten Wänden und sichtbaren Dachbalken über. Die Einrichtung war verhältnismäßig modern, und ein schwacher Farbgeruch deutete darauf hin, dass das Häuschen kürzlich renoviert worden war. Die Glastür auf der Rückseite führte auf eine Terrasse und eine Rasenfläche, an deren hinterem Ende ein Wäldchen und ein Bach zum Vorschein kamen. Es gab sogar eine gestreifte Hängematte, die zwischen zwei Apfelbäumen hing. Man konnte sich kaum einen schöneren Platz zum Wohnen vorstellen, das musste sogar ein Stadtmensch wie Vinston zugeben.

Er hängte sein Jackett in der Diele auf und zog seine Reisetasche hinter sich her zu der Tür, hinter der vermutlich das Schlafzimmer lag. Der Raum war hell, einzig möbliert mit einem kleinen Schreibtisch und einem Bett.

Am Fußende lag etwas.

Einen Augenblick lang dachte Vinston, es sei ein Schaffell, aber dann bewegte es sich, und er erkannte, dass es eine große, langhaarige Katze war. Vinston erstarrte. Die Katze schaute ihn verwundert und indigniert an, so als würde er in ihr Revier eindringen und nicht umgekehrt.

Der Gedanke an die vielen Katzenhaare ließ ihn schaudern. Er hatte nichts gegen Haare, solange sie fest an einem Tier oder einem Menschen hafteten, aber von ihrem Besitzer getrennt, bildeten sie seiner Meinung nach nur unangenehmen biologischen Abfall, mit dem man so wenig Kontakt wie möglich haben sollte.

»Schsch«, versuchte er die Katze zu verscheuchen, aber genau wie die Bullen war sie von seiner Autorität wenig beeindruckt. Sie starrte ihn nur weiter an.

Vinston ging zurück in die Küche, um nach etwas Brauchbarem zu suchen, womit er das Tier vertreiben konnte, und fand eine Zeitung, die auf dem Küchentisch lag. *Cimbrishamner Tagblatt* las er, während er sie zusammenrollte. Das musste eine altertümliche Schreibweise von Simrishamn sein.

Raschen Schrittes ging er ins Schlafzimmer zurück. Als er mit dem Kopf an den niedrigen Türrahmen stieß, war ein dumpfer Schlag zu hören.

»Verdammt!«, zischte er und ließ die Zeitung fallen. Entweder lag es am Knall oder am Schimpfwort, auf jeden Fall fuhr die Katze sofort vom Bett auf, schlich an ihm vorbei und stürzte durch eine Katzenklappe in der Haustür ins Freie.

Vinston rieb sich die Stirn, bis der Schmerz nachließ, öffnete dann die Reisetasche und kramte eine Fusselrolle hervor, die er mit Akribie über den Teil der Bettdecke rollte, wo die Katze gelegen hatte. Er hörte erst auf, als er sich ganz sicher war, dass sich kein einziges Haar mehr auf dem Überwurf befand. Anschließend nahm er auch noch seinen Anzug in Angriff, nur zur Sicherheit.

In der Abstellkammer fand er ein Fach mit Glühbirnen und ein wenig Werkzeug. Ganz hinten lag sogar eine Rolle Silbertape. Die nahm er mit in die Diele und klebte entschlossen die Katzenklappe zu. Zufrieden pfeifend packte er schließlich seine Tasche aus, und es schien, als ob diese kleine Auseinandersetzung seine gute Laune wiederhergestellt hätte.

2

Das Schloss Gärnäs lag in unmittelbarer Nähe des träge dahinfließenden Flüsschen Tommarpsån. Das Schloss sah aus wie aus einem Disney-Film, es war ein zweigeschossiges rosa Gebäude mit spitzem Kupferdach und einem hohen Turm obendrauf, umgeben von einem prachtvollen Park. Auf der großen Rasenfläche war ein enormes Zelt aufgestellt. Alle Seiten bis auf eine waren offen, der Holzboden war mit Teppichen bedeckt, und von der Decke baumelten Kristallleuchter. Mehrere runde Tische mit weißen Tischdecken und aufwendigen Blumenarrangements sowie ein ordentlicher Tresen vervollständigten die Einrichtung. Auf der einen Seite befand sich außerdem eine kleine Bühne, auf der ein Quintett Kaffeehausjazz spielte.

Christina schaute diskret auf die Uhr. Sie, Poppe und Amanda standen vor dem Zelt und hießen die Gäste willkommen. Poppe liebte diese Art extravaganter Veranstaltungen, während sie selbst etwas zurückhaltender war. Aber Amanda schien es sehr zu genießen, im Mittelpunkt zu stehen. Sie konnte kaum still stehen.

»Wann kommt Papa?«

»Ich habe ihm gesagt, dass das Fest um halb sieben anfängt statt um sechs«, erwiderte Christina. »Das bedeutet, dass er um Viertel nach sechs hier sein wird. Du weißt, wie dein Vater ist. Ich konnte wählen, ob ich ihn eine Viertelstunde zu früh hierhaben wollte oder eine Viertelstunde zu spät.«

Amanda antwortete nicht, sondern eilte auf eine Gruppe Freunde zu, die gerade eintraf. Diesmal waren es Schulfreunde, die Reitclique war schon vor ein paar Minuten gekommen. Es freute Christina, dass Amanda so viele Freunde hatte. Sie selbst war eher eine Einzelgängerin gewesen und erst an der Universität aufgeblüht. Aber Amanda schienen alle zu lieben. Nicht zuletzt Poppe, der sie wie eine Prinzessin behandelte.

»Peter hat das akademische Viertel offenbar missverstanden«, unterbrach Poppe ihre Gedanken.

Er war etwas über fünfzig und hatte die Statur eines Mannes, der die angenehmen Seiten des Lebens genoss. Gutes Essen, gute Weine und gute Gesellschaft.

»Möchte Peter eigentlich eine Rede halten?«

»Ich weiß, dass er das mit Sicherheit *nicht* möchte«, erwiderte Christina. »Aber ich finde, er kann es trotzdem machen.«

Poppe lächelte.

»Gefällt es ihm in der Bäckastuga? Hast du ihm von der Katze erzählt?«

Ohne zu antworten, zupfte Christina das Tuch in Poppes Brusttasche zurecht. Dann strich sie ihm über die kleine Narbe an der linken Wange, die, wie sie fand, zu seinen Lachfältchen passte. Poppes Lächeln wurde breiter.

»Du bist eine böse Frau, weißt du das?«, sagte er bewundernd.

»Es ist nur zu seinem Besten. Peter hasst Tiere, Natur, Wetter und alles andere, was sich nicht kontrollieren lässt. Aber er muss mal aus seiner engen Komfortzone herauskommen. Tatsächlich erweisen die Katze und ich ihm einen Dienst.«

Poppe schüttelte kichernd den Kopf.

Weitere Gäste waren im Anmarsch. Eine blonde Frau in einem roten, tief ausgeschnittenen Kleid und hohen Schuhen zog die Aufmerksamkeit auf sich. Dicht hinter ihr kam eine jüngere, zurückhaltender gekleidete Frau, die ein großes Paket trug.

»Aha, da haben wir die berühmte Jessie Anderson und ihre Assistentin«, flüsterte Poppe säuerlich. »Noch vor einem Monat dachte mindestens halb Österlen, sie sei der Teufel selbst. Tatsächlich kann ich nachvollziehen, warum die Leute so aufgebracht waren. Sie zerstört das kleine, hübsche Gislövshammar mit ihren schrecklichen Häusern und übernimmt den ganzen Strand.«

»Das ist doch nicht mehr aktuell«, sagte Christina. »Es war eine schöne Geste von Jessie, dem Dorf die Skulptur zu schenken, und sie zum Fest einzuladen ist eine Möglichkeit, ihr unsere Wertschätzung zu zeigen.«

»Außerdem möchtest du wahnsinnig gerne zu einer Hausbesichtigung eingeladen werden, oder?«, meinte Poppe. »Du willst unbedingt die Luxusvilla sehen, über die alle sprechen, und wissen, wer die übrigen Spekulanten sind.«

Christina musste eingestehen, dass Poppe nicht unrecht hatte.

»Tja, dazu wird es aber leider nicht kommen. Jessie öffnet das Haus nicht für Besucher. *By invitation only,* und nur seriöse Kunden.«

»Ich beginne schon zu bereuen, dass wir sie eingeladen haben«, sagte Poppe leise. »Es sind bei Weitem nicht alle so verständnisvoll wie du. Das könnte am Ende Ärger geben.«

Vinston parkte seinen Saab neben einem Seitenflügel des Schlosses und inspizierte seinen anspruchsvollen Krawattenknoten im Rückspiegel. Dabei stellte er fest, dass sein Zusammenstoß mit dem Türrahmen auf seiner Stirn glücklicherweise keine andere Spur hinterlassen hatte als eine leichte Röte.

»Österlen-smart« hatte Christina den Dresscode des Abends genannt, und Vinston, der selten etwas Dämlicheres gehört hatte, nahm an, dass dies Blazer, Hemd und originelle Hosen bedeutete. Vielleicht sogar so einen lächerlichen kleinen Schal um den Hals. Oder noch schlimmer: einen zerknitterten Leinenanzug.

Aus reinem Protest, und vielleicht weil Christina mit ihm geschimpft hatte, hatte er stattdessen einen hellgrauen dreiteiligen Anzug aus italienischer Seide gewählt, das weiße Hemd gegen ein hellblaues getauscht und eine einigermaßen sommerliche Krawatte angelegt, deren doppeltem Windsorknoten er jetzt den letzten Schliff gab. Die ganze Aufmachung wurde von einem Paar schwarzer, ordentlich geputzter englischer Halfbrogues vervollständigt, die er sich mit seinem Polizistengehalt eigentlich nicht leisten konnte. Andererseits gab es schlimmere Laster für einen Mann als ein Paar eleganter Schuhe, das würde sogar Christina zugeben.

Ihre Reaktion auf die Krankschreibung war übertrieben, redete er sich ein. Es waren nur ein paar Schwindelanfälle.

Ruhe und Erholung würden sicherlich Wunder bewirken, genau wie der Arzt gesagt hatte, und Vinston hatte vor, diese Aufgabe mit seiner üblichen Genauigkeit anzugehen. Er würde in der Hängematte unter dem Apfelbaum liegen und Bücher lesen. Außerdem lange Spaziergänge machen, die Sommertalks im Radio anhören und Zeit mit Amanda verbringen. Die Proben würden mit Sicherheit negativ zurückkommen, dann wäre das Problem gelöst, und eigentlich gab es nichts, worüber man sich aufregen musste. Außer vielleicht dieses Fest. Vinston holte tief Luft, öffnete die Autotür und stieg aus.

Am Eingang zum Garten stand ein muskulöser junger Mann mit Dutt und kabellosem Kopfhörer und strich die Gäste auf seiner Liste ab.

»Wie war der Name?«

»Vinston, Peter Vinston.«

Der Mann mit dem Dutt fuhr mit dem Finger über die Liste, bis ganz unten.

»Tja, ich finde hier keinen Winston.«

Vinston seufzte leise.

»Nicht Winston mit W., Vinston mit V.«

Der Mann versuchte es noch einmal. »Ach, da sind Sie ja. Peter Vinston. Willkommen! Das Festzelt ist geradeaus, folgen Sie einfach der Musik. Toiletten finden Sie hinten bei der Orangerie.«

Das Arrangement war so extravagant, dass es Vinston schwerfiel, es ernst zu nehmen. Ein riesiges Zelt, Kristalllüster und eine Band. Und das alles für eine Sechzehnjährige. Zugleich empfand er einen Anflug von schlechtem Gewissen. Es war das erste Mal seit Jahren, dass er und Amanda ihren Geburtstag nicht nachträglich bei ihm in Stockholm feierten. Er konnte sich also zumindest ein bisschen bemühen, es nett zu finden.

»Herzlich willkommen in Österlen, lieber Peter«, begrüßte ihn

Poppe, während er Vinstons Hand schüttelte und ihm gleichzeitig auf den Rücken klopfte, als wären sie alte Freunde.

»Hier ist es vielleicht nicht ganz so spannend wie bei der Kriminalpolizei, aber wir hoffen, dass es dir trotzdem gefällt, nicht wahr, Christina?«

Sie nickte und bedachte Vinston mit einem Blick, der klarmachte, dass er sich lieber benehmen sollte.

Poppe war einen Kopf kürzer als Vinston und ein paar Jahre älter. Sein Haaransatz zog sich langsam zurück, aber das schien ihn nicht zu bekümmern. Tatsächlich schien es nichts zu geben, was Poppe bekümmerte, er war der Typ, der immer gemütlich und mit dem Leben zufrieden wirkte, weshalb man ihn nur schwer nicht mögen konnte. Vinston versuchte in dieser Hinsicht dennoch sein Bestes. Dieses gigantische Festspektakel war garantiert seine Idee.

Genau wie vermutet, trug Poppe einen blauen, zweireihigen Blazer zu einem rosa Hemd, einer rosa Hose und einem hellblauen Schal, den er um den Hals geschlungen hatte und der farblich zu dem Einstecktuch in seiner Brusttasche passte. Am Revers trug er außerdem irgendeine Ordensnadel und an den Füßen braune Mokassins ohne Strümpfe. Vinston schüttelte sich innerlich, erinnerte sich aber zugleich daran, was er sich vorhin erst vorgenommen hatte.

»Danke«, sagte er so freundlich er konnte. »Ein bisschen Ruhe und Frieden sind genau das Richtige für mich. Und wie schön ihr hier alles vorbereitet habt.«

Der letzte Satz kostete ihn einige Überwindung, brachte ihm aber immerhin ein belohnendes Nicken von Christina ein.

»Papa!«

Amandas Kleid war weiß, ihr Haar elegant hochgesteckt, und sie war so gekonnt geschminkt, dass sicher ein Profi am Werk gewesen war. Sie umarmte ihren Vater nicht wie sonst, indem sie ihm um den Hals fiel, sondern erwachsener.

Vor Vinstons innerem Auge spielte sich ein ganzer Erinnerungsfilm aus einer Zeit ab, in der Amanda noch klein gewesen war. Wie er sie im Arm gehalten, ihr Gutenachtgeschichten vorgelesen, sie an ihrem ersten Schultag begleitet hatte. Und jetzt war sie sechzehn, fast schon eine erwachsene Frau.

»Hast du mein Geschenk bekommen?«, fragte er sie.

»Natürlich, es kam wie immer drei Tage zu früh. Es ist voll schön, danke!«

Vinston nickte zufrieden.

»Ich habe gelesen, dass man seinen Reiterhelm regelmäßig wechseln soll, weil das Plastik altert. Die Verkäuferin sagte, dass es der beste Helm auf dem Markt sei. Topnoten in allen Sicherheitstests.«

»Super. Ich habe wirklich einen neuen Helm gebraucht, nachdem ich so oft runtergefallen bin und mir den Kopf angeschlagen habe.«

Amanda klopfte sich leicht auf den Kopf, brach dann aber in Gelächter aus, als sie Vinstons entsetztes Gesicht sah.

»Ich mach doch nur Spaß, Papa. Ich falle fast nie runter.«

»Nein, klar.« Vinston versuchte so dreinzuschauen, als ob ihn die Worte »fast nie« nicht störten. Statistisch gesehen gab es beim Reiten die meisten schlimmen Unfälle von allen Sportarten, etwas, was er schon häufig beanstandet hatte.

»Da kommen noch mehr Gäste«, unterbrach Poppe sie. »Lussan und ihre Eltern.« Er zeigte auf eine gut gekleidete Familie, die über den Rasen auf sie zukam und enthusiastisch ein Geburtstagslied sang.

»Ich muss ihnen Hallo sagen«, sagte Amanda. »Aber wir sprechen nachher weiter. Ich freue mich so, dass du den Sommer über hier wohnst, Papa.«

Sie küsste ihn auf die Wange und lief mit Poppe im Schlepptau zu den neuen Gästen.

Christina blieb bei Vinston stehen.

»Also, dann: willkommen«, sagte sie. »Schön, dass du dich endlich hierher traust.«

»Danke. Eine nette kleine Party habt ihr da arrangiert«, erwiderte er. »Ich bin schon gespannt darauf, wie ihr ihren achtzehnten Geburtstag feiern werdet. Vielleicht mit dem Cirque de Soleil? Oder kann man die Globe Arena in Stockholm mieten?«

»Hör auf.«

Christina schlug ihm leicht auf den Arm. Einen Moment lang standen sie still da und sahen zu, wie Amanda mit ihren Freunden herumalberte.

»Das haben wir gut gemacht«, sagte Christina schließlich. »Schon sechzehn, kannst du das glauben?«

»Mm.« Vinston räusperte sich. Seit wann war er denn so sentimental?

»Und, was hat sie von euch zum Geburtstag bekommen?«, fragte er, um zu einem neutraleren Thema überzugehen.

»Das ist eine Überraschung, das erfährst du bald. Gefällt es dir eigentlich im Ferienhaus?«

»Ja, das Haus ist entzückend. Nur die Türen sind etwas niedrig.«

Christina lachte. »Ja, das habe ich Poppe auch gesagt, aber dann waren wir uns einig, dass du eben lernen musst, dich an den richtigen Stellen zu bücken. Ansonsten gibt es hier bestimmt noch irgendwo einen TÜV-geprüften Reiterhelm, den du ausleihen kannst. Du sollst schließlich nicht bewusstlos werden.«

»Cool!« Vinston verzog den Mund zu einem Grinsen. »Du, es tut mir leid, dass ich dir nichts von der Krankmeldung gesagt habe«, fuhr er fort. »Es ist wirklich nichts Ernstes. Ich bin bei der Arbeit ein paarmal ohnmächtig geworden. Das ist alles.«

»Aber was sagt der Arzt?«

»Er hat einen Haufen Tests gemacht. Jetzt warte ich auf die Ergebnisse.«

»Und wie gehst du damit um?«

»Was meinst du?« Vinston versuchte, unberührt zu wirken.

»Peter«, sagte Christina vorwurfsvoll. »Du bist ein Kontrollfreak. Das Schlimmste für dich ist Ungewissheit.«

»Ach, nein. Es ist alles in Ordnung. Ich brauche nur ein bisschen Ruhe, dann bin ich wieder in Topform.«

Er bemühte sich, überzeugend zu klingen, aber Christinas skeptischem Blick nach zu urteilen, gelang ihm das nicht ganz.

»Hast du vor, Amanda etwas zu sagen?«, fragte er.

Christina legte den Kopf schief.

»Nicht, solange du versprichst, die Anweisungen deines Arztes zu befolgen und wirklich Zeit mit deiner Tochter zu verbringen.«

»Selbstverständlich«, sagte Vinston erleichtert.

»Komm, dann führe ich dich herum.« Christina hakte sich bei ihm ein und zog ihn in das riesige Zelt. »Die halbe High Society von Österlen ist hier, plus einige nationale Berühmtheiten. Aber bevor ich dich vorstelle, brauchen wir einen ordentlichen Drink.«

3

Während sich der Barkeeper um ihre Bestellung kümmerte, wies Christina auf einige Gäste. Viele waren entweder alte Studienfreunde von Poppe aus seiner Zeit in Lund oder Leute, mit denen er Geschäfte machte, und die hakte Christina sehr schnell ab.

»Die beiden da drüben sind spannender.« Christina zeigte auf ein Paar, beide um die dreißig, das von einer Schar anderer Gäste umringt war. »Niklas und Daniella Modigh. Niklas spielt in den USA in der National Hockey League, Daniella ist hier in Österlen aufgewachsen. Sie ist Influencerin und hat eine ziemlich erfolgreiche Karriere hingelegt, indem sie halb nackt in irgendwelchen Infinitypools posiert und auf Instagram Rabattcodes verteilt.«

»Aha.« Vinston kamen die Gesichter bekannt vor, aber das lag vielleicht auch nur daran, dass das Paar unglaublich gut aussah. Niklas war durchtrainiert und bewegte sich wie ein Mensch, der es gewohnt war, bewundert zu werden. Daniella war groß und schlank und sah aus wie ein arrogantes Fotomodell.

»Und warum wollen sie mit euch alten Leuten umgehen?«, fragte Vinston spöttisch.

»Wegen meiner fantastischen Persönlichkeit natürlich«, erwiderte Christina, ohne mit der Wimper zu zucken. »Wir haben uns beim Reiten kennengelernt. Daniella nimmt an Springreitturnieren teil, wenn sie in Schweden ist, wir treffen uns immer wieder auf Wettkämpfen. Ob du es glaubst oder nicht, aber sie sind richtig nett. Niklas' Vertrag läuft jetzt aus, es wird gemunkelt, dass sie aus L. A. zurückkommen.«

Eine blonde Frau in einem roten Kleid ging auf das Ehepaar Modigh zu und verteilte zur Begrüßung Küsschen. Die Begegnung wurde von einer jüngeren Frau fotografiert, die erst ihr eigenes Handy und dann Daniellas benutzte. Den Blicken der anderen Gäste nach zu urteilen, ging hier etwas Bedeutsames vor sich.

Vinstons Beobachtung wurde von einer kräftigen Stimme gestört.

»So, wer ist denn dieser elegante Kerl, den du da bei dir hast, liebe Christina?«

Ein älterer Herr mit weißem Anzug, Panamahut und einem langen Seidenschal stand plötzlich vor ihnen. Er war kräftig gebaut, sein Doppelkinn hing ihm fast auf die Brust, und er stützte sich auf einen Stock.

»Das ist Peter Vinston, Amandas Vater und mein Ex-Mann.«

»Oh, dann hast du diesen Adonis im bloßen Adamskostüm sehen dürfen, du Glückliche!«, rief der Mann allzu laut, woraufhin sich einige andere Gäste zu ihnen umdrehten.

»Jan-Eric Sjöholm. Schauspieler, Sänger, Künstler. In der Reihenfolge.« Der Dicke lüftete mit einer theatralischen Geste seinen Hut.

»Ah, ich habe Sie schon einmal auf der Bühne gesehen«, sagte Vinston.

Jan-Eric strahlte. »In welchem Stück denn? Nein, nein, sagen Sie nichts. Strindberg oder Molière? Oder vielleicht mein King Lear? *Derweil enthülln wir den verschwiegnen Vorsatz ... während wir zum Grab entbürdet wanken. Sohn von Cornwall!*«

Jan-Eric fuhr mit der Hand durch die Luft, was mit seinem neuerlichen Ausruf die Leute wieder dazu brachte, sich umzudrehen.

Vinston schüttelte den Kopf.

»Nein, es war ein Musical. *La Cage aux Folles,* glaube ich.«

»Ah!« Jan-Eric schloss enttäuscht den Mund. »Nun ja, es hätte schlimmer sein können. Ich habe drei Staffeln in einer Soap Opera mitgespielt, was ich am liebsten vergessen würde.«

Er zwinkerte Vinston zu und sah sich dann um. »Alfredo! Wo ist er nur geblieben? Alfredo!« Jan-Eric stieß mit seinem schwarzen Stock auf den Boden. Dieser endete in einer Metallzwinge und hatte einen verschnörkelten silbernen Handgriff, der einen Widderkopf darstellte.

Ein kleiner Mann, ungefähr zehn Jahre jünger als Jan-Eric und nur halb so groß, tauchte wie aus dem Nichts mit zwei Champagnergläsern in den Händen auf. Er war genauso gekleidet wie der Schauspieler, sogar bis ins kleinste Detail, und seine Wangenknochen waren so hoch, dass sein Gesicht fast dreieckig aussah.

»Alfredo, das ist Peter Vinston. Christinas mystischer Ex-Mann.«

Jan-Eric legte den Arm um den kleinen Mann. »Alfredo ist mein Assistent, Kostümbildner und Ehemann. Meist in dieser Reihenfolge.« Er zwinkerte Vinston wieder zu.

Alfredo musterte Vinston von Kopf bis Fuß.

»Schöner Anzug. Savile Row?«

Bevor Vinston die Vermutung bestätigen konnte, strich Alfredo mit der Hand über sein Revers. Seine Hände waren erstaunlich kräftig.

»Italienische Seide, gute Wahl.« Alfredo schnalzte anerkennend mit der Zunge. »Und hübsche Schuhe. Er hat einen guten Geschmack!«

Der letzte Satz war offensichtlich an Christina gerichtet.

»Zumindest wenn es um Kleider und Schuhe geht«, erwiderte sie. »Und Ex-Frauen natürlich.«

In der Mitte des Zelts versammelten sich die Leute weiterhin um die Modighs. Aber nicht nur um sie. Die blonde Frau schien genauso populär zu sein, es wurden massenhaft Selfies mit ihr gemacht, wie Vinston bemerkte.

Alfredo flüsterte Jan-Eric etwas ins Ohr, und die beiden Männer starrten zu der Gesellschaft hinüber. Ihre Blicke waren alles andere als freundlich.

»So, ihr habt also Jessie Anderson eingeladen«, konstatierte Jan-Eric und verzog den Mund, als hätte er in eine Zitrone gebissen. »Oder ist die Botoxhexe ungebeten hier aufgetaucht, um unter den ahnungslosen Gästen Kunden einzufangen? Das würde mich nicht wundern. Jessie ist zu allem fähig.«

»Zu allem!«, pflichtete Alfredo ihm bei. »Und wie sie aussieht! Jessie hat so viele Schönheitsreparaturen an sich machen lassen, dass sie die Renovierungskosten wahrscheinlich steuerlich absetzen kann.«

Vinston verschluckte sich fast an seinem Champagner.

»Amanda wollte sie einladen«, sagte Christina. »Sie und ihre Freundinnen sehen sich immer Jessies amerikanische TV-Show an.«

Vinston schielte zu seiner Ex-Frau hinüber. Sie hatte diesen leicht rauen Tonfall, den sie bekam, wenn sie log. Warum tat sie das?

»Welche Show?«, wollte Jan-Eric wissen, der langsam ein rotes Gesicht bekam. »Die, in der dieser blondierte Aasgeier geschmacklose Häuser für unverschämt hohe Summen verkauft, oder die andere, in der sie mit einem Haufen anderer Schnepfen herumstreitet? Hast du Peter schon erzählt, was Jessie hier unten so treibt, Christina? Wie sie buchstäblich halb Österlen am Haken hat?«

Alfredo zupfte ihn warnend am Arm.

»Hör auf, Jan-Eric, wir sind auf einer Party. Das ist weder der rechte Ort noch die rechte Zeit ...«

Der Schauspieler holte tief Luft, wodurch seine Gesichtsfarbe wieder von Rot zu Rosa wechselte. Er nickte seinem Mann kurz zu und lüftete dann entschuldigend den Hut.

»Ich bitte um Verzeihung«, sagte er zu Christina und Vinston. »Mein hitziges Temperament geht manchmal mit mir durch. Mein Leib mag nordisch sein, aber mein Blut wallt südländisch heiß. Doch wie Alfredo bereits erkannt hat, ist das hier der falsche Moment, um Unheil zu wittern.«

»Das macht doch nichts«, beruhigte ihn Christina. »Peter und ich müssen uns jetzt ein bisschen unter die Leute mischen, es gibt noch ein paar Gäste, die ich ihm gern vorstellen möchte. Und ihr versprecht, dass ihr euch benehmt, ja? Keine Szene.«

Jan-Eric machte eine beschwichtigende Handbewegung. »Die ganze Welt ist eine Szene, und wir, die wir sie bevölkern, sind nur Akteure.«

Christina führte Peter von den beiden Männern weg.

»Worum ging es denn da gerade?«, wollte Vinston wissen, als sie außer Hörweite waren.

»Ach, nur ein kleines Österlen-Drama. Nichts Wichtiges«, sagte Christina in einem Ton, der deutlich machte, dass sie nicht weiter über das Thema sprechen wollte.

»Jetzt schalte mal eine Weile auf Small Talk und versuche zumindest so auszusehen, als würdest du dich amüsieren!«

Christina führte Vinston herum und stellte ihn einer Reihe von Leuten vor, die er sich kaum merken konnte. Amanda und die jüngeren Gäste hatten sich vor dem Zelt versammelt, aber als Vinston nah genug war, versuchte er vergebens, einen Blick von ihr zu erhaschen. Sie war vollauf mit ihren Freunden beschäftigt und sah aus, als hätte sie viel Spaß.

»Peter, das ist L-G Olofsson, unser örtlicher Polizeichef.«

Christina präsentierte Vinston einem rundlichen Mann um die sechzig, der einen zerknitterten Leinenanzug über einem schreiend bunten Hawaiihemd trug. Der Mann war oben auf dem Kopf kahl, was er zu kompensieren versuchte, indem er das graue Haar an den Schläfen in den Bart übergehen ließ.

»Peter Vinston, wie schön, dich kennenzulernen. Ich darf doch du sagen, oder? So unter Kollegen.« L-G schüttelte Vinston enthusiastisch die Hand. »Der Meister über den Uppsala-Würger. Du hast dieses Jahr bei einer Konferenz in Göteborg einen Vortrag gehalten. Über Beweissicherung am Tatort und die Wichtigkeit korrekter erster Maßnahmen.«

Bergkvist, Vinstons Chef, zwang ihn manchmal dazu, einen Vortrag zu halten. Er selbst zog richtige Polizeiarbeit vor.

»Ja, stimmt«, sagte er. »Ich hoffe, es war nicht allzu langweilig?«

L-G hob abwehrend die Hände.

»Überhaupt nicht. Unerhört interessant. Der Höhepunkt der Konferenz!«

»Ich lasse dich mal hier, Peter«, sagte Christina, während sie auf ihre Armbanduhr schaute. »Ich muss mich eine Weile um die Gäste kümmern. Aber du bist ja in guten Händen, nicht wahr,

L-G? Du kannst Peter doch von den hiesigen Verbrechen erzählen.«

Christina gab dem Polizeichef einen aufmunternden Klaps auf die Schulter und verschwand in Richtung Bühne. Vinston schaute ihr lange nach. Er hasste Small Talk, aber Christina hatte immerhin die Freundlichkeit besessen, ihn bei einem Polizeikollegen abzuliefern.

»Tja, hier in Österlen haben wir weder Serienmörder noch Drogenbarone«, sagte L-G lächelnd. »Wir sind nur eine kleine Wache. Etwa zehn Beamte im Außendienst und eine Ermittlerin. Jetzt während der Sommersaison sind Autodiebstähle und falsch parkende Touristen, die die Zufahrtswege zu den Badestränden blockieren, unsere größten Sorgen.«

»Also keine gröberen Verbrechen?«, fragte Vinston.

L-G schüttelte den Kopf. »Ein paar einzelne Fälle von Körperverletzung im Zusammenhang mit dem Rummel oder dem Apfelmarkt in Kivik. Letztes Jahr hatten wir eine Taschendiebbande, die auf den Flohmärkten ihr Unwesen trieb. Aber ansonsten nichts Dramatisches. Wir hatten hier seit Jahren keinen Mord mehr. Alles ist ruhig und friedlich, genau wie wir es haben möchten!«

Der Polizeichef schaute zufrieden drein. »Magst du eigentlich Honig?«

Bevor Vinston antworten konnte, verstummte die Musik, Poppe griff zum Mikrofon, und er und Christina baten zu Tisch.

Vinston saß am Ehrentisch neben einer strammen, sehnigen Frau im Alter des Polizeichefs, die in einem knarrigen, schonischen Oberschichtdialekt sprach.

»Sofie Wram«, stellte sie sich vor. »Sie sind also Amandas Vater. Ich gratuliere, sie ist ein tolles Mädchen.«

Sofie Wram erzählte, dass sie ein paar Kilometer entfernt eine Stutenzucht betrieb und außerdem die Reitlehrerin und eine Art Mentorin Amandas war.

»Wenn sie sich weiter so entwickelt, kann sie es in ein paar Jahren in die Nationalmannschaft der Springreiter schaffen. Aber dafür muss sie hart trainieren, den Fokus behalten.«

Vinston nickte, als wüsste er genau, wovon seine Tischdame sprach. Sofie Wram war offenbar eine wichtige Person in Amandas Leben, obwohl er noch nie von ihr gehört hatte.

Er bemühte sich, ungezwungen zu plaudern und weitere Details aus Amandas unbekanntem Leben aufzuschnappen, aber das Einzige, was er sich bei dem vielen Gerede über Pferde und Reiter merken konnte, war, dass Sofies Tochter und Enkelkinder in der Schweiz lebten.

Die Stimmung im Zelt stieg im Laufe des Essens, nicht zuletzt dank des Weins, der regelmäßig nachgefüllt wurde.

Amanda saß zwischen Poppe und Christina, aber sie stand immer wieder auf und verbrachte die meiste Zeit mit ihren Freunden am Jugendtisch.

Vinston verstand sie gut, das Fest schien vor allem etwas für die Erwachsenen zu sein. Er selbst hätte sich nicht vorstellen können, seinen sechzehnten Geburtstag zusammen mit seinen Eltern und deren Freunden zu feiern. Andererseits lag dieser Geburtstag auch schon dreißig Jahre zurück.

Nach der Vorspeise griff Poppe noch einmal zum Mikrofon.

»Liebe Freunde. Christina und ich freuen uns sehr, dass so viele gekommen sind, um den sechzehnten Geburtstag unserer wunderbaren Amanda zu feiern. Und wir freuen uns natürlich besonders darüber, dass Amandas Papa Peter hier ist …« Poppe hob das Glas in Vinstons Richtung und machte eine kurze Pause. »Obwohl er Stockholmer ist.«

Dem Kommentar folgten die zu erwartenden Lacher, und Vinston zwang sich zu einem Lächeln.

Poppe war in seiner Jugend in Lund im Karnevalsverein gewesen. Er konnte das Publikum gut für sich einnehmen und sagte so viele schöne Dinge über Amanda, dass manche Gäste feuchte Augen bekamen. Am Ende seiner Rede verriet er ihr Geschenk.

»Deine Mutter und ich möchten dir ein neues Pferd schenken.

Sofie hat bereits ein paar passende Kandidaten ausgewählt.« Er deutete auf Vinstons Tischnachbarin. »Zum Wohl, liebe Amanda, und alles Gute zum sechzehnten Geburtstag!«

Amanda sprang auf und warf sich erst Poppe und dann ihrer Mutter an den Hals.

»Ein großzügiges Geschenk«, bemerkte Sofie Wram. »Es sind nicht gerade billige Pferde, die ich ausgesucht habe. Aber Poppe schaut nicht aufs Geld. Amanda ist fast wie eine eigene Tochter für ihn. Dieses ganze Fest ist doch ein bisschen …« Sie beugte sich näher zu Vinston. »Übertrieben, oder nicht?«

Vinston verzog den Mund. Er konnte nicht wirklich widersprechen.

»Poppe hatte schon immer eine Schwäche für Luxus«, fuhr Sofie fort. »Sein Vater war genauso. Er hat ständig irgendwelche Feste veranstaltet, er wollte immer gesehen und gehört werden. Halten Sie eigentlich keine Rede?«

Die plötzliche Frage überraschte Vinston. Er sah zu Amanda hinüber. Sofie Wram hatte recht, er sollte ein paar Worte sagen, wahrscheinlich wurde es sogar von ihm erwartet. Natürlich hätte er früher daran denken und irgendetwas vorbereiten sollen, dann hätte er auf der Autofahrt üben können. Er musste einen Moment nachdenken.

»Sicher«, murmelte er. »Entschuldigen Sie mich.« Er stand auf, verließ das Zelt und ging zunächst Richtung Toilette. Aber ungefähr auf halbem Weg bog er nach rechts ab und fand einen kleinen Pfad, der zu einem Rhododendrongarten führte, wo er auf ein wenig Abgeschiedenheit hoffte. Unterwegs traf er auf einen von Amandas geschniegelten Freunden, der offensichtlich ein paar Gläser zu viel getrunken hatte und würgend hinter einem Baum stand. Vinston blieb kurz stehen, aber der junge Mann schien die Sache einigermaßen überstanden zu haben, was man von den armen Schuhen des Jünglings leider nicht sagen konnte.

Vinston ging weiter in das Halbdunkel des Rhododendrongartens, bevor er stehen blieb und einige Male tief Luft holte. Er musste dem Unausweichlichen ins Gesicht sehen: Er würde gezwungen sein, in einem Zirkuszelt voller fremder Menschen unvorbereitet eine Rede für seine Tochter zu halten.

Ein Geräusch ließ ihn aufschauen. Jessie Anderson, die Blondine in dem roten Kleid, die das Ehepaar Sjöholm ganz offensichtlich verabscheute, tauchte auf einem Weg auf, der zwischen den dichten Büschen kaum zu sehen war. Sie schien über die Begegnung mit ihm genauso überrascht zu sein wie er selbst, brachte aber ein Lächeln zustande und nickte freundlich. Nachdem sie verschwunden war, hing der Duft ihres schweren Parfüms noch eine Weile in der Luft.

Vinston versuchte sich zu sammeln. Was konnte er als Aufhänger für seine Rede nehmen? Er kramte in seiner Erinnerung nach einer passenden Anekdote, wurde aber von einem neuerlichen Geräusch unterbrochen.

Noch eine Person erschien auf dem Trampelpfad.

Niklas Modigh, der Hockeyprofi. Der Mann starrte so konzentriert auf sein Handy, dass er beinahe mit Vinston zusammengestoßen wäre.

»Oh, Gott!« Niklas blieb abrupt stehen und riss erschrocken die Augen auf. »Entschuldigung! Ich habe Sie überhaupt nicht gesehen.«

»Nichts passiert«, sagte Vinston, während sie einen Moment ratlos voreinander standen.

»Peter Vinston, Amandas Vater.«

»Ah, wie nett.« Der Hockeyspieler gewann seine Fassung wieder und schüttelte Vinston ein wenig übereifrig die Hand. Er ging wohl davon aus, dass Vinston wusste, wer er war, denn er stellte sich nicht vor.

»Tolles Fest haben Sie da arrangiert.«

»Danke, aber das Lob gebührt Amandas Mutter und Poppe. Ich bin nur zu Besuch.«

»Ach so.« Es wurde still, bevor Niklas einsah, dass die Situation noch ein paar Sekunden Small Talk nötig machte.

»Und was machen Sie so beruflich?«

»Ich bin Polizist.«

»Ach, wie spannend.« Niklas' Gesicht sah auf einmal angespannt aus, sein Blick flackerte unruhig. »War nett, Sie kennenzulernen, ich muss jetzt …« Er deutete auf das Festzelt und verschwand dann den Weg entlang.

Vinston blieb zurück und dachte darüber nach, was soeben passiert war.

Vielleicht lag es an seiner bald dreißigjährigen Erfahrung als Polizist, aber er wurde das Gefühl nicht los, dass sich hinter den Festlichkeiten, der Musik und der Partystimmung etwas ganz anderes verbarg.

Etwas sehr viel Düstereres.

Vielleicht sogar Unheilvolles.

4

Das Fest wurde immer ausgelassener, das Stimmengewirr der Gäste lauter, je mehr Weingläser geleert wurden. Die munteren Festgeräusche stiegen in den Abendhimmel auf, wo der Vollmond nur als blasses Gesicht zu sehen war. Amanda ging von Tisch zu Tisch, sie schien die allermeisten Gäste zu kennen, sowohl die jungen wie die alten, was Vinston sehr imponierte. Sechzehn Jahre alt und schon ein selbstsicherer Partyprofi. Ganz im Gegensatz zu ihm. Er hielt nach Niklas Modigh, Jessie Anderson und den Eheleuten Sjöholm Ausschau, aber erhaschte nur mal einen kurzen Blick auf sie. Trotzdem verließ ihn das ungute Gefühl nicht ganz.

Es dauerte bis zum Kaffee, bis Vinston an der Reihe war, seine Rede zu halten. Zu dem Zeitpunkt hatte er bereits ein gemeinsames Absingen schonischer Lieder durchlitten sowie einen äußerst unbequemen Wettstreit im Armdrücken mit Sofie Wram, das Ganze angeleitet von einem enthusiastischen Poppe, der ganz in seinem Element war.

»Verehrte Gäste! Jetzt ist es endlich an Amandas Papa Peter, einige Worte über seine bezaubernde Tochter zu sagen. Heißen wir ihn mit einem herzlichen Österlen-Applaus willkommen.«

Poppe reichte das Mikrofon hinüber. Vinston stand auf, spürte, wie das Metall an seinen Handflächen klebte. Alle Blicke waren auf ihn gerichtet. Er schaute zu Amanda hinüber, dann zu Christina.

»Liebe Amanda.« Vinston räusperte sich. »Liebe Amanda«, versuchte er es noch einmal. Plötzlich kam ihm sein Hemdkragen eng vor. »Ich erinnere mich, wie du das Fahrradfahren gelernt hast.«

Sein Herz klopfte laut, ein Schweißtropfen lief ihm zwischen den Schulterblättern hinunter. »Also, eigentlich war es so gedacht, dass ich es dir beibringe. Aber ehrlicherweise muss man sagen, dass du es dir eher selbst beigebracht hast.«

Freundliche Gesichter und leises Gelächter aus dem Publikum. Vinston atmete schwer. Der Hemdkragen scheuerte, und sein Kopf rauschte, als wäre er voller Sprudelwasser. Er kannte die Symptome nur allzu gut.

»Und man kann wohl sagen, dass das für dich ziemlich typisch ist, Amanda ...« Er machte eine Pause, holte tief Luft. Das Rauschen in seinem Kopf nahm zu, die Blasen stiegen zu seinem Stirnlappen auf, schwappten in sein Sichtfeld, wo sie sich in kleine weiße Flecken verwandelten.

»Du bist ... sehr tüchtig und ... selbstständig.« Er beugte sich vorsichtig Richtung Tischkante, um nicht ins Wanken zu geraten.

»Zusammenfassend ...« Vinston griff nach seinem Glas und verschüttete dabei etwas von dem Inhalt. »Prost, liebe Amanda!«

Er nahm einen Schluck, legte das Mikrofon mit einem dumpfen Knall weg und sank schwer auf seinen Stuhl.

Höflicher, verhaltener Applaus war vom Publikum zu hören.

»Danke, Peter«, sagte Poppe, der schnell das Mikrofon genommen hatte. »Das kam direkt von Herzen, das hat man gemerkt. Und jetzt, meine Freunde, ist es Zeit, sich ein wenig die Beine zu vertreten.«

Die Gäste standen nach und nach auf, während Vinston ein paar Minuten sitzen blieb, bis das Rauschen in seinem Kopf abnahm.

Christina tauchte neben ihm auf.

»Wie geht es dir?«

»Gut!«, behauptete er bestimmt. »Die Gefühle haben mich nur ein bisschen übermannt.«

Sie schaute Vinston misstrauisch an, aber bevor sie etwas sagen konnte, erschien Amanda und umarmte ihn.

»Danke, Papa! Ich bin so froh, dass du hier bist. Komm, ich stelle dich meinen Freunden vor. Sie sind schon total neugierig.«

Vinston sah Christina an und machte eine entschuldigende Handbewegung, während ihre gemeinsame Tochter ihn mit sich zum Jugendtisch zog.

Jessie Anderson hatte an einem der Tische in der Nähe des Ausgangs gesessen, zwischen einem nach Kohl riechenden Großbauern und einem schwerhörigen Aquarellmaler. Ärgerlicherweise wusste keiner von beiden, wer sie war. Aber jetzt war es endlich Zeit aufzustehen, und sie bedeutete Elin, ihr zum Ausgang zu folgen.

Das Jazzquintett auf der Bühne hatte auf Partyband umgeschwenkt, und einige Partygäste fingen an zu tanzen, während andere sich an die Bar stellten. Aber genau wie Jessie vermutet hatte, gingen die meisten Gäste hinaus, um ein wenig frische Luft zu schnappen, und innerhalb weniger Minuten war sie von Menschen umringt, die ein paar Worte mit ihr wechseln oder ein Selfie mit ihr machen wollten. Elin stand die ganze Zeit mit gezücktem Handy hinter ihr, um alles zu dokumentieren, was vor sich ging.

»Wir sehen Sie immer im Fernsehen«, sagte ein Gast bewundernd. »Ihre beiden Shows. Sie machen das so gut.«

»*Thank you, darling*«, lachte Jessie. »Und verpassen Sie nicht meinen Sommertalk morgen! Er beginnt um eins. Da bekommen Sie alle meine Geheimnisse zu hören.«

Jessie wandte sich an eine neue Schar Bewunderer.

»Sollen wir ein Gruppenfoto machen, Mädels? Gebt eure Smartphones einfach Elin, sie macht das. Und vergesst nicht, mich zu taggen!«

Plötzlich verstummte die Musik im Zelt, und der Bandleader ergriff das Wort.

»Für unseren nächsten Song haben wir einen Gastsänger, den ich Ihnen wohl kaum vorstellen muss. Meine Damen und Herren, Jan-Eric ›Zaza‹ Sjöholm!«

Bei dem Namen zuckte Jessie zusammen. Sie ging näher zum Zelteingang heran, um besser sehen können.

Jan-Eric stieg, auf seinen Stock gestützt, mühsam auf die Bühne. Mit seiner freien Hand winkte er, gespielt demütig, den Applaus des Publikums ab. Aber sobald er hinter dem Mikrofon stand, fiel er sofort in die Rolle des Entertainers. Er richtete sich auf und sah auf einmal zehn Jahre jünger aus. Die Band spielte das Intro zu »The Best of Times«, und Jan-Eric begann mit zitterndem Vibrato zu singen. Die Gäste scharten sich um die Bühne, und schnell hatte sich die Menschenansammlung um Jessie und Elin zerstreut.

»Hör nur diese alte Tunte«, schnaubte Jessie. »Er tut alles für ein bisschen Aufmerksamkeit. Ist dir klar, wie sauer er morgen sein wird, wenn mein Sommertalk gesendet wird? Er wird am Radio kleben, während sein kleiner Toyboy versuchen wird, ihn zu beruhigen. *Reg dich nicht auf, Jan-Eric*«, sagte sie mit gespieltem Akzent. »*Du bekommst noch einen Blutsturz.*«

Elin lachte, schlug aber schnell die Hand vor den Mund.

Auf der Bühne hatte Jan-Eric gerade sein Lied beendet und nahm den Jubel des Publikums entgegen.

»Das nächste Lied«, sagte er, als sich der Applaus gelegt hatte, »ist allen hier im Publikum gewidmet, die wie Alfredo und ich unser Österlen lieben und es genauso bewahren möchten, wie es ist.« Er warf Jessie einen Blick zu und fügte mit Nachdruck hinzu: »*Genau*, wie es ist.«

Die Band stimmte Evert Taubes »Änglamark« an, und Jan-Eric forderte alle zum Mitsingen auf, indem er das Publikum mit seinem Stock dirigierte.

»Wie pathetisch«, zischte Jessie. »Begreift er nicht, dass der Krieg vorbei ist? Dass seine Partei die Schlacht verloren hat?«

Elin hörte ihrer Chefin nicht zu. Stattdessen starrte sie auf ihr Handy, das angefangen hatte, Alarmsignale von sich zu geben.

»Was ist denn?«, wollte Jessie wissen.

»Auf dem Baugrundstück ist die Alarmanlage angegangen«, erklärte Elin beunruhigt.

»Man sieht auf der Kamera nichts, aber der App nach hat jemand versucht, in den Baucontainer zu kommen.«

»Wirklich?« Jessie hob die Augenbrauen die wenigen Millimeter, die ihre starre Stirn es zuließen. »Worauf wartest du? Fahr raus und schau nach!«

»Ich? A-aber der Wachdienst ist doch auf dem Weg.«

»Ich will, dass du auch hinfährst. Es kann derselbe Idiot sein, der neulich da rumgeschlichen ist und den Container in Brand gesetzt hat. Sieh zu, dass der Wachdienst das gesamte Gelände zweimal durchkämmt. Wir können uns vor morgen keine unangenehmen Überraschungen mehr leisten.«

Elin wurde blass, nickte aber mit zusammengepressten Lippen. »Natürlich, ich verstehe. Ich kümmere mich um alles.«

Als es auf Mitternacht zuging, fing das Spektakel an, Vinston zu gefallen. Die Band war gegen einen DJ ausgetauscht worden, der sowohl das Tempo als auch die Lautstärke erhöht hatte, sodass viele Gäste inzwischen verschwitzte Gesichter und glänzende Augen hatten.

Gleichzeitig spürte Vinston, dass im Zelt eine eigentümliche Erwartung in der Luft lag. Immer mehr Leute gesellten sich an die Bar, als warteten sie darauf, dass etwas Besonderes passierte.

Vinston bewegte sich ebenfalls Richtung Tresen, er glaubte, Christina im Gewimmel gesehen zu haben, und lenkte seine Schritte dorthin. Als er die Bar fast erreicht hatte, hörte er über der Musik aufgeregte Stimmen, und eine davon war Jan-Erics. Ihm gegenüber am Tresen stand Jessie Anderson.

»Du bist eine verdammte Vandalin!«, schrie Jan-Eric. Sein Gesicht war hochrot, seine Bewegungen übertrieben. »Eine Botoxbarbarin, eine Plastikpuppe ohne Geschmack oder Klasse.«

Jessie verzog wütend das Gesicht. Um sie herum holten die Leute mehr oder weniger offen ihre Handys hervor, als wäre das die Auseinandersetzung, auf die alle gewartet hatten.

»*Oh, stop being such a drama queen, Janne!*«, sagte Jessie, ebenso zu den Leuten um sie herum wie zum Schauspieler.

Die Ermahnung hatte einen gegenteiligen Effekt.

»Dir sollte mal jemand Manieren beibringen!«, brüllte Jan-Eric und hob seinen Stock, wie um Jessie einen Schlag zu versetzen. Einen Augenblick lang sah die blonde Frau fast verängstigt aus.

Vinston machte einen raschen Schritt nach vorn und packte den Arm des Schauspielers.

»Ich glaube, es reicht jetzt.«

Jan-Eric wandte sich halb um, seine Augen waren hasserfüllt, und einen Moment lang sah es aus, als wollte er Widerstand leisten. Aber dann zwinkerte er ein paarmal, die Luft entwich ihm, und der kräftige Mann schien kurz vor einer Ohnmacht zu stehen. Doch Alfredo, der aus dem Nichts zwischen den gezückten Handys aufgetaucht war, stand ihm rettend zur Seite.

»Aber Jan-Eric, was machst du denn?«

»Ich bitte vielmals um Verzeihung«, murmelte Jan-Eric. »Ein Lapsus. Ich vertrage Alkohol schlecht.«

»Zeit, nach Hause zu fahren.«

Irgendwie schaffte es Alfredo, seinen Mann zu stützen und gleichzeitig von der Bar wegzuführen, wobei es ihm auch noch gelang, einen wütenden Blick über seine Schulter zu werfen, während die Zielscheibe seines Ärgers auf Vinston zukam.

»Ich glaube, wir haben uns noch gar nicht kennengelernt?« Sie streckte ihm eine Hand mit langen, blutroten Nägeln entgegen. »Jessie Anderson.«

Vinston stellte sich vor, ohne zu erwähnen, dass sie sich vor ein paar Stunden bereits im Rhododendrongarten begegnet waren. Dabei bemerkte er, dass sich Christina schräg hinter ihn stellte. Das Gedränge um die Bar hatte nachgelassen, die Handykameras waren verschwunden, nachdem die Gäste ihren dramatischen Auftritt bekommen hatten.

»Ah, der Vater des Geburtstagskindes«, sagte Jessie. »Sie sind wie ein Ritter aufgetaucht. Vielen Dank!«

»So schlimm, wie es aussah, war es wohl nicht. Worum ging es denn?«

Jessie lächelte schief.

»Neid. Jan-Eric versucht sicher seit zwanzig Jahren, zu einem Sommertalk eingeladen zu werden. Das ist schon ein Running Gag bei Radio Schweden. Ich habe wohl so ganz nebenbei bemerkt, dass mein Sommertalk morgen gesendet wird.«

Jessie zeigte so weiße und symmetrische Zähne, dass es Porzellanfassaden sein mussten.

Vinston sah, wie sie ihn musterte und ihr offenbar sein maßgeschneiderter Anzug und seine Schuhe in die Augen fielen.

»Wo wohnen Sie, wenn Sie in Österlen sind?«, fragte sie. »Hier im Schloss?«

»Äh, nein. Ich miete in der Nähe ein Ferienhaus.«

»Ah, Sie mieten. Dann sind Sie vielleicht auf der Suche nach etwas Festem? Etwas Standesgemäßem?« Jessie lachte wieder und kam näher. »Ich führe morgen ein ganz besonderes Objekt vor, nur für ein paar ausgewählte, wohlsituierte Kunden. Gislövsstrand – vielleicht haben Sie davon gehört? Es wäre fantastisch, wenn Sie kommen könnten.« Sie berührte seinen Arm. »... Peter.«

Der Duft ihres Parfüms war fast überwältigend. Vinston schielte zu Christina, die offensichtlich ungeniert ihr Gespräch belauschte, noch dazu mit einem amüsierten Gesichtsausdruck.

Vinston öffnete den Mund, um zu erklären, dass er absolut nicht nach einem Haus suchte und außerdem nur ein Beamter ohne größeres Einkommen war, aber Christina kam ihm zuvor.

»Er kommt gerne! Peter sucht schon lange nach etwas Passendem, hat aber bisher noch nicht wirklich das richtige Objekt gefunden. Stimmt's, Peter?«

Sie warf ihm einen vielsagenden Blick zu.

»Äh ... sicher«, sagte er nach kurzem Zögern.

»Gut!« Jessie freute sich. »Dann passt Gislövsstrand perfekt zu Ihnen. Das exklusivste Objekt in Österlen. Buchstäblich *to die for!*«

5

Elin Sidenvall stellte den Wagen am Sonntagmorgen vor dem Tor zu Gislövsstrand ab. Es war erst neun Uhr, aber die Sonne stand schon hoch am Himmel. Am Horizont sammelten sich ein paar Quellwolken, die vielleicht, vielleicht aber auch nicht Richtung Landesinneres ziehen würden.

Der Ort war wie immer betörend schön, aber Elin zögerte.

Sie hätte schon gestern Abend hierherfahren sollen, als der Alarm losging, so wie sie es Jessie versprochen hatte. Stattdessen war sie im Wagen auf dem Schlossparkplatz sitzen geblieben und hatte die Fotos der Überwachungskamera auf ihrem Handy angestarrt, bis sie den Mann vom Wachdienst vor dem Haus hatte auftauchen sehen. Sie war überrascht gewesen, wie ruhig er gewirkt hatte.

Falscher Alarm, hatte er am Telefon gesagt.

Aber Elin hatte ihm nicht geglaubt. Die schwarz gekleidete Gestalt mit der Sturmhaube auf dem Kopf tauchte immer noch in ihren Träumen auf, obwohl der Zwischenfall sechs Wochen her war. Sie sah sie vor sich, wie sie auf sie zeigte und sich drohend über den Hals strich, bevor sie von den Schatten verschluckt wurde.

Wenn sie aufwachte, glaubte sie sogar noch den Brandgeruch vom Container wahrzunehmen.

Dass die Alarmanlage ausgerechnet am Tag vor ihrer ersten Hausführung losgegangen war, konnte kein Zufall sein.

Elin holte tief Luft und drückte auf ihrem Handy erst auf das Icon, das das Tor öffnete, und anschließend auf ein zweites, das den Alarm ausschaltete. Dann fuhr sie langsam auf das Grundstück.

Auf dem Bauplatz war alles ruhig. Die einzige Bewegung war ein leichter Wind, der jenseits des Zauns durch das Gehölz am Strand fuhr.

Elin blieb vor ihrem Wagen stehen, das Handy noch in der Hand.

Sie sah zu der Kamera am Laternenmast hoch und wünschte sich, die anderen Kameras wären auch angeschlossen, damit sie sich vergewissern könnte, dass sie wirklich allein war. Aber alles, was sie auf dem Handydisplay sehen konnte, war eine Miniversion ihrer selbst.

Jessie hatte recht. Jetzt war nicht der Moment, um Angst zu haben.

Denn heute war ein großer Tag, ein wichtiger Tag. Der Tag, auf den sie allzu lange gewartet hatte.

Der Tag, an dem alles perfekt sein musste. An dem alles perfekt sein würde.

Sie hob das Kinn. Auf dem Display tat ihre Miniatur dasselbe. Dann schloss sie die Tür auf und betrat das Haus.

Jessie tauchte erst kurz vor elf Uhr auf. Wie gewöhnlich telefonierte sie, wobei ihre Stimme scharf und ungehalten klang.

»Glauben Sie ja nicht, dass Sie mir Angst machen, Urdal. Wenn Sie noch mal anrufen, verständige ich die Polizei. Sie können froh sein, dass ich das nicht schon längst getan habe!«

Jessie beendete das Gespräch.

»Schon wieder der Elektriker?«, fragte Elin.

»Ja, er nervt weiter mit dieser verdammten Rechnung und droht mir. Er ist wohl ziemlich sauer, dass wir ihn gegen einen seiner Konkurrenten eingetauscht haben, dieser Idiot!«

Jessie tippte noch eine Weile auf ihrem Handy herum, bevor sie es einsteckte. Sie schien von dem unangenehmen Zwischenfall völlig unbeeindruckt zu sein.

»Ist alles bereit?« Sie sah sich um.

Elin hatte den Boden gesaugt, die Küchenarbeitsplatte gewischt, Champagnergläser auf einem Silbertablett bereitgestellt und ein paar strategisch gut platzierte Armani-Duftkerzen verteilt, die Jessies Lieblingsduft verströmten. Aus den versteckten Lautsprechern an der Decke erklang leise Frank Sinatra.

Jessie nickte zufrieden.

»Sieht gut aus!«

Ihr Gesichtsausdruck trübte sich allerdings, als ihr Blick auf den Treppenabsatz fiel, wo eine triste Spanplatte die Glasscheibe zum darunterliegenden Wohnzimmer ersetzte.

»Der Glaser hatte versprochen, das Geländer fertig zu bekommen. Du hättest ihn anrufen sollen!«

»Das habe ich«, verteidigte sich Elin. »Er hat behauptet, dass er nicht das richtige Glas bekommen hat. Es gab Probleme mit irgendeiner Lieferung. Das habe ich dir schon am Freitag gesagt.«

Jessie wedelte abwehrend mit der Hand.

»Wir müssen was anderes organisieren als diese furchtbare Spanplatte. Etwas, das nicht auf den ersten Blick nach unfertig und provisorisch aussieht. Wie wäre es mit einem hübschen Seil?«

»Okay.«

Elin wusste, dass es am besten war, sich zurückzuhalten, wenn Jessie in dieser Stimmung war. Also ging sie zu ihrem Wagen hinaus und öffnete den Kofferraum.

Nach einer Weile kam sie mit einem grauen Stoffband in der einen Hand und einem Akkuschrauber in der anderen zurück.

»Geht das? Das ist eine Stoffprobe für den Verdunklungsvorhang im Heimkino.«

»Es muss reichen. Wir haben nur noch eine halbe Stunde Zeit, also nimm diese hässliche Platte weg und befestige das Band.«

Mit dem Akkuschrauber löste Elin die Spanplatte, hob sie beiseite und knotete das Band fest.

Jessie zog prüfend daran.

»Viel besser, findest du nicht?«

Jessie blieb auf dem Treppenabsatz stehen, während Elin die Platte hinaustrug. Vor allem dank ihrer Gabe, sich blitzschnell anpassen zu können, war sie so weit gekommen, dachte sie. Jessie Anderson sah Lösungen, wo andere Probleme sahen. Sie ließ niemals zu, dass etwas oder jemand sie aufhielt. Weder beleidigte Landeier noch untaugliche Handwerker. Nicht einmal Feiglinge, die in Sturmhauben herumschlichen und versuchten, ihr Angst zu machen.

Zufrieden schaute sie auf die Skulptur im Wohnzimmer hinunter. Das war ein Geniestreich gewesen, anders konnte man es nicht nennen. Nach all den Schwierigkeiten stand sie jetzt kurz davor, ihr bisher größtes Projekt abzuschließen, das Projekt, welches sie zur erfolgreichsten Maklerin Schwedens machen würde. Jetzt blieb nur noch ein kleines Problem, das bald gelöst sein würde. Jessie schaute auf die Uhr, während Elin in die Küche zurückkam.

»Sie kann jeden Moment hier sein. Müssen wir den Plan noch einmal durchgehen?«, fragte Jessie.

Ihre Assistentin schüttelte den Kopf.

»Gut«, nickte Jessie. »Du musst die Alte nur ordentlich mit Champagner abfüllen, dann kümmere ich mich um den Rest. Okay?«

»Okay!«

»Prima. Wir bringen die Sache mit Sofie Wram hinter uns, dann essen wir zu Mittag. Niklas und Daniella kommen erst um halb zwei, wir haben also dazwischen Zeit, den Anfang von meinem Sommertalk zu hören. *Aren't you excited?*«

»Doch, sehr!« Elin lächelte verbissen.

Da klingelten fast gleichzeitig ihre Handys.

»Das Tor«, sagte Jessie. »Ich übernehme es!«

Sie hielt das Handy hoch, auf dessen Display ihnen Sofie Wrams missmutiges Gesicht entgegenstarrte.

»*Welcome to Gislövsstrand, Sofie.*« Jessie drückte auf das Icon, das das Tor öffnete.

»*It's showtime*«, flüsterte sie Elin zu.

6

Punkt zwei Uhr am selben Nachmittag fuhr Vinston vor Schloss
Gärsnäs vor.

Er hatte lange geschlafen, auf der Terrasse gefrühstückt und im
Cimbrishamner Tagblatt geblättert. Danach hatte er in der Hänge-
matte gelegen und versucht, die Biografie von Feldmarschall
Montgomery fertig zu lesen, die zu Hause auf seinem Nachttisch
Staub gefangen hatte. Die Sonne schaute ab und an zwischen den
Wolken hervor, die Vögel zwitscherten, und der Wind war voller
sommerlicher Verheißungen.

Trotzdem war es Vinston schwergefallen, sich zu entspannen.
Das Buch war langweilig, die Hängematte längst nicht so bequem,
wie sie aussah, und außerdem war es ihm nicht geglückt, eine einzige Kaffeetasse im Küchenschrank zu finden, die nicht so aussah,
als habe sie eine schieläugige Keramikerin ohne Sinn für Symme-
trie getöpfert.

Wobei seine Frustration in Wahrheit von etwas sehr viel Ernsterem herrührte. Er war gestern während seiner Rede schon wieder kurz davor gewesen, ohnmächtig zu werden, was er gelinde
gesagt beunruhigend fand. Sein Arzt hatte klar gesagt, dass es wegen der Ferienzeit dauern würde, bis die Ergebnisse der Proben
kamen, und die Unwissenheit, die permanent an ihm nagte, be-
einträchtigte effektiv das Urlaubsgefühl, auf das Vinston gehofft
hatte.

Schließlich war es aber an der Zeit gewesen, in den Wagen zu
steigen und langsam Richtung Schloss zu fahren.

Obwohl Vinston seiner Unart entsprechend früh dran war,
stand Christina schon in der Einfahrt und wartete auf ihn. Sie war
kaum wiederzuerkennen. Sie hatte einen Schal um den Kopf ge-
knotet, trug einen langen Sommermantel und eine große, dunkle
Sonnenbrille.

»Ich wusste nicht, dass ich Greta Garbo abholen sollte«, bemerkte Vinston, als sie sich auf den Beifahrersitz setzte.

»Schön.« Christina schlug die Tür zu. »Fahr unten an der Hauptstraße rechts, Richtung Simrishamn.«

»War Amanda mit ihrem Fest zufrieden?«, fragte Vinston, während er den Anweisungen folgte.

»Ich denke schon. Der DJ hat erst um vier aufgehört, und sie ist erst vor Kurzem zum Frühstück heruntergekommen, aber ich glaube, sie hat sich schon wieder hingelegt.«

Christina drehte am Autoradio herum.

»Wäre es nicht an der Zeit, dass du mir erzählst, worum es hier geht?« Vinston hatte schon am Abend versucht, eine Erklärung zu bekommen, aber ohne Erfolg. »Warum bin ich auf dem Weg zu einer Hausbesichtigung, obwohl ich das Haus weder kaufen will, noch es mir leisten kann?«

Christina suchte den Sommertalk auf dem Sender P1. Johnny Cash ertönte aus den Lautsprechern, bevor sie den Ton leiser drehte und sich zurücklehnte.

»Also, es ist so.« Sie holte tief Luft. »Wie du schon weißt, ist Jessie Anderson Promimaklerin. Aber sie findet anscheinend, dass es nicht reicht, für andere zu verkaufen, sie wollte ein ganz eigenes Immobilienprojekt starten. Also hat sie vor knapp zwei Jahren Sofie Wram ein Stück Strand bei Gislövshammar abgekauft.«

Vinston runzelte die Stirn. »Meiner Tischnachbarin gestern?«

»Genau. Gislövshammar ist ein winziger, pittoresker Fischerort an der Spitze von Österlen. Das Grundstück, das Sofie verkauft hat, liegt am Sandstrand hinter dem Örtchen, genau zwischen Wald und Meer. Hübsch, aber es ist völlig unmöglich, dort eine Baugenehmigung zu bekommen. Zumindest dachten die Leute das.«

»Aber?«, hakte Vinston nach, denn ein Aber musste jetzt noch kommen.

»Aber – dann hat Jessie eine Baugenehmigung beantragt, um direkt am Ufer ein paar Luxusvillen hinzustellen. Und entgegen allen Erwartungen hat sie die Erlaubnis in Rekordzeit erhalten. Der Dorfverein war außer sich, genau wie die Nachbarn.« Christina zeigte auf die Straße. »Da an der Kreuzung musst du rechts abbiegen.«

»Die Häuser wurden trotzdem gebaut?«, vermutete Vinston.

»Das erste zumindest. Mit den anderen wurde gerade erst begonnen, glaube ich. Das war eine langwierige und unschöne Geschichte. Petitionen, wütende Leserbriefe, Aktionsgruppen auf Facebook. Man legte Einspruch gegen jedes kleinste Detail ein, bis hin zur Farbe der Klobürste. Es gab einen Haufen Gerüchte um Schmiergelder und so weiter. Jessie ließ daraufhin einen hohen, hässlichen Stacheldrahtzaun um das Grundstück setzen, und man munkelte, dass sie sogar die Absicht hatte, den ganzen Strand zu sperren und den Bereich in eine Gated Community wie in den USA zu verwandeln.«

»Aber das darf man doch gar nicht?«, wandte Vinston ein.

»Richtig, aber die Leute behaupteten, Jessie hätte alle möglichen Kontakte. Dass ihr nicht einmal der Schutz des Strandes heilig sei. Sofie Wram musste sich ziemlich viel anhören, weil sie das Grundstück verkauft hat, aber die meiste Wut richtete sich natürlich gegen Jessie. Eine Großstädterin und Dokusoap-Darstellerin kommt hierher und zerstört den Strand mit Stacheldraht und hässlichen Betonklötzen, die sich kein normaler Mensch leisten kann. Verschandelt Österlen mit unpassender Architektur. Da hörst du übrigens ihren Sommertalk.«

Sie drehte den Ton des Radios lauter.

»*Ich fühle mich viel mehr als Amerikanerin denn als Schwedin*«, hörten sie Jessie sagen. »*Diese Gleichmacherei und der Neid in Schweden sind nichts für mich.*«

Vinston, der sein Fernsehprogramm mit Sorgfalt wählte, hatte vor dem gestrigen Abend noch nie von Jessie Anderson gehört. Aber offenbar war sie so bekannt, dass sie im Radio Plattitüden von sich geben durfte, wie er feststellte.

»Wie passt Jan-Eric Sjöholm ins Bild?«

»Er und Alfredo sind unmittelbare Nachbarn des Neubaus«, antwortete Christina. »Sie haben ein schönes, altes Haus im Wäldchen oberhalb der Dünen. Vor dem Neubau wohnten sie abgeschieden und hatten hundert Meter zum Strand. Aber seitdem der Zaun an ihrer Grundstücksgrenze errichtet wurde, haben sie einen weiteren Weg zum Meer. Und Jan-Eric ist nicht mehr so gut zu Fuß, deshalb hat er es sehr persönlich genommen.«

Sie deutete auf eine Abfahrt. »Da drüben rechts und dann ungefähr fünf Kilometer geradeaus.«

»*Erfolgreich sein kann jeder*«, verkündete Jessie im Radio. »*Es geht nur darum, zielgerichtet zu handeln.*«

»Der Konflikt hat zu ziemlichen Spannungen unter unseren Bekannten geführt. Deshalb versuchen Poppe und ich, neutral zu bleiben«, setzte Christina fort. »Und daher haben wir auch beide Seiten zum Fest eingeladen, wenn man so will.«

»Aber weil du ständig auf irgendwelchen Immobilienseiten im Internet unterwegs bist, bist du neugierig auf das Haus. Und dank mir hast du plötzlich die Gelegenheit, es dir anzuschauen«, resümierte Vinston. »Deshalb sollte ich gestern Interesse heucheln. Hätte Poppe das nicht machen können?«

»Nein, darum möchte ich ihn lieber nicht bitten«, sagte Christina, ohne näher darauf einzugehen. »Und außerdem bin ich nicht nur auf das Haus neugierig. Im Frühling, als die Proteste und Leserbriefe am schlimmsten waren, hat Jessie einen klugen Schachzug gemacht. Sie hat herausgefunden, dass der Dorfverein von Gislövshammar schon lange eine Skulptur von einem recht bekannten lokalen Künstler kaufen wollte, um sie im Ort aufzustellen. Aber der Verein hatte nicht genug Geld. Also hat Jessie die Skulptur gekauft, um sie ins Musterhaus zu stellen, und versprochen, sie dem Dorf zu schenken, sobald das Haus verkauft ist. Es ist ein enormer Angelhaken aus Messing und heißt *The Hook*.«

»Ganz schön clever. Hat jemand angebissen?«

»Raffiniert.« Christina grinste. »Und, ja, definitiv. Ein paar Zeitungen haben hübsche Artikel darüber gebracht, und das Projekt erntete viel Wohlwollen.«

»Aber nicht alle haben sich überzeugen lassen.«

»Nein, wie du gestern gemerkt hast, sind Jan-Eric und Alfredo und einige andere immer noch sauer.«

»Okay.« Vinston dachte nach. »Wir sind also auf dem Weg in ein Wespennest. Und was soll ich machen, wenn wir dort sind?«

Er war nicht ganz glücklich darüber, Theater spielen zu müssen. Seine Schauspielerfahrung beschränkte sich auf die Rolle des hinteren Teils eines Kamels bei einer Weihnachtsaufführung in der Grundschule, und er machte sich keinerlei Illusionen bezüglich seiner Kompetenz auf diesem Gebiet.

»Geh einfach ein bisschen rum, schlürfe Champagner und tu so, als seiest du steinreich«, erwiderte Christina. »Du siehst doch aus wie ein verirrter britischer Lord, das dürfte dir also nicht so schwerfallen. Ich meine, wer trägt schon mitten im Sommer einen dreiteiligen Anzug mit Krawatte?«

Vinston ignorierte den Kommentar, so wie immer, wenn Christina etwas über sein Aussehen sagte.

Sie holte einen Zettel aus ihrer Handtasche und faltete ihn auseinander. Im Hintergrund gab Jessie immer noch ihre Erfolgsstory zum Besten.

»Ich habe hier den Prospekt. Damit Lord Peter weiß, was ihn erwartet. Hör zu: *Gislövsstrand ist nicht nur ein Ort zum Wohnen, sondern ein Lebensstil. Das Haus befindet sich am Hang und besitzt eine innen liegende Galerie, die förmlich über dem großzügigen Wohnbereich schwebt. Die Architektur ist feinfühlig im Einklang mit der Natur gestaltet. Große Glasfronten verwischen die Grenzen zwischen außen und innen, wodurch das Licht vom Meer über den italienischen Marmorboden fließen kann. In wenigen Minuten gelangen Sie barfuß durch den Garten und am luxuriösen Poolbereich vorbei zum feinkörnigen Sandstrand.«*

Vinston musste bei Christinas Tonfall grinsen.

»Makler haben schon eine Sprache für sich, findest du nicht

auch?«, sprach sie weiter. »Hier geht es nach links, dann sind wir gleich da.«

Vinston bog von der Landstraße ab und fuhr erst zwischen Feldern hindurch und dann in ein kleines Kiefernwäldchen in Strandnähe.

Im Radio gab Jessie weiter Banalitäten von sich.

»Schweden ist zu eng für große Träume. Aber das möchte ich ändern, Bauprojekt für Bauprojekt.«

Sie kamen an einem Fachwerkhaus vorbei, das zwischen den Bäumen versteckt stand. *Villa Sjöholm* war auf einem Schild neben dem Tor zu lesen. Direkt daneben hing außerdem ein Plakat.

Stoppt die Verschandelung von Gislövshammar!

»Das Haus von Jan-Eric und Alfredo«, stellte Vinston fest.

»Richtig, Sherlock! Du hättest Polizist werden können.«

Vinston seufzte übertrieben über den Scherz seiner Ex-Frau. Er hatte ihre Neckereien vermisst, und zwar mehr, als er zugeben wollte.

»Wo wir gerade von unserer Arbeit sprechen«, sagte er. »Zu welcher psychologischen Analyse würdest du bei Jan-Eric Sjöholm kommen?«

Christina lachte. »Ah, das alte Spiel. Na ja, immerhin habe ich dich mit hier rausgeschleppt, also ist es nur fair, wenn ich mitspiele.« Sie dachte ein paar Sekunden nach.

»Jan-Eric hat ein riesiges Ego. Er ist ein Narziss, aber von der ungefährlichen Sorte.«

»Danach sah es gestern nicht aus.«

»Komm schon, du glaubst doch nicht ernsthaft, dass er Jessie mit seinem Stock geschlagen hätte? Jan-Eric ist brav wie ein Kätzchen. Er liebt nur die Dramatik und steht gerne im Mittelpunkt.«

»Und Alfredo?« Vinston wusste nicht genau, warum er nach ihm fragte.

Christina legte den Kopf schief.

»Gute Frage. Alfredo ist schwerer zu deuten. Er hält sich im Hintergrund, aber ich bin mir ziemlich sicher, dass ihm nichts entgeht. Und dann hat er die fast unheimliche Gabe, plötzlich aus dem Nichts aufzutauchen, ist dir das aufgefallen? Alfredo kommt mir wie ein Mann vor, der Geheimnisse hat. Vielleicht sogar eine düstere Seite.«

Sie verließen den Wald und erreichten eine Wendeplatte. Der Sandstrand und das Meer lagen direkt unter ihnen. Es war hier bewölkter als im Landesinneren, und vom Meer zog Wind auf.

Hinter der Wendeplatte ragte ein Stacheldrahtzaun samt motorgetriebenem Tor in die Höhe.

Vinston fuhr bis zu einer Sprechanlage vor und drückte auf den Knopf.

»Jessie Anderson«, sagte die Stimme aus dem Lautsprecher.

»Hallo, hier ist Peter Vinston.«

»Willkommen! Parken Sie gleich neben meinem Wagen!«

Ein kurzes Piepsen war zu hören, dann glitt das Tor auf. Vinston stellte den Wagen vor dem Haus ab, neben einem weißen Porsche-Cabrio, das laut Christina Jessie gehörte. Im Radio war dieselbe Jessie dabei, ihren Talk zu beenden, was seltsam wirkte. Als würde sie an zwei verschiedenen Orten zugleich existieren.

»*Wir nähern uns langsam dem Ende meines Sommertalks. Bald ist es an der Zeit, sich zu verabschieden, aber wie einer meiner Lieblingskünstler zu sagen pflegt …*«

Vinston stellte den Motor ab, wodurch Jessies Stimme mitten im Wort abgeschnitten wurde.

Noch bevor sie das Haus betreten hatten, öffnete Christina vor Staunen den Mund.

»Was für eine Hütte! Hier will ich wohnen, Peter«, sagte sie, als sie vor der Tür standen.

»Sagt die Frau, die schon in einem Schloss wohnt«, spottete Vinston.

Er selbst war weniger enthusiastisch. Trotz des Meeres, des hohen Himmels und der idyllischen kleinen Fischerhütten, die weiter hinten am Strand zu sehen waren, hatte der Ort etwas Karges und Unwirtliches an sich. Ein leichtes Unbehagen überkam Vinston, das von dem Zaun, dem Stacheldraht und der Betonfassade noch verstärkt wurde.

»Ich hätte eigentlich erwartet, dass uns jemand in Empfang nimmt«, brummte Christina, während sie Vinstons Krawatte zurechtrückte.

Vinston drückte auf die Klingel, aber nichts passierte. Vielleicht war sie noch nicht angeschlossen? Er klopfte. Immer noch keine Reaktion. Aber als Christina die Klinke drückte, glitt die Tür auf.

Von drinnen war Jessies Stimme zu hören.

Sie betraten den geräumigen Eingangsbereich, wo auf einem Tisch zwei Champagnerflaschen und sowohl benutzte wie unbenutzte Gläser standen. Daneben lag ein Klemmbrett mit einem Terminplan. Vinston konnte ganz unten seinen eigenen Namen erkennen, allerdings mit W geschrieben.

»Nicht sehr einladend«, stellte Christina trocken fest.

Jessies Stimme hallte durch das Haus und schien von überallher gleichzeitig zu kommen. Es dauerte einen Moment bis Vinston realisierte, dass die Stimme von eingebauten Lautsprechern an der Decke kommen musste und dass das, was man hörte, das Ende des Sommertalks war.

»Hallo!«, rief er ins Haus. »Hallo?«

Keine Antwort. Christina war vollauf damit beschäftigt, die letzten Tropfen aus einer der Champagnerflaschen zu leeren.

Vinston ging währenddessen weiter ins Haus hinein, wobei sich das Unbehagen, das er schon vor dem Gebäude verspürt hatte, wieder bemerkbar machte und noch stärker wurde, als er in die Küche kam. Alles roch neu und frisch. Nach Malerfarbe, Sägespänen, neuen Möbeln. Aber er verspürte auch einen dunkleren, metallischen Geruch, den er nur allzu gut kannte.

Hinter der offenen Küche sah man einen Treppenabsatz und darunter das geräumige Wohnzimmer. Aber mit dem Geländer stimmte etwas nicht. Eine Glasscheibe fehlte, und ein abgerissenes Stoffband hing zwischen den Pfosten. Auf dem Absatz lag ein einsamer hochhackiger Damenschuh.

Voll böser Vorahnung ging Vinston ein paar Schritte auf das Geländer zu.

»Das wäre es von meiner Seite«, verkündete Jessie über die Lautsprecher. *»Danke fürs Zuhören!«*

Die rührselige Schlussmusik des Sommerprogramms ertönte exakt in dem Moment aus den Lautsprechern, als Vinston über die Absatzkante schaute.

Dort unten im Wohnzimmer lag Jessie Anderson. Ihre Augen starrten ihn leer an, das Gesicht war zu einer Miene verzogen, die erschrocken und überrascht zugleich wirkte. Jessie sah aus, als sei sie rückwärts vom Treppenabsatz gestürzt. In jedem Fall war sie auf der großen Skulptur gelandet. Der mächtige Widerhaken hatte ihren Brustkorb durchbohrt, und der weiße Marmorboden unter ihr war dunkel von Blut.

»Oh, mein Gott«, keuchte Christina auf, die hinter Vinston getreten war. »Ist sie … «

»Tot«, sagte er. »Ohne den geringsten Zweifel.« Er führte Christina in die Küche zurück. »Wir müssen hier raus und die Polizei informieren.«

»Hier kommt mehr Champagner«, hörten sie jemanden rufen, und im nächsten Augenblick stand Jessies Assistentin mit einer Flasche in der Hand vor ihnen.

»Wo ist Jessie?«, fragte sie. Doch dann bemerkte sie das abgerissene Band, und bevor Vinston sie daran hindern konnte, war sie an der Kante.

»Jessie?!«

Die Assistentin gab einen gellenden Schrei von sich, stolperte zurück und verlor die Champagnerflasche, die in einer Kaskade aus Kohlensäure und Glassplittern zerschellte.

7

Tove Esping fuhr durch das offene Tor von Gislövsstrand und ließ den Wagen bis zu dem großen Betonhaus rollen.

Vor einer knappen halben Stunde hatte sie den Anruf bekommen. Wie an fast allen arbeitsfreien Sommertagen hatte sie sich in Felicias Kaffeehaus befunden, wo sie so damit beschäftigt gewesen war, belegte Brote zuzubereiten und durstigen Sommergästen Getränke zu servieren, dass sie das Klingeln ihres Handys fast überhört hätte. Die Streifenpolizisten Svensk und Öhlander waren dran gewesen.

»Entschuldige, dass wir an einem Sonntag anrufen, aber es ist etwas passiert.«

Esping hatte sich nicht die Zeit genommen, an der Polizeiwache vorbeizufahren, obwohl sie Jogginghose und T-Shirt trug. Auf dem Weg zum Unfallort hatte sie L-G angerufen und das Wenige berichtet, was sie wusste.

»Ein tödlicher Unfall draußen in Gislövsstrand, drei Zeugen.«

Als sie preisgegeben hatte, dass es sich bei dem Opfer um Jessie Anderson handelte, hatte sie geglaubt, ihren Chef nach Luft schnappen zu hören.

»Am besten komme ich auch dazu, Tove«, hatte er gesagt. »Das wird ein ziemliches Aufsehen erregen, da müssen wir uns auf einiges gefasst machen: Die Zeitungen, vielleicht sogar das Fernsehen, werden berichten. Ich rufe von unterwegs in Ystad an und schaue, ob sie jemanden schicken können, der mehr Erfah…«

L-G war abrupt verstummt, aber Esping hatte schon verstanden. Die restliche Fahrt über nagten seine Worte an ihr.

Jemand, der mehr Erfahrung hatte.

Sie stieg aus ihrem Auto und bemerkte die parkenden Fahrzeuge. Ein weißes Porsche-Cabrio, ein silbergrauer Polo und ein dritter Wagen, den sie sofort wiedererkannte: ein schwarzer, gut erhaltener Saab mit weißen Ledersitzen und fast klinisch sauberem Inneren.

Ein Stück weiter standen zwei Frauen, von denen die jüngere verweint aussah und ein Taschentuch umklammert hielt. Die ältere wirkte gefasster.

Unmittelbar vor der Haustür befanden sich Svensk und Öhlander in einer hitzigen Diskussion mit dem mürrischen, übertrieben eleganten Saab-Fahrer, den Esping am Vortag auf der Ochsenweide getroffen hatte.

»So, was ist hier los?«, wollte Esping wissen.

»Der Zeuge hier mischt sich in unsere Arbeit ein«, sagte Öhlander, ein großer, grobschlächtiger Polizist mit kurz geschorenem Haar und Kinnbärtchen, der seit sicher zwanzig Jahren Streife fuhr.

»Aha«, erwiderte Esping säuerlich. Solche Typen hatte sie schon öfter erlebt. Typen, die zu viele Krimis geschaut hatten, sich für Kalle Blomquist hielten und glaubten, alles über Polizeiarbeit zu wissen. Sie spürte die Blicke der Streifenpolizisten und wusste, dass sie auf eine Reaktion von ihr warteten.

»Sie«, sagte sie bestimmt und zeigte mit der Hand auf den Saab-Fahrer. »Seien Sie so nett und stellen Sie sich dort hinten zu den anderen Zeugen, dann spreche ich mit Ihnen, sobald ich die Lage überblickt habe.«

Vinston biss sich auf die Lippe. Er hatte sich geschworen, sich nicht einzumischen. Oder besser gesagt: Er hatte Christina versprochen, es nicht zu tun. Aber nachdem sie die Leiche gefunden hatten, war Christina damit beschäftigt gewesen, die arme Assistentin zu trösten, während er nichts anderes zu tun gehabt hatte, als mit anzusehen, wie diese beiden klumpfüßigen Uniformierten zwischen Glasscherben und Champagner herumgestiefelt waren. Und jetzt tauchte auch noch diese nervige junge Frau von der Kuhweide auf und versuchte, ihn zurechtzuweisen.

Natürlich sollte ihm einfach alles egal sein. Das hier war schließlich nicht sein Tatort, nicht sein Problem.

»Komm, Esping, dann zeige ich es dir.« Der eingebildetere der beiden Ordnungshüter hielt die Haustür auf.

»Dieser TV-Star ist vom Treppenabsatz gefallen. Sie wurde von ihrer eigenen Skulptur aufgespießt. Es sieht furchtbar aus.«

Vinstons Schläfen begannen zu pochen.

»Idioten!«, dachte er, und offenbar sprach er es auch aus, denn sowohl die Frau, die also Esping hieß, als auch die beiden Uniformierten drehten sich zu ihm um.

»Was haben Sie gesagt?«, knurrte der Polizist, der die Tür hielt.

Vinston spürte Christinas bösen Blick. Er sollte den Mund halten, aber das konnte er einfach nicht.

»Sie kontaminieren den Tatort«, sagte er so ruhig wie möglich. »Jessie Anderson ist tot. Es gibt dort drinnen nichts mehr zu tun, bis die Techniker kommen. Sie müssen vielleicht einen Blick auf die Tote werfen«, sagte er an Esping gewandt, »aber die beiden anderen sollten draußen bleiben«, fuhr er fort und wies auf die uniformierten Männer. »Sie haben ihre Neugier schon befriedigt und können zu nichts mehr beitragen.«

Esping hob eine Augenbraue. Dieser arrogante Anzugfuzzi hatte sie gestern schon aufgeregt, und jetzt stand er hier, an ihrem Tatort, und wollte ihr ihre Polizeiarbeit erklären.

»So, so, was Sie nicht sagen ... Ich muss Sie jetzt zum letzten Mal bitten, sich dort zu den anderen zu stellen und sich nicht einzumischen. Ansonsten lasse ich Sie im Streifenwagen auf die Wache bringen, verstanden?«

»Mit welcher Begründung?«, wollte Vinston wissen.

»Verhinderung der polizeilichen Ermittlung.«

»Dieses Vergehen existiert in Schweden nicht.«

Svensk machte einen Schritt auf Vinston zu und öffnete dabei den Verschluss des Handschellenetuis an seinem Gürtel. Dann schaute er zu Esping, als würde er auf ein Zeichen warten.

Bevor sie etwas sagen konnte, wurde die Diskussion von einem dunklen Volvo unterbrochen, der so schnell angefahren kam, dass der Kies aufspritzte. Auf dem Dach blinkte ein Blaulicht.

Der Wagen bremste vor Esping, den Polizisten und Vinston jäh ab und blieb mit frenetisch blinkendem Blaulicht stehen. Dann wurde die Tür aufgestoßen, und L-G sprang vom Fahrersitz.

»Ich habe mit Ystad gesprochen«, keuchte der Polizeichef. »Der Gerichtsmediziner und die Techniker sind unterwegs. Aber sie können frühestens morgen einen freien Ermittler herschicken. Wir müssen also allein zurechtkommen …«

Plötzlich verstummte L-G. Für einen kurzen Moment sah er überrascht aus, dann breitete sich auf seinem Gesicht ein Lächeln aus.

»*Du* bist hier, Peter? Das ist ja wunderbar, absolut wunderbar!« L-G schüttelte eifrig die Hand des Anzugtypen.

»Dann kannst du uns vielleicht mit deinem Expertenwissen zur Seite stehen? Wie ich gestern schon sagte, haben wir nicht gerade viel Erfahrung mit solch hochgradigen Fällen. Wir benötigen jede Hilfe, die wir bekommen können!«

Esping hatte den Eindruck, sie müsste etwas sagen, allerdings verstand sie nicht genau, was hier vor sich ging. Warum scharwenzelte ihr Chef so um diesen dummen Wichtigtuer herum?

»Ihr habt euch einander sicher schon vorgestellt?«, redete L-G weiter.

Niemand reagierte.

»Nicht?« Der Polizeichef hob die Augenbrauen. »Peter, Tove Esping hier ist unsere lokale Ermittlerin. Tove, das ist Peter Vinston vom Reichskriminalamt in Stockholm. Einer der besten Mordermittler des Landes.«

Es entstand eine kurze, peinliche Stille, gefolgt von einem leisen Klicken, als Svensk sein Handschellenetui schloss.

Esping kannte Vinstons Namen und musste sich beschämt eingestehen, dass sie ihn eines Verbrechens bezichtigt hatte, das es gar nicht gab.

»Aha, hallo …«

Mit heißen Wangen schüttelte sie schnell Vinstons ausgestreckte Hand.

»Sollen wir reingehen und es uns ansehen?«

L-G drehte sich um und bedeutete den Streifenpolizisten vorzugehen.

Eigentlich hatte Vinston vorgehabt, das Angebot des Polizeichefs abzulehnen. Schließlich war er krankgeschrieben, und das hier war nicht sein Fall. Aber als ihm klar wurde, dass die Anzahl an Polizisten, die am Tatort herumstolpern würden, noch gestiegen war, konnte er nicht mehr an sich halten.

»Warten Sie!« Vinston hob die Hand. Die vier anderen blieben stehen.

»Zunächst einmal sollten diese beiden, wie schon gesagt, draußen bleiben.« Er zeigte auf die Streifenpolizisten. »Das Haus ist als Tatort anzusehen, niemand, der nicht unbedingt muss, sollte hineingehen. Und diejenigen, die hineingehen, brauchen Schuhüberzieher. In einem Ihrer Fahrzeuge liegen bestimmt welche, sie gehören zur Standardausrüstung.«

»Aber es war doch ein Unfall«, protestierte einer der Uniformierten. »Sie ist gestürzt.«

»Gut möglich«, entgegnete Vinston. »Aber bis wir die Bestätigung dafür bekommen, muss die Angelegenheit als mutmaßliches Verbrechen betrachtet werden. Nichts darf berührt oder kontaminiert werden, und Sie sollten das ganze Areal absperren. Am besten jetzt gleich!«

Die Streifenpolizisten schauten L-G fragend an.

»Genau das wollte ich auch sagen«, behauptete der Polizeichef. »Svensk und Öhlander, ihr kümmert euch sofort um die Absperrung.«

»Vielleicht können Sie auch das Blaulicht abstellen«, fügte Vinston hinzu und zeigte auf L-Gs Wagen, auf dem immer noch die Lampe blinkte. »Das hat bereits Zuschauer angelockt.«

Drüben an der Straße stand Alfredo Sjöholm. Er führte zwei kleine Hunde an der Leine und reckte den Hals.

»Selbstverständlich«, sagte L-G. »Wie dumm von mir. Stellt das sofort ab, Jungs, und schaut, ob ihr das Tor schließen könnt.«

Als sie endlich Überzieher an den Füßen trugen, führte Vinston Esping und L-G ins Haus. Sie gingen durch die große Küche und näherten sich vorsichtig dem Treppenabsatz.

»Oh, pfui Teufel«, entfuhr es L-G, als er Jessies Körper auf der Hakenskulptur aufgespießt sah.

Fast im selben Moment begann eine leise, aber dennoch deutlich vernehmbare Alarmglocke in Vinstons Hinterkopf zu läuten.

Esping schwieg. Abgesehen von dem makabren Anblick unten im Wohnzimmer versuchte sie immer noch, über die Tatsache hinwegzukommen, dass Vinston nicht nur derjenige war, der er war, sondern dass er auch noch das Kommando über ihren Tatort übernommen hatte. Ihren ersten *richtigen* Tatort.

»Es sieht aus, als würde dort unten ein zerbrochenes Champagnerglas liegen.«

Esping folgte Vinstons Zeigefinger und entdeckte einige Scherben weiter hinter im Raum.

»Möglicherweise hielt Jessie Anderson es in der Hand, als sie über die Kante fiel«, fuhr er fort. »Und an der Tür stehen zwei leere Champagnerflaschen, also muss bei den Besichtigungen einiges getrunken worden sein, bevor wir kamen. Im Klemmbrett, das dort drüben liegt, scheint es einen Terminplan zu geben. Die Assistentin von Frau Anderson kann sicher noch Informationen zu den Personen beisteuern, die hier gewesen sind.«

L-G machte einen Schritt zurück, offenbar wollte er die Leiche nicht länger anstarren müssen.

»Also«, der Polizeichef zeigte auf den einsamen Damenschuh, der noch an der Kante lag. »Jessie Anderson war betrunken, stolperte auf ihren hohen Absätzen, versuchte, sich am Geländer abzustützen, hatte aber vergessen, dass es nur ein Stoffband gab, sie stürzte rücklings hinunter und landete auf die schlimmstmögliche Art. Klingt das plausibel?«

Zu ihrem Ärger merkte Esping, dass die Frage nicht an sie gerichtet war.

»So kann es gewesen sein«, antwortete Vinston. »Aber bevor

die Techniker nicht ihre Arbeit erledigt haben, wäre ich vorsichtig mit Theorien. Fangen Sie damit an, die Zeugenaussagen von mir, Christina und der Assistentin aufzunehmen. Danach müssen die Besucher befragt werden, die heute vor uns da waren.«

Die Anweisungen waren offensichtlich an Esping gerichtet, die zu ihrem Chef hinüberschielte.

»Gut, gut, so machen wir es, Tove!«, nickte L-G. »Möchtest du etwas hinzufügen?«

»Da liegt ihr Handy.« Esping deutete auf eine der steinernen Arbeitsplatten in der Küche, wo das schwarze iPhone auf dem dunklen Untergrund kaum zu erkennen war. Zu ihrer Genugtuung hatte Vinston es wohl nicht gesehen, denn sie ahnte eine unzufriedene Falte auf seiner Stirn.

»Ich beschlagnahme das Telefon und schicke es zur Analyse, sobald die Techniker hier fertig sind«, fuhr sie fort, während sie ein Paar Gummihandschuhe anzog. »Ein Typ von der IT-Abteilung ist mir etwas schuldig, ich werde ihn also bitten, sich zu beeilen.«

Als sie aus dem Haus kamen, hatten Svensk und Öhlander es geschafft, das Tor zu schließen. Svensk sprach gerade mit Christina und der noch immer schniefenden Elin Sidenvall, Öhlander war mit seinem Handy beschäftigt.

»Also, es gibt einen Zaun um das gesamte Grundstück, deshalb …«

»Haben Sie das kontrolliert? Sind Sie den Weg abgelaufen, um zu sehen, ob es wirklich keine Öffnungen gibt?«

»Nein …«, murmelte Öhlander. »Ich dachte nicht, dass sich das lohnt.«

»Kommen Sie!«, forderte Vinston ihn und Esping auf. »Und nehmen Sie das Absperrband mit.«

Dann ging er in Richtung des Baucontainers auf dem asphaltierten Vorplatz und weiter bis zum Zaun. Auf der anderen Seite wuchsen dichte Büsche und Gestrüpp, die den Blick auf die Villa Sjöholm verbargen.

Vinston lief die Umzäunung entlang, dicht gefolgt von Esping und Öhlander.

Nach einigen Minuten Fußmarsch waren sie unten am Strand, wo der Zaun an einem besonders dicken Pfosten endete. Zwischen Pfosten und Meer lagen einige Dünen und ein Streifen feinkörniger, weißer Sand.

»Offen«, konstatierte Vinston. »Also kann jeder hier an dieser Stelle auf das Grundstück gelangen. Sehen Sie zu, dass Sie hier alles absperren!«

Öhlander seufzte, tat aber, wie ihm gesagt worden war.

Vinston blickte den Strand hinunter. Das Fischerdorf befand sich nur knapp fünfhundert Meter entfernt. Die pittoresken alten Häuschen standen in jähem Kontrast zu der kalten Betonfassade des Musterhauses.

»Sehen Sie mal!« Vinston rief Esping zu sich und deutete auf eine Stelle zwischen zwei Dünen, wo der Sand platt gedrückt war. »Reifenspuren. Jemand hat erst kürzlich hier zwischen den Dünen, wo niemand ihn beobachten kann, geparkt.«

»Woher wissen Sie, dass das erst kürzlich war?«, fragte Esping schnippisch. »Die Spur kann doch sonst wann entstanden sein?«

»Nein, sie muss neu sein. Sehen Sie, die Abdrücke sind schon dabei zu verwischen, wo die Dünen keinen Windschutz bieten.« Vinston zeigte den Strand entlang, wo einige schwache Furchen schnell vom Wind zugeweht wurden.

Er ging in die Hocke und entdeckte unmittelbar neben der Reifenspur eine leichte Halbmondform.

»Die Reste eines Schuhabdrucks«, erklärte er. »Fotografieren Sie alles mit Ihrer Handykamera ab, sonst ist es weg, bevor die Techniker hier sind.«

Esping tat, was er sagte, diesmal ohne zu protestieren. Sie kniete sich hin und zoomte den schwachen Schuhabdruck so nahe heran, wie es mit dem Handy ging. Eine grobe Sohle, vielleicht von einem Stiefel?

Dann sah sie sich um.

Es herrschte nicht gerade Badewetter, der Himmel war bewölkt und das Meer jetzt im Juni noch kalt. Warum fuhr also jemand mit dem Wagen hierher und blieb direkt vor dem Zaun des Baugrundstücks stehen, an einem Platz, der weder vom Musterhaus noch vom Dorf aus einsehbar war? Und noch dazu am selben Vormittag, an dem eine Frau eines gewaltsamen Todes starb?

Natürlich konnte das Zufall sein, aber gute Polizisten glaubten nicht an Zufälle. Sie warf Vinston einen Blick zu. Seiner selbstgefälligen Miene nach zu urteilen, hatte er sich vor ein paar Minuten genau die gleichen Fragen gestellt.

Das ärgerte sie ziemlich.

8

Es war später Nachmittag, als Vinston und Christina schließlich wieder beim Schloss eintrafen. Vinston hatte eigentlich vor, sich in sein Ferienhäuschen zurückzuziehen, aber sowohl Poppe als auch Amanda bestanden darauf, dass er hereinkam. Sie führten ihn und Christina in die Schlossbibliothek, wo eine mit belegten Broten üppig beladene Platte auf sie wartete, zusammen mit einem dampfenden *Whisky Toddy*.

»Setz dich, Peter«, sagte Poppe und wies auf einen Ledersessel, der eine Patina besaß, wie sie nur nach Jahrzehnten liebevoller Benutzung entstand. Er selbst setzte sich neben Christina und Amanda auf das Sofa.

Die Schlossbibliothek war groß und roch nach Staub, Leder und Zigarren. Spezialangefertigte Eichenregale voll dunkler Buchreihen erstreckten sich von dem dicken Teppich bis fast hinauf zur gewölbten Decke. Vinston hatte Hunger und ließ sich die Sandwiches schmecken, während Christina von ihrem dramatischen Erlebnis im Musterhaus erzählte.

»Was für eine schreckliche Geschichte. Und welch furchtbare Art zu sterben.«

Poppe schüttelte mitfühlend den Kopf. Er schien ernsthaft betroffen zu sein, was es in Kombination mit dem Toddy für Vinston noch schwerer machte, ihn nicht zu mögen.

»Ist es sicher, dass es ein Unfall war?«, wollte Amanda wissen.

»Natürlich war es ein Unfall«, beeilte sich Poppe zu sagen. »Was sollte es sonst gewesen sein?«

Vinston nahm einen langen Schluck von seinem Toddy, um nicht antworten zu müssen, aber Amanda ließ ihn nicht so davonkommen.

»Was glaubst du, Papa? War es ein Unfall?«

Er seufzte lautlos.

»Es ist zu früh, um sich dazu zu äußern. Wir werden mehr wissen, wenn die technische Untersuchung abgeschlossen ist.«

»Wir?«, fragte Christina spitz.

»Die Polizei«, berichtigte sich Vinston, aber es war zu spät.

»Sollst du bei den Ermittlungen helfen?«, erkundigte sich Amanda. »Cool!«

»Nein, das wird er nicht«, unterbrach Christina. »Dein Vater ist ...« Sie unterbrach sich und tauschte einen Blick mit Vinston. »Hat ... Urlaub. Das hier schafft die Polizei vor Ort wunderbar allein, nicht wahr, Peter?«

Vinston atmete tief aus.

»Ich habe ihnen nur ein paar kleine Ratschläge gegeben«, erklärte er.

»Aber du hast ihnen geholfen, richtig?«, ließ Amanda nicht locker.

Vinston versuchte, Christinas Blick auszuweichen.

»Das war keine große Sache«, murmelte er. »Die lokale Ermittlerin brauchte nur ein bisschen Anleitung.«

Amanda fragte weiter: »Habt ihr irgendwelche Spuren gefunden? Gibt es Verdächtige? In den Krimi-Pods sagen die Polizisten immer, dass die ersten achtundvierzig Stunden bei einer Mordermittlung am wichtigsten sind.«

Vinston wurde von seinem Handy erlöst. Eine ziemlich lange SMS.

»Entschuldigt mich, ich muss kurz antworten«, sagte er und widmete sich eine Weile seinem Bildschirm.

»Schreckliche Geschichte«, wiederholte Poppe. »Was wolltet ihr überhaupt dort draußen, Christina? Weder du noch Peter sucht doch ein Haus. Habe ich nicht gesagt, dass diese Sache ein böses Ende nehmen würde?«

»Stellt euch vor, sie wurde umgebracht?«, unterbrach ihn Amanda. »Wenn nun jemand Jessie auf die Skulptur geschubst hat? Es gibt schließlich viele, die sie wirklich gehasst haben.«

»Jetzt wollen wir nicht unserer Fantasie freien Lauf lassen«, sagte Poppe. »Du hast selbst gehört, was dein Papa gesagt hat. Es ist viel zu früh für irgendwelche Schlussfolgerungen. Oder nicht, Peter?«

»Mm.«

Vinston sah von seinem Handy auf. Dann steckte er es weg und klopfte übertrieben deutlich auf seine Armbanduhr.

»Es ist schon spät. Ich werde langsam nach Hause fahren. Danke für die Brote und den Toddy.«

»Ich bringe dich raus«, sagte Christina.

»Nein, nein, bleib sitzen, ich finde den Weg. Wir hören uns morgen.«

Vinston rannte fast aus dem Zimmer und die Treppe hinunter. Er hatte gerade seinen Wagen erreicht, als er hinter sich im Kies Schritte hörte.

»Papa, warte!«

Er drehte sich um und sah seine Tochter an.

»Du glaubst nicht, dass Jessies Tod ein Unfall war, oder?«

»Es ist wie gesagt zu früh, um irgendwelche Schlussfolgerungen zu ziehen.«

»Aber was *denkst* du?«

Amanda hatte sich bisher nie besonders um Vinstons Arbeit gekümmert, und ihr neu erwachtes Interesse machte ihn ziemlich glücklich. Er warf einen kurzen Blick auf das Schloss, um sich zu vergewissern, dass Christina außer Hörweite war.

»Es gibt tatsächlich ein paar Dinge, die seltsam sind«, flüsterte er.

»Ich wusste es!«, triumphierte Amanda. »Was geschieht dann jetzt? Du musst der Polizei von Simrishamn anbieten, ihr bei der Ergreifung des Mörders zu helfen.«

Vinston schaute noch einmal zum Schloss hoch. Amanda musterte ihn ein paar Sekunden lang. Ihre Augen wurden schmaler, dann verzog sich ihr Gesicht zu einem Grinsen.

»Ahh. Er war es, der dir gerade eine Textnachricht geschickt hat, stimmt's? Der Polizeichef? Er will, dass du den Fall übernimmst!«

Ohne es zu wollen, war Vinston von Amandas Beobachtungsgabe beeindruckt.

»Ich soll nicht übernehmen, nur ein paar Tage helfen, bis die
Dinge klarer sind. Als eine Art Berater. Sag bitte Mama und Poppe
nichts davon. Deine Mutter will nicht, dass ich während meiner …
Ferien arbeite.«

»Keine Sorge«, lachte Amanda. »Aber dafür musst du mir alle
Details erzählen. Versprochen?«

Natürlich sollte Vinston Nein sagen, Amanda erklären, dass bei
den Vorermittlungen Geheimhaltungspflicht galt und er nicht gegen die Regeln verstoßen durfte. Aber er wollte diesen Moment
nicht kaputt machen. Er war so stolz auf seine Tochter.

»Wir werden sehen«, entgegnete er daher lächelnd.

9

Vinston begann seinen Montagmorgen damit, in Morgenrock und Pantoffeln das *Cimbrishamner Tagblatt* aus dem Briefkasten zu holen. Die Luft war klar, Bienen summten zwischen den Stockrosen. Einen Moment lang blieb er draußen stehen, streckte die Arme über den Kopf und holte tief Luft, hielt aber inne, als er einige wohlbekannte Gestalten entdeckte. Auf dem Feld genau gegenüber standen die jungen Ochsen von neulich. Die Tiere starrten Vinston in seiner morgendlichen Aufmachung neugierig an. Ein paar von ihnen sahen aus, als würden sie ihn gerne genauer unter die Lupe nehmen, weshalb er sich schnell hinter dem Gartenzaun in Sicherheit brachte.

Während er am Küchentisch Toast mit Käse und Marmelade aß und aus einer schief getöpferten Tasse seinen Kaffee trank, las er die Zeitung.

Jessie Andersons Tod hatte es natürlich auf die erste Seite geschafft.

Promimaklerin tot nach Sturz. Polizeiliche Ermittlung eingeleitet.

Wenn man bedachte, welche Details der Artikel hätte aufgreifen können, war er erstaunlich zurückhaltend geschrieben. Die Tote wurde weder beim Namen genannt, noch wurden Spekulationen hinsichtlich der genauen Umstände betrieben. Wahrscheinlich war die Internetausgabe der Abendzeitung weniger maßvoll, aber Vinston wollte nicht nachschauen.

Warum hatte er diesen unkonventionellen Auftrag angenommen?, fragte er sich unterdessen. Fiel es ihm wirklich so schwer zu akzeptieren, dass er ein wenig kürzertreten musste? Oder beruhte sein Engagement lediglich auf dem Gefühl, das ihn bei der Begutachtung des Tatorts beschlichen hatte? Da war dieser schwache Alarm in seinem Hinterkopf losgegangen. Denn irgendetwas an Jessie Andersons Tod stimmte nicht.

Sollte er seinen Chef in Stockholm anrufen und ihm die Sachlage erklären? Der Gedanke daran war nicht sonderlich verlockend. Die Gefahr war groß, dass Bergkvist, der zu Hitzköpfigkeit neigte, ihm in deutlichen Worten klarmachen würde, wie unpassend es war, während seiner Krankschreibung zu arbeiten. Nein, lieber bat er um Entschuldigung als um Erlaubnis. Der Rüffel, den er bekommen würde, wäre wohl ohnehin der gleiche.

Zufrieden mit seinem Beschluss beendete Vinston sein Frühstück und zog sich an: dreiteiliger Anzug, weißes Hemd und diskrete Krawatte. Zum Schluss polierte er die rahmengenähten Oxford-Schuhe, die er immer im Dienst trug, bevor er um Punkt Viertel nach acht aus der Tür des Ferienhauses trat.

Er schaute mindestens fünfmal auf seine Armbanduhr, bis Espings Volvo endlich den Schotterweg entlanggeholpert kam. Der Wagen war genauso schmutzig wie beim letzten Mal.

Als Vinston die Beifahrertür öffnete, zeigte es sich allerdings, dass die Außenseite des Fahrzeugs im Vergleich zum Inneren geradezu sauber war. Ein strenger Geruch schlug ihm entgegen, der Beifahrersitz war voller Haare und die Fußmatte so dreckig, dass man kaum erkennen konnte, welche Farbe sie ursprünglich einmal gehabt hatte.

Allein der Gedanke daran, was das Auto aus seinem Anzug machen würde, ließ Vinston zweifeln.

Tove Esping trug eine dünne Regenjacke, ein Polohemd, Jeans und an den Füßen knöchelhohe Stiefeletten. Für eine Kriminalpolizistin war sie absolut nicht passend gekleidet, zumindest nicht in Vinstons Augen.

»Guten Morgen!«

Esping hatte die ganze Autofahrt über die Begrüßungsfloskel geübt, trotzdem musste sie sich wirklich bemühen, nicht unfreundlich zu klingen.

»Peter hat versprochen, uns ein paar Tage zu helfen«, hatte L-G erklärt. »Nur bis die ersten Befragungen erledigt sind und wir Unterstützung aus Ystad bekommen. Es ist wichtig, dass alles korrekt vonstattengeht.«

Esping wusste nicht, über welche der drei Aussagen sie sich am meisten ärgern sollte. Sie starrte Vinstons dreiteiligen Anzug an. Glaubte er, sie würden zu einer Dinnerparty gehen?

»Hübsches Haus!«, sagte sie eilig und deutete auf die Hütte. »Die reine Idylle. Sind Sie sicher, dass Sie Ihre Ferien nicht lieber in der Hängematte verbringen wollen?«

Vinston antwortete nicht. Er war vollauf damit beschäftigt, ins Auto zu kommen, ohne mehr zu berühren als unbedingt notwendig.

»Ja, Sie müssen entschuldigen«, sagte Esping, ohne es tatsächlich zu meinen. »Das ist mein privates Auto. Das von der Wache ist in der Werkstatt. Wir haben einen Hund, der ein bisschen haart.«

Vinston versuchte die langen, glänzenden Hundehaare wegzubürsten, die schon an seiner Anzughose hingen.

»So, wo stehen wir bei den Ermittlungen?«, wollte er wissen.

Esping tat ihr Bestes, um das ärgerliche »Wir« zu ignorieren. Als ob es ihre *gemeinsame* Ermittlung wäre.

»Die Leiche befindet sich in der Rechtsmedizin, die Techniker sind seit gestern im Musterhaus. Sie rufen mich an, sobald sie fertig sind. Außerdem habe ich Jessie Andersons Handy zur Analyse geschickt.«

»Okay, gut«, sagte Vinston. »Und was machen wir, bevor wir den Tatort aufsuchen können?«

Wieder dieses »Wir«. Esping biss sich auf die Lippe.

»Jessie Anderson und ihre Assistentin Elin Sidenvall haben ungefähr zehn Autominuten von Gislövsstrand entfernt ein kleines Haus gemietet. Das Haus dient als Wohnung und Büro. *Ich ...*«, sie machte eine kurze Pause, »wollte dort vorbeifahren und Sidenvall eingehender befragen, jetzt wo sie sich wieder gefasst hat.«

Vinston nickte abwesend, während er ein weiteres Hundehaar von seiner Hose zupfte.

»Haben Sie sich schon den Hintergrund des Opfers angeschaut?«

Esping hatte den Großteil des gestrigen Abends sowie einen Teil der Nacht damit zugebracht, Informationen zusammenzutragen.

»Jessie Anderson, Maklerin und TV-Prominente. Zweiundvierzig Jahre alt, amerikanische und schwedische Staatsbürgerin. Geboren als Jessica Andersson, aufgewachsen in Småland. Mit achtzehn zog sie nach Stockholm, wanderte ein, zwei Jahre später in die USA aus und machte eine Ausbildung zur Immobilienmaklerin. Heirat mit einem der Besitzer des Maklerbüros in Los Angeles, in dem sie arbeitete. Er war nicht gerade arm …«

Auf der schmalen Straße kam ihnen ein Traktor entgegen, und Esping unterbrach ihre Ausführungen, um an die Seite zu fahren. Zum Dank winkte ihr der Fahrer zu.

»Vor fünf Jahren ließ sich Jessie scheiden und startete ein eigenes Unternehmen«, fuhr sie fort.

»Kinder?«, unterbrach Vinston sie.

Esping schüttelte den Kopf. »Jessie hat in mehreren Interviews ihre Kinderlosigkeit erwähnt, auch im Sommertalk gestern.«

»Also keine direkten Nachkommen. Sonstige Familie?«

Vinston schien es überhaupt nicht zu imponieren, dass Esping die Informationen alle auswendig kannte, was sie ein bisschen ärgerte.

»Die Eltern leben nicht mehr, keine Geschwister. Die nächsten Angehörigen sind ein paar Cousins.«

Sie versuchte, den Faden wieder aufzunehmen, dem sie gefolgt war, bevor Vinston sie unterbrochen hatte.

»Nach der Scheidung machte sich Jessie selbstständig«, wiederholte Esping. »Sie wurde für eine schwedische Dokusoap gecastet, die in L. A. spielt. Ein paar Jahre Zickenkrieg mit anderen Hollywood-Schönheiten verschafften ihr genug Aufmerksamkeit, damit sie eine eigene Show über ihre Maklerfirma bekam. *Jessie's Luxury Listings*. Sie haben sie vielleicht mal gesehen?«

Vinston schüttelte den Kopf.

»Typisches Reality-TV«, fuhr Esping fort. »Gefakte Streitereien, aufgebauschte Konflikte, scheinbare Dramatik. Keine richtige Handlung.« Sie verschwieg die Tatsache, dass sie selbst jede Folge von allen Staffeln angeschaut hatte.

»Vor ein paar Jahren beschloss Jessie, Schweden zu erobern. Die Hausführung in Gislövsstrand gestern war die erste auf heimatlichem Boden. Ihr eigenes Projekt, vom Entwurf bis zum Verkauf. Absolut exklusiv.«

»Ich habe im Eingangsbereich eine Liste mit meinem Namen gesehen«, sagte Vinston. »Wer war sonst noch eingeladen?«

»Nur drei Leute. Zuerst Sofie Wram, dann Niklas Modigh und seine Frau. Er ist Hockeyspieler, sie ist …«

»Influencerin«, ergänzte Vinston. »Ich habe sie alle am Samstag bei einem Fest getroffen. Sofie Wram war sogar meine Tischdame.«

»Aha.« Esping hob eine Augenbraue. »Dann kennen Sie ja schon alle, die involviert sind. Ich habe jedenfalls allen gesagt, dass sie heute zu Hause bleiben sollen, damit wir die Zeugenbefragungen so schnell wie möglich erledigen können.«

Und ich Sie loswerden kann, fügte sie im Stillen hinzu.

»Hier sind übrigens die Hintergrundinfos zur Assistentin.« Esping reichte Vinston eine zerbeulte Plastikmappe, die zwischen die staubigen Sitze geklemmt gewesen war. Sie hatte sich auch diese Informationen gemerkt, aber nach Vinstons schwacher Reaktion auf ihre Kenntnisse bezüglich Jessie Anderson konnte er sich die Sache ruhig selbst durchlesen.

Vinston schlug die Mappe auf, wobei er darauf achtete, dass der Ordner nicht seine Hose berührte.

»Elin Ulrika Sidenvall, fünfundzwanzig Jahre alt, wohnhaft in Stockholm, aber ursprünglich aus Västerås«, las er laut vor. »Sozialwissenschaftliches Profil auf dem Gymnasium, studierte Projektmanagement, außerdem frisch ausgebildete Immobilienmaklerin. Arbeitet seit ungefähr einem Jahr als Jessies Assistentin. Spricht Schwedisch, Französisch, Spanisch und Englisch.«

Jetzt war Vinston beeindruckt.

»Wie haben Sie das alles seit gestern herausgefunden?«

»Über ihre sozialen Medien«, entgegnete Esping zufrieden. »Elin spielt auch Golf und Padel-Tennis, sie ist ein Katzenmensch und trinkt gern Tee und liest. Als Jugendliche träumte sie davon, Schauspielerin zu werden, aber jetzt *brennt sie für den Immobilienmarkt*. Wie auch immer das möglich ist.«

»In der Tat.«

Vinston schüttelte leicht den Kopf, während er weiterlas. Er konnte sich ohne Ende über das Bedürfnis der Menschen wundern, ihr Privatleben im Internet zur Schau zu stellen.

»Hier ist es.«

Esping parkte vor einem unansehnlichen eineinhalbgeschossigen Haus, das genau zwischen einem Acker und einem Waldstück lag.

Vinston war ausgestiegen, noch bevor der Wagen gänzlich zum Stehen kam. Er klopfte die Vorderseite seiner Hose mit den Händen ab, holte dann eine zusammenklappbare Fusselrolle aus seiner Innentasche und strich damit vehement über seinen Anzug. Nach einer Weile zog er das Jackett aus, um auch den Rücken zu bearbeiten.

Esping drehte sich taktvoll um und tat so, als würde sie die beiden Milane mit ihren Y-förmigen Schwanzfedern studieren, die hoch über ihnen in der Thermik kreisten.

»Sollen wir reingehen?«, fragte Vinston, als er fertig war, ohne zu kommentieren, was sich soeben abgespielt hatte. Esping lächelte angestrengt und nickte kurz.

10

Das Haus war klein und hatte ebenso kleine Fenster. Der Linoleumboden und die gewebte Tapete, die an einigen Stellen Blasen warf, sowie das Parfüm von Duftkerzen konnten den unterschwelligen Geruch nach Feuchtigkeit nicht verbergen.

Elin Sidenvall sah immer noch verweint aus, schien ansonsten aber gefasst. Sie schenkte sich und Esping Tee ein und Vinston Kaffee.

»Wie geht es Ihnen?«, fragte Esping sie sanft, als sie sich an den Küchentisch setzten.

»Ich habe eine Schlaftablette genommen und heute Nacht den Fernseher und alle Lampen im Haus angelassen. Lächerlich, nicht wahr?«

Vom Dampf aus der Teetasse beschlug Elin Sidenvalls Brille.

»Ist es in Ordnung, wenn ich das Gespräch aufnehme?«

Esping zog ihr Handy aus der Tasche ihrer Regenjacke, während Vinston einen ledernen Notizblock hervorholte. Ein Moleskine in der gleichen Art, wie er sie seit fünfzehn Jahren benutzte.

Die beiden Polizisten schauten sich einen Augenblick lang an, als hätten sie Schwierigkeiten, die Wahl des jeweils anderen zu verstehen.

»Verhör mit Elin Sidenvall, Montag, der 29. Juni, 9:38 Uhr«, sprach Esping in ihr Telefon. »Das Verhör leitet Kriminalinspektorin Tove Esping. Außerdem anwesend …« Sie warf Vinston einen Blick zu und seufzte innerlich. »Kriminalkommissar Peter Vinston.«

Dann legte sie das Handy vor Elin Sidenvall auf den Tisch.

»Erzählen Sie vom gestrigen Tag. Beginnen Sie ganz am Anfang.«

»I-ich …« Elin schluckte. »Ich bin alles hundertmal im Kopf durchgegangen. Ich bin gegen neun nach Gislövsstrand gefahren, um die Hausbesichtigung vorzubereiten. Jessie schlief lange, sodass sie erst zwei Stunden später auftauchte.«

»Also gegen elf?«, vergewisserte sich Esping.

»Ja.« Elin nahm einen Schluck Tee. »Im Prinzip waren nur zwei Besichtigungen geplant, eine vor und eine nach dem Mittagessen. Aber dann wurde am Samstagabend eine für den Nachmittag hinzugefügt.« Elin deutete mit einem Nicken auf Vinston.

»Wir wussten nicht, dass Sie Polizist sind. Jessie dachte, Sie würden in der Finanzbranche arbeiten.«

Esping fiel es schwer, ein Grinsen zu unterdrücken.

»Sofie Wram kam gegen halb zwölf und blieb etwa vierzig Minuten«, fuhr Sidenvall fort. »Danach aßen Jessie und ich zu Mittag, das Essen hatte ich im Vorfeld besorgt. Dabei hörten wir uns den Anfang ihres Sommertalks an. Dann meinte Jessie, wir bräuchten mehr Champagner, und schickte mich hierher nach Hause, um eine zusätzliche Flasche zu holen. An der Tür stieß ich auf Niklas und Daniella Modigh, fuhr weg, holte den Champagner und kam dann zurück zum Haus. Da waren Sie bereits da.«

Wieder nickte Sidenvall Vinston zu.

»Und Jessie war schon …« Elin schluckte erneut und sah aus, als würde sie mit den Tränen kämpfen. »Das Schlimme ist, dass das Glasgeländer schon vor mehreren Wochen fertig montiert worden ist«, sagte sie leise. »Aber Jessie fand, dass das eine Glas schief saß. Sie hat den Glaser dazu gebracht, am Dienstag herzukommen, um es zu justieren, aber dabei ist die ganze Scheibe gesprungen. Deshalb hat der Glaser provisorisch eine Holzplatte angebracht, aber Jessie fand sie hässlich. Also sagte sie mir direkt vor der Besichtigung, ich solle die Platte abschrauben und sie durch ein Stoffband ersetzen. Ich habe sie noch gewarnt, habe ihr gesagt, dass das gefährlich sein könnte, aber sie wollte nicht auf mich hören. Wenn ich doch nur darauf bestanden hätte …«

Elin Sidenvall holte ein Taschentuch hervor, setzte die Brille ab und trocknete sich die Wangen.

»Wie viel Champagner hatte Jessie getrunken?«, fragte Esping.

»W-wir hatten heute Morgen zwei Flaschen im Kühlschrank.«
Elin setzte sich die Brille wieder auf. »Ich habe die eine Flasche
geöffnet und Sofie Wram und Jessie bei der ersten Besichtigung je
ein Glas serviert. Jessie hat während des Mittagessens den Rest
getrunken. Ich wollte nichts mehr, weil ich noch fahren musste.
Jessie ging davon aus, dass die zweite Flasche leer würde, wenn
Niklas und Daniella Modigh da wären, deshalb hat sie mich noch
einmal losgeschickt.«

»Das heißt, dass Jessie Anderson fast eine ganze Flasche allein
getrunken hat«, fasste Esping zusammen. »Trank sie immer so
viel? Es war zwar Sonntag, aber für sie ein Arbeitstag.«

Elin war die Frage sichtlich unangenehm.

»Das kam schon vor«, sagte sie ausweichend. »Jessie liebte
Champagner. Sie behauptete, das gehöre zum Beruf.«

»Wie war Jessie als Mensch?«, wollte Vinston wissen. »Sie haben zusammengearbeitet und zusammengewohnt. Ich kann mir
vorstellen, dass man sich dabei nahekommt.«

»Also …« Elin Sidenvall schien nachzudenken. »Jessie war eine
starke, erfolgreiche Frau in einem knallharten Job. Sie konnte natürlich manchmal kalt wirken, vor allem im Fernsehen. Aber das
war hauptsächlich eine Rolle, die sie vor der Kamera spielte. Und
man darf nicht vergessen, dass der amerikanische Führungsstil
ganz anders ist als der schwedische«, fuhr sie fort. »In Schweden
sind wir so empfindlich. Alle müssen sich immer einig sein, sonst
ist gleich irgendjemand gekränkt. Und wenn Jessie ein Mann gewesen wäre, hätte sich niemand beklagt. Aber nicht alle können
mit starken Frauen umgehen.«

Sie trank ein paar Schlucke Tee.

»Es gab einen Haufen Bewerber auf diesen Assistentenjob. Aber
wir haben schon beim Vorstellungsgespräch gemerkt, dass die
Chemie zwischen uns stimmte. Jessie war sehr viel mehr als meine
Chefin. Sie war meine Mentorin. Mein großes Vorbild.«

Wieder tauchte das Taschentuch auf.

»Aber nicht alle kamen mit Jessie Anderson so gut zurecht wie

Sie«, konstatierte Vinston. »Es gab Menschen, die Jessie nicht mochten. Regelrecht verabscheuten.«

Esping gefiel es nicht, dass Vinston anfing, im Gespräch die Führung zu übernehmen.

»Ja, klar, die gab es bestimmt, aber …« Elin wurde blass. »Warum fragen Sie?«

»Reine Routine«, unterbrach Esping und warf Vinston einen bösen Seitenblick zu.

»Aha.«

Bei der Erklärung entspannte sich Elin Sidenvall wieder ein wenig.

»Wissen Sie, ob es ein Testament gibt?«, fragte Vinston mit sanfterer Stimme.

»Ich glaube schon, aber ich kenne die Details nicht. Wir arbeiten mit einer Anwaltskanzlei in Burbanks zusammen. Die Kontaktdaten sind im Büro. Warten Sie, ich hole sie schnell.«

»Ist es in Ordnung, wenn wir mitkommen?« Vinston hatte sich bereits erhoben, sodass Esping keine andere Wahl blieb, als ihm zu folgen.

Jessies Büro ging auf einen kleinen, überwucherten Garten hinaus.

Ein Schreibtisch, zwei Bücherregale mit Ordnern und ein paar Papierstapel. Auf dem Schreibtisch befand sich ein Laptop.

»Ist das Jessies?«, wollte Vinston wissen.

Elin schüttelte den Kopf.

»Meiner. Jessie hatte das meiste auf ihrem Handy. Ich habe mich um alles andere gekümmert. Sogar ihre E-Mails. Sie bezeichnete sich als *People Person,* zog es vor, direkten Kontakt zu den Leuten zu haben. Sie war ständig am Telefon.«

Elin schaltete den Computer an und scrollte durch einige Dokumente. Ein Drucker unter dem Schreibtisch erwachte zum Leben.

»Hier sind die Kontaktdaten der Anwaltskanzlei.«

Sie überreichte den Ermittlern einen Ausdruck.

»Wir würden uns auch gerne Jessies Schlafzimmer anschauen, wenn das geht?«, sagte Vinston.

Elin sah überrascht aus, protestierte jedoch nicht.

»Natürlich, es ist oben.«

Jessie Andersons Schlafzimmer lag rechts von der schmalen Treppe. Ein äußerst sorgfältig gemachtes Doppelbett, zwei Kleiderschränke, ein Nachttisch mit Lampe, eine Duftkerze und ein Buch.

»*The Secret*«, las Vinston den Titel vor und notierte ihn sich.

»Das hat sie von mir bekommen«, nickte Elin. »Ein fantastisches Buch. Es bringt einen wirklich dazu, darüber nachzudenken, was im Leben wichtig ist. Ich weiß, dass sie es mochte.«

Vinston blätterte durch die Seiten. Der Rücken war steif, das Buch fiel von allein wieder zu, als wäre es noch nie geöffnet worden.

Elin Sidenvalls Handy begann zu klingeln.

»Entschuldigen Sie, da muss ich drangehen.« Sie lief die Treppe hinunter.

Esping nutzte die Gelegenheit und schlich sich ins Bad. Vinston war nicht der Einzige, der herumschnüffeln konnte, dachte sie. Aber das Badezimmer bot zumindest auf den ersten Blick keine größeren Geheimnisse. Ein blauer Kunststoffboden. Toilette, Dusche, Waschbecken.

Auf einem Regalbrett stand eine Reihe von Hautcremes, Haarpflegeprodukten und Parfümflaschen neben einem halben Dutzend Lippenstiften von der gleichen teuren Marke, die Felicia benutzte. Esping schüttelte ein kleines Etui mit langen, künstlichen Wimpern, bevor sie in den Badezimmerschrank schaute. Eine orangefarbene Dose weckte unmittelbar ihr Interesse.

Währenddessen öffnete Vinston die andere Schlafzimmertür. Elins Zimmer war eine kleinere Kopie von Jessies. Ein paar Krimis, ein Brillenetui und einige Selbsthilfebücher lagen auf dem Nachttisch neben einem weiteren ungewöhnlich perfekt gemachten Bett. Vinston, der selbst ein Fürsprecher ordentlicher Betten war, bewunderte das Handwerk. Der Überwurf und die Decke waren mit fast militärischer Präzision geglättet, ohne den kleinsten Knick, ohne die geringste Falte.

Elin tauchte in der Tür auf, offenbar hatte sie ihr Gespräch beendet.

»Jessie sagte immer, wenn man einen richtig miesen Tag hatte, ist es schön, nach Hause zu einem gemachten Bett zu kommen. Das hat sie seit ihrer Kindheit begleitet.«

»Wie war der Kontakt zu ihrer Familie?«, fragte Vinston.

»Haben Sie ihren Sommertalk nicht gehört?«

»Nur das Ende.«

Elin seufzte.

»Jessies Familie gehörte einer freien Kirche an. Sie war extrem konservativ. Als Jessie volljährig wurde, brach sie den Kontakt zu ihr ab und zog nach Stockholm. Sie hasste ihre Familie, sie ging nicht einmal zur Beerdigung ihrer Eltern. Traurig, oder? Keine Verwandten zu haben.«

Esping kam mit der orangefarbenen Pillendose, wie man sie normalerweise nur in amerikanischen Filmen sah, aus dem Badezimmer.

»Jessie nahm Tabletten gegen Migräne«, stellte sie fest.

»Manchmal«, erwiderte Elin Sidenvall.

»Wissen Sie, ob sie gestern welche genommen hat?«

»Keine Ahnung.«

»Wäre es möglich? Sie war am Samstagabend bei einer Party. Da hat man am nächsten Tag gerne mal Kopfschmerzen.«

»Vielleicht«, sagte Elin Sidenvall. »Manchmal nahm sie auch schon vorbeugend eine Tablette. Jessie hatte furchtbare Migräneanfälle. Sie hat mal gesagt, diesen Fluch hätte sie von ihrer Mutter geerbt.«

»Hatte sie einen Freund?«, erkundigte sich Vinston. »Oder Partner, oder wie man das nun nennt?«

Die Assistentin errötete leicht.

»Nichts Festes. Aber sie traf verschiedene Männer.«

»Jemanden in Schweden?«

Elin zögerte einen Moment. Dann schüttelte sie langsam den Kopf.

»Soweit ich weiß, nicht. Jessie war vollauf mit Gislövsstrand beschäftigt, sie legte ihre gesamte Energie in das Projekt. Ich kann immer noch nicht fassen, dass sie tot ist ...«

Sie nahm die Brille ab, Tränen rannen ihr über das Gesicht, und sie wendete sich ab.

Die beiden Polizisten sahen sich an, sagten aber nichts.

Esping und Vinston warteten, bis Elin sich erholt hatte, bevor sie sich verabschiedeten. Auf dem Weg nach draußen schnappte sich Vinston ein altes *Cimbrishamner Tagblatt* von einem Stapel neben der Tür. Als sie zum Auto kamen, breitete er es über dem Beifahrersitz aus, bevor er Platz nahm.

»So, was wissen wir?«, begann er, ohne die Sache mit der Zeitung zu kommentieren.

Esping starrte ihn beleidigt an.

»Dass Elin Sidenvall ihre Chefin vergötterte«, brummte sie. »Dass sie am liebsten nichts über Jessie sagen will, auch wenn es sicher das eine oder andere zu erzählen gäbe.«

»Was noch?«

Esping holte tief Luft. Sie wollte Befragungen leiten, nicht selbst verhört werden. Aber zugleich wollte sie diesem eingebildeten Affen zeigen, dass sie ihren Job sehr gut meisterte und keine Unterstützung brauchte.

»Das Testament, die Migränetabletten, dass Jessie ein kontrollierter Mensch war, der für seine Arbeit lebte. Dass sie ihre Familie hasste, Männer mochte, sich aber nicht binden wollte.«

»Mm. Und was halten Sie von ihrer Wohnsituation?«

Esping überlegte einen Moment. Eine gute Frage, das musste sie zugeben.

»Überraschend einfach für jemanden, der millionenschwere Villen verkauft.«

»Finde ich auch«, stimmte Vinston zu. »Was mich zu der Frage führt: Wie gut laufen eigentlich Jessies Geschäfte?«

»Ich überprüfe das, sobald ich wieder auf der Wache bin«, nickte Esping.

Eine Weile saßen sie schweigend da. Vinston zupfte mal wieder ein Hundehaar von seiner Hose.

»Noch etwas«, sagte Esping, während sie links abbog und Richtung Gislövsstrand fuhr. »Es ist mehr ein Gefühl, nichts Konkretes.«

Im selben Moment bereute sie, etwas gesagt zu haben. Aber jetzt war es zu spät.

»Elin Sidenvall verbirgt etwas.«

Sie erwartete, dass Vinston verächtlich schnauben und ihre Überlegungen abtun würde.

Aber das tat er nicht, stattdessen nickte er.

11

Die Cheftechnikerin, die sie vor dem Musterhaus erwartete, hieß Thyra Borén. Sie war eine kurzhaarige, kurvige Frau knapp über fünfzig mit heiserer Stimme und intellektuell wirkender Brille. Sie trug einen weißen Schutzanzug, lila Gummihandschuhe und schwarze Schuhüberzieher.

»So, du hast also einen eigenen kleinen Stockholmer bekommen, Esping?«, lachte Borén, als sie sich vorstellte. »Welches Formular muss man ausfüllen, um so einen zu beantragen?« Sie betrachtete Vinston anerkennend und hielt seine Hand dabei ein bisschen zu lange.

»Sprich mit L-G, dann kannst du ihn dir sicher ausleihen«, erwiderte Esping.

Vinston lächelte höflich über den Scherz, er hatte schließlich keine andere Wahl. Normalerweise leitete er die Ermittlungen, und alle um ihn herum reagierten auf sein kleinstes Zeichen. Aber seine jetzige Rolle als Berater war schwammig, und Esping tat nichts, um daran etwas zu ändern.

»Ich habe nichts gefunden, was einem Unfall widersprechen würde«, fasste Borén zusammen. »Hohe Schuhe, Steinboden und ein paar Gläser Champagner im Blut. Sie stolpert, fällt Richtung Kante, das Band reißt, und sie stürzt ins Wohnzimmer, wo sie wie ein Angelwurm aufgespießt wird. Hätte der Haken nicht dort gestanden, hätte sie vielleicht überlebt ...«

Borén zuckte bedauernd mit den Schultern.

»Sonst nichts?«, fragte Esping.

»Die Tür zum Garten war unverschlossen. Es gibt dort draußen eine Kamera. Ich habe mit dem Elektriker Hasse Palm gesprochen, und er will versuchen, die Bilder und die Daten des Sicherheitssystems zu finden. Ihr könnt ihn selbst danach fragen, er ist drüben in der Baubaracke.« Sie deutete über ihre Schulter. »Die

Reifenspur und der Fußabdruck vom Strand sind zu schwach, um einen Abguss zu machen. Aber es war clever von dir, sie abzufotografieren, Esping. Der Fußabdruck besteht nur aus einer halben Vordersohle, das macht es schwierig. Aber die Reifenspur lässt sich wahrscheinlich abgleichen.«

Esping schielte zu Vinston. Eigentlich hatte er ja die Spur gefunden und dafür gesorgt, dass sie ein Foto machte. Sie rechnete deshalb damit, dass er dies erwähnen und so ihre eigene Unerfahrenheit betonen würde, aber zu ihrer Verwunderung sagte er nichts. Vielleicht sollte sie die Sache selbst klarstellen – aber die Gelegenheit war vorüber, ehe sie sich durchringen konnte.

Sie folgte Borén die Treppe hinauf zur Haustür.

»Wie ist denn der Stockholmer so?«, wollte die Technikerin wissen.

»Ich werde nicht ganz schlau aus ihm«, seufzte Esping. »Er ist irgendwie eine Mischung aus Rechnungsprüfer und britischem Lord. Eigentlich macht er hier Urlaub, ich glaube also nicht, dass er lange bleiben wird.«

»Schade. Er ist ein hübscher Anblick. Weißt du, ob er Single ist?«

Esping lachte. »Keine Ahnung. Ist er nicht zu langweilig für dich?«

»Ach, ich will ihn ja nicht gleich heiraten.« Borén zwinkerte vielsagend. »Wenn er sich einsam fühlt, kannst du ihm gerne meine Nummer geben.« Sie warf sich ihre Technikertasche über die Schulter. »Du bekommst den Bericht in ein paar Tagen. Viel Glück bei der Ermittlung und Grüße an deinen Onkel!«

Vinston stand in dem enormen Wohnzimmer. Die Einrichtung, sowohl hier als auch im übrigen Haus, war eher spartanisch. Es gab fast keine Teppiche oder Vorhänge, die Möbel waren zum großen Teil aus Chrom oder schwarzem Leder, was den unpersönlichen, leicht unheimlichen Eindruck im Haus verstärkte.

Er ging zu der Metallskulptur, die Jessie Anderson das Leben gekostet hatte, und blieb ein Stück von dem großen Blutfleck entfernt stehen. Der Boden war voller Abdrücke von den Schuhüberziehern der Techniker. Sie hatten die Spitze mit dem kräftigen Widerhaken absägen müssen, um den aufgespießten Körper entfernen zu können, wie Vinston feststellte. Man konnte noch den Geruch des Winkelschleifers erahnen.

»Hatte die Technikerin noch irgendetwas hinzuzufügen?«, fragte er, als Esping die Treppe herunterkam.

»Nur, dass sie Ihnen gerne Gesellschaft leistet, falls Sie Österlen zu langweilig finden. Sagen Sie Bescheid, wenn Sie ihre Nummer möchten.«

Vinston tat, als hätte er die Bemerkung nicht gehört. Er schaute zum Treppenabsatz und zu der Lücke im Geländer hoch, wo immer noch das Band baumelte. Er versuchte sich vorzustellen, wie Jessie Anderson dort stolperte, ihren Schuh verlor, das Band zerriss und sie rückwärts auf den Haken fiel.

»Warum hat sie das Champagnerglas nicht losgelassen?«, murmelte er mehr zu sich selbst.

»Was?«

»Ja.« Vinston zeigte auf den verstümmelten Haken. »Die Skulptur steht ein Stück in den Raum hinein, wie Sie sehen. Jessie muss also mit ziemlich viel Schwung über den Absatz geflogen sein, nicht wahr?«

Esping zuckte mit den Schultern.

»Vielleicht war sie in Eile und stolperte deshalb auf ihren hochhackigen Schuhen? Immerhin war sie angetrunken.«

»Vielleicht. Aber da ist noch etwas.« Vinston machte eine Bewegung, als würde er ein Glas halten.

»Normalerweise hält man doch ein Glas in seiner geübten Hand, oder? Rechtshänder halten ihr Glas rechts, Linkshänder links.«

»Mm.«

»Aber wenn man fällt, versucht man dann nicht, sich mit beiden Händen abzufangen? Oder zumindest mit seiner starken Hand?«

Esping überlegte. »Doch, so ist es wohl.«

»Wenn Jessie Anderson also stolperte und fiel und sich an dem Geländer abstützen wollte, das es nicht gab …?«

»Dann müsste sie das Glas, das sie in der Hand hielt, losgelassen haben«, ergänzte Esping. »Und dann müssten da oben neben dem Schuh Glasscherben gelegen haben statt hier unten im Wohnzimmer. Folglich hielt Jessie das Glas in der Hand, als sie fiel.«

Ein paar Sekunden lang herrschte Stille.

»Oder gestoßen wurde«, fügte Esping hinzu.

Der Baucontainer gegenüber vom Musterhaus roch nach altem Kaffee und Kautabak. Links lag ein Umkleideraum, rechts eine unordentliche Kochnische, und hinten in der Ecke stand ein Schreibtisch mit einem Monitor darauf.

Hasse Palm saß am Schreibtisch und tippte am Computer. Er war zwischen fünfzig und sechzig, schmal und drahtig und trug einen ergrauten Pferdeschwanz im Nacken. *El-Hasse's Elektro und Sicherheit* stand quer über der Brust auf seinem T-Shirt sowie auf dem weißen Van, den man durch das Fenster sah. Der falsche Genitiv-Apostroph zwischen dem e und dem s verursachte ein Zucken in Vinstons Augenlid.

»Ich versuche gerade, die Informationen vom Sicherheitssystem zu kopieren«, sagte Palm. »Das ist ziemlich verzwickt. Ich habe diesen Job gerade erst übernommen und muss mich noch in alle Funktionen einarbeiten.«

»Die Kriminaltechnikerin erwähnte eine Kamera auf der Rückseite des Hauses?«, bemerkte Esping.

Der Elektriker brummte missmutig.

»Eine Reihe von Kameras ist zwar montiert, aber nur eine ist angeschlossen. Sehen Sie hier.« Er drehte den Computerbildschirm zu den Polizisten herum. Der Monitor war in acht Felder aufgeteilt, sieben davon waren schwarz, nur eine Kamera funktionierte. Sie zeigte die Vorderseite des Hauses, wo Espings Volvo parkte.

»Warum sind die anderen Kameras nicht an?«, wollte Vinston wissen.

»Es fehlen Teile. Unter anderem die Motherboards für das Kamerasystem. Ich muss neue bestellen.«

»Und was kann man auf der Kamera sehen, die funktioniert?«, fragte Esping. »Gibt es Material vom Sonntag?«

»Ja, das habe ich gerade kontrolliert.«

»Und wie steht es mit dem restlichen Sicherheitssystem? Kann man sehen, wer was gemacht hat?«

Hasse Palm nickte.

»Es gibt ein Aktivitätsprotokoll, wo alle Zugriffe mit Datum, Zeit und Benutzer vermerkt sind. Hier!«

Er klickte auf ein Icon und öffnete eine Liste.

»Ich habe heute Morgen das Tor aufgemacht.« Palm kreiste mit dem Cursor um einen Eintrag: *8:12 Uhr: Toröffnung via App, Benutzer Hasse Palm.*

»Bevor ich in die Baracke bin, habe ich den Alarm abgestellt.« Er bewegte den Cursor eine Zeile nach unten. *8:13 Uhr: Alarmanlage deaktiviert via App, Benutzer Hasse Palm.*

»Gegen halb neun meldete sich die Polizeitechnikerin über die Sprechanlage am Tor, und ich ließ sie rein. Die Sprechanlage wird direkt auf die App geleitet, mit Ton, Bild und allem. Sie sehen hier den Eintrag.«

Er deutete auf eine weitere Zeile auf dem Bildschirm.

»Und wer hat heute Morgen die Alarmanlage des Hauses deaktiviert?«, fragte Esping.

»Ich«, antwortete Hasse. »Das Haus und die Baracke sind miteinander verbunden, man deaktiviert beide gleichzeitig.«

»Und das hier?« Esping zeigte auf einen Eintrag ganz unten auf dem Bildschirm, der erst ein paar Minuten alt war.

11:36 Uhr: Toröffnung via Induktionsschleife.

»Das ist, wenn jemand von innen ans Tor fährt und den Kontakt im Boden aktiviert.«

»Boréns Technikbus auf dem Weg hinaus«, stellte Esping fest.

»Ja, das passt.« Hasse nickte ihr bekräftigend zu. »Sie scheinen sich mit Sicherheitssystemen auszukennen.«

»Wie lange dauert es, alles zu kopieren?«, unterbrach Vinston ungeduldig. Seine Erfahrung mit Technik war, dass sie ihn meistens im Stich ließ, und die nicht angeschlossenen Überwachungskameras bestätigten seine Auffassung.

»Ungefähr noch eine Viertelstunde. Ich übertrage alles auf eine tragbare Festplatte.«

»Wir warten draußen«, sagte Vinston kurz.

Sobald Vinston draußen war, ging er nach rechts und umrundete das Gebäude. Hasses großer Van mit dem falsch geschriebenen Firmennamen parkte zwischen der Baracke und dem Zaun.

Außer Sichtweite des Bürofensters blieb Vinston stehen.

»Fotografieren Sie die Reifen«, sagte er leise zu Esping. »Dann können wir sie mit den Reifenspuren vom Strand vergleichen. Mir gefällt das nicht, dass nicht alle Kameras angeschlossen waren.«

»Glauben Sie, Hasse Palm hat sie mit Absicht nicht angeschlossen?«

Vinston antwortete nicht, sondern drehte sich stattdessen um und inspizierte einen Müllcontainer, der direkt neben ihnen stand.

Esping presste die Lippen aufeinander. Sie verstand, wie Vinston dachte, aber die Art und Weise, wie er seine Ansichten kundtat, war durchaus verbesserungswürdig. Er war nicht ihr Chef und hatte daher kein Recht, ihr Anweisungen zu geben.

Widerwillig holte sie dennoch ihr Handy hervor und schlich zu dem parkenden Van. Durch das Fenster konnte sie Hasse vor dem Bildschirm sitzen sehen.

Sie bückte sich und fotografierte den Reifen, der ihr am nächsten war. Dann lief sie um den Wagen herum, bis sie Aufnahmen von allen vier hatte.

Kaum war sie fertig, hörte sie Hasses Telefon in der Baracke klingeln, gefolgt von einem leisen Gemurmel, als er antwortete. Instinktiv schlich sie näher an das Fenster heran.

»Hör auf, verdammt«, hörte sie Hasse ins Telefon sagen. »Du

hast dir das selbst eingebrockt, und jetzt muss ich deinen Mist aufräumen. Die Bullen sind hier und stellen einen Haufen Fragen nach den Kameras.«

Plötzlich drehte Hasse Palm seinen Stuhl zu dem Fenster, an dem Esping stand. Sie bückte sich, so schnell sie nur konnte, und drückte sich gegen die dünne Wand.

Der Stuhl quietschte, als Palm aufstand, dann hörte sie seine Schritte weiter hinten in der Baracke.

»Ich will nicht in deinen Scheiß mit reingezogen werden …«, waren die letzten Worte, die Esping aufschnappen konnte.

12

ie Polizei ist unterwegs«, sagte Daniella Modigh und legte das Handy weg. »Ich mache Kaffee. Glaubst du, die Polizisten wollen Milch und Zucker, oder trinken sie schwarz wie in den Fernsehserien?«

»Bist du sicher, dass wir keinen Anwalt rufen sollen?«, fragte ihr Mann unruhig. »Nur zur Sicherheit.«

»Zum zehnten Mal: Wir sind jetzt in Schweden, Niklas, nicht mehr in den USA. Jessie hat gelebt, als wir das Haus verlassen haben, das ist alles, was wir zu sagen brauchen. Wenn wir einen Anwalt hinzuziehen, wird die Polizei denken, dass wir etwas zu verbergen haben. Dann fangen sie an herumzuschnüffeln. Und das ist das Letzte, was wir wollen, oder nicht?«

Niklas nickte, sah aber keineswegs überzeugt aus.

»Entspann dich«, sagte Daniella. »Setz deinen Charme ein und halte dich an das, was wir besprochen haben. In ein paar Stunden ist alles vorbei, und Jessie Anderson und ihr hässliches Haus sind nichts anderes mehr als eine unschöne Erinnerung.«

Niklas seufzte.

»Okay. Du hast sicher recht.«

Der Hof, auf dem Niklas und Daniella Modigh wohnten, lag ungefähr zwanzig Autominuten von Gislövsstrand entfernt.

Espings verdrießlicher Miene nach zu urteilen, vermutete Vinston, dass er zu wenig einfühlsam gewesen war, als er sie aufgefordert hatte, die Reifen abzufotografieren. Deshalb versuchte er, die Wogen mit etwas Small Talk zu glätten.

»Sie scheinen sich gut mit Computer und Technik auszukennen«, sagte er. Unter ihm raschelte das Zeitungspapier.

Esping holte tief Luft. Hasses Festplatte steckte in ihrer Jackentasche, aber sie hatte Vinston gegenüber noch nicht erwähnt, was sie kurz zuvor durch das Fenster gehört hatte.

»Mein Vater ist Ingenieur«, erzählte sie. »Er liebt es, Sachen auseinanderzubauen, um herauszufinden, wie sie funktionieren. Ich habe wohl seine Neugier geerbt.«

»Aha«, nickte Vinston. »Und Ihre Mutter?«

»Sie ist Ärztin, sie ist es also gewohnt, Dinge wieder zusammenzusetzen.«

Vinston entfuhr ein kurzes »Ha«, was Esping überraschte.

»Und war es die Neugier, die Sie Polizistin werden ließ?«, fragte er weiter.

Esping nickte.

»Ja, vielleicht. Oder mein Gerechtigkeitsgefühl. Schützen, helfen, richtigstellen und all so etwas.«

Vinston sah interessiert aus, fast freundlich. Esping wusste nicht genau, was sie davon halten sollte.

»Und Sie, wollten Sie immer Polizist werden?«, fragte sie mehr aus Höflichkeit.

»Ja, oder …« Vinston bürstete ein paar Hundehaare von seinem Jackenärmel, die sich an seinem improvisierten Sitzschutz vorbeigemogelt hatten. »Als ich jung war, wollte ich Pilot werden. Mein Großvater war bei der Luftwaffe. Aber ich war zu groß.«

»Oh. Daran lässt sich nur schwer etwas ändern.«

Vinston zuckte mit den Schultern. »Na ja, Fliegen besteht sowieso hauptsächlich aus einem Haufen Checklisten«, sagte er, nicht ohne einen Anflug von Wehmut in der Stimme.

Zum ersten Mal, seit sie sich kennengelernt hatten, fand Esping, dass Vinston ein wenig menschlich wirkte. Sie dachte daran, ihm von Hasses Telefonat zu erzählen, beschloss dann aber, trotz allem noch zu warten. Menschlich oder nicht, es war ihre Ermittlung, und es gab immer noch kein *Wir*.

»Also, was wissen wir über das Ehepaar Modigh?«, fragte Vinston und bestärkte Esping damit unabsichtlich in ihrer Entscheidung. »Außer dass er Hockeyspieler ist und sie Influencerin.«

»Niklas stammt aus Dalarna, aber Daniella kommt von hier«, sagte Esping. »Sie ist auf einem kleinen baufälligen Hof ein wenig weiter nördlich aufgewachsen, mitten im Nirgendwo. Aber vor ein paar Jahren haben sie ihren Eltern einen großen, modernen Hof mit Maschinen und allem Drum und Dran gekauft. Dorthin fahren wir jetzt.«

Die Beschreibung passte ziemlich gut, wie Vinston feststellte, als sie den Hof erreichten. Alle Gebäude dort schienen entweder neu zu sein oder frisch gestrichen. Bei einer der Maschinenhallen stand das Tor offen, und Vinston sah eine Reihe verschiedener Landmaschinen, von deren Anwendung er keinen blassen Schimmer hatte.

Draußen vor der Halle standen zwei enorme Traktoren, daneben ein Pferdetransporter und ein dunkler SUV. Über dem Ganzen schwebte ein schwacher, aber unverkennbarer Geruch nach Kuh.

Der Hof besaß zwei Wohnhäuser, von denen das eine etwas abseits gelegen war und neu gebaut schien. Neben dem Eingang stand ein blitzender Tesla.

»Niklas' Wagen«, erklärte Esping, während sie ihr eigenes Auto parkte. »Er und Daniella wohnen im Gästehaus, wenn sie in Schonen sind. Wenn man das als Gästehaus bezeichnen kann. Für mich sieht es eher nach einem normalen Einfamilienhaus aus.«

Als sie ausgestiegen waren, inspizierte Esping kurz die Reifen des Tesla. Sie waren viel zu abgefahren, um zu den Abdrücken am Strand zu passen, aber sie machte trotzdem Fotos. Vinston nickte anerkennend.

Daniella Modigh öffnete die Haustür, noch bevor sie angeklopft hatten, und bat sie in das geräumige Wohnzimmer, wo Niklas schon wartete. Offenbar war ein Innenarchitekt involviert gewesen, denn der Raum war zwar schön, aber völlig unpersönlich. Schnittblumen, Obstschalen, Möbel, die alt aussehen sollten, obwohl sie direkt aus der Fabrik kamen.

Sogar die Fotografien auf dem Kaminsims wirkten gestellt. Als würden die Bilder keine echten Familienmitglieder darstellen, sondern wären mit den Rahmen gekauft worden.

Draußen vor dem Panoramafenster breiteten sich die Äcker aus, nur an manchen Stellen von Baumreihen, vermutlich Weiden, unterbrochen.

»Setzen Sie sich!« Niklas wies mit der Hand auf die Sofagruppe, vor der ein Tisch mit Kaffeegeschirr stand.

Er sah entspannt aus, hatte hellblaue Augen, gerade, strahlend weiße Zähne, sonnengebräunte Haut und trug T-Shirt und eine Leinenhose, die über seinen nackten Füßen hochgekrempelt war.

Vinston schüttelte sich innerlich. Wer empfing denn barfuß Gäste?

»Wie lange kannten Sie Jessie Anderson?«, begann Esping, nachdem sie die Aufnahmefunktion ihres Handys aktiviert und die einleitenden Floskeln aufgesagt hatte.

»Tja, wie lange wird das wohl sein …?« Niklas lehnte sich selbstsicher im Sofa zurück. »Vier, fünf Jahre, würde ich sagen. Wir haben uns kennengelernt, als sie uns beim Verkauf einer Wohnung in L. A. half, oder nicht, Liebling?«

»Fünf Jahre. Die Wohnung in Marina del Rey«, sagte Daniella bestimmt.

»Richtig. Wir waren nicht gerade eng befreundet, aber wir haben manchmal zusammen zu Mittag gegessen und sind auf dieselben Partys gegangen. Ich habe für ein paar ihrer VIP-Kunden Tickets für Finalspiele organisiert, und Jessie hat dafür gesorgt, dass Daniella in einigen Folgen von *Hollywoodfrauen* …«

»Dafür habe ich *selbst* gesorgt«, unterbrach Daniella ihn, »Jessie hat mich nur dem Produzenten vorgestellt.« Sie stand auf und versuchte wohl, den verärgerten Tonfall mit einem blendenden Instagram-Lächeln in Einklang zu bringen.

»Wir haben eine Weile nach einem Haus in Österlen gesucht«, fuhr Niklas fort. »Der Hof gehört ja Daniellas Eltern, und auch wenn das Gästehaus hübsch ist, würden wir lieber am Meer wohnen. Außerdem vertrage ich den Kuhgeruch nicht besonders. Der ist in L. A. eher selten.«

Er grinste breit, als hätte er einen tollen Witz gemacht.

»Jessie kontaktierte uns bereits, als das Projekt noch in Planung war«, sprach er weiter. »Strandlage, Abgeschiedenheit, amerikanischer Standard. Wir dachten, das klingt perfekt, nicht wahr?«

Daniella nickte, sah aber nicht so enthusiastisch aus wie ihr Mann.

»Was können Sie über den gestrigen Tag sagen?«, erkundigte sich Esping und beugte sich dabei vor, um den Ernst ihrer Frage zu unterstreichen.

»Wir hatten für halb zwei eine Besichtigung vereinbart«, sagte Daniella. »Jessies kleines Mädchen-für-alles empfing uns an der Tür.«

»Elin.« Niklas lächelte beschwichtigend. »Nettes Mädchen. Sehr hilfsbereit!«

»Und was geschah dann?«

Daniella zuckte mit den Schultern.

»Jessie führte uns im Haus herum. Es war ganz schön, aber Niklas und ich hatten etwas Größeres erwartet. Unser Haus in L.A. hat neunhundert Quadratmeter, wir sind also großzügige Räume gewöhnt.«

Esping unterdrückte den Impuls, mit den Augen zu rollen. Ihr eigenes kleines Haus hatte knapp über neunzig Quadratmeter, und sie fand nicht, dass sie beengt lebten.

»Wie wirkte Jessie Anderson auf Sie?«, fragte sie.

»Laut, draufgängerisch …«, antwortete Daniella. »Sie wollte unbedingt mit dieser hässlichen Skulptur angeben, für die sie einen Haufen Geld ausgegeben hatte.«

Niklas unterbrach sie mit einem angestrengten Lachen.

»Daniella macht Witze. Jessie wirkte so wie immer. Fröhlich, gut gelaunt.«

»Haben Sie dort etwas getrunken?«

»Je ein Glas Champagner. Nur so viel, dass man hinterher noch fahren konnte.«

»Und Jessie?«

»Zwei Gläser, während wir da waren«, bemerkte Daniella spitz. »Und sie hatte garantiert vorher auch schon ein paar Gläser gekippt.«

»Sie meinen, Jessie war betrunken?«, hakte Esping nach.

»Nein!« Niklas warf seiner Frau einen vorwurfsvollen Blick zu. »Vielleicht ein bisschen beschwipst.«

»Wie lange waren Sie im Haus?« Esping beugte sich noch etwas weiter vor. Dabei glaubte sie, einen dünnen Schweißfilm auf Niklas' sonnengebräunter Stirn zu entdecken.

»Ungefähr eine halbe Stunde«, entgegnete er. »Wir waren mit zwei Autos da, und anschließend fuhr Daniella nach Malmö zum Shoppen. Ich habe noch eine Runde gedreht, bevor ich wieder hierherkam. Keiner von uns beiden hat also ein Alibi, wenn Sie sich das fragen sollten.«

Niklas lachte wieder, vielleicht noch angestrengter als zuvor.

Vinston hatte bis jetzt still dagesessen und sich Notizen gemacht.

»Kennen Sie jemanden, der Jessie Anderson hätte schaden wollen?«, fragte er nun.

Das Ehepaar Modigh sah sich überrumpelt an.

»Nein ...«, erwiderte Niklas. »Herrgott, ich meine, am Anfang gab es eine ziemliche Aufregung über den Bau. Aber das hat sich doch inzwischen gelegt, dachte ich?«

»Mm.« Vinston schrieb sich etwas auf, was Niklas Modigh unangenehm zu sein schien.

»Also, Sie müssen entschuldigen, dass ich Witze über unsere Alibis gemacht habe«, sagte er dann in ernsterem Ton. »Aber Jessies Tod war doch wohl ein Unfall?«

»Das wissen wir noch nicht.« Vinston sah auf. »Tatsache ist, dass Sie wahrscheinlich die Letzten waren, die sie lebend gesehen haben. Somit kann uns alles helfen, was Sie erzählen können.«

Das Ehepaar Modigh sah sich wieder an.

»Alles, was Ihnen einfällt«, fügte Esping hinzu, hauptsächlich, weil sie das Gefühl hatte, auch etwas sagen zu müssen.

»Da ... gibt es tatsächlich eine Sache«, sagte Daniella nachdenklich. »Jessies Assistentin. Wir trafen sie wie gesagt an der Tür, sie ging gerade.«

»Stimmt. Sie sollte losfahren und mehr Champagner holen«, ergänzte Esping.

»Aha.« Daniella sah nicht überzeugt aus. »Also, als wir sie sahen, wirkte sie verzweifelt. Sie hat uns kaum gegrüßt, ist verweint an uns vorbeigerannt und hielt ihre Brille in der Hand. Jessie hat so getan, als wäre nichts passiert, aber sie hatte sichtlich schlechte Laune. Sie hat den Champagner nur so in sich hineingestürzt.«

Daniella beugte sich vor. »Ich bin mir ziemlich sicher, dass Elin eine ordentliche Abreibung bekommen hat. Vielleicht hat Jessie sie sogar rausgeschmissen. Wenn Jessie schlecht gelaunt war, mussten immer die Assistentinnen leiden. Sie hat manchmal mehrere pro Jahr abserviert. Ich persönlich bin überrascht, dass die kleine Elin sich so lange gehalten hat.«

Vinston machte sich in seinem Büchlein Notizen. Irgendwo im Haus begann ein Handy zu klingeln, aber weder Daniella noch Niklas reagierten.

»Aha, gut, dann sind wir wohl fertig«, sagte Esping, die gerne wieder die Kontrolle über das Gespräch gewinnen wollte. »Wenn Ihnen noch etwas einfällt, rufen Sie bitte an.«

Sie legte eine ihrer Visitenkarten auf den Couchtisch.

Die Modighs standen vor dem großen Fenster und folgten Espings Wagen mit Blicken, als dieser die Straße entlang verschwand.

»Warum musstest du die Sache mit Elin erwähnen?«, fragte Niklas.

»Warum nicht? Es stimmt doch«, entgegnete Daniella. »Außerdem musste ich ja etwas sagen, nachdem du etwas davon gefaselt hast, dass wir kein Alibi haben. Warum, verdammt noch mal, hast du das gesagt? Und dein bescheuertes Pseudolachen. Glaubst du, das nimmt dir jemand ab?«

Niklas drehte sich zu seiner Frau um. Seine Augen blitzten vor Wut.

»Ich bin nervös geworden, okay? Die Polizei glaubt an Mord. Unsere gesamte Zukunft steht auf dem Spiel …«

»Und wessen Schuld ist das?«, zischte Daniella. »Erzähl doch mal!«

Ohne ein weiteres Wort wandte sich Niklas ab, ging zu einem Barwagen und suchte wütend zwischen den Flaschen herum. Während er sich ein ordentliches Glas Whisky einschenkte, blieb seine Frau am Fenster stehen und schaute gedankenverloren hinaus.

»Tatsache ist«, sagte sie, ohne sich umzudrehen, »dass, egal, wer Jessie umgebracht hat, dieser jemand uns einen Dienst erwiesen hat, nicht wahr, Liebling?«

Ohne zu antworten, hob Niklas das Whiskyglas an den Mund und leerte es in einem Zug.

13

U nd, wie finden Sie ihn?«, fragte Esping, nachdem Vinston den
ersten Bissen zu sich genommen hatte. »Der beste Heringsburger in ganz Schonen.«

Vinston versuchte, eine zustimmende Miene aufzusetzen, wäh-
rend er mit diesem für ihn ungewöhnlichen Mittagessen kämpfte.
Normalerweise verzehrte er nichts, was man nicht mit Messer und
Gabel essen konnte.

Soße tropfte über seine Finger, die rohen Zwiebeln brannten
ihm im Rachen und in den Augen, die vielen weichen Gräten blieben ihm überall im Mund hängen. Sie erinnerten ihn an die Hundehaare in Espings Auto.

»Sehr gut.«

Er zwang sich, noch einen Bissen zu essen, nur um festzustellen, dass Esping fast fertig war.

Sie saßen auf einer Bank am Hafen von Kivik. Die Sonne war
zwischen den Wolken hervorgekommen und brachte das Wasser
zum Glitzern, hungrige Möwen kreisten über ihnen. Die Gegend
rund um das Hafenbecken war bereits voller Touristen, aber da
Esping den Besitzer des Fischlokals kannte, hatte sie sich nicht anstellen müssen.

»Was halten Sie vom Ehepaar Modigh?«, wollte Esping wissen,
sprach dann aber weiter, ohne die Antwort abzuwarten. »Mein
Gefühl war, dass sie miteinander in einen Streit verwickelt waren
und kaum versucht haben, das zu verbergen.«

Vinston wischte sich sorgfältig den Mund ab. Er hatte die gleiche Beobachtung gemacht.

»Am Samstag beim Fest bin ich erst Jessie und kurz darauf
Niklas in einem abgeschiedenen Teil des Gartens begegnet«, sagte
er. »Ich bin mir nicht ganz sicher, ob sie miteinander gesprochen
haben, aber Niklas versuchte damals genauso wie heute, möglichst

unbeschwert zu wirken. Als er erfuhr, dass ich Polizist bin, wurde er außerdem recht blass um die Nase.«

»Aha, interessant.« Esping entfernte eine Gräte von ihrer Zungenspitze. »Dann hat Niklas sich also mit Jessie vergnügt. Eine kleine Dreiecksgeschichte, die zu einem Mord führt. Das wäre nicht das erste Mal.«

Vinston setzte eine düstere Miene auf.

»Ich würde mit dieser Theorie noch warten.«

Esping, die eigentlich nur gespaßt hatte, wurde plötzlich ernst.

»Und warum?«

»Es ist noch zu früh für Spekulationen. Wir haben noch nicht einmal alle Zeugen befragt.«

»Aha.« Esping zerknüllte verärgert das Papier, in das der Heringsburger gewickelt gewesen war, und zielte mit einer schneidigen Handbewegung auf einen Mülleimer, der ein paar Meter entfernt stand. Der Papierball prallte vom Rand ab und fiel zu Boden, wo sich sofort eine Möwe darauf stürzte.

»Noch mehr Ratschläge?«

Die Stimmung war jetzt angespannt, Esping versuchte nicht einmal mehr, freundlich zu klingen.

»Man muss zuerst alle Beweise sammeln«, erklärte Vinston ernst. »Mit Theorien sollte man warten, bis man alle Fakten auf dem Tisch hat.«

»Oh, danke. Ich werde wirklich versuchen, das zu beherzigen«, erwiderte Esping sauer.

Vinston verpackte seine Essensreste ordentlich in sein Burgerpapier und trank eine Flasche Mineralwasser in einem Zug aus, um seine Kehle von Fischgräten zu befreien.

»Na, dann«, sagte er. »Sollen wir weiter zu Sofie Wram fahren?«

»Natürlich, das machen *wir*«, brummte Esping.

Wramslund, wie Sofie Wrams Hof hieß, bestand aus etwa zehn roten Backsteingebäuden, die sich um zwei kopfsteingepflasterte

Plätze gruppierten. Im unteren Bereich standen die Ställe, eine Scheune und eine Reithalle, die so groß war wie ein Flugzeughangar. Dahinter befanden sich Koppeln und Reitbahnen, so weit das Auge reichte. Am oberen Platz thronte das Haupthaus.

»Sofie Wram, dreiundsechzig Jahre alt. Geboren und aufgewachsen hier auf dem Gutshof«, fasste Esping zusammen. »Sie war es, die Jessie Anderson das Grundstück unten bei Gislövshammar verkauft hat. Sofie ist seit gut zwanzig Jahren Witwe. Sie hat eine Tochter, die in Österreich lebt.«

»Schweiz«, korrigierte Vinston.

»Bitte?«

»In der Schweiz. Nicht in Österreich. Das hat sie beim Fest erwähnt.«

»Aha.«

Einen kurzen Moment lang stellte sich Esping vor, Vinston eine Ohrfeige zu verpassen.

»Jedenfalls ...«, sagte sie stattdessen so beherrscht wie möglich, »betreibt Sofie seit vielen Jahren eine große Pferdezucht sowie eine Reitschule mit Internat und dem ganzen Brimborium. Aus dem ganzen Land kommen die Leute hierher.«

Vinston dachte an Amanda. »Meine Tochter trainiert bei ihr«, sagte er. »Wohl schon seit ein paar Jahren.«

Esping verzog schadenfroh das Gesicht.

»Dann können Sie nur hoffen, dass nicht Sie es sind, der die Rechnung bezahlt. Sofie ist dafür bekannt, dass sie ordentliche Preise hat und bei Verhandlungen knallhart ist.«

Vinston antwortete nicht.

»Aber sie ist eine fantastische Reittrainerin«, fuhr Esping fort. »Mehrere ihrer Schüler sind in die Nationalmannschaft aufgestiegen. Ich habe als Jugendliche auch bei ihr trainiert. Da ist sie übrigens.«

Sie stiegen aus dem Auto und gingen zum Platz vor dem Stall, wo Sofie Wram ein großes schwarzes Pferd am Halfter führte. Sie trug ein Polohemd, Reithosen sowie grobe Stiefel und lederne

Chaps statt Reitstiefeln, und auf ihrem Kopf saß eine grüne Kappe aus dem gleichen Stoff wie Espings Regenjacke. Zwei schwarze Labradore strichen um ihre Beine und warfen abwechselnd ängstliche Blicke auf ihr Frauchen und die beiden Polizisten.

Wie immer, wenn sie Sofie sah, fühlte sich Esping plötzlich unsicher. Sie versuchte, das Gefühl abzuschütteln und sich klarzumachen, dass sie kein kleines Reitmädchen mehr war, sondern eine Polizistin im Dienst.

»Ach, ist das nicht mein Tischherr, den du da mitbringst, Tove?«, fragte Sofie in ihrem knarrenden Schonisch.

»Doch, er … hilft mir bei der Ermittlung.«

»Er hilft?« Sofie hob die Augenbrauen. »Soweit ich gehört habe, ist Jessie in ihrem eigenen Angeberhaus vom Treppenabsatz gefallen und auf ihrer vulgären Skulptur gelandet. Brauchst du wirklich Hilfe aus Stockholm, um das herauszufinden? Vertraut L-G dir nicht?«

Bevor Esping antworten konnte, hielt Sofie Vinston den Führstrick hin.

»Hier. Sie können mir mal kurz helfen!«

Vinston zögerte einen Moment zu lange.

»Halten Sie einfach den Strick«, sagte Sofie Wram mürrisch. »Ein fester Griff und keine plötzlichen Bewegungen. Karnac ist ein Vollblut und erschrickt schnell. Wenn man nicht aufpasst, kann er einem erwachsenen Mann den Schädel eintreten.«

Vinston gehorchte. Der große Hengst starrte ihn an, schien ihn mit den Blicken zu messen, während einer der Labradore an Vinstons Hosenbein schnüffelte. Aber er wagte er nicht, den Hund wegzujagen, aus Angst, das Pferd zu erschrecken.

»Ich hatte den Eindruck, dass Karnac humpelt, als ich ihn von der Koppel geholt habe«, erklärte Sofie Wram. »Es könnte am Hufeisen liegen.«

Sie beugte sich hinunter und hob das linke Vorderbein des Pferdes. Dort kratzte sie herum und rüttelte am Eisen, um zu kontrollieren, ob es lose war.

Esping bemerkte amüsiert, wie verängstigt Vinston aussah. Tiere waren offenbar nicht seine Sache.

»Also, was wollt ihr wissen?«, fragte Sofie Wram über die Schulter.

Esping holte ihr Handy heraus und drückte wieder einmal die Aufnahmetaste.

»Erzähl uns von der Hausführung gestern.«

»Da gibt es nicht viel zu erzählen.« Die Züchterin ließ den Huf los und richtete sich auf. »Ich kam gegen halb zwölf zum Haus. Jessie führte mich ungefähr eine halbe Stunde lang herum. Dann fuhr ich wieder nach Hause. Schöner Ort, aber für meinen Geschmack etwas zu protzig und unpersönlich. Ich hatte daran gedacht, eines der Häuser für Camilla zu kaufen. Ich wollte sie und meine Enkel damit aus der Schweiz herlocken. Deswegen war ich dort.«

Vinston hatte zu seinem Verdruss keine Möglichkeit, sich die Antwort zu notieren, er traute sich kaum, sich überhaupt zu rühren. Karnac schnaubte, als ob das große Tier seine Nervosität riechen könnte.

Sofie wechselte den Platz, klopfte dem Pferd auf den Rücken und hob nun einen Hinterhuf an.

»Kam dir Jessie wie immer vor?«, fragte Esping.

»Schwer zu sagen. Wir kannten uns nicht besonders gut.«

»Aber sie hat doch das Grundstück von dir gekauft?«

Sofie ließ Karnacs Huf los und schaute Esping verärgert an. »Ja. Aber das meiste lief über unsere Anwälte. Wie oft Jessie Anderson und ich uns getroffen haben, lässt sich an einer Hand abzählen, inklusive der Geburtstagsparty am Samstag.«

Das Letzte war an Vinston gerichtet.

»Was haben die Leute in der Gegend dazu gesagt, dass Sie ihr das Grundstück verkauft haben?«, wollte er wissen.

»Sie meinen diese Hinterwäldler vom Dorfverein?«, schnaubte Wram. »Haben Sie ihre Facebook-Gruppe gesehen? Die ist voller Blödsinn und Lügen. Ich habe sogar ein paar Hassbriefe bekommen, können Sie sich das vorstellen?«

»Haben Sie sie behalten?«

»Nein, die sind direkt im Kamin gelandet, wo sie auch hingehören. Ich lasse mir doch nicht von solchen Feiglingen Angst einjagen.«

Sofie Wram ging um Karnac herum und wiederholte die Prozedur von eben mit dem rechten Vorderfuß. Das Vollblut machte einen nervösen Seitenschritt mit den Hinterbeinen, wobei die Hufe über den Boden schabten.

»Halten Sie ihn richtig fest!«

Vinston gehorchte, so gut er konnte, und versuchte gleichzeitig, seine handgenähten Oxford-Schuhe so weit wie möglich von den Vorderhufen fernzuhalten.

»Ich bin in Österlen geboren und aufgewachsen«, fuhr Wram fort. »Es ist eine der schönsten Gegenden auf der Welt, aber man muss eine Balance zwischen Bewahren und Entwickeln finden. Wenn Margit Dybbling und die anderen Spinner bestimmen dürften, würden wir immer noch in Fischerhütten wohnen, Hering mit Kartoffeln essen und in der Pferdekutsche herumfahren.«

»Wer?«, fragte Vinston nach.

»Margit Dybbling. Sie ist die Vorsitzende vom Ortsverein Gislövshammar. Margit und die Sjöholms haben sich am allermeisten über das Projekt beklagt. Sie erinnern sich bestimmt an Jan-Eric und seinen kleinen Partner, sie waren auch auf der Party.«

Sofie Wram ließ Karnacs Vorderhuf los und streckte den Rücken.

»Glauben Sie, dass Jessie auch Hassbriefe bekommen hat?«, fragte Vinston.

»Keine Ahnung. Aber davon würde ich ausgehen. Sie war schließlich die Galionsfigur für das Projekt. Für manche sogar der Teufel in Person.«

Die Reittrainerin machte ein paar Schritte und hob zu guter Letzt Karnacs zweites Hinterbein an.

»Glauben Sie, dass jemand so weit gehen würde, Jessie Anderson zu schaden?«

Bevor Sofie antworten konnte, trat Karnac plötzlich aus, machte einen Satz nach vorne und rempelte Vinston mit der Brust an. Daraufhin verlor der Kommissar das Gleichgewicht, ließ den Führstrick los und fiel rücklings auf das Kopfsteinpflaster.

Der Hengst wieherte laut und stieg, sodass seine Hufe direkt über Vinstons Kopf in der Luft schwebten.

Esping eilte auf das Pferd zu, hängte sich an den Strick, zog Karnacs Kopf herunter und zwang ihn, zurückzugehen.

»So, so«, sagte sie mit überraschend ruhiger Stimme. »So, mein Guter, beruhige dich.«

Das Pferd tänzelte immer noch auf den Hinterbeinen, während Vinston wieder auf die Füße kam.

»Habe ich Ihnen nicht gesagt, dass Sie ihn ordentlich festhalten sollen!«, zischte Sofie Wram und half Esping, Karnac unter Kontrolle zu bekommen.

Vinston errötete und klopfte sich den Dreck von den Hosenbeinen. Dabei registrierte er, dass Esping seinetwegen weniger beunruhigt aussah als belustigt.

»Ein spitzer Stein unter dem Eisen, genau wie ich vermutet habe«, sagte Sofie. »Eine ärgerliche Kleinigkeit. Aber jetzt ist er weg. Hilf mir, ihn in seine Box zu bringen, Tove.«

Sie führten das Pferd langsam Richtung Stall, während Vinston draußen auf dem Platz stehen blieb und ihnen hinterhersah.

»Und, wie steht es mit dem Reiten?«, fragte Wram, als sie und Esping den Stall betraten.

»Geht so«, erwiderte Esping. »Mit der Arbeit und dem Café ist es schwer, Zeit dafür zu finden. Aber ich kann ein Pferd vom Hof Hallagård ausleihen, wenn ich will.«

»Du weißt, dass du hier immer willkommen bist, wenn du einen Knuff in die richtige Richtung brauchst«, sagte Sofie unerwartet sanft. »Kostenlos natürlich«, fügte sie schnell hinzu.

Esping musste sich anstrengen, um nicht ihre Verwunderung zu zeigen.

Sofie löste Karnacs Führstrick und gab ihm einen Klaps auf die Flanke, um ihn zu ermuntern, in die Box zu gehen.

»Wie lange denkst du, werden die Ermittlungen dauern?«

Esping musterte sie. Die Frage klang unschuldig, aber das war sie bestimmt nicht. Irgendetwas ging vor sich, etwas, was Esping nicht richtig greifen konnte. Jedenfalls noch nicht.

»Schwer zu sagen«, antwortete sie ausweichend. »Wir warten auf einige Berichte.«

Sofie Wram schloss die Tür der Box und drehte sich zu Esping um. Zwischen ihren Augenbrauen war eine unzufriedene Falte zu sehen.

»Aber es war doch ein Unfall, nicht wahr? Je schneller das klargestellt wird, desto besser für uns alle. Lass dir von diesem Stockholmer mit seinen dummen Fragen nicht einen Haufen Grillen ins Ohr setzen, Tove!«

Vinstons Beine zitterten, während er auf dem Vorplatz herumstand, und sein Herz pochte, aber er verspürte weder Schwindel noch dieses leichte Rauschen im Kopf, das einem Ohnmachtsanfall normalerweise voranging. Immerhin etwas. Vielleicht war er tatsächlich auf dem Wege der Besserung?

Er betrachtete seine in Mitleidenschaft gezogene Kleidung. Seine Schuhe waren verdreckt, und er vermutete, dass der unvermittelte Kontakt mit dem Boden nicht nur Spuren an seiner Würde hinterlassen hatte, sondern auch an der Rückseite seiner Hose. Der Stoff klebte an seinen Schenkeln, offenbar war er in etwas Feuchtem gelandet. Im besten Fall war es nur Wasser.

Vinston bereute in diesem Moment zutiefst, dass er der Bitte des Polizeichefs, den Beginn dieser Ermittlungen zu begleiten, nachgekommen war. Nun hatte er fast einen ganzen, schönen Sommertag damit zugebracht, mit einer mürrischen, undankbaren Kollegin in einem schmutzigen Wagen herumzukutschieren, wobei er sowohl gastronomischen als auch physischen Angriffen ausgesetzt worden war.

Jetzt musste er dringend in sein Ferienhaus fahren, duschen und trockene, frische Sachen anziehen. Vielleicht würde er sich sogar einen ordentlichen Cognac gönnen, um den Geschmack dieses scheußlichen Mittagessens hinunterzuspülen. Gleich morgen würde er L-G mitteilen, dass er zukünftig seine gesamte Zeit und Energie darauf verwenden würde, freizuhaben und Zeit mit seiner Tochter zu verbringen, genau so, wie er es Christina versprochen hatte. Und keine Alarmglocke der Welt würde ihn dazu bringen, seine Meinung wieder zu ändern.

Er wollte sich gerade umdrehen und zu Espings Wagen zurückgehen, als er einen grünen Range Rover bemerkte, der zwischen den Häusern stand. Es war ein älteres Modell mit großen, schweren Reifen.

Vinston trat näher heran. Im Kofferraum stand eine große Hundebox. *Labradore on tour* stand auf einem Aufkleber an der Rückscheibe.

Vinston ging in die Hocke, holte sein Handy hervor und fotografierte die Reifen ab.

Als er mit dem Zeigefinger an einem der groben Profile kratzte, bekam er ein paar helle, feine Sandkörner unter den Nagel. Körner, die sehr wohl von einem Strand stammen könnten.

14

Sowie Esping ihn vor der Bäckastuga abgesetzt hatte, eilte Vinston hinein. Er zog sich den Anzug aus und begutachtete den Schaden. Wie befürchtet, waren Jackett und Hose mit Pferdemist besudelt, den man nicht einfach abbürsten konnte. Er seufzte resigniert.

Die nächste chemische Reinigung befand sich wahrscheinlich in Ystad, aber er wollte nicht das Risiko eingehen, seinen Anzug einem unerfahrenen Fremden zu geben. Zum Glück hatte er zwei Ersatzanzüge dabei.

Die rahmengenähten Lederschuhe waren womöglich in einem noch schlechteren Zustand. Vinstons Großvater hatte ihm beigebracht, dass es zwei Dinge gab, die man niemals aufschieben durfte: die Steuererklärung und die Schuhpflege.

Also legte er zuerst eine Zeitung auf den Küchentisch, dann holte er ein Paar Gummihandschuhe aus einem Lederetui sowie mehrere unterschiedliche Bürsten, Döschen und Putzlappen. Anschließend verbrachte er rund eine halbe Stunde damit, seine Schuhe wieder präsentabel aussehen zu lassen.

Nachdem er fertig war, löste er seine Krawatte, ging Richtung Schlafzimmer und dachte im letzten Moment daran, den Kopf einzuziehen. Gerade als er sich auf die Bettkante setzte, läutete das Telefon.

»Peter Vinston.«

»Hej, Papa. Wie geht's?«

Auf einen Schlag waren die Ärgernisse des Tages beinahe vergessen.

»Hallo, Amanda!«

»Wie ist es heute gelaufen?«

»Gut …« Vinston sank auf den Rücken.

»Habt ihr mit allen Zeugen gesprochen?«

»Ja.«

»Und was denkst du? Mord oder Unfall?«

Natürlich sollte er nicht auf diese Frage antworten, aber gleichzeitig stellte er fest, dass er und Amanda dabei waren, sich im gemeinsamen Interesse für Recht und Gerechtigkeit wiederzufinden. Dieses Vertrauen war fragil, und er wollte nicht, dass es wieder verschwand. Und rein formell betrachtet, war er nicht im Dienst, was bedeutete, dass er sich nicht allzu viele Gedanken um die Schweigepflicht machen musste.

»Das wissen wir noch nicht«, antwortete Vinston. »Es gibt noch einiges herauszufinden.«

»Aber du hast doch ein Gefühl, oder nicht? Genau wie beim Uppsala-Würger. Was sagt deine Intuition?«

Vinston seufzte gespielt.

»Tja, wenn du mich so bedrängst … dann sagt mein Bauchgefühl, dass es sich um Mord handelt. Aber wir haben keine konkreten Beweise.«

Am anderen Ende des Hörers schnaubte Amanda exaltiert.

»Und die Polizistin, mit der du zusammenarbeitest, was sagt die?«

»Tove Esping?« Vinston dachte nach. »Sie ist vor allem anstrengend.«

»Dann müsstet ihr ja gut zusammenpassen«, lachte seine Tochter. »Mama sagt, dass du die nervigste Person bist, die sie jemals kennengelernt hat.«

Amandas Lachen wirkte ansteckend, sodass auch Vinston den Mund verzog. Ihm gefiel dieses Gespräch. Zum ersten Mal seit Langem kam es ihm so vor, als würden Amanda und er etwas miteinander teilen.

»Dann wirst du bei den Ermittlungen weiterhin helfen?«, fragte sie.

»Was denkst du?«

»Selbstverständlich! Du musst weitermachen, Papa. Stell dir vor, ein Mörder läuft frei herum!«

Genau in dem Moment bemerkte Vinston aus den Augenwinkeln eine Bewegung.

Die schwarze Katze saß auf dem Fenstersims vor seinem Schlafzimmer. Vinston fand, dass es so aussah, als würde sie sehnsuchtsvolle Blicke auf sein Bett werfen.

»Wir müssen abwarten«, sagte er ins Telefon. »Morgen sprechen wir mit dem Polizeichef über den Fall. Er entscheidet.«

Die Katze sprang vom Sims und verschwand außer Sichtweite, während Vinston den Hörer ans andere Ohr drückte.

»Und wie war dein Tag, mein Schatz?«, wollte er wissen.

15

Die Polizeiwache von Simrishamn, irgendwann in den Siebzigerjahren erbaut, war ein niedriges Backsteingebäude unweit des Bahnhofs.

Im Untergeschoss befanden sich Garage, Umkleide, Fitnessraum und Schießstand. Im Erdgeschoss gab es die Anmeldung, Räume für Befragungen und Besprechungen und ein Konferenzzimmer. Weiter hinten lagen noch die Arrestzellen, der Pausenraum und schließlich ein paar Büros.

Die Einrichtung war in amtlichem Beige gehalten, die Wände waren mit Auszeichnungen und verblichenen Fotos bedeckt. Über allem lag ein Geruch nach Kaffee, Desinfektionsmittel und langsamer Bürokratie.

Vinston parkte auf der Rückseite und sah, dass Espings mitgenommener Volvo bereits dastand. Zwischen den weißen Wattewölkchen schaute die Sonne hervor, und vom Meer wehte eine frische Brise.

Nach den Strapazen des gestrigen Tages fühlte sich Vinston wiederhergestellt und außerdem voller Energie. Der Gedanke daran, abzuspringen, war wie weggeblasen.

Das war Amandas Verdienst.

»Willkommen. Sie müssen Peter Winston sein«, begrüßte ihn die Frau an der Anmeldung.

»Vinston«, korrigierte er fröhlich. »Mit V.«

Esping war früh ins Büro gefahren, um vor ihrem gemeinsamen Treffen allein mit ihrem Chef sprechen zu können. Sie hatte einiges zu berichten, und außerdem wollte sie sich vergewissern, dass sie nicht noch mehr Zeit mit diesem selbstgefälligen Snob Peter Vinston würde verbringen müssen. Wenn sie daran dachte, wie er gestern ausgesehen hatte, als er vor seinem Ferienhaus aus ihrem

Wagen gestiegen war, würde es sie allerdings nicht wundern, wenn Vinston heute gar nicht auftauchte. Das war ein recht befriedigender Gedanke.

Leider war L-G nicht am Platz, weshalb Esping sich auf einen Stuhl setzte und wartete. Sie schlug ihren Laptop auf und ging noch einmal alles durch, was sie am Abend gefunden hatte.

L-G stürmte nur wenige Minuten vor ihrem geplanten Meeting atemlos in sein Büro, gekleidet in Gummistiefeln und einem weißen Baumwolloverall über der Uniform.

Er setzte einen Karton mit klirrenden Gläsern auf seinem Schreibtisch ab.

»Sommerhonig«, verkündete er aufgeregt, während er sich mühsam von Overall und Stiefeln befreite. »Apfelblüte, die erste Ernte in diesem Jahr. Der neue Platz erfüllt wirklich alle Erwartungen. Ein richtiger Volltreffer!«

»Der neue Platz?«, fragte Esping, hauptsächlich, um interessiert zu wirken.

»Ja, das heißt …« L-G verstummte mit einer Miene, die andeutete, dass er bereits zu viel gesagt hatte. »Eigentlich ist es geheim. Bienenzüchter können sehr wettbewerbsorientiert sein.«

Er hängte den Overall an einen Haken hinter der Tür und stieg in die Holzpantoffeln, die immer in seinem Büro standen.

»Nimm ein Glas mit nach Hause! Und wenn Felicia Honig für ihr Café möchte, bekommst du gerne noch mehr.«

L-G ließ sich in seinen Bürostuhl fallen, der unter seinem Gewicht ächzte. Esping wollte gerade etwas sagen, wurde aber durch Vinston unterbrochen, der an die geöffnete Tür klopfte. Einen Augenblick lang war sie enttäuscht, aber dann fiel ihr ein, wie angeschlagen Vinston nach dem Vorfall mit dem Pferd gewirkt hatte, und sie konnte nur mit Mühe und Not ein schadenfrohes Lächeln unterdrücken.

Österlen eins, Stockholm null.

»Peter, komm rein«, sagte L-G. »Hier, für dich!«

Der Polizeichef sprang vom Stuhl auf und drückte dem erstaunten Vinston ein Honigglas in die Hand.

»Ich bin Hobbyimker. Das ist sozusagen mein staatlich anerkannter Nebenerwerb.«

Vinston lächelte artig über den albernen Scherz. Dann drehte er das Glas um. *Echter Apfelblütenhonig aus Österlen* stand auf dem Etikett. *Imker 822.*

»Ich musste ganz schön kämpfen, um diese Nummer zu bekommen«, sagte L-G stolz. »Sie ist eine der beliebtesten unter den Imkern, wie du sicher verstehst.«

Das tat Vinston nicht.

»8–2–2 sieht aus wie B-z-z, wenn man es von Hand schreibt«, verdeutlichte der Polizeichef. »Bzz, verstehst du?«

»Raffiniert!« Vinston setzte sich auf den freien Stuhl neben Esping. Dabei nickte er ihr zur Begrüßung kurz zu und erhielt ein ebensolches Nicken zurück.

»Also, wie steht es mit den Ermittlungen?«, wollte L-G wissen. »Die ganze Zeit rufen Journalisten an, ich bekomme von überallher Anfragen.«

Er hielt sein Telefon hoch, das eine ärgerliche Anzahl von Nachrichten und Meldungen über verpasste Anrufe anzeigte.

»Ich habe allen gesagt, dass es zum jetzigen Zeitpunkt keine Anhaltspunkte für etwas anderes als einen tragischen Unfall gibt. Aber es wäre gut, wenn wir das so schnell wie möglich bekräftigen könnten, damit wir unnötige Spekulationen vermeiden.«

»Wir warten auf die Ergebnisse der Obduktion und des technischen Berichts«, sagte Esping rasch. »Bis dahin behandeln wir die Sache wie ein Gewaltverbrechen.«

»Aber ihr habt doch inzwischen mit allen Zeugen sprechen können?«, wandte L-G ein. »Gab es dabei irgendwelche Auffälligkeiten? Widersprüche oder so etwas? Jemanden, der ein Motiv haben könnte?«

»Nein, nicht direkt. Den Modighs zufolge hatte Jessie Anderson unmittelbar vor ihrem Tod eine heftige Auseinandersetzung mit

Elin Sidenvall. Ich kann verstehen, dass Elin uns das nicht erzählen wollte, als wir sie befragten. Und sie war zum Todeszeitpunkt ja auch unterwegs und besorgte Champagner.«

Esping schielte zu Vinston hinüber, um zu sehen, ob er vorhatte, sie zu unterbrechen.

»Und von denen, die das Haus besichtigt haben, waren Daniella und Niklas Modigh die Letzten, die Jessie lebend gesehen haben«, fuhr sie fort. »Daniella scheint die Maklerin nicht gemocht zu haben, aber als die Modighs gingen, lebte Jessie auf jeden Fall noch.« Sie wandte sich an Vinston. »Und Sie haben sie durch die Gegensprechanlage gehört, als sie Ihnen und Ihrer Ex-Frau das Tor öffnete, nicht wahr?«

»Das ist richtig«, bestätigte Vinston. »Jessie Anderson hat uns das Tor geöffnet.«

»Sofie Wram hatte keinen Grund, Jessie zu schaden«, referierte Esping weiter. »Sie standen, was das Grundstück und das Bauprojekt anging, quasi auf derselben Seite. Und Sofie war schon lange weg zu dem Zeitpunkt, als Jessie starb.«

»Dann deutet also alles darauf hin, dass es ein Unfall war, genau wie ich gesagt habe?« L-G klang erleichtert.

»Na ja. Wir haben unten am Strand frische Reifenspuren und Fußabdrücke gefunden, direkt am Zaun«, gab Vinston zu bedenken. »Jemand hat dort ungefähr zu dem Zeitpunkt geparkt, als Jessie ums Leben kam. Die Fußspur war zu schwach, aber der Reifenabdruck müsste sich mit einem Wagen abgleichen lassen.«

»Aber wir wissen nicht, ob die Person vom Strand oben am Haus gewesen ist?«, hakte L-G nach. »Nur, *dass* jemand am Strand war?«

»Das stimmt«, sagte Vinston. »Aber es ist schon verwunderlich, dass dieser Jemand genau zum Tatzeitpunkt dort war, oder nicht?«

L-G breitete die Arme aus.

»Vielleicht. Aber es könnte auch reiner Zufall sein. Es gibt viele Gründe, an den Strand zu gehen, auch wenn nicht gerade Badewetter ist.«

Esping war kurz davor, zu sagen, dass ein guter Ermittler keine Zufälle mochte, biss sich aber schnell auf die Zunge.

»Außerdem stimmte etwas mit der Platzierung von Jessie Andersons Sektglas nicht«, fuhr Vinston fort. »Es hätte oben auf dem Treppenabsatz liegen müssen, wenn sie einfach nur gestolpert wäre, nicht unten im Wohnzimmer, wo wir es gefunden haben. Und der Lage der Toten nach muss sie mit ziemlichem Schwung gestürzt sein. Zusammen betrachtet kann das sehr wohl ein Hinweis darauf sein, dass sie gestoßen wurde.«

L-G sah skeptisch aus. Er drehte an seinen Honiggläsern, bis alle Etiketten in dieselbe Richtung zeigten.

»Also, ich respektiere natürlich deine Erfahrung, Peter. Aber das klingt doch sehr nach Spekulation.«

»Wir müssen jedem Hinweis nachgehen«, ergänzte Esping Vinstons Ausführungen. »Und dürfen keine Fragen offenlassen.«

Sie versuchte, Vinston dabei nicht anzusehen. Seltsamerweise waren sie in dieser Auseinandersetzung auf derselben Seite gelandet, und sie wusste nicht so recht, wie sie damit umgehen sollte.

»Aha.« L-G trommelte mit den Fingern auf den Schreibtisch. »Dann warten wir das Obduktionsprotokoll und den technischen Bericht ab. Sonst noch etwas?«

»Die Überprüfung von Jessie Andersons Mobiltelefon müsste auch morgen kommen. Und dann gehe ich gerade noch die Videoaufnahmen und Log-ins des Sicherheitssystems durch.«

Esping überlegte, ob sie El-Hasses mysteriösen Anruf erwähnen sollte, aber L-G schien das Treffen beenden zu wollen, und sie hatte noch anderes, Wichtigeres zu berichten.

»Gut!« L-G schlug die Hände zusammen. »Dann machen wir es so ...«

»Eine Sache noch«, sagte Esping schnell. »Sofie Wram hat erzählt, dass sie Drohbriefe bekommen hat. Sie sprach von einer Protestgruppe auf Facebook und einer Frau namens Margit Dybbling.«

Sie schlug ihren Laptop auf und drehte ihn so, dass alle den Bildschirm sehen konnten.

Stoppt die Verschandelung von Gislövshammar! stand in krakeligen roten Buchstaben auf dem Profilbild.

Esping scrollte ein Stück hinunter.

»Die Gruppe entstand, kurz nachdem Sofie Wram das Grundstück an Jessie Anderson verkauft hatte. Administratorin ist Margit Dybbling. Die Mitglieder wollen untersuchen lassen, wie Jessie an die Baugenehmigung kam, es ist von Korruption die Rede, Berufungsverfahren und allem Möglichen. Außerdem gibt es natürlich eine Menge Beleidigungen und versteckter Drohungen.«

Esping klickte einen Beitrag an.

Man sollte dieser Schlampe geben, was sie verdient.

Dann einen anderen:

Wenn sie auf Grundstücke aus ist, gibt es sehr viel Platz auf dem Ravlunda-Friedhof.

»Nichts Schlimmeres?«, fragte Vinston nach.

Verärgert über diesen Kommentar schlug Esping ihren Laptop zu. Es gefiel ihr nicht, vor ihrem Chef infrage gestellt zu werden.

»Das gab es sicher«, erwiderte sie barsch. »Aber es sieht so aus, als hätte Margit Dybbling aufgeräumt. Wie Sofie uns gestern erzählt hat, ist Dybbling Vorsitzende des Ortsvereins Gislövshammar. In letzter Zeit hat vor allem sie Beiträge in der Gruppe gepostet, abgesehen von Jan-Eric und Alfredo. Die Sjöholms scheinen ähnlich wenig von Jessie Anderson gehalten zu haben.«

»Jan-Eric hat am Samstag auf dem Fest mit Jessie Anderson gestritten«, sagte Vinston. »Er wedelte mit seinem Stock herum, sodass ich dazwischengehen musste. Die Sjöholms sollten unbedingt befragt werden, und diese Margit Dybbling auch.«

Esping biss sich auf die Lippe. Das war genau das, was sie selbst hatte vorschlagen wollen.

»Ist das wirklich nötig?«, protestierte der Polizeichef. »Ich meine, es gibt schon genug erregte Gemüter in der Gegend. Und wenn es sich dann doch als Unfall herausstellt …?«

»Du hast mich gebeten, meine Erfahrung einzubringen«, entgegnete Vinston. »Wir können keine Schlussfolgerungen ziehen, bevor wir nicht den technischen Bericht und das Obduktionsprotokoll haben, und ich empfehle dringend, die Sjöholms und Margit Dybbling so bald wie möglich zu befragen, damit wir keine Zeit verlieren.«

Esping schwieg. Sie gab es nur ungern zu, aber Vinston hatte recht, und sie begriff nicht, warum ihr Vorgesetzter so abgeneigt war.

»Na gut«, seufzte L-G. »Genau wie du sagst, ist es natürlich wichtig, alles abzuklären und sicherzugehen. Ystad ist im Übrigen vollauf mit einem anderen Fall beschäftigt, sie können in nächster Zeit also keinen Ermittler herschicken. Aber ich habe ihnen versichert, dass das in Ordnung geht. Wir verfügen über ausreichend Kompetenz, um diesen Fall selbst zu klären, nicht wahr, Tove?«

Esping richtete sich auf und lächelte, wobei sie hoffte, nicht allzu zufrieden auszusehen.

»Ja, absolut. Wir werden das sehr gut ohne Ystad lösen.«

Und ohne irgendwelche aufdringlichen Stockholmer, fügte sie im Stillen hinzu. Die Chance, auf die sie gewartet hatte, war endlich in Reichweite. Ein eigener, bedeutender Fall, bei dem sie ein für alle Mal beweisen konnte, dass sie die richtige Person am richtigen Platz war.

»Gut«, nickte L-G. Dann wandte er sich Vinston zu. »Also, Peter, hast du etwas dagegen, uns noch ein wenig länger zu helfen? Tove und ich wüssten das wirklich zu schätzen.«

Espings zufriedenes Lächeln erlosch sofort. Sie musste sich sehr bemühen, neutral dreinzublicken.

Sag Nein, sag Nein, sag Nein, bettelte sie im Stillen.

»Tja«, sagte Vinston. »Einen oder zwei Tage wird das sicher noch gehen.«

»Wunderbar, nicht wahr, Tove?«

Esping war kurz davor, laut zu fluchen. Mit Kraftanstrengung schaffte sie es, ihr Gesicht zu etwas zu verziehen, das wenigstens halbwegs wie ein Lächeln aussah.

»Toll!«, brachte sie hervor. »Wirklich …«

16

Ja, ich bin zu Hause. Sie dürfen gerne kommen. Gut, dann sehen wir uns demnächst.«

Margit Dybbling blieb mit dem Hörer in der Hand stehen, während sie versuchte, ihre Gedanken zu sortieren. Ihre Handflächen fühlten sich klebrig an.

Sie war eine schmale Frau mit grauen, kurzen Haaren und einer spitzen Nase, die sie mit der dicken Brille, die sie immer trug, wie einen Waldkauz aussehen ließ.

Das schöne, alte Steinhaus, in dem sie wohnte, war voller Treppen und Winkel, aber obwohl sie schon fünfundsiebzig war, störte sie das nicht. Ihr Arzt beteuerte stets, dass sie eine sehr junge Physis habe. Und wenn sie einmal keine Treppen mehr steigen konnte, würde sie trotzdem nicht umziehen. Die Familie Dybbling lebte seit sechs Generationen in Gislövshammar, und Margit hatte nicht vor, diese Tradition zu brechen. Sie liebte ihr Haus und ihren Heimatort.

Vor rund hundert Jahren war dieser Küstenstreifen die Basis für Schwedens größte Handelsflotte gewesen, aber da Gislövshammar keinen richtigen Hafen besaß, hatte der kleine Fischerort nie den gleichen Aufschwung erlebt wie die Nachbarorte Brantevik und Skillinge. Im Gegenzug hatte das Dorf seine ursprüngliche Bebauung und seinen bunten Charme behalten und war der Ausbeutung, den Sommergästen und den dunklen, winterleeren Häusern entkommen.

Zumindest bis Jessie Anderson aufgetaucht war und begonnen hatte, die schönen Küstenwiesen zu verschandeln und den Anwohnern mit Versprechungen und Bestechungen den Kopf zu verdrehen.

Und jetzt war Jessie tot.

Margit nahm den Hörer von einer Hand in die andere und

wischte sich die Handflächen am Hosenbein ab. Dann wählte sie eine wohlbekannte Nummer.

»Villa Sjöholm«, antwortete der Mann am anderen Ende.

»Hallo Alfredo, hier Margit.«

Sie hatte gehofft, Jan-Eric würde ans Telefon gehen. Mit ihm konnte sie reden oder, besser gesagt, ihm zuhören, und zwar stundenlang. Mit Alfredo war es sehr viel schwieriger. Margit hatte immer den Eindruck, dass Alfredo nicht gern telefonierte und versuchte, so wenig wie möglich zu sagen. Als hätte er Angst, dass jemand ihn abhörte. Vielleicht sollte sie selbst genauso denken, wenn man bedachte, was auf dem Spiel stand?

»Ist Jan-Eric da?«, fragte sie.

»Er kann im Moment leider nicht sprechen.«

»Nicht …?« Margit war unschlüssig. Die Brille war ihr verrutscht, sie schob sie wieder auf die Nasenwurzel.

»Sag ihm bitte, dass die Polizei gerade angerufen hat. Sie sind auf dem Weg hierher, um Fragen zu Jessie Anderson zu stellen. Ich dachte, dass sie vielleicht auch zu euch kommen. Ich wollte euch nur vorwarnen …«

Eine Weile blieb es still.

»Wer von der Polizei hat angerufen?«

»Tove Esping. Sie arbeitet in Simrishamn.«

»Aha, ja, sie hat sich vorhin auch bei uns gemeldet. Sie kommen gegen elf.«

Wieder wurde es still. Alfredo hatte offenbar alles gesagt. Er wusste also, dass die Polizei sie aufsuchen würde, aber war nicht auf die Idee gekommen, ihr Bescheid zu geben.

Immerhin saßen sie alle drei im selben Boot. Margit holte tief Luft.

»Und? Was sollen wir ihnen sagen?«, wollte sie wissen.

In Vinstons Saab zu steigen, kam Esping vor, wie in seinen Kopf einzutreten. Klinisch rein und gepflegt, aber auch ein bisschen antiquiert.

Außerdem fuhr er wie ein Sonntagsfahrer, das heißt, er hielt sich strikt an die Geschwindigkeitsbegrenzung und blieb bei jedem Stoppschild stehen, obwohl sie Polizisten im Dienst waren und es keine anderen Autos in der Nähe gab. Selbstverständlich war ihr klar, dass Vinstons Insistieren, seinen Wagen zu nehmen, eine Kritik an ihrem eigenen, treuen Volvo war, was die Stimmung nicht verbesserte.

Ihre Gedanken wurden zum dritten Mal innerhalb von drei Minuten vom Telefonklingeln unterbrochen, auf dem Display erschien der Name Jonna Osterman. Esping drückte das Gespräch weg.

»Offensichtlich möchte jemand Sie sprechen«, kommentierte Vinston.

»Eine Journalistin vom *Cimbrishamner Tagblatt*. Sie ist seit gestern hinter mir her.«

»Aha. Klug von Ihnen, L-G die Medien zu überlassen.«

Esping zuckte zusammen. Hatte Vinston sie gerade gelobt?

Sie hatte in jedem Fall nicht vor, mit Jonna Osterman zu sprechen. Ihre Eltern kannten sich, und als Tove klein war, hatte Jonna manchmal auf sie aufgepasst. Sie hatte Jonna bewundert, in ihr eine coole große Schwester gesehen. Aber als Esping Polizistin wurde, hatte sie diese Einstellung revidiert, denn Jonna hatte mehr als einmal die Polizeiarbeit erschwert, indem sie Interna in der Zeitung veröffentlichte, und bei einer Gelegenheit hatte sie sogar einen Einsatz infrage gestellt, in den Esping involviert gewesen war. Seitdem traute sie der Journalistin nicht mehr, weshalb sie den Kontakt zu ihr auf ein Minimum reduziert hatte.

Sie stellte ihr Handy auf lautlos.

»Also, was wissen wir über Margit Dybbling?«, erkundigte sich Vinston.

»Fünfundsiebzig Jahre alt, geboren und aufgewachsen in Gislövshammar«, gab Esping Auskunft. »Seit vielen Jahren Vorsitzende des Ortsvereins. Margit ist eine Daueraktivistin, könnte man sagen. Sie hat schon gegen das Atomkraftwerk Barsebäck protestiert, den Ausbau des Hafens in Ystad, die Verbreiterung der E22, den Aalfang, den Heringsfang, das Fischen mit Schleppnetzen und bestimmt noch einige andere Fischfangmethoden. Das alles findet man auf ihrer Facebook-Seite, mit Fotos und so weiter.«

Margit Dybbling wohnte direkt am Strand. Ihr Haus war eines der größten in Gislövshammar, und im oberen Stock besaß es ein großes, rundes Fenster zum Meer hin.

Sie parkten neben einem schmiedeeisernen Tor, welches das Grundstück von der Straße trennte. In einigen Häusern auf der anderen Seite sah man verschämte Bewegungen hinter den Gardinen.

»Wir werden offensichtlich beobachtet«, stellte Vinston fest.

»Die Telefonkette ist aktiv«, erwiderte Esping. »So funktioniert es auf dem Dorf. Man hat alles im Blick. Ganz besonders, wenn jemand Besuch von der Polizei bekommt.«

Esping öffnete das Tor und ging die Steintreppe hinauf. Sie wollte gerade auf die Klingel drücken, als drinnen ein Hund zu bellen anfing.

Vinston zuckte zusammen. Schon wieder ein Tier? In Österlen wimmelte es ja geradezu davon. Er fuhr mit der Hand über seine Jackentasche, um sich zu vergewissern, dass er die Fusselrolle aus dem anderen Anzug eingesteckt hatte.

Das Gebell verstummte, und Margit Dybbling öffnete die Tür.

»Willkommen. Treten Sie ein.«

Vinston sah sich nach dem Hund um, bereit, seinen Anzug zu verteidigen. Margit Dybbling bemerkte seinen Blick und zeigte auf eine kleine Box über der Garderobe.

»Das Hundegebell ist nur aufgenommen. Auf der anderen Seite der Tür befindet sich ein Bewegungsmelder. Eine lustige Spielerei, die ich von meinem Sohn bekommen habe. Er ist beruflich viel auf Reisen und hat diese Box aus Asien mitgebracht. Ich nenne meinen Klingelhund Bell-Man. Die Gebrauchsanweisung war auf Japanisch, sodass ich ziemliche Mühe hatte, ihn zu installieren. Aber jetzt bellt er schön, nicht wahr?«

Margit Dybbling sprach ein altmodisches Schonisch, das Vinston nicht so leicht verstand. Aber es war nicht nur der Dialekt, stellte er fest. Die kleine Dame war auch sichtlich nervös. Sie sprach gezwungen und nestelte die ganze Zeit an ihrer Brille herum, als müsste sie ihre Hände beschäftigen.

Dybbling führte sie zu einer rustikalen, hart gepolsterten Sitzgruppe, wo schon ein Tablett mit Kaffee und selbst gebackenem Kuchen wartete. Das Wohnzimmer war maritim eingerichtet. Es gab ein Barometer, eine Schiffsglocke aus Messing, alte Flaschenzüge und natürlich einige Ölbilder von Segelschiffen.

»Was für ein schönes Haus«, sagte Vinston, damit sich Margit Dybbling ein wenig beruhigte. »Ich vermute, Ihre Familie besitzt es seit mehreren Generationen?«

Der Trick funktionierte.

»Die Dybblings lassen sich bis zum Jahr 1611 zurückverfolgen«, nickte die alte Dame. »Die meisten meiner Vorfahren waren Seeleute. Wir haben das Meer im Blut, wie mein Vater zu sagen pflegte. Das Haus wurde von meinem Urgroßvater, Jakob Dybbling, gebaut. Das Geld hatte er durch Branntweinschmuggel verdient, aber das ist längst verjährt, also nehmen Sie sich ein Stück Kuchen!«

Vinston und Esping gehorchten.

»Ein anderer Vorfahre war Pirat im Kalmarkrieg«, fuhr Margit Dybbling fort. »Er besaß einen Kaperbrief, also eine staatliche Vollmacht, um fremde Schiffe zu entern, ausgestellt vom dänischen König persönlich. Schonen wurde ja, wie Sie sicher wissen, erst 1658 schwedisch. Aber wir sind immer noch widerwillige Schweden.«

»Wo wir gerade von Widerwillen sprechen. Was halten Sie von Gislövsstrand?«, fragte Vinston in dem Versuch, das Gespräch ins richtige Jahrhundert zu lenken. »Jessie Anderson hat einiges böses Blut geweckt, soweit ich verstanden habe.«

Margit Dybbling setzte die Kaffeetasse mit einem Knall ab. Sie hatte sich jetzt warmgelaufen, ihre Nervosität war wie weggeblasen.

»Man sollte nicht schlecht über Tote sprechen, aber Jessie Anderson war aalglatt. Haben Sie ihren angeberischen Sommertalk gehört? Ich saß am Sonntag hier am Küchentisch und habe ihn mir angehört. *Wenn die Kunden nicht mögen, was man ihnen zeigt, lenke ihre Aufmerksamkeit auf etwas anderes,* genau das hat sie gesagt. Und genauso hält sie es auch.«

Die kleine Frau schüttelte den Kopf.

»Von Anfang an war an diesem Projekt etwas faul, das war jedem klar. Wieso hätte Jessie beispielsweise Sofie Wram Millionen für ein Stück unbrauchbaren Sandboden gezahlt, wenn nicht von Anfang an klar gewesen wäre, dass sie eine Befreiung vom Strandschutz bekommt und bauen darf? Irgendwo liegt der Hund begraben, da bin ich mir sicher.«

Vinston holte heimlich sein Notizbuch heraus und bemerkte aus den Augenwinkeln, dass Esping schon ihre Aufnahme-App eingeschaltet hatte.

»Und dann die Häuser!«, sprach Margit empört weiter. »Ekelhafte Betonklötze, die keinerlei Respekt für die Geschichte und Bautradition von Österlen zeigen. Jessie versuchte sogar, den Strand absperren zu lassen und das Ganze in eine Enklave für Reiche zu verwandeln. Aber das war noch nicht mal das Schlimmste!«

Sie trank einen Schluck Kaffee, um sich zu stärken, bevor sie fortfuhr.

»Der Dorfverein war gegen das Projekt. Wir haben vor dem Rathaus protestiert, Petitionslisten eingeschickt, haben die Nachbarn bei ihren Einsprüchen unterstützt, Leserbriefe geschrieben und Beiträge auf Facebook gepostet. Das Fernsehen war da, Zeitungen, Radio auch, und alle waren auf unserer Seite. Es war David gegen Goliath.«

»Mit den Nachbarn meinen Sie Jan-Eric und Alfredo Sjöholm?«, hakte Esping nach.

Vinston warf ihr wegen der unnötigen Unterbrechung einen verärgerten Blick zu.

»Selbstverständlich«, antwortete Margit Dybbling. »Die Armen hat es ja am schlimmsten getroffen. Der Baulärm störte Jan-Eric so sehr, dass er krank wurde. Er musste mehrere große Rollen ablehnen.«

Margit sah verbittert in ihre Tasse.

»Wir waren kurz davor, das Ganze zu stoppen. Verzögerungen, Einsprüche und viel negative Aufmerksamkeit haben die Käufer verschreckt, und das Projekt war kurz davor, pleitezugehen. Handwerker wurden nicht bezahlt, es gab Streit wegen der Rechnungen. Aber dann bekam Jessie Wind von dieser Skulptur.«

»Sie meinen *The Hook*? Die Skulptur, die im Haus steht?«, hakte Esping nach.

»Genau«, nickte die ältere Dame. »Der Künstler, Olesen, ist weltberühmt, aber nur wenige seiner Kunstwerke stehen in Schweden. Diese Skulptur hätte Gislövshammar zu einer wichtigen Station auf der alljährlichen Oster-Kunstroute durch Schonen gemacht. Tatsächlich war das meine Idee, ich hatte die Skulptur in Olesens Atelier gesehen. Ein Angelhaken, der an die Geschichte des Dorfes anknüpft.«

Margit Dybbling legte ihre gefalteten Hände in den Schoß.

»Olesen war sehr freundlich. Er versprach, *The Hook* ein halbes Jahr lang für uns zu reservieren, so lange wollten wir versuchen, das Geld dafür aufzutreiben. Wir haben Spenden gesammelt, Basare veranstaltet, verschiedene Stiftungen um Hilfe gebeten.«

Ihre Knöchel wurden langsam weiß.

»Aber dann erschien Jessie Anderson auf der Bildfläche und schnappte uns das Objekt direkt vor der Nase weg. Sie versprach, dem Dorf die Skulptur zu schenken, sobald all ihre Häuser verkauft wären.«

»Wie konnte sie sich das leisten, wenn das Projekt kurz vor dem Konkurs stand?«, fragte Esping.

»Weiß der Teufel!«

Der Fluch der zarten Frau kam so unerwartet, dass Esping und Vinston zusammenzuckten.

»Ich habe doch gesagt, dass an der Sache etwas faul ist.« Margit

Dybbling atmete tief ein, als müsste sie sich im Zaum halten. »In Wahrheit hat es sich hier absolut nicht um Wohlwollen gehandelt, sondern um eiskalte Kalkulation«, sprach sie weiter. »Die Skulptur verschaffte Jessie gute Publicity und weckte wieder Interesse an dem Projekt. Und dadurch bröckelte der Zusammenhalt in der Bevölkerung. Der Bau ist schon halb fertig, und plötzlich soll die Gemeinde die Skulptur geschenkt bekommen und hat Geld für andere Dinge übrig. So dachten jedenfalls manche. Viele gaben auf und ließen die blondierte Schlange gewinnen.«

»Aber Sie nicht«, sagte Vinston.

»Niemals.« Dybbling schüttelte heftig den Kopf. »Wir waren ein paar wenige, die nicht auf Jessies Trick hereinfielen. Sjöholms, ich und noch ein paar. Und dann natürlich unser lieber Nicolovius.«

»Wer?«, fragte Vinston und schrieb dabei den Namen in sein Notizheft.

»Haben Sie Nicolovius nicht gelesen?«, Margit Dybblings Miene erhellte sich. »Der Leserbriefschreiber aus dem *Cimbrishamner Tagblatt*. Dann ist Ihnen etwas entgangen. Nicolovius hat viele kritische Texte über Gislövsstrand geschrieben. Warten Sie, ich zeige sie Ihnen!«

Sie sprang auf und holte einen Ordner mit Zeitungsausschnitten, die alle von Gislövsstrand handelten. Auf manchen von ihnen war Dybbling selbst im Bild, auf anderen sah man Jan-Eric und Alfredo Sjöholm.

Die Sykophanten der nackten Gier war die Überschrift über dem ersten Leserbrief.

Der Text war gut formuliert und auf etwas umständliche und altmodische Weise raffiniert. Der Verfasser beschrieb in genau bemessenen Worten Jessie Anderson, Sofie Wram und alle potenziellen Hauskäufer als gierig und ohne Sinn für die Seele Österlens.

Der zweite Brief trug den Titel *Doch zu begreifen ist's bei bösen Wegen,* und der Einsender deutete an, dass bei der Baugenehmigung für die Häuser Unregelmäßigkeiten vorgekommen waren.

Der dritte Brief war mit *Der Tag der Abrechnung* überschrieben.

»Es wurde viel darüber spekuliert, wer der Leserbriefschreiber ist, aber niemand weiß es mit Sicherheit«, erklärte Margit Dybbling. »Der echte Nicolovius hieß eigentlich Nils Lovén und war ein Pfarrer, Schriftsteller und Übersetzer, der zu Beginn des neunzehnten Jahrhunderts lebte. In seinen Schriften wurde die Bezeichnung Österlen zum ersten Mal benutzt. Wer auch immer sich hinter dem Pseudonym verbirgt, kennt sich mit der hiesigen Geschichte aus!«

Die kleine Frau schlug den Ordner zu und lächelte geheimnisvoll. »Ich kann Ihnen versichern, dass so gut wie ganz Österlen Nicolovius' Briefe liest. Sie sind einfach vernichtend ...«

Vinston und Esping tauschten einen kurzen Blick.

Margit schlug sich die Hand vor den Mund.

»Verzeihung«, keuchte sie. »Falsche Wortwahl.«

17

Die Villa Sjöholm war ein schönes, altes, typisch schonisches Langhaus. Es stand unweit des Strands und verbarg sich zur Hälfte zwischen hohen Kiefern, so als wollten Haus und Besitzer gern für sich bleiben.

Alfredo Sjöholm spähte hinter einem der schweren Samtvorhänge nach draußen. Dort rollte Vinstons Wagen langsam über den Vorplatz und blieb dann vor dem Haus stehen. Als sie den Motor hörten, fingen die beiden Möpse von Alfredo und Jan-Eric an zu bellen.

»Sie sind da«, rief Alfredo über die Schulter. »Er fährt einen Saab. Ich hätte mit einem britischen Wagen gerechnet, einem Jaguar oder Aston Martin.«

Jan-Eric kam ins Zimmer. Er war frisch rasiert, trug Hemd und Hose unter einem burgunderfarbenen Hausmantel aus Samt und stützte sich auf seinen schwarzen Gehstock.

»Wie sehe ich aus?«, wollte er wissen.

Alfredo drehte sich um und richtete mit einigen geübten Handgriffen den Seidenschal, den Jan-Eric um den Hals trug.

»Wie ein Star!«

Jan-Eric legte seine freie Hand auf die Schulter seines Mannes und drückte sie sanft.

»Du bist mein Fels, weißt du das?«

Alfredo strich ihm über die Wange.

»Mach dir keine Sorgen, Darling. Alles wird sich klären.«

Von draußen hörte man das Schlagen von Autotüren.

»Also, dann.« Jan-Eric richtete sich auf. »Möge die Vorstellung beginnen!«

Aus alter Gewohnheit schloss Vinston seinen Wagen ab. Die Fahrt von Margit Dybblings Haus hierher hatte nicht länger als fünf Minuten gedauert, dennoch gab es einen himmelweiten Unterschied zwischen den beiden Gegenden. Margit Dybbling war permanent von den wachsamen Blicken der Nachbarn umgeben, wohingegen die Villa Sjöholm vollkommen abgeschieden lag. Zumindest bis vor Kurzem. Auf der schmalen Straße fuhr ein Lastwagen mit Baumaterial Richtung Gislövsstrand und wirbelte eine Staubwolke auf.

»Zu Jan-Eric Sjöholm braucht es wohl keine nähere Erklärung«, hatte Esping auf der Fahrt konstatiert. »Aber sein Mann ist so eine Art Joker. Alfredo Sjöholm wurde in Chile als Alfredo Madrigal geboren und stammt eigenen Aussagen nach aus einer berühmten Zirkusfamilie. So stand es jedenfalls in der Klatschpresse. Als Teenager zog er nach Europa und ging unter dem Artistennamen Fliegender Alfredo mit dem Zirkus Benneweis auf Tournee. Nach einer unglücklichen Landung bekam er allerdings Probleme mit der Schulter und schulte zum Kostümassistenten um, später dann zum Modedesigner. So haben er und Jan-Eric sich kennengelernt.«

Die Tür der Villa Sjöholm wurde aufgestoßen, und Jan-Eric betrat die breite Vortreppe, dicht gefolgt von Alfredo. Zwei kläffende Möpse blieben in gehörigem Abstand stehen.

»Lieber Peter Vinston!«, sagte Jan-Eric und breitete die Arme aus. »Willkommen in unserer bescheidenen Hütte. Und das muss Ihre Assistentin sein?«

Esping starrte Vinston böse an und drängte sich rasch an ihm vorbei.

»Tove Esping«, stellte sie sich vor. »Ich leite die Ermittlungen.«

Jan-Eric blickte verwirrt drein.

»Ich bin nur eine Art Berater«, erklärte Vinston. »Eigentlich bin ich im Urlaub.«

»Ahh.« Jan-Eric Sjöholm klang deutlich enttäuscht. »Nun ja, treten Sie ein, dann führen wir Sie herum.«

Das Haus der Sjöholms war alles andere als bescheiden. Die Zimmer waren mit Möbeln, Teppichen, Lampen, Figürchen und

Bildern überladen – man konnte den Boden und die Wände kaum mehr sehen. Jedes Zimmer hatte ein eigenes Thema: In einem standen schnörkelige Rokokomöbel, im anderen gab es strenge gustavianische Formen, das dritte war im kitschigen Siebzigerjahre-Stil eingerichtet.

»Alfredo und ich lieben schöne Sachen, und mit der Zeit haben wir leider ein bisschen zu viel angeschafft. Aber es ist so schwer, sich von schönen Dingen zu trennen, nicht wahr, Herr Vinston?«

Jan-Eric hatte einen Arm von Vinston ergriffen, um sich zu stützen.

»Meine Knie sind nicht mehr das, was sie einmal waren«, seufzte Jan-Eric. »Natürlich bin ich selbst schuld. Zu viel gutes Essen und Trinken. *Sie sagten mir, ich sei alles: das ist eine Lüge, ich bin nicht fieberfest.* Wer, denken Sie, hat das gesagt?«

»König Lear«, versuchte Vinston es auf gut Glück.

»Ausgezeichnet, lieber Vinston, ausgezeichnet. Sie kennen Ihren Shakespeare, wie ich höre.«

Esping konnte sich kaum das Lachen verkneifen. Eigentlich war sie beleidigt darüber, dass Jan-Eric geglaubt hatte, Vinston würde hier bestimmen, andererseits war es ziemlich komisch zu sehen, wie der Stockholmer darunter litt, dass Jan-Eric so offen mit ihm flirtete. Außerdem versuchte sie, Alfredo im Auge zu behalten. Der sehnige Mann bewegte sich fast lautlos, im einen Moment befand er sich hinter ihr, um im nächsten direkt neben seinem Mann zu stehen.

»Hier in der Eingangshalle sehen Sie einen Teil meiner Erfolge.« Jan-Eric Sjöholm zeigte ihnen eine Reihe von Plakaten von verschiedenen Theater- und Filmvorstellungen.

»Es kommen immer noch viele Angebote«, soufflierte Alfredo. »Aber Jan-Eric muss oft ablehnen.«

Sie setzten sich unter ein schwarzes Sonnensegel im Innenhof. Obwohl es kaum mehr als zwanzig Grad hatte, schuf der umbaute Innenhof ein eigenes kleines Mikroklima. In großen Töpfen

140

standen einige Oliven- und Mandelbäume, und ein sprudelnder Brunnen vermittelte das Gefühl, dass man sich in der Toskana befand.

Alfredo bot ihnen Drinks an, aber Vinston und Esping lehnten beide freundlich ab.

Als Esping ihr Handy hervorholte, entdeckte sie zwei weitere verpasste Anrufe von Jonna Osterman vom *Cimbrishamner Tagblatt*, die außerdem eine kurze, aber eindeutige Nachricht geschickt hatte.

RUF AN!

Esping schaltete den Flugmodus ein und aktivierte die Aufnahmefunktion.

»Soo«, sagte Jan-Eric Sjöholm. »Wie kann ich zu Diensten sein? Ich habe in einem Wallander einen Serienmörder gespielt, das war einer der wenigen schonischen Charaktere, die man auf Besetzungslisten findet. Aber glauben Sie nicht, dass ich eine Maklerin getötet habe.« Er lachte laut und theatralisch, wobei er sich mit den Händen auf seinen Stock stützte. »Also, sagen Sie, lieber Vinston. Sind Sie der gute oder der böse Polizist?«

»Erzählen Sie doch mal von Jessie Anderson«, unterbrach ihn Esping, die fand, es sei höchste Zeit, zur Sache zu kommen.

Jan-Eric machte ein überraschtes Gesicht, er schien kaum bemerkt zu haben, dass sie da war.

»Jessie Anderson hat in vielerlei Hinsicht unser Paradies zerstört.« Der Schauspieler schüttelte traurig den Kopf. »Über ein Jahr lang Lärm und Schmutz. Ganz zu schweigen von dem Zaun, der unseren Zugang zum Meer begrenzt und die unberührten Strandwiesen zerstört.«

»Jan-Eric hat der Bau sehr stark zugesetzt«, warf Alfredo ein. »Ein Künstler wie er braucht Ruhe und Frieden ...«

Jan-Eric hob die Hand und schien wieder das Wort ergreifen zu wollen.

»Das Schlimmste an Cruella de Vil war, dass sie sich noch nicht einmal dafür schämte. Sie haben selbst gesehen, wie sie uns auf dem Fest verhöhnt hat, Vinston. Sie hat sich an unserem Unglück ergötzt.«

Der Schauspieler hatte sich wieder an Vinston gewandt, was Esping ärgerte.

»Waren Sie am Sonntag zu Hause?«, fragte sie.

Jan-Eric sah sie gekränkt an.

»Selbstverständlich. Wir saßen unten in der Laube und hörten uns Jessies vulgären Sommertalk an. *Selbstverherrlichend* ist wohl das Netteste, was man darüber sagen kann. Mittellose Teenagerin verlässt ihre schreckliche Familie in Schweden und erntet Erfolg im Ausland. Ha! Kein Wort darüber, dass sie reich geheiratet hat. Dass ihr Erfolg auf Luftschlössern beruht. Und trotzdem darf sie zur besten Sendezeit ihre Geschichten erzählen und dabei noch Werbung für dieses ganze Spektakel hier machen.«

An seiner Schläfe schwoll die Ader an.

»Jan-Eric hat nie einen Sommertalk bekommen«, erklärte Alfredo. »Obwohl schon viele seiner Kollegen interviewt wurden. Wir melden uns jedes Jahr bei Radio Sverige, aber sie wollen nur YouTuber und Influencer und andere Eintagsfliegen. Geht man nicht auf Promipartys in Stockholm und hat über hunderttausend Follower in den sozialen Netzwerken, wird man nie eingeladen.«

»Wo ist die Laube?«, wollte Esping wissen.

»Ungefähr auf halbem Weg zwischen dem Haus und diesem verdammten Zaun«, brummte Jan-Eric. »Sonntag ist der einzige Tag, an dem wir in der Laube sitzen können. Da wird nicht gebaut.«

»Haben Sie etwas von dem gehört oder gesehen, was beim Musterhaus passierte? Der Wind kam vom Meer, soweit ich weiß.«

»Neiin«, erwiderte Jan-Eric zögernd. »Vielleicht eine Autotür, die zuschlug, aber das war alles.«

»Sie haben nichts anderes gehört?«

Jan-Eric schüttelte den Kopf, aber Alfredo sah nachdenklich aus.

»Also, ich weiß nicht, ob das hierhergehört …«

Esping forderte ihn mit einem Nicken auf weiterzusprechen.

»Die Jungs haben einmal wie wild angefangen zu bellen. Sie wollten gar nicht aufhören, deshalb bin ich schließlich losgegangen und habe sie geholt.« Er hob einen der Möpse auf seinen Schoß. »Stimmt's, Junge?«

»Wo war das?«

»Drüben am Zaun.«

»Um wie viel Uhr?« Vinston machte sich eine Notiz und tauschte einen raschen Blick mit Esping.

»Ich weiß nicht«, antwortete Alfredo. »Irgendwann gegen Ende des Sommertalks, glaube ich. Erinnerst du dich, Jan-Eric?«

»Ich denke, es war eher in der Mitte.«

»Können Sie mir zeigen, wo die Hunde waren, als sie gebellt haben?«, fragte Vinston.

»Natürlich! Kommen Sie mit.« Alfredo stand auf, woraufhin ihm sein Mann einen langen, vorwurfsvollen Blick zuwarf, als ob es Jan-Eric störte, dass Alfredo ihm die Show stahl.

»Sie und ich bleiben hier«, bestimmte der Schauspieler energisch und zeigte mit dem Finger auf Esping. »Wenn Sie mich drängen, erzähle ich Ihnen vielleicht sogar, wie ich am Kongelige Teater in Kopenhagen trotz doppelseitiger Lungenentzündung den Hamlet gespielt und stehende Ovationen bekommen habe.«

Vinston und Alfredo liefen auf der Rückseite des Hauses schräg über den Rasen und dann weiter zwischen den Kiefern. Hier war es deutlich kühler als im Innenhof, aber der leichte Wind brachte dennoch milde, sommerliche Luft, vermischt mit einem Duft nach Harz und Nadeln.

Vinston bemerkte, wie geschmeidig sich Alfredo bewegte, obwohl er über sechzig war. Er musste daran denken, was Christina gesagt hatte, nämlich, dass Alfredo ein Mann mit Geheimnissen zu sein schien.

»Hier ist die Laube! Hier saßen wir.« Alfredo Sjöholm deutete auf ein paar säuberlich beschnittene Himbeersträucher, die einen Halbkreis um eine Gruppe Gartenmöbel bildeten.

Von dort aus gingen sie etwa zehn, zwanzig Meter weiter auf den Waldrand zu, wo sich ein dichter Apfelrosenbusch erhob. Darüber und zwischen den Zweigen konnte man den Drahtzaun erkennen, der um den Bauplatz errichtet war.

»Hier standen sie und bellten!«

Vinston entdeckte ein grünes Gitter am Boden.

»Was ist das?«

»Im Frühling hat irgendein Tier einen Tunnel unter den Zaun gegraben, und die Hunde sind ein paarmal auf den Bauplatz entwischt.« Alfredo machte ein entsetztes Gesicht. »Jessie hat daraufhin gedroht, sie zu überfahren, können Sie sich das vorstellen? Deshalb habe ich dieses Gitter über das Loch gelegt.«

Vinston machte sich in seinem Moleskine Notizen. Von hier aus konnte man das Musterhaus nicht sehen, dafür hatte man einen gewissen Überblick über die eine Seite der Baubaracke und die Treppe zum Strand hinunter.

»Haben Sie irgendjemanden gesehen oder gehört?«

»Nein ...« Alfredo zögerte ein wenig mit der Antwort. »Aber ich habe auch nicht so genau nachgeschaut. Ich wollte vor allem, dass die Hunde aufhören zu bellen, damit ich zurück zu Jan-Eric gehen konnte. Ich hätte mich allerdings gar nicht beeilen müssen, denn als ich zur Laube zurückkam, war er eingeschlafen.«

Vinston sah den Schauspieler regelrecht vor sich, wie er schnarchend mit offenem Mund und einer Kaffeetasse auf der Brust dasaß.

»Haben Sie ihn geweckt?«

Alfredo schüttelte den Kopf.

»Er sah so friedlich aus, deshalb habe ich ihn eine Weile schlafen lassen. Der ganze Streit um den Bau hat ihn sehr mitgenommen. Er ist eine empfindsame Seele.«

»Jan-Eric hat noch etwas über den Sonntag erzählt, was ganz interessant war«, teilte Esping mit, als Vinston und Alfredo in den Innenhof zurückkamen.

»Kurz vor dem Mittagessen waren er und Alfredo draußen am Tor, und da kam Sofie Wram im Auto aus Richtung Gislövsstrand angerast. Sie war so schnell, dass Alfredo ihr zuwinkte und signalisierte, sie möge langsamer fahren. Stattdessen blieb sie stehen und ließ das Fenster herunter.«

»Sofie Wram war miserabler Laune«, sagte Jan-Eric. »Nicht wahr, Alfredo?«

Sein Mann nickte.

»Sie hat mich zum Teufel gewünscht! Sofie und ich stehen nicht gerade auf gutem Fuß miteinander, aber wir bemühen uns doch um eine gewisse Höflichkeit, wenn wir uns treffen. Wir sind trotz allem zivilisierte Menschen. Aber sie schien vollkommen außer sich …«

»Sie hatten Sofie doch am Samstag als Tischdame, Vinston«, unterbrach Jan-Eric. »Wie Sie sicher gemerkt haben, kann sie freundlich und gesittet sein, aber Sie müssen wissen, dass Sie falsch wie eine Schlange ist. Als Alfredo und ich ihr dieses Haus abkauften, versprach sie, dass unten auf den Strandwiesen niemals gebaut würde. Doch dann hatte sie nichts Besseres zu tun, als ausgerechnet dieser grässlichen Jessie Anderson das Grundstück zu verkaufen.«

Er schüttelte betrübt den Kopf.

»Aber jetzt ist es höchste Zeit, dass Sie uns erzählen, warum Sie so viele Fragen stellen. Glauben Sie, dass jemand Jessie ermordet hat?«

In den Augen des Schauspielers glitzerte es schwach.

»Die Zeitungsartikel«, sagte Vinston, ohne auf die Frage einzugehen. »Dieser Nicolovius scheint fast vorausgesehen zu haben, was passieren würde. *Der Tag der Abrechnung* und so weiter …?«

Jan-Erics Gesicht erhellte sich.

»Ah, Nicolovius, unser lieber Lehrmeister. Es freut mich, dass Sie ihn gelesen haben.«

»Ihn?«, wunderte sich Esping. »Es handelt sich also um einen Mann?«

Jan-Eric wedelte irritiert mit der Hand.

»Das ist so eine Redensart, meine Liebe. Nicolovius ist ein Mysterium. *They seek him here, they seek him there,* wie es in *Das scharlachrote Siegel* heißt.«

»Dann sind Sie es nicht?«, fragte Esping nach, was ihr einen anerkennenden Blick von Vinston einbrachte. Sie kam direkt zur Sache, ohne große Umschweife.

Jan-Eric lachte laut auf.

»Sie schmeicheln mir. Aber ich bin ein alter Mann, und die Tage meiner Hauptrollen sind vorbei. Nicolovius bleibt ein Rätsel.«

18

Vinston hielt den Wagen vor der Kreuzung zur Hauptstraße an.

»Also, was haben Sie unten an der Laube in Erfahrung gebracht?«, wollte Esping wissen.

»Dass man von Sjöholms Garten aus ungesehen auf den Bauplatz kommt«, erwiderte Vinston. »Und Alfredo zufolge schlief Jan-Eric gegen Ende des Sommertalks ein, was bedeutet, dass er selbst kein Alibi hat.«

»Interessant!«

»Und was halten Sie von Sofie Wram, nach dem, was wir heute gehört haben?«, fragte Vinston. »Sie hat nicht erwähnt, dass sie nach der Hausbesichtigung mit Alfredo gesprochen hat, was ein bisschen seltsam ist. Und dann ihr Auftreten. Ich habe sie erst zweimal gesehen, aber ich würde nicht vermuten, dass sie der Typ ist, der herumschreit und Leute beleidigt.«

Esping schüttelte den Kopf.

»Nein, in all den Jahren, die ich Sofie kenne, habe ich nie gehört, dass sie mit jemandem schimpft. Trotzdem haben Mensch und Tier Respekt vor ihr. Außerdem flucht sie nur auf positive Art, wie die Oberklasse das so macht. *Verdammt* nett, *teuflisch* gut und so.«

Vinston brummte zustimmend. Er musste zugeben, dass das eine aufmerksame sprachliche Analyse war, vor allem von jemandem, der Dialekt sprach.

»Die Frage ist also, warum sich Sofie Wram nach der Hausführung so verhalten hat«, sagte er. »Was kann sie so aufgeregt haben?«

Einen Moment lang saßen sie schweigend da.

»Wir fahren an Wramslund vorbei und fragen sie«, entschied Esping. »Das liegt sowieso auf dem Weg zurück nach Simrishamn. Ich rufe kurz an und frage, ob sie da ist.«

Esping griff nach ihrem Handy, während Vinston das Autoradio anschaltete.

Als Esping mit Sofie Wram sprach, verschmolz ihre Stimme mit der Musik zu einem leisen Gemurmel.

Vinston wusste nicht, ob es an der Sonne lag, die von einem immer blaueren Himmel herabstrahlte, oder an den tiefgrünen, endlosen Feldern, die im Wind wogten, aber er fühlte sich plötzlich seltsam beschwingt. Tatsächlich war er schon lange nicht mehr so guter Dinge gewesen. Vielleicht war dies die Freude, die in einem alten Spürhund aufkam, wenn er Witterung aufgenommen hatte? Oder es lag nur an der Tatsache, dass er nicht mehr über Ärzte, Proben und Diagnosen nachdenken musste.

»Dann sehen wir uns dort«, beendete Esping ihr Gespräch.

»Planänderung. Sofie Wram ist unterwegs zu einem Mittagessen im Gasthaus von Brösarp. Wir treffen sie dort, dann können wir bei der Gelegenheit auch etwas essen.«

Der Landgasthof lag mitten in Brösarp. Auf dem Giebel des roten Backsteinhauses mit Dachgauben prangte die schmiedeeiserne Jahreszahl 1885, und an der Straße standen zwei Fahnenstangen, die eine mit der blau-gelben schwedischen Flagge, die andere mit der rot-gelben von Schonen.

Sofie Wram stand neben ihrem Range Rover und rauchte, wobei sie die Zigarette so hielt, als wollte sie sie verstecken.

»Ich habe in zehn Minuten eine Verabredung zum Essen, also mach schnell, Tove.«

Sofies düstere Miene und ihr mürrischer Ton brachten Esping aus dem Konzept, genau wie am Vortag. Sie versuchte, sich auf ihre erste Frage zu konzentrieren, aber Vinston kam ihr zuvor.

»Sie und Jessie gerieten bei der Führung wohl in Streit?«

Esping holte tief Luft. Sie hatten keinerlei Beweise für einen Streit. Vinston hatte die Formulierung allerdings clever gewählt, das musste sie zugeben, es konnte sich sowohl um eine Frage als auch um eine Behauptung handeln.

Sofie schnippte die Zigarette in den Kies und trat sie mit dem Absatz aus.

»Ah, hat etwa Jessies kleine Assistentin gepetzt?« Sofie Wram musterte Vinston und Esping eingehend. »Ich würde es nicht gerade einen Streit nennen«, sagte sie dann. »Wir waren uns nur in einer Sache nicht einig.«

Esping wollte fragen, worum es ging, aber Vinston schwieg weiter, also folgte sie seinem Beispiel.

»Jessie und ich hatten eine Vereinbarung«, fuhr Sofie fort, als das Schweigen zu unangenehm wurde. »Sie bekam das Grundstück zu einem guten Preis, dafür sollte ich ein Haus günstiger bekommen.«

»Damit die Rendite niedrig bleibt und man Steuern spart. Dazu gab es sicher nichts schriftlich«, vermutete Vinston.

Wieder eine Frage, die sich als Behauptung tarnte.

»Nach der Hausführung am Sonntag tat Jessie plötzlich so, als wüsste sie nichts von unserer Vereinbarung«, sagte Sofie Wram ärgerlich. »Sie wollte den vollen Preis für das Haus. Viel mehr, als wir ausgemacht hatten.«

»Und da wurden Sie sauer.«

Esping bewunderte Vinstons Geschick, wenn auch widerwillig. Er brachte Sofie tatsächlich dazu, zu glauben, er wüsste schon alles, was sie ihm erzählte.

»Pferdehändler gibt es in meiner Familie seit vier Generationen«, sagte Sofie leise. »Wie mein Vater uns beibrachte, ist das Wichtigste, was du hast, dein Wort. Brichst du das nur ein einziges Mal, wird dir niemand mehr vertrauen. Ein Handschlag gilt genauso viel wie ein Vertrag. Das ist das Motto, nach dem ich immer gelebt habe.«

»Und Jessie Anderson hat ihr Wort gebrochen. Sie hat versucht, Sie übers Ohr zu hauen«, stellte Vinston fest.

Sofie nickte langsam. »Das hat sie.«

»Was war dann?«

»Ich habe ihr gesagt, sie solle von hier verschwinden und dass sie lange auf mein Geld warten könne. Na ja, vielleicht habe ich es etwas weniger höflich formuliert.« Trotzig hob die Pferdezüchterin das Kinn. »Im Nachhinein wurde mir klar, dass Jessie alles von Anfang an geplant hat. Nach dem PR-Trick mit der Skulptur hatte sie plötzlich einen Haufen Kunden, die bereit waren, deutlich mehr zu bezahlen als ich. Jessie war es gewohnt, Streit vom Zaun zu brechen, sie wusste genau, wie sie vorzugehen hatte. Wahrscheinlich war ihre Assistentin deshalb so nervös, sie versuchte ständig, mein Glas wieder zu füllen.«

»Warum haben Sie das nicht schon gestern erzählt?«, wollte Vinston wissen.

»Ich dachte, das sei nicht wichtig. Dass Jessie von ihrer eigenen Treppe gestürzt ist, hat schließlich nichts mit unseren Geschäften zu tun.« Sofie Wram schüttelte den Kopf. »Jessie Anderson log, dass sich die Balken bogen. Was ihr passiert ist, ist furchtbar, aber es ist schwer, darin nicht auch etwas Poetisches zu sehen. Sie dachte, sie hätte die anderen am Haken, und jetzt ist sie buchstäblich an ihrem eigenen hängen geblieben.«

»Ist dir auf dem Rückweg jemand begegnet?«, fragte Esping.

Sofie seufzte laut.

»Ich hätte fast Alfredo Sjöholm überfahren, wenn du das meinst? Er war mit seinen albernen kleinen Hunden unterwegs, und wir haben ein paar Sätze gewechselt.«

»Und hat dich jemand gesehen, als du auf den Hof zurückkamst?«

Sofies Augen wurden schmaler. Sie starrte Esping an.

»Warum fragst du, Tove?«

Esping schluckte, aber es gelang ihr, nicht wegzuschauen. Sie durfte sich nicht einschüchtern lassen. Das war ihr Heimspiel, und sie war kein unsicheres Reitmädchen mehr.

»Reine Routine«, unterbrach Vinston den kleinen Machtkampf. »Aber wir hätten gerne eine Antwort. Haben Sie jemanden getroffen, als Sie auf den Hof zurückkamen?«

»Das habe ich bestimmt, in der Regel sind haufenweise Leute

im Stall.« Sofie Wram blickte demonstrativ auf ihre Armbanduhr. »Jetzt muss ich leider gehen. Mein Essen wird sonst kalt.«

Wram nickte Vinston zu, dann warf sie Esping einen langen, wenig freundlichen Blick zu, bevor sie sich umdrehte und auf die Tür des Gasthauses zuging.

Sobald Sofie Wram außer Sicht- und Hörweite von Vinston und Esping war, holte sie ihr Handy hervor.

»Ich bin es«, sagte sie, als die Person am anderen Ende ans Telefon ging. »Ich habe gerade wieder mit der Polizei gesprochen, und es ist, wie ich vermutet hatte. Die Leute reden schon. Die Polizei hat herausgefunden, dass Jessie mich um das Haus bringen wollte, und sie scheint nicht mehr daran zu glauben, dass Jessies Tod ein Unfall war. Tove war außerdem ganz schön aufmüpfig. Es ist genau, wie ich dir gestern gesagt habe. Dieser Peter Vinston macht zunehmend Probleme. Du musst ihn stoppen. Je schneller, desto besser.«

Die Person am anderen Ende der Leitung sagte etwas, das Sofie trocken auflachen ließ.

»Na, gut. Hoffen wir mal, dass das funktioniert. Es steht immerhin einiges auf dem Spiel, habe ich recht?«

19

*B*rösarps *Gästgifveri* entsprach seinen Erwartungen, fand Vinston, nachdem sie das Backsteingebäude betreten hatten. Holzpaneele, Kassettendecke, weiße Tischtücher und Holzstühle mit hohen, verschnörkelten Rückenlehnen. Dazu dicke Teppiche und schwere Vorhänge, das Ganze gesättigt von den Gerüchen Hunderter Feste und Tausender Mahlzeiten. Auf einem Keramikschild stand ein Spruch, von dem Esping erklärte, es sei das Motto aller Gasthäuser in Schonen: *Go mad å möed mad å mad i rättan tid. Iss allzeit gut, frisch und zu gegebener Zeit.*

Sofie Wram war nicht zu sehen, sie und ihre Begleitung schienen woanders zu essen als im großen Speisesaal. Der Wirt, ein rundlicher, glatzköpfiger Mann mit einem breiten Lächeln, kannte Esping offensichtlich. Sobald sie Platz genommen hatten, kam er aus der Küche und begrüßte sie.

»Tove, wie schön, dich zu sehen. Wie geht es deinem Onkel?«

Esping antwortete höflich und stellte dann Vinston vor.

»Ah, auf Besuch aus Stockholm«, sagte der Mann. »Wenn Sie etwas typisch Schonisches probieren möchten, empfehle ich Äggakaka, unseren Eierkuchen. Er wird mit geräuchertem Schweinebauch und kalt gerührten Preiselbeeren serviert.«

Vinston war einverstanden, zum einen, weil es gut klang, zum anderen aber, weil er der Gefahr entgehen wollte, dass Esping ihm wieder ein seltsames Fischgericht andrehte.

»Sofie Wram«, sagte Esping, sobald sie allein waren. »Ich habe sie noch nie so angespannt erlebt. Sie muss wirklich furchtbar wütend auf Jessie Anderson gewesen sein, oder aber es ist ihr peinlich, dass sie so übers Ohr gehauen wurde, sonst hätte sie früher von dem Streit erzählt.«

»Oder beides«, stimmte Vinston zu. »Jessie wollte am Sonntag also, dass Sofie sich aus dem Geschäft zurückzog, um das Haus zu einem höheren Preis verkaufen zu können. Und wenn man Frau Wram glauben will, war Elin Sidenvall damit nicht einverstanden. Die Modighs waren ihrerseits überzeugt davon, dass Jessie und Elin kurz vor ihrem eigenen Erscheinen gestritten haben mussten. Vielleicht war Anderson mit Elins Leistung bei Sofie Wrams Besuch nicht zufrieden?«

Sie dachten eine Weile still nach.

»Mit je mehr Leuten wir reden, desto ...« Esping verstummte.

»Sprechen Sie weiter!«, ermunterte Vinston sie.

»Also, das ist nur so ein Gefühl«, entschuldigte sie sich. »Aber mit je mehr Leuten wir reden, desto mehr habe ich den Eindruck, dass uns alle anlügen. Oder zumindest nicht die ganze Wahrheit sagen. Elin Sidenvall, die Modighs, Sofie Wram, Jan-Eric und Alfredo, sogar die kleine Frau Dybbling. Alle scheinen etwas zu verbergen.«

Esping sah Vinston an und erwartete halb, dass er ihre Vermutung mit einer Handbewegung abtun würde.

Stattdessen nickte er langsam.

»Ich glaube, Sie haben vollkommen recht. Irgendetwas an dieser Geschichte stimmt nicht.«

Esping war von dem unerwarteten Lob überrascht.

»Im Übrigen habe ich gestern Sofie Wrams Reifen abfotografiert«, sagte Vinston. »Es sah aus, als wäre Sand daran. Ich schicke die Bilder sofort rüber, bevor ich es wieder vergesse.« Er griff nach seinem Handy.

Esping musterte ihn einen Augenblick lang. Es fiel ihr äußerst schwer zu glauben, Vinston könne etwas vergessen haben, was mit der Ermittlung zusammenhing, und das hieß, er hatte die Information bewusst für sich behalten. Dass er sie bisher nicht mit ihr hatte teilen wollen, vielleicht, weil er ihr nicht ganz traute. Sie hätte deswegen beleidigt sein können, allerdings war sie selbst nicht viel besser.

»Ich habe auch eine Sache, die ich vergessen habe zu erzählen«, gestand sie.

Vinston schaute auf.

»Ich habe gestern vor Hasse Palms Bürofenster zufällig etwas aufgeschnappt.«

Esping berichtete von dem Telefonat und Hasses Reaktion. Vinston hörte aufmerksam zu.

»Ich will nicht in deinen Scheiß mit reingezogen werden ...«, wiederholte er, als sie fertig war. »Hat Hasse es genau so gesagt?«

Esping nickte.

»Aber Sie konnten nicht verstehen, mit wem er sprach? Ob es ein Mann oder eine Frau war?«

»Nein, leider nicht.«

Vinston schaute Esping forschend an.

»Wir ... vielleicht wäre es besser, wenn wir uns solche Dinge gleich sagten«, meinte er dann und hob die Augenbrauen.

»Ja, das habe ich auch gerade gedacht«, nickte Esping.

Sie schauten sich einvernehmlich an, während ihnen das Essen gebracht wurde.

Vinston hätte gedacht, dass Äggakaka ungefähr das Gleiche wäre wie Ofenpfannkuchen, aber er erkannte sofort den Unterschied. Äggakaka hatte auf beiden Seiten eine buttrige, goldgelbe Kruste und war in der Pfanne, nicht im Ofen gebraten. Auf der knusprigen Oberseite lagen dicke Scheiben von saftigem, rosa geräuchertem Schweinefleisch, leuchtend rote Preiselbeeren und ein Sträußchen Petersilie.

Beim Duft und Anblick des Essens knurrte Vinstons Magen laut. Rasch nahm er einen ersten Bissen, dann einen zweiten. Das hier war doch etwas anderes als ein Heringsburger voller Gräten, stellte er zufrieden fest.

»Und, wo in der Gegend wohnen Sie?«, fragte er, als er nach der Hälfte des Eierkuchens auf die Idee kam, dass jetzt Zeit für ein wenig Small Talk war.

»Bei Hammenhög. Meine Partnerin betreibt ein Café in Komstad.« Esping stocherte in ihrem Essen herum.

»Aha. Und wie lange sind Sie schon Polizistin?«

»Bald sechs Jahre. Fünf Jahre Streife und ein halbes Jahr als Ermittlerin.«

»Dann haben Sie die Polizeihochschule in Växjö besucht?«

»Ja, richtig. Und ich glaube …« Esping machte eine kurze Pause.

»Ich glaube, dass wir einen von Ihren Fällen studiert haben. Den Herumtreiber von Mariestad.«

»Ach, tatsächlich? Das war ein ziemlich ungewöhnlicher Fall, ich wusste nicht, dass man den als Musterfall in der Polizeihochschule verwendet.«

Vinston schaufelte den Äggakaka mit solchem Eifer in sich hinein, dass er kaum sprechen konnte.

»Schmeckt's?«, fragte Esping, die Vinstons Appetit bemerkt hatte.

»Fantastisch!«

»Aber Sie sollten vielleicht nicht so schnell essen. Äggakaka ist ziemlich mächtig.«

Vinston hörte nicht zu, er war auf gutem Wege, alles bis auf den letzten Krümel von seinem Teller zu verspeisen.

Als Espings Telefon klingelte, schaute sie kurz auf die Nummer und drückte den Anruf weg.

»Die Journalistin vom *Cimbrishamner Tagblatt*. Sie gibt nicht auf.«

»Ich vermute, dass sie es ist, die über den Fall berichtet?«, fragte Vinston.

»Stimmt. Es ist eine kleine Redaktion. Jonna Osterman ist sowohl Chefredakteurin als auch Reporterin. Sie ist ziemlich penetrant.«

Esping steckte ihr Handy weg und widmete sich wieder ihrem Essen. Ab und zu schielte sie belustigt zu Vinston hinüber, der immer noch schlemmte.

»Also, was denken Sie über den Fall, jetzt wo wir die meisten befragt haben? Können wir das Ganze als Unfall abtun, wie L-G es gern hätte?«

Vinston schluckte einen Bissen hinunter.

»Was denken Sie?«

Esping, die einen Vortrag erwartet hatte, war von der Gegenfrage überrascht.

»Ich glaube, es war Mord«, antwortete sie, ohne nachzudenken.

»Worauf gründen Sie diese Schlussfolgerung?«, wollte Vinston wissen.

Esping überlegte. Vielleicht sollte sie die Behauptung lieber zurücknehmen. Aber im Prinzip war es schon zu spät.

»Ich weiß nicht richtig. Es gab ein paar komische Sachen im Haus. Das fallen gelassene Champagnerglas, die Lage der Leiche. Wobei …« Esping musterte Vinston, um herauszufinden, ob sie sich auf dünnes Eis begeben hatte und bald brüsk zurechtgewiesen werden würde. Stattdessen erntete sie aufmunterndes Nicken. »… wobei es hauptsächlich ein Bauchgefühl ist. Dass Jessie nicht gestürzt ist, sondern gestoßen wurde.«

»Genau das glaube ich auch«, erwiderte Vinston. »Aber wir müssen tiefer bohren, wenn wir das beweisen wollen.«

Esping registrierte wieder dieses »Wir«, aber diesmal störte es sie weniger.

Vinston kratzte den letzten Rest Äggakaka von seinem Teller und sah beinahe enttäuscht aus.

»Das war mit das Beste, was ich je gegessen habe. Meinen Sie, ich könnte einen Nachschlag bekommen?«

»Bestimmt«, erwiderte Esping grinsend. »Warten Sie, ich frage in der Küche nach.«

Gerade als Vinston dabei war, seine zweite Portion zu bewältigen, klopfte ihm jemand auf die Schulter.

»Ach, hast du nach Brösarp gefunden, Peter?«

Er drehte sich um. Da standen Christina und ein Stück hinter ihr Poppe und Sofie Wram. Vinston blieb fast der Bissen im Halse stecken.

»Poppe, Sofie und ich haben gerade über Amandas Fortschritte beim Reiten gesprochen«, sagte Christina. »Und du hast auch Gesellschaft beim Essen, wie ich sehe.« Sie deutete mit einem Kopfnicken auf Esping.

»Das ist Tove Esping«, erklärte Vinston unnötigerweise.

»Ich weiß, wir haben uns doch am Sonntag beim Musterhaus getroffen. Sie sind diejenige, die Jessie Andersons Tod untersucht.« Christina klang ungewöhnlich sanft, was kein gutes Zeichen war.

»Sofie hat erzählt, dass sie schon zweimal verhört wurde. Und dass Sie offensichtlich Hilfe haben.«

Christina tätschelte Vinston die Schulter.

»Nun ja, ich will nicht länger stören. Ich wollte nur Hallo sagen«, setzte sie mit noch weicherer Stimme hinzu. »Schön zu sehen, dass du dich wie versprochen ausruhst, Peter.«

»Sie haben Ihrer Ex-Frau nicht gesagt, dass Sie in den Ferien arbeiten, oder?«, fragte Esping, als die Gesellschaft zur Tür hinaus verschwunden war.

Aber sie erhielt nur ein Brummen zur Antwort.

Nach dem Mittagessen fuhren sie zurück zur Polizeiwache. Vinston fühlte sich mittlerweile ziemlich schläfrig, aber er bemühte sich trotzdem, Esping, die über den Fall sprach, konzentriert zuzuhören.

»Ich will mir heute Nachmittag die Finanzen rund um das Bauprojekt anschauen. Margit Dybbling hat doch erwähnt, dass manche Handwerker nicht bezahlt wurden. Und dann möchte ich für den besagten Sonntag den zeitlichen Ablauf rekonstruieren. Was halten Sie davon?«

»Gute Idee.« Vinston unterdrückte ein Gähnen.

»Äggakaka ist wirklich ganz schön mächtig. Sie sehen so aus, als könnten Sie es vertragen, kurz nach Hause zu fahren und auszuruhen«, stellte Esping fest.

Vinston wollte eine abwehrende Handbewegung machen, musste aber wieder gähnen.

»Fahren Sie nach Hause und ruhen Sie sich ein Stündchen aus. Ich melde mich, falls es was Neues gibt.«

Esping sprang aus dem Wagen und ging zur Wache, während Vinston sitzen blieb und ihr nachschaute. In seinem Magen hatte sich der Eierkuchen in einen Ziegelstein verwandelt. Seine Augenlider waren bleischwer. Vielleicht sollte er sie einfach ein paar Minuten zumachen, bevor er nach Hause fuhr?

Er lehnte sich zurück und schloss die Augen.

Ein Klopfen an die Scheibe ließ ihn zusammenzucken. Draußen stand eine Frau um die vierzig. Vinston schaute auf die Uhr. Er war fast zehn Minuten lang eingenickt.

»Sie sind doch Peter Vinston, oder?«, fragte die Frau, nachdem er das Fenster heruntergelassen hatte.

Sie hatte blondes, lockiges Haar und einen charmanten kleinen Überbiss. Ihre grünen Augen glitzerten munter.

»Ja-a.«

»Ich bin Jonna Osterman und arbeite beim *Cimbrishamner Tagblatt*. Sie haben doch mit der Ermittlung von Jessie Andersons Tod zu tun. Heißt das, die Polizei behandelt den Fall als mutmaßlichen Mord?«

»Äh …« Vinston versuchte, wieder zu sich zu kommen, aber sein Körper war viel zu sehr mit der Verdauung beschäftigt.

»Kein Kommentar«, erwiderte er daher nur dümmlich.

»Aber Sie sind vielleicht Schwedens erfahrenster Mordermittler. Was machen Sie in Österlen, wenn Sie keinen Mord aufklären?«

»Ich bin privat hier«, sagte er. »Ich helfe nur ein bisschen. Ich habe Ihnen wirklich nichts zu sagen. Reden Sie mit Olofsson, dem Polizeichef.«

Vinston drückte auf den Knopf, und das Fenster glitt viel zu langsam wieder nach oben. Dann startete er den Motor und schaute genau in dem Moment auf, in dem Jonna Osterman sein erstauntes Gesicht knipste.

20

Vinston stand vor dem Musterhaus. Es war Abend, und ein riesiger schonischer Mond hing genau über den Baumwipfeln. Die Luft war erfüllt von Salz und Tang und seltsamerweise auch von gebratenem Fleisch. Aus der Ferne glaubte er Hundegebell zu hören.

Dann war er plötzlich im Haus, stand in der enormen Küche und briet Äggakaka, wobei er genauso eine Schürze trug wie früher seine Mutter, wenn sie zu Hause in der Küche gearbeitet hatte.

Auf der Schürze stand in gestickten Lettern das Motto der schonischen Gasthäuser: *Go mad å möed mad å mad in rättan tid.*

Der Eierkuchen in der Pfanne war gelb und groß und erinnerte an den Mond.

»Mehr Butter!«, hörte er jemanden sagen, aber als er sich umdrehte, war da niemand.

Aus den Augenwinkeln bemerkte er eine Bewegung und beschloss, die Verfolgung aufzunehmen. Er ging in die Diele, durch den Flur zum Gästezimmer und in die Waschküche. Wieder sah er eine Bewegung am Rande seines Gesichtsfelds und lief schneller.

»Was jagen wir denn?«, fragte Esping, die auf wundersame Weise gerade erst aufgetaucht und zugleich schon die ganze Zeit bei ihm gewesen war.

Vinston legte den Finger auf die Lippen.

»Sch! Hören Sie!«, ermahnte er sie und zeigte zur Decke. Aus den versteckten Lautsprechern ertönte Jessie Andersons Stimme.

»Wir nähern uns langsam dem Ende meines Sommertalks. Bald ist es an der Zeit, uns zu verabschieden …«

Dann änderte sich alles wieder, so, wie es nur in Träumen geschieht. Er war zurück in der Küche, aber jetzt waren noch andere Leute da: Niklas und Daniella Modigh waren festlich angezogen, Sofie Wram trug Stallkleidung und unterhielt sich mit Christina und Poppe. Jan-Eric und Alfredo Sjöholm standen mit je einem Mops unter dem Arm da, und in einer Ecke saß Margit Dybbling, die aus irgendeinem Grund Gummistiefel trug und eine Angel mit einem übergroßen Haken in der Hand hielt.

»Du musst mehr Honig essen!«, hörte Vinston L-G rufen.

Elin Sidenvall flatterte unruhig durch den Raum und servierte den Gästen Champagner.

»Wo ist Jessie?«, hörte er jemanden fragen. Vielleicht war es Elin oder auch die Journalistin vom *Cimbrishamner Tagblatt* mit den grünen Augen.

»Haben Sie etwas zu sagen?«, wollte sie wissen, aber bevor Vinston antworten konnte, bemerkte er aus den Augenwinkeln wieder diese ausweichende Bewegung.

Eine schwarze Katze saß auf dem Treppenabsatz und schleckte sich die Pfote. Als Vinston auf sie zuging, schaute sie ihn verwundert an. Über ihr, an einem Pfosten, flatterte ein Stoffband. Rot und gelb wie ein schonischer Wimpel. Wie Preiselbeeren und Eierkuchen.

Vinston schaute über den Rand der Treppe.

Dort unten lag Jessie Anderson, so, wie er sie gefunden hatte. Der Widerhaken in der Brust, der Boden voller Blut. Plötzlich bewegte sie sich, hob den Kopf und starrte ihn mit toten Augen an.

»*Das wäre es von meiner Seite*«, sagte sie mit ihrer Radiostimme. »*Danke fürs Zuhören!*«

Vinston wurde von einem Klopfen an der Tür geweckt und setzte sich ruckartig im Bett auf. Er fühlte sich schlapp, das Hemd war feucht, der Mund trocken wie Sandpapier, die Luft im Schlafzimmer stickig.

Er schaute auf seine Armbanduhr. Unglaublich! Es war bereits halb fünf am Nachmittag. Er war von der Polizeiwache direkt zu seinem Ferienhaus gefahren, um den Mittagsschlaf fortzusetzen, den er im Auto begonnen hatte. Aber jetzt war der halbe Tag vergangen.

Wieder war das Klopfen zu hören, diesmal kräftiger.

»Papa! Bist du da?«

Er rappelte sich aus dem Bett auf und griff nach seinem Handy, das auf dem Nachttisch lag. Vier verpasste Anrufe, drei von Christina und einer von Amanda.

»Ich komme!«, rief er, während er gebückt versuchte, sich im Gehen die Schuhe anzuziehen. Er richtete sich gerade rechtzeitig auf, um sich den Kopf am Türrahmen anzuschlagen.

»Verdammt!«, schnaubte er.

»Was ist los, Papa?«

»Nichts!« Er rieb sich über die Stirn, bevor er zur Tür ging und aufschloss.

Das plötzliche Sonnenlicht war so stark, dass er die Augen abschirmen musste.

»Oje! Habe ich dich geweckt?«

»Macht nichts«, murmelte Vinston. »Ich habe nur eine kleine Siesta gehalten.«

»Ich habe angerufen, aber du bist nicht drangegangen. Da dachte ich, ich fahre einfach mal vorbei.«

»Fahren?«, wunderte sich Vinston.

»Moped«, erklärte Amanda.

»Ach, natürlich. Wie dumm von mir. Komm rein!« Vinston ging in die Küche voraus, goss sich ein großes Glas Wasser ein und trank es in einem Zug leer. Dann füllte er es ein zweites Mal und leerte auch das. Langsam löste sich das Sandpapier im Mund auf, aber Teile des Traums blieben noch hängen. Vinston hatte seit Jahren keinen Mittagsschlaf mehr gemacht, wenn überhaupt jemals. Natürlich war der Äggakaka daran schuld, Esping hatte ihn gewarnt.

»Sollen wir eine kleine Spazierfahrt machen?«, fragte Amanda. »Vielleicht runter nach Örum und ein Eis essen?«

Beim Gedanken an Essen wurde Vinston schlecht, aber er begrüßte jede Gelegenheit, mit Amanda zusammen zu sein.

»Gute Idee. Auf nach Örum! Ich muss mich nur kurz frisch machen.«

Sie fuhren Richtung Südwesten. Nach wenigen Kilometern wurde die Landschaft flacher, die bewaldeten Dünen verschwanden und wurden durch einen Flickenteppich aus grünen Feldern ersetzt, auf denen die Saat noch keine Ähren gebildet hatte. In ein oder zwei Monaten würde alles goldgelb sein, erzählte Amanda. Das Getreide würde sich im Wind wiegen, sodass es aussähe, als sei die ganze Landschaft in Bewegung.

»Soo«, sagte Vinston. »Sechzehn Jahre. Hast du schon mal darüber nachgedacht, was du werden willst, wenn du …« Er war kurz davor, »groß bist« zu sagen, wechselte aber im letzten Moment zu »erwachsen«.

»Keine Ahnung. Kriminologin scheint spannend zu sein. Oder Anwältin. Oder vielleicht Polizistin.«

Das Letztere freute Vinston, beunruhigte ihn aber auch. Er wusste, dass sich seine Tochter für das Rechtswesen interessierte, aber es fiel ihm trotzdem schwer, sie sich als Polizistin vorzustellen. In nur zwei Jahren würde sie sich an der Polizeihochschule bewerben können. Vinston fühlte sich auf einmal furchtbar alt, weshalb er nach einem anderen Gesprächsthema suchte.

»Hast du einen Freund?«

Sobald ihm die Frage herausgerutscht war, bereute er sie schon. Amanda hob die Augenbrauen.

»Hast du denn eine Freundin?«

»Neein …« Vinston war peinlich berührt. »Aber du bist jetzt in einem Alter, wo … also … wo man anfängt …«

Er wusste nicht, wie er es ausdrücken sollte.

Amanda seufzte laut.

»Mama und ich haben das Blumen-und-Bienen-Thema durchgesprochen, als ich dreizehn wurde. Du kommst also drei Jahre zu spät damit. Aber wenn es dich tröstet, war Mama auch zu spät dran. Weißt du, heutzutage gibt es etwas, das sich Internet nennt. Sehr populär bei den Jugendlichen.«

Sie wedelte ironisch mit ihrem Smartphone.

Vinston lachte erleichtert.

»Wenn du willst, kann ich dir helfen, ein Tinder-Profil anzulegen«, sagte Amanda. »Es ist Zeit, dass du jemanden triffst. Du siehst doch gut aus, Papa! Die Mütter von all meinen Freunden haben auf der Party ein Auge auf dich geworfen. Und sicher der eine oder andere Vater auch.«

Vinston bekam heiße Wangen. Dieses Gespräch verlief überhaupt nicht so, wie er es sich gedacht hatte. Andererseits gefiel ihm gerade das ganz gut.

»Äh, danke. Vielleicht ein andermal.«

»Klar. Du musst nur Bescheid sagen!« Amanda grinste. »Hier ist es übrigens. Der Parkplatz ist hinter der Hecke.«

Die Eisdiele *Frusen Glädje* befand sich an der Straße nach Löderup. Normalerweise mochte Vinston Eis, aber er war nach dem Mittagessen immer noch so satt, dass er das kleinste auf der Karte wählte. Es hieß *Kleine Freuden* und bestand aus drei Miniwaffeln mit Eis aus lokaler Biomilch.

»Ich kenne alle Eissorten hier, ich fange nämlich bald an, am Marktstand des Ladens zu arbeiten. Während der Ferien.«

Sie selbst wählte *Eton Mess,* eine Art Schweizer Baiser mit Schokolade und frischen Beeren, und redete so vertraut mit dem Personal, dass sie wohl Stammgast war.

»Ich habe gehört, dass du in Brösarp erwischt worden bist«, sagte sie, nachdem sie ihr Eis bekommen und sich an einen Tisch unter einem großen, alten Apfelbaum gesetzt hatten.

»Mm.«

»Hat sie geschimpft?«

»Im Gegenteil. Sie war ungewöhnlich freundlich.«

»Oh-oh. Das ist noch schlimmer. Das heißt, dass sie Zeit braucht, sich eine gute Strafe zu überlegen.«

Vinston seufzte. Er war zum gleichen Schluss gekommen.

»Ich weiß. Ich bin selbst schuld. Ich hatte ihr versprochen, mich nicht in den Fall einzumischen, sondern Ferien zu machen und dich zu sehen.«

»Aber wir sehen uns doch!«, protestierte Amanda. »Wir haben schon über Blumen und Bienen gesprochen, über Eis, und wir haben beschlossen, dass du jemanden daten musst.« Sie zwinkerte ihm zu. »Außerdem will ich unbedingt wissen, wie es in dem Fall vorangeht. Ärgerst du dich immer noch über Tove Esping?«

»Nicht mehr so sehr«, gab Vinston zu. »Sie ist ehrgeizig und lernt schnell.«

Amanda beugte sich zu ihm vor.

»Seid ihr dem Mörder schon auf der Spur?«

Vinston schleckte an einem der kleinen Eishörnchen, und der Geschmack nach Rhabarber kitzelte seine Zunge. Er sollte nicht über den Fall sprechen. Aber ausnahmsweise waren ihm die Regeln egal.

»Du darfst das natürlich niemandem erzählen ...«, begann er.

»Ich sage keinen Mucks, versprochen!« Amanda tat, als würde sie einen Reißverschluss vor ihrem Mund zuziehen.

»Gut. Tatsache ist, dass wir immer noch keine eindeutigen Beweise für einen Mord haben. Wir warten unter anderem auf den technischen Bericht.«

»Aber ihr habt mit den Zeugen gesprochen? Allen, die sich zur Tatzeit vor Ort befanden?«

Amanda verwendete den Polizeijargon so selbstsicher, dass Vinston lächeln musste.

»Wir haben mit allen gesprochen, die in der Nähe waren, das ist richtig.«

»Die Sjöholms sind die einzigen Nachbarn, das heißt, mit ihnen habt ihr sicher auch geredet«, fuhr Amanda fort. »Außerdem haben Jessie und Jan-Eric auf meiner Party am Samstag miteinander gestritten. Gibt es außer Jan-Eric noch andere, die ein Motiv haben?«

Vinston gefiel Amandas Interesse an seiner Arbeit. Und wie gestern redete er sich selbst ein, dass er genau genommen nicht im Dienst war.

»Tja, Jessie Anderson war ihrer Assistentin gegenüber ziemlich gemein. Und die Vorsitzende des Dorfvereins ist verbittert darüber, dass Jessie mithilfe dieser Hakenskulptur quasi alle, die vorher gegen den Bau protestiert haben, auf ihre Seite gezogen hat.«

Er machte eine Pause und wählte eine neue Minieiswaffel. Pistazie, eine seiner Lieblingsgeschmacksrichtungen.

»Sofie Wram sagt außerdem, dass sie von Jessie betrogen wurde, weil sie eine Vereinbarung hatten, die Jessie nicht eingehalten hat. Wir schauen uns das gerade genauer an.«

»Also …« Amanda runzelte die Stirn. »Sofie ist ja meine Trainerin. Sie ist knallhart. Alle haben Angst vor ihr.« Sie schaufelte sich einen Löffel Schweizer Baiser in den Mund. »Hast du von der Sache mit ihrem Mann gehört? Wie er starb?«

»Nein?«

»Poppe hat das vor langer Zeit mal erzählt.« Amanda legte den Löffel beiseite. »Die Familien kannten sich seit achtzehnhundertirgendwas. Sofies Mann sah wohl wahnsinnig gut aus und stammte aus einer der feinen Familien von Österlen. Außerdem war er ein talentierter Reiter. Aber Poppe sagt, er habe zu viel getrunken und sei gewalttätig gewesen. Und er lief gerne mit einer Reitgerte in der Hand herum. Totaler Psychopath. Es ging das Gerücht, dass er Sofie schlug, aber damals vor zwanzig Jahren hat niemand etwas gesagt.«

Vinston holte sein Notizbuch aus der Innentasche seines Jacketts.

»Jedenfalls«, sprach Amanda weiter, während sie Beeren zwischen Eis und Baiser hin und her schob. »Jedenfalls fiel Mad Max eines Nachts vom Heuboden und brach sich das Genick. Bumm. Aus und vorbei!«

Sie stopfte sich wieder einen Löffel Eis in den Mund.

»Niemand wusste, warum er mitten in der Nacht auf dem Heuboden war oder wie er herunterstürzen konnte. Manche vermuteten, dass Max jemanden treffen wollte. Eine Liebhaberin oder so. Außerdem hieß es, er sei so betrunken gewesen, dass der Arzt, der ihn untersuchte, vor lauter Alkoholschwaden fast bewusstlos wurde.«

Sie zuckte mit den Schultern.

»Die Polizei sagte, es sei ein Unfall gewesen. Seitdem führt Sofie den Hof und die Zucht allein, und niemand ist auch nur auf den Gedanken gekommen, mit ihr einen Streit anzufangen.«

Nicht bevor Jessie auftauchte, schrieb Vinston in sein Büchlein.

Es war inzwischen Abend. Tove Esping saß in ihrem kleinen Büro in der Polizeiwache. L-G war schon lange weg, wahrscheinlich brachte er seine Bienen ins Bett. Die Beamten, die Nachtschicht hatten, waren losgefahren, um einen Streit auf dem Campingplatz in Kivik zu schlichten, sodass Esping ganz allein im Gebäude war.

Sie hatte den Nachmittag damit verbracht, einige Telefonate zu führen, unter anderem mit Jessie Andersons Anwalt in den USA. Dann hatte sie einen ersten Zeitplan der ihnen bekannten Ereignisse vom Sonntag skizziert.

Im Moment war sie damit beschäftigt, das Sicherheitssystem zu überprüfen und die Nutzungsdaten in das Zeitschema einzufügen, während der Film der einzig funktionierenden Überwachungskamera über ihren Bildschirm flimmerte. Leute kamen und gingen aus dem Musterhaus. Elin Sidenvall, Jessie Anderson, Sofie Wram und die Modighs. Etwas später Vinston mit seiner Ex-Frau und zum Schluss die zurückkehrende Elin Sidenvall mit der Champagnerflasche in der Hand.

Die Bewegungen aller Beteiligten entsprachen in etwa ihren Aussagen bei den Befragungen. Esping spulte das Band zurück und schaute sich die Aufnahme noch einmal an. Irgendetwas an dem Film kam ihr seltsam vor, aber sie kam nicht darauf, was es war. Sie schaute ihn sich noch einmal an. Und noch einmal. Die Leute liefen über ihren Bildschirm, schnell oder langsam, je nachdem, wie sie die Maus bewegte. Es machte Spaß, Vinston rückwärts gehen oder ihn in einer lustigen Pose verharren zu lassen.

»Reiß dich zusammen«, ermahnte sie sich selbst und schaute auf die Uhr. In fünf Minuten würde Felicia das Café schließen, und es war höchste Zeit, nach Hause zu fahren.

Bevor sie begann, ihre Sachen zusammenzupacken, beschloss sie, den Film ein letztes Mal anzusehen. Und da wurde ihr auf einmal klar, was nicht stimmte. Ein Ausschnitt unterschied sich von den anderen.

Sie ließ den Film in Zeitlupe ablaufen und zoomte so nah heran, wie die Auflösung es erlaubte.

Da!

Sie drückte auf Pause. Ihr Herz begann wild zu klopfen.

21

Felicias Kaffeehaus lag mitten in Komstad, einer Ortschaft, die nur aus einer Kreuzung mit ein paar Häusern bestand. An diesem Mittwochmorgen war es warm, die Sonne schien, und der Wind kündete vom Hochsommer.

Das Café befand sich in einem alten Bauernhof, bei dem das Wohnhaus zu einer Bäckerei mit Sitzbereich umgebaut worden war. Der Hof sowie der wilde Garten hatten einen gemütlichen Charme, ein Eindruck, der von der Inneneinrichtung des Cafés unterstrichen wurde. Ein Mischmasch von Möbeln aus mindestens fünf Epochen. Flickenteppiche vertrugen sich hier mit echten Perserteppichen, Rokoko-Chaiselongues mit bäuerlichen Sprossenstühlen, Art déco mit Fünfzigerjahre-Utensilien. Und darüber lag der angenehme Duft nach Kaffee und frischen Backwaren.

Vinston verstand nicht wirklich, warum Esping geschrieben hatte, sie sollten sich im Café treffen statt auf der Wache, aber dadurch ersparte er sich immerhin die Mühe, Frühstück zu machen. Er hatte ungewöhnlich lange geschlafen und nicht einmal die Zeit gehabt, Zeitung zu lesen.

Gemäß seiner Gewohnheit kam er zehn Minuten zu früh, und Esping war natürlich nirgends zu sehen. Das Café schien aber beliebt zu sein, sowohl draußen als auch drinnen war es gut besetzt.

»Willkommen! Was darf ich Ihnen bringen?«

Die Frau hinter dem Tresen war eine vielleicht dreißigjährige Afroschwedin mit hochgesteckten Haaren und samtweichem Blick.

»Wie gut ist Ihr Cappuccino?«, fragte Vinston.

»Der beste in ganz Österlen. Ich röste die Bohnen selbst.« Die Frau lächelte charmant und ansteckend. »Wenn Sie anderer Meinung sind, bekommen Sie Ihr Geld zurück.«

»Sie haben mich überzeugt. Dann einen Cappuccino, bitte. Und ein Schinken-Käse-Brötchen.«

Vinston zeigte auf einen Berg verlockend aussehender Sandwiches hinter der Glastheke. Zum ersten Mal im Leben fand er, dass sich Schonisch ein klein wenig sinnlich anhörte.

»Gern. Setzen Sie sich, dann bringe ich es Ihnen.«

Er suchte nach einem einigermaßen abgeschiedenen Tisch außerhalb der Hörweite der übrigen Gäste und sah einen alten Collie aus der Küche schlendern. Nur wenige Meter vom Tisch entfernt blieb er stehen.

Noch ein Hund, dachte Vinston und seufzte. Noch dazu ein furchtbar haariger, und das in der Nähe der Küche und seines Frühstücks. Andererseits vermutete er, dass er der Frau an der Theke gehörte, und überraschte sich selbst damit, dass er etwas zu laut rief: »Braver Hund! Willst du gestreichelt werden?«

Der Collie schaute ihn träge an. Dann seufzte er schwer und schlich dorthin zurück, woher er gekommen war.

Der Frau stellte ein Tablett vor Vinston ab.

»Ein Cappuccino und ein Schinken-Käse-Sandwich. Ich drücke die Daumen, dass der Kaffee Ihnen schmeckt. Das Mandelbiskuit ist ein Willkommensgeschenk. Und achten Sie nicht auf Bob. Er begrüßt nur Stammgäste.« Sie machte eine Kopfbewegung in die Richtung, in die der Hund verschwunden war.

»Aha. Dann muss ich wohl Stammgast werden«, entgegnete Vinston.

»Das hoffe ich!« Sie zwinkerte ihm zu, bevor sie in die Küche zurückging, und er folgte ihr mit dem Blick. Sie war offensichtlich zum Flirten aufgelegt. Sollte er ihr seine Nummer geben? Oder nach ihrer fragen? Er war miserabel in solchen Dingen. Außerdem war die Frau viel jünger als er.

Vinstons Überlegungen wurden unterbrochen, als Esping zur Tür hereinkam. Wie gewöhnlich sah sie aus, als käme sie gerade aus dem Stall.

Der Collie sprang ihr entgegen, wedelte mit dem Schwanz und legte sich auf den Rücken, als sei er überglücklich, sie zu sehen.

»Hallo, Bob. Bist du ein guter Hund?«

Dann erblickte sie Vinston.

»Ach, Sie sind schon da? Haben Sie L-G gesehen?«

Vinston schüttelte den Kopf. »Wollte er kommen?«

»Dieses Treffen war seine Idee. Sie haben doch sicher das *Cimbrishamner Tagblatt* gelesen?«

Esping fischte eine Zeitung aus einem Gestell neben der Tür und legte sie vor ihn hin.

Wurde die Promimaklerin ermordet? lautete die Schlagzeile. Vinston überflog den Artikel.

Die Polizei gibt sich immer noch verschwiegen hinsichtlich der Details rund um die Ermittlungen des Todesfalles in Gislövsstrand am vergangenen Sonntag. Aber das Cimbrishamner Tagblatt *hat herausgefunden, dass einer der versiertesten Kriminalpolizisten Schwedens, Peter Vinston von der Reichsmordkommission, Teil des Ermittlerteams ist.*

Der Artikel war noch nicht zu Ende, aber Vinston las nicht weiter.

»Die Zeitungsleute sitzen wie die Geier vor der Wache, deshalb wollte sich L-G hier treffen«, erklärte Esping.

Vinston war in Gedanken und brummte nur. Wenn die Abendzeitung seinen Namen erwähnte, würde sich sein Chef in Stockholm wahnsinnig aufregen.

Esping klopfte auf das Foto, das zum Artikel gehörte und das Vinston zeigte, wie er mit überrumpelter Miene in seinem Wagen saß.

»Ein perfekter Hinterhalt, das muss man Jonna lassen. Sie sehen aus, als wären Sie gerade aufgewacht.«

Vinston brummte irgendeine Antwort.

Die Eingangstür ging wieder auf, und L-G kam herein. Er trug eine Sonnenbrille und eine schwarz-gelbe Kappe mit der Zahl 822, die er sich tief in die Stirn gezogen hatte.

Der Polizeichef sah sich nervös um, bevor er sich verstohlen an den Tisch setzte und die Sonnenbrille abnahm.

»Das Telefon hört nicht mehr auf zu klingeln. Die Presse ist hinter mir her wie die Schmeißfliegen.«

Er zog ein weißes Stofftaschentuch heraus und wischte sich den Schweiß von der Stirn. Wie um zu untermalen, was er gerade gesagt hatte, begann sein Handy »Be My Baby« zu spielen.

Während L-G an seinem Telefon fummelte, um den Klingelton abzustellen, probierte Vinston seinen Cappuccino. Er schmeckte überraschend gut. Der Röstgrad der Bohnen war genau richtig, der Schaum fest, die Milch warm, aber nicht brennend heiß.

Er schaute zur Theke hinüber und begegnete dem Blick der Frau, woraufhin er seine Tasse hob und ihr zuprostete. Zur Belohnung erntete er ein strahlendes Lächeln.

Esping bemerkte seine Geste.

»Was war das?«, fragte sie und folgte seinem Blick zur Theke.

»Ich habe mich nur für den Kaffee bedankt.«

»Aha«, lächelte sie. »Flirtet Felicia etwa mit Ihnen? Oder Sie mit ihr?«

Vinston machte ein zufriedenes Gesicht.

»Haben Sie sich einander vorgestellt?« Esping winkte die schöne Frau zu sich heran.

»Peter Vinston«, sagte sie. »Das ist Felicia Oduya. Sie ist die Inhaberin dieses Cafés.« Sie machte eine kurze Pause, tauschte einen belustigten Blick mit Felicia und ergriff dann ihre Hand. »Und außerdem meine Lebensgefährtin.«

Vinston verschluckte sich am Kaffee.

»Schön, Sie kennenzulernen«, murmelte er, nachdem er sich erholt hatte, beschämt über das peinliche Missverständnis.

»Freut mich auch. Ich habe schon viel von Ihnen gehört, Peter Vinston. Tove redet kaum noch von jemand anderem. Da könnte ich direkt eifersüchtig werden.«

L-G hatte sein Handy endlich zum Verstummen gebracht und offensichtlich nicht mitbekommen, was gerade passiert war.

»Danke, Felicia. Ich bekomme nichts«, sagte er. »Ich kann leider nicht bleiben.«

Felicia ging zur Kasse zurück, und Vinston bemühte sich, nicht wieder zu ihr hinüberzuschauen.

»Das mit dem *Cimbrishamner Tagblatt* ist unschön, ich glaube, darin sind wir uns alle einig«, seufzte der Polizeichef. »Ein Haufen unnötiger Publicity.«

L-G wischte sich noch einmal mit dem Taschentuch über die Stirn, bevor er es wegsteckte.

»Seid ihr mit irgendeiner Spur weitergekommen? Wie schnell können wir diese unerfreuliche Sache abschließen, damit wir wieder zum Alltag übergehen können?«

Esping fasste die gestrigen Gespräche mit Margit Dybbling, dem Ehepaar Sjöholm und Sofie Wram zusammen.

»Es gibt also mehrere Leute, die Jessie Anderson nicht mochten«, resümierte L-G. »Das beweist aber nicht, dass sie ermordet wurde, oder? Was sagt die KTU?«

»Der Bericht kommt erst heute Nachmittag. Genau wie das Obduktionsprotokoll«, antwortete Esping.

»Das heißt, wir haben bisher nichts, was auf etwas anderes als einen Unfall deutet?«, hakte der Polizeichef nach.

»Wir haben wie gesagt das Sektglas und die Tatsache, dass Jessie wahrscheinlich mit ziemlichem Schwung vom Treppenabsatz stürzte, was darauf hindeutet, dass jemand sie gestoßen haben könnte.«

»Darauf *hindeutet,* nicht beweist«, insistierte L-G.

»Außerdem benehmen sich mehrere Zeugen seltsam«, fuhr Esping fort. »Sowohl Sofie Wram als auch Elin Sidenvall verschwiegen bei der ersten Befragung ihren Streit mit Anderson. Und die Modighs wirkten nervös. Margit Dybbling und die beiden Sjöholms haben jeweils ein starkes Motiv, zudem wohnen sie ganz in der Nähe des Musterhauses. Und dann haben wir noch den mysteriösen Lehrmeister Nicolovius und seine Leserbriefe ...«

L-G hob die Hand. »Danke, das reicht, Tove.«

Esping machte den Mund zu, und der Polizeichef wandte sich an Vinston.

»Der Grund, warum ich dich gebeten hatte, uns zu helfen, Peter, war, dass ich hoffte, diese traurige Geschichte so schnell und effektiv wie möglich abzuschließen. Um dieser unnötigen Aufmerksamkeit und den wilden Spekulationen zu entgehen.«

»Verstehe«, erwiderte Vinston diplomatisch. »Aber wie ich bereits gestern sagte, muss man allen Hinweisen nachgehen. Du willst doch nicht, dass sich im Nachhinein jemand über die Ermittlungen beschwert, oder?«

»Nein, natürlich nicht«, gab L-G zu. »Aber ich fürchte, dass wir Ressourcen verschwenden und die Gemeinde völlig unnötigerweise in Aufregung versetzen. Und das möchte ich nicht.«

Esping war verwirrt. Wie schon bei ihrem Gespräch auf der Wache verstand sie nicht, warum ihr Chef so ablehnend reagierte. Es waren erst ein paar Tage vergangen, also waren in dem Fall noch keine unnötigen Mittel verschwendet worden. Und Vinston wurde wohl kaum aus der Gehaltskasse der Simrishamner Polizei bezahlt. Außerdem war sie davon überzeugt, dass sich L-G irrte. Jessie Anderson war ermordet worden.

»Sonst noch was?« L-G schaute auf seine Armbanduhr. »Du meintest, du hättest noch mehr zu berichten, Tove?«

»Gestern sind noch einige andere Ungereimtheiten aufgetaucht«, sagte Esping, während sie ihren Laptop aufklappte. »Das Projekt in Gislövsstrand verschlang Unsummen. Vor ein paar Monaten stand es kurz vor der Pleite. Aber dann kam plötzlich wieder so viel Kapital rein, dass nicht nur das größte Loch gestopft, sondern auch noch diese Hakenskulptur gekauft werden konnte.«

»Woher kam das Geld?«, wollte Vinston wissen.

»Von einer zypriotischen Briefkastenfirma. Leider konnte ich noch nichts Genaueres herausfinden. Aber ein Unternehmen auf Zypern zu registrieren ist eine gängige Methode, um Steuern zu hinterziehen.«

Letzteres hatte Esping aus einer Netflix-Dokumentation, aber das wollte sie nicht preisgeben.

»Kann das nicht Jessies Privatvermögen gewesen sein?«, fragte L-G.

Esping schüttelte den Kopf.

»Ich habe mit ihrem Anwalt gesprochen, und ihm zufolge gibt es wenige finanzielle Mittel im Nachlass.«

»Hatte sie ein Testament aufgesetzt?«, fragte Vinston. »Amerikaner machen so etwas doch gern.«

»Ja, das hatte sie«, erwiderte Esping. »Alles geht an eine Wohlfahrtsorganisation für alleinerziehende Mütter. Wenn überhaupt Geld übrig bleibt. Der Anwalt sagt, Jessie habe schon fast alles, was sie besaß, in das Hausprojekt gesteckt. Das Geld aus Zypern ist also sehr wahrscheinlich nicht ihres.«

»Okay«, nickte Vinston. »Ich habe einen Kollegen bei der Finanzpolizei, der uns sicher helfen kann.«

»Perfekt«, sagte Esping.

»Nun, ich glaube kaum, dass wir die Finanzpolizei hinzuziehen müssen«, wandte L-G ein. »Aber trotzdem danke, Peter. Und was war das Zweite, was du gefunden hast, Tove?«

Esping tauschte einen raschen Blick mit Peter Vinston. Er schien ebenfalls seltsam zu finden, wie L-G sich verhielt.

»Also«, antwortete sie zögerlich. »Margit Dybbling erwähnte nebenbei, dass manche Handwerker nicht bezahlt wurden. Hasse Palm sagte, er habe das Projekt erst kürzlich übernommen, deswegen habe ich überprüft, wer sein Vorgänger war. Es handelt sich um einen Fredrik Urdal, der in Tomelilla eine Elektro- und Sicherheitsfirma betreibt. Er ist außerdem mit Margit Dybbling entfernt verwandt, sie hatte die Information mit der schlechten Zahlungsmoral daher vermutlich von ihm.«

»Hat er die Kameras und die Alarmanlage installiert?«, fragte Vinston.

»Yes. Ich habe Palm angerufen und nochmals nachgefragt. Er war nicht besonders gesprächig, aber nachdem ich ein bisschen gebohrt hatte, bekam ich doch aus ihm heraus, dass Jessie als Allererstes von ihm wollte, dass er Urdals gesamte Zugänge aus dem System löschte. Also Alarmcodes, Log-ins und so weiter. Jessie Anderson und Urdal standen also definitiv auf keinem guten Fuß miteinander.«

Esping öffnete ein Dokument auf ihrem Bildschirm.

»Ich habe ein paar Recherchen zu Urdal und seiner Firma angestellt. Die Vollzugsbehörde ist ihm auf den Fersen, und er taucht im Strafregister auf. Eine Schlägerei vor fünf Jahren und ein paar Fälle von Hehlerei, für die er aber nie angeklagt wurde. Letztes Jahr wurde er außerdem angezeigt, weil er seine Ex-Frau bedroht hatte, Urdal scheint also nicht gerade der netteste Zeitgenosse zu sein, wenn ich so sagen darf.«

»Kann es sein, dass er es war, mit dem Palm im Baucontainer telefoniert hat?«, erkundigte sich Vinston bei Esping. »*Du hast dir das selbst eingebrockt, und jetzt muss ich deinen Mist aufräumen* et cetera.«

»Das ist gut möglich«, meinte Esping zufrieden.

»Hast du mit Urdal gesprochen?«, wollte L-G nun wissen. »Was sagt er zu der ganzen Sache?«

»Ich habe ihn auf dem Weg hierher vom Auto aus angerufen, aber er meinte, er sei zu beschäftigt, um mit der Polizei zu reden. Dann hat er einfach aufgelegt. Ein richtiger Idiot. Ich habe aber herausgefunden, wo er arbeitet«, fuhr sie fort, »und habe vor, einfach hinzufahren und ihn zu überraschen, sobald wir hier fertig sind.«

L-G presste nachdenklich die Lippen aufeinander, nickte dann aber.

»Okay, mach das, Tove. Aber sobald Urdal vernommen wurde und wir den Obduktionsbericht und den Rapport der KTU haben, will ich, dass wir diese Sache abschließen. Ich möchte keine weiteren Schlagzeilen, verstanden?«

Der Polizeichef schob wieder die Kappe an und betupfte seine Stirn mit dem Taschentuch.

»Und apropos«, sagte er dann. »Es wird wohl höchste Zeit, dass wir dir für deine Hilfe danken, Peter. Du willst bestimmt gerne zu deinem wohlverdienten Urlaub zurückkehren und endlich Österlen genießen. Die Simrishamner Polizei kann den wenigen Hinweisen, die noch verbleiben, selbst nachgehen, nicht wahr, Tove?«

Esping schaute Vinston an. Er sah verdutzt aus, was ihr eigentlich gefallen sollte. Das war immerhin der Moment, auf den sie gewartet hatte. Die Chance, diesen angeberischen Stockholmer endlich loszuwerden und die Dinge selbst in die Hand zu nehmen.

Aber L-Gs Widerstand kam ihr verdächtig vor. Warum hatte es ihr Chef so eilig, den Fall ad acta zu legen und Vinston zu verabschieden?

»Ich …« Esping seufzte innerlich. »Ich hatte eigentlich daran gedacht, Vinston zur Befragung mit Urdal mitzunehmen.«

L-G hob abwehrend die Hände.

»Nein, nein. Das können wir nicht verlangen. Wir haben schon genug von Peters wertvoller Zeit in Anspruch genommen.«

»Keine Sorge«, mischte sich Vinston ein. »Ich helfe gerne.«

L-G wollte gerade wieder protestieren, da spielte Esping ihren Trumpf aus.

»Urdal hat eine gewisse gewalttätige Vorgeschichte. Ich glaube, die Polizeigewerkschaft sieht vor, dass man solche Leute zu zweit verhört«, sagte sie mit unschuldiger Stimme. »Die nehmen das ziemlich genau. Aber vielleicht willst *du* ja mitkommen?«

Sie fixierte ihren Chef und bemerkte aus den Augenwinkeln, dass Vinston versuchte, ein Schmunzeln zu unterdrücken.

»All right«, kapitulierte L-G. »Wenn es für dich in Ordnung ist, Peter, dann soll es eben so sein.«

Der Polizeichef schaute wieder auf die Uhr und erhob sich.

»Ruf mich an, sobald die Berichte da sind«, fügte er hinzu. »Ich bin auf dem Handy zu erreichen.«

Er machte ein paar Schritte auf die Tür zu, blieb dann aber abrupt stehen und drehte sich um.

»Und versucht bitte, euch von der Presse fernzuhalten.«

22

Nachdem L-G gefahren war, blieben sie noch im Café sitzen. Esping klappte den Laptop wieder auf und drehte ihn so, dass Vinston den Bildschirm sehen konnte.

»Ich habe gestern versucht, den zeitlichen Ablauf zu skizzieren.«

Sie klickte auf ein Icon und öffnete das Überwachungsprogramm, das sie von Hasse Palm bekommen hatte. Ein einsames Kamerabild tauchte auf.

»Wie Sie wissen, befindet sich die Kamera auf dem Pfosten vor dem Haus. Sie hat einen Bewegungsmelder, sie nimmt also nur auf, wenn etwas passiert. Ich habe versucht, die Aufnahmen mit den Log-ins des Überwachungssystems zu vergleichen sowie mit den Angaben unserer Zeugen.«

Vinston nickte beeindruckt.

»Dabei habe ich einen Zwischenfall am Samstagabend gefunden«, sprach Esping weiter. »Im Baucontainer wurde der Alarm ausgelöst, und jemand von der Security kam und hat sich umgesehen. Aber es wurde als falscher Alarm gemeldet.«

Sie trank einen Schluck Tee.

»Das Erste, was am Sonntagmorgen passiert, ist, dass Elin Sidenvall mittels der App auf ihrem Handy den Alarm ausschaltet und das Tor öffnet. Das sehen Sie hier.«

Sie bewegte den Cursor zum Eintrag auf der linken Seite des Bildschirms und schob ihn zwischen zwei Zeilen hin und her.

8:58 Uhr: Einbruchsalarm deaktiviert via App, Benutzer Elin Sidenvall.

8:58 Uhr: Toröffnung via App, Benutzer Elin Sidenvall.

»Als Elin auf das Haus zufährt, geht die Kamera an.«

Esping lässt den Cursor nach unten zum nächsten Eintrag wandern.

8:59 Uhr: Kameraaktivierung Kamera 1.

Daneben war ein kleines Kamera-Icon zu sehen. Esping klickte es an, und auf dem Bildschirm tauchte Elin Sidenvalls Wagen vor dem Musterhaus auf. Elin parkte und stieg aus. Sie blieb einen Moment an der Haustür stehen und schien zu zögern, bevor sie aufschloss und hineinging.

Esping schob den Cursor weiter.

»Die nächste Aufzeichnung geschieht kurz vor elf, als Jessie erscheint und das Tor mit ihrem Handy öffnet.«

10:59 Uhr: Toröffnung via App, Benutzer Jessie Anderson.

Auf dem Bild war ein weißer Porsche zu erkennen. Jessie Anderson trug eine Sonnenbrille und telefonierte, als sie aus dem Wagen stieg. Sie sprach weiter, während sie im Haus verschwand.

»Gegen halb zwölf öffnet Jessie das Tor für Sofie Wram, die an der Gegensprechanlage geklingelt hat. Das ist hier zu sehen.«

Esping zeigte noch einmal mit dem Cursor.

11:28 Uhr: Toröffnung via App, Benutzer Jessie Anderson.

11:29 Uhr: Kameraaktivierung Kamera 1.

Der Mediaplayer zeigte Sofie Wrams grünen Range Rover, der neben den beiden anderen Fahrzeugen vor dem Haus einparkte. Elin Sidenvall kam Sofie Wram entgegen, sie wechselten ein paar Worte und gingen zusammen ins Haus.

»Gibt es keinen Ton?«, fragte Vinston.

»Nein, leider nicht.« Esping klickte auf den nächsten Eintrag, der wieder eine Kameraaufnahme enthielt: Sofie Wram, die um 12:22 Uhr aus dem Haus kam, mit bestimmten Schritten zu ihrem Wagen ging, die Tür zuschlug und rückwärts wegfuhr.

»Man sieht, wie wütend Sofie ist«, kommentierte Esping. »Jessie hat sie wirklich ziemlich verärgert. Sofie fährt um 12:23 Uhr durch das Tor und weiter Richtung Villa Sjöholm.«

Sie umkreiste mit dem Cursor die Zeile mit der Toröffnung.

»Die Zeit passt zu Alfredos Aussage über den Wortwechsel zwischen ihm und Sofie.«

Esping ging zum nächsten Eintrag über.

»Um 13:26 Uhr öffnet Jessie das Tor wieder mit ihrer App, genau wie vorher, und lässt Niklas Modigh und kurz darauf seine Frau hinein.«

Auf dem Bildschirm tauchte ein großer Tesla auf. Niklas Modigh stieg aus. Eine halbe Minute später erschien ein dunkler SUV mit seiner Frau am Steuer. Sobald Daniella ausgestiegen war, ging das Paar auf die Haustür zu. Fünfzehn Sekunden nachdem die Modighs aus dem Bild verschwunden waren, kam Elin Sidenvall angerannt. Sie hielt eine Sonnenbrille in der Hand, sprang in ihren Wagen und fuhr mit einem Blitzstart weg.

13:29 Uhr: Toröffnung via Induktionsschleife, informierte das System.

»Elin fährt los, um mehr Champagner zu holen«, stellte Vinston fest. »Aber sie sieht aufgewühlt aus, genau wie Daniella Modigh erzählt hat.«

»Fünf nach zwei«, sagte Esping, während die Modighs auf der nächsten Aufzeichnung aus dem Haus kamen. Das Paar blieb vor Niklas' Wagen stehen, Daniella zündete sich eine Zigarette an, und das Ehepaar schien eine leise Diskussion zu führen. Nach einer Weile wurde Daniellas Körpersprache aufgebrachter, und plötzlich warf sie die Zigarette weg, drehte sich offenbar verärgert um und stieg in ihren Wagen. Ihr Mann folgte ihr, klopfte an die Scheibe, aber Daniella ignorierte ihn. Als der SUV aus dem Bild verschwunden war, blieb Niklas einen Moment stehen. Dann ging er zurück ins Haus.

»Die beiden sahen nicht so aus, als wären sie sich einig«, konstatierte Esping. »Daniella fuhr jedenfalls um 14:06 Uhr durch das Tor.«

Sie öffnete die nächste Bildsequenz. Auf dem Monitor kam Niklas Modigh wieder aus dem Haus. Er stieg in seinen Wagen und fuhr los, wodurch sich das Tor erneut öffnete, was ebenfalls im System registriert war.

»Niklas war ungefähr fünf Minuten im Haus«, stellte Esping fest. »Jessie und er waren zu diesem Zeitpunkt allein. Das hat er nicht erwähnt, als wir mit ihm gesprochen haben. Aber wir wissen, dass Niklas Jessie nicht ermordet haben kann, weil Sie eine Viertelstunde später über die Sprechanlage mit ihr gesprochen haben und sie das Tor über ihre Handy-App geöffnet hat. Hier ist der Eintrag.«

14:26 Uhr: Türsprechanlage. Toröffnung via App, Benutzer Jessie Anderson.

Eine Minute später war Vinstons Wagen zu sehen. Er und Christina stiegen aus, und sie rückte seine Krawatte zurecht, bevor sie ins Haus gingen.

»Und hier kommt Elin mit dem Blubberwasser zurück«, zeigte Esping.

14:29 Uhr: Toröffnung via App, Benutzer Elin Sidenvall.

Elin Sidenvalls Wagen kam ins Bild. Sie parkte auf ihrem alten Platz und hatte eine Champagnerflasche in der Hand, als sie auf die Tür zulief.

»Was danach war, wissen wir.«

Auf der allerletzten Bildsequenz, die 14:34 Uhr startete, kam Christina mit dem Arm um die weinende Elin Sidenvall aus dem Haus. Hinter ihnen Vinston, das Handy am Ohr. Die Kamera zeichnete weiter auf, während die drei auf die Polizei warteten.

»Fast alles scheint mit dem übereinzustimmen, was wir bereits wissen«, resümierte Vinston. »Die einzige Abweichung ist Niklas Modighs kurze Rückkehr ins Haus. Wäre interessant zu wissen, was er da wollte. Aber natürlich kann es sein, dass er einfach etwas vergessen hatte.«

»Ich habe noch etwas gefunden.« Esping versuchte, nicht allzu zufrieden mit sich zu klingen.

»Hier. Es gibt ein Ereignis, das ich übersprungen habe. Fünf vor halb drei, also eine Minute bevor Jessie Ihnen das Tor geöffnet hat, wird die Kamera aktiviert.«

Sie klickte auf das Kamerasymbol. Der Ausschnitt zeigte Jessies einsamen weißen Porsche vor dem Haus, nichts weiter. Niemand kam oder ging. Nach dreißig Sekunden hörte die Aufnahme auf.

»Da ist doch niemand?«, sagte Vinston. »Sagten Sie nicht, die Kamera springt an, wenn sie eine Bewegung registriert?«

»Richtig. Ich dachte zunächst, es sei ein Fehler. Aber schauen Sie noch mal, ganz oben in der rechten Ecke.«

Esping spielte die Aufnahme ein zweites Mal ab. Vinston beugte sich näher heran.

»Da!«, rief sie. »Haben Sie das gesehen?«

Vinston kniff die Augen zusammen. Eine schwache Bewegung war am Rand des Kamerafeldes zu sehen, verschwand aber schon in dem Moment, in dem das Hirn sie registrierte. Esping spulte die Sequenz vor und zurück.

Die Bewegung war nur als dunkler, flatternder Schatten wahrzunehmen. Nur eine Bildsequenz lang, bevor sie wieder weg war.

Esping hielt den Film an und vergrößerte das Bild so gut es ging, damit die Konturen deutlicher hervortraten.

»Das«, sagte sie und klopfte auf den Bildschirm, »ist der Schatten eines Menschen. Irgendjemand war auf dem Weg zum Musterhaus, nur wenige Minuten bevor Jessie Anderson in den Tod stürzte, und dieser jemand wusste, wie man sich von der Kamera fernhielt. Ich glaube, es ist höchste Zeit, dass wir mit Fredrik Urdal sprechen. Immerhin hat er das Überwachungssystem installiert.«

Vinston nickte, beeindruckt von Espings Bericht. Es fiel ihm schwer, den Blick von dem Schatten auf dem Bildschirm abzuwenden. Seltsamerweise erinnerte er ihn an die entwischende Katze in seinem Äggakaka-Traum, aber das erwähnte er nicht.

23

Das Haus, in dem Fredrik Urdal arbeitete, lag Richtung Hallamölla, im Norden von Österlen, wo die Landschaft waldiger und hügeliger war.

»Hallamölla ist der höchste Wasserfall in Schonen«, erklärte Esping. »Mit einer Fallhöhe von dreiundzwanzig Metern.«

Für Vinston, der schon oft in Norrland gewesen war und deutlich höhere Wasserfälle gesehen hatte, klang das nicht sonderlich beeindruckend. Aber da ihre Beziehung sich allmählich verbesserte, beschloss er, diese Tatsache nicht zu erwähnen.

»Wie haben Sie erfahren, wo Urdal gerade arbeitet?«, fragte er, als sie sich dem Ort näherten.

»Nachdem er bei meinem ersten Versuch nicht mit mir sprechen wollte, habe ich von Felicias Telefon aus noch mal angerufen und mich als Kundin ausgegeben«, erzählte Esping. »Darauf ist er hereingefallen.«

Nicht dumm, dachte Vinston, während er weiterfuhr.

Das Haus, eine abgeschiedene Holzhütte, lag mitten im Wald.

Rote Holzpaneele, weiße Fensterrahmen und ein schmutzig braunes Eternitdach.

Direkt unterhalb des Hauses lag ein kleiner See, der zur Hälfte mit Seerosen bedeckt war und in dessen dunkelgrünes Wasser sich ein alter, verwitterter Steg erstreckte.

An der einen Hausecke stand ein großer Pick-up. *Elektro und Telekommunikation. Die Jungs für Ihre Sicherheit* stand auf der Seite geschrieben.

»Das ist Urdals Wagen«, sagte Esping.

Sobald sie geparkt hatten, fotografierte Esping die groben Reifen ab und verglich sie kurz mit den Bildern, die sie am Strand aufgenommen hatte. Die beiden Muster sahen sich sehr ähnlich.

Die Tür zur Hütte war nur angelehnt, und aus dem Inneren ertönte laute Musik. Death Metal dröhnte zwischen den Hauswänden.

Vinston und Esping betraten die Diele. Es roch nach Sägespänen und frischer Farbe.

Auf halber Treppe in den Keller hinunter stand ein Mann mit einem Werkzeuggürtel und schraubte an einem alten Sicherungskasten.

Er schien etwa fünfunddreißig zu sein, trug kurz geschorene Haare und einen Ohrring. Sein Körper war so durchtrainiert, dass das T-Shirt an den Oberarmen spannte. Die Luft im Haus war stickig, die Stirn des Mannes glänzte von Schweiß. Das musste Fredrik Urdal sein.

Vinston ging zum Radio, das auf dem Boden stand, und zog den Stecker.

»Verdammt!«

Fredrik fuhr herum. Seine Augen waren dunkel, in der Hand hielt er einen Schraubendreher. Die Adern an seinen tätowierten Unterarmen sahen aus wie blaue Schläuche.

»Esping, Polizei Simrishamn«, sagte Esping und zeigte ihren Dienstausweis.

Urdal ließ das Werkzeug sinken.

»Sie haben mich vorhin angerufen«, brummte er. »Ich habe doch schon gesagt, dass ich keine Zeit habe, mit den Bullen zu reden. Der Job hier eilt.« Er nickte zum Sicherungskasten, aus dem eine Menge verschiedener Kabel ragte. »Melden Sie sich nächste Woche.«

Er drehte Esping den Rücken zu, woraufhin sie wütend erwiderte: »Wir können Sie auch gerne abführen und auf die Wache befördern, wenn Ihnen das lieber ist?«

Fredrik Urdal drehte sich wieder um und schob das Kinn vor.

»Da musst du erst mal Verstärkung rufen, Herzchen.«

Esping war kurz davor, nach den Handschellen zu greifen, die an ihrem Gürtel hingen, wurde aber von Vinston unterbrochen:

»Hübsches Häuschen!«, sagte er fröhlich, als hätte er von dem eskalierenden Streit nichts mitbekommen. »Das zu renovieren muss eine ordentliche Summe kosten.«

»Darauf können Sie wetten.« Urdal griff nach einer Wasserflasche und trank einige tiefe Schlucke. »Wieder so ein verdammter Stockholmer, der zu überteuertem Preis kauft. Ihr treibt die Hauspreise so in die Höhe, dass wir anderen es uns nicht mehr leisten können, hier zu wohnen.« Er wischte sich den Schweiß vom breiten Nacken. »Ihr Stockholmer seid wie die Sturmmöwen. Laut, unerwünscht und scheißt auf alles.«

Der große Kerl grinste provozierend.

»Gibt es im Haus nur Aufputzleitungen?« Vinston zeigte auf ein bleiummanteltes, an der Wand verlaufendes Kabel, das zu einem altmodischen Drehschalter aus Bakelit führte.

Urdal schnaubte.

»Das Leitungsnetz ist ein einziges Chaos. Auf der einen Seite Aufputzkabel aus den Zwanzigerjahren, auf der anderen EKKs mit APK-Klemmen.« Er deutete wieder mit einem Nicken auf den Sicherungskasten. »Die Installation hat wahrscheinlich irgendein verdammter Bastler in den Siebzigerjahren verbrochen. Und dann glaubt der Kunde, dass man Ofen, Induktionsherd, Waschmaschine, Trockner und einen Scheiß-Jacuzzi anschließen kann, ohne dass die Sicherungen durchbrennen.«

Esping fand, dass der Small Talk lange genug gedauert hatte. Höchste Zeit, zur Sache zu kommen.

»Sie und Jessie Anderson sind wegen der Bezahlung aneinandergeraten, nachdem Sie die Überwachungsanlage bei ihrem Haus installiert hatten.«

Esping versuchte, die Frage wie eine Behauptung klingen zu lassen, so wie Vinston es bei Sofie Wram gemacht hatte. Urdal trank noch einmal aus seiner Flasche und grinste schadenfroh.

»Ja, ich habe in der Zeitung gelesen, dass endlich jemand genug von ihrem Scheißgerede hatte und der alten Hexe ein Ende bereitet hat. Im eigenen Musterhaus umgebracht, was für ein Karma.«

Esping biss sich auf die Zunge.

»Anderson war der reinste Albtraum«, fuhr Urdal fort. »Nichts war gut genug, und ihr fielen dauernd neue Sachen ein. Aber es durfte nichts kosten. Sie drohte mit Anwälten und Kündigung, sobald ein Handwerker Extras geltend machte.«

»Extras?«, fragte Vinston.

»Änderungen, Zusatzvereinbarungen, alle Kosten, die über den Kostenvoranschlag hinausgehen«, wusste Esping.

»Alle anderen Handwerker haben sich ihren Quatsch gefallen lassen«, fuhr Urdal fort. »Sie hatten Angst vor ihr. Aber ich nicht. Es kam zum Streit, und ich habe ihr gesagt, sie soll sich zum Teufel scheren. Hab mein Zeug gepackt und bin gegangen. Später habe ich gehört, dass sie diesen Stümper El-Hasse aus Sjöbo angeheuert hat. Na, viel Glück …«

Urdal zog ein abgestoßenes Smartphone in einer dicken Gummihülle aus seinem Werkzeuggürtel und schaute demonstrativ auf die Uhr.

»Ist noch was? Sonst muss ich jetzt weitermachen. Der Kunde kommt nächste Woche und hat mir einen fetten Bonus versprochen, wenn bis dahin alles funktioniert. Das erfordert einige kreative Maßnahmen, aber darin bin ich gut.«

Er zwinkerte Esping zu.

»Wo waren Sie am Sonntag gegen halb zwei?«, fragte Vinston.

Fredrik Urdal hob die Hände.

»Hier. Wo sonst?«

»Kann das jemand bestätigen?«

»Was denn, glauben Sie etwa, ich hätte die Alte umgebracht?« Urdal warf den Kopf zurück und lachte höhnisch auf. »Ne, ne, da sind Sie auf dem Holzweg. Es gibt bestimmt Leute, die sehr viel wütender auf Jessie Anderson sind als ich.«

»Wer denn zum Beispiel?«, fragte Esping.

Urdal schraubte den Deckel auf seine Wasserflasche und stellte sie auf den Boden. Dann verzog er den Mund zu einem spöttischen Lächeln.

»Das herauszufinden ist doch wohl dein Job, Herzchen?«

Sobald Vinston und Esping gefahren waren, ging Fredrik Urdal zu einer Sporttasche und holte ein Handy heraus. Es war kleiner als dasjenige, welches er in seinem Werkzeuggürtel trug, und sah ganz neu aus. Er wählte die einzige Nummer in der Anrufliste.

»Ich bin's«, sagte er, als die Person am anderen Ende dranging. »Die Bullen waren gerade hier und haben Fragen gestellt. Deshalb ist der Preis jetzt auf hundertfünfzigtausend gestiegen. Spätestens morgen Abend um acht, sonst erzähle ich, was ich weiß. Kapiert?«

Er beendete das Gespräch, ohne die Antwort abzuwarten. Zufrieden grinsend schob er den Radiostecker wieder in die Steckdose, woraufhin erneut Death Metal von den Wänden hallte.

24

Wir müssen Fredrik Urdal als unseren Hauptverdächtigen ansehen«, sagte Esping, nachdem Vinston den Motor gestartet hatte. »Er war schon einmal gewalttätig und besitzt kein Alibi. Außerdem hatte er Streit mit Jessie Anderson, was ihm ein Motiv verschafft. Seine Autoreifen sehen auch so aus, als würden sie zu den Spuren im Sand unterhalb des Hauses passen. Und er wusste, dass nur eine der Kameras funktionierte, weshalb er sich außer Sichtweite bewegte.«

»Das ist eine interessante Theorie«, stimmte Vinston nachdenklich zu. »Aber sie enthält einige Leerstellen. Wie konnte Urdal zum Beispiel wissen, dass Jessie in diesen wenigen Minuten zwischen Niklas Modighs Fortgehen und dem Erscheinen von Christina und mir allein sein würde?«

»Er hatte Zugang zum Überwachungssystem«, erwiderte Esping. »Er konnte die Kameraaufzeichnung und die Einträge sehen.«

»Nein, denn Jessie hat dafür gesorgt, dass Palm Urdals Zugang sperrt.«

»Dann hat er vielleicht gesehen, dass Jessies Wagen als einziger vor dem Haus stand?«

»Denkbar«, nickte Vinston. »Aber das würde voraussetzen, dass Urdal auf gut Glück zum Haus gefahren ist. Und das Motiv ist auch ein wenig schwach. Der Streit mit Jessie Anderson lag schon eine Woche zurück. Vielleicht länger. Im Affekt zu töten ist eine Sache, aber so lange zu warten? Was hätte Urdal davon gehabt?«

»Rache«, meinte Esping. »Und vielleicht haben sie im Haus erneut gestritten?«

»Dafür hatten sie kaum Zeit. Die Person auf dem Video ist nur ein, zwei Minuten vor unserem Eintreffen auf dem Weg ins Haus. Urdal ist interessant, aber es gibt andere, die genauso denkbar sind.«

»Wer denn?«

»Zum Beispiel Sofie Wram. Sie hatte nur wenige Stunden vorher mit Jessie Streit. Ihre Autoreifen zeigten Spuren von Sand. Und es gibt in Sofie Wrams Vergangenheit bereits einen mysteriösen Sturz. Ich nehme an, Sie kennen die Geschichte.«

»Ihr Mann? Das ist doch zwanzig Jahre her. Max war voll wie eine Haubitze und ist von einem Heuboden gefallen.«

»Jessie war betrunken und ist von einem Treppenabsatz gestürzt.«

Esping schüttelte zweifelnd den Kopf.

»Ich kenne Sofie, seit ich ein Kind war. Der Sand an ihren Reifen kann von einer Reitbahn stammen, und sie ist keine Mörderin.«

»Nicht? Hatten Sie nicht gesagt, alle hätten Angst vor ihr?«

»Nicht so.«

Das Gespräch endete in angespannter Stille. Nach einer Weile tippte Esping in ihr Handy.

»Borén hat den technischen Bericht geschickt«, teilte sie mit. »Leider hat sie nichts gefunden, was wir nicht schon wissen. Das einzig Neue ist, dass Palms Reifenabdruck nicht mit der Spur am Strand übereinstimmt. Außerdem hat sie ein paar Berechnungen angestellt, mit welcher Geschwindigkeit Jessie über die Kante gestürzt sein muss, kommt aber zu dem Schluss, dass sie entweder gefallen ist oder gestoßen wurde.«

»Und der Obduktionsbericht?«

»Der ist noch nicht da. Aber wenn er genauso nichtssagend ist, wird es sicher schwer werden, L-G davon zu überzeugen, uns weiterarbeiten zu lassen.«

»Mm.« Vinston überlegte, wie er sich ausdrücken sollte. »Also, ich kenne L-G natürlich nicht besonders gut, aber ist es nicht seltsam, dass er Jessie Andersons Tod so gerne als Unfall abtun will?«

Er blieb bei einem Stoppschild stehen und drehte sich zu Esping um.

»Sie haben nicht zufällig den Eindruck, dass L-G unter Druck sein könnte? Dass jemand die ganze Geschichte unter den Teppich kehren möchte?«

Sie waren rechtzeitig zum Mittagessen zurück in Felicias Kaffeehaus. Es war ziemlich voll, aber bei dem guten Wetter wollten die meisten Gäste draußen sitzen, sodass Vinston und Esping einen ruhigen Tisch fanden.

»Ich esse meist den Caesar Salad«, sagte Esping. »Und das Grillsandwich mit Räucherschinken und schonischem Senf auf Sauerteigbrot ist sehr beliebt.«

Vinston wählte das Sandwich, und sie aßen schweigend.

Esping ärgerte sich immer noch über die Diskussion im Auto. Immerhin hatte sie dafür gesorgt, dass Vinston noch an der Ermittlung teilnehmen durfte, trotzdem konnte er es nicht lassen, sie zu belehren.

»Sie könnten mit Fredrik Urdal schon recht haben«, bemerkte Vinston, als habe er ihre Gedanken erraten. »Mir geht es nur darum, dass es zu früh ist, andere Täter auszuschließen. Wir müssen einfach abwarten, ob seine oder Wrams Reifenabdrücke mit den Spuren am Strand übereinstimmen.«

»Mm.« Esping schaute bestimmt zum zehnten Mal innerhalb der letzten zehn Minuten auf ihr Handy. Dabei entdeckte sie eine frisch eingetroffene E-Mail aus der Rechtsmedizin.

»Der Obduktionsbericht ist da!«

Vinstons Gesicht bekam einen beinahe eifrigen Ausdruck.

»Was steht drin?«

»Äh …« Esping kratzte sich im Nacken. »Das ist ehrlich gesagt mein erster Obduktionsbericht, vielleicht könnten Sie ihn lesen?«

»Könnten wir ihn hier irgendwo ausdrucken?«

»Klar, Felicia hat einen Drucker in ihrem Büro.«

Esping verschwand in der Küche.

Nach einer Weile kam sie mit einem Stoß Papiere zurück, den sie vor Vinston legte.

Er blätterte ihn durch und brummte ein paarmal.

»Und?«, fragte Esping ungeduldig.

»Jessies Tod wurde vom Sturz auf den Haken verursacht. Das Rückgrat ist gebrochen, Herz und Lunge sind punktiert. Wahrscheinlich war sie sofort tot. Nichts Ungewöhnliches.« Er blätterte weiter. »Der Alkoholgehalt in ihrem Blut lag bei 0,6 Promille. Für jemanden wie Jessie bedeutet das wohl, dass sie gerade mal angeheitert war.«

»Sie ist also nicht im Rausch gestürzt?«

»Das scheint mir jedenfalls unwahrscheinlich. Aber natürlich nicht unmöglich.«

Vinston überflog den Rest des Protokolls.

»Noch was?«, wollte Esping wissen.

»Nein, außer dass Jessie offensichtlich keine echte Blondine war und eine Reihe Schönheitseingriffe hatte machen lassen.«

»Aha, sie hatte also Filler, Silikonbrüste und war auch sonst nicht besonders echt. *Surprise, surprise!*« Esping notierte zu ihrem Vergnügen, dass Vinston verlegen dreinschaute.

»So in etwa, ja.«

Vinston schob die Papiere zusammen und klopfte sie auf den Tisch, um sie auf Kante zu bringen.

»Die Frage ist, ob wir L-G anrufen sollen? Wir haben immer noch nur Indizien …«, sagte er, wurde aber von seinem Telefon unterbrochen. Elin Sidenvalls Nummer.

Er nahm das Gespräch an, stellte den Ton laut und drehte den Hörer so, dass Esping mithören konnte.

»Peter Vinston.«

»Hallo, hier ist Elin Sidenvall. Ich …« Ihre Stimme klang beunruhigt. »Ich habe das in der Zeitung gelesen. Über Sie, über Jessie. Dass Sie glauben, es könnte Mord gewesen sein?«

Esping beugte sich näher, um kein Wort zu verpassen.

»Möglicherweise.«

Elin holte hörbar Luft.

»Glauben Sie, es hat mit dem Projekt zu tun? Mit den ganzen Protesten? Dass sie deswegen jemand …«

»Ich glaube nicht, dass Sie sich Sorgen machen müssen«, antwortete Vinston.

Nun begann auch Espings Telefon zu klingeln. Sie stand auf und ging ein paar Schritte beiseite, um Vinstons Gespräch nicht zu stören.

»Hallo, Esping. Hier Per von der IT-Abteilung. Ich habe dieses Handy für dich überprüft.«

Per sprach nicht weiter, offenbar, um sie auf die Folter zu spannen.

»Okay, und was hast du gefunden?«, erkundigte sie sich, so ruhig sie konnte.

»Oh, es gab ein paar kleine Schätze«, kicherte er. »Vor allem einen ziemlich heißen Sexchat, den Jessie versucht hatte zu löschen. Aber wir konnten ihn wiederherstellen. Jedes schmutzige kleine Detail.«

Esping schaute zu Vinston hinüber, aber der war noch im Gespräch.

»Weißt du, mit wem Jessie gechattet hat?«

»Jepp.«

Wieder eine unnötige Pause. Esping konnte ihre Ungeduld nicht länger im Zaum halten.

»Hast du vor, es mir zu sagen, oder ist das ein Cliffhanger?«

25

Niklas Modigh öffnete die Tür mit seinem üblichen selbstsicheren Lächeln.

Er hatte einen Dreitagebart und sah trotz des Lächelns ein wenig müde aus. In der einen Hand hielt er einen Akkuschrauber.

»Ah, Sie wieder«, sagte er. »Ich bin gerade dabei, im Haus ein paar Sachen zu reparieren. Daniella ist unterwegs und schaut sich ein Pferd an, aber ich kann sie anrufen und fragen, ob sie auf dem Weg nach Hause ist.«

»Tatsächlich sind Sie es, mit dem wir sprechen möchten«, erwiderte Esping. »Am liebsten allein.«

»Oh, das klingt unheilvoll. Soll ich meinen Anwalt anrufen?«

Niklas versuchte, scherzhaft zu klingen, aber es gelang ihm nicht richtig. Er führte sie die Treppe hinunter in einen Raum, der von einem großen Billardtisch und ein paar Klubsesseln dominiert wurde.

»Also, wie kann ich Ihnen helfen?«, fragte er.

»Hatten Sie ein Verhältnis mit Jessie Anderson?«, kam Esping direkt zur Sache.

Das Lächeln des Hockeyspielers verschwand auf einen Schlag.

»Wer hat das behauptet? Elin? Das war ein Missverständnis. Ich habe an die falsche Person ...«

»Wir haben Ihren Chat gelesen«, verdeutlichte Vinston.

Niklas' Gesicht verlor alle Farbe, er sank in einen der Sessel.

»Verdammt! Ich habe mehrmals versucht, mit Jessie Schluss zu machen. Aber sie weigerte sich einfach.«

Esping zog ein Blatt Papier aus der Jackentasche.

»Na ja, Ihrem langen Chatverlauf zufolge haben Sie sich im ersten Jahr nicht besonders geziert. Erst gegen Ende fingen Sie an, sich zurückzuziehen.« Sie las laut vor: »*Wir müssen wirklich damit aufhören. Es war spannend, aber jetzt wird es langsam zu gefähr-*

lich. Wenn Daniella klar wird, dass wir uns immer noch treffen, ist es aus. Noch eine Chance bekomme ich nicht.«

Sie schaute Niklas über den Rand des Papiers hinweg an.

»Das haben Sie vor einigen Wochen geschrieben. Aber Jessie scheint nicht auf Sie gehört zu haben, denn nur einen Tag später hat sie ein Bild von sich geschickt. Oder besser gesagt, von einem bestimmten Teil von sich. Das scheint ein Hobby von Ihnen beiden gewesen zu sein ...«

Aus den Augenwinkeln sah Esping, dass Vinston verlegen wegschaute. Sie blickte wieder auf das Blatt Papier hinunter.

»Das hier stammt von letzter Woche: *Daniella ist wahnsinnig misstrauisch. Sie kontrolliert mich dauernd. Ich habe dir hundertmal gesagt, dass es zu riskant ist. Was auf dem Spiel steht. Lösch den Chat und hör auf, mich zu kontaktieren. Hör auf, verstanden?!*«

Niklas Modigh begrub das Gesicht zwischen seinen Händen.

»Und jetzt am Samstagnachmittag, nachdem Jessie noch ein Bild geschickt hatte: *Schluss jetzt, verdammt, Jessie! Das ist das letzte Mal, dass ich dich freundlich darum bitte ...*«

Esping ließ das Blatt sinken.

»Welche Risiken haben Sie gemeint?«, fragte Vinston. »Was stand auf dem Spiel?«

Niklas schaute auf und seufzte tief, bevor er antwortete: »Vor ungefähr einem Jahr hat Daniella herausgefunden, dass ich sie mit Jessie betrogen habe. Ich beteuerte, es sei eine einmalige Sache gewesen, und sie gab mir noch eine Chance.«

Er schüttelte missmutig den Kopf.

»Daniella und ich sind schon lange zusammen. Seit ich für die NHL gedraftet wurde. Wir haben keinen Ehevertrag. Wenn sie die Scheidung einreicht, vor allem in den USA ...«

»... dann kann sie Sie komplett ausnehmen«, ergänzte Vinston. »Sie müssten ihr jahrelang Unterhalt zahlen. Millionen von Dollar.«

»Richtig.«

»Aber trotzdem konnten Sie Ihre Finger nicht von Jessie Anderson lassen?«

Der Hockeyspieler rieb sich die Schläfen.

»Ich habe wirklich mehrmals versucht, die Sache zu beenden. Aber es ging nicht.«

»Am Samstag auf dem Fest«, sagte Vinston. »Ich habe Sie und Jessie im Garten gesehen.«

»Ich habe versucht, ihr klarzumachen, dass wir aufhören müssen. Daniella und ich wollten schließlich am Sonntag zu Jessies Hausbesichtigung gehen. Ich hatte panische Angst, dass Jessie dann etwas tun oder sagen würde, was uns verraten könnte.«

»Und was sagte Jessie dazu?«, fragte Esping.

»Sie hat bloß gelacht, als wäre alles ein verdammtes Spiel. Und dann, am nächsten Tag, hat sie den Preis für das Haus erhöht. Eiskalt. Zwei Millionen Kronen mehr, als wir ausgemacht hatten. Dabei tat sie so, als hätten wir, sie und ich, schon darüber gesprochen. Und ich hatte keine andere Wahl, als mitzuspielen.«

»Sind Sie deshalb noch einmal ins Haus zurück, nachdem Daniella gefahren war?«

Modigh nickte.

»Ich wollte, dass Jessie das zurücknimmt, aber sie hat mich nur ausgelacht. Sie meinte, ich würde billig davonkommen und dass sie den Preis noch weiter hätte erhöhen sollen. Dass sie die Bilder und Chats gesichert hätte.«

»Was geschah dann?«, wollte Esping wissen.

»Ich bin sofort nach Hause gefahren. Hab mir ein großes Glas Whisky eingeschenkt und versucht, genug Mut aufzubringen, um Daniella alles zu erzählen. Ob Sie mir glauben oder nicht, ich liebe meine Frau und will sie nicht verlieren. Aber als sie schließlich kam, traute ich mich doch nicht.«

»Und dann war Jessie plötzlich tot«, konstatierte Esping. »Und all Ihre Probleme sind gelöst.«

»Ja«, stieß Modigh gepresst hervor. »Aber ich habe sie nicht getötet. Das müssen Sie mir glauben!«

Vinston und Esping sahen sich an.

»Wir müssen Sie bitten, bis auf Weiteres in der Gegend zu bleiben«, sagte Esping.

Niklas Modigh nickte verbissen.

»Tja. Was denken Sie?«, fragte Vinston, als sie sich ins Auto setzten und vom Hof fuhren.

»Ich weiß nicht recht«, erwiderte Esping. »Niklas Modigh hat ganz klar ein starkes Motiv.«

»Aber wir wissen, dass Jessie Anderson noch lebte, als er das Haus verließ. Und die Reifenspuren stimmen auch nicht«, bemerkte Vinston. »Niklas fährt einen Tesla, die Reifen haben ein flaches Profil und hinterlassen nicht die Art von tiefen Spuren, wie wir sie am Strand gefunden haben.«

»Vielleicht fuhr er nach Hause und tauschte den Wagen aus?«, überlegte Esping. »Wobei ihm dafür die Zeit nicht gereicht hätte«, korrigierte sie sich selbst. »Er hatte nur eine Viertelstunde, das ist viel zu wenig, um hierherzufahren, den Wagen zu wechseln und zum Musterhaus zurückzukehren.«

»Mm.« Vinston bog auf die Hauptstraße ein. »Was halten Sie davon, noch mal bei Elin Sidenvall vorbeizufahren? Genau wie Sie denke ich auch, dass sie mehr weiß, als sie erzählt hat. Nicht zuletzt über Jessies Liebesleben.«

»Gut«, sagte Esping.

Vinston setzte den Blinker und fuhr an den Straßenrand, von wo aus er sorgfältig in beide Richtungen schaute, bevor er einen U-Turn machte.

Elins kleiner Wagen stand in der Auffahrt zu ihrem Haus. Vinston klopfte an die Haustür, aber niemand öffnete.

»Seltsam«, sagte er zu Esping. »Als sie anrief, hatte ich den Eindruck, sie sei zu Hause. Bleiben Sie hier, dann schaue ich mal auf der Rückseite nach.«

Er umrundete das Haus. Eine Mauer trennte den Vorgarten von

der Rückseite, aber in der Mitte befand sich eine Tür, deren Scharniere heiser quietschten, als er sie aufdrückte.

Der Garten dahinter war stark zugewachsen. Das Gras hätte schon lange gemäht werden müssen, und Unkraut überwucherte die Rabatten. Das einzige Geräusch, das zu hören war, stammte von einem Traktor in der Ferne.

»Hallo?«, rief Vinston. »Elin Sidenvall?«

Auf der Rückseite des Hauses entdeckte er eine gepflasterte Terrasse mit zwei Sonnenliegen. Die Terrassentür zum Wohnzimmer stand offen. Vinstons Polizeiinstinkt erwachte.

»Hallo!«, rief er noch einmal. »Hier ist die Polizei!«

Keine Antwort. Er schob die Terrassentür auf und ging vorsichtig hinein. Im Haus war alles still. Eine bedrückende, seltsame Stille, bei der sich Vinstons Nackenhaare aufstellten. Der feuchte Geruch in den Räumen war deutlicher wahrzunehmen als beim letzten Mal.

»Hallo! Elin!«

Er schaute in die Küche. Leer. Er ging weiter ins Arbeitszimmer. Es sah genauso aus wie beim letzten Mal, aber er bemerkte, dass eine Schreibtischschublade ein Stück herausgezogen war. Vielleicht ein Zufall, oder jemand hatte hier kürzlich etwas gesucht.

Das Gefühl der Unruhe nahm zu, Vinstons Herz schlug heftiger.

Er ging einige leise Schritte die Treppe zum Obergeschoss hinauf, musste aber auf halbem Weg stehen bleiben. Sein Herz pochte, sein Kopf rauschte plötzlich. Vinston erkannte die Symptome.

Er stützte sich mit den Händen auf den Knien ab und holte ein paarmal tief Luft, wodurch das Rauschen nachließ. Dann richtete er sich langsam auf und hielt sich am Treppengeländer fest, um nicht das Gleichgewicht zu verlieren.

Als er schließlich oben ankam, öffnete er vorsichtig die Tür zu Jessies Schlafzimmer.

Leer. Das Bad auch.

Blieb nur noch Elins Zimmer. Sein Herzschlag wurde wieder

schneller, wodurch das Rauschen in seinem Kopf die Ohren erreichte, in seinem Blickfeld schienen kleine weiße Blasen zu explodieren.

Vinston zwinkerte mehrmals heftig, um die Blasen loszuwerden, und stützte sich am Türrahmen ab. Er durfte jetzt nicht ohnmächtig werden.

»Elin«, sagte er mit wackeliger Stimme. »Elin?«

Keine Reaktion. Sein Puls raste, das Rauschen wurde stärker.

Voll böser Vorahnung holte Vinston tief Luft, drückte die Klinke hinunter und öffnete langsam die Tür zum Schlafzimmer.

26

Elins Bett war genauso ordentlich gemacht wie neulich. Das Fenster war gekippt, was die Gardinen sanft zum Flattern brachte.

Ansonsten war das Zimmer leer.

Vinston sank erleichtert auf das Bett. Dort blieb er eine Minute sitzen, bis sich sein Herzschlag beruhigte. Er hatte wieder einmal kurz vor einer Ohnmacht gestanden, und das im denkbar schlechtesten Moment. Im Übrigen war alles nur falscher Alarm gewesen.

Er sah sich im Zimmer um. Es war genauso aufgeräumt und sauber wie beim letzten Mal, vielleicht mit Ausnahme eines halb vollen Blisters Ibuprofen, der neben dem Bücherstapel auf dem Nachttisch lag.

Ganz oben im Stapel lag Agatha Christies *Alibi*, welches auch eines von Vinstons Lieblingsbüchern war. Elin hatte offenbar einen guten Geschmack, wenn es um Krimis ging. Er erhob sich und kontrollierte das Fenster. Der Riegel war vorgeschoben. Draußen war ein tristes Garagendach aus Dachpappe zu sehen.

Vinston kam gerade zurück ins Erdgeschoss, als die Haustür weit geöffnet wurde. Esping erschien im Türrahmen, und schräg hinter ihr Elin Sidenvall mit einer großen Sonnenbrille, die das halbe Gesicht bedeckte.

»Die Terrassentür stand offen«, erklärte Vinston, nachdem er sich von dem Schreck erholt hatte. »Wir haben geklopft, aber Sie haben nicht aufgemacht.«

»Der Bauleiter hat mich wegen einer Sache angerufen«, sagte Elin Sidenvall. »Deshalb musste ich kurz nach Gislövsstrand fahren.«

»Mit Jessies Wagen«, fügte Esping hinzu.

»Ja, mein eigener hat kaum noch Benzin, und es war dringend.«

»Wissen Sie, ob Sie die Terrassentür zugemacht haben, bevor Sie losgefahren sind?«, fragte Vinston.

»N-nein?«

Elin schien erst jetzt zu begreifen, was er meinte.

»Glauben Sie, dass jemand eingebrochen ist?«, erkundigte sie sich beunruhigt.

»Ich weiß es nicht. Könnten Sie sich umsehen und schauen, ob etwas fehlt?«

Elin machte eine schnelle Runde durch das Haus, während sich Esping und Vinston im Hintergrund hielten.

»Alles sieht aus wie vorhin«, sagte sie dann. »Wahrscheinlich habe ich einfach vergessen, die Terrassentür zu schließen. Wie dumm von mir …«

Sie forderte die beiden Polizisten mit einem Zeichen auf, ihr auf die Terrasse zu folgen.

Die Sonne war herausgekommen. Die Vögel sangen, und der Garten sah nicht mehr so düster aus wie vor einer Weile.

»Wir wollten Ihnen noch ein paar Fragen stellen«, sagte Vinston, während sie sich setzten. »Hatte Jessie ein Verhältnis mit Niklas Modigh?«

Elin Sidenvall erstarrte, nickte dann aber verbissen.

»Ich glaube, ja.«

»Hat Jessie etwas darüber gesagt?«, wollte Esping wissen.

»Nein. Sie sprach fast nie über ihr Privatleben. Aber ich hatte trotzdem den Verdacht. Jessie machte sich immer besonders zurecht, wenn sie Niklas traf, und mir fiel auf, dass Daniella und Jessie sich nicht mochten. Außerdem gab es diesen peinlichen Anruf letzten Sommer …«

Elin schlug verlegen die Augen nieder.

»Wir hatten eine Hausbesichtigung. Jessie war mit einem Kunden beschäftigt und hatte ihr Telefon weggelegt. Als es klingelte, ging ich dran. Es war ein Reflex, ich war noch ganz neu. Ich habe gesehen, dass es Niklas Modigh war, wir waren uns ein paarmal begegnet, also sagte ich ›Hallo, Niklas‹ oder so etwas. Er muss gedacht haben, ich sei Jessie, und fing an, irgendwelche schlüpfrigen Sachen zu sagen. Ich habe ihn sofort weggeklickt.«

Sie stockte, ihre Wangen wurden rot.

»Jessie hat mich hinterher völlig runtergemacht. Hat gesagt, ich dürfe nie wieder ihr Handy anrühren. Es war wahnsinnig peinlich.«

Sie schaute wieder zu Boden.

»Es tut mir wirklich leid, dass ich das nicht schon am Montag erzählt habe, aber ich wollte Niklas' Ehe nicht gefährden. Und am Anfang haben ja alle geglaubt, Jessies Tod sei ein Unfall, also dachte ich, es würde keine Rolle spielen. Aber ich kann mir trotzdem nicht vorstellen, dass Niklas mit der ganzen Sache etwas zu tun hat.«

»Verstehe«, sagte Vinston. Er ließ der jungen Frau ein paar Sekunden Zeit, sich wieder zu fangen, bevor er das Thema wechselte. »Eine andere Frage: Das Projekt lief ziemlich schlecht, aber vor gut einem Monat floss neues Kapital von einer Firma aus Zypern. Jessie Anderson benutzte dieses Geld unter anderem dafür, *The Hook* zu kaufen. Wissen Sie etwas Genaueres darüber?«

»Jessie behauptete, das Geld käme von einem geheimen Investor, mehr wollte sie dazu nicht sagen.«

»Sonst nichts?«

»Nein, sie war in diesem Punkt sehr bestimmt. Sagte, sie hätte eine Verschwiegenheitserklärung unterschrieben. Ich wollte nicht nachbohren.«

Elin Sidenvall schob sich eine lose Strähne aus dem Gesicht.

»Kennen Sie einen Handwerker namens Fredrik Urdal?«, fragte Esping.

»Den Elektriker? Jessie hat ihn rausgeworfen. Er war ein unangenehmer Kerl. Rief an und brüllte herum.«

»Wissen Sie, ob er Jessie Anderson bedroht hat?«, wollte Esping wissen.

»Möglich. Aber Jessie war Konflikte gewöhnt. Sie ließ sich keine Angst einjagen.«

»Warum wurde ihm gekündigt?«

Die Assistentin zögerte einen Moment, wie um ihre Worte mit Bedacht zu wählen.

»Jessie war Perfektionistin. Sie hatte keine Geduld mit Menschen, die ihren Anforderungen nicht entsprachen. Schon gar nicht, wenn es um dieses Projekt ging. Das war ihr Baby.«

»War das auch das Problem im Musterhaus?«, fragte Vinston nach. »Mit dem Champagner? Die Modighs sagten, sie hätten den Eindruck gehabt, Sie und Jessie hätten sich gestritten, unmittelbar bevor Sie sich an der Tür trafen.«

Die Frage schien Elin unangenehm zu sein.

»Jessie konnte manchmal hart sein, vor allem, wenn sie getrunken hatte«, gestand sie dumpf. »Sie schimpfte mit mir, weil es keinen Champagner mehr gab. Ich fand das ungerecht.«

Elin lächelte angestrengt.

»Aber ich wusste, dass sie es nicht so meinte. Jessie wirkte manchmal kalt, und es fiel ihr schwer, andere Menschen an sich heranzulassen. Aber sie konnte auch sanft und mitfühlend sein. Ich war wohl eine der wenigen, die diese Seite von ihr sehen durften. Es ist so traurig, dass unser letztes Gespräch ein Streit um eine blöde Flasche war.«

Die Assistentin zog ein Taschentuch aus der Handtasche und presste es auf die Augen. Esping nutzte die Gelegenheit, einen Blick in die Tasche zu werfen. Darin lag etwas, ein schwarzer Zylinder, wie sie ihn schon einmal gesehen hatte.

»Ich begreife immer noch nicht, was eigentlich passiert ist«, sagte Elin. »Glauben Sie wirklich, dass Jessie ermordet wurde? Hat das etwas mit den Leserbriefen zu tun?«

»Sie denken an Nicolovius?«, fragte Vinston.

»Ja, genau. Er schrieb doch, dass die Schuldigen für ihre Gier bezahlen sollten. Musste Jessie also dafür bezahlen?«

»Das wissen wir noch nicht«, erwiderte Vinston. »Wir müssen noch einigem nachgehen.«

Sie verließen das Haus und fuhren zurück zu Felicias Café. Die Sonne hatte sich wieder hinter Wolken versteckt, Wind blies durch die Weidenalleen.

»Ich werde aus Elin Sidenvall nicht schlau«, bemerkte Esping und griff nach ihrem Handy.

»Nicht?«, fragte Vinston. »Sie hat doch erklärt, warum sie nichts von Niklas Modigh gesagt hat.«

»Nein, da ist noch etwas anderes. Sie hatte eine Dose Pfefferspray in ihrer Handtasche. Ich habe das gesehen, als sie nach einem Taschentuch suchte. Elin hat beim ersten Mal, als wir mit ihr sprachen, Informationen zurückgehalten, und ich denke, sie verheimlicht immer noch etwas.«

»Sie könnten recht haben. Aber dass sie Angst hat, ist vielleicht nicht erstaunlich. Immerhin wohnt sie allein, und ihre Arbeitgeberin ist gerade umgekommen.«

»Stimmt. Aber wie kann sie dann so nachlässig sein, nicht alle Türen abzuschließen?«

Erste kleine Regentropfen klatschten gegen die Windschutzscheibe, als sie sich dem Café näherten. Vinston setzte Esping direkt vor dem Eingang ab.

»Wir hören morgen voneinander«, verabschiedete sie sich. »Ich vermute, dass L-G noch einmal mit uns sprechen will.«

Während er nach Hause fuhr, dachte Vinston über Elin Sidenvall nach.

Irgendetwas an ihr mochte er. Vielleicht lag es daran, dass sie ihn an Amanda erinnerte.

In der Einfahrt zu seinem Ferienhäuschen stand ein Wagen, vermutlich Christinas. Vinston bereitete sich innerlich darauf vor, einen Rüffel zu erhalten. Er hatte nichts von ihr gehört, seit sie ihn gestern im Gasthaus in Brösarp ertappt hatte, und er wusste aus Erfahrung, dass sie ihm das kaum durchgehen lassen würde.

Aber als er auf das Haus zuging, fand er zu seiner Verwunderung Poppe, eine Zigarre rauchend, auf der Treppe sitzend vor.

»Ich wollte mich nur vergewissern, dass es dir hier gefällt«, sagte Poppe, nachdem sie sich begrüßt hatten. »Dass du nicht nach einem Zusammenstoß mit einem Türrahmen bewusstlos in der Ecke liegst.«

Vinston lachte höflich über den Scherz.

»Ja, natürlich, alles in Ordnung.«

»Schön zu hören.« Es folgten ein paar Minuten verlegenes Schweigen. »Und wie läuft es mit den Ermittlungen?«

»Es geht voran.« Erneutes Schweigen. Poppe zog an seiner Zigarre.

»Ist Christina sehr böse?«, fragte Vinston schließlich.

»Sie hat sich nicht direkt geäußert, aber ich weiß, dass sie vorhin mal hier war. Deswegen bin ich gekommen.«

An Poppes Zeigefinger baumelte ein Schlüssel.

»Der Ersatzschlüssel zum Haus. Mir ist bewusst, dass Christina und du ein sehr …«, Poppe suchte nach dem richtigen Wort, »enges Verhältnis zueinander habt. Dafür, dass ihr geschieden seid. Sie hat sicher einen Grund, wütend auf dich zu sein, und das Letzte, was ich will, ist, mich einzumischen. Aber ich finde es nicht richtig, dass Christina in deinem Haus kommen und gehen kann, wie sie will. Nicht, solange du unser Gast bist.«

»Danke.« Vinston nahm den Schlüssel entgegen. Dabei wurde ihm widerwillig klar, dass er sein Urteil über Poppe wohl noch einmal revidieren müsste.

»Möchtest du einen Kaffee?«, bot er an.

»Ich muss leider wieder los.«

Poppe warf die Zigarre in den Kies und trat sie vorsichtig mit dem Schuh aus. Dann hob er den Stummel wieder auf. Er sah aus, als wolle er gehen, überlegte es sich aber anders.

»Ich habe heute Morgen im *Cimbrishamner Tagblatt* über dich gelesen. Und über die Ermittlung.« Poppe fingerte zerstreut am Zigarrenstummel. »Ich wollte Jessie Anderson eigentlich nicht zu dem Fest einladen«, sagte er. »Aber Christina insistierte. Nicht, dass ich etwas gegen Jessie persönlich gehabt hätte.«

Vinston wartete geduldig das »Aber« ab, das in der Luft hing.

»Aber … ich fand die ganze Angelegenheit widerwärtig«, fuhr Poppe fort. »Sofie Wram hätte ihr nie das Grundstück verkaufen dürfen, und diese hässlichen Häuser passen überhaupt nicht nach Österlen. Schon gar nicht an einen so schönen Ort wie Gislövshammar. Nicht verwunderlich, dass die Leute aufgebracht waren. Aber deswegen zu töten …« Er schüttelte den Kopf. Dann schaute er auf die Uhr. »Nun ja, höchste Zeit, dass ich nach Hause fahre. Ich will mir noch einen kleinen Whisky genehmigen, bevor ich später einen großen Whisky trinke. Viel Glück bei der Jagd nach dem Mörder, Peter.«

Poppe drehte sich um und schlenderte zu seinem Wagen zurück.

Vinston blieb auf der Treppe stehen und sah ihm nach.

Auf den ersten Blick wirkte der Besuch unschuldig, geradezu nett. Aber er wurde das wachsende Gefühl nicht los, dass hinter Poppes unerwartetem Auftauchen mehr lag als nur ein Schlüssel.

Nachdem der Wagen weggefahren war, schloss Vinston langsam die Haustür auf. Wenn Christina hier gewesen war, wusste er nicht genau, was ihn erwarten würde. Auf der Kücheninsel entdeckte er einen Zettel auf einem Buch.

Ich habe beschlossen, dir zu verzeihen, weil Amanda erzählt hat, sie hätte dich überredet, bei den Ermittlungen zu helfen. Morgen Nachmittag fahren wir beide mit dir an den Strand. Bis dahin hast du Zeit, ein wenig zu lesen.

Vinston griff nach dem Buch mit dem Titel *Die Kunst der Entspannung.*

Auf der Rückseite des Zettels fand er noch einen Rat.

PS: Die Katze heißt übrigens Pluto. Sie liebt Sardinen (sind im Kühlschrank). Und sie mag es nicht, wenn man ihre Katzenklappe zuklebt.

Vinston erstarrte. Er schaute zur Haustür. Das Silbertape, welches die Katzenklappe verschlossen hatte, war weg.

»Nein, nein, nein«, murmelte er, während er ins Schlafzimmer lief. Beinahe hätte er sich den Kopf angestoßen, duckte sich aber im letzten Moment.

Die große, haarige Katze, die also Pluto hieß, lag wieder ausgestreckt auf seinem Bett.

Die Schwanzspitze bewegte sich leicht, und es zuckte in den Schnurrhaaren.

Vinston hatte den Eindruck, das Tier würde ihn angrinsen.

27

Vinston hatte wieder diesen Traum. Er jagte im Musterhaus einer fliehenden Gestalt hinterher, die entweder eine Katze oder etwas vollkommen anderes sein konnte, während die Zeugen und Verdächtigen im Wohnzimmer miteinander plauderten und Champagner tranken. Eine neue Person war hinzugekommen: Fredrik Urdal, der immer noch seinen Werkzeuggürtel um die Hüfte trug. Die Tätowierungen auf seinen Armen sahen lebendig aus, wanden sich wie Schlangen in ihrem Nest.

»Das ist Nicolovius«, ertönte eine Stimme.

»Wie nett, ich verfolge immer Ihre Leserbriefe«, sagte eine andere. Vinston reckte sich, um zu sehen, über wen sie sprachen, aber ohne Erfolg.

Das Haus roch nach Zigarren, und im Hintergrund spielte ein Jazztrio »The Best of Times«, bevor es von den realeren Tönen einiger Elsternjungen unterbrochen wurde, die im Baum vor dem Schlafzimmerfenster hausten und Vinston mit ihrem Gezeter weckten.

Er ging hinaus, um die Zeitung zu holen. Feine morgendliche Nebelschwaden hingen über den weiten Feldern. Hoch am Himmel zwitscherte eine Lerche, die aufdringlichen jungen Ochsen waren glücklicherweise nicht zu sehen. Vinston blieb eine Weile stehen und genoss die schöne Aussicht. Natur hatte definitiv seine Vorteile, zumindest in kleinen Dosen.

Er kehrte ins Haus zurück, um zu frühstücken, und stellte fest, dass er einen verpassten Anruf seines Chefs aus Stockholm hatte. Wahrscheinlich hatte Bergkvist seinen Namen in einer der Abendzeitungen gesehen und wollte sich vergewissern, dass Vinston nicht arbeitete. Er rief ihn nicht zurück. Solange er nicht mit Bergkvist sprach, brauchte er zumindest nicht zu lügen. Auf Dauer würde diese Taktik allerdings nicht funktionieren.

Die erste Seite des *Cimbrishamner Tagblatts* wurde von der Schlagzeile *Der Zwist, der Österlen spaltet* dominiert. Jonna Osterman hatte eine lange Reportage geschrieben, in der sie den Konflikt zwischen den Ortsansässigen und Jessie Anderson schilderte. Margit Dybbling war in ihrer Funktion als Vorsitzende des Dorfvereins interviewt worden.

Es gab sogar ein Foto der Hakenskulptur mit der rhetorischen Dreifachfrage: *Friedensgeschenk, Lockmittel oder Mordwaffe?*

Als Vinston umblätterte, fand er ein weißes, zusammengefaltetes Blatt. Sein erster Gedanke war, dass es sich um einen Werbezettel handelte, aber als er es aufklappte, sah er, dass nur ein Satz darauf stand. Fünf Wörter in schwarzer Times-New-Roman-Schrift.

Der Tag der Abrechnung naht.

Vinston runzelte die Stirn. Der Tag der Abrechnung, war das nicht der Titel eines von Nikolovius' Briefen in Margit Dybblings Sammlung? Wer hatte den Zettel in seine Morgenzeitung gelegt, und warum?

Seine Gedanken wurden vom Summen des Telefons unterbrochen. Eine Nachricht von Esping.

Ich habe L-G die Berichte gegeben. Er will uns um neun auf der Wache treffen. Parken Sie ein Stück entfernt und gehen Sie zur Rückseite des Gebäudes, dann entkommen Sie den Journalisten. Klingeln Sie beim Personaleingang.

Vinston beendete sein Frühstück und zog sich einen Anzug an. Dann fuhr er gemächlich Richtung Simrishamn, um zeitig da zu sein. Auf der Fahrt dachte er noch einmal über den Zettel nach. Der geheimnisvolle Nicolovius tauchte immer wieder auf, sowohl in den Ermittlungen als auch in seinen Träumen. Und jetzt sogar in seinem Briefkasten.

Wer hatte den Zettel dort deponiert und warum?

War die unheilvolle Mitteilung nur eine Vorhersage oder eher eine Warnung? Oder sogar Drohung?

Wie auch immer, sollte er Esping bitten, den Zettel zur kriminaltechnischen Untersuchung zu geben.

Als er an der Polizeistation vorbeifuhr, sah er, dass auf dem gegenüberliegenden Parkplatz Fahrzeuge mit den Logos von *Kvällsposten* und *Aftonbladet* standen. Aber die Rückseite schien unbewacht, und um fünf vor neun drückte er auf die Klingel der Gegensprechanlage. Dabei schaute er genauso dumm ins Kameraauge wie am Tor des Musterhauses. Vielleicht hing ihm der Traum noch nach, denn einen kurzen Augenblick lang erwartete er fast, die Stimme von Jessie Anderson aus dem Lautsprecher zu hören. Stattdessen war es Esping.

»Warten Sie unten an der Tür, ich komme Ihnen entgegen.«

Esping war bereits seit acht Uhr da, um die Informationen zusammenzustellen, die sie am Vortag erhalten hatten.

»Ich bin die restlichen Daten von Jessies Handy durchgegangen«, sagte sie, als sie mit Vinston zusammentraf. »Fredrik Urdal hat ein paar Nachrichten geschickt, die definitiv als Drohungen gelten müssen. *Bezahl meine Rechnungen, du verdammte Bitch. Wofür zum Teufel hältst du dich?* Und so weiter.«

»Interessant. Ich hatte unterdessen einen seltsamen Morgen.«

Vinston zog den Zettel mit dem Nicolovius-Zitat hervor und erzählte dabei von der seltsamen Mitteilung.

»In Ihrer Zeitung?« Esping hob verwundert die Augenbrauen. »Und Sie haben niemanden in der Nähe gesehen oder gehört? Die Bäckastuga liegt doch ziemlich abgeschieden.«

Vinston schüttelte den Kopf.

»Nichts.«

»Okay.« Esping holte einen Beweisbeutel und legte den Zettel vorsichtig hinein. »Ich schicke ihn sofort zu Borén, damit wir wissen, ob sie irgendwelche Fingerabdrücke findet.«

L-G wartete in seinem Büro. Heute war er regelkonformer gekleidet und trug ein blaues Polizeihemd mit Schulterklappen und eine dunkelblaue Krawatte.

»So, also«, sagte er, nachdem sich Esping und Vinston auf die Besucherstühle gesetzt hatten. »Ich habe das Obduktionsprotokoll sowie die technische Untersuchung durchgelesen. Darin findet sich nichts Auffälliges. Außerdem habe ich die gestrigen Befragungen von Fredrik Urdal und Niklas Modigh angesehen.« Er trommelte mit den Fingern auf einen Stapel Blätter, der sich in einer aufgeschlagenen Ermittlungsmappe befand.

»Zur Sicherheit habe ich mit dem Polizeidirektor gesprochen, und wir sind beide der Meinung, dass die Voruntersuchung hiermit beendet ist. Es ist höchste Zeit, dass Jessie Andersons Tod als Unfall deklariert und dieser Medienzirkus gestoppt wird.«

Er machte eine Handbewegung Richtung Parkplatz, während er schon weitersprach.

»Wir sind dir zu großem Dank verpflichtet, Peter. Dein erfahrener Blick hat uns in dieser ganzen Sache wirklich Sicherheit verschafft, und wir schätzen sehr, dass du dir die Zeit genommen hast ...«

»Aber wir können jetzt nicht aufhören«, protestierte Esping. »Fredrik Urdal hatte Streit mit Jessie Anderson, er ist vorbestraft und hat kein Alibi. Und Niklas Modigh hatte eine Affäre mit Jessie, die sie nicht beenden wollte. Außerdem ist der Mörder auf dem Video.«

Esping schlug ihren Laptop auf und zeigte L-G den Filmausschnitt. Der Polizeichef holte seine Lesebrille aus einer Schublade und schaute auf den Bildschirm. Dann seufzte er und sank zurück in den Stuhl.

»Also, es fällt mir schwer zu sehen, was ihr seht ...« Er zeigte mit einem Brillenbügel auf den Bildschirm. »Alles, was ich sehe, ist ein körniger Schatten. Das kann alles Mögliche sein.«

Er hob die Hand, um Espings erneutem Protest zuvorzukommen. »Es spielt keine Rolle, wie viele Verdächtige wir auflisten, solange wir nicht belegen können, dass es Mord war. Und hier findet sich nichts, was darauf hindeuten würde.« Er klopfte mit den Fingerspitzen auf die Mappe.

»Aber wir warten noch auf den Abgleich der Spuren vom Strand. Wir haben Fotos von Wrams und Urdals Reifen eingeschickt«, insistierte Esping. »Können wir nicht wenigstens auf diese Antwort warten?«

»Warum denn, Tove? Die Reifenspuren können auch nicht beweisen, dass ein Mord begangen wurde.«

L-G verschränkte entschlossen die Arme.

»Wir haben schon drei Tage mit der Sache zugebracht, und unsere Bilanz sieht nicht gut aus«, fuhr er fort. »Allein diese Woche gab es zwei neue Einbrüche, die wir untersuchen müssen, und jetzt fängt die Ferienzeit an. Zehntausende Touristen sind auf dem Weg hierher, der Apfelmarkt in Kivik und der Degeberga-Antiquitätenmarkt finden in ein paar Wochen statt, und wir müssen alle verfügbaren Ressourcen freihalten.«

Esping suchte frustriert nach einem Gegenargument, ohne dass ihr etwas einfiel. Stattdessen starrte sie ihren Chef böse an. L-G war normalerweise konfliktscheu, und dieser Trick funktionierte sonst immer. Aber heute wurde sie nur mit einem noch bestimmteren Blick bedacht.

Vinston strich sich ein paar eingebildete Katzenhaare von der Hose. »Steht in den Berichten, dass kein Verbrechen begangen wurde?«, fragte er leise.

»Was?« In L-Gs entschlossener Fassade entstand ein Riss.

»Du hast recht, dass nirgends steht, Jessie Anderson sei einem Gewaltverbrechen zum Opfer gefallen. Aber es steht auch nichts darüber in den Berichten, dass ihr Tod *nicht* aufgrund eines Verbrechens eingetreten ist, oder?«

»Nein, aber ...« L-Gs Blick flackerte.

»Wie du weißt, war ich schon an recht vielen Mordermittlungen beteiligt«, sprach Vinston weiter. »Und mehr als einmal haben weder die Untersuchung der KTU noch die Obduktion einen direkten Hinweis gegeben. In diesen Fällen muss man sich die übrige Beweislage anschauen. Mögliche Motive, Täter und so weiter. Und manchmal ...« Er warf Esping einen aufmunternden Blick zu. »Manchmal muss man, genau wie Esping, auf sein Bauchgefühl vertrauen. Seinen Polizeiinstinkt.«

L-G blies die Wangen auf und wand sich auf seinem Bürostuhl, als sei dieser plötzlich sehr unbequem geworden. Dann runzelte er die Stirn, und der entschlossene Ausdruck kehrte zurück.

»Ich hätte fast vergessen, dass ich einen Anruf von Polizeidirektor Bergkvist aus Stockholm bekommen habe. Er ist wohl dein Chef bei der Reichsmordkommission?«

Vinston seufzte tief.

»Bergkvist hat einen Zeitungsbericht gesehen und wollte sich vergewissern, dass du nicht arbeitest«, fuhr L-G fort. »Du bist anscheinend wegen irgendeines Stresssymptoms krankgeschrieben?«

L-G brachte ein bedauerndes Lächeln hervor.

»Ich habe ihm erklärt, dass das alles ein Missverständnis ist. Dass die Medien übertreiben, du in Wirklichkeit nur ein Zeuge bist und uns mit ein paar klugen Ratschlägen beigestanden hast.«

Er breitete die Arme aus.

»Diese kleine Notlüge bleibt unter uns. Aber ich denke, dass es in jedem Fall an der Zeit ist, dir für deinen Einsatz zu danken, Peter, und dich wieder in den Urlaub zu entlassen, damit du dich erholen kannst.«

Der Polizeichef beugte sich über den Schreibtisch und schlug langsam die Ermittlungsakte zu.

28

Esping begleitete Vinston auf demselben Weg hinaus, den er gekommen war. Die Stimmung zwischen ihnen hatte sich für beide spürbar verändert.

»Warum haben Sie mir nicht gesagt, dass Sie krankgeschrieben sind?«, fragte Esping.

»Es ist keine große Sache. Nur ein bisschen Schwindel.«

»Was sagen die Ärzte?«

»Sie haben einige Proben genommen, und jetzt warte ich auf die Ergebnisse. Der Arzt hat mir Ruhe verordnet.«

»Und trotzdem haben Sie gearbeitet?«

Vinston antwortete nicht.

Sie hatten viele Stunden miteinander verbracht, Esping hatte gerade angefangen, ihm zu vertrauen, und dann zeigte es sich, dass er ihr so etwas Wichtiges verschwiegen hatte. Dass sie diese Art von Vertrauen nicht verdiente. Sie überlegte, ob sie ihm sagen sollte, dass es sie verletzte.

»Ich warte auf den Vergleich der Reifenspuren«, sagte sie stattdessen. »Das ist wahrscheinlich der letzte Strohhalm. Ich rufe Sie an, wenn etwas dabei herauskommt. Also, bis dann.«

Sie drückte auf den Türöffner und ließ Vinston hinaus.

»Und übrigens, danke für die Hilfe!«

Es war erst halb zehn, und bis zum verordneten Strandausflug mit Christina hatte er einige Stunden Zeit, weshalb sich Vinston entschied, noch einen Spaziergang durch Simrishamn zu machen. Es ärgerte ihn, dass er mitten in einem Fall hinauskomplimentiert worden war, allerdings ließ sich nur schwer gegen L-Gs Logik argumentieren. Es fehlten eindeutige Beweise dafür, dass Jessie Anderson getötet worden war, und der Polizeichef war offensichtlich nicht daran interessiert, irgendeinem Bauchgefühl zu folgen.

Es war höchste Zeit, dass er sich auf andere Dinge konzentrierte, redete er sich selbst ein, während er zum Hafen hinunterging.

Die Häuser am Wasser waren niedrig und hatten bunte Haustüren. Touristen bevölkerten schon die Außengastronomie am Hafen, also ging Vinston den Hügel hinauf Richtung Sankt-Nikolai-Kirche, in der Hoffnung, ein Café zu finden, das einen akzeptablen Cappuccino servierte.

An einer der älteren Hausfassaden, oberhalb einer Herrenboutique und eines Espresso House, entdeckte er ein hübsches altes Schild. *Cimbrishamner Tagblatt* stand dort in schnörkeligen Metallbuchstaben. Darunter die Jahreszahl 1857.

Vinston kam auf eine Idee. Nicht gerade eine gute, vielleicht sogar eine riskante.

Aber trotzdem. Es könnte funktionieren.

Er blieb noch einen Moment stehen und dachte über die Sache nach. Dann überquerte er die Straße und drückte auf die Türklingel.

»Ja?«, hörte er eine Frauenstimme aus dem Lautsprecher.

»Ich suche Jonna Osterman«, erklärte er.

»Und wie heißen Sie?«

»Kriminalkommissar Peter Vinston.«

Vinston hatte damit gerechnet, dass er von einer Empfangsdame begrüßt werden würde, aber stattdessen öffnete Jonna Osterman selbst die Tür.

»Peter Vinston, höchstpersönlich«, sagte sie mit einem Lächeln. »Ich dachte, Sie reden nicht mit der Presse?«

»Das tue ich auch nicht«, erwiderte er. »Tatsächlich bin ich eigentlich gar nicht hier.«

»Nicht? Das klingt spannend.« Jonnas grüne Augen glitzerten belustigt. »Kommen Sie rein, dann bekommen Sie eine Führung, jetzt, wo Sie schon einmal nicht da sind.«

Sie führte Vinston eine schöne, alte Sandsteintreppe hinauf und durch eine Glastür. Die Zeitungsredaktion war viel kleiner, als er erwartet hatte. Sie bestand aus einem Raum mit einigen Arbeitsplätzen, einer Teeküche und einem kleinen Konferenzzimmer.

Überall an den Wänden hingen eingerahmte Titelbilder, die an vergangene Zeiten erinnerten. *Hasse und Tage Museum öffnet in Tomelilla*, las Vinston auf einem von ihnen. *Hundskälte – Österlen eingeschneit* auf einem anderen. Und eine deutlich ältere Schlagzeile aus dem Zweiten Weltkrieg verkündete, dass über Skillinge ein amerikanischer Bomber abgeschossen worden war.

In einer Ecke saß ein Mann, der auf einer Tastatur herumhämmerte und kurz zur Begrüßung nickte, als sie vorbeigingen, allerdings ohne vom Bildschirm aufzuschauen.

»Mein Urururgroßvater hat die Zeitung 1857 gegründet«, erzählte Jonna Osterman. »Damals nutzte man das gesamte Haus. Aber heute sind wir eine sehr ausgedünnte Redaktion, wie Sie sehen. Im Prinzip sind nur noch ich und Walde in Vollzeit beschäftigt. Dann gibt es ab und zu noch einen Praktikanten. Alles andere ist outgesourct.«

Sie verzog unzufrieden das Gesicht.

»Wir müssen unsere eigenen Fotografen sein und selbst die Homepage aktualisieren. Harte Zeiten für die Lokalpresse.«

»Trotzdem können Sie sich halten?«

»Nicht wirklich. Aber wir besitzen die Immobilie, insofern halten uns billige Herrenklamotten und teurer Kaffee über Wasser.« Sie machte eine ironische Geste Richtung Straße. »Apropos. Möchten Sie einen Kaffee?«

»Ja, gern.«

Jonna goss zwei Tassen ein. Vinston betrachtete dabei ihre Hände. Die Finger waren lang und schmal, die Nägel kurz geschnitten und gepflegt. Kein Ring, stellte er fest, warum auch immer ihm das auffiel. Aber irgendwie gefiel ihm Jonna Osterman, deshalb wollte er gern mehr über sie wissen.

»Offenbar lieben Sie Ihren Beruf«, sagte er.

»Ich habe schon als Jugendliche hier gearbeitet. Im Konferenzraum riecht es immer noch nach den Zigarren meines Großvaters.

Ich habe die Zeitung im Blut. Und Österlen im Übrigen auch. Tatsächlich ist hier, beim *Cimbrishamner Tagblatt*, der Name Österlen entstanden, wussten Sie das?«

Vinston schüttelte den Kopf.

»John Osterman und ein Dichter namens Tufvesson erfanden den Namen 1929 für eine Touristenbroschüre. Gerüchten zufolge hatten die beiden Herren Hilfe von Fritiof Nilsson, einem schonischen Autor, genannt der ›Pirat‹. Aber wie die meisten Geschichten rund um den Piraten ist diese mit viel Vorsicht zu genießen.«

Jonna verzog das Gesicht zu einem schiefen Lächeln.

»Urgroßvater Osterman und sein Freund definierten jedenfalls klar, welche Bezirke zu Österlen gehörten«, fuhr sie fort. »Aber heutzutage ist der Begriff recht dehnbar. Das Österlen der Immobilienmakler erstreckt sich vom südlichen Kristianstad bis zu den Randbezirken von Ystad.« Jonna brach ab und zwinkerte Vinston vielsagend zu. »Wo wir von Maklern sprechen: Wie laufen die Mordermittlungen?«

Der Übergang von ihrem Vortrag zu dieser Frage war so elegant, dass Vinston lachen musste.

»*Off the record?*«, fragte er.

»Natürlich.«

Vinston holte tief Luft. Zur Presse durchzustoßen war nie sein Stil gewesen, andererseits konnte er nicht einfach herumsitzen, während ein Mörder davonkam.

»Die Ermittlungen stehen kurz davor, niedergelegt zu werden«, sagte er.

»Was? Wieso das denn?«, fragte Jonna Osterman überrascht.

»Weil der Polizeichef davon überzeugt ist, dass es sich um einen Unfall handelt. Und wir haben keine Beweise dafür gefunden, dass das nicht der Fall ist.« Er machte eine Pause. »Noch nicht ...«

Jonnas Augen wurden schmal.

»Sie meinen, dass Sie vielleicht Beweise finden würden, wenn Sie die Ermittlungen fortsetzen dürften?«

Vinston hob die Hände, ohne zu antworten.

»L-G ist ein netter Kerl, aber er ist nicht gerade ein Toppolizist«, sagte Jonna nachdenklich. »In unserer Sonntagsausgabe schreibt er eine Kolumne über Bienenzucht. Warum will er eine Ermittlung schließen, die Sie, ein sehr viel erfahrenerer Kriminalpolizist, fortsetzen möchten?«

»Gute Frage!«, stimmte Vinston zu. »Die sollte ihm mal jemand stellen. Am liebsten recht bald.«

Er hob vielsagend eine Augenbraue.

»Aha«, sagte Jonna. »Deshalb sind Sie also gekommen. Und ich dachte, es sei meinetwegen.« Sie berührte sacht seinen Arm, und ihre Augen glitzerten wieder.

Vinston suchte nach einer Möglichkeit, den Augenblick in die Länge zu ziehen. Er dachte an Amandas Worte, dass er jemanden daten sollte. Aber Jonna war Journalistin, und außerdem wusste er nicht sicher, ob sie Single war.

Bevor er mit seinen Überlegungen zu einem Ergebnis gekommen war, nieste Walde in seiner Ecke und zerstörte die Stimmung.

»Also, wie soll ich Sie in meinem Artikel nennen?«, wollte Jonna in sachlicherem Ton wissen.

»Tja, was halten Sie von ›eine Quelle mit gutem Einblick in die Ermittlungen‹?«

Jonna hob ihre Kaffeetasse, wie um ihm zuzuprosten.

»So machen wir's!«

Der Kaffee schmeckte bitter, aber die Gesellschaft war Kompensation genug.

»Ich habe heute Morgen Ihren Artikel über Gislövsstrand gelesen«, sagte Vinston. »Margit Dybbling deutet dort an, dass an der Baugenehmigung etwas faul war. Wir haben diesen Hinweis während der Ermittlung auch mehrfach bekommen.«

»Ja, das hat einen ganz schönen Aufschrei verursacht. Es hagelte Beschuldigungen, und wir bekamen viele Tipps, Walde und ich gingen damals alles durch. Er ist ein routinierter alter Hase, der weiß, wo man suchen muss.«

Jonna machte eine Kopfbewegung Richtung Walde.

»Aber das einzig Auffallende war die ungewöhnlich kurze Bearbeitungszeit. Ansonsten ging alles seinen geordneten Gang. Und trotz der vielen Einsprüche passierte die Baugenehmigung alle juristischen Instanzen bis zur Bauaufsichtsbehörde. Juristisch gesehen war alles in Ordnung.«

Vinston nickte. »Sie glauben also nicht an Korruption?«

»Wenn wir das täten, hätten wir etwas darüber geschrieben. Manchmal kann etwas moralisch falsch sein, ohne dass es ungesetzlich ist ...«

»Aber nicht alle ließen sich davon überzeugen?« Vinston dachte an den Zettel in seiner Morgenzeitung. »Der geheimnisvolle Nicolovius zum Beispiel?«

»Ja, richtig«, lächelte Jonna. »Die Leserbriefe von Nicolovius haben ganz klar dazu beigetragen, dass wir unsere Auflage dieses Jahr steigern konnten.«

»Und Sie wissen nicht zufällig, wer er ist?«, fragte Vinston nach.

»Peter Vinston.« Jonna Osterman schüttelte mahnend den Kopf. »Sie sollten es besser wissen. Die Leserbriefe unterliegen unserem Quellenschutz. Glauben Sie denn, Nicolovius hat mit dem Fall zu tun?«

Vinston dachte wieder an den Zettel.

»Wir schließen nichts aus«, erwiderte er.

»Okay.« Jonna wirkte nachdenklich. »Ein paar Informationen kann ich Ihnen schon geben. Die Leserbriefe tauchen anonym in der Post auf. Alle Texte sind am Computer geschrieben, sogar die Adresse auf dem Umschlag. Nicolovius bemüht sich also, anonym zu bleiben ... Der Grund, warum ich Ihnen das erzähle, ist, dass mich eine Sache beunruhigt.«

Sie warf einen Blick zu Walde hinüber und senkte die Stimme.

»Im letzten halben Jahr haben wir acht Leserbriefe von Nicolovius veröffentlicht. Aber am Montag bekamen wir einen neunten ...«

»Am Tag nach dem Mord?«

»Ja.« Sie schwieg einen Moment. »Der Brief muss am Wochenende verschickt worden sein oder vielleicht am späten Freitagnachmittag. Jedenfalls habe ich mich dazu entschlossen, den Brief nicht abzudrucken. Manche Passagen kamen mir unpassend vor.«

»Unpassend?«

»Ja, oder ›unheimlich‹ ist vielleicht das bessere Wort. Wenn man bedenkt, wie Jessie starb.«

»Darf ich den Brief sehen?«

Jonna schüttelte den Kopf.

»Nicht das Original, sonst verstoße ich gegen den Quellenschutz.. Aber ich könnte Ihnen eine Kopie des Textes zur Verfügung stellen, so wie er in veröffentlichter Form ausgesehen hätte. Allerdings brauche ich dafür einen Tag.«

»Okay, danke. Könnten Sie mir gleichzeitig auch noch die anderen Leserbriefe von Nicolovius zusenden?«

29

Christina und Amanda standen pünktlich zum vereinbarten Zeitpunkt vor der Bäckastuga, bereit für den Strandausflug.

Zu Vinstons Überraschung saß Amanda am Steuer.

»Musst du nicht einen Kurs besuchen, bevor du Übungsfahrten machen darfst?«, fragte er, nachdem er sich auf den Rücksitz gezwängt hatte.

»Mama und ich haben ihn letzte Woche besucht«, erwiderte Amanda.

»Aha«, brummte Vinston, verstimmt darüber, dass man ihm nichts erzählt hatte. Er schnallte sich an und fasste nach dem Handgriff über der Tür.

»Dann fahren wir!«, sagte Christina.

Langsam rollte der Wagen los.

»Das ist das erste Mal, dass ich eine richtige Übungsfahrt mache«, sagte Amanda. »Aber mit einem Automatikgetriebe ist das ja nicht so schwierig.«

Sie und Christina tauschten einen Blick, den Vinston nicht recht zu deuten wusste.

Der Wagen war ein Jaguar, aber zu seiner Verwunderung hörte man keine Motorgeräusche. Vinston brauchte ein paar Sekunden, um zu realisieren, dass sogar eine so traditionsreiche Marke heutzutage E-Autos herstellte.

Die Fahrt auf dem Schotterweg verlief ruhig und gut, aber als sie die Landstraße erreichten, trat Amanda auf das Gaspedal. Der E-Motor beschleunigte den Wagen so sehr, dass Vinston in den Sitz gepresst wurde. Er sah in der Ferne einen Lastwagen herankommen und erwartete, dass Christina Amanda warnen würde. Aber Christina sagte nichts. Vinston begann zu schwitzen.

Der Lkw kam immer näher. Amanda gab weiterhin Gas und schien die Gefahr, die auf sie zukam, überhaupt nicht zu bemerken. Dabei war die Landstraße ziemlich schmal, viel zu schmal für eine Begegnung bei dieser Geschwindigkeit, noch dazu mit einer Fahranfängerin.

Vinston umklammerte den Griff an der Decke.

»Du siehst schon …«, begann er.

»Keine Kommentare von der Rückbank!«, unterbrach ihn Christina brüsk.

Der Lastwagen kam näher. Er war gelb, und auf dem Windfang über dem Führerhaus war eine schonische Gans abgebildet. Der Lkw fuhr mindestens achtzig und würde ihren Wagen zerdrücken können wie ein Ei. Vinstons Herz raste, das bekannte Rauschen setzte in seinem Kopf ein.

»Fahr langsamer!«, rief er.

Aber es war zu spät. Der Gänselaster war fast da. Vinston kniff die Augen zusammen, umklammerte den Handgriff so fest, dass seine Finger weiß wurden, und wartete auf den Zusammenstoß.

Ein kurzes »Wruuuum« war zu hören, danach nichts mehr.

Er öffnete die Augen.

Ihr Wagen fuhr in sicherem Kurs weiter die Landstraße entlang. Amanda sah entspannt aus, kein bisschen nervös oder unsicher. Im Gegenteil. Sie steuerte den Wagen mit sanften, geübten Bewegungen. Sie begegnete seinem Blick im Rückspiegel und brach in Gelächter aus.

»Keine Sorge, Papa. Ich fahre schon seit ein paar Jahren. Poppe und ich machen Rallyes auf den Waldwegen um das Schloss herum. Er sagt, ich sei ein Naturtalent.«

»Aha.« Vinston kämpfte mit dem Impuls, zu erklären, dass Poppes idiotisches Unterfangen verantwortungslos, ungesetzlich und außerdem lebensgefährlich war.

»Entspann dich ein bisschen, Peter«, lachte Christina. »Wir sind hier auf dem Land, und deine Tochter fährt inzwischen schon besser als du.«

Vinston lachte gekünstelt, während er seine klebrigen Hände an seinen Hosenbeinen abwischte.

Der Strand von Knäbäckshusen sah aus, als befinde er sich irgendwo am Mittelmeer und nicht an der Ostküste Schonens. Der lange, zum Meer hin abfallende Sandstreifen war dicht bewaldet, und die Laubbäume streckten ihre dichten, sommerlich grünen Kronen weit über den Strand, sodass ihre Schatten stellenweise bis zur Wasserkante reichten.

Der kreideweiße Strand erstreckte sich über mehrere Kilometer, unterbrochen nur durch einige gluckernde Quellflüsschen, glatte Felsen oder halb vergrabenes Treibholz, das von Sonne, Salz und Wind verwittert war. Im Süden sah man das Fischerdorf Vik, und im Norden erhoben sich die steilen Hänge des Nationalparks Stenshuvud ein gutes Stück über die Hanöbucht. Das Wasser glitzerte so blau, dass es beinahe mit dem Himmel verschmolz.

»Der schönste Strand Schwedens«, beteuerte Christina, während sie die lange Holztreppe hinuntergingen. Der Picknickkorb war schwer, die Nachmittagssonne brannte, und Vinston war Christina insgeheim dankbar dafür, dass sie ihn überredet hatte, legerere Kleidung als gewöhnlich anzuziehen, was in seinem Fall hieß: Hemd, Slacks und Loafers, allerdings mit Strümpfen, schließlich war er kein Barbar.

Sobald sie den Strand erreicht hatten, zogen Amanda und Christina ihre Schuhe aus und gingen barfuß weiter. Vinston behielt seine an, was sich als Fehler erwies. Nach wenigen Metern waren Schuhe und Strümpfe voller Sand, und bei jedem Schritt flogen um seine Knöchel feinkörnige Sandwölkchen auf. Er tat, als bemerke er nichts, obwohl ihm natürlich klar war, dass sich Amanda und Christina über ihn lustig machten.

Sie gingen ein Stück Richtung Süden und fanden problemlos einen freien Platz für ihre Picknickdecke. Trotz des schönen Wetters waren Strand und Parkplatz bei Weitem nicht voll.

»Das liegt am Wind«, erklärte Christina. »Er bläst heute aus Westen, da fließt das Oberflächenwasser raus ins Meer, und aus der Hanöbucht kommt kaltes Wasser herein. Siehst du, es badet fast niemand.«

Sie zeigte auf das Meer, wo ein paar wenige Menschen den Wellen trotzten.

»Westwind ist perfekt für ein Strandpicknick«, fuhr sie fort. »Keine nervenden Badegäste, und man sitzt im Windschatten. Kommt der Wind aus Osten, ist die Wassertemperatur dagegen angenehmer, und *alle* wollen hierher. Dann ist der Strand proppenvoll und die Straße vor lauter falsch parkenden Autos unpassierbar. Jeden Sommer das Gleiche.«

Vinston ließ sich auf der Picknickdecke nieder und leerte den Sand aus seinen Schuhen. Nach einer Weile zog er widerwillig die Strümpfe aus und krempelte seine Hose ein Stück hoch.

»Gut so«, lobte Christina. »Jetzt mach auch noch ein paar Knöpfe an deinem Hemd auf, dann siehst du fast wie ein normaler Mensch aus.«

Vinston murrte zwar, tat aber wie geheißen. Er war immer schon der Meinung gewesen, dass das Auf-dem-Boden-Sitzen völlig überschätzt wurde, aber natürlich sagte er das nicht, sondern versuchte stattdessen, den Moment zu genießen.

Amanda öffnete den Picknickkorb und verteilte Limonade und Leichtbier.

»Erzähl, Papa, wie laufen die Ermittlungen?«, fragte sie neugierig.

Vinston warf Christina einen beunruhigten Blick zu.

»Ich ... arbeite nicht mehr daran.«

»Warum denn nicht?« Amanda klang enttäuscht.

»Äh ... Also, es war nur so gedacht, dass ich ein paar Ratschläge beisteuere. Dafür sorge, dass nichts außer Acht gelassen wird.«

»Aber du hast dich doch darüber beklagt, dass Esping keine Erfahrung hat. Glaubst du, sie kann den Mörder ohne dich fassen?«

Vinston nahm einen Schluck Bier.

»Wir haben keine eindeutigen Beweise dafür gefunden, dass Jessie wirklich ermordet wurde. Aller Wahrscheinlichkeit nach wird der Polizeichef die Ermittlung schließen, mit der Erklärung, dass das Ganze ein Unfall war.«

»Das ist ja gut«, unterbrach Christina ihn erleichtert.

»Wieso, Mama?«, wollte Amanda wissen und wandte sich wieder an ihren Vater. »Papa, du glaubst doch nicht an einen Unfall.«

Vinston spürte Christinas Blick. Aber er wollte Amanda auch nicht anlügen. Es reichte schon, dass er ihr seine Krankschreibung verschwieg.

»Nein«, sagte er. »Ich glaube, dass Jessie Anderson von jemandem getötet wurde, der wollte, dass es wie ein Unfall aussieht.«

Zwischen Christinas Augenbrauen zeigte sich eine ärgerliche Falte. Vinston tat, als würde er sie nicht bemerken.

»Aber dann musst du doch weiterarbeiten. Dem Polizeichef erklären, dass er sich irrt«, insistierte Amanda.

»Dein Vater hat Urlaub«, unterbrach Christina sie und reichte ihr eine Serviette. »Darum müssen sich andere Polizisten kümmern.«

Vinston trank noch einen Schluck Bier, bürstete Sand von der Decke und versuchte, Amandas enttäuschtem Blick auszuweichen.

Es gab da etwas, was ihm nicht aus dem Sinn ging, und er wartete gerade lange genug, um das Thema wechseln zu können.

»Poppe kam gestern kurz vorbei«, sagte er.

»Ja?«

Christina klang, als wüsste sie über den Besuch Bescheid, aber Vinston war dennoch nicht ganz davon überzeugt.

»Ich musste an etwas denken. Am Sonntag habe ich dich gefragt, ob nicht Poppe so tun könnte, als sei er an Gislövsstrand interessiert, damit ihr zu einer Besichtigung eingeladen werdet. Du hast etwas in der Art gesagt, dass du es nicht wagen würdest, ihn zu fragen. Warum eigentlich nicht?«

Christina rümpfte die Nase.

»Poppe gefällt das Projekt nicht. Als Kind war er als Seepfadfinder oder so ähnlich in Gislövsstrand, und er liebt den Ort. Aber er hält sich zurück, weil seine Familie und die Wrams sich seit Urzeiten kennen. Und ich glaube, er hat außerdem geschäftlich mit Niklas Modigh zu tun.«

Christina drehte sich weg, um die Servietten aus dem Picknick-korb zu nehmen.

»Ich habe Daniella in Ystad gesehen«, erzählte Amanda. »Sie saß mit Lussans Mutter in einem Straßencafé.«

»Lussan?«, fragte Vinston.

»Lovisa Anderklev«, erklärte Christina. »Du hast sie auf dem Fest getroffen. Die Mutter betreibt eine Anwaltskanzlei in Malmö. Sie besitzen ein großes Sommerhaus in Skillinge.«

Vinston hatte keine Ahnung, von wem Christina sprach.

»Kennen Modighs und Anderklevs sich?«, wollte er wissen.

Amanda schüttelte den Kopf. »Das glaube ich nicht. Es sah mehr nach einem Geschäftsessen aus.«

»Also hat sich Daniella mit einer Anwältin getroffen? Wann war das?«

»Gestern.« Amanda nahm einen großen Bissen von ihrem Brötchen.

Niklas hatte gesagt, Daniella sei unterwegs, um ein Pferd zu be-gutachten, erinnerte sich Vinston. Hatte Niklas Esping und ihn angelogen, oder hatte Daniella ihrem Mann gegenüber gelogen?

Christina reichte ihm ein in Butterbrotpapier gewickeltes Sand-wich. Roastbeef mit dänischer Remouladensauce, das aß er beson-ders gern.

»Ihr kennt doch die Modighs«, sagte er nach ein paar Bissen. »Wie würdest du sie beschreiben?«

»Wir sind nicht gerade eng befreundet«, erwiderte Christina ausweichend.

»Komm schon, Mama«, ermunterte sie Amanda.

»Ja, komm«, forderte Vinston sie auf. »Gib uns eine deiner be-rühmten Analysen.« Er schirmte die Augen mit der Hand gegen die Sonne ab, die auf dem Wasser funkelte.

»Okay, okay …« Christina streckte die Beine aus und schob die Füße in den Sand. Während sie nachdachte, wackelte sie mit den Zehen.

»Niklas ist Profisportler«, begann sie. »Er ist es gewohnt, immer an sich zu denken und seine Bedürfnisse an die erste Stelle zu setzen. Und Daniella ist ein typisches Einzelkind. Sie hat ein übertriebenes Selbstbild, das dadurch verstärkt wird, dass sie hübsch ist, viel Aufmerksamkeit bekommt und einen gutaussehenden Mann hat. Du weißt vielleicht, dass Daniella in derselben Dokusoap mitgespielt hat wie Jessie? Sie sind ein paarmal aneinandergeraten.«

»Daniella trainiert auch bei Sofie«, ergänzte Amanda eifrig. »Sie ist eine gute Reiterin, allerdings nicht so gut, wie sie selbst denkt. Wenn sie einen Fehler macht, schiebt sie es immer auf das Pferd oder die Bahn oder die Organisatoren. Einmal war sie so sauer, dass sie ihre Gerte zerbrochen hat. Daniella Modigh hasst es, zu verlieren. Sie hasst es wirklich!«

Amanda öffnete eine neue Limo und trank ein paar Schlucke. Dann rülpste sie so laut, dass Vinston zusammenzuckte.

»'tschuldigung!«, lachte sie, aber ihrem zufriedenen Gesicht nach meinte sie das nicht wirklich. Vinston musste mitlachen.

»Habt ihr es gemerkt?«

Christina deutete auf das Wasser.

»Der Wind hat umgeschlagen. Heute Abend wird es wahrscheinlich regnen. Vielleicht sogar gewittern.«

Vinston folgte ihrem Zeigefinger mit dem Blick. Drüben am Horizont türmten sich dunkle Wolken auf.

30

Fredrik Urdal stand vor der Hütte und rauchte. Er hatte lange gearbeitet, es war bereits dunkel. Der Wald stand still da, und der Schein der Außenlampe spiegelte sich schwach in dem kleinen See, auf den die Regentropfen Punktbilder malten.

Aus dem Schilf drang das gespenstische Quaken einer Kröte, während in der Ferne der Donner bedrohlich grollte.

Urdal war hier draußen im Nirgendwo vollkommen allein, und ein ängstlicherer Mensch wäre vermutlich aufgebrochen, sobald es dunkel wurde.

Aber Fredrik Urdal fürchtete sich nicht. Nicht einmal die Bullen, die kürzlich hier gewesen waren, machten ihm Angst.

Tatsächlich hatte er schon seit Jahren keine Angst mehr gehabt. Nicht, seit er ein schmächtiger Junge gewesen war und spät samstagnachts den Wagen seines Stiefvaters in die Auffahrt einbiegen gehört hatte.

Die häufigen Prügel hatten Fredrik zwei Dinge gelehrt: Groß und stark gewann immer gegen klein und schwach. Und, was vielleicht noch wichtiger war, Angst entging man am besten, indem man sie anderen einflößte.

Sein ganzes Leben über hatte Fredrik nach diesem Motto gehandelt. In der Schule, beim Sport, beim Militärdienst. Überall war er derjenige gewesen, der Angst machte. Andere mussten sich seinem Willen beugen. Und je größer und stärker er wurde, desto leichter funktionierte das.

Er hätte in der Armee bleiben sollen. Da war er glücklich gewesen.

Stattdessen war er nach dem Wehrdienst direkt nach Hause nach Tomelilla gefahren und hatte Åsa geschwängert, ohne über Los zu gehen. Danach saß er fest. Er musste sich um einen Job kümmern, den Kredit, das Haus, und schließlich war alles den

Bach runtergegangen. Der junge, selbstsichere Fredrik verschwand im Rückspiegel und wurde durch einen verbitterten Mann mittleren Alters ersetzt, dessen einzige kleine Freude darin bestand, ins Fitnessstudio zu gehen und freitags ein Bier vor der Playstation zu trinken.

Streit mit Åsa, Probleme mit der Polizei, Scheidung, Unterhaltszahlungen, Scherereien mit dem Finanzamt, der Bank, dem Sozialamt und der Vollzugsbehörde. Und als Sahnehäubchen die arrogante Bitch Jessie Anderson und ihr verdammtes Bauprojekt. Allein beim Gedanken an diese blondierte Schlampe begann sein Blut zu kochen. Aber sie war zum Schweigen gebracht worden. Aufgespießt wie ein verdammter Wurm. Mit diesem glücklichen Ereignis hatte sich das Blatt bei Fredrik endlich gewendet. Eine gute Gelegenheit hatte sich aufgetan, die Chance, ein Stück von dem zurückzugewinnen, was er verloren hatte.

In ein, zwei Wochen wollte er den ganzen Scheiß hinter sich lassen. Dann würde er das Geld von diesem Stockholmer einsacken, der die Hundehütte hier gekauft hatte, einen einfachen Flug nach Thailand buchen und nie wieder einen Fuß nach Schonen setzen. Einer seiner alten Kumpels vom Militär betrieb eine Bar in Pattaya und hatte ihm angeboten, Teilhaber zu werden.

In einem Sonnenstuhl unter Palmen zu sitzen, an einem Singha zu nippen, während sich kleine, gefügige Thailänderinnen um ihn kümmerten, so stellte sich Fredrik die Zukunft vor.

Åsa, die Bank und die Vollzugsbehörde würde keine einzige Krone seines hart verdienten Geldes mehr zu sehen bekommen. Wenn er die Augen schloss, konnte er fast schon das eiskalte Bier schmecken. Jetzt blieb nur noch ein kleines, allerdings nicht unwichtiges Detail.

Er sah auf die Uhr. Kurz nach elf.

Zwischen den Bäumen näherten sich Autoscheinwerfer.

Fredrik zog ein letztes Mal an seiner Zigarette und schnippte die Kippe ins Wasser.

Der Wagen blieb vor dem Haus stehen. Der Motor wurde abgeschaltet, und die Scheinwerfer gingen aus.

»Du bist spät dran«, sagte Fredrik zu der Person, die aus dem Fahrzeug stieg. »Ich hoffe für dich, dass du das Geld dabeihast.«

Die Person in Gummistiefeln und langem Regenmantel antwortete nicht, sondern hielt nur eine schwarze Tasche in die Luft.

»Gut so«, grinste Fredrik. »Das war doch nicht so schwer, oder?«

Der Regen nahm zu und klatschte auf das Autodach. In der Ferne grollte wieder der Donner. Fredrik könnte einfach um die Tasche bitten und der Person sagen, sie solle verschwinden. Aber er wollte den Moment ein wenig in die Länge ziehen. Das Gefühl, ausnahmsweise vollkommen überlegen zu sein.

»Komm, dann erledigen wir das Geschäft drinnen«, sagte er fast freundlich. »Ich habe Bier, wenn du möchtest?«

Er drehte sich um und ging in die Hütte. Die andere Person folgte ihm. Die groben, feuchten Sohlen der Gummistiefel quietschten auf dem Holzboden. Als er in die Diele kam, hörte Fredrik ein leises Geräusch, fast wie von einer alten Wanduhr.

Tick, tick, tick.

Er blieb stehen. Das musste vom Sicherungskasten kommen. Wahrscheinlich war eine seiner neuen Kopplungen herausgerutscht und versprühte jetzt kleine Lichtblitze, die jederzeit das alte Holz der Wände in Brand stecken könnten.

Tick, tick, tick.

»Hörst du das?«, fragte er über seine Schulter. »Da ist vielleicht ein loses Kabel. Ich muss mal eben den Sicherungskasten kontrollieren.«

Fredrik öffnete die Kellertür und stieg ein paar Stufen die Treppe hinunter. Bereits nach wenigen Sekunden war ihm klar, dass das elektrische Geräusch nicht vom Sicherungskasten stammte.

Tick, tick, tick.

Die Gummistiefel seines Besuchs quietschten wieder. Diesmal näher bei ihm. Viel zu nah.

Das elektrische Ticken ging in ein beunruhigendes Knistern über, bei dem sich Fredriks Nackenhaare sträubten.

Und zum ersten Mal, seit er ein kleiner Junge war, überfiel ihn ein Gefühl, das er fast vergessen hatte. Ein Gefühl, dem er ein halbes Leben lang auszuweichen versucht hatte.

Angst.

31

Am Freitagmorgen wachte Esping früh auf. Felicia schlief noch, genau wie Bob. Der Hund lag immer auf Felicias Seite, nie bei Esping, vielleicht weil er spürte, dass die Energie im ganzen Haus dort am besten war.

Esping verstand ihn sehr gut.

Sie blieb eine Weile still liegen und betrachtete ihre Freundin. Felicia gelang es sogar, im Schlaf schön auszusehen. Nicht einmal ihr leises Schnarchen änderte etwas daran. Eher im Gegenteil.

Sie hatten sich durch einen Zufall kennengelernt, bei einem Vorglühen in Växjö, wo Esping damals zur Untermiete wohnte. Felicia war mit einer ihrer Kommilitoninnen von der Polizeihochschule befreundet, und als sie in der Tür auftauchte, schien der Raum um sie herum stillzustehen.

»Das ist Felicia, sie kommt aus Malmö«, hatte ihre Freundin sie vorgestellt, und Esping – schwindelig von Alkohol und Felicias Schönheit – hatte mit den inzwischen geflügelten Worten geantwortet: »Das macht nichts, sie ist trotzdem willkommen.«

Als sich auf Felicias Gesicht daraufhin ein strahlendes Lächeln zeigte, wusste Esping, dass sie verloren war.

Felicia hätte absolut jede haben können.

Aber sie hatte sich für sie entschieden.

Esping stand leise auf und schlich sich ins Arbeitszimmer. So behutsam sie konnte, schloss sie die Tür hinter sich. Sie hatte gestern wieder lange gearbeitet. Sie war den zeitlichen Verlauf mehrmals durchgegangen und hatte anschließend die Sequenz der Überwachungskamera unzählige Male angeschaut.

Sie setzte sich wieder vor den Bildschirm.

Ganz bestimmt war das, was sie auf dem Video entdeckt hatte, der Schatten eines Menschen. Eines Eindringlings, der sich ins

Musterhaus schlich und wahrscheinlich Jessie Anderson in einen sicheren Tod stieß. Aber wer? Und warum?

Und was war eigentlich mit L-G los?

Gute Fragen, würde Vinston sagen. Es fiel ihr schwer, das zuzugeben, aber wenn er nicht gewesen wäre, hätte sie sich mit der Schlussfolgerung zufriedengegeben, dass Jessie Andersons Tod nur ein tragischer Unfall war. Sie wäre nicht Fredrik Urdal auf die Spur gekommen. Denn je mehr sie darüber nachdachte, desto überzeugter war sie, dass er derjenige war, den man auf dem Video sah. Es fehlte nur der entscheidende Beweis, um sowohl ihren Chef als auch den skeptischen Peter Vinston davon zu überzeugen, dass sie recht hatte.

Esping spulte die Sequenz ein paarmal vor und zurück, bevor sie aufgab und in die Küche ging.

Ihr Haus war klein und bestand aus rotem Simrishamner Backstein. Früher war es einmal ein Bahnwärterhäuschen gewesen, aber die Eisenbahn existierte schon lange nicht mehr. Davon übrig geblieben war allein ein hundert Meter langer Wall, den sich die Natur wieder einverleibt und in einen bewaldeten Hügel verwandelt hatte, der das Haus vor Nordwind schützte.

Esping trank schnell eine Tasse Tee, bevor sie die Zeitung hereinholte. Die Luft war klar, roch nach feuchtem Gras und sommerlichem Grün. Nachts hatte es ordentlich geregnet, aber inzwischen hatten sich die Wolken verzogen und einem azurblauen Österlen-Himmel Platz gemacht.

Eigentlich hatte sie das *Cimbrishamner Tagblatt* wie immer für Felicia auf den Küchentisch legen wollen, aber die Schlagzeile auf der ersten Seite ließ sie aufmerken.

Vertuscht die Polizei Ungereimtheiten beim Tod der Promimaklerin?

Esping überflog rasch den Artikel. Natürlich stammte er von Jonna Osterman.

Eine Quelle mit gutem Einblick in die Polizeiarbeit verrät dem Cimbrishamner Tagblatt, *dass der Polizeichef im Begriff steht, Jessie*

Andersons Tod als Unfall abzuschreiben. Und das, obwohl es hin-sichtlich der Ermittlung noch einige Hinweise und Unklarheiten gibt.

L-G würde an die Decke gehen, wenn er das hier las. Vielleicht sogar Esping beschuldigen, zur Presse durchgestochen zu haben? Er wusste, dass Jonna und sie sich kannten. Und wer könnte sonst schon die *Quelle mit gutem Einblick* sein? An sich gab es nur einen weiteren Kandidaten, aber konnte Vinston wirklich so dämlich sein?

Sieh an, noch eine gute Frage.

Esping ging ins Arbeitszimmer zurück und öffnete ihr dienstli-ches Mailprogramm. Nichts von L-G, dafür hatte Thyra Borén, die offenbar genauso früh munter war wie Esping, vor drei Minuten eine E-Mail geschickt.

Abgleich Reifenspuren hieß es im Betreff. In der Nachricht fan-den sich drei beigefügte Fotos.

Esping klickte sie nacheinander an.

Das erste war das Foto, das sie selbst am Sonntag von der Spur im Sand geschossen hatte. Das zweite war die Nahaufnahme eines groben Reifens.

Übereinstimmung: 89 Prozent. Die KTU ergibt, dass der Reifen von Bild zwei wahrscheinlich den Abdruck von Bild eins verursacht hat.

Espings Herz begann wild zu klopfen. Sie öffnete das dritte Foto: das des Wagens, zu dem der Reifen gehörte.

Fredrik Urdals Pick-up.

Sie hatte recht gehabt! Es *war* Urdal gewesen, der sich am Strand aufgehalten hatte. Und damit war es auch sehr wahrscheinlich sein Schatten, den die Überwachungskamera erfasst hatte.

Esping schrieb Felicia eine kurze Notiz, bevor sie zu ihrem Wa-gen rannte. Unterwegs rief sie L-G an, landete aber direkt beim Anrufbeantworter. Sie überlegte, ob sie es bei Vinston versuchen sollte, entschied sich aber dagegen. Er war schließlich krankge-schrieben, und das hier war trotz allem ihre Ermittlung. Ihr

Durchbruch. Vinston hatte sie in ihrer Theorie, dass es Fredrik Urdal war, auch nicht besonders unterstützt. Jetzt würde sie ihm beweisen, wie sehr er sich geirrt hatte.

Sie hielt kurz am Straßenrand, um ihre Gedanken zu ordnen. Loszufahren und Urdal auf eigene Faust zur Rede zu stellen, war keine gute Idee. Er war groß, wegen Körperverletzung vorbestraft und nicht gerade der Typ, der sich Angst einjagen oder von einer Polizistin ohne männliche Begleitung festnehmen ließ.

Außerdem brauchte sie Hilfe, um ihn hinterher zur Wache zu befördern. Die einfachste Lösung wäre, einen Streifenwagen zu rufen und die Kollegen zu bitten, sie vor Ort zu treffen. Dafür musste sie allerdings herausfinden, wo sich Fredrik Urdal befand.

Sie rief auf seinem Handy an, aber genau wie bei L-G sprang nur die Mailbox an. Es war erst kurz nach sieben, wahrscheinlich schlief Urdal noch.

Sie googelte seine private Adresse in Tomelilla, fuhr dann, so schnell sie sich traute, und landete vor einem Laden im Industriegebiet. An der Fassade hing sein Firmenschild. Esping schaute sich nach dem Pick-up um, sah ihn aber nicht.

Sie parkte ihren Wagen, schlich an das Gebäude heran und spähte durch ein Fenster des Falltores. Leer und dunkel. An der Seite des Gebäudes fand sich eine Treppe, die zu einer Tür hinaufführte. Am Geländer hing ein Briefkasten mit Urdals Namen. Vorsichtig stieg Esping die Treppe hinauf, bis sie vor der Tür stand und durch ein schmales Fenster hineinsehen konnte. Sie erblickte ein ungemachtes Bett, einen enorm großen Fernseher und einige Kartons.

War er doch schon zur Arbeit aufgebrochen?

Fredrik hatte gesagt, dass er in der Hütte in Hallamölla Tag und Nacht arbeitete, die Wahrscheinlichkeit war also groß, dass er sich dort befand.

Sie sprang wieder ins Auto und fuhr Richtung Norden. Die Fahrt dauerte nur zwanzig Minuten, und ihre Anspannung stieg, je näher sie ihrem Ziel kam.

Als Esping von der Landstraße abfuhr, hatte sie Herzklopfen. Es sah aus, als hätte es hier stärker geregnet. Der Schotterweg war rutschig und voller Pfützen und Schlammlöcher. Sie rollte langsam weiter, hielt aber, bevor die Hütte in Sicht kam, und stellte den Wagen am Straßenrand ab. Dann zog sie ein Paar Gummistiefel an, das sie immer auf der Rückbank verwahrte, und marschierte durch den Wald.

Anfangs standen die Nadelbäume sehr dicht, die Erde war feucht und mit Moos bewachsen.

Dann wurde die Bewaldung spärlicher, und zwischen den Bäumen kamen die Hütte und der See zum Vorschein. Esping bewegte sich geduckt vorwärts, alle Sinne angespannt.

»Yes!«, zischte sie.

Fredrik Urdals großer Pick-up stand vor der Hütte, genau wie sie gehofft hatte.

Sie rief den Streifenwagen. Svensk war am anderen Ende. Esping erläuterte ihm kurz ihr Anliegen.

»Wie schnell könnt ihr hier sein?«

»Wir sind in der Nähe von Skillinge bei einem Verkehrsunfall mit Personenschaden. Vermutlich Trunkenheit am Steuer, also mindestens eine Stunde.«

»Okay, ich beobachte den Verdächtigen so lange.«

Esping beendete das Gespräch und spähte zum Haus.

Fredriks Wagen stand noch dort.

Sie suchte nach einer Sitzgelegenheit, aber alles war nass, also musste sie sich damit begnügen, sich hinzuhocken. Nach zehn Minuten bekam sie einen heftigen Krampf und musste sich bewegen.

Die Hütte war immer noch still und ruhig, vielleicht sogar *zu* still und ruhig? Bei ihrem ersten Besuch hatte Urdal ein Radio angehabt, das so laut Death Metal gespielt hatte, dass die Fenster vibrierten. Jetzt herrschte Totenstille.

Der kleine Wendeplatz vor dem Haus war nach dem Regenguss der letzten Nacht voller Matsch. Aber hinter Urdals Pick-up waren keine Reifenspuren zu sehen.

Hatte er die Nacht durchgearbeitet? Oder hier übernachtet? Aber warum hätte er das tun sollen? Sein Bett in Tomelilla war nur fünfundzwanzig Minuten entfernt, zwanzig, wenn man Gas gab.

Irgendetwas stimmte da nicht.

Sie rief noch einmal den Streifenwagen an.

»Wir sind bald fertig«, sagte Svensk, aber sein Tonfall deutete an, dass er nur sagte, was sie vermutlich hören wollte.

Das Gefühl, dass etwas nicht stimmte, wurde immer stärker. Sie konnte nicht länger warten.

Vorsichtig schlich sie sich zum Waldrand vor. Sie bereute, dass sie nicht an der Wache vorbeigefahren war und ihre Dienstwaffe und die Handschellen geholt hatte, aber jetzt war es zu spät, darüber nachzudenken.

Als sie so nahe an die Hütte herangekommen war, wie es der schützende Wald erlaubte, blieb sie ein paar Sekunden stehen. Noch immer hörte und sah sie nichts.

Sie holte tief Luft, peilte die nächstgelegene Hausecke an und rannte vornübergebeugt die verbleibenden zehn Meter.

Am Haus angekommen, drückte Esping den Rücken an die Wand. Das einzige Geräusch, das sie hörte, war ihr eigener Puls, der gegen das Trommelfell pochte. Hinter dem nächsten Fenster erkannte sie eine halb fertige Küche. Auf der Arbeitsplatte stand Urdals großes Radio neben einem Ladegerät, in dem eine Batterie steckte. Beide Geräte waren dunkel, es leuchteten nicht einmal irgendwelche roten oder grünen Signallämpchen, was Esping seltsam fand.

Sie ging zum nächsten Fenster weiter. Ein Wohnzimmer voller Spanplatten und anderem Baumaterial. Immer noch keine Spur von Fredrik Urdal.

Jetzt war sie beinahe an der Haustür und dem Pick-up. Wie vermutet, war die Motorhaube eiskalt, und im Matsch hinter dem Wagen gab es keinerlei Spuren.

Ein plötzliches Geräusch ließ Esping zusammenzucken. Aber es

waren nur zwei Stockenten, die flatternd von dem kleinen See auf-
flogen. Sie atmete aus.

Da vibrierte ihr Handy. Eine Textnachricht von Svensk aus dem
Streifenwagen.

Fahren jetzt los, sind in 20 Minuten da.

Esping zögerte. Sie sollte in den Wald zurückschleichen, oder
besser noch zu ihrem Wagen, und dort auf die Verstärkung warten. Aber ihr Polizeiinstinkt sagte ihr, dass an dieser dunklen Hütte etwas faul war.

Sie ging leise zur Haustür und legte ein Ohr daran.

Stille.

Dann drückte sie vorsichtig die Klinke nach unten, und die Tür
glitt lautlos auf.

Das Erste, was sie bemerkte, war der Geruch. Es roch verbrannt,
irgendwie elektrisch, ähnlich wie bei heftigen Gewittern.

Sie ging weiter hinein und unterdrückte den Impuls, »Hallo« zu
rufen.

Die Kellertür war angelehnt, die Treppe lag im Dunkeln. Hier
war der Geruch stärker. Beißender, unangenehmer.

Sie steckte den Kopf durch den Türspalt. Weiter unten, direkt
unter dem Sicherungskasten, lag etwas. Eine große, unförmige
Masse.

Sie tastete nach dem Lichtschalter und betätigte ihn, aber das
Treppenhaus blieb finster. Stattdessen holte sie ihr Handy hervor
und aktivierte mit zitternden Fingern die Taschenlampenfunk-
tion.

Dann setzte Espings Herzschlag einen Moment aus.

Unter dem Sicherungskasten lag Fredrik Urdal, den Rücken
halb an die Wand gelehnt. Der rechte Arm war nach oben ausgestreckt, die Augen standen offen, und das Gesicht war zu einer
gequälten Fratze verzogen.

Er war tot.

Mausetot.

32

Vinston war so schnell gefahren, wie er es sich auf der unbekannten Strecke zutraute. Er hatte nicht einmal reagiert, als der Kies bedrohlich gegen den Spritzschutz seines geliebten Saab prasselte.

Der Polizist, der die Absperrung bewachte, erkannte ihn wieder, nickte grüßend und hob das blau-weiße Plastikband hoch.

Esping stand vor der Hütte, halb an die Motorhaube eines Streifenwagens gelehnt. Sie sah blass aus und trug eine viel zu große Polizei-Regenjacke über den Schultern.

Neben ihr parkte der dunkelblaue VW-Bus der Kriminaltechniker.

»Er liegt auf der Kellertreppe«, empfing sie ihn. »Thyra Borén ist schon zugange. Es gibt Schuhüberzieher, wenn Sie welche brauchen.«

Zu Espings Verwunderung schien Vinston es nicht besonders eilig zu haben, den Tatort zu inspizieren. Er hielt eine Plastiktüte in der einen Hand, und sein Gesicht sah freundlicher aus als sonst.

»Wie fühlen Sie sich?«, erkundigte er sich sanft.

»Gut«, erwiderte sie. »Nur ein bisschen geschockt.«

»Ist das Ihr erster Todesfall im Dienst?«, fragte er. »Also, abgesehen von Jessie Anderson.«

Esping nickte.

»Man gewöhnt sich daran. Möchten Sie Tee?« Vinston holte eine Thermoskanne aus der Tüte. Esping nahm dankbar eine Tasse entgegen. Sie nahm an, dass er die Thermoskanne ihretwegen vorbereitet hatte, und diese Geste, oder vielleicht war es auch einfach nur der Tee, gab ihr ein wohliges Gefühl.

»Fredrik Urdal war Sonntag am Strand«, sagte sie. »Reifenabdruck und Profil stimmen überein. Er ist es, der auf dem Video zu sehen ist. Er hat Jessie Anderson getötet.«

Sie informierte Vinston über alle weiteren Details bis zu dem Augenblick, als sie den ausgestreckten Körper auf der Treppe gefunden hatte.

»Ich bin denselben Weg zurückgegangen, den ich gekommen war, und habe die Tür geschlossen. L-G war nicht zu erreichen, deshalb habe ich eine Nachricht auf seiner Mailbox hinterlassen und dann die Techniker angerufen. Ich hatte Glück, Thyra war wegen einer anderen Sache schon in der Nähe.«

Die Haustür ging auf, und Thyra Borén kam heraus. Sie trug einen weißen Schutzanzug und schwarze Überzieher an den Füßen. Eine große Kamera hing ihr um den Hals, und als sie Vinston entdeckte, lächelte sie breit.

»Ach, ist das nicht Espings kleiner Stockholmer?«

»Also, was wissen wir?«, unterbrach Esping sie ungeduldig.

»Das Opfer ist seit mindestens acht Stunden tot«, sagte Borén. »Herzstillstand, verursacht durch einen Elektroschock, ist meine qualifizierte Vermutung, aber ihr bekommt wie immer erst nach der Obduktion eine sichere Todesursache.«

Borén nestelte an der Kamera.

»Ich habe mir den Sicherungskasten angeschaut«, sagte sie. »Urdal hat bei der Installation nicht sauber gearbeitet. Er hätte zum Beispiel einen FI-Schalter einbauen müssen. Das bereut er jetzt wahrscheinlich.«

Sie hob die Kamera hoch, damit Esping und Vinston die Fotos sehen konnten. Zuerst von Urdals zusammengesunkenem Körper, dann vom Sicherungskasten.

»Er ist bei eingeschaltetem Hauptstromschalter an einen ungeschützten Stromkreis geraten«, fuhr sie fort. »Die Muskeln verkrampfen, und das Herz bleibt sofort stehen. *Game over!*«

»Also ein Unfall?«, meinte Vinston.

»Auf den ersten Blick sieht es definitiv danach aus. Sollen wir reingehen und es uns anschauen?«

Vinston wandte sich an Esping. »Sie können hier warten, wenn Sie wollen. Sie waren ja schon drin.«

Esping leerte die Teetasse und legte die Regenjacke beiseite.

»Es geht schon. Aber trotzdem danke.«

Borén versorgte sie mit Überziehern und führte sie dann durch den Flur zur Kellertür. Fredrik Urdals Körper lag noch unter dem Sicherungskasten, so, wie Esping ihn gefunden hatte. Sie unterdrückte ein Schaudern.

»Also, ein bisschen komisch ist das schon«, sagte Borén. »Ein erfahrener Elektriker, der unmittelbar neben dem Hauptschalter arbeitet und nicht merkt, dass der Strom an ist?«

»Noch dazu jemand, der in einer Mordermittlung vorkommt«, fügte Esping hinzu. Sie sah sich nach Vinston um, aber der schien erstaunlicherweise nicht besonders an dem Toten interessiert zu sein.

Sobald Vinston den Flur betreten hatte, war ihm aufgefallen, dass etwas nicht stimmte. Er ging in die Hocke und schaltete die Lampe seines Handys an.

Dann legte er das Telefon so hin, dass es parallel zu den Bodenbrettern lag, und schnalzte zufrieden mit der Zunge. Er hatte recht gehabt.

»Was haben Sie gefunden?«, wunderte sich Esping.

»Nichts. Was genau das war, worauf ich gehofft hatte.«

»Wie?«

Esping und Borén schauten fragend.

»Vor ein paar Jahren hatten wir einen Fall in Älvsbyn«, erklärte Vinston. »In einer alten Jagdhütte wurde ein Jäger gefunden, erschossen mit seiner eigenen Büchse. Alles deutete auf Selbstmord hin. Aber dann fiel uns auf, dass etwas fehlte. Die Hütte hatte ein ganzes Jahr lang leer gestanden. Der Boden war voller Staub, es hätten sich also Fußspuren vom Opfer finden müssen. Stattdessen sah es ungefähr so aus wie hier.«

Er bedeutete Esping und Borén, in die Hocke zu gehen, und zeigte dann auf den Lichtstrahl der Handylampe.

Der Boden in der Hütte war voller Bauschmutz, Kies und Schuhabdrücken. Aber der Meter zwischen der Haustür und der Keller-treppe sah anders aus. Im Schein der Lampe war nur ein Paar Schuhabdrücke zu sehen.

»Das sind Ihre Schuhe, Esping«, konstatierte Vinston. »Sie sind reingegangen, haben Urdal gefunden und sind wieder raus. Aber obwohl es gestern Abend geregnet hat, sind Ihre Abdrücke die einzigen, die auf diesem Teil des Bodens zu sehen sind. Der Grund, warum gerade dieser Abschnitt so sauber ist, liegt darin, dass je-mand den Boden bis zur Tür mit einem Lappen gewischt hat. Das sieht man an diesem Schmutz.«

Er zeigte auf einen schmalen Kies- und Staubrand, der gegen die Schwelle der Haustür geschoben worden war.

»Er hat recht«, gab Borén beeindruckt zu. »Jemand hat hinter sich aufgeräumt. Und sich ziemlich angestrengt, um uns weiszu-machen, dass dies hier ein Unfall war.«

»Also Mord?«, fragte Esping.

»Mit Sicherheit«, erwiderte Vinston. »Auch wenn ich nicht ganz verstehe, wie der Mörder Urdal dazu gebracht haben kann, die Hand in den Sicherungskasten zu stecken und die Kabel anzu-fassen.«

»Kann Urdal bewusstlos gewesen sein? Oder Drogen bekom-men haben?«, überlegte Esping.

»Nicht auszuschließen«, antwortete Borén. »Wir haben eine halb volle Wasserflasche gefunden, von der wir eine Probe neh-men werden. Aber wir sprechen hier von einem stattlichen Kerl von sicher neunzig Kilo, so viel totes Gewicht hochzuheben und da unten gegen die Wand zu lehnen, erfordert ordentlich Mus-keln.«

»Vielleicht war mehr als eine Person involviert?«, stellte Esping weiter Vermutungen an.

»Möglich«, nickte Borén. »Aber auch mit zwei Leuten wäre das ein harter Job, vor allem, wenn man nicht selbst einen tödlichen Stromschlag abbekommen will. Da ist übrigens noch etwas, was ich euch zeigen möchte.«

Die Cheftechnikerin hob zwei durchsichtige Beweisbeutel in die Höhe.

»Das Opfer hatte zwei Handys bei sich. Bei beiden kam es wegen des Stromschlags zu einem Kurzschluss.«

Esping und Vinston betrachteten den Inhalt der Tüten. Es roch deutlich nach verbranntem Plastik.

Das Smartphone mit der dicken Gummihülle erkannte Vinston von ihrem ersten Besuch wieder. Das andere Telefon hingegen war deutlich kleiner und billiger.

»Ein typisches Wegwerfhandy – ein billiges Prepaidgerät, das man sich anschafft, wenn man nicht will, dass die Anrufe mit einem in Verbindung gebracht werden können«, sagte Borén. »War Urdal verheiratet?«

»Nicht mehr«, entgegnete Esping.

»Okay, es war also kein Handy für eine Affäre. Dann bleiben eigentlich nur kriminelle Gründe.«

»Können wir herausfinden, wen er damit angerufen hat?«, fragte Vinston.

Borén schüttelte den Kopf. »Nicht in diesem Zustand. Höchstens, wenn wir die Nummer des Wegwerfhandys haben. Wir könnten die Daten des nächsten Mobilfunkmastes auswerten, aber das ist eine Heidenarbeit und überhaupt nicht sicher, dass sich dabei etwas ergibt.«

»Wir müssen es in jedem Fall versuchen«, sagte Vinston. »Und dann müssen wir uns Urdals Wohnung anschauen.«

»Das hier befand sich in einer Tasche seines Werkzeuggürtels.« Die Technikerin übergab ihnen einen Schlüsselbund.

»Fahren Sie mir hinterher«, sagte Esping zu Vinston. »Ich kenne den Weg.«

Genau wie Esping schon heute Morgen beim Blick durch das Fenster vermutet hatte, war Fredrik Urdals Wohnung ein trauriger Anblick.

Im Wohnzimmer standen ein ungemachtes Einzelbett, ein Dolby-Surround-System, eine Playstation und ein schwülstiger amerikanischer Recliner-Sessel. Vor dem Fenster hingen ein paar Handtücher, wahrscheinlich, damit es auf dem enormen Fernseher, der an der Wand hing, keine Spiegelungen gab. Hier und da stapelten sich Umzugskartons, hinter dem Wohnzimmer lag eine kleine Teeküche voll mit schmutzigem Geschirr und außerdem ein winziges Badezimmer. Über dem Ganzen hing ein muffiger Geruch nach Zigaretten, Bier und Einsamkeit.

»Geschiedener Mann, Typ 1A«, stellte Esping trocken fest. »Kauft sich für dreißigtausend Kronen ein Heimkino, aber keine Vorhänge oder Teppiche. Eine Frau hätte es andersrum gemacht.«

»Fredrik Urdal lag mit Jessie Anderson wegen der Zahlungen im Clinch«, dachte Vinston laut nach. »Wir wissen, dass er leicht reizbar war und nicht vor Gewalt zurückschreckte. Und jetzt wollte er sich rächen. Er fuhr mit seinem Pick-up an den Strand und schlich sich zum Haus. Aber dann? Wenn Urdal Jessie ermordet hat, wer hat ihn umgebracht? Und warum?«

Esping hatte sich auf der Fahrt zurück nach Tomelilla diese Fragen auch schon gestellt.

»Es könnte ja so gewesen sein, dass Urdal sich aus einem ganz anderen Grund auf dem Grundstück befand. Und dabei etwas gesehen hat, oder jemanden …«

Vinston nickte zustimmend, als sei er zu dem gleichen Schluss gekommen.

»Sehen Sie mal.« Er deutete auf einen Stapel nachlässig geöffneter Briefe. »Zahlungserinnerungen, Inkassoverfahren und Schreiben von der Vollzugsbehörde. Urdal hatte offenbar finanzielle Probleme.«

»Also beschließt er, Kapital aus seiner Entdeckung zu schlagen«, spann Esping den Gedanken weiter, während sie den Schrank zum Mülleimer öffnete.

»Denkbar«, bestätigte Vinston. »Aber wie beweisen wir das?«

»Tja, vielleicht ist das ein Anfang«, erwiderte Esping und wedelte triumphierend mit einem fleckigen Pappkarton, den sie aus dem Abfall gefischt hatte. Es war die Verpackung des Prepaidhandys.

Sie riss den Deckel auf, in der Hoffnung, die Plastikplakette zu finden, in der die SIM-Karte gesteckt hatte. Leider ohne Erfolg.

»Sieht man, wo es gekauft wurde?«

»Nein.« Esping schüttelte enttäuscht den Kopf. »Aber das Handy ist in jedem Fall neu. So viel steht fest.«

Sie leerte den Müll in die Spüle. Ganz unten lag eine zerdrückte Ausgabe des *Cimbrishamner Tagblatts* mit der Schlagzeile: *Wurde die Promimaklerin ermordet?*

»Die Zeitung von Mittwoch«, konstatierte sie. »Sie lag unter dem Handykarton, was bedeuten müsste, dass Urdal zuerst die Zeitung gelesen und dann das Telefon besorgt hat.«

»Das klingt nachvollziehbar«, nickte Vinston. »Fredrik erfährt, dass wir in einem Mordfall ermitteln, und bringt das mit dem in Verbindung, was er beim Musterhaus gesehen hat. Dann schafft er sich ein Prepaidhandy an, meldet sich bei dem- oder denjenigen, die er gesehen hat, und will für sein Schweigen bezahlt werden.«

»Aber stattdessen … wird er selbst zum Schweigen gebracht.«

»Exakt!«

Vinston und Esping sahen sich einen Moment lang einvernehmlich an.

Esping genoss den Augenblick. Genau so hatte sie sich die Arbeit vorgestellt, als sie sich damals an der Polizeihochschule anmeldete.

»Und wie finden wir heraus, wen oder was Urdal am Sonntag beim Haus gesehen hat?«, fragte Vinston.

»Wir müssen einfach alles noch einmal durchgehen«, erwiderte sie.

»Was halten Sie davon, wenn wir mit einem Happen zu essen anfangen?«, schlug Vinston vor. »Ich kenne da ein gutes Lokal.«

33

Felicias Kaffeehaus war wie immer gut besucht. Der Duft nach Frischgebackenem lag über dem Stimmengemurmel, und Bob schlich zwischen den Tischen umher und begrüßte die Stammgäste.

Vinston aß mit gutem Appetit, während es Esping schwerfiel, etwas hinunterzubekommen.

Ihre Gedanken wanderten immer wieder zu Urdals leblosem Körper, bis sie durch das Klingeln ihres Handys unterbrochen wurde.

»L-G«, informierte sie Vinston, bevor sie aufstand und in das Büro des Cafés verschwand, um ungestört sprechen zu können.

Felicia erschien an ihrem Tisch und stellte fest, dass Esping ihr Essen kaum angerührt hatte.

»Ist etwas passiert?«, fragte sie Vinston. »Tove wirkt abwesend.«

»Sie hat heute Morgen ein Mordopfer gefunden.«

»Was sagen Sie da? Geht es ihr gut?« Felicia legte sich erschrocken die Hand auf die Brust.

»Sie ist ein bisschen mitgenommen. Das ist normal. Aber sie ist sehr professionell mit der Situation umgegangen.«

»Aha. Haben Sie ihr das gesagt?«

»Was?«

»Haben Sie ihr gesagt, dass sie professionell gehandelt hat?« Felicia hob eine Augenbraue und machte dabei ein Gesicht, das zugleich fragend und vorwurfsvoll aussah. Dann drehte sie sich um und verschwand mit den Worten:

»Ich schaue am besten mal, wie es ihr geht.«

»L-G hat sich also endlich gemeldet?«, fragte Vinston, als Esping nach einer Weile zurückkam. »Wo treibt er sich herum?«

»Er ist auf einer Bienenzüchterkonferenz in Vaggeryd. Ich habe ihm erzählt, dass sowohl wir als auch Thyra Borén glauben, dass

Fredrik Urdal ermordet wurde. Sobald ihm klar wurde, dass es einen Zusammenhang mit Jessie Andersons Tod gibt, wurde er mucksmäuschenstill. Ich hatte den Eindruck, dass er das Handy am liebsten wieder ausgeschaltet hätte, um der ganzen Sache zu entkommen, aber ich begreife einfach nicht, warum. Normalerweise ist L-G ein guter Chef. Ich werde das Gefühl nicht los, dass ihn jemand unter Druck setzt. Und das *Cimbrishamner Tagblatt* hat heute Morgen in etwa die gleiche Frage gestellt. Die Quelle war angeblich eine Person mit *gutem Einblick in die Ermittlungen*. Wer könnte das wohl sein?«

Vinston setzte sein bestes Pokergesicht auf.

»Keine Ahnung.«

Esping blickte ihn misstrauisch an.

»Egal, wer es war ...«, sagte sie dann, »so sollte diese Person vorsichtig sein. Wie schon gesagt, ist Jonna Osterman clever. Aber man weiß nie genau, woran man bei ihr ist. Sie würde alles tun, um ihre kleine Zeitung am Leben zu erhalten.«

Vinston räusperte sich.

»Nun ja, zurück zu unserem Mordopfer Fredrik Urdal.«

In dem Moment tauchte Felicia auf und brachte ihnen Kaffee. Sie sah erschrocken aus.

»Haben Sie Fredrik Urdal gesagt? Der Elektriker mit den vielen Tätowierungen? Du hast nicht erzählt, dass er es war, den du gefunden hast, Tove!«

»Kennen Sie ihn?«, wollte Vinston wissen.

»Er isst hier manchmal zu Mittag. Das machen viele Handwerker, seit ich das Tagesgericht anbiete. Fredrik hat mich mal ziemlich angebaggert, bis ich ihm klargemacht habe, dass ich nicht einmal weiß, wie man hetero schreibt. Er war im Übrigen gestern hier.«

»Wann denn?«, fragten Esping und Vinston gleichzeitig.

»Am Nachmittag. Er trank mit einem anderen Handwerker Kaffee. Hasse irgendwas. Ein netter Typ mit Pferdeschwanz. Er kommt auch recht oft her.«

»Hasse Palm?«, erkundigte sich Esping.

»Ja, das könnte sein. Ich glaube, er ist auch Elektriker. Meistens steht auf ihren Pullis, für welche Firma sie arbeiten.«

»Fällt Ihnen noch etwas ein?«, wollte Vinston wissen.

»Sie tranken nur Kaffee, bestellten nichts dazu. Und sie blieben nur etwa eine Viertelstunde. Sie saßen an einem der Tische im hinteren Teil des Gartens.«

»Und Sie haben nichts Besonderes bemerkt?«

Felicia schien nachzudenken.

»Eins ist mir aufgefallen. Als ich vorbeikam, um ihnen Kaffee nachzuschenken, hörten sie auf zu sprechen. Sie verstummten sofort, als sollte ich auf keinen Fall hören, worüber sie redeten.«

Vinston und Esping sahen einander an.

»Was halten Sie von einem kleinen Abstecher nach Gislövsstrand, wenn wir fertig gegessen haben?«, fragte Vinston.

»Gute Idee!«, erwiderte Esping lächelnd.

Hasse Palm stand in der Kochnische, als Esping und Vinston in die Baubaracke kamen.

Mit einem Blick vergewisserte Esping sich, dass niemand anderes da war. Leere Verpackungen unterschiedlicher elektronischer Geräte stapelten sich entlang der einen Wand, aber ansonsten hatte sich hier nichts verändert.

»Ah, hallo. Sie wieder«, sagte Palm. »Möchten Sie Kaffee?«

Vinston schüttelte den Kopf und deutete auf einen Klappstuhl.

»Setzen Sie sich«, sagte er schroff und platzierte sich Palm gegenüber. Esping blieb mit verschränkten Armen stehen.

»Wir haben Fredrik Urdal heute Morgen tot aufgefunden. In einer Hütte oben bei Hallamölla«, erklärte Vinston.

»W-was?«

Hasse Palm sah schockiert aus.

»Sie haben sich gestern Nachmittag in Felicias Kaffeehaus getroffen«, fuhr Vinston fort. »Worüber haben Sie gesprochen?«

»Nichts …« Palms Blick flatterte unruhig.

»Fredrik Urdal wurde umgebracht«, sagte Esping leise. »Irgendjemand hat ihm einen tödlichen Stromschlag verpasst und dann versucht, es wie einen Unfall aussehen zu lassen. *Du hast dir das selbst eingebrockt. Ich bin es leid, deinen Mist aufzuräumen.* Das haben Sie doch ungefähr gesagt, als er Sie am Montag angerufen hat?«

Es war nur eine Vermutung, aber es gelang ihr, überzeugend zu klingen.

Hasse Palm stöhnte.

»Herrgott!«

Vinston beugte sich vor.

»Worüber haben Sie und Urdal gestern gesprochen?«, wiederholte er seine Frage.

»Er … er hat mir ein paar Sachen verkauft.«

»Was für Sachen?«, wollte Vinston wissen.

»Ein paar Motherboards für das Sicherheitssystem.«

»Die Motherboards, die fehlten? Warum hatte Urdal sie?«

Palm wand sich verlegen auf seinem Stuhl.

»Als ich das Projekt übernahm, haben wir eine Inventur des gesamten Materials gemacht. Und da lagen die Motherboards noch in einer Schachtel hier im Büro. Aber als ich sie einbauen wollte, um die Kameras zum Laufen zu bringen, war die Schachtel nirgends zu finden. Und dann rief Fredrik plötzlich am Montag an und wollte mir genau diese Motherboards verkaufen …«

»Am Montag, als wir hier waren?«, fragte Esping. Vinston nickte ihr anerkennend zu. Ihre Vermutung war richtig gewesen.

»Er sagte, ich solle ihm fünfundzwanzigtausend in bar geben, ihm aber eine Rechnung über sechzigtausend ausstellen. So viel, wie neue Boards gekostet hätten«, fuhr Hasse Palm fort. »Niemand sollte etwas merken. Gestern im Café haben wir den Deal durchgezogen.« Er zeigte auf eine Schachtel in der Ecke. »Ich hätte Nein sagen sollen und mich nicht in Freddes blöde krumme Geschäfte reinziehen lassen dürfen. Aber die Gewinnspanne ist bei diesem Projekt nicht gerade üppig, deshalb ist jede Einsparung …«

Der Elektriker beendete den Satz nicht.

»Wie wirkte Fredrik Urdal, als Sie miteinander sprachen?«, fragte Vinston. »War er gestresst, unruhig?«

»Nö. Er wirkte äußerst zufrieden. Er erzählte, dass er nach Thailand gehen würde. Dass er deshalb Bargeld brauche.«

»Thailand?«

»Ja, Fredde hatte die Vollzugsbehörde an den Hacken. Er wollte das Land verlassen, sich dort drüben in eine Bar einkaufen. Zuerst dachte ich, das sei bloß dummes Gerede.«

Vinston machte sich Notizen.

»Hat er noch etwas gesagt?«

»Nein. Er hatte es eilig. Wir haben nur unseren Deal durchgezogen, kurz Kaffee getrunken und sind wieder in unsere Autos gestiegen. Ich habe die Box mit den Motherboards bekommen, er einen Umschlag mit Bargeld, und dann bin ich nach Hause gefahren. Liselott und ich gehen donnerstags zum Tanzkurs. Gestern war Rumba dran. Hinterher waren wir ziemlich k. o., deshalb sind wir gegen elf Uhr schlafen gegangen. Sie können Sie anrufen und fragen, wenn Sie mir nicht glauben!«

»Und mehr war nicht, als Sie mit Urdal sprachen?«, fragte Esping spitz. »Gar nichts?«

»Nein! Oder ...« Palm strich sich über das Kinn. »Fredde hatte es wie gesagt eilig. Aber unmittelbar nachdem wir uns verabschiedet hatten, wurde er angerufen. Ich habe gehört, dass er über Geld sprach und ein Treffen, da dachte ich, dass er vielleicht noch mehr Diebesgut verkauft.«

»Haben Sie gesehen, mit welchem Handy er telefonierte?«, fragte Vinston.

»Wie?«

»Das Telefon, das Fredrik Urdal benutzte. War das ein Smartphone oder ein kleines Tastenhandy?«

Hasse Palm dachte nach.

»Ich weiß noch, dass es kaum zu sehen war. Fredrik hat ... hatte ... ziemlich große Hände. Also war es wohl kein Smartphone.«

Esping und Vinston verließen die Baubaracke und gingen zu der Stelle am Strand hinunter, wo Vinston die Reifenspur gefunden hatte.

»Okay. Wir wissen also, dass Fredrik Urdal am Sonntag kurz nach dem Mittagessen hier seinen Pick-up parkte«, sagte Vinston. »Aber warum?«

»Weil er Geld für seine Thailand-Reise brauchte«, erwiderte Esping. »Er wusste, dass die Motherboards noch im Baucontainer waren, dass sie teuer sind und dass das Haus nicht ohne auskommt.«

»Aber warum kam er ausgerechnet am Sonntag hierher?«, wunderte sich Vinston. »Hätte er die Boards nicht jederzeit stehlen können? Er hatte doch die Sicherheitsanlage selbst installiert?«

Esping überlegte.

»Erinnern Sie sich noch daran, dass Samstagabend der Alarm ausgelöst wurde? Das könnte Urdal gewesen sein, der schon an dem Tag versuchte, in die Baubaracke einzubrechen, aber umkehren musste, als der Alarm losging. Jessie Anderson hatte doch seine Zugänge zum Sicherheitssystem gelöscht, sodass er den Alarm nicht ausschalten konnte. Allerdings wusste er, dass die Anlage als ein großer Kreislauf installiert war. Wenn also das System im Musterhaus deaktiviert wäre, dann ...«

»Dann auch in der Baubaracke«, nickte Vinston. »Und als am Sonntag während der Hausbesichtigung der Alarm abgeschaltet war und sich alle Besucher im Haus befanden, brauchte Urdal einfach nur die Tür zur Baracke zu öffnen. Wenn Hasse Palm nur die Codes geändert hat und nicht auch das Schloss ausgewechselt, hatte Urdal vielleicht sogar noch einen passenden Schlüssel.«

»Das lässt sich leicht überprüfen.« Esping ließ Fredrik Urdals Schlüsselbund an ihrem Finger baumeln.

Schnellen Schrittes gingen sie zur Baracke zurück, wo sich der dritte Schlüssel am Bund als der richtige erwies und ins Schloss passte.

»Gut!«, freute sich Vinston. »Ich denke, wir können an der Hypothese festhalten, dass Fredrik Urdal am Sonntag hier war und die Tatsache ausnutzte, dass das Alarmsystem ausgeschaltet war, um so die Motherboards zu stehlen. Das stimmt auch mit Hasse Palms Zeitrahmen überein. Er sagte ja, die Boards wären in der letzten Woche noch da gewesen und fehlten seit Montag.«

Esping kaute nachdenklich auf der Lippe.

»Fredrik Urdal befindet sich also in der Baubaracke. Von dort aus sieht er etwas, was mit dem Mord an Jessie zu tun hat. Er steht kurz davor, das Land zu verlassen, und braucht jeden Cent, den er zusammenkratzen kann. Also besorgt er sich ein Wegwerfhandy und erpresst den Mörder, was ihn wiederum das Leben kostet.«

»Genau«, nickte Vinston. »Aber was hat Urdal gesehen? Oder besser gesagt: wen?«

34

Vinston saß mit einer Bierflasche in der Hand auf der Terrasse der Bäckastuga in einem Sonnenstuhl. Es war kurz nach sieben, bis zum Sonnenuntergang waren es noch ein paar Stunden, aber in den Bäumen drüben am Bach hatte bereits eine Nachtigall zu singen begonnen. Selbst ein eingefleischter Städter wie er musste zugeben, dass das gar nicht so übel war.

Er hatte Amanda anrufen wollen, um sie ins Kino einzuladen, aber nur Christina erreicht.

»Amanda bereitet sich auf das morgige Reitturnier vor. Sie soll ein neues Pferd ausprobieren.«

»Reitturnier?«

»Ja, in Borrby. Wir haben am Strand darüber gesprochen.«

»Ach, natürlich«, hatte Vinston gesagt, ohne sich richtig erinnern zu können. »Um wie viel Uhr beginnt es?«

»Was denn, willst du etwa kommen? Du nutzt doch jede Gelegenheit, um zu erklären, wie gefährlich der Reitsport ist. Deshalb gebe ich dir nie Bescheid.«

»Selbstverständlich komme ich«, erwiderte er und gab sich empört.

Daraufhin hatte Christina ihn eingeladen, ins Schloss zu kommen und mit Freunden von ihr und Poppe Cambio zu spielen.

»Es könnte eine nette Abwechslung für dich sein, Leute zu treffen, die nicht unter Mordverdacht stehen. Cambio ist Poppes neue Leidenschaft, es erinnert ein wenig an Bridge. Du wirst die Regeln schnell lernen.«

Vinston hatte freundlich abgelehnt. Kartenspiele waren seiner Meinung nach kaum besser als gemeinsames Singen oder Armdrücken.

Deshalb saß er jetzt also hier, im Garten der Bäckastuga, mit einem kalten Bier in der Hand und einem Buch auf dem Schoß.

Wie schon zuletzt fiel es ihm schwer, sich zu konzentrieren. Er stellte sich Fredrik Urdals Tod vor. Wie der Mörder es auf irgendeine Art geschafft haben musste, den kräftig gebauten Mann auf der Kellertreppe gegen die Wand zu drücken, und zwar lange genug, um dessen Hand in den Sicherungskasten zu stecken und dann den Strom anzuschalten. Das war eine komplizierte, wenn nicht gar unmögliche Aufgabe. Hatte Esping recht? Waren in Wirklichkeit zwei Personen involviert?

Ein leises Klopfen an der Haustür ließ ihn von seinem Sonnenstuhl aufstehen.

Er hoffte, es sei Amanda, die beschlossen hatte, trotz allem vorbeizukommen, aber als er die Tür öffnete, stand Jonna Osterman davor.

»Hallo!«, sagte sie lächelnd. »Störe ich?«

»Nein, überhaupt nicht. Ich habe nur ein bisschen gelesen.«

»Tja, Entschuldigung, dass ich einfach so anklopfe, aber ich war gerade in der Gegend. Ich habe ein Interview für unsere Sonntagsausgabe gemacht. Eine Stockholmerin, die eine Keramikwerkstatt eröffnen will. *Surprise, surprise!* Österlen braucht offenbar dringend noch mehr windschiefe Kaffeebecher.«

»Ja, in meiner Sammlung fehlt auch noch einer. Am liebsten mit einer Gans drauf, wenn Sie so einen zufällig sehen.« Vinston deutete mit dem Kopf Richtung Küche.

»Toll!« Jonna hatte ein ansteckendes Lachen.

»Woher wissen Sie, wo ich wohne?«, fragte Vinston.

»Ach, ich habe da so meine Quellen. Mit *gutem Einblick* in Ihre Wohnsituation.«

Erneutes Lachen.

»Jedenfalls«, sprach sie weiter, »dachte ich, ich komme vorbei und bringe wie versprochen Nicolovius' Briefe, sowohl die alten als auch denjenigen, den wir nicht publiziert haben.«

Sie reichte ihm einen Umschlag mit einem Stapel DIN-A4-Blätter.

»Vielen Dank«, sagte Vinston.

»Glauben Sie, Nicolovius hat etwas mit Jessies Tod zu tun?«, fragte Jonna Osterman.

»Ich weiß es nicht. Momentan gibt es viele lose Enden.«

Vinston dachte an das Zitat von Nicolovius, das in seiner Morgenzeitung gelegen hatte.

»Und Fredrik Urdal?«, fragte Jonna. »Ich habe gehört, dass er heute Morgen tot aufgefunden wurde. Fredrik hat in Gislövsstrand gearbeitet und hatte Streit mit Jessie Anderson. Glauben Sie, dass es einen Zusammenhang zwischen den Todesfällen gibt?«

»Tut mir leid, das kann ich wirklich nicht kommentieren«, erwiderte Vinston.

»Nicht? Das enttäuscht mich aber sehr.«

Sie ließ zum dritten Mal ihr Lachen hören, das genauso ansteckend war wie die beiden vorigen Male.

»Äh, möchten Sie vielleicht reinkommen?«, fragte er. »Ich habe Bier, Tee. Einen Haufen schiefer Tassen.«

»Danke, aber … ich muss für die morgige Ausgabe noch ein paar Sachen fertig schreiben.« Jonna Osterman deutete vage hinter sich. »Aber gerne ein andermal«, fügte sie hinzu und klang dabei, als meinte sie es auch so, was ihn sehr freute.

Als Jonna Osterman gefahren war, setzte Vinston Teewasser auf. Er fing an, Tee zu mögen, besonders mit einem Löffel von L-Gs Apfelblütenhonig.

Er nahm seine Tasse und die Mappe mit Nicolovius' Leserbriefen mit auf die Terrasse hinaus. In dem Liegestuhl, den er vorhin besetzt hatte, lag jetzt Pluto und starrte ihn wie üblich leicht pikiert an.

Vinston überlegte, ob er die Katze seiner Gewohnheit entsprechend verjagen sollte. Aber Tiere außerhalb des Hauses waren immerhin leichter zu tolerieren, und Pluto machte zumindest keinen Annährungsversuch, also ließ er sie liegen. Stattdessen setzte er sich auf den anderen Stuhl und überflog das Material in der Mappe. Er fand ziemlich schnell die gleichen Texte, die er in Margit

Dybblings Album gesehen hatte. Es handelte sich bei ihnen um die letzten drei Einsendungen, die publiziert worden waren.

Einige der Überschriften erschienen ihm immer noch schwer verständlich. *Die Sykophanten der nackten Gier, Doch zu begreifen ist's bei bösen Wegen* und schließlich *Der Tag der Abrechnung.* Dem Datum oben auf der Seite zufolge war dieser Text am norwegischen Nationalfeiertag, dem 17. Mai, veröffentlicht worden. Danach hatte man über einen Monat lang nichts mehr von Nicolovius gehört, bis am Tag nach Jessies Tod dieser neue Text aufgetaucht war.

Man erntet, was man sät, lautete die Überschrift. Aus einer plötzlichen Laune heraus las Vinston den Text laut.

Nun ist also das erste Haus in Gislövsstrand fertiggestellt. Bisher war das Krebsgeschwür abstrakt, eine Zeichnung auf einem Blatt Papier, aber jetzt ist es real. Und genau wie beim echten Krebs wird es sich über Österlens jungfräulichen Boden ausbreiten. Es wird die Natur mit Muskeln aus Glas und Beton verwüsten und verkauft werden – nicht an diejenigen, die unsere Gegend lieben und pflegen, sondern an Menschen, die über solch unanständige Summen Geld verfügen, dass sie schon lange das Gefühl für seinen Wert verloren haben.

Jessie Anderson hat sich vom Widerstand freigekauft, hat die Ortsansässigen mit einer Skulptur bestochen, die passenderweise einen Haken darstellt. Kalt, spitz und lebensgefährlich.

Und viele haben den Köder geschluckt. Sie haben sich von Jessie Anderson einfangen und vom Schwarm trennen lassen. Ein andres ist, versucht zu sein, ein andres, zu fallen.

Das Haus mag an seinem Platz stehen, die Gier scheint gesiegt zu haben, aber vergesst nicht, das Schwein beißt zurück. Der Tag der Abrechnung naht, und Jessie Anderson wird für ihre Missetaten bezahlen. Der Haken, den sie ausgeworfen hat, um ihren Willen durchzusetzen, wird ihr am Ende zum Verhängnis werden. Noch ist die Vorstellung auf dieser großen Narrenbühne nicht zu Ende.

Vinston schaute die Katze an.

»Was denkst du, Pluto? Unheimlich, oder? Als hätte Nicolovius geahnt, was passieren würde. Oder hat er es am Ende selbst geplant?«

Die Katze antwortete ihm nicht, sie glotzte ihn bloß an.

35

Am Samstagmorgen erwachte Vinston mit einer von Nicolovius' bekannten Zeilen im Kopf. *Der Tag der Abrechnung naht.* Die gleichen Worte wie auf dem mysteriösen Zettel, den jemand in seine Zeitung gesteckt hatte.

Auf dem Weg in die Küche schaute er auf die Terrasse hinaus, aber Pluto war natürlich verschwunden. Auf dem Gartenweg war die Katze auch nicht zu sehen, ebenso wenig am Briefkasten. Vinston fragte sich, wo sich das Tier wohl tagsüber aufhielt und wer es fütterte, andererseits war das nicht sein Problem.

Neuer Todesfall im Zusammenhang mit Mord an Maklerin lautete die Schlagzeile des *Cimbrishamner Tagblatts*.

Anschließend folgte eine Zusammenfassung von Fredrik Urdals Tod und seiner Verbindung zu Jessie Anderson.

Kurz und knapp, wie es Jonna Ostermans Art war, stellte Vinston fest. Er las die Zeitung weiter, wurde aber durch eine Kurznachricht seines Kollegen von der Finanzpolizei unterbrochen, den er trotz L-Gs Einwänden kontaktiert hatte.

Hej, Peter. Wie gewünscht habe ich ein bisschen gegraben. Der Weg des Geldes war schwer nachzuverfolgen, da hat sich jemand Mühe gegeben. Aber die Holding auf Zypern, die Gislövsstrand finanziert, gehört einem schwedischen Unternehmen. Kärnhuset AB. Das kontrolliert ein Klas Mårtensson aus Kivik.

Vinston schickte eine Dankesnachricht zurück und versprach, seinen Freund zum Essen einzuladen, wenn er wieder in Stockholm wäre. Dann öffnete er die Suchmaschine und googelte Klas Mårtensson.

Der Mann schien fast so etwas wie ein Phantom zu sein. Obwohl er als »Apfelkönig« bezeichnet wurde und mehreren Artikeln zufolge eine Reihe von Firmen kontrollierte, die zusammen mehrere Hundert Millionen Kronen wert waren, gab Klas Mårtensson nie

Interviews. Die meisten Fotos, die von ihm kursierten, waren aus der Ferne geschossen. Sie zeigten einen Mann um die sechzig mit spitzer Nase, grauem, zurückgekämmtem Haar und einer Brille mit dunklem Gestell. Das Gesicht des Mannes kam Vinston vage bekannt vor, aber er konnte nicht genau sagen, warum.

Ein geheimnisvoller Apfelkönig hatte Gislövsstrand also vor dem Konkurs gerettet, und damit auch Jessie Anderson, die sonst ihre gesamte Investition verloren hätte? Interessant. Blieb die Frage, was Vinston mit dieser Information anfangen sollte. Trotz des Mords an Fredrik Urdal und der Ereignisse des gestrigen Tages war er nicht mehr an dem Fall beteiligt. Er sollte aber zumindest Esping anrufen und ihr von Klas Mårtensson berichten, was allerdings bis nach dem Reitturnier warten konnte.

Er hatte gerade seine Krawatte gebunden, als es an der Haustür klopfte. Elin Sidenvall stand davor, wieder mit Sonnenbrille. Pluto strich um ihre Beine.

Offenbar wussten alle in der Gegend, wo Vinston wohnte.

»Hallo, Verzeihung, wenn ich störe.« Sie sah sich unsicher um. »Könnte ich kurz reinkommen?«

Vinston servierte ihnen Kaffee in schiefen Tassen. Der Katze war es irgendwie gelungen, sich mit ins Haus zu schleichen, wo sie auf Elins Schoß sprang, obwohl Vinston sie böse anschaute.

Heimlich beobachtete er Elin, versuchte dahinterzukommen, warum die junge Frau wohl in seiner Küche saß. Sowohl er als auch Esping hatten die ganze Zeit über das Gefühl gehabt, dass es Dinge gab, die Elin ihnen nicht erzählt hatte.

Die Assistentin von Jessie Anderson kramte in ihrer Handtasche und tauschte ihre Sonnenbrille gegen ihre normale Brille aus. Ohne Brille sah Elin jünger aus. Vinston musste an seine eigene Tochter denken.

In nicht allzu langer Zeit würde Amanda das Haus verlassen und eine eigene Karriere starten. Der Gedanke daran machte ihn stolz, aber zugleich deprimierte er ihn auch ein wenig.

»Ich habe in der Zeitung gelesen, dass in Hallamölla ein Toter gefunden wurde? Ein Handwerker mit Verbindung zu Gislövsstrand«, sagte Elin. »Handelt es sich um Fredrik Urdal, nach dem Sie mich neulich gefragt haben?«

Vinston nickte.

»Wurde er getötet?«

»Das ist eine Arbeitshypothese.«

Elin strich sich beunruhigt eine Haarsträhne aus dem Gesicht. Dann trank sie einen Schluck Kaffee, wie um sich zu sammeln.

»Da gibt es etwas, was ich Ihnen nicht erzählt habe«, begann sie. »Vor etwa einem Monat gab es einen Vorfall.«

Vinston griff nach seinem Notizbuch.

»Im Frühling, als Jessie und ich allein im Musterhaus waren, hat jemand spätabends einen Container angezündet und das Wort ›Sau‹ auf Jessies Auto gesprüht. Wir haben eine schwarz gekleidete Person mit einer Sturmhaube gesehen, die auf uns zeigte und sich mit dem Finger über die Kehle fuhr, bevor sie in der Dunkelheit verschwand. Ich wollte die Polizei rufen, aber Jessie verbot es mir. Sie wollte nicht noch mehr negative Schlagzeilen über das Projekt haben. Also haben wir das Feuer selbst gelöscht, und ich habe das Auto neu lackieren lassen.«

»Wissen Sie noch, wann das genau war?«, fragte Vinston so sachlich wie möglich.

»Am 17. Mai. An dem Abend wurde der Haken geliefert.«

Vinston erkannte das Datum wieder. Es war der norwegische Nationalfeiertag und außerdem das letzte Mal, dass im *Cimbrishamner Tagblatt* ein Leserbrief von Nicolovius publiziert worden war.

»Der Tag der Abrechnung«, murmelte er.

»Richtig«, nickte Elin. »Das habe ich auch zu Jessie gesagt. Dass der Brand etwas mit dem Leserbrief zu tun haben muss. Dass dieser Nicolovius hinter allem steckt. Aber sie meinte, ich würde Blödsinn reden. Und dann bekamen wir viel gute Publicity wegen der Skulptur, und alles andere beruhigte sich.«

»Können Sie die Person mit der Sturmhaube beschreiben?«,

wollte Vinston wissen. »War sie groß oder klein? Kräftig oder schmal?«

Elin schüttelte den Kopf. »Es war dunkel, und sie war zu weit weg. Ich habe die Gestalt nur ein paar Sekunden lang gesehen. Ziemlich klein, glaube ich, aber ich weiß es nicht mehr genau.«

»Und sonst können Sie sich an nichts erinnern?«

»Nein. Leider nicht.«

Sie fasste sich an die Stirn und kniff die Augen zusammen.

»Warum erzählen Sie das erst jetzt?«, fragte Vinston sie.

Elin Sidenvall seufzte.

»Ich musste Jessie schwören, nichts zu sagen. Und vielleicht wollte ich nicht wahrhaben, dass sie tatsächlich ermordet wurde. Dass diese Dinge miteinander zu tun haben könnten. Das klingt dumm, ich weiß. Aber jetzt, wo dieser Urdal auch tot ist …«

Die Assistentin strich sich wieder über die Stirn und schloss die Augen, diesmal länger.

»Haben Sie vielleicht eine Kopfschmerztablette?«, erkundigte sie sich.

Vinston suchte in einem der Küchenschränke, wo er zuvor eine Hausapotheke gesichtet hatte. Er drückte eine Brausetablette in einen Becher Wasser und reichte ihn Elin Sidenvall.

»Danke«, sagte sie matt. »Seit Jessie tot ist, habe ich so schreckliche Kopfschmerzen. Ich schlafe schlecht, glaube immer, irgendein Geräusch zu hören. Am Anfang dachte ich, das sind Hirngespinste. Ich hatte schon immer Angst vor der Dunkelheit. Meine Stiefbrüder haben mich deshalb oft aufgezogen.«

Elin leerte den Becher.

»Ich habe über die Terrassentür nachgedacht, die Sie neulich offen vorgefunden haben. Je mehr ich darüber nachdenke, desto überzeugter bin ich, dass sie zu war, als ich das Haus verließ. Und gestern Abend hat direkt vor dem Haus ein Auto angehalten. Es stand mit laufendem Motor da, bevor es wieder wegfuhr.«

»Haben Sie erkennen können, welche Marke es war?«

Elin schüttelte den Kopf.

»Ein dunkler Wagen, ziemlich groß. Und heute Morgen habe ich das hier im Briefkasten gefunden.«

Sie holte ein zusammengefaltetes Blatt aus der Handtasche und schlug es vor Vinston auf dem Tisch auseinander. Er erkannte die Nachricht sofort wieder. Ein Satz, fünf Wörter.

Der Tag der Abrechnung naht!

Esping saß in ihrem Arbeitszimmer, die Nase tief in die Ermittlungsakten gesteckt. Über die Lautsprecher ertönte Jessie Andersons Sommertalk.

»*Ich kam mit zwei leeren Händen in die USA. Eine einsame Achtzehnjährige ohne Geld, Familie oder Kontakte. Aber mit dem eisernen Willen, irgendetwas zu erreichen. Das ist die Geschichte meiner Reise. Die Geschichte meiner Erfolge, aber auch all der Opfer, die ich bringen musste.*«

Esping war noch einmal alle Zeugenaussagen durchgegangen, ohne sehr viel klüger zu werden. Sie konnte noch immer nicht den Eindringling identifizieren, dessen Schatten auf dem Videoausschnitt zu sehen war.

Ihr Handy klingelte. Vinstons Nummer.

»Hallo, Vinston.«

»Ja, hallo, hier Peter Vinston.«

»Ja, das behauptet mein Telefon auch. Schön, dass Sie sich einig sind.«

Vinston schien ihr nicht zuzuhören.

»Ich habe Elin Sidenvall hier«, sagte er gedämpft. »Offenbar kam es auf der Baustelle Mitte Mai zu einem Zwischenfall, von dem sie uns bisher nichts erzählt hatte. Ein dunkel gekleideter Mann mit Sturmhaube hat eines Abends einen der Container angezündet und Jessies Wagen vollgesprüht. Es war an demselben Abend, an dem der Haken geliefert wurde, und an dem Tag, an dem Nicolovius' letzter Beitrag im *Cimbrishamner Tagblatt* veröffentlicht wurde.«

Esping zuckte zusammen.

»Und Sie glauben, dass diese drei Sachen zusammenhängen?«

»Ich weiß es noch nicht«, antwortete Vinston. »Aber das Timing ist absolut verdächtig. Außerdem gibt es noch einen Leserbrief von Nicolovius, den die Zeitung nicht veröffentlicht hat, weil er am Montag in der Post lag und einige Sätze enthielt, in denen es darum ging, dass der Haken Jessie zum Verhängnis werden würde.«

»Und woher wissen Sie das?«, erkundigte sich Esping.

»Jonna Osterman hat es mir erzählt und mir den Text gegeben.«

»Aha, Sie scheinen sich ja gut kennengelernt zu haben«, erwiderte Esping trocken. Wie immer war sie auf der Hut, wenn Jonna ins Spiel kam. »Und warum hören wir erst jetzt davon?«, fuhr sie fort, da Vinston ihre Mutmaßung nicht kommentierte.

»Jessie Anderson wollte, dass Elin Sidenvall die Sache verschweigt, um nicht noch mehr schlechte PR zu bekommen. Nach dem heutigen Artikel über Urdals Tod hat Sidenvall Angst bekommen. Jemand hat eine Drohung in ihren Briefkasten gesteckt. Ich muss …«

Esping hörte, wie es im Hörer raschelte, vermutlich schob Vinston ihn an das andere Ohr.

»Ich muss leider los. Amanda hat ein Reitturnier, und ich habe versprochen zu kommen. Hätten Sie die Möglichkeit, Elin Sidenvall bei mir abzuholen und ihre Zeugenaussage aufzunehmen? Der Zettel mit der Nicolovius-Nachricht sollte zur technischen Untersuchung geschickt werden, so wie derjenige, den ich mit meiner Zeitung bekommen habe. Ich habe vorgeschlagen, dass Elin für eine Weile zu ihren Eltern nach Västerås fährt, aber sie behauptet, das würde nicht gehen, da sie mit einigen von Jessies unabgeschlossenen Geschäften zu tun habe. Vielleicht könnten Sie mit ihr nach Hause fahren und sichergehen, dass sie Fenster und Türen verschließt? Die Terrassentür noch mal kontrollieren und sie ein bisschen beruhigen?«

»Natürlich«, sagte Esping und schaute auf ihre Armbanduhr. »Ich kann in einer Viertelstunde bei Ihnen sein.«

36

Das Reitturnier fand in Borrby statt und war eine deutlich größere Veranstaltung, als Vinston erwartet hatte. Nicht, dass er sich besonders mit Reitturnieren auskannte. Genau wie Christina säuerlich bemerkt hatte, war es ihm bisher gelungen, ihnen zu entgehen. Aber dieses Turnier war offenbar eine Art Volksfest.

Auf der Wiese zwischen Parkplatz und Reitbahn stand ein Dutzend weißer Zelte. Österlens Theatergesellschaft befand sich in einem von ihnen, in einem anderen wurde geräucherter Aal verkauft und in einem dritten Apfelmost aus lokalem Anbau.

Ein paar Hundert Menschen liefen zwischen den Zelten umher, und aus den Lautsprechern spielte Musik, die ab und zu unterbrochen wurde, um die verschiedenen Wettkämpfe durchzusagen. Der Duft von frittierten Krapfen, Wurst und Zuckerwatte vermischte sich mit dem Geruch von frisch gemähtem Gras und Pferdeäpfeln.

Vinston versuchte, sich zur Tribüne durchzukämpfen, während er Christina eine SMS schrieb. Dabei kam er an einem Zelt mit dem Schild *Österlens Bienenzüchtervereinigung* vorbei. Er hörte die Worte »... unerkannter Nebenerwerb« und blieb stehen. Ein Stück weiter stand L-G im intensiven Gespräch mit zwei älteren Damen. Auf dem Kopf trug er dieselbe gelb-schwarze Kappe wie neulich.

»Hallo, Peter!«, rief L-G, als er Vinston entdeckte. »Wie gut, dass ich dich treffe. Du hast sicher schon gehört ...« Er senkte die Stimme und sah sich um. »Dass wir noch einen verdächtigen Todesfall haben. Die Techniker scheinen zu glauben, dass es sich um Mord handelt, und Tove ist ihrer Meinung.«

»Ja, ich habe davon gehört«, nickte Vinston. Esping hatte offenbar nichts von seiner Anwesenheit am gestrigen Tag erwähnt, was vernünftig war. Der Polizeichef hatte ihn immerhin vom Fall abgezogen.

»Wenn du willst, kann ich Esping anrufen«, schlug Vinston vor.

»Hören, ob sie irgendeinen Rat braucht?« Er setzte eine Miene auf, die, so hoffte er, nicht allzu interessiert wirkte.

»Nein, nein, darum kann ich dich nicht bitten. Du hast doch trotz allem … frei, und ich habe deinem Chef versichert, dass du absolut nicht arbeitest.«

Vinston hob die Hand und spielte mit.

»Das macht mir wirklich nichts aus. Und die Angelegenheit kann natürlich unter uns bleiben. Bergkvist braucht nichts zu erfahren. Esping braucht meine Hilfe vielleicht ja auch gar nicht. Ich klingle einfach mal durch und höre, was Sache ist. Übrigens würde ich gerne eine Ladung Honig kaufen. Das Glas, das du mir gegeben hast, ist fast leer.«

Der zweifelnde Ausdruck im Gesicht des Polizeichefs ging in ein Strahlen über.

»Schon? Freut mich, dass er dir so schmeckt! Ja, die diesjährige Ernte ist wirklich etwas Besonderes, musst du wissen.«

»Gut, dann machen wir es so!« Vinston klopfte demonstrativ auf seine Armbanduhr. »Ich muss weiter, Amanda reitet bald.«

Er drehte sich um und ging mit raschen Schritten Richtung Reitbahn, bevor es sich der Polizeichef anders überlegen konnte.

Vor dem Zelt der Theatergesellschaft entdeckte Vinston noch weitere bekannte Gesichter. Jan-Eric und Alfredo Sjöholm, beide in hellblauen Leinenanzügen, unterhielten sich angeregt mit der kleinen Margit Dybbling.

»Peter Vinston!« Jan-Eric Sjöholm breitete die Arme aus. »Wie schön, Sie hier zu sehen. Wie geht es mit der Jagd nach dem Mörder voran? Haben Sie Ihren Mann?«

Wie üblich war der Schauspieler nicht in der Lage, in einem normalen Gesprächston zu reden, weshalb sich die Menschen um sie herum umdrehten. Vinston machte ein paar Schritte auf das Trio zu, bevor er antwortete.

»Noch nicht«, sagte er leise. »Aber die Suche ist in vollem Gange.«

»Alfredo und ich haben jedenfalls ein Alibi für den Tod des armen Fredde. Wir befanden uns in Marsvinsholms Freilichttheater, und der einzige Mord, der dort begangen wurde, war der an Shakespeare. Der arme King Lear starb diesmal nicht aus Gram, sondern aus Langeweile, nicht wahr, Alfredo?«

»Kannten Sie Fredrik Urdal?«, fragte Vinston. »Sie nannten ihn eben Fredde?«

»Na ja …« Jan-Eric sah ertappt aus. »Also, ja, wir kannten Fredde. Wir haben uns kennengelernt, als er Statist bei Wallander war. Da wir damals gerade planten zu renovieren, bot er sich an, einige Arbeiten für uns zu übernehmen.«

»Kamen Sie miteinander zurecht?«

»Tja …« Jan-Eric schielte wieder zu Alfredo hinüber. »Das ist nun schon lange her. Aber soweit ich mich erinnere, gab es wohl ein paar Diskussionen wegen seiner Rechnungen. Nichts Ernstes, wir lösten das wie Gentlemen.«

Alfredo schnaubte.

»Jan-Eric ist viel zu nett. Fredrik schnüffelte in unseren Sachen herum und versuchte, die Rechnungen ordentlich zu salzen. Zudem war er schlampig. Manche seiner Installationen waren geradezu lebensgefährlich.«

Jan-Eric warf seinem Mann einen warnenden Blick zu.

»Aber genau wie Jan-Eric sagte, ist das lange her«, versuchte Alfredo die Wogen wieder zu glätten. »*It's all water under the bridge,* wie man in England sagt.«

Vinston fiel plötzlich etwas ein, was Esping über Margit Dybbling geäußert hatte.

»Sind Sie nicht mit Fredrik Urdal verwandt?«, fragte er an die kleine Frau gewandt.

»Seine Großmutter und ich sind Cousinen«, bestätigte sie. »Asta gab immer mit ihm an, als er noch klein war. Fredrik war gut in Sport. Aber ich erkannte damals schon, dass er ein richtiger Taugenichts war. Nach der Scheidung hat er mit seiner Großmutter und seiner Mutter kein einziges Wort mehr gesprochen.«

»Wie es schärfer nage als Schlangenzahn, ein undankbares Kind zu haben!«, reklamierte Jan-Eric mit theatralischer Geste.

»Und wo befanden Sie sich am Mittwochabend?«, erkundigte sich Vinston, der aus alter Gewohnheit in seine Rolle als Ermittler zurückgefallen war.

Die Frage schien Margit Dybbling zu amüsieren. Sie schob die große Brille auf der Nase nach oben, wie sie es häufig tat.

»Zu Hause, wie üblich. Ich habe eine Folge *Barnaby* angeschaut und bin früh zu Bett gegangen. Aber der Herr Kommissar glaubt doch wohl nicht, dass wir alten Leute einen Hünen wie Fredrik umbringen könnten? Warum sollten wir das überhaupt tun?«

»Ja, genau«, stimmte Jan-Eric Sjöholm ihr zu. »Warum wurde Fredrik getötet? Was hatte er mit dem Mord an Jessie Anderson zu tun?«

»Dazu kann ich nichts sagen, wie Sie sicher verstehen«, erwiderte Vinston. Dann schaute er auf die Uhr. »Jetzt müssen Sie mich entschuldigen, es wird Zeit für das Turnier.«

Auf dem Reitparcours waren einige Funktionäre dabei, die Stangen höher zu setzen. Vinston fand, dass die Hindernisse schon hoch genug waren, aber er versuchte sich einzureden, dass Amanda eine erfahrene Reiterin war und er seine Sorge um sie wie immer übertrieb.

An der einen Schmalseite der Bahn, in einem Sponsorenzelt mit dem Logo der Sparbank Skåne, entdeckte er Christina und Poppe.

»Willkommen, Peter! Hast du schon etwas bekommen, um die Kehle zu befeuchten?«, begrüßte Poppe ihn.

Ein Kellner hielt ihm ein Tablett mit Apfelmost hin.

»Du erlebst Amanda zum ersten Mal bei einem Wettkampf, oder? Lass mich dir die Grundregeln erklären ...«

Poppe begann mit einem Vortrag über Hindernisreiten, den Vinston höflich über sich ergehen ließ. Christina zwinkerte ihm zu und verschwand unbemerkt, um andere Besucher zu begrüßen.

In der Mitte des Zelts hielt Niklas Modigh Hof. Ein paar etwa zwanzigjährige Frauen schienen von dem gutaussehenden Mann beeindruckt zu sein.

»… wenn also mehrere Teilnehmer gleich häufig die Stange gerissen haben, wird noch einmal auf Zeit gesprungen«, erläuterte Poppe gerade.

»Was ist das?«

Vinston zeigte auf die offene Rückseite des Zelts, wo eine zweite Reitbahn zu sehen war. Dahinter befand sich ein Platz mit parkenden Pferdeanhängern und Transportern. Mehrere Pferde kreisten auf der Bahn, die Reiter riefen einander zu, bevor sie über die Hindernisse sprangen. Das Ganze sah chaotisch aus.

»Das ist der Abreiteplatz«, erklärte Poppe. »Dort wärmen sich die Teams auf. Amandas Klasse fängt gleich an. Dort drüben siehst du sie, auf Karnac.«

Vinston folgte Poppes Zeigefinger mit dem Blick.

»Karnac?« Er erinnerte sich noch allzu gut an seine tumultartige Begegnung mit dem Hengst auf Sofie Wrams Hof.

»Ja, er gehört Sofie, aber wir haben ihn probeweise. Ein wunderbarer Hengst, nicht wahr?«

Amanda näherte sich in einem versammelten Galopp. Als sie vorbeiritt, lächelte sie breit. Vinston gab das Lächeln zurück und hielt den Daumen in die Höhe, um seine Besorgnis zu verbergen. Karnac war riesig, er schnaubte und warf den Kopf zurück, wobei er auf seiner Trense herumbiss.

Am entgegengesetzten Ende der Bahn stand Sofie Wram an einen Zaun gelehnt. Amanda wendete Karnac direkt vor ihr und schien Instruktionen zu bekommen.

Ein anderes Pferd trabte vor Vinston an dem Zelt vorbei. Im Sattel saß Daniella Modigh.

Vinston nickte ihr zur Begrüßung zu, aber Daniella sah ihn nicht, sondern schaute stattdessen in das Sponsorenzelt hinein. Sie war so unkonzentriert, dass sie beinahe mit einem anderen Teilnehmer zusammengestoßen wäre.

»Verdammter Idiot, pass doch auf!«, schrie sie dem Reiter hinterher.

Vinston realisierte plötzlich, dass Poppe aufgehört hatte zu sprechen.

»Danke für die Ausführungen«, sagte er.

»Keine Ursache«, erwiderte Poppe. »Christina und ich freuen uns so, dass du hier bist. Und Amanda natürlich auch. Jetzt geht es gleich los. Amanda hat die Startnummer drei. Wir könnten uns so stellen, dass wir besser sehen.«

Vinston kam ein Gedanke. Poppe arbeitete in der Finanzbranche und schien ein breites Netz an Kontakten zu haben. Vielleicht konnte er mehr über den mysteriösen Apfelkönig erzählen, der Gislövsstrand gerettet hatte?

»Dürfte ich dir eine Frage stellen?«, bat Vinston. »Kennst du einen Finanzier namens Klas Mårtensson?«

Poppe verzog das Gesicht.

»Ich *wünschte,* ich würde ihn kennen. Das wäre gut fürs Geschäft. Aber wir sind uns nur ein paarmal flüchtig begegnet. Klas hält sich meistens auf seiner Apfelplantage auf. Warum fragst du?«

Vinston ignorierte die Gegenfrage.

»Wenn ich es richtig verstanden habe, hat Mårtensson in Österlen recht viele Geschäftsinteressen?«

Christina tauchte zwischen ihnen auf und hängte sich bei beiden ein.

»Amüsiert ihr euch gut, Jungs?«

»Ja«, antwortete Vinston. »Jetzt weiß ich im Prinzip alles über Springreiten.«

Die Stimme des Wettkampfsprechers kündigte den ersten Starter auf dem Parcours an.

»Wir begrüßen die Teilnehmerin Nummer eins, Daniella Modigh auf Faye.«

Daniella Modigh hielt an der Schmalseite Einzug. Sie ritt in einem Bogen auf das erste Hindernis zu, das sich vor dem Sponsorenzelt befand.

Als sie vorbeikam, warf sie lange Blicke ins Zelt hinein. Vinston stellte fest, dass Niklas immer noch mit den zwei jungen Frauen sprach und kaum zu bemerken schien, dass seine Frau an der Reihe war.

Daniellas Pferd wirkte nervös, es warf den Kopf zurück und schnaubte einige Male laut, bevor Daniella ihm die Sporen gab.

»Spannend«, sagte Poppe. »Daniella ist heute eine von Amandas gefährlichsten Konkurrentinnen.«

Daniella flog über das erste Hindernis, dann über das zweite. Beim dritten schlug sich das Pferd die Hinterläufe an und riss die oberste Stange.

Ein leises Raunen ging durch das Publikum.

»Hoppla, das kam unerwartet«, kommentierte Poppe.

Daniellas Pferd riss noch ein Hindernis und machte anschließend ein paar unkontrollierte Galoppsprünge.

»Sie scheint völlig aus der Balance gekommen zu sein«, sagte Christina. »Gut möglich, dass sie noch öfter reißt. Kein guter Tag für Daniella.«

»Zwölf Fehler für Daniella Modigh und Faye«, fasste der Wettkampfsprecher zusammen, als Daniella geendet hatte. »Bitte einen Trostapplaus für die beiden!«

Daniella dankte nicht für den Beifall, sondern lenkte das Pferd schnell Richtung Stall davon. Aus den Augenwinkeln registrierte Vinston, wie ihr Mann sein Glas leerte und das Zelt verließ. Die beiden jungen Frauen sahen sehr enttäuscht aus.

»Darf ich das mal ausleihen?« Vinston deutete auf das kleine Fernglas, das Christina um den Hals hängen hatte.

»Klar.«

Vinston fing Niklas Modigh mit dem Fernglas ein. Er folgte ihm mit den Blicken, als er an der Einreitbahn vorbei zu den Ställen und den parkenden Pferdetransportern ging.

Niklas verschwand einen Moment aus dem Blickfeld, tauchte aber dann zwischen zwei großen Anhängern wieder auf. Jetzt befand er sich in Gesellschaft seiner Frau. Vinston konnte natürlich nicht hören, was gesagt wurde, aber anhand der Körpersprache war dennoch deutlich zu erkennen, dass das Ehepaar Modigh heftig stritt, wobei Daniella offenbar wütender war als ihr Mann. Ohne Vorwarnung boxte sie ihm plötzlich gegen die Brust. Niklas war groß und muskulös, aber der Stoß war so kräftig, dass er zurücktaumelte und fast gestürzt wäre. Daniella riss sich den Reithelm vom Kopf und warf ihn Niklas zu, bevor sie zwischen den Pferdehängern verschwand und nicht mehr zu sehen war.

Niklas blieb einen Moment stehen. Dann hob er Daniellas Helm auf und folgte ihr.

In demselben Moment begann Vinstons Handy zu vibrieren. Er senkte das Fernglas und machte ein paar Schritte zur Seite.

»Peter Vinston.«

»Hier Esping. Ich dachte nur, Sie würden gerne wissen, dass ich Elin Sidenvall abgesetzt und ihr ein paar Sicherheitstipps gegeben habe. Sie hatte Angst, dass jemand auf das Garagendach klettern und in ihr Schlafzimmer schauen könnte, deshalb ist sie in Jessies Zimmer umgezogen. Aber genau wie Sie gesagt haben, weigert sie sich, Schonen zu verlassen. Toughes Mädchen. Ich habe ihr meine Mobilnummer gegeben und ihr gesagt, dass sie mich direkt anrufen kann, wenn irgendetwas ist.«

»Okay. Was halten Sie von der Geschichte, die sie erzählt hat? Dem Brand und dem Vandalismus an Andersons Wagen? Dem Mann mit der Skimaske?«

»Sie scheint die Wahrheit zu sagen. Ich habe sie im Übrigen auch nach dem Pfefferspray gefragt, das ich in ihrer Handtasche gesehen habe, und sie hat mir daraufhin eine ganze Schachtel mit diversen illegalen Verteidigungsmitteln gegeben, die Jessie Anderson sich am Tag nach dem Brand aus den USA hat schicken lassen. Ich dachte, ich lasse sie noch als Fundstücke registrieren und fahre dann nach Hause, um das Videomaterial der Überwachungskamera zu überprüfen. Wenn wir Glück haben, findet sich noch eine Aufnahme vom 17. Mai.«

»Gut. Ich drücke die Daumen.«

»Und wie läuft es bei Ihnen?«, wollte Esping wissen.

»Ich bin auf Amandas Reitturnier und habe gerade gesehen, wie die Modighs ordentlich aneinandergeraten sind, vermutlich eine Eifersuchtsgeschichte.«

»Aha, interessant.«

»Und ich habe gnädigerweise von L-G die Erlaubnis erhalten, Sie wieder bei den Ermittlungen zu unterstützen. Also, wenn Sie meine Hilfe gebrauchen können …«

Am anderen Ende blieb es ein paar Sekunden länger still, als Vinston erwartet hätte.

»Ja, Sie können gerne mithelfen«, erwiderte Esping schließlich und klang dabei zufrieden.

»Gut. Außerdem habe ich noch eine Sache erfahren«, sagte Vinston. »Die zypriotische Firma, die das Bauprojekt finanziell unterstützt hat, wird von einem Herrn namens Klas Mårtensson kontrolliert. Offenbar hat er hier in Österlen so ziemlich überall die Finger im Spiel. Kennen Sie ihn?«

Wieder war es am anderen Ende still.

»Hm, ja, das tue ich«, sagte Esping diesmal weniger vergnügt.

»Ausgezeichnet. Denken Sie, Sie könnten möglichst bald ein Treffen mit ihm arrangieren? Er wohnt wohl auf einem Apfelhof bei Kivik und ist meistens zu Hause.«

»Natürlich, aber …«

»Was denn?« Vinston legte die Hand an den Mund, um die Geräusche von außerhalb zu dämpfen.

»Sind Sie sicher, dass das keine falsche Fährte ist?«, fragte Esping. »Dass es nicht besser wäre, sich auf die Verdächtigen zu konzentrieren, die wir schon haben?«

»Eine Spur ist eine Spur.«

»Okay …«

Esping klang, als wolle sie noch etwas hinzusetzen, aber bevor sie loslegen konnte, kündigte der Sprecher Amanda an.

»Wir hören später voneinander«, sagte Vinston schnell. »Amanda ist jetzt dran.«

37

Vinston hielt den ganzen Ritt über den Atem an, aber Amanda ging sehr elegant mit dem großen Hengst um. Sie flog beinahe über die Hürden und bewältigte den Parcours fehlerlos.

»Einen großen Applaus für Amanda und Wramlunds Karnac für diesen schönen Ritt«, sagte der Wettkampfsprecher.

Vinston überraschte sich selbst und Christina, indem er nicht nur enthusiastisch applaudierte, sondern auch pfiff, was er seit seiner Jugend nicht mehr getan hatte.

»Und was passiert jetzt?«, fragte er, nachdem Amanda die Bahn verlassen hatte.

»Es sind noch einige weitere Teams an der Reihe, danach müssen diejenigen, die fehlerfrei gesprungen sind, noch einmal auf Zeit reiten.«

Poppe sah aus, als wolle er sehr gerne noch mehr Details über das Springreiten loswerden, wurde aber von einem anderen Zuschauer unterbrochen, der mit ihm über ein Kartenturnier sprechen wollte. Auch Christina beteiligte sich an dem Gespräch, daher entschuldigte sich Vinston und schlenderte Richtung Ställe. Neugierig ging er zwischen den Fahrzeugen umher, bei denen er vorhin die Modighs streiten gesehen hatte.

Daniella Modigh saß auf dem Fahrersitz eines großen Pferdetransporters. Das Fenster war heruntergekurbelt, und der Motor lief, aber sie starrte leer vor sich hin. Ihr Mann war nicht zu sehen.

»Alles in Ordnung?«, erkundigte sich Vinston.

Daniella zuckte zusammen. »Natürlich, ich bin nur ein bisschen müde.«

»Können Sie wirklich so einen riesigen Laster fahren?« Vinston klopfte auf die Fahrzeugtür. Es war eher als Scherz gemeint, aber Daniella schnaubte böse.

»Typisch Mann, so ein Kommentar. Ich bin auf einem Fuhrpark aufgewachsen. Ich kann deutlich mehr Fahrzeuge lenken als Sie. Und sie auch reparieren, wenn es ein Problem gibt.«

»Selbstverständlich«, sagte Vinston zerknirscht.

Daniella legte den ersten Gang ein.

»Ich muss jetzt fahren, also gehen Sie bitte einen Schritt zur Seite, wenn ich Ihnen nicht über die Füße rollen soll.«

Vinston gehorchte, und der große Pferdetransporter fuhr langsam davon.

Er hatte eigentlich zu den Ställen gehen wollen, um Amanda zu suchen. Stattdessen entdeckte er Sofie Wram, die Karnac zurück zur Wettkampfbahn führte. Amanda saß im Sattel. Er winkte seiner Tochter zu, aber die war vollkommen auf Sofie und deren Anweisungen konzentriert.

»Arbeite gut mit den Schenkeln und geh nicht so schräg in die Kurven. Denk daran, dass Karnac das Hindernis sehen muss, sonst erschrickt er.«

Vinston begriff, dass er am besten nicht störte, also blieb er noch einen Moment stehen und sah ihnen hinterher, bevor er zurück zum Sponsorenzelt ging.

»So, jetzt beginnt der zweite Durchgang«, rief der Speaker.

»Und als Erstes auf die Bahn kommt Teilnehmerin Nummer drei Amanda auf Karnac von Hof Wramslund.«

»Diesmal geht es um Zeit«, erklärte Poppe noch einmal. »Wer die wenigsten Fehler hat und am schnellsten ist, gewinnt.«

Amanda ritt in die Bahn und schlug einen großen Bogen, bevor sie Karnac auf die erste Hürde zutrieb.

»Oh, welches Tempo«, sagte Christina.

Amanda und Karnac flogen über das erste Hindernis, dann das zweite.

Vinston musste ein paarmal schlucken. Sein Herz klopfte immer heftiger. Amanda sah so klein aus auf dem großen Hengst. Und die Geschwindigkeit, mit der sie ritt, machte die Sache nicht besser.

»Das geht furchtbar schnell.« Poppes Stimme klang beunruhigt. »Jetzt kommt die Kurve.«

Amanda nahm die Kurve schräg und lenkte Karnac auf das nächste Hindernis zu, bevor dieser sich wieder gerade ausgerichtet hatte. Poppe und Christina holten hörbar Luft.

Karnac nahm Fahrt auf, aber nach zwei kräftigen Galoppsprüngen erblickte der Hengst plötzlich die Hürde, stemmte die Vorderläufe in den Boden und brach zur Seite aus. Amanda, die gerade dabei gewesen war, vor dem Hindernis im Sattel aufzustehen, wurde in die entgegengesetzte Richtung geschleudert.

Ein Raunen ging durch das Publikum.

Amanda flog vom Pferd, der eine Fuß blieb im Steigbügel hängen, sodass sie an Karnacs Flanke hing, während der große Hengst davongaloppierte. Christina schrie auf und klammerte sich an Poppes Arm.

Mehrere Wettkampfrichter rannten auf die Bahn, aber der Hengst ließ sich nicht stoppen. Karnac kreuzte zwischen den Hindernissen und schleifte Amanda durch das Sägemehl hinter sich her. Amanda strampelte wild, um loszukommen und zugleich den hämmernden Hufen zu entgehen.

»Kann jemand den Hengst stoppen!«, rief der Speaker.

Ohne dass Vinston so recht wusste, wie und warum, befand er sich plötzlich mitten auf der Reitbahn. Sein Herz klopfte, der Kies spritzte um seine Schuhe, und in seinem Kopf blubberte es wild. Er schnitt Karnac zwischen zwei Hindernissen den Weg ab und stellte sich mit ausgestreckten Armen vor den heranrasenden Hengst.

»Stopp!«, brüllte er. Aber Karnac lief geradewegs auf ihn zu. Vor Vinstons Augen begann es zu flimmern, seine Knie wurden weich, die Beine zitterten. Das Geräusch der vorpreschenden Hufe vermischte sich mit seinem Herzschlag.

Er versuchte, noch einmal zu schreien, aber seine Stimme gehorchte ihm nicht.

Im allerletzten Moment wich Karnac aus, so knapp, dass Vinston den Luftzug spürte. Der Hengst hatte offenbar den Stallvorplatz ins Visier genommen, und keiner der Wettkampfrichter schien ihn aufhalten zu können.

Da war neben dem Hengst plötzlich eine hellblaue Gestalt zu sehen. Die Person, die von der Zuschauertribüne gekommen sein musste, griff nach dem Sattel und schwang sich in einer so geschmeidigen Bewegung auf den Rücken des Pferdes, dass das Publikum in ein lautes »Ohh« ausbrach.

Es war Alfredo Sjöholm.

Alfredo griff nach den Zügeln, riss sie kräftig zu sich und lehnte sich gleichzeitig schwer im Sattel zurück.

»Brr!«

Karnac blieb so abrupt stehen, dass er sich fast auf die Hinterbeine setzte. Alfredo befreite Amandas Fuß aus dem Steigbügel und brachte den Hengst anschließend dazu, von ihr wegzutreten.

Vinston rannte zu seiner Tochter, aber der Sanitäter war zuerst da.

»Hörst du mich?«, fragte dieser in dem Moment, als Vinston sie erreichte.

Amandas Augen waren geschlossen, ihr Gesicht war blass. Vinstons Herz hämmerte, sein Gesichtsfeld wurde an den Rändern undeutlich. Aber er durfte nicht in Ohnmacht fallen, nicht jetzt. Er ließ sich schwer auf die Knie sinken und griff nach der Hand seiner Tochter.

»Hörst du mich, Amanda?«, schrie er. Amandas Lider flatterten, dann sah sie zu ihm auf. Langsam löste sie ihre Hand aus Vinstons Griff und hielt den Daumen nach oben.

»Ich bin okay, Papa.«

Eine Welle der Erleichterung erfasste Vinston und wurde durch den fast ebenso erleichterten Applaus des Publikums verstärkt.

»Bleib noch liegen«, ermahnte der Sanitäter sie. »Der Krankenwagen kommt gleich.«

Amanda beachtete ihn nicht. Sie kam auf die Füße und klopfte sich die Sägespäne ab. Dann winkte sie dem Publikum zu, wodurch sich der Applaus noch einmal verstärkte.

Vinston wagte nicht aufzustehen, aus Angst, ohnmächtig zu werden. Christina und Poppe kamen angerannt, ebenso Sofie Wram.

»Bist du okay?«, hörte Vinston sie fragen.

Amanda nickte.

»Du hast genau das gemacht, was du *nicht* tun solltest«, schimpfte Sofie. »Ich gebe dir nicht zum Spaß Anweisungen. Richtig ist richtig, und falsch ist falsch. Und wenn man einen Fehler macht, hat das manchmal unschöne Konsequenzen. Reines Glück, dass nichts Schlimmeres passiert ist!«

Sie wandte sich ab und stiefelte auf Karnac zu.

Alfredo Sjöholm war vom Hengst gesprungen und reichte Sofie Wram die Zügel. Sie nahm sie entgegen, nickte Alfredo kurz zu und führte das Pferd Richtung Stall.

Vinston kam mühsam wieder auf die Füße. Seine Beine waren wackelig, aber glücklicherweise waren Christina und Poppe vollauf mit Amanda beschäftigt und schauten nicht zu ihm hin. Alfredo sah ihn hingegen direkt an.

»Geht es Ihnen gut?«, erkundigte sich der sehnige kleine Mann.

»Absolut!« Vinston machte ein paar unsichere Schritte auf Alfredo zu. »Vielen Dank für Ihre Hilfe«, sagte er. »Wenn Sie nicht gewesen wären, hätte es richtig böse enden können.«

Dann fiel ihm ein, was Esping über Alfredos Zirkusvergangenheit erzählt hatte.

»Ich bin in meiner Jugend mit Pferden aufgetreten«, bestätigte der Mann. »Es war ein Reflex, ich habe überhaupt nicht nachgedacht.«

»Sehr imponierend, vor allem in Ihrem …« Vinston brach ab, bevor er das Wort »Alter« laut ausgesprochen hatte, aber Alfredo schien es trotzdem gehört zu haben.

Er drehte sich beleidigt um und ging an die Seite des Parcours, wo Jan-Eric und Margit Dybbling auf ihn warteten. Alfredo sagte etwas, was Vinston nicht hörte, aber alle drei warfen ihm lange und nicht gerade freundliche Blicke zu.

38

V erdammt.« Esping saß am Computer und fluchte laut vor
sich hin.

Sie hatte die Harddisk, die sie von Hasse Palm bekommen hatte,
angeschlossen, das Programm des Sicherheitssystems geöffnet
und dann mit gewisser Spannung nach dem 17. Mai gesucht.

»Nicht zugänglich«, war die Antwort.

Na ja, vielleicht war es zu viel erwartet, dass das Bildmaterial
noch gespeichert sein könnte. Die meisten Systeme speicherten
Aufnahmen maximal dreißig Tage.

Esping versuchte es mit einem Datum fünfundzwanzig Tage
vor dem Mord, um ihre Theorie bekräftigt zu bekommen, aber
auch dieses Material war nicht zugänglich.

Sie versuchte es mit zehn, dann mit fünf Tagen. Es war keinerlei
Material verfügbar.

Esping dämmerte, worin das Problem liegen könnte. Sie suchte
Hasse Palms Telefonnummer heraus.

»Ja, richtig«, bestätigte dieser. »Sie haben mich nur nach dem
Videomaterial von Sonntag gefragt, daher habe ich nur das für Sie
heruntergeladen.«

»Befindet sich der Rest noch auf dem Server, meinen Sie?«

»Vielleicht«, erwiderte Palm. »Da das System nicht fertig installiert war, glaube ich nicht, dass schon ein Aufnahmezyklus eingerichtet war. Vermutlich laufen die Aufnahmen, bis die Harddisk
voll ist.«

»Können wir rausfahren und die Disk holen?«

»Ich bin in Växjö auf der Konfirmation meiner Nichte. Ich
komme erst Sonntagabend nach Hause.«

»Okay.« Esping hatte keine Lust zu warten. »Kann ich das Material selbst vom Server runterladen? Ansonsten müsste ich Sie
bitten, sofort herzukommen. Es ist dringend.«

Hasse Palm seufzte hörbar auf.

»Sie müssen zum Bauplatz fahren und den Rechner auf meinem Schreibtisch benutzen. Ich kann mit der App die Alarmanlage deaktivieren und das Tor öffnen. Bleibt allerdings das Problem mit dem Schlüssel zur Baracke.«

»Ich habe einen«, sagte Esping.

»Aha.« Palm klang verwundert, stellte aber keine weiteren Fragen. »Drücken Sie einfach auf die Gegensprechanlage am Tor, wenn Sie da sind. Dann lasse ich Sie rein.«

Sie hatte vorgehabt, sofort zum Baugelände zu fahren, aber die Spülmaschine in Felicias Kaffeehaus hatte beschlossen zu streiken, und es kostete Esping den gesamten Nachmittag sowie einen Teil des Abends, sie wieder in Gang zu setzen.

Deshalb war es schon fast zehn Uhr, als sie am Tor in Gislövsstrand auf den Klingelknopf drückte. Der helle Abend ging gerade in eine Sommernacht über.

Es war windstill und sternenklar. Vom Meer breiteten sich Nebelschleier aus und hingen wie graue, gespenstische Fetzen über den Dünen.

Esping musste dreimal anrufen, bevor Hasse Palm antwortete. Er klang betrunken, offensichtlich war es eine geglückte Konfirmationsfeier.

»Ich deaktiviere jetzt die Anlage und öffne Ihnen das Tor«, sagte er. »Melden Sie sich, wenn Sie wegfahren, dann schalte ich die Anlage wieder ein.«

Esping öffnete die Baubaracke mit Urdals Schlüssel. Drinnen war die Luft im Vergleich zur feuchten Nachtluft stickig. Esping setzte sich an Palms Schreibtisch und schaltete den Computer an. Er fragte nach den Log-in-Daten, aber anstatt Palm anzurufen und sich zu erkundigen, hob sie die Schreibunterlage an. Genau wie vermutet, klebte dort ein Post-it mit den Informationen, die sie brauchte. L-G wendete exakt die gleiche Methode an. Ihr Vater auch.

»Boomers …«, murmelte sie vor sich hin.

Sie öffnete das Programm des Sicherheitssystems, schrieb das Datum in das Suchfeld und hielt die Luft an.

Material wird geladen, teilte der Bildschirm mit. Danach listete er eine Reihe von Aktivitäten auf, allesamt vom 17. Mai.

»Yes!«, flüsterte Esping.

Sie schaute sich die ersten Aufnahmen an. Jessie und Elin, die am Nachmittag das Haus erreichten. Am Abend fuhr Elin Sidenvall eine Weile weg und kam mit Pizzakartons wieder. Als es dämmerte, tauchte ein Lkw mit zwei kräftigen Packern auf. Die Männer luden eine große Kiste aus, in der sich die Hakenskulptur befinden musste.

Etwa eine Stunde später fuhr der Umzugswagen wieder weg, was von der Induktionsschleife registriert wurde, die um 22:01 Uhr das Tor öffnete und das Fahrzeug hinausließ.

Das nächste Ereignis trat um 22:26 Uhr ein. Ein Filmausschnitt, der zunächst nur die parkenden Autos von Elin und Jessie zeigte. Dann war eine leichte Bewegung zu erkennen. Eine schwarz gekleidete Gestalt mit Sturmhaube schlich zwischen den Fahrzeugen hindurch, kniete sich auf den Boden und besprühte die eine Seite von Jessies Wagen. Man konnte ein S und ein halbes A sehen, der Rest wurde von Elins Wagen verdeckt. Espings Herz schlug lauter.

War das der Mörder? Dieselbe Person, deren Schatten auf der Aufnahme vom Mordtag zu sehen war? Am Rand des Films begann ein Lichtschein zu flackern, was vermutlich bedeutete, dass der Container, von dem Elin Sidenvall berichtet hatte, gerade in Brand gesetzt worden war.

Die Gestalt in Sturmhaube war mit dem Sprühen fertig und verschwand aus dem Bild. Nur zehn Sekunden später wurde die Tür des Musterhauses geöffnet. Elin und Jessie traten heraus. Ihre Körpersprache deutete zunächst Überraschung an, aber sie schienen sich schnell zu fassen. Sie blieben auf der Treppe stehen, und Jessie Anderson rief etwas. Danach konnte man sehen, wie Elin erschrocken zusammenzuckte, vermutlich, weil sie die schwarz gekleidete Person drüben beim Container entdeckt hatte. Jessie sah dagegen überhaupt nicht verängstigt aus. Kurz darauf verschwand die Assistentin im Haus und kam mit einem großen Feuerlöscher zurück. Sie passierte die Kamera, und etwa eine Minute später hörten die flackernden Schatten auf. Jessie stand die ganze Zeit über auf der Treppe und überwachte alles.

Esping war von der Handlungskraft der beiden Frauen beeindruckt. Sie waren allein, und jemand hatte gerade ein Attentat auf ihr Haus ausgeübt. Sie hatten sogar kurz einen bedrohlichen, maskierten Täter gesehen.

Aber die Sorge vor negativer PR war offensichtlich so groß, dass sie nicht die Polizei riefen.

Im Nachhinein hatte sich das natürlich als eine furchtbare Fehleinschätzung der Lage herausgestellt, konstatierte Esping, während sie sich die Aufnahme weiter anschaute.

Jessie Anderson und Elin Sidenvall hielten sich noch etwa eine halbe Stunde in und um das Haus herum auf, bevor sie jeweils im eigenen Wagen das Grundstück verließen. Die Induktionsschleife ließ sie hinaus, und die Assistentin aktivierte via App um 23:16 Uhr die Alarmanlage. Danach hatte das System nichts mehr aufgenommen.

Esping spulte zu dem Zeitpunkt zurück, als die maskierte Gestalt das erste Mal zu sehen war. Dann ließ sie die Aufnahme vor- und zurücklaufen, wobei sie sich so nah wie möglich zum Bildschirm beugte.

Da Elins Wagen vor Jessies stand, sah man den Eindringling leider nie komplett, sondern nur den Oberkörper. Außerdem drehte sich die Person nie ganz zur Kamera. Frustriert wollte Esping gerade laut fluchen, als sie plötzlich ein seltsames Gefühl beschlich. Aus den Augenwinkeln registrierte sie etwas, was ihrem Körper einen Stich versetzte, ihre Nackenhaare sträubten sich.

Draußen vor dem Fenster stand jemand im Dunkeln, direkt hinter ihr. Jemand beobachtete sie heimlich, so wie sie neulich Hasse Palm.

Blitzschnell drehte sie sich um. Im Fenster sah sie ein Flattern, das jedoch verschwand, bevor sie erkennen konnte, was es war.

Esping stürzte zur Tür, wendete sich nach rechts und umrundete die Baracke. Draußen war es finster, und ihre Augen waren noch an das Licht des Bildschirms gewöhnt.

Ein Stück entfernt am Zaun erahnte sie eine Bewegung. Esping rannte blindlings los.

»Polizei, stehen bleiben!«, schrie sie, so laut sie konnte. »Pol...«

Ihr Fuß stieß gegen etwas, und sie fiel der Länge nach hin. Dabei blieb ihr die Luft weg, und sie schlug so kräftig mit dem Kinn auf, dass sie Sterne sah.

Esping blieb liegen, musste erst wieder zu Atem kommen. Dann rappelte sie sich mühsam auf. Sie rieb sich über den Unterkiefer und spürte, dass ihr Handrücken blutig wurde. Wie erwartet, hatten sich inzwischen die Dunkelheit und der Nebel um den geheimnisvollen Eindringling gelegt, und alles war wieder ganz ruhig.

39

Esping holte ein paar Papierhandtücher aus der Baubaracke, die sie gegen ihre Wunde drückte, und rief dann die Zentrale an. Die nächste Hundestaffel war über eine halbe Stunde entfernt, daher beschloss sie, so gut es ging zu markieren, wo sie den Eindringling gesehen hatte, um die spätere Spurensuche zu vereinfachen.

Sie holte eine Taschenlampe aus dem Auto und lief zur Schmalseite der Baracke. Erst da fiel ihr auf, dass es scharf nach Farbe roch.

Esping beleuchtete die Wand.

Der Tag der Abrechnung naht, stand dort in roten Buchstaben. Die gleiche Botschaft, die Vinston und Elin in ihren Briefkästen vorgefunden hatten.

Sie schoss ein paar Fotos mit ihrer Handykamera und ging zum Zaun weiter.

Nach ungefähr fünfundzwanzig Metern fand sie eine Spraydose mit frischen roten Farbflecken. Als Esping die Umgebung mit der Taschenlampe ableuchtete, entdeckte sie die Öffnung zu Sjöholms Grundstück. Sie war mit einem Gitter versperrt, aber als Esping es anfasste, stellte sie fest, dass es nur an der Oberkante befestigt war und sich leicht anheben ließ. Am Boden waren frische Schleifspuren zu sehen. Aller Wahrscheinlichkeit nach war der Einbrecher über diesen Weg geflüchtet.

Esping machte weitere Fotos mit ihrem Handy, ließ jedoch die Spraydose liegen und ging in ihrer eigenen Fußspur vorsichtig zurück.

Ihr Kinn hörte nicht auf zu bluten. Sie überlegte, ob sie noch einmal in die Baracke gehen und nach Verbandsmaterial suchen sollte, stattdessen kam ihr aber eine andere Idee.

Sie stieg ins Auto und fuhr mit einem Blitzstart davon.

Es war Alfredo, der die Tür zur Villa Sjöholm öffnete. Er trug einen Morgenmantel und Pantoffeln und hielt einen Drink in der Hand. Esping betrachtete seine rechte Hand, sah aber keine Spur von Farbe.

»Es tut mir leid, dass ich so spät störe«, entschuldigte sie sich. »Aber ich warte auf ein paar Kollegen und bin gestürzt. Hätten Sie vielleicht ein Pflaster für mich?« Sie nahm das blutige Papiertuch weg, das sie sich immer noch ans Kinn drückte.

»O je!«, sagte Alfredo. »Ich weiß nicht, ob ich Pflaster habe. Es ist schon spät, wir wollten gerade zu Bett gehen …« Er wurde von seinem Mann unterbrochen.

»Alfredo! Wer ist da?«, rief Jan-Eric aus dem Haus.

»Es ist die Polizistin, die neulich da war.«

»Tove, Peter Vinstons Freundin?« Jan-Eric Sjöholm kam durch den Flur heran, schwer auf seinen Stock gestützt.

»Ach, Sie Arme, was ist denn passiert?«, rief der kräftige Mann aus, als er Esping erblickte. »Alfredo! Steh nicht rum, hol das Verbandszeug.«

Alfredo sah aus, als wolle er protestieren, aber Jan-Eric brachte ihn mit einer Handbewegung zum Verstummen.

»Ich war einfach ungeschickt«, erklärte Esping. »Ich war drüben beim Bauplatz, um etwas zu überprüfen, und bin in der Dunkelheit gestolpert. Ich erwarte meine Kollegen, deshalb kann ich noch nicht nach Hause fahren. Ein Pflaster wäre toll.«

Alfredo kam mit einer grünen Verbandstasche zurück.

»Gut, jetzt verarzte sie bitte«, ermahnte ihn Jan-Eric.

»Schon in Ordnung. Ich kann das selbst machen, wenn ich kurz Ihr Badezimmer benutzen darf.«

»Natürlich, meine Liebe. Die zweite Tür links. Wir setzen solange Teewasser auf.«

Esping verschwand in der Toilette. Sie war oft genug vom Pferd gefallen, um zu wissen, dass die Platzwunde am Kinn schlimmer aussah, als sie war.

In der Verbandstasche befanden sich Wundspray und Pflaster, sie hatte daher kein Problem, sich selbst zu versorgen.

Dann lauschte sie Richtung Flur. Sie hörte Jan-Eric Alfredo in der Küche herumkommandieren.

Vorsichtig lugte sie hinaus. Die Diele war leer.

Sie sah sich um. Der Wohnbereich des Hauses mit Küche, Wohn- und Esszimmer lag rechts, das wusste sie bereits. Stattdessen schlich sie, so leise sie konnte, aus der Toilette und folgte dem Flur nach links. Nach wenigen Metern glaubte sie den stechenden Geruch von Sprühfarbe wahrzunehmen. Das konnte nur eines bedeuten.

Der Eindringling war durch die Öffnung im Zaun auf Sjöholms Grundstück geflüchtet und dann weiter ins Haus.

Am Ende des Flurs wurde der Farbgeruch stärker. Esping öffnete vorsichtig eine Tür und gelangte in eine Waschküche mit einem Nebeneingang.

Im Raum brannte kein Licht, aber vom Hof fiel der Schein der Außenbeleuchtung durch das Fenster herein. Die Waschmaschine lief, dem Display nach hatte das Programm erst vor ein paar Minuten begonnen. Die Kleider darin waren dunkel.

Esping blieb vor der Maschine stehen, während sie überlegte, ob sie versuchen sollte, den Inhalt der Trommel herauszuholen. Aber alle möglichen Spuren waren vermutlich schon zerstört. Sie schaute nach draußen über den erleuchteten Innenhof. Eine Bewegung in einem Fenster auf der anderen Seite ließ sie dorthin schauen.

Sie bemerkte eine zierliche Gestalt, die einen, wie es schien, viel zu großen Bademantel trug und ein Handtuch um den Kopf gewickelt hatte. Die Person war nur kurz zu sehen, als sie am Fenster vorbeiging, aber Esping erkannte sie dennoch.

Ein lautes Räuspern übertönte das Summen der Waschmaschine und ließ Esping zusammenzucken.

Sie drehte sich um. Vor ihr stand Alfredo, näher, als es ihr angenehm war. Er versperrte ihr den Ausgang.

»Die Küche befindet sich in der anderen Richtung!«, sagte er. »Aber leider haben wir keinen Tee mehr.«

Die Stimme klang dumpf, geradezu schroff. Seine Augen waren dunkel.

»Ich muss sowieso gehen«, sagte Esping so lässig sie konnte. »Meine Kollegen sind auf dem Weg.« Sie machte eine Kopfbewegung Richtung Flur und Haustür.

Alfredo starrte sie an, er schien herausfinden zu wollen, ob sie die Wahrheit sagte oder nicht. Dann trat er langsam beiseite und ließ sie durch.

40

Klas Mårtensson zog sich die Stiefel an. Es war Sonntagmorgen kurz nach acht. Vom Himmel strahlte bereits die Sonne herab.

»Ich gehe eine Runde«, rief er seiner Frau zu, was an sich vollkommen unnötig war, da er seinen täglichen Spaziergang durch die Apfelplantage mit solcher Pünktlichkeit machte, dass man die Uhr nach ihm stellen konnte.

Mårtenssons Hof lag am Jungfrupass an der Südspitze des Linderöåsen, einem Bergkamm südlich von Kivik. Das Gut war in allen Richtungen von fruchtbaren Apfelplantagen umgeben, und von dem großen Wohnhaus aus hatte man eine wunderbare Sicht nach Osten über die grünen Hänge des Stenhuvud und weiter bis zur glitzernden Hanöbucht.

Die Familie Mårtensson wohnte bereits seit sechs Generationen hier und baute seit mindestens vier Generationen Äpfel an.

Genau wie alle anderen Mårtenssons war Klas bei seinem Vater und Großvater in die Lehre gegangen. Aber er war in der Familie etwas Besonderes, weil er sich auch für die Welt jenseits der Apfelkultur interessierte. Er erkannte die Wichtigkeit, die Geschäfte zu diversifizieren, die Risiken zu streuen und zu den richtigen Leuten Kontakte zu knüpfen. Als junger Mann hatte er hart gearbeitet. War so viel gereist, dass er manchmal aufgewacht war, ohne zu wissen, wo er sich befand. Dieser Arbeitseifer hatte ihn eine Ehe gekostet und ihm einen Herzinfarkt und ein Magengeschwür eingebracht. Die Lehre, die er daraus gezogen hatte, war, dass sich die Welt eigentlich auch von zu Hause aus erobern ließ, solange man gut informiert blieb, sorgfältig plante und geduldig auf die richtige Gelegenheit wartete. Ungefähr so wie beim Apfelanbau.

Die Sonne schien, und wie immer begann Klas seine Runde im älteren Teil der Plantage. Diese Bäume hatte sein Urgroßvater einmal gepflanzt, die nächste Sektion sein Großvater, danach sein Vater. Sein eigener Anbaubereich, auf den er am stolzesten war, lag direkt an der Zufahrtsstraße.

In einer halben Stunde würde sich das Tor zur Hauptstraße hin öffnen und die Polizei wie vereinbart auftauchen. Sie würde Fragen nach seinen Geschäften mit Jessie Anderson stellen.

Klas Mårtensson holte tief Luft. Er hatte sich bemüht, diesem Treffen so lange wie möglich zu entgehen, aber jetzt, da es dennoch stattfinden sollte, freute er sich sogar darauf, den berühmten Peter Vinston kennenzulernen.

»Ich habe jemanden im Fenster des Gästehauses auf der anderen Seite des Hofes gesehen«, berichtete Esping aufgeregt, als sie in Vinstons Küche saß. »Im Bademantel und mit einem Handtuch um den Kopf, als käme sie gerade aus der Dusche.«

Esping war zu Vinstons Überraschung zehn Minuten vor der vereinbarten Zeit aufgetaucht, mit einem Pflaster am Kinn und begierig, ihm die Ereignisse des gestrigen Abends mitzuteilen.

»Es war Margit Dybbling«, war sich Esping ganz sicher. »Sie hat die Baracke, das Auto und den Baucontainer beschmiert. Kann sie auch Jessie getötet haben? Dann hätte Fredrik Urdal sie gesehen, als er in der Baracke war. Urdal und sie sind entfernte Verwandte. Wenn sie irgendwo Geld im Strumpf versteckt hatte, wusste er sicher Bescheid.« Die Worte sprudelten nur so aus Esping heraus. »Sie kennt sich außerdem mit Elektrik aus. Sie erinnern sich doch bestimmt noch, dass Margit Dybbling dieses elektronische Gadget an ihrer Tür installiert hat, obwohl die Anleitung auf Japanisch war?«

Vinston gähnte. Er hatte schlecht geschlafen und war mit einem seltsamen Gefühl aufgewacht.

Den gestrigen Abend hatte er mit Amanda, Christina und Poppe in der Notaufnahme zugebracht. Er war erst nach Hause gefahren, nachdem der Arzt festgestellt hatte, dass Amanda mit ein paar blauen Flecken und einer angeknacksten Rippe davongekommen war. Er hatte sich solche Sorgen um Amanda gemacht, dass er seinen eigenen Schwindelanfall beinahe vergessen hätte. Wahrscheinlich sollte er seinen Arzt anrufen und fragen, ob seine Proben etwas ergeben hatten.

»Sie scheinen nicht überzeugt zu sein«, sagte Esping, sichtlich enttäuscht von Vinstons mangelndem Enthusiasmus.

Vinston versuchte, seine Gedanken zu sammeln.

»Was Sie da erzählen, ist auf jeden Fall hochinteressant«, sagte er. »Aber wie gelang es der kleinen Margit Dybbling, eine so große und starke Person wie Fredrik Urdal zu übermannen?«

»Vielleicht hat ihr jemand geholfen. Zum Beispiel Alfredo Sjöholm.«

»Mm.« Vinston dachte an Alfredos geschickte Aktion auf der Reitbahn. »Auf alle Fälle haben wir weder konkrete Beweise gegen Margit Dybbling noch gegen die Sjöholms. Die Farbreste sind weggewaschen, und zu duschen ist nicht ungesetzlich. Gab es auf der Spraydose irgendwelche Fingerabdrücke?«

»Nein.« Esping schüttelte enttäuscht den Kopf. »Ich habe Thyra dazu gebracht, extra früh zu kommen und die Dose zu untersuchen, aber sie hat nichts gefunden. Sie hat auch die Zettel analysiert, die Sie und Elin Sidenvall erhalten haben, aber auch da Fehlanzeige. Aber sicher schaut Margit genügend Fernsehkrimis an, um zu wissen, wie wichtig Handschuhe sind.«

»Mm«, brummte Vinston wieder. »Ich werde einfach das Gefühl nicht los, dass in dieser Geschichte noch eine Reihe Puzzleteile fehlen. Und ich glaube, dass der Apfelkönig Klas Mårtensson eines davon liefern kann.«

»Sollten wir nicht lieber Margit Dybbling oder die Sjöholms einbestellen und in die Enge treiben?«

Vinston schüttelte den Kopf.

»Nicht ohne Beweise. Wir brauchen zuerst etwas, was Margit Dybbling mit dem Brand oder dem Mord in Verbindung bringt. Wir sollten jetzt nichts überstürzen. Ich bin neugierig zu erfahren, warum dieser Klas Mårtensson Gislövsstrand gerettet hat und warum er es heimlich getan hat.«

Esping biss sich auf die Zunge und bereute einen Moment, dass sie Vinston wieder zur Ermittlung hinzugezogen hatte. Zugleich musste sie widerwillig zugeben, dass er nicht ganz unrecht hatte. Aber sie freute sich wirklich nicht darauf, zum Jungfrupass hinaufzufahren, und sie wusste sehr wohl, dass sie vorher den Grund dafür gestehen sollte.

Sie setzten sich in Vinstons Wagen und fuhren Richtung Kivik.

»Was Klas Mårtensson betrifft«, fing Esping an. »Da gibt es etwas, das Sie wissen sollten, bevor wir hinkommen …«

In dem Moment klingelte Vinstons Handy, und er ging direkt dran.

»Hallo, Amanda, wie geht es dir? Wie ist es mit deiner Rippe, hast du Schmerzen?«

Esping erwartete, dass Vinston sich kurzfassen würde, sie waren immerhin in einer wichtigen Angelegenheit unterwegs. Aber da er weiter mit seiner Tochter plauderte, drehte sie sich weg und schaute beleidigt aus dem Fenster.

Der Schreck vom Vortag saß Vinston noch in den Knochen, weshalb er das Gespräch mit Amanda nicht beenden wollte, bevor sie Mårtenssons Hof beinahe erreicht hatten.

Esping dirigierte Vinston zu einem schweren gusseisernen Tor, wo sie ihm zu seinem Erstaunen erklärte, welchen Code er eintippen musste, um es zu öffnen.

»Wir sind früh dran«, stellte Esping fest, während sie die lange Einfahrt hinauffuhren. »Er ist bestimmt draußen und kontrolliert die Plantage.«

Vinston wollte sie gerade fragen, woher sie das wusste, kam aber nicht mehr dazu.

»Da ist er!« Esping deutete auf eine Gestalt zwischen den Apfelbäumen.

Vinston parkte seinen Wagen und stieg aus. Esping stiefelte direkt auf die Plantage zu, wohingegen Vinston zögerte. Seinen englischen Lederschuhen würde es in dem halbhohen, morgendlich feuchten Gras wenig gefallen. Aber es blieb ihm keine andere Wahl, als hinter Esping herzulaufen.

Die Sonne schien, die Amseln in den Apfelbäumen zwitscherten, und einige Bienen flogen auf der Jagd nach Nektar summend herum. Esping blieb bei ein paar Bienenstöcken stehen, um Vinston die Möglichkeit zu geben, sie einzuholen.

Plötzlich tauchte zwischen den Bäumen ein stattlicher Mann auf.

»So, Sie müssen der berühmte Peter Vinston sein.« Klas Mårtensson kam auf sie zu und streckte ihnen seine große Hand entgegen.

Er war Anfang sechzig und sah ungefähr so aus wie auf den Bildern, die Vinston im Internet gefunden hatte. Stahlgraue, zurückgekämmte Haare, eine spitze Nase und eine eckige, dunkle Brille. Er trug ein Flanellhemd, grüne Cargohosen und hohe Gummistiefel.

Klas Mårtensson wandte sich an Esping.

»Na, Tove, lange nicht gesehen. Was hast du am Kinn gemacht?«

»Hallo, Onkel Klas«, entgegnete sie. »Ich bin bloß gestürzt. Wie steht es mit den Äpfeln? Wird die Ernte gut?«

Vinston schaute Esping überrascht an.

»Ja, ich glaub schon. Die Bäume haben dieses Jahr früh geblüht, wir hatten daher Sorge, dass die Bestäubung darunter leiden würde.« Klas Mårtensson deutete auf die Bienenkörbe. »Aber zum Glück scheint alles gut gegangen zu sein, und wenn sich das Wetter hält, könnte es ein guter Herbst werden.«

Er sprach ein schleppendes Schonisch, was Vinston seltsamerweise ziemlich gut verstand. Aber vielleicht gewöhnte er sich auch langsam an den hiesigen Dialekt.

»Wissen Sie, warum sich ausgerechnet Österlen so gut für den Apfelanbau eignet, Vinston?«

Vinston schüttelte den Kopf und versuchte, Esping dabei nicht verärgert anzustarren. Ihre Gesichtszüge hatte er also auf den Fotos von Klas Mårtensson wiedererkannt. Jetzt, wo ihm das klar war, ließ sich die Verwandtschaft nicht übersehen: die spitze Nase und die wachen Augen. Aber im Nachhinein war es natürlich immer leicht, Gemeinsamkeiten zu entdecken.

Warum hatte Esping nichts gesagt? Durfte sie bei dieser Befragung überhaupt dabei sein?

»Also«, fuhr Mårtensson fort, »Äpfel bekommen den vollsten Geschmack, wenn sie langsam reifen. Hier in Österlen ist es im Frühjahr kühl, dank des Wassers auf beiden Seiten. Dafür ist der Herbst milder und länger als im restlichen Land. Mit anderen Worten: perfekte Bedingungen für Äpfel. Man kann sie absolut nicht mit Importfrüchten vergleichen, die während der Fracht reifen und nur nach Wasser schmecken.«

Mårtensson lächelte breit.

»Mögen Sie Apfelsaft? Tove nimmt Sie mit zur Mosterei, wenn wir hier fertig sind, dann können Sie eine Kiste mitnehmen.«

»Danke, aber das kann ich leider nicht annehmen«, sagte Vinston. »Gislövsstrand«, beeilte er sich fortzufahren, bevor Mårtensson protestieren konnte. »Ihre Firma, Kärnhuset AB, hat das Projekt vor dem Konkurs gerettet. Mit Ihrem Geld hat Jessie Anderson die Skulptur gekauft.«

Mårtenssons Lächeln verschwand. Einen Augenblick lang sah er so aus, als hätte Vinston ihn überrumpelt. Aber dann strich sich der Mann mit der Hand durch das Haar und gewann seine Fassung wieder.

»Ja, das ist richtig«, gab er zu.

»Aus welchem Grund?«, erkundigte sich Vinston.

Klas Mårtensson grinste schief, als belustige ihn die Frage.

»Tja, weil ich eigentlich das Hirn hinter der Sache bin, könnte man sagen.«

41

S ofie Wram und ich kennen uns von Kindesbeinen an.«
Klas Mårtensson holte eine Kautabakdose hervor und schob
sich einen Priem unter die Oberlippe. Dann hielt er Vinston und
Esping die Dose hin, aber beide schüttelten ablehnend den Kopf.

»Vor ein paar Jahren sprachen wir über das Grundstück, das sie
in Gislövshammar besaß«, fuhr Klas Mårtensson fort. »Ein Stück
wertlose Wiese am Strand, die nichts einbrachte. Also holte ich ein
paar Erkundigungen ein. Und fand heraus, dass man tatsächlich
eine Baugenehmigung für das Gelände dort draußen bekommen
konnte. Eine Zeit lang überlegten Sofie und ich, ob wir nicht alles
in Eigenregie durchziehen sollten, aber uns war klar, dass das böses Blut in der Gegend wecken würde.«

»Also habt ihr Jessie Anderson als Deckmantel benutzt?«, unterbrach ihn Esping. »Ein TV-Star, der es gewohnt war, den Leuten auf die Füße zu treten. Und der keinerlei Skrupel hatte, Österlen auszubeuten.«

Klas Mårtensson schaute sie irritiert an.

»Das Strandgrundstück war wie gesagt wertlos«, wiederholte er.
»Es taugte kaum zum Weideland und noch weniger für den Anbau. Ein Bauprojekt würde für Jobs und Steuereinnahmen sorgen,
und wenn man es richtig anging, wäre es sogar eine gute Publicity
für die Gegend. Würde mehr Touristen anziehen.«

»Und natürlich einen ordentlichen Gewinn abwerfen«, bemerkte Esping säuerlich.

»In die Zukunft kommt man nicht rückwärtsgewandt, das weißt
du genauso gut wie ich, Tove. Es erfordert Entwicklung, Wachs-
tum ...«

»Also hat Jessie Anderson Sofie Wram das Grundstück abgekauft, und Sie haben die Fäden gezogen, um an die Baugenehmigung zu kommen«, fasste Vinston zusammen.

Klas Mårtensson breitete die Hände aus.

»So in etwa, ja. Man muss seinen Freunden doch helfen. Sofie wollte ihrer Tochter ein Haus kaufen, um ihre Enkelkinder ein wenig öfter zu sehen. Familie ist wichtig, nicht wahr, Tove?«

Esping schaute demonstrativ weg.

»Ich habe versucht, Tove zu überreden, in das Familienunternehmen einzusteigen«, erklärte Mårtensson Vinston. »Sie hätte viel erreichen können. Aber sie bestand darauf, Räuber und Gendarm zu spielen.«

»Bei Ihnen klingt es so, als hätten Sie Sofie und Jessie nur ein paar gute Ratschläge gegeben, aber tatsächlich waren Sie von Anfang an Teilhaber der Immobilienfirma«, sagte Vinston, bevor Esping sich einmischen konnte. Es war ein Schuss ins Blaue, aber er traf. Mårtenssons Augen wurden schmal.

»So, das haben Sie also auch herausgefunden? Ja, das ist richtig. Ich war stiller Teilhaber am Projekt.«

»Wie groß war Ihr Anteil?«, fragte Vinston.

»Anfangs dreißig Prozent.«

»Und dann, als das Geld ausging und das Projekt vor dem Konkurs stand, haben Sie weiteres Geld hineingesteckt und Ihren Anteil erhöht?«

Klas Mårtensson nickte.

»Ich besitze jetzt circa sechzig Prozent des Projekts und Jessies Erbmasse den Rest. Aber ich bin dabei, mit dem Anwalt zu verhandeln, um diesen Teil auch noch zu erwerben. Es gibt schließlich keine Erben, die berücksichtigt werden müssen, daher rechne ich damit, dass sich die Sache bald klärt.«

»Und dann sind Sie alleiniger Besitzer von Gislövsstrand.«

»Tja, irgendjemand musste das Ruder übernehmen, jetzt wo Jessie nicht mehr da ist.«

»Dann ist ihr Tod ein Gewinn für Sie?«, bemerkte Vinston.

Mårtensson schüttelte den Kopf.

»Ich verstehe, worauf Sie hinauswollen, Vinston. Aber Jessies tragisches Ableben hat mir ordentlich Probleme bereitet. Wie die

Dinge jetzt stehen, werden die Leute hier früher oder später erfahren, dass ich hinter dem Projekt stehe. Freunde, Bekannte, Familie.«

Er deutete auf Esping.

»Wie Sie sehen, werden manche sauer sein. Andere besorgt oder nervös. Nichts davon ist gut fürs Geschäft. Auf lange Sicht wird mich der ganze Zirkus also vermutlich genauso viel kosten, wie er mir einbringt. Ich wäre sehr viel lieber im Hintergrund geblieben.«

»Und du hättest es lieber, wenn Jessies Tod ein Unfall wäre«, sagte Esping leise. »Denn ein Mord wäre noch schlechter fürs Geschäft. Er würde die Käufer vergraulen und die Preise drücken.«

»Sie sehen, Vinston«, erwiderte Mårtensson, »Tove kennt sich mit Geschäften aus. Sie vergeudet ihr Talent bei der Polizei.«

Sie ließen Klas Mårtensson bei den Apfelbäumen zurück und gingen zum Wagen.

»Warum haben Sie nicht gesagt, dass der Apfelkönig Ihr Onkel ist?«, wollte Vinston wissen.

»Onkel Klas hat so ziemlich überall die Finger im Spiel, Sie haben vielleicht mitbekommen, dass mich ständig jemand bittet, ihn zu grüßen? Ich will Tove Esping sein, nicht die Nichte von Klas Mårtensson. Und wenn man bei der Polizei ist, muss man unparteiisch auftreten. Allerdings wird das jetzt wahrscheinlich schwierig, wo er in alles involviert ist.«

»Aber warum haben Sie mir nichts gesagt? Vorhin im Auto?«

Vinston fühlte sich betrogen, als ob Esping sein Vertrauen missbraucht hätte.

»Ich habe es versucht, aber Sie waren die ganze Zeit mit Ihrer Tochter am Telefon.«

Esping trat einen Stein aus dem Weg, sodass dieser gegen einen Bienenstock schlug.

»Also, mein Onkel und ich verstehen uns nicht besonders gut«, erklärte Esping weiter, als sie im Wagen saßen. »Ich versuche, mich nicht in seinen Kreisen zu bewegen. Klas hat überall Kontakte, er ist ein Geschäftsmann durch und durch. Aber er ist kein Mörder.«

Vinston war kurz davor anzumerken, dass fast niemand so über seine Verwandten oder Freunde dachte, doch dann startete er schweigend den Motor und fuhr Richtung Ausfahrt. Während das Tor langsam aufglitt, kam ihm plötzlich ein Gedanke. Er legte den Rückwärtsgang ein und rollte zu der Stelle zurück, an der sie in den Wagen eingestiegen waren.

»Was machen Sie da?«, fragte Esping.

Bevor Vinston antworten konnte, klopfte Mårtensson an sein Seitenfenster.

»Haben Sie etwas vergessen?«

»Ja, eine Frage noch«, erwiderte Vinston. »Ich vermute, Sie haben einen neuen Projektleiter für Gislövsstrand eingestellt?«

»Richtig. Wir müssen schließlich das Boot wieder auf Kurs bekommen.«

»Elin Sidenvall, oder?«

Klas Mårtensson verzog das Gesicht.

»Hat Elin das erzählt? Ich hatte sie gebeten, die Füße stillzuhalten.«

»Nein, hat sie nicht«, antwortete Vinston. »Aber ihr scheint sehr daran gelegen zu sein, hier in der Gegend zu bleiben. Da habe ich eins und eins zusammengezählt …«

»Ah, und jetzt habe ich mich verplappert. Gute Arbeit, Vinston!« Mårtensson blickte beeindruckt drein. »Ja, Sie haben recht. Elin war einverstanden, das Ruder zu übernehmen. Sie kennt das Projekt schließlich in- und auswendig und ist ausgebildete Maklerin. Sie ist eine zweite Jessie, könnte man sagen. Und jetzt, wo wir so großzügig Informationen austauschen, habe ich auch eine Frage.«

Mårtensson senkte die Stimme.

»Wann, denken Sie, schnappen Sie ihn?«

»Ihn?«, wunderte sich Vinston.

»Ja, ihn. Den Mörder. Nicolovius?«

Esping und Vinston sahen sich fragend an.

»Aha.« Mårtenssons Lächeln wurde breiter. »Sie haben heute noch nicht die Zeitung gelesen. Dann empfehle ich Ihnen, es zu tun. Spannende Lektüre über eine heiße Spur. Ich sollte vielleicht anfangen, nachts die Tür abzuschließen.«

Mårtensson klaubte sich diskret den Tabakpriem aus dem Mund und warf ihn ins Gras.

»Viel Glück bei der Jagd nach dem Mörder. Tatsache ist: Je schneller Sie Nicolovius zu fassen kriegen, desto leichter wird es, die Häuser zu verkaufen. Man kann also davon sprechen, dass wir ein gemeinsames Interesse haben.«

Klas Mårtensson zwinkerte ihnen zu, klopfte leicht auf das Autodach und stiefelte dann zurück zu seinen Apfelbäumen.

42

Sobald sie durch das Tor gefahren waren und die Landstraße erreicht hatten, suchte Esping auf ihrem Handy nach der Internetseite des *Cimbrishamner Tagblatts*.

»Leserbriefschreiber unter Mordverdacht«, las sie laut vor. »Die Polizei interessiert sich für die Person hinter dem Pseudonym Nicolovius, dessen Leserbriefe hier im *Tagblatt* veröffentlicht wurden.«

Vinston war kurz davor, sich vor Wut auf die Zunge zu beißen. Er umklammerte das Lenkrad, während Esping weiterlas.

»Nicolovius hat sich in seinen Beiträgen sehr kritisch über Gislövsstrand geäußert, und ein noch nicht veröffentlichtes Schreiben des Verfassers kann geradezu als Drohung gegen Jessie Anderson und andere in das Projekt involvierte Personen gedeutet werden. Die Polizei will jedoch nichts Genaueres sagen.«

Esping ließ das Handy sinken. »Jetzt weiß Nicolovius also, dass wir nach ihm suchen. Das ist echt großartig … Sagen Sie nicht, dass ich Sie nicht gewarnt hätte!«

Vinston starrte auf die Straße. Hinter dem einen Auge machte sich ein stechender Kopfschmerz bemerkbar.

»Sie dachten womöglich, Jonna Osterman wäre nicht besonders gut in dem, was sie macht, weil sie für eine so kleine Provinzzeitung schreibt? Dass Sie Hinweise an sie weitergeben könnten, wann es Ihnen passt, sie dagegen nicht clever genug wäre, Ihnen gleichzeitig Informationen zu entlocken?«

Vinston hielt das Lenkrad weiterhin fest umklammert und starrte geradeaus. Esping hatte recht, aber er hatte keinerlei Lust, das einzugestehen. Er hatte Jonna Osterman unterschätzt.

»L-G wird an die Decke gehen«, sagte Esping. »Ich bin überrascht, dass er nicht schon längst angerufen hat. Aber das wird er noch, nicht zuletzt, wenn er erfährt, dass wir mit Klas Mårtensson gesprochen haben.«

»Warum das denn?«, brachte Vinston hervor.

»Weil Onkel Klas derjenige ist, der L-G unter Druck gesetzt hat, die Ermittlungen niederzulegen.«

Einen Augenblick lang hielt Vinston das für einen Scherz, aber Esping schien es tatsächlich ernst zu meinen.

»Und woher wissen Sie das?«, fragte er.

Esping schaute verkniffen.

»Eine Mischung aus Intuition und Beobachtungsgabe. Während Sie vollauf damit beschäftigt waren, Ihre Schuhe zu retten, habe ich mich in Onkel Klas' Plantage umgeschaut.«

Sie rief ein Foto auf ihrem Handy auf und hielt es Vinston triumphierend vor die Nase.

Das Bild zeigte die Rückseite eines Bienenstocks.

»Die Apfelbäume müssen bestäubt werden, und die Blüten ergeben fantastischen Honig. Seine Bienenstöcke in Mårtenssons Apfelplantage am Jungfrupass aufstellen zu dürfen, ist der Traum jeden Imkers.«

Esping vergrößerte die eine Ecke des Bildes, sodass die Plakette mit der Kennnummer des Bienenzüchters lesbar wurde.

»822«, sagte sie. »Bzz. Das ist L-Gs Bienenstock.«

Sie kehrten zur Bäckastuga zurück, ohne noch viel zu sprechen. Beide hatten schlechte Laune.

»Ich fahre zur Wache und versuche, noch mehr über Margit Dybbling herauszufinden«, sagte Esping, als sie die Tür ihres dort abgestellten Wagens öffnete. »Das Obduktionsprotokoll und der technische Bericht zu Fredrik Urdal kommen heute.« Sie setzte sich auf den Fahrersitz. »Und wenn ich dazu komme, werfe ich einen Blick auf die Nicolovius-Texte, wo doch die Zeitung meint, das sei unser Hauptverdächtiger«, endete sie sarkastisch.

»Okay«, brummte Vinston. »Melden Sie sich, wenn irgendetwas Neues auftaucht. Ich esse heute Abend mit der Familie auf Schloss Gärnäs, bin aber über Handy zu erreichen.«

Esping antwortete nicht, sondern schlug die Wagentür vor seiner Nase zu, startete den Volvo und fuhr mit quietschenden Reifen davon.

Sobald Vinston im Haus war, rief er Jonna Osterman an.

»Hallo!«, meldete sie sich.

»Sie haben verraten, dass wir uns für Nicolovius interessieren.«

Vinston war so verärgert, dass er ausnahmsweise vergaß, seinen Namen zu nennen.

»Das stimmt. Den Anstoß dazu habe schließlich ich selbst gegeben, als ich Ihnen von dem letzten Brief erzählte. Immerhin habe ich aus reinem Respekt zwei Tage gewartet, um über die Sache zu schreiben.«

Vinston versuchte, seinen Ärger im Zaum zu halten.

»Ihnen ist sicher klar, dass diese Veröffentlichung es uns möglicherweise erschwert, den Täter zu fassen!«

»Ich bin Journalistin. Ich schreibe Artikel und informiere die Allgemeinheit. Den Täter zu fassen ist doch wohl Ihr Job?«

Esping fuhr auf direktem Wege zur Polizeiwache, wobei sie vor Wut kochte. Und sie hatte gute Gründe dafür. Zum einen hatte sich Vinston trotz ihrer Warnung von Jonna Osterman um den kleinen Finger wickeln lassen. Zum anderen hatte ihr hinterlistiger Onkel versucht, ihre Ermittlungen zu stören, indem er L-G unter Druck gesetzt hatte. Und aufgrund der Tatsache, dass ihr Onkel bald alleiniger Eigentümer von Gislövsstrand sein würde, könnte sie demnächst als befangen gelten.

L-Gs Büro war still und leer. In einem der Konferenzräume entdeckte sie Svensk und Öhlander, die damit beschäftigt waren, einen Bericht zu schreiben.

»Zwei Amateurhistoriker sind an der Schiffssetzung Ales Stenar aneinandergeraten. Der eine hat die Luft aus den Fahrradreifen des anderen gelassen, daraufhin kam es zu einem Gerangel, das man mit etwas gutem Willen als Schlägerei bezeichnen könnte«, fasste Svensk zusammen. »Jedes Jahr dasselbe Lied. Grabmonument oder Sonnenkalender. Als ob sich die Touristen für irgendetwas anderes interessieren würden, als zwischen den Steinen Selfies zu schießen.«

»Wurde jemand festgenommen?«, fragte Esping beunruhigt. Sie war die einzige Ermittlerin auf der Wache, und ein Arrest würde bedeuten, dass sie alles andere stehen und liegen lassen müsste.

»Nein«, erwiderte Svensk zu ihrer Erleichterung. »Nach einer wilden Fuchtelei endete das Ganze mit einer dicken Lippe und einer verbogenen Brille. Öhlander las den Herren die Leviten, und wir halfen dabei, das Fahrrad wieder aufzupumpen. Aber die beiden Verrückten mussten trotzdem unbedingt Anzeige erstatten, deshalb sitzen wir jetzt hier …« Svensk machte eine resignierte Handbewegung. »Ist es nicht herrlich, der Allgemeinheit zu dienen? Schützen, helfen, in Ordnung bringen. Wie laufen eigentlich die Ermittlungen? Schleppst du immer noch diesen eingebildeten Stockholmer mit dir rum?«

Esping zuckte mit den Schulten.

»Ja, wobei Vinston hauptsächlich Berater ist. Wir …« Sie hielt kurz inne. »*Ich … bin auf gutem Weg*, den Fall zu lösen.«

»Wirklich?« Svensk und Öhlander tauschten Blicke, die für Esping nicht schwer zu deuten waren.

»Na, dann. Viel Glück, Sherlock«, sagte Svensk. »Sag Bescheid, wenn du zwei einfache Ordnungshüter gebrauchen kannst.«

Die beiden Polizisten warfen sich erneut Blicke zu, diesmal gefolgt von einem breiten Grinsen.

Esping schloss verärgert die Bürotür hinter sich und schaltete den Computer ein. Svensk und Öhlander waren Idioten. Aus ihren Sticheleien durfte sie sich nichts machen.

Die Berichte, auf die sie gewartet hatte, waren eingetroffen. Sie überflog sie schnell.

Fredrik Urdal war tatsächlich an Herzstillstand gestorben, verursacht durch einen kräftigen Elektroschock, genau wie Borén vermutet hatte. Der Körper wies Verbrennungen an der rechten Hand auf, dort war der Strom in den Körper eingedrungen. Fredrik hatte weder Alkohol noch andere Drogen im Blut, und er hatte auch keine Schädelverletzung oder Ähnliches, was darauf hindeuten könnte, dass man ihn bewusstlos geschlagen hatte.

Esping wusste, dass ihre Margit-Dybbling-Theorie auf schwachen Füßen stand. Wenn sie die Mörderin wäre, wie hätte es die kleine alte Dame dann geschafft, Urdal zu überwältigen und ihn anschließend mit der rechten Hand im Sicherungskasten an die Wand zu lehnen?

Sie ging zum technischen Bericht über, fand dort aber auch nicht, was sie suchte. Auf dem Sicherungskasten gab es keine anderen Fingerabdrücke als die von Urdal, und der Boden war gereinigt worden, was Vinston ja schon festgestellt hatte. Der Regen vom Freitagmorgen hatte außerdem effektiv alle Spuren auf der Wendeplatte draußen weggespült.

Esping fluchte. Offenbar war das nicht ihr Tag. Aber sie war nicht bereit aufzugeben. Die Antwort fand sich hier irgendwo, dessen war sie sich sicher. Und sie würde sie finden, und zwar auf eigene Faust, ohne die Hilfe von diesem schrecklich nervigen Peter Vinston.

43

Vinston war miserabler Laune und eigentlich überhaupt nicht in der Stimmung für ein Familienessen bei Poppe und Christina. Jonna Ostermans und Espings bissige, aber treffende Kommentare nagten noch an ihm, und am liebsten wäre er zu Hause geblieben und hätte seine Wunden geleckt. Andererseits wollte er natürlich Amanda sehen und sich vergewissern, dass es ihr nach dem Reitunfall gut ging.

Das Essen auf dem Schloss erwies sich dann aber als angenehmer, als Vinston erwartet hätte. Sie aßen in der großen Küche, die Christina erst kürzlich hatte renovieren lassen. Weißes Tischtuch und Leinenservietten. Porzellan, das sicher doppelt so alt war wie Vinston selbst.

Trotz des Steingewölbes und der dicken Mauern war es gemütlich, was vielleicht auch daran liegen konnte, dass Poppe zu dem Fasan, den er selbst geschossen und zubereitet hatte, einen ausgesuchten Wein aus dem Montalbano servierte.

»Es könnten sich noch ein paar Schrotkugeln darin befinden, also bitte vorsichtig kauen«, scherzte er.

Amanda hatte ausgezeichnete Laune. Sie hatte den Tag im Bett verbracht und eine ganze Staffel der Dokusoap über Hollywood-Schönheiten angeschaut, bei der Jessie Anderson mitgemacht hatte.

»Daniella Modigh taucht auch in ein paar Szenen auf. Sie und Jessie streiten jedes Mal furchtbar, sobald sie die Gelegenheit haben. Wenn man Daniellas soziale Medien durchgeht, sieht man sofort, dass sie und Jessie sich wirklich nicht leiden konnten. Daniella hat einige ziemlich gemeine Sachen über Jessie geschrieben, sie hat sogar ein Foto von meinem Geburtstag gepostet, wo Jan-Eric und Jessie streiten, und es mit ›bitchfight‹ getaggt. Warte, ich zeige es dir.«

Amanda holte ihr Handy und klickte sich zum richtigen Bild durch. Es zeigte die Auseinandersetzung zwischen Jessie und Jan-Eric Sjöholm, unmittelbar bevor Vinston einschritt. Jan-Eric hatte seinen Stock gegen Jessie erhoben, sein Gesicht war wutverzerrt. Jessie sah vor allem überrascht aus.

»Ach, warum hat sie denn dieses Bild hochgeladen?«, wunderte sich Christina.

»Weil sie Jessie gehasst hat, das habe ich doch gesagt. Es ist eine ganze Fotoserie, wisch einfach durch, dann siehst du alle«, sagte Amanda zu ihrem Vater.

Vinston ging die Fotos durch. Er versuchte sich zu erinnern, ob er Daniella während des Streits gesehen hatte. Den Bildern nach müsste sie beim Fotografieren schräg hinter ihm gestanden haben. Aber er wusste nicht mehr, ob sie da gewesen war. Vielleicht hatte jemand anderes die Fotos gemacht und ihr geschickt?

Er gab das Telefon an Christina weiter, aber sie war nicht sonderlich interessiert.

»Können wir nicht über etwas anderes reden? Ich bin diese furchtbare Geschichte leid.«

Nach dem Essen nahm Poppe Vinston beiseite.

»Darf ich dich oben in der Bibliothek zu einem Cognac einladen?«, fragte er. »Ich habe einen ganz besonders alten, den du probieren musst.«

Er führte Vinston die Steintreppe hinauf in den schönen, großzügigen Raum.

»Zigarre?«, fragte Poppe, während er Vinston einen Cognacschwenker reichte.

»Nein, danke.«

»Stört es dich, wenn ich eine rauche?«

»Natürlich nicht. Es ist dein Schloss.«

Poppe lachte und ging zum Humidor, der auf einem Tisch an der Seite stand. Vinston machte solange eine Runde an den regalbestandenen Wänden entlang.

»Hat Christina erzählt, dass wir diesen Sommer noch Besuch von der *Antiques Roadshow* bekommen?«, wollte Poppe wissen.

»Nein, aber das klingt spannend«, erwiderte Vinston, der höflich sein wollte.

»Ja, mit Fernsehaufnahmen und allem Drum und Dran.«

Poppe sagte noch etwas, aber Vinston hörte nur noch mit halbem Ohr zu. Er war vollauf damit beschäftigt, die Bibliothek zu bewundern. Die Regale, die sich vom dicken Teppich bis zur gewölbten Decke erstreckten, standen voller Bücher. Eine Abteilung enthielt nur Klassiker in Ledereinbänden: Molière, Dostojewski, Cervantes, Shakespeares gesammelte Werke, Edgar Allan Poe und viele andere. Ein anderes Regal war mit Büchern über verschiedene Kartenspiele gefüllt.

»Spielst du Karten?«, erkundigte sich Poppe, der mit der frisch abgeknipsten Zigarre vom Humidor zurückkam.

»Ich hatte eine Tante, die an Bridge-Turnieren teilnahm«, erzählte Vinston. »Sie hat mir die Regeln beigebracht. Aber das ist lange her.«

»Du solltest zu einem Spieleabend herkommen. Momentan spielen wir meist Cambio, oder Kille, wie man hier sagt. Das älteste Kartenspiel der Welt. Der große Dichter Carl Michael Bellman hat sogar eine Epistel darüber verfasst.«

Vinston nickte artig. Er hatte das Gefühl, dass Poppe ihn aus einem anderen Grund hier heraufgebeten hatte als dem, mit ihm über Fernsehshows und Kartenspiele zu sprechen. Neugierig wartete er darauf, dass der Mann zur Sache käme.

»Setz dich, Peter!« Poppe zeigte auf die Ledersessel. »Ich finde es sehr schön, dass du und ich so miteinander umgehen können.« Er machte mit seiner Zigarre eine Kreisbewegung. »Wie zivilisierte Menschen.«

Poppe schob die Zigarre zwischen seine Lippen und benutzte ein wie eine Pistole geformtes Feuerzeug, um sie anzuzünden. Dann zog er ein paarmal kräftig daran, bevor er sein Cognacglas erhob.

»Zum Wohl!«

Vinston schnupperte am Cognac und trank einen Schluck. Er schmeckte ausgezeichnet. Er fragte sich, was er wohl kostete. Wahrscheinlich deutlich mehr, als er es sich als Polizist leisten könnte.

Poppe zog erneut an seiner Zigarre, dann beugte er sich in seinem Sessel vor.

»Und, wie laufen die Ermittlungen? Werdet ihr ihn fassen?«

Vinston musste an Esping und ihre Überzeugung denken, dass der Mörder eine Frau war. Eine kleine, zierliche Dame mit einer riesigen Brille.

»Wir tun unser Bestes«, sagte er. »Ich bin ja nur der Berater. Die lokale Polizei leitet die Ermittlungen.«

»Selbstverständlich, selbstverständlich.«

Poppe nahm nachdenklich einen tiefen Zug.

»Tatsache ist, dass ich von dem neuen Eigentümer von Gislövsstrand kontaktiert wurde«, sagte er.

»Du meinst Klas Mårtensson?«, vergewisserte sich Vinston.

»Ja, genau.« Poppe stieß eine Rauchsäule aus. »Klas hat uns angeboten, ins Projekt einzusteigen und zu investieren. Christina ist Feuer und Flamme. Und ich habe schon lange einmal Geschäfte mit ihm machen wollen. Jetzt hat sich endlich eine Gelegenheit ergeben.«

Er zupfte sich einen Tabakkrümel von der Zungenspitze.

»Aber bevor wir uns allzu sehr engagieren, will ich mich nur vergewissern, dass alles unter Kontrolle ist. Dass sozusagen nicht noch mehr unliebsame Überraschungen auftauchen.«

»Du meinst, abgesehen von zwei Morden?«, fragte Vinston.

»Exakt …« Poppe verzog gequält das Gesicht. »Ich habe in der Zeitung gelesen, dass ihr diesen Leserbriefschreiber verdächtigt. Nicolovius. Ist das eure Hauptspur?«

Vinston seufzte innerlich.

»Wir arbeiten unvoreingenommen.«

»Ja, ja, selbstverständlich!« Poppe richtete sich auf. »Aber so unter uns: Seid ihr sicher, dass Nicolovius der Mörder ist?«

Vinston trank einen Schluck Cognac.

»Wie gesagt«, erwiderte er, »wir arbeiten völlig unvoreingenommen. Wir verfolgen mehrere mögliche Spuren. Nicolovius ist eine davon, aber nicht die einzige.« Er dachte wieder an Esping.

»Nicht?« Poppe hob interessiert die Augenbrauen. »Welche anderen Spuren habt ihr denn?«

Vinston leerte seinen Cognac. Mit Amanda über die Ermittlungen zu reden war eines. Sogar mit Christina, aber da war auch die Grenze. Poppes Geschäfte lagen sicher nicht in seiner Verantwortung.

»Darüber darf ich leider nichts sagen«, erklärte er. »Aber wir tun unser Möglichstes, um dieser Geschichte auf den Grund zu gehen.«

Zurück in der Bäckastuga machte sich Vinston eine Tasse Tee und setzte sich im Dunkeln auf die Terrasse.

Es war immer noch warm, und drüben am Bach zirpten die Grillen im hohen Gras. Nach einer Weile registrierte er in der Dunkelheit eine Bewegung.

Pluto kam über die Wiese geschlichen und sprang neben Vinston auf den leeren Stuhl. Die Katze wartete ein paar Sekunden ab, als rechnete sie damit, fortgejagt zu werden, bevor sie sich einige Male um die eigene Achse drehte und zurechtlegte.

Einer Eingebung folgend, holte Vinston sein Handy hervor und suchte nach Jessie Andersons Sommertalk. Er spulte aufs Geratewohl ein wenig vor und startete die Aufnahme.

»Jeff war sechs Jahre älter«, sagte Jessies Radiostimme. »Wir wollten beide Kinder, aber aus irgendeinem Grund klappte es nie. Wir unterzogen uns einer Reihe von Tests und Behandlungen, aber ohne Erfolg. Vielleicht wären wir immer noch verheiratet, wenn wir Kinder bekommen hätten? Stattdessen ließen wir uns scheiden. Er lernte eine jüngere Frau kennen, und nur ein Jahr später war sie schwanger. Ich selbst war fast vierzig, frisch geschieden und hatte gerade meine eigene Firma gegründet. Ich arbeitete sechzig Stunden

die Woche, um das Unternehmen auf die Füße zu stellen, es gab
daher keinen Platz mehr für ein Kind in meinem Leben. Jetzt bereue
ich, dass es so kam.«

Vinston drückte auf Pause. Er musste wieder an Esping denken. Morgen würde er sie anrufen und versuchen, die Wogen zwischen ihnen zu glätten.

Er leerte seine Teetasse und stand auf.

Pluto sprang vom Stuhl und begleitete Vinston zur Terrassentür.

»Das kannst du vergessen«, sagte Vinston zur Katze, die aussah, als wolle sie ihm ins Haus folgen. »Hier kommt keine Katze rein.«

44

Polizeichef L-G Olofsson wachte wie immer mit der Morgen-
dämmerung auf. Normalerweise mochte er diese Zeit, besonders an Sommertagen wie diesem. Margareta, mit der er seit bald
vierzig Jahren verheiratet war, schlief noch tief neben ihm, und
wenn er aufmerksam horchte, konnte er das Summen der Honig-
bienen zwischen den Himbeerbüschen vor ihrem Schlafzimmerfenster hören.

Seit seiner Kindheit mochte er Bienen. Sie waren sanfte, fleißige
Wesen, die für ihr gemeinsames Bestes arbeiteten. Sie bauten Völ-
ker, kümmerten sich um sie und versorgten die neuen Generationen mit Nahrung. Bienen waren friedliche Pflanzenfresser, und
sie stachen nur, wenn es unbedingt nötig war, denn ein Stich bedeutete immer auch den Tod der Biene.

Anders war es bei Wespen. Wespen waren Opportunisten, Jäger, Raubtiere und Marodeure. Sie produzierten nichts von Bedeutung und konnten ohne Konsequenzen stechen, sooft sie wollten. Manche Arten töteten sogar Bienen.

Aber es waren nicht die Mörder in der Welt der Insekten, die es
L-G schwer machten, diesen schönen Sommermorgen zu genießen. Er hatte ein bedeutend größeres Problem. Ein Problem, das
in den letzten Tagen immer häufiger ein brennendes Gefühl unterhalb seines Zwerchfells verursachte und seine ansonsten regel-
mäßigen Toilettengänge durcheinanderbrachte.

Er hatte Peter Vinston als Geschenk des Himmels gesehen. Ein
tragischer Unfall, eine perfekte Gelegenheit für Tove Esping, das
eine oder andere zu lernen, während er sich selbst der ersten Ho-
nigernte des Sommers widmen konnte. Stattdessen hatte Vinston
der Geschichte zu einem Eigenleben verholfen. Tag und Nacht riefen Journalisten an und belagerten die Polizeiwache. Der Polizeidirektor meldete sich ständig, und dann gab es noch gewisse ande-

re, die L-G unter Druck setzten, die Sache so schnell und diskret wie möglich aus der Welt zu schaffen. Fast wäre es ihm geglückt. Er hatte Peter Vinston zurückgepfiffen, bevor er noch mehr Aufmerksamkeit auf sich zog, und den Frieden wiederhergestellt.

Aber dann wurde Fredrik Urdal tot aufgefunden, und sowohl die verantwortliche Kriminaltechnikerin Borén als auch Tove Esping und Vinston waren sich rührend einig darin, dass es sich um Mord handelte. Da konnte L-G nicht mehr länger das Gegenteil behaupten. Er war trotz allem Polizist, und ein Mörder lief frei herum.

Aber das alles hatte sich in seinem Magen festgesetzt. Und machte es ihm unmöglich, so wunderbare Morgen wie diesen zu genießen.

L-G verließ, so leise er konnte, das Bett. In der Küche kochte er sich Honigwasser, das er im Garten trank, bevor er seinen ganzen Mut zusammennahm und das *Cimbrishamner Tagblatt* aufschlug.

Seine Befürchtungen wurden sofort bestätigt. Klas Mårtenssons wohlbekanntes Gesicht starrte ihm von der Titelseite entgegen.

Geheimnisvoller Unternehmer übernimmt Gislövsstrand, meldete die Schlagzeile.

L-G fasste sich an den Bauch. Sein Magen vibrierte leicht, als wäre er voll mit wütenden Wespen.

Vinston öffnete das Küchenfenster seines Ferienhauses, um Geräusche und Düfte hereinzulassen. Nach einer guten Woche auf dem Land fing er an, zumindest einige davon zu schätzen. Der Lavendel, der in einer Rabatte unter dem Fenster blühte, die munteren Amseln drüben im Birnbaum. Die Ochsen, die aus gehöriger Entfernung muhten.

Er ließ sich mit dem *Cimbrishamner Tagblatt* am Küchentisch nieder. Die Titelseite konzentrierte sich heute zum Glück auf eine Reportage über Klas Mårtensson, nicht auf die Mordermittlungen, was eine gewisse Erleichterung war. Esping hatte recht gehabt. Er hätte begreifen sollen, dass Jonna Osterman in erster Linie Journalistin war. Hatte sie ihm diesen unveröffentlichten Nicolovius-Brief vielleicht nur gegeben, um später darüber schreiben zu können?

Der Gedanke enttäuschte ihn mehr, als dass er ihn verärgerte.

Die Reportage über Mårtensson war lang und gut geschrieben. Er wurde als Mann dargestellt, der das Familienunternehmen über Äpfel und Most hinausgeführt und in einen Konzern verwandelt hatte, der in viele verschiedene Branchen investierte und zugleich auf Österlens Tourismus setzte und das kulturelle Leben mit Spenden unterstützte. Und jetzt ging er auch noch hin und rettete Gislövsstrand.

»Die Fundamente sind bereits gegossen, und eines der Häuser ist, wie alle wissen, bereits fertiggestellt«, erzählte Mårtensson im Interview. *»Zu diesem Zeitpunkt ist es das Beste, das Projekt fertigzustellen. Wir haben allerdings die Architekten gebeten, sich die Skizzen zu den noch nicht gebauten Häusern noch einmal anzuschauen. Unser Gedanke ist es, die Häuser besser mit der Umgebung zu verschmelzen und klarer an die Österlen'sche Bautradition anzuknüpfen. Weniger Glas und Beton, mehr Naturmaterialien aus der Umgebung. Holzküchen aus Smedstorp, Arbeitsplatten und Böden aus dem Steinbruch in Komstad. Und Elin Sidenvall wird sich gut um alles kümmern.«*

Vinston erkannte Elin Sidenvall auf dem Zeitungsfoto kaum wieder: Sie hatte eine neue Frisur und Make-up aufgelegt. Die Brille war weg, der Kleiderstil anders. Jetzt trug sie Hosenanzug und hochhackige Schuhe, was sie älter und professioneller aussehen ließ. Abgesehen von der Haarfarbe ähnelte sie tatsächlich ziemlich ihrer früheren Chefin.

»Elin hat den Immobilienmarkt quasi im Blut, und zudem kennt sie das Projekt in- und auswendig«, erklärte Mårtensson. *»Wir freuen uns sehr, dass sie sich entschieden hat, hierzubleiben und mit uns zu arbeiten.«*

»Wir werden den Zaun und das Tor entfernen, damit der Ort wieder für alle zugänglich ist«, berichtete Elin Sidenvall. *»Offen-*

heit, nicht Abgeschlossenheit, das ist das Leitmotiv für das neue Gis-
lövsstrand.«

Zehn vor neun hörte Vinston Espings Volvo auf der Einfahrt.

»Frisch gebackene Croissants«, sagte sie und wedelte mit einer Tüte. In der anderen Hand hielt sie ihren Laptop. Vinston ließ sie ins Haus, setzte Teewasser auf und versuchte, die schlechte Stimmung von gestern zu vertreiben. Aber obwohl das Gebäck perfekt knusprig war und sie sich bemühten, freundlich zueinander zu sein, wollte sich die Verstimmung zwischen ihnen nicht richtig legen.

»L-G will eine erneute Fallpräsentation«, sagte Esping. »Aber in Form einer Videokonferenz. Er fühlt sich nicht gut. Mir ist das recht, die Reporter umkreisen die Wache ohnehin wie Möwen einen Eisstand.«

Esping schob die Zeitung beiseite und platzierte ihren Computer auf dem Küchentisch.

»Interessanter Artikel im *Tagblatt*«, sagte sie. »Onkel Klas tritt selten aus dem Schatten heraus.«

»Was halten Sie von Elin Sidenvall?«, wollte Vinston wissen. »Ich habe sie kaum wiedererkannt.«

»Ja, hinter dieser kleinen Aschenputtelverwandlung steckt sicher Onkel Klas, so wie er auch den Artikel im *Cimbrishamner Tagblatt* angeordnet hat. Nachdem es uns gelungen war herauszufinden, dass jetzt er Gislövsstrand besitzt, würde diese Tatsache irgendwann auch in die Öffentlichkeit kommen, so viel war ihm klar. Vorbeugen ist besser als heilen.«

Sie schlug den Laptop auf und startete die Videokonferenz.

»Ich habe im Übrigen gestern Abend noch ein bisschen recherchiert. Interessante Dinge.«

»Was zum Beispiel?«

Sie stellte den Rechner zwischen sie.

»Sie werden sehen. Setzen Sie sich, dann fangen wir an.«

L-Gs Gesicht tauchte auf dem Schirm auf. Der Polizeichef hatte dunkle Ringe unter den Augen und sah blass aus. Dass er sich selbst von schräg unten und im Gegenlicht filmte, machte die Sache nicht besser.

»Ah, da seid ihr ja. Wie gut, dass wir das über Video erledigen können, ich habe irgendein Magen-Darm-Virus. Schlechtes Timing.« L-G verzog dramatisch das Gesicht. »Also, was haben wir? Sind wir uns ganz sicher, dass die Todesfälle zusammenhängen?«

»Das sind wir. Fredrik Urdal war aller Wahrscheinlichkeit nach vor Ort, als Jessie getötet wurde. Er war dort, um ein paar wertvolle Motherboards zu stehlen, und hat etwas gesehen, was er nicht hätte sehen sollen. Statt zur Polizei zu gehen, versuchte er, den Mörder zu erpressen, bekam aber einen tödlichen Stromschlag auf seiner eigenen Baustelle.«

»Wisst ihr, wie es dazu kam?« Der Polizeichef stellte den Bildschirm so schräg, dass nur noch der obere Teil seines kahlen Schädels zu sehen war.

»Nein, die Obduktion und der technische Bericht ergaben nur, dass er den Schlag über die rechte Hand erhalten hat und dass der Strom aus dem Sicherungskasten über ihm gekommen sein muss.«

»Okay …« L-G schaffte es, den Bildschirm so zu justieren, dass sein Gesicht wieder ins Bild kam. »Wie sieht es mit Verdächtigen aus?«

»Wenn man den knappen Zeitrahmen bei Jessie Andersons Tod bedenkt, gibt es an sich nur eine sehr begrenzte Anzahl Personen, die sowohl die Möglichkeit als auch ein Motiv gehabt hätten«, erklärte Esping.

Sie drückte auf die Tastatur, wodurch eine Präsentation gestartet wurde.

»Wir haben Sofie Wram, die Jessie das Grundstück verkauft hat, aber dann von ihr übers Ohr gehauen wurde. Sofie ist eine harte Geschäftsfrau, und in ihrer Vergangenheit gibt es außerdem diesen toten Ehemann.«

Esping klickte auf das nächste Bild.

»Dann haben wir das Ehepaar Modigh. Niklas hatte eine Affäre mit Jessie, aus der er verzweifelt versuchte herauszukommen, weil er eine eifersüchtige Ehefrau hat und keinen Ehevertrag. Aber Jessie ließ nicht locker. Sie benutzte ihr Geheimnis, um den Preis des Hauses in die Höhe zu treiben.«

»Und Daniella Modigh und Jessie verabscheuten einander offenbar«, ergänzte Vinston. »Ihre TV-Streitigkeiten waren kein Fake, sondern echt. Es ist im Übrigen nicht unmöglich, dass Daniella von der andauernden Untreue ihres Mannes wusste, denn sie hat sich mit einer Scheidungsanwältin getroffen.«

Esping musterte Vinston, bevor sie ein weiteres Bild auf den Schirm holte.

»Dann haben wir dieses Trio: Margit Dybbling, Jan-Eric Sjöholm und sein Mann Alfredo. Margit hasste Jessie, weil diese mithilfe der Skulptur den Widerstand gegen das Bauvorhaben unterbinden konnte. Sie lebt für den Dorfverein, und Jessie hat ihre Pläne durchkreuzt. Außerdem habe ich neulich Abend bei den Sjöholms eine interessante Entdeckung gemacht.«

Esping erzählte von dem Brandattentat, den Überwachungsbildern vom 17. Mai, dem Eindringling, den sie durch das Fenster der Baubaracke gesehen hatte, der Schmiererei und ihrer Beobachtung bei den Sjöholms.

»Der Tag der Abrechnung naht, das stand auf der Baubaracke. Die gleiche Botschaft wie auf den Zetteln, die Vinston und Elin Sidenvall in ihren Briefkästen gefunden haben. Ein Zitat aus einem Nicolovius-Leserbrief.«

»Interessant«, murmelte L-G. »Und du bist dir sicher, dass es Margit Dybbling war, die du im Gästehaus der Sjöholms gesehen hast?«

»Bombensicher.«

»Also, was ist deine Theorie?«

»Margit hat Jessie getötet«, sagte Esping. »Wahrscheinlich ist sie denselben Weg hereingekommen, den sie neulich hinausgeschlichen ist, nämlich durch den Zaun zu Sjöholms Grundstück. Fredrik Urdal hat sie von der Baubaracke aus gesehen. Sie sind entfernt verwandt, aber Margit hatte kein gutes Wort für Fredrik übrig. In jedem Fall beschloss er, Geld aus der Sache zu machen, besorgte sich ein Wergwerfhandy und erpresste Margit. Das Ergebnis kennen wir.«

Vinston war kurz davor, sich einzumischen, hielt sich aber im letzten Moment zurück.

»Und wo kommen die Sjöholms ins Bild?«, fragte L-G.

»Ich glaube, dass Margit eine Schwäche für Jan-Eric hat«, fuhr Esping fort. »Dass der Mord sowohl eine Möglichkeit war, sich an Jessie zu rächen, als auch, Jan-Eric zu imponieren. Denn der hasste Jessie mindestens so sehr wie Margit. Jan-Eric war beim Geburtstagsfest sogar bereit, ihr seinen Stock über den Schädel zu ziehen. Und außerdem spielt er noch eine andere wichtige Rolle in der Geschichte.«

Esping machte eine Kunstpause.

»Ich habe alle Texte von Nicolovius durch ein Programm laufen lassen, das die Universität Lund verwendet, um Plagiate zu entdecken. Ein paar Sätze fielen dabei auf.«

Sie klickte auf das nächste Bild der Präsentation. Es zeigte Scans der acht veröffentlichen Leserbriefe von Nicolovius sowie des neunten, der am Tag nach dem Mord mit der Post gekommen war.

Esping drückte auf eine Taste, wodurch ein paar einzelne Zeilen hervorsprangen und größer wurden.

Doch zu begreifen ist's bei bösen Wegen.

Ein andres ist, versucht zu sein, ein andres, zu fallen.

… auf dieser großen Narrenbühne

»Das sind alles Zitate von Shakespeare.« Esping konnte ihre Zufriedenheit nicht verhehlen. »Und dieses letzte, über die Narrenbühne, stammt aus ›King Lear‹. Demselben Stück, das Jan-Eric und Alfredo angeblich am Abend vor dem Mord an Fredrik Urdal im Freilichttheater Marsvinsholm gesehen haben. Jan-Eric liebt es außerdem, King Lear zu zitieren, sobald sich ihm die Gelegenheit dazu bietet. Nicht wahr, Vinston?«

Dieser nickte widerwillig.

»Um es nochmals zusammenzufassen«, sagte Esping. »Jan-Eric schreibt Drohbriefe, und Margit Dybbling sehen wir im Zusammenhang mit Vandalismus und Mord. Vermutlich mit Alfredos Hilfe. Die drei haben also zusammen ein Motiv und die Gelegenheit.«

Sie verstummte und wartete auf die Reaktionen der anderen.

»Aha …« L-G kratzte sich ausgiebig am Nacken. Offenbar hatte er vergessen, dass die beiden anderen ihn sehen konnten. »Das ist zweifellos eine interessante Theorie, Tove. Haben wir irgendwelche handfesten Beweise, die sie unterstützen?«

»Noch nicht, ich bin noch auf der Suche danach. Aber wenn wir sie festnehmen und verhören, wird mit Sicherheit einer anfangen zu reden.«

Dies war der Moment, auf den Esping gewartet hatte. Sie hielt die Luft an, starrte auf den Schirm. Die Sekunden der Stille kamen ihr wie Minuten vor.

»Tja, jemanden ohne Beweise festzunehmen und zu verhören …« L-G wand sich gequält. »Was denkst du, Peter?«

Vinston setzte sich auf.

»Ich glaube, es wäre ein Fehler«, sagte er. »Espings Theorie ist äußerst interessant und gut begründet, aber wir dürfen nichts überstürzen. Es gibt noch weitere Aspekte, die untersucht werden sollten, nicht zuletzt jetzt, wo Klas Mårtensson aus dem Schatten getreten ist und Elin Sidenvall unter seine Fittiche genommen hat. Und es ist viel zu früh, um Sofie Wram und das Ehepaar Modigh abzuschreiben. Außerdem …« Er seufzte. »Werde ich das Gefühl nicht los, dass wir irgendetwas übersehen haben. Ein oder zwei Puzzleteile fehlen.«

Esping biss die Kiefer aufeinander und starrte Vinston, der ihrem Blick lieber auswich, böse an.

»Aha, ja«, brummte L-G. Es war wieder einige Sekunden lang still. Esping wusste schon, was ihr Chef sagen würde. Sie war kurz davor gewesen, aber Vinston hatte ihr auf der Ziellinie ein Bein gestellt.

»Dann machen wir es so«, sagte L-G. »Keine Festnahme, bevor wir nicht etwas Konkreteres haben. Wir brauchen Beweise, die Margit, Jan-Eric oder einen von den anderen mit den Gewalttaten in Verbindung bringen. Außerdem müssen wir klären, wie der Täter Fredrik Urdal ermorden konnte. Ich kann nicht zum Staatsanwalt gehen und behaupten, dass eine kleine siebzigjährige Frau allein einen Handwerker niedergeschlagen hat, wenn ich nicht eine verdammt gute Erklärung dafür habe, wie das zugegangen sein soll.«

»Ja, das ist allerdings etwas, was wir herausfinden müssen«, stimmte Vinston zu.

Falsch, dachte Esping wütend. Etwas, was *ich* herausfinden muss.

45

Nach der Videokonferenz hatte Esping keine Lust mehr, sich auf der Wache zu zeigen, und fuhr stattdessen nach Hause. Sie war unglaublich wütend darüber, dass Vinston ihr den Boden unter den Füßen weggezogen hatte. Er hatte ihre Autorität vor L-G untergraben, obwohl er weder ihr Chef war noch überhaupt im Dienst.

Kurz hatte es sich so angefühlt, als seien sie auf dem Weg, Freunde zu werden. Dass ihre Gegensätzlichkeit eher von Vorteil war. Dieses Gefühl war jetzt wie weggeblasen.

Momentan wollte sie nichts lieber, als diesem arroganten alten Knacker zu beweisen, dass sie richtiglag und er nicht. Alles, was sie zu tun hatte, war, Margit und ihre Kumpane beweiskräftig mit dem Mord in Verbindung zu bringen. Und dann musste sie noch herausfinden, wie sie Fredrik Urdal getötet hatten.

Sie kam gerade zur Tür herein, als ihr Handy klingelte. Es war Felicia.

»Hej, Liebling«, sagte sie. »Ich habe die Mikrowelle auf die Arbeitsplatte an der hinteren Küchenwand umgestellt, aber jetzt ist das Kabel nicht mehr lang genug. Kannst du nachschauen, ob wir in der Abstellkammer ein Verlängerungskabel haben?«

»Klar.«

Es dauerte fünf Minuten, bis Esping das Kabel gefunden hatte, und weitere zehn, um zum Kaffeehaus zu fahren. Das Wetter war dabei umzuschlagen. Die Luft war drückend und schwül. Aber Felicia zu sehen verbesserte ihre Laune ein wenig.

Sie half ihrer Freundin, die Mikrowelle anzuschließen, wozu sie sich auf einen Hocker stellen musste, denn die Steckdose für das Kabel befand sich relativ weit oben an der Wand. Mitten in der Bewegung erstarrte sie. Natürlich, warum hatte sie nicht gleich daran gedacht!

»Ich muss los«, sagte sie aufgeregt zu Felicia. »Weißt du eigentlich, wo unsere Taucherausrüstung ist?«

Vinston nutzte den Vormittag, um am Küchentisch durch seine Kopie der Ermittlungsunterlagen zu blättern. Esping war wegen seiner Äußerung eindeutig sauer gewesen. Dennoch hätte er nichts anderes sagen können. Er war überzeugt davon, dass sie sich in etwas verrannt hatte. Dass sie etwas übersahen.

Die Befragung aller Verdächtigen, die technischen Rapporte, die Obduktionsprotokolle, Espings zeitlicher Ablauf – das alles hatte er vor sich ausgebreitet. Der ganze Fall war ein einziges großes Puzzle, ein Ravensburger mit 5000 Teilen, die jemand vor ihm ausgekippt hatte, um dann den Karton zu nehmen und damit zu verschwinden.

Und genau wie er vorhin zu L-G gesagt hatte, war er sich außerdem ziemlich sicher, dass noch ein paar Teile fehlten. Die Frage war, welche?

Wenn er in Stockholm gewesen wäre, hätte er sich zu diesem Zeitpunkt mit seinem gesamten Team zusammengesetzt und wäre alles noch einmal durchgegangen. Hätte sich jedes Detail angeschaut. Aber nun war er auf sich selbst gestellt.

Nachdem er ungefähr eine Stunde lang ergebnislos herumgeblättert hatte, spürte er eine gewisse Unruhe und beschloss, spazieren zu gehen.

Es war schwül und windstill, deshalb verzichtete er auf sein Jackett und krempelte, ganz gegen seine Prinzipien, die Ärmel hoch. Er nahm den Weg durch den Garten und überquerte den Bach. Auf der anderen Seite führte ein schmaler Pfad durch das Gehölz.

Vinston versuchte, den Kopf frei zu bekommen.

Normalerweise fiel es ihm nicht schwer, sich zu konzentrieren, aber dieser Fall war anders. Oder er war einfach nicht derselbe.

Er erreichte die andere Seite des Waldstücks. Große, grüne Felder erstreckten sich, so weit sein Auge reichte. Hoch über ihm segelte ein einsamer Milan. Vinston beneidete das Tier um seine

Vogelperspektive und den scharfen Blick, zwei Fähigkeiten, die er normalerweise auch besaß. Aber nichts war wie immer.

Er fühlte sich rastlos und zugleich seltsam erschöpft, was kein gutes Zeichen war. Die letzte Schwindelattacke lag nur ein, zwei Tage zurück, es war daher vielleicht nicht überraschend, dass er nicht so messerscharf dachte wie sonst. Er beschloss, zum Ferienhaus zurückzukehren und ein Nickerchen zu machen, um seine Batterien aufzuladen.

Als er ein paar Minuten später ins Schlafzimmer kam, entdeckte er Pluto ausgestreckt am Fußende des Bettes. Nach Christinas Besuch hatte er, entgegen ihren Instruktionen, die Katzenklappe wieder sorgfältig zugeklebt. Wie um alles in der Welt war es der Katze also gelungen, ins Haus zu kommen?

»Weg!«, zischte er. Die Katze sprang vom Bett und stürzte an ihm vorbei ins Wohnzimmer.

Vinston flog herum, um zu sehen, wohin sie verschwand, vergaß aber einmal mehr den niedrigen Türrahmen und schlug sich mit voller Wucht die Stirn an. Er sah Sterne, stolperte nach hinten und musste sich auf das Bett setzen.

»Déjà-vu«, murmelte er und rieb sich den Kopf.

Als er ins Wohnzimmer kam, war Pluto verschwunden. Das Küchenfenster, das er vorhin angelehnt hatte, stand weiter offen, als er es in Erinnerung hatte, sodass er davon ausging, dass die Katze auf diesem Weg rein- und rausgekommen war.

Vinston schloss das Fenster und setzte sich wieder an den Küchentisch. Der Mittagsschlaf musste warten, jetzt war er viel zu aufgeregt.

Er griff nach seinem Handy und versuchte Amanda zu erreichen, allerdings ohne Erfolg.

Stattdessen suchte er auf dem Handy nach Daniellas Instagram-Konto mit den Fotos, die Amanda ihm gestern beim Essen gezeigt hatte.

Insgesamt gab es fünf Bilder von dem Streit. Vier ähnelten sich sehr, aber das fünfte war aus einem anderen Winkel aufgenommen worden. Jan-Eric hielt den Stock hoch, als wäre er tatsächlich kurz davor, Jessie den schweren Silberknauf auf den Kopf zu schlagen.

Im Unterschied zu den anderen Bildern sah Jessie darauf eher ängstlich als überrascht aus. Als hätte sie ihre selbstsichere, künstliche Maske verloren und wäre für einen kurzen Moment eine andere Person geworden.

Vinston vergrößerte das Foto. Schräg hinter Jessie, ein Stück entfernt an der Bar, erkannte er zwei dunkle, aber bekannt aussehende Gestalten, die ins Gespräch vertieft schienen. Daniella Modigh und Sofie Wram. Das bedeutete, dass jemand anderes den Streit fotografiert und Daniella die Bilder geschickt haben musste. Aber worüber konnten sie und Sofie Wram geredet haben, was so fesselnd war, dass sie den Streit, der sich wenige Meter vor ihnen abspielte, nicht bemerkten?

Ihm fiel ein, dass Amanda erwähnt hatte, Daniella würde ebenfalls bei Sofie Wram trainieren.

Das Telefon unterbrach seine Gedanken.

»Peter Vinston«, antwortete er.

»Hallo, hier ist Elin Sidenvall.«

Vinston richtete sich auf.

»Ich wollte mich nur für Ihre Hilfe am Samstag bedanken«, sprach sie weiter. »Ihre Kollegin hat mich nach Hause gefahren und mir ein paar Tipps gegeben, sodass ich inzwischen einige zusätzliche Riegelschlösser angebracht habe. Das fühlt sich schon sicherer an.«

»Ah, gut. Wer hat Ihnen dabei geholfen?«

»Niemand. Das war schnell erledigt. Ich habe immer einen Schraubendreher im Auto. Mein Vater ist Handwerker, zwei meiner Brüder auch, ich bin handwerkliche Arbeit also gewohnt.«

Vinston musste daran denken, dass Amanda mit ihm geschimpft hätte, weil er davon ausgegangen war, dass eine junge Frau bei praktischen Tätigkeiten Hilfe benötigte. Zumal seine eigene praktische Kompetenz gerade einmal reichte, um ein IKEA-Regal zusammenzuschrauben.

»Dann haben Sie das natürlich im Blut«, sagte er schnell in dem Versuch, seinen Fauxpas wiedergutzumachen.

»Na ja, Bengt ist nicht mein biologischer Vater …«

Vinston stöhnte innerlich. Sein Großvater hatte immer gesagt, wenn man ins Fettnäpfchen getreten war, dann sollte man lieber stillstehen. Wenn er diesen Rat bloß ein wenig öfter befolgen könnte.

»Ich habe gehört, dass Sie das Projekt in Gislövsstrand übernehmen«, sagte er, um das Thema zu wechseln. »Dass Sie den Gebäuden ein neues, weicheres Profil geben wollen.«

»Ja, das stimmt. Nach allem, was passiert ist, haben wir umgedacht und beschlossen, die Richtung zu verändern. Es war Klas' Idee, das jetzt publik zu machen. Ich hätte mich lieber noch bedeckt gehalten, wenn man bedenkt, dass …« Elin holte hörbar Luft. »Dass der Mörder immer noch frei herumläuft.«

Es blieb ein paar Sekunden lang still im Hörer, als wolle die junge Frau nicht, dass ihre Stimme ihre Angst verriet. Es gelang ihr beinahe.

»Glauben Sie, dass Sie ihn bald haben?«, fragte sie.

Vinston wusste nicht recht, was er erwidern sollte. Der Vater in ihm wollte Ja sagen, Elin beteuern, dass sie keine Angst haben musste. Der Polizist in ihm war hingegen sehr viel vorsichtiger, was solche Versprechen anging.

»Wir tun unser Bestes«, murmelte er. »Wir tun wirklich unser Bestes.«

46

Und du bist dir ganz sicher, dass ihr am Tatort nichts dergleichen gefunden habt? Okay, danke, Thyra. Ich melde mich wieder.«

Esping beendete das Gespräch mit der Kriminaltechnikerin. An sich waren es nur noch fünf Minuten bis zu der Hütte, in der sie Fredrik Urdal am Freitag gefunden hatte, aber jetzt fuhr sie hinter einem Traktor her und konnte nicht überholen.

Ihr Herz klopfte vor Aufregung.

Vor ein paar Jahren hatten sie und Felicia in Thailand an einem Tauchkurs teilgenommen. Felicia hatte es besonders gefallen, und als sie nach Hause gekommen waren, hatte sie Tove davon überzeugt, gemeinsam einen Tauchschein zu machen. Einen ganzen Sommer lang hatten sie daraufhin in den Buchten von Vårhallarna, Fortet und Prästens Badkar verbracht. Sie hatten sich sogar getraut, bei Simrishamn nach einem Wrack zu tauchen.

Aber dann hatte Felicia das Kaffeehaus übernommen und sowohl die Zeit als auch das Interesse verloren. Die Tauchausrüstung war in ihrer Abstellkammer immer weiter nach hinten geschoben worden, und sie hatten mehr als einmal davon gesprochen, sie zu verkaufen.

Aber heute war Esping froh darüber, dass sie noch da war.

Sie war zu einem Tauchladen gefahren, um die Sauerstoffflaschen auffüllen zu lassen, und als sie schließlich die Wendeplatte vor dem alten Haus erreichte, war es schon fast halb fünf.

Alles war still, die Tür war noch mit einem Absperrband versehen. Fredrik Urdals Leiche erschien wieder vor Espings innerem Auge. Die ausgestreckte Hand, von der es noch ungefähr ein Meter bis zum Sicherungskasten war. Sie schauderte. Zum Glück brauchte sie diesmal nicht in die Hütte zu gehen.

Sie parkte so nah am See wie möglich und suchte im Wald nach einem meterlangen Stock. Dann zog sie den Tauchanzug, die Weste und den Bleigürtel an, schwang sich die Sauerstoffflasche auf den Rücken und versuchte, im Kopf die Checkliste für die Ausrüstung durchzugehen.

Als sie bereit war, warf sie den Stock so weit wie möglich über den See. Den Ort, an dem er aufschlug, benutzte sie als Richtmarke und glitt ins kühle Wasser.

Der See war nur etwa drei Meter tief, aber die Sicht war schlecht, und Esping musste auf die Knie gehen und sich auf dem schlammigen Boden vorantasten. Es dauerte länger, als sie gedacht hätte, und mit der Zeit drang die Kälte in den Tauchanzug, sodass sie allmählich zu frieren begann. Aber nachdem sie eine Stunde im Schlamm gewühlt hatte, stießen ihre Finger endlich gegen etwas Glattes, Längliches.

»Yes!«, zischte Esping in den Atemregler.

Jetzt wusste sie, wie Fredrik Urdal gestorben war. Blieb nur noch, den Mörder mit der Tat in Verbindung zu bringen.

Danach konnte Peter Vinston seine Siebensachen packen und zurück nach Stockholm fahren.

Vinston hatte den Nachmittag damit zugebracht, die Ermittlungsunterlagen weiter durchzugehen. Espings Sprachanalyse von Nicolovius' Briefen war zweifellos interessant und deutete tatsächlich auf Jan-Eric Sjöholm. Es ärgerte Vinston, dass er nicht selbst die Shakespeare-Referenzen in Nicolovius' Texten erkannt hatte.

Aber konnte es ein Narziss wie Jan-Eric wirklich aushalten, sich hinter einem Pseudonym zu verbergen? Seine Einstellung gegenüber Gislövsstrand war allgemein bekannt, warum sollte er die Leserbriefe also nicht unter eigenem Namen schreiben und die Aufmerksamkeit genießen, die er offenbar so sehr liebte?

Und wie hätte Margit Dybbling wissen können, dass Jessie Anderson in den wenigen Minuten zwischen dem Aufbruch der Modighs und Vinstons Eintreffen allein im Haus sein würde? Margit war, abgesehen von ihren eventuellen Mittätern Jan-Eric und

Alfredo Sjöholm, die Einzige unter den Verdächtigen, die vorher nie einen Fuß ins Haus gesetzt hatte. War Margit auf gut Glück hineingeschlichen und hatte einfach die günstige Gelegenheit beim Schopf ergriffen?

Das war freilich eine Möglichkeit. Aber es fühlte sich nicht schlüssig an, vor allem nicht, wenn man bedachte, dass der Täter groß und stark genug gewesen sein musste, um Fredrik Urdal am Sicherungskasten zu platzieren.

Das Wetter war gegen Abend immer schwüler geworden. Die Luft schien geladen, und Vinstons Hemd klebte ihm am Rücken. Schwere Wolken zogen sich allmählich am Himmel über dem Ferienhäuschen zusammen, und aus der Ferne war Donnergrollen zu hören.

Die Rastlosigkeit, die er den ganzen Tag verspürt hatte, wollte sich nicht legen. Zugleich fühlte er sich wieder schwach. Außerdem bekam er ärgerlicherweise Kopfschmerzen. Ob er wohl krank wurde? Kranker, korrigierte er sich widerwillig. Oder hieß es »kränker«? Nicht einmal sein Sprachgefühl funktionierte mehr ordentlich.

Vinston beschloss, eine Kopfschmerztablette zu schlucken und noch einmal den Versuch zu unternehmen, kurz die Augen zuzumachen. Aber zuerst würde er das Bett von Katzenhaaren befreien müssen.

Esping kam gerade noch vor der Dämmerung nach Hause. Nach ihrem Fund im See war sie voller Enthusiasmus und Entschlossenheit und hatte die Autofahrt genutzt, um ihre nächsten Schritte zu planen.

Alles, was sie brauchte, war etwas, das Margit Dybbling mit den Taten in Verbindung brachte. Entweder mit den Morden oder dem Brandanschlag. Und da Esping eine der drei Taten auf Video hatte, wollte sie damit anfangen.

Sie lud den Filmausschnitt vom Brandanschlag auf den viel zu teuren Mac, den Felicia unbedingt hatte kaufen wollen. Dort verwendete sie das Bildbearbeitungsprogramm des Rechners, um die schwarz gekleidete Gestalt mit der Sturmhaube deutlicher erkennbar zu machen.

Indem sie den Täter mit der Höhe von Jessies Porsche verglich, versuchte sie auszumachen, wie groß die Person war. Da die Gestalt aber gebeugt ging, gelang es ihr nicht.

Stattdessen probierte Esping eine andere Taktik. Sie ließ das Programm die Sequenzen in einzelne Bilder unterteilen, die sie dann Stück für Stück durchschaute. Die Kamera machte dreißig Bilder pro Sekunde, und da der Videoclip ungefähr eine Minute lang war, hatte sie fast zweitausend Bilder durchzugehen.

Esping holte sich eine Tasse Tee. Das hier würde eine Weile dauern.

Sie setzte sich wieder an den Computer. Nahm sich die Zeit, jede Aufnahme zu vergrößern und genau zu studieren, bevor sie zur nächsten klickte.

Draußen hatte es begonnen zu regnen, anfangs langsam und rhythmisch. Später immer heftiger, bis es donnerte und krachte, als das Gewitter dramatisch von der Ostsee angerollt kam.

47

Vinston schlief unruhig. Im Traum befand er sich wieder im Musterhaus. Dort jagte er die ihm entwischende Katze durch die Küche über die Steinplatten und hinaus auf den Treppenabsatz.

Das Wohnzimmer unten war voller Leute. In der einen Ecke spielte ein Jazztrio, Menschen plauderten miteinander, genau wie in seinen früheren Träumen. Das Ehepaar Modigh, Margit Dybbling, Jan-Eric und Alfredo Sjöholm. Aber es gab auch neue Gesichter. Klas Mårtensson stand dort und unterhielt sich mit Jonna Osterman, dann bekamen sie Gesellschaft von Elin Sidenvall und L-G.

Die schöne Felicia stand neben einer rausgeputzten Frau, die Vinston kaum wiedererkannte. Es dauerte einige Sekunden, bis er begriff, dass es Esping war. Sie und Felicia sprachen mit einem hochgewachsenen Mann.

»Vinston«, rief Esping. »Das ist König Lear!«

Der Mann drehte sich um. Er hatte einen Bart, langes graues Haar und ein faltiges Gesicht. Er sah aus wie eine Mischung aus Fredrik Urdal und Hasse Palm. Auf dem Kopf trug er eine Königskrone aus Apfelblüten. Lear prostete Vinston zu.

Die Lampen im Raum knisterten. Einmal, zweimal. Das Licht begann zu flackern.

Plötzlich bemerkte Vinston, dass sich jemand hinter ihm befand.

Er flog herum.

Jessie Anderson stand vor ihm und hielt Pluto im Arm.

»Na?«, sagte sie und hob fragend eine Augenbraue. »Haben Sie es schon gelöst? Wir haben nicht den ganzen Abend Zeit. Schauen Sie wirklich in die richtige Richtung?«

Sie machte eine Kopfbewegung zum Wohnzimmer hin. Dort standen Amanda, Christina und Poppe beieinander.

»Skål, lieber Peter!«, rief jemand. »Willkommen in Österlen!«

Die Lampen flackerten wieder, gespenstische Schatten bewegten sich über die Gesichter der Gäste. Einen Augenblick lang wurde alles schwarz.

»Nicht vergessen«, flüsterte Jessie in der Dunkelheit. »Das Schwein beißt zurück.«

Dann war das Licht wieder da und Jessie weg.

»Skål, Peter!«, riefen die Gäste unten im Wohnzimmer.

Als Peter das Glas heben wollte, das er soeben noch in der Hand gehalten hatte, war es verschwunden. Stattdessen hielt er die schwarze Katze im Arm.

»Wie bist du reingekommen?«, murmelte er.

Irgendwo in der Ferne klingelte ein Handy.

Es war kurz nach Mitternacht, Esping hatte es bisher geschafft, knapp die Hälfte der Bilder durchzusehen. Draußen prasselte der Gewitterregen gegen die Fensterscheiben.

Langsam wurde sie müde. Die Energie, die sie nach ihrem Fund im See verspürt hatte, war beinahe aufgebraucht. Sie beschloss, drei weitere Bilder anzuschauen, bevor sie für heute Schluss machte.

Auf dem ersten Bild war nur die Rückseite der Sturmhaube zu sehen und ein Teil der Hand mit der Spraydose. Esping zoomte heran, spielte mit dem Licht und den Kontrasten, genau wie bei den anderen Bildern. Ohne Ergebnis.

Auf dem zweiten Bild hatte die Gestalt den Kopf zehn, zwölf Zentimeter gedreht. Auch hier entdeckte sie nichts Neues.

Auf dem dritten war der Kopf noch ein paar Grad mehr zur Kamera hingedreht. Esping vergrößerte den Kopf der Person. Da war etwas, was es auf den anderen Bildern nicht gegeben hatte. Ein kleiner Lichtpunkt, etwa in Höhe der Augenhöhlen in der Sturmhaube.

Esping sprang noch ein Bild weiter. Der Lichtpunkt war weg. Ihr Herz schlug schneller.

Sie ging zum vorherigen Bild zurück, vergrößerte es und regulierte Helligkeit und Kontrast. Dadurch trat der kleine helle Punkt mal stärker, mal schwächer hervor.

Es dauerte eine Weile, bis Esping erkannte, was sie da sah. Der Lichtpunkt war ein Reflex der Außenbeleuchtung am Haus. Ein Reflex, der sich nur für eine Millisekunde in etwas spiegelte, das sich im Gesicht des Täters befand.

Sie zoomte so nah heran wie möglich, sodass die Sturmhaube den gesamten Bildschirm ausfüllte. Ihr Herz klopfte wie wild, aber sie versuchte, ihren Eifer zu bändigen. Sie musste ganz sicher sein, dass ihr Hirn ihr keinen Streich spielte.

»Felicia!«, rief sie.

Espings Lebensgefährtin kam ins Arbeitszimmer. Sie hatte eine Decke über die Schultern gelegt und hielt ein Buch in der Hand.

»Was glaubst du, worin sich das Licht hier spiegelt?« Esping zeigte auf den Bildschirm. Sie vergrößerte und verkleinerte das Bild ein paarmal, damit ihre Freundin erkennen konnte, worauf sie gerade schaute.

Felicia legte den Kopf schief.

»Tja«, sagte sie. »Ich vermute, das ist eine Brille.«

Esping stand auf, zog Felicia zu sich heran und küsste sie auf den Mund.

Das Telefonklingeln riss Vinston aus dem Schlaf. Es war schon nach Mitternacht.

Er lag auf der Decke. Sein Hemd war verschwitzt, der Mund staubtrocken, und sein Kopf pochte. Regen peitschte ans Fenster. Ein Blitz erhellte den Raum, wenige Sekunden später ließ ein lang anhaltender grollender Donner die Scheibe erzittern.

Vinston schaltete die Nachttischlampe ein und tastete nach seinem Handy.

»P-Peter Vinston«, murmelte er.

»Hier Elin Sidenvall.« Die Stimme war nur ein Flüstern, klang aber trotzdem verängstigt. »Ich glaube, da ist jemand im Haus!«

»Was?« Einen Augenblick lang meinte Vinston, er würde noch träumen.

»Ich habe im Erdgeschoss Glas zerbrechen hören. Da unten ist jemand. Kommen Sie bitte schnell!«

Vinston war schlagartig hellwach. Der Schreck packte ihn.

»Frau Sidenvall? Elin?«

Die Verbindung war unterbrochen. Er rief Elin Sidenvalls Nummer an, während er gleichzeitig versuchte, sich Schuhe und Jacke anzuziehen. Aber das Telefon gab nur ein Besetztzeichen von sich. Vinston probierte es immer wieder, aber mit demselben Ergebnis.

Daraufhin versuchte er es bei Esping. Sie ging nach dem dritten Klingeln dran.

»Hier ist Vinston. Elin Sidenvall hat mich gerade angerufen. Jemand versucht, bei ihr einzubrechen. Ich bin jetzt auf dem Weg zu ihr.«

»Ich rufe die Streife und schicke sie sofort dorthin«, sagte Esping.

Vinston stürzte zur Tür. Der Regen schlug ihm draußen wie eine Wand entgegen, aber er kümmerte sich nicht darum. Als er in den Saab sprang, war er trotz der kurzen Distanz zwischen Haus und Wagen bereits vollkommen durchnässt.

Er schaltete das Handy auf Lautsprecher und versuchte noch einmal, Elin Sidenvall zu erreichen. Es war immer noch besetzt. Ein Einbrecher befand sich in ihrem Haus, just an dem Tag, an dem die Zeitung darüber geschrieben hatte, dass sie Gislövsstrand übernahm. Das konnte kein Zufall sein.

Er hätte voraussehen müssen, dass sie in Gefahr war.

Elin hatte ihm gesagt, dass sie um ihr Leben fürchtete, und das Einzige, was er dagegen getan hatte, war, sie von Esping nach Hause fahren zu lassen.

Er startete den Wagen und fuhr so rasant los, dass der Kies um die Kotflügel spritzte. Der Regen prasselte mit solcher Wucht auf die Windschutzscheibe, dass Vinston die Scheibenwischer auf

Maximalgeschwindigkeit stellen musste. Regen und Dunkelheit verschluckten die schmale Schotterstraße fast.

Da klingelte sein Handy. Espings Nummer.

»Der Streifenwagen ist in Brösarp. Er braucht mindestens zwanzig Minuten, bis er dort ist. Ich fahre auch. Haben Sie noch etwas gehört?«

»Nein. Verdammt!« Durch Vinstons nasse Kleider beschlugen die Scheiben von innen, und er hätte beinahe eine Kurve übersehen und wäre im Graben gelandet. Blitze erhellten den Himmel.

»Sind Sie noch dran?«, fragte Esping.

»Ja«, antwortete Vinston angespannt, während er an der Klimaanlage herumhantierte.

»Ich weiß, wer die Mörderin ist«, sagte Esping. »Es ist Margit Dybbling. Man sieht ihre Brille auf den Überwachungsbildern vom Brandanschlag.«

»Okay!« Vinston nahm noch eine Kurve in viel zu hohem Tempo. Der Regen trommelte gegen die Scheiben, und die Lüftung wurde mit dem Kondenswasser nicht fertig.

Sein Handy piepste, Elin Sidenvalls Name erschien blinkend auf dem Display.

»Sie ruft wieder an, ich muss Schluss machen!«

»Warten Sie! Schalten Sie auf Gruppenanruf um!«

Vinston fummelte am Telefon herum, während er gleichzeitig versuchte, den Wagen auf der Straße zu halten.

»Hallo! Hallo?«

»Herr Vinston? Sind Sie da?« Elin Sidenvall flüsterte wieder. »Ich höre Schritte im Erdgeschoss. Was soll ich machen?«

Vinston konnte keinen klaren Gedanken fassen. Das war alles seine Schuld. Der Mörder befand sich in Elins Haus. Sie war die Nächste auf der Liste, das hätte ihm klar sein müssen.

»Schließen Sie sich im Bad ein!«, rief Esping.

»Was, wer …?« Ein heftiger Blitz ließ es im Lautsprecher knistern.

»Hier ist Tove Esping. Wir sind auf dem Weg. Schließen Sie sich schnell im Bad ein!«

»O-okay«, keuchte Elin Sidenvall. »Ich habe solche Angst …«

Wieder ein Blitz, wieder knisterte die Leitung.

»Elin?«, rief Vinston. »Elin, hören Sie mich?«

Endlich erreichte er die große Landstraße. Er trat aufs Gaspedal. Der Saab schoss wie ein Pfeil durch Regen und Dunkelheit. Fast alle zwei Sekunden erhellte ein Blitz den Nachthimmel.

»Elin?«, rief er wieder.

»Ich glaube, wir haben sie verloren«, erwiderte Esping verbissen. Vinston konnte im Hintergrund das Heulen ihres Motors hören. Er wischte frenetisch mit der Hand über die beschlagene Windschutzscheibe, um sie vom Kondenswasser zu befreien, was die Sache eher verschlimmerte.

»… im Bad«, war plötzlich wieder Elins angstvolle Stimme zu hören. »Ich glaube, er ist auf dem Weg nach oben! Beeilen Sie sich!«

Eine große Pfütze ließ Vinstons Wagen ins Schlingern geraten. Er war davon überzeugt, in der Böschung zu landen, aber im letzten Moment griffen die Reifen wieder.

Aus dem Telefon waren laute Schläge zu hören. Es klang, als würde jemand gegen eine Tür hämmern.

»Die Polizei ist auf dem Weg!«, schrie Elin. »Sie ist jeden Moment hier!«

Das Klopfen hörte nicht auf, ging in ein Krachen über.

»Aufhören!«, schrie sie. »Neein …!« Wieder ein Schlag. Danach ein kurzes Tut-tut-tut.

»Elin? Elin!«

Keine Antwort.

»Esping, hören Sie mich?!«

Stille.

Vinston trat weiter das Gaspedal durch. Er war jetzt nicht mehr weit entfernt, nur noch ein, zwei Kilometer. Sein Herz raste, und ein wohlbekanntes Gefühl breitete sich in seinem Körper aus.

Vielleicht war es schon eine Weile da gewesen, ohne dass er es sich hatte eingestehen wollen. Ein unangenehmes Brausen im Kopf, das langsam hinter seine Stirn sickerte und weiße Flecken in seinem Gesichtsfeld bildete.

Vinston holte ein paarmal tief Luft und zwinkerte, wodurch sich die Flecken wenigstens teilweise zurückzogen.

Jetzt konnte er die Beleuchtung an Elin Sidenvalls Haus sehen. Er war fast da, glaubte im Regen die Einfahrt zu erkennen. Gleichzeitig kamen die Flecken zurück, sein Blickfeld flimmerte.

Und plötzlich wurde er von einem Licht geblendet – ein entgegenkommendes Fahrzeug, das aus dem Nichts auftauchte.

Er warf das Lenkrad herum und kam von der Straße ab. Kies und Erde spritzten gegen den Lack, der Wagen geriet ins Schleudern. Vinston trat auf die Bremse, hörte die Reifen quietschen. Er schloss die Augen und verkrampfte sich vor der unausweichlichen Kollision mit dem, was sich dort in der Finsternis befand.

Stattdessen geriet der Wagen wieder in die Spur und fuhr, ohne gegen irgendetwas zu stoßen, geradeaus weiter, bis er zum Stehen kam. Vinston öffnete die Augen. Er stand auf Elin Sidenvalls Einfahrt. Im Wageninneren roch es nach verbranntem Gummi.

Er wäre fast mit einem Fahrzeug zusammengeprallt, das jetzt nur wenige Meter rechts von ihm stand, auch dieses mit einer langen Bremsspur hinter sich.

Es war Espings klappriger Volvo. Vinstons Puls dröhnte ihm in den Ohren. Er stieß die Autotür auf und schnappte nach Luft, während der kalte Regen auf ihn niederprasselte.

»Vinston!« Esping stieg ebenfalls aus dem Wagen, aber er blieb nicht stehen, um auf sie zu warten. Das Rauschen in seinem Kopf wurde immer lauter, an den Rändern seines Gesichtsfelds flimmerte es wieder.

Er musste unbedingt auf den Beinen bleiben.

Das schmale Flurfenster rechts von der Eingangstür war kaputt. Die Tür selbst stand offen, dahinter hatte sich eine kleine Pfütze gebildet. Im selben Moment war ein hoher, gellender Schrei aus dem Obergeschoss zu hören.

Vinstons Puls galoppierte davon. Die Wirklichkeit begann sich aufzulösen.

Er stürzte zur Treppe, stieß mit der Hüfte ans Geländer und machte zwei stolpernde Schritte.

Das Rauschen strömte von seinem Haaransatz über sein Gesicht, sein Kinn, seine Brust.

Wieder ein Schrei. Die Beine gaben unter ihm nach. Er flog der Länge nach über die obersten Treppenstufen, hinein in tiefste Finsternis.

48

Vinston erwachte zu leiser Musik. »Änglamark« von Evert Taube. Einige Sekunden lang blieb er in der Dunkelheit liegen und lauschte der schönen Melodie.

Dann holten ihn seine Gedanken ein, und er schlug die Augen auf.

Er lag in einem Krankenhausbett, in einem Zimmer mit beigefarbener Textiltapete. Daneben war ein Ständer mit kleinen Apparaten, die alle seinen Gesundheitszustand kontrollierten.

Draußen vor dem Fenster schien die Sonne, und aus der Ferne hörte man Musik aus einem Radio. Die Uhr an der Wand zeigte neun Uhr.

Auf einem Stuhl direkt neben seinem Bett saß Amanda, hinter ihr Christina. Beide schienen zu schlafen. Weiter weg, in einer der Zimmerecken, saß Esping und schaute auf ihr Handy.

Vinston räusperte sich leise, wodurch Amanda erwachte.

»Papa!« Sie warf sich beinahe über das Geländer seines Bettes. »Wie geht es dir?«

Vinstons Körper fühlte sich schwer an, die Rippen schmerzten, und sein Kopf war immer noch träge.

»Ausgelaugt«, sagte er. »Und du?«

»Besser, jetzt, wo du wach bist.« Sie drückte seine Hand.

Esping stand von ihrem Stuhl auf und kam zu seinem Bett.

»Elin Sidenvall?«, fragte Vinston beunruhigt.

»Ihr geht es gut«, erwiderte Esping. »Der Mörder hatte gerade ein Loch in die Badezimmertür geschlagen und wollte zu ihr rein. Wir kamen im letzten Moment.«

Christina, die auch aufgewacht war, schaute sie alarmiert an. Amanda schien hingegen eher interessiert.

»Haben Sie ihn erwischt?«, wollte Vinston wissen. »Oder sie ...«, fügte er hinzu.

Esping schüttelte den Kopf.

»Der Mörder ist in Elins Zimmer aus dem Fenster gesprungen. Wir fanden eine Axt auf dem darunterliegenden Garagendach. Der Hundeführer versuchte, der Spur zu folgen, aber das war bei dem Sturzregen sinnlos.«

»Wir wissen also nicht, wer es war?«

»Elin hat nur eine schwarz gekleidete Person mit Sturmhaube durch das Loch in der Tür erkennen können«, erklärte Esping. »Aber es muss Alfredo gewesen sein. Margit hätte es weder geschafft, eine Axt zu schwingen noch durch das Fenster zu klettern und vom Dach hinunterzuspringen.«

Vinston bemerkte, dass Amanda aufmerksam zuhörte.

»Jessies Arbeitszimmer war komplett auf den Kopf gestellt, alle Schubladen herausgezogen«, fuhr Esping fort. Wahrscheinlich um es wie einen Einbruch aussehen zu lassen. Der Notruf, der die Streife nach Brösarp geschickt hat, war im Übrigen falsch, also war dies vermutlich Teil des Plans. Aber der Täter rechnete offenbar nicht damit, dass Elin Sie direkt anrufen würde und wir so schnell dort sein konnten.«

»Du hast ihr das Leben gerettet, Papa!« Amanda drückte seine Hand fest.

Vinstons Gedanken flossen immer noch sehr schleppend.

»Und was passiert jetzt?«, erkundigte er sich.

»Wie ich gestern schon sagte, habe ich eine Filmsequenz vom Brandanschlag gefunden, die Margit Dybbling als Täterin identifiziert. Außerdem habe ich herausgefunden, wie sie Fredrik Urdal töten konnte. Es war viel einfacher, als wir gedacht hatten. Margit brauchte den Körper überhaupt nicht in Kontakt mit dem Sicherungskasten zu platzieren. Alles, was sie brauchte, war ein Verlängerungskabel. Sie schälte ein bisschen Plastik ab, sodass das Metall frei lag. Das eine Ende kam dann in den Sicherungskasten, das andere in Fredriks Hand. Er muss bewusstlos gewesen sein. Wie genau Margit das hinbekommen hat, weiß ich noch nicht. Aber wie der Mord selbst vonstattenging, das kann ich beweisen.«

Sie hielt kurz inne, damit Vinston Zeit hatte, ihr zu folgen.

»Gestern Nachmittag bin ich im See vor der Hütte getaucht«, fuhr sie dann fort. »Ich habe dort gesucht und ein Kabel von etwa einem Meter Länge gefunden, bei dem an beiden Enden die Plastikverschalung entfernt wurde und das deutliche Brandspuren aufweist. Es ist jetzt zur Untersuchung in der KTU.«

»Schön«, nickte Vinston und bemerkte, dass das Lob Esping offensichtlich freute.

»L-G lässt mich Dybbling und die beiden Sjöholms zum Verhör einbestellen«, sagte sie. »Er wollte heute Morgen alles mit dem Staatsanwalt klären, aber ich glaube nicht, dass es Widerspruch geben wird, also irgendwann heute Nachmittag. Wir lassen zur Sicherheit alle drei beobachten, damit sie nicht versuchen abzuhauen.«

Vinston hatte keine Einwände. Nach den Ereignissen der letzten Nacht war das der richtige Spielzug. Ein Mörder lief frei herum, hatte beinahe ein drittes Opfer gefordert.

»Und wie geht es Elin Sidenvall?«

»Mitgenommen, aber erstaunlich gefasst. Onkel Klas hat sie in seinem Gästehaus untergebracht und versprochen, sie nicht aus den Augen zu lassen, bis alles aufgeklärt ist. Ich glaube, er hat sogar eine Art Bodyguard besorgt.«

Die Tür ging auf, und eine junge Ärztin kam herein. Sie trug das dunkle Haar in einem langen Zopf auf dem Rücken. Das Schildchen auf ihrem Kittel verriet, dass ihr Name Gilani war.

»Also, Herr Vinston. Das war ein echter Warnschuss, oder?« Die Ärztin blätterte in ihrem Journal. »Sie sind bereits wegen ähnlicher Anfälle behandelt worden, richtig?«

»Ja, das ist richtig.«

Vinston schielte beschämt zu Amanda hinüber.

»Anfangs waren wir in Sorge, dass Sie sich eine Schädelverletzung zugezogen haben könnten«, fuhr die Ärztin fort. »Glücklicherweise stellte sich das als falscher Alarm heraus. Ihr Blutdruck war hoch, als Sie eingeliefert wurden, aber jetzt ist er wieder normal, und wir haben sonst nichts gefunden. Offenbar hatten Sie wegen der Schwindelanfälle schon Kontakt zu einem Spezialisten in Stockholm? Tegnér vom Karolinska Institut?«

Doktor Gilani sah Christina fragend an, die mit einem Nicken antwortete. Vinston mochte es nicht, dass man über seinen Kopf hinweg über ihn sprach, aber er wusste auch, wann es angebracht war, den Mund zu halten. Außerdem machte er sich um Amandas Reaktion Sorgen. Aber sie wirkte nicht sonderlich überrascht, vermutlich, weil Christina ihr schon von seiner Krankheit erzählt hatte.

»Gut«, nickte die Ärztin. »In dem Fall hindert Sie nichts daran, nach Hause zu fahren, sobald Sie sich bereit fühlen. Ruhen Sie sich aus!«

Christina und Amanda brachten Vinston nach Hause.

Esping musste zur Polizeiwache zurück, hatte aber dafür gesorgt, dass Vinstons Saab zur Bäckastuga gebracht wurde. Der Wagen war bis hinauf zu den Seitenfenstern komplett verschmutzt und sah genauso fertig aus, wie Vinston sich fühlte.

Auf der Treppe stand eine Kiste mit Apfelmost. Darin steckte eine Karte.

Mit der Hoffnung auf baldige Genesung, Grüße Klas Mårtensson.

Als Vinston, Christina und Amanda in die Diele kamen, stürmte ihnen Pluto entgegen und strich um ihre Beine.

»Wie zum Teu…«, zischte Vinston. Dann biss er sich auf die Lippe. Die Katzenklappe war zugeklebt, und er war sich sicher, dass kein Fenster offen stand, wie war die verdammte Katze also hier hereingekommen?

Amanda hob die Katze hoch und schmuste mit ihr.

»Hallo, Pluto. Wie schön, dass du Papa Gesellschaft leistest.«

Vinston unterdrückte ein Schaudern.

»Du hast nichts da«, konstatierte Christina beim Blick in den Kühlschrank. »Ich gehe einkaufen, dann kannst du dich eine Weile mit Amanda unterhalten.«

Als Christina gefahren war, setzte Amanda Teewasser auf. Die Kopfschmerzen ließen nicht nach, und am liebsten hätte sich Vinston eine Weile hingelegt, aber Christina hatte recht damit, dass er zuerst ein paar Dinge mit Amanda besprechen musste.

Sie nahmen ihre schiefen Teetassen mit auf die Terrasse. Pluto verschwand blitzschnell zwischen den Büschen, kam aber nach wenigen Minuten zurück und schlabberte durstig Regenwasser aus einem Blumentopf-Untersetzer. Dann sprang sie auf Amandas Schoß und legte sich dort gemütlich zurecht.

»Ich …« Vinston musste sich sammeln. »Es tut mir leid, dass ich dir nichts von den Schwindelanfällen erzählt habe. Ich wollte nicht, dass du dir deswegen Gedanken machst. Oder glaubst, dass die Krankschreibung der einzige Grund wäre, warum ich hierhergekommen bin.«

Sie sahen sich an, und Vinston spürte eine leichte Unruhe bei seiner Tochter. »Es geht mir so weit gut«, versicherte er ihr.

Amanda sah ihn vorwurfsvoll an.

»Es war nicht gerade schlau zu lügen. Sagst du das nicht auch immer?«

»Doch. Und so im Nachhinein sehe ich auch ein, dass es dumm war. Es tut mir leid.«

Sie nahmen beide einen Schluck aus ihrer Tasse.

»Bist du sauer auf mich?«, wollte Vinston wissen. »Ich meine nicht nur deswegen, sondern auch sonst? Weil ich in Stockholm wohne. Weil wir uns nicht so oft sehen?«

Amanda strich Pluto gedankenverloren über den Rücken.

»Wenn Mama und ich streiten, sagt sie immer, dass Kinder auf ihre Eltern unverhältnismäßig wütend werden. Das hat damit zu tun, dass man als Kind denkt, die Eltern wären perfekt. Dann, als Jugendliche, wollen wir uns befreien, und später, wenn wir erwachsen sind, haben wir Angst, so zu werden wie ihr. Typisches Psychologengerede.« Sie verzog die Mundwinkel zu einem Grinsen. »Deshalb versuche ich, nicht sauer auf dich zu sein. Denn dann bekommt Mama recht, und so darf es nicht sein!«

Vinston musste lachen.

»Nein, so darf es nicht sein.« Er hob seine Teetasse. »Ich verspreche hiermit, dich nicht mehr wie ein Kind zu behandeln. Ab jetzt heißt es, ehrlich zu sein.«

»Gut! Darauf trinken wir.« Amanda stieß mit ihrer Teetasse an seine. »So, und weil du jetzt ehrlich bist. Was hältst du von Espings Theorie? Sind es Margit und ihre Freunde, die Jessie und diesen Elektriker umgebracht haben?«

Der schnelle Themenwechsel überraschte Vinston. Eigentlich hatte er keine Lust, über den Fall zu sprechen, aber jetzt blieb ihm natürlich keine andere Wahl.

»Ich weiß nicht recht«, versuchte er auszuweichen, aber Amanda ließ ihn nicht so leicht davonkommen.

»Aber du hast doch ein Gefühl. Erzähl schon, denk daran, was du gerade versprochen hast!«

Vinston versuchte, seine Gedanken zu sortieren.

»Ich glaube, dass mehrere Dinge gleichzeitig vor sich gehen«, sagte er. »Dass wir irgendetwas übersehen. Etwas Wichtiges. Aber ich weiß immer noch nicht, was.«

»Und was willst du dagegen tun?«

»Nichts. Wie du weißt, bin ich krankgeschrieben. Außerdem ist es nicht mein Fall.«

»Aber der Mörder hätte heute Nacht fast wieder zugeschlagen. Ohne dich wäre es ihm auch gelungen. Und jetzt willst du einfach aufgeben?«

Vinston wich ihrem Blick aus.

»Du musst das zu Ende bringen, Papa. Sonst werde ich wirklich wütend. Du musst Esping helfen, den Mörder zu fassen!«

Kurz darauf kehrte Christina zurück. Sie und Amanda verstauten gemeinsam das Essen in Vinstons Kühlschrank.

»Wir müssen jetzt los«, sagte Christina, sobald sie fertig waren. »Poppe und ich haben einen Termin in Gislövsstrand. Die neuen Richtlinien werden präsentiert, es werden wohl einige Leute da sein. Unter anderem Sofie Wram und die Modighs, soweit ich gehört habe.«

»Ja, Poppe hat neulich etwas von einer Investition erzählt. Er sagte, du seist Feuer und Flamme.«

»Na ja, wir sind auf jeden Fall neugierig darauf, mehr über das Projekt zu erfahren. Vor allem jetzt, wo Klas Mårtensson die Fäden in der Hand hält. Da weiß man nie, was passiert.«

49

Als Christina und Amanda gefahren waren, legte sich Vinston ins Bett. Sein Körper und sein Kopf schmerzten, das Hemd war verschmutzt, und in der Armbeuge klebte noch das Pflaster aus dem Krankenhaus. Aber obwohl er vollkommen erschöpft war, konnte er lange nicht einschlafen.

Junge Elstern zankten sich vor seinem Fenster, und sein Hirn erwachte allmählich. Es spielte den dramatischen Verlauf der Nacht noch einmal durch. Das Telefonat, die Fahrt durch den Regen, Elins angstvolle Hilferufe, das Geräusch der Axt gegen die Badezimmertür.

Er war so nah dran gewesen. Nur zwei Schritte, und er hätte den Mörder mit eigenen Augen gesehen. Ein kurzer Blick hätte genügt, um festzustellen, ob es wirklich Alfredo Sjöholm war, wie Esping behauptete.

Stattdessen hatte Vinston sich lächerlich gemacht. Er war wieder ohnmächtig geworden, in der absolut unmöglichsten Situation. Und jetzt lag er hier und bemitleidete sich.

Amanda hatte recht. Er konnte nicht einfach aufgeben.

Er verließ das Bett, holte eine Flasche Apfelmost aus dem Kühlschrank, setzte sich an den Küchentisch und breitete wieder einmal die Ermittlungsunterlagen vor sich aus. Irgendwo fand sich das Detail, welches verriet, wer sich auf das Grundstück geschlichen, Jessie in den sicheren Tod gestoßen hatte und dann wieder davongeschlichen war, gerade rechtzeitig, um nicht entdeckt zu werden. Dieselbe Person, die Fredrik Urdal getötet und es letzte Nacht auf Elin Sidenvall abgesehen hatte.

Wer hasste das Bauprojekt so sehr, dass er oder sie bereit war zu töten, und zwar nicht nur einmal, sondern dreimal, um das Ganze zu stoppen?

Vinston blätterte durch die Verhöre, die technische Untersuchung der Tatorte, die Obduktionsprotokolle und die Fotos von Instagram. Sogar durch die überambitionierte Transkription von Jessies Sommertalk, die Esping angeordnet hatte. Aber er fand noch immer nicht das Puzzlestück, nach dem er suchte.

Sein Kopf pochte, seine Gedanken waren träge. Heute war definitiv nicht der richtige Tag zum Arbeiten. Aber es gab auf jeden Fall eines, was er erledigen konnte.

Er holte seine Schuhe. Sie waren feucht und lehmverschmiert. Dann schob er die Akten beiseite und breitete eine Zeitung sowie sein Schuhputzzeug auf dem Tisch aus. Es fühlte sich gut an, den Kopf leer zu bekommen und sich nur auf eine einzige, leichte Aufgabe zu konzentrieren. Der Geruch nach Schuhcreme verbesserte wie immer seine Laune.

Gerade als Vinston fertig war, fühlte er, dass etwas sein Bein streifte. Er zuckte zusammen. Pluto stand neben dem Stuhl und starrte ihn mit ihren gelben Katzenaugen an.

Einem Impuls folgend hob Vinston die Katze hoch und stellte sie neben die frisch geputzten Schuhe. Dieser Einfall überraschte ihn.

»Hier ist gleich noch eine Frage, auf die es keine Antwort gibt«, sagte er zu der ebenso erstaunten Katze. »Ich hatte alle Türen, Klappen und Fenster der Bäckastuga zugemacht, wie bist du wieder ins Haus gekommen? Kannst du mir das erklären?«

Pluto starrte Vinston an. Dann miaute sie leise, als wolle sie die Frage beantworten.

»Wie bist du reingekommen?«, wiederholte Vinston. Dabei wurde ihm bewusst, dass er der Katze die gleiche Frage schon im Traum gestellt hatte.

Vielleicht lag es an der Gehirnerschütterung, aber plötzlich glaubte er ein Geräusch in seinem Kopf zu hören. Das leise Klicken eines Puzzleteils, das seinen Platz fand.

»Verdammt«, flüsterte er.

Er schob das Schuhputzzeug weg und griff erneut nach der Ermittlungsakte.

Pluto miaute wieder, klang diesmal aber energischer, als wollte sie Vinston erklären, dass die Antwort da war, direkt vor seinen Augen. Dass er sie die ganze Zeit gesehen haben müsste.

Er überprüfte ein weiteres Mal den zeitlichen Ablauf.

Der Ablauf stimmte. Aber warum? Warum war Jessie gerade an diesem Tag gestorben?

Was war an diesem Sonntag besonders gewesen, abgesehen von der Hausführung? Er hätte sich diese Frage schon lange stellen sollen. Die Antwort war klar: der Sommertalk!

Vinston ging die Abschrift des Interviews durch und suchte dann Jessies Obduktionsbericht hervor. Mit dem Finger fuhr er die Zeilen entlang, bis er den Teil gefunden hatte, der das Becken beschrieb. Und da stand es. Schwarz auf weiß. Die Worte, die sowohl er als auch Esping übersehen hatten, da sie ganz auf die Todesursache fokussiert gewesen waren.

Anzeichen für Symphysiolyse.

Ein weiteres Puzzlestück fiel klickend an seinen Platz, dann noch eins.

Plötzlich füllte sich Vinstons Kopf mit Stimmen. Espings, Jessie Andersons, Margit Dybblings und vieler anderer.

»*Der Tag der Abrechnung.*«

»*Sie war nicht besonders echt.*«

»*Das Schwein beißt zurück.*«

»*Diesen Fluch hat sie von ihrer Mutter geerbt.*«

Er blätterte noch einmal nach Daniella Modighs Instagram-Bildern. Suchte nach dem letzten, auf dem Jan-Eric mit seinem silbernen Stock herumfuchtelte, Daniella Modigh und Sofie Wram im Hintergrund miteinander flüsterten und Jessie nicht wie sie selbst aussah. Trotzdem kam ihm etwas an ihr bekannt vor.

Ein Sammelsurium bekannter Stimmen hallte durch seinen Kopf. Von Elin Sidenvall, Jan-Eric Sjöholm, Jonna Osterman.

»*Da ist jemand im Haus!*«

»*Wie es schärfer nage als Schlangenzahn …*«

»*Er muss gedacht haben, ich sei Jessie.*«

»Den Täter zu fassen ist doch wohl Ihr Job?«

Er hob die Schuhe von der Zeitung und suchte nach einem Artikel vom Vortag. Dabei ließen ihn die Stimmen nicht los. Mårtenssons, Espings und seine eigene.

»Vorbeugen ist besser als heilen.«

»… furchtbare Migräneanfälle.«

»Ihr großer Schmerz.«

»Dann haben Sie das im Blut!«

Die Stimmen wurden immer mehr von dem Niederprasseln der Puzzleteile übertönt, die nach und nach an ihren Platz fielen.

Vinston griff nach seinem Handy und wählte die Nummer eines Kollegen bei der Kriminalpolizei in Stockholm.

»Hier Vinston«, meldete er sich. »Ich möchte, dass du etwas für mich überprüfst. Es ist dringend.«

Während er auf die Antwort wartete, zog Vinston seine schmutzigen Kleider aus. Er duschte, rasierte sich sorgfältig und zog anschließend ein sauberes Hemd und einen gebügelten Anzug an.

Als er gerade fertig wurde, rief der Kollege aus Stockholm zurück und gab ihm die gewünschte Information.

»Danke«, sagte Vinston. »Das war genau das, was ich vermutet hatte.«

Eine seltsame Ruhe breitete sich in seinem Körper aus. Die Kopfschmerzen waren wie weggeblasen. Die Luft fühlte sich klar an. Nicht einmal mehr die Katze störte ihn.

Er zog seine frisch polierten Schuhe an, bevor er sich vor dem Spiegel eine Krawatte umband.

Ein doppelter Windsorknoten.

»Na, was hältst du davon?«, fragte er Pluto.

Die Katze legte den Kopf schief.

»Du hast vollkommen recht«, bekannte Vinston. »Es ist höchste Zeit, Esping anzurufen. Wir schaffen den letzten Akt nicht ohne sie.«

50

Eine gute Stunde später klingelte Vinston am Tor von Gislövs-strand.

»Ja, hallo?«, vernahm er Elin Sidenvalls Stimme.

»Hallo, hier ist Peter Vinston. Können Sie mich bitte reinlassen? Und lassen Sie das Tor offen. Es kommen noch andere Gäste.«

»Wir sind mitten in einer Besprechung ...«

»Ja, ich weiß. Aber es geht um eine dringliche polizeiliche Angelegenheit.«

Das Tor glitt langsam auf, und Vinston fuhr auf das Haus zu. Dort parkten bereits einige Fahrzeuge. Er erkannte unter anderem Niklas Modighs Tesla und Sofie Wrams grünen Land Rover. Poppes E-Jaguar stand neben einem Wagen mit dem Logo des *Cimbrishamner Tagblatts*.

Vinston richtete im Rückspiegel ein letztes Mal seine Krawatte, bevor er ausstieg.

Er öffnete die Haustür, ging durch die Eingangshalle und an der riesigen Küche vorbei. Auf dem Treppenabsatz blieb er stehen, wo er die neue Glasscheibe bemerkte. Aber das war nicht der einzige Unterschied zum letzten Mal.

Die Hakenskulptur war verschwunden, und die kalten Stahl-rohrmöbel waren durch Holzmöbel ersetzt worden, die in Kombination mit den neuen Teppichen und Bildern dem Haus einen deutlich wärmeren Anstrich verliehen. Genau wie in seinem Traum war das Wohnzimmer unter ihm voller Leute.

Außer dem Ehepaar Modigh und Sofie Wram sah er Poppe, Christina und Amanda, die jeweils ein Glas in der Hand hielten. Klas Mårtensson war auch da sowie eine Handvoll Menschen, die Vinston nicht kannte. In einer Ecke stand Jonna Osterman mit ihrem schweigsamen Kollegen, und in einer anderen befand sich der muskulöse junge Mann mit Dutt und Headset, der sich auf

Amandas Fest um die Gästeliste gekümmert hatte. Seiner todernsten Miene nach zu urteilen war er wahrscheinlich der Bodyguard, den Mårtensson zu Elins Schutz angeheuert hatte. Zwischen den Gästen lief ein Kellner herum und schenkte Champagner ein.

An einer Wand war eine Leinwand angebracht, und Elin Sidenvall schien sich mitten in einer Präsentation zu befinden.

»… deshalb haben Klas Mårtensson und ich uns entschieden, dem gesamten Projekt eine neue Marke zu verpassen«, hörte Vinston sie sagen. »Anstelle von Luxusvillen mit Eigentumsrecht planen wir eine sogenannte Time-Share-Anlage, das gleiche Konzept, das man beispielsweise in Spanien verwendet. Ein Österlen für alle anstatt für wenige Privilegierte.«

Elin schwieg kurz, damit Jonna Ostermans Kollege ein paar Aufnahmen machen konnte. Dann zeigte sie einige Diagramme und begann über die Rendite zu sprechen. Die Gäste hörten interessiert zu, während Jonna Osterman etwas in einen Notizblock kritzelte.

Vinston hörte Geräusche aus dem Eingangsbereich. Es war Esping. Sie hatte Margit Dybbling und die Sjöholms abgeholt, so wie sie es am Telefon vereinbart hatten. Hinter ihnen erschien L-G mit besorgter Miene.

»Okay«, sagte Esping leicht außer Atem. »Alle sind am Platz. Und ich habe meinen Computer dabei. Wir sind bereit!«

Vinston trat ans Treppengeländer vor.

»Entschuldigen Sie mich!«, sagte er mit fester Stimme.

Alle Blicke wandten sich ihm zu, und Elin verstummte.

»Ich bedaure, dass ich die Präsentation unterbrechen muss. Aber es sind leider ein paar Dinge zu klären.«

Er stieg die Treppe hinunter, dicht gefolgt von Esping und den anderen. Jan-Eric sah sich neugierig um.

»Ah, *the belly of the beast!*«, sagte er unnötig laut, bevor er sich vom Tablett eines Kellners ein Sektglas schnappte. »Lieber Peter Vinston. Jetzt müssen Sie aber doch erklären, worum es hier geht. Man wird schließlich nicht alle Tage in seinem eigenen Heim von

345

der Polizei abgeholt. Oder warten Sie ...« Jan-Eric Sjöholms Gesicht zeigte ein breites Lächeln. »Ah, ich glaube, ich verstehe. Sie haben alle Verdächtigen für die große Enthüllung versammelt. Genauso wie bei *Mord im Orientexpress*. Bravo, lieber Vinston! Bravo!«

Der kräftige Mann hob sein Glas, und die übrigen Gäste begannen miteinander zu tuscheln, verstummten aber wieder, als Vinston die Hand hob.

»Jan-Eric Sjöholm hat in der Tat recht. Wir sind hier, um ein Rätsel zu lösen, und wir werden es gemeinsam tun.«

»Hätte das nicht bis morgen warten können?«, unterbrach ihn Klas Mårtensson verärgert. »In etwas geordneteren Formen? L-G, was sagt du dazu?«

»Nein!«, entgegnete L-G und klang dabei überraschend entschlossen. »Das hier kann nicht warten.« Er nickte Vinston zu. »Bitte, mach ruhig weiter, Peter!«

Vinston erwiderte das Nicken und ließ den Blick durch den Raum wandern, bis er sicher war, wieder die Aufmerksamkeit aller Versammelten zu haben.

»Dieses Rätsel handelt von vielen Dingen«, sagte er. »Von starken Gefühlen, ungelösten Problemen.« Er schaute Sofie Wram an, danach Klas Mårtensson, bevor er fortfuhr: »Liebe und Hass.« Er nahm wahr, dass die Modighs unangenehm berührt waren. »Aber es geht auch um König Lear, den Sommertalk und eine freche Katze. Und nicht zuletzt – um Familienbande.«

Vinston sah, dass Amanda ihn erwartungsvoll anschaute.

»Die Geschichte beginnt damit, dass Sofie Wram auf einem wertlosen Stück Land hier in Gislövshammar sitzt. Daher kontaktiert sie ihren alten Freund, den Apfelkönig Klas Mårtensson.«

Er deutete auf Wram, dann auf Mårtensson.

»Klas kommt auf die Idee, exklusive Villen zu bauen, aber um unnötiger Aufmerksamkeit zu entgehen, brauchen sie eine Person an der Front. Jemanden, der keine Angst vor Konflikten hat. Hier betritt Jessie Anderson die Bühne. Eine Selfmade-Maklerin und

Dokusoap-Darstellerin mit Haaren auf den Zähnen. Eine perfekte Fassade. Mit ins Spiel bringt Jessie ihre zwar dauernd schikanierte, aber kompetente Assistentin.«

Elin lächelte blass, während sie an ihrer Bluse herumnestelte.

»Dank Mårtenssons Kontakten passieren die Baugenehmigung und die Befreiung vom Naturschutz alle Instanzen«, erzählt Vinston weiter. »Und das, obwohl es heftigen und lautstarken lokalen Widerstand gibt. Am lautesten von allen sind Margit Dybbling und das Ehepaar Sjöholm, die auch die nächsten Nachbarn des Bauprojektes sind.«

»Hört, hört!« Jan-Eric Sjöholm hob sein Glas, wohingegen Alfredo und Margit sehr viel weniger belustigt aussahen.

»Aber Klas, Sofie und Jessie haben den Widerstand unterschätzt. Es wurden Petitionen eingereicht, Berufung eingelegt, und die Lokalpresse schrieb kritische Artikel.«

Vinston nickte Jonna Osterman zu und erntete einen neugierigen Blick.

»Die potenziellen Kunden werden vorsichtig. Es bleiben nur noch Sofie Wram, der als Dank für den günstigen Grundstückspreis beim Kauf eines Hauses Rabatt versprochen worden war, sowie das Ehepaar Modigh. Das Projekt steht kurz vor dem Konkurs. Aber da tritt Klas Mårtensson auf, der über eine zypriotische Firma mehr Geld ins Projekt pumpt und dadurch seine bereits vorhandenen und höchst anonymen Anteile deutlich erhöht.«

Klas Mårtensson bemühte sich um eine unbeteiligte Miene.

»Danach folgt ein Geniestreich«, fuhr Vinston fort, dem langsam warm wurde. »Jessie Anderson schnappt dem Dorfverein die Hakenskulptur vor der Nase weg und verspricht, sie dem Ort zu schenken. Dieses Unterfangen bringt ihr massenhaft positive Publicity, die öffentliche Meinung ändert sich, und es melden sich wieder Käufer. Zugleich stehen Margit Dybbling und die Sjöholms in ihrem Kampf immer isolierter da. Aber sie haben einen Verbündeten, einen anonymen Schreiber im *Cimbrishamner Tagblatt*, der sich Nicolovius nennt und böse, aber treffende Leserbriefe über das Projekt verfasst.«

Vinston gab Esping, die ihren Laptop am Beamer angeschlossen hatte, ein Zeichen.

»Am Abend des 17. Mai passiert hier draußen etwas. Ein Vandale setzt den Abfallcontainer in Brand und besprüht Jessies Wagen.«

Esping ließ den Mitschnitt der Überwachungskamera laufen. Die dunkel gekleidete Person mit Sturmhaube kam zwischen den Autos angeschlichen.

Von den Zuhörern war ein leises Raunen zu hören. Esping hielt den Film an und vergrößerte das Bild mit dem Lichtreflex.

»Der Missetäter ist –«, sagte Vinston langsam, »genau wie meine Kollegin Tove Esping so verdienstvoll herausgefunden hat – Margit Dybbling. Man kann Ihre Brille unter der Maske erkennen.« Die letzten Worte waren direkt an die alte Dame gerichtet.

Das Raunen nahm zu. Margit Dybbling sah zu Boden.

»Ich glaube, dass Sie beim ersten Mal auf eigene Faust agierten«, sprach Vinston weiter. »Sie kamen vom Strand her, zündeten den Container an, beschmierten den Wagen und schlichen auf demselben Weg wieder davon. Aber Sie konnten die Sache nicht für sich behalten. Sie mussten Jan-Eric und Alfredo davon erzählen. Als Sie dann hörten, dass das Projekt nicht wie erhofft zusammen mit Jessie gestorben war, beschlossen Sie, noch einmal zuzuschlagen. Diesmal drangen Sie von Sjöholms Grundstück aus durch das Loch unter dem Zaun ein und nahmen zurück ebenfalls diesen Weg. Esping sah Sie kurz im Fenster des Gästehauses.«

Esping richtete sich auf, als L-G ihr einen anerkennenden Blick zuwarf.

»War es dann auch Margit, die Jessie getötet hat?«, fuhr Vinston fort.

»Absolut nicht!«, protestierte Jan-Eric. »Margit würde keiner Fliege etwas zuleide tun. Sie hat lediglich kundgetan, wie wenig wir dieses verfluchte Projekt mögen. Nicht wahr, Margit?«

»Wir kommen später darauf zurück«, sagte Vinston, bevor Margit reagieren konnte. »Denn es gibt zuerst noch eine andere Sache, die wir klären müssen. Wissen Sie, Jan-Eric, der Grund, warum Margit Ihnen von ihren Taten erzählte, ja vielleicht sogar die Ursache, warum sie sie überhaupt beging, ist, dass sie Sie für Nicolovius hält.«

»Wie bitte!«, rief der Schauspieler aus. »Keineswegs. Das habe ich doch bereits erklärt.«

»Wir haben eine Sprachanalyse der Leserbriefe durchgeführt«, sagte Esping. »Es gibt an mehreren Stellen Zitate aus Shakespeares ›König Lear‹.«

»Das stimmt«, bekräftigte Vinston. »Auf den ersten Blick scheint Jan-Eric Sjöholm genau zu passen. Aber tatsächlich spricht er die Wahrheit. Er ist nicht derjenige, der die Leserbriefe verfasst hat. Nicolovius ist in Wahrheit eine falsche Fährte, der Schreiber hat mit den Morden nichts zu tun, er hatte nur Pech mit dem Timing bei manchen seiner Formulierungen.« Vinston wechselte einen Blick mit Jonna Osterman. »Allerdings hat der Mörder Nicolovius in dem Versuch benutzt, die Polizei zu täuschen.«

»Wer *ist* denn der Mörder?«, wollte Jonna Osterman ungeduldig wissen.

»Wir kommen noch dazu.«

»Gerne heute noch«, brummte Esping, gerade so laut, dass Vinston es hören konnte.

Aber Vinston hatte es nicht eilig. Er machte eine Kunstpause und genoss den Moment.

»Nun gut«, sagte er schließlich. »Wir sind jetzt am Tag des Mordes. Frau Wram, Sie sind die erste Besucherin im Haus.« Er wendete sich an die Pferdezüchterin. »Jessie weiß plötzlich nichts mehr davon, dass sie Ihnen ein Haus zu einem günstigeren Preis versprochen hatte. Sie beide streiten, und dann ziehen Sie sich aus allem zurück, was genau das ist, was Jessie geplant hatte, denn sie hat andere Käufer mit tieferen Taschen. Nicht wahr, Frau Sidenvall?«

Elin sah beschämt aus.

»Ich habe versucht, Jessie davon abzubringen. Es tut mir leid, Sofie.«

Sofie verzog verbittert das Gesicht.

»Anschließend aßen Sie, Elin, und Jessie zu Mittag und hörten den ersten Teil des Sommertalks«, führte Vinston weiter aus. »Sie stritten sich, und Jessie schickte Sie los, um mehr Champagner zu holen. In der Tür auf dem Weg nach draußen begegneten Ihnen Niklas und Daniella Modigh, die gerade kamen. Die beiden beschrieben Sie als verweint und aufgewühlt.«

Sowohl Elin als auch die Modighs nickten.

»Modighs bekamen ihre Führung, danach fuhr Daniella mit ihrem Wagen weg. Sie, Daniella, verabscheuten Jessie Anderson und wollten nicht mehr Zeit mit ihr verbringen als nötig. Andererseits hatten Sie schon eine Anzahlung geleistet, und Sie hatten in den sozialen Medien über das Projekt geschrieben, deshalb mussten Sie im Prinzip bei der Besichtigung anwesend sein.«

Daniellas Miene war ausdruckslos.

»Als Daniella gefahren war, gingen Sie, Niklas, zurück, um mit Jessie zu sprechen. Sie versuchten ihr zu verstehen zu geben, dass Ihre Affäre beendet war und Sie versuchten, Ihre Ehe zu retten.«

Wieder ging ein Gemurmel durch die Anwesenden. Niklas Modigh sah seine Frau an, deren Augen leer blickten.

»Ich habe Jessie nicht angerührt!«, sagte Niklas. »Sie hat mich ausgelacht und mich quasi aus dem Haus geschmissen, aber ich habe sie nicht angerührt.«

Vinston hob die Hand, und Esping wechselte zum zweiten Mitschnitt der Überwachungskamera.

»Auf diesem Ausschnitt sehen wir den Schatten des Mörders. Er wurde, nur eine Minute bevor ich selbst am Tor klingelte und von Jessie hereingelassen wurde, aufgenommen. Wir konnten uns lange nicht erklären, wie es der Mörder in dieser kurzen Zeit geschafft haben sollte, ins Haus zu kommen, Jessie vom Treppenabsatz zu stoßen und ungesehen wieder zu verschwinden.«

Vinston machte eine Pause.

»Aber es sollte sich zeigen, dass das Vorhaben des Mörders keineswegs unbemerkt geblieben war. Denn drüben in der Baubaracke saß Fredrik Urdal, der seinen Wagen unten am Strand geparkt hatte. Er nutzte die Tatsache aus, dass die Alarmanlage ausgeschaltet war, um einige teure Motherboards zu stehlen. Fredrik war von Jessie gefeuert worden und sah die Boards als eine Art Trostpflaster an. Aber während er in der Baracke war, entdeckte er den Mörder. In dem Moment begriff er noch nicht, was er sah, erst als die Zeitungen über den Mord schrieben, zählte er eins und eins zusammen und traf eine idiotische Entscheidung. Statt zur Polizei zu gehen, verlangte er Schweigegeld. Der Mörder vereinbarte ein Treffen mit ihm in der Hütte, in der er gerade arbeitete, wo es ihm irgendwie gelang, Fredrik außer Gefecht zu setzen. Dann benutzte der Täter ein Verlängerungskabel, um es wie einen Unfall aussehen zu lassen. Esping hat das herausgefunden und im See bei der Hütte das Kabel gefunden.«

Vinston zeigte auf Esping, die wieder ganz zufrieden dreinschaute.

»Und dann sind wir bei gestern Abend. Der Mörder bricht in Elin Sidenvalls Haus ein, durchsucht das Büro und versucht, sich mit einer Axt Zutritt zu ihr zu verschaffen, nachdem sich Elin im Bad versteckt hat.«

Alle Blicke richteten sich auf Elin Sidenvall, die verkniffen nickte. Klas Mårtensson tätschelte ihr vorsichtig die Schulter.

»Aber Elin ist trotzdem stark genug, heute herzukommen und diese Veranstaltung abzuhalten. Sie hat den Immobilienmarkt im Blut, nicht wahr, Herr Mårtensson?«

»Worauf wollen Sie hinaus, Vinston?«, brummte Mårtensson. »Wir haben nicht den ganzen Tag Zeit.«

»Ja, wie gesagt, konnten wir uns nicht erklären, wie der Mörder in so kurzer Zeit ins Musterhaus hineinkommen und wieder verschwinden konnte. Wenn Pluto nicht gewesen wäre, wäre ich nicht darauf gekommen.«

»Pluto?«, fragte Jan-Eric, der offenbar fand, er hätte lange genug geschwiegen.

»Eine Katze«, entgegnete Vinston. »Ein ungebetener Gast, der ständig in mein Ferienhaus kam. Gestern fand ich sie wie gewöhnlich auf meinem Bett. Ich jagte sie davon und schloss hinterher jede erdenkliche Öffnung im Haus. Aber als ich heute Morgen aus dem Krankenhaus zurückkam, war das Katzenvieh trotzdem wieder drinnen.«

Vinston machte eine Pause, um den Moment in die Länge zu ziehen.

»Ich konnte das nicht verstehen. Ich war mir ganz sicher, dass ich jede Möglichkeit, ins Haus zu kommen, versperrt hatte. Und das hatte ich auch wirklich. Verstehen Sie …«

»Pluto war nie draußen!«, rief Amanda. »Du hast sie versehentlich drinnen eingesperrt. Deswegen war sie heute Morgen so durstig. Und musste aufs Klo.«

Vinston verzog den Mund zu einem Lächeln.

»Ganz genau, Amanda. Und das Gleiche gilt für unseren Mörder. Wir waren völlig darauf fokussiert, wie der Mörder hinein- und wieder herausgekommen sein konnte, aber in Wirklichkeit hat die Person das Grundstück nie verlassen. Oder …?«

»Oh, jetzt kommt die Auflösung«, seufzte Jan-Eric genüsslich.

51

O der ... Elin?«, sagte Vinston und wandte sich an Elin Sidenvall. »Sie sind die Katze in dieser Geschichte. Sie haben Jessie Anderson und auch Fredrik Urdal getötet.«

Elin war rot geworden und fuchtelte aufgeregt mit den Händen
herum.

»Wie können Sie so etwas glauben! Ich habe Jessie geliebt. Und
außerdem sieht man auf der Kamera, wie ich wegfahre. Und dass
ich erst wieder ins Haus gekommen bin, als Sie schon da waren.«

»Richtig«, mischte sich Klas Mårtensson ein und legte den
Arm um Elin. »Und außerdem hat jemand heute Nacht versucht,
sie umzubringen. Haben Sie das bereits vergessen, Vinston? Diesen Unsinn brauchen wir uns nicht anzuhören.« Er tippte sich an
die Stirn. »Sie müssen sich ordentlich den Kopf gestoßen haben ...«

»Onkel Klas«, sagte Esping spitz. »Kannst du bitte die Klappe
halten, damit Vinston zu Ende sprechen kann?«

Klas Mårtensson schloss beleidigt den Mund.

»Ich glaube, dass es folgendermaßen ablief, Elin«, fuhr Vinston
fort.

»Sie und Jessie haben sich beim Mittagessen gestritten, aber
nicht wegen einer Champagnerflasche, sondern wegen etwas sehr
viel Ernsterem. Der Streit endete damit, dass Jessie Sie feuerte.
Deshalb kamen Sie den Modighs so aufgelöst vor, als sie Sie trafen,
denn das waren Sie auch. Sie stiegen in Ihren Wagen, wie man es
auf der Überwachungskamera sieht.«

Esping zeigte den Videoausschnitt, auf dem Elin in ihrem kleinen grauen Golf zwischen den beiden Autos der Modighs zurück-
setzte und verschwand.

»Dann fuhren Sie zum Tor, wodurch sich dieses öffnete, was
vom Sicherheitssystem registriert wurde. Aber während Sie dort

standen und darauf warteten, dass das Tor aufging, kam Ihnen ein anderer Gedanke. Sie dachten nicht daran, sich von Jessie einfach so rausschmeißen zu lassen. Sich von ihr abweisen zu lassen. Schon wieder.«

Bei den letzten Worten zuckte es an Elins einem Auge.

»Anstatt also durch das Tor hinauszufahren, fuhren Sie mit Ihrem Wagen um die Baubaracke herum, wo Sie außer Sichtweite von Haus und Kamera landeten. Sie saßen da und gingen die Lage noch einmal durch, während Jessie die Modighs herumführte. Die Besichtigung dauerte ungefähr eine halbe Stunde, Sie hatten also ausreichend Zeit zu planen, was Sie als Nächstes tun würden. Als erst Daniella und dann Niklas Modigh das Grundstück verlassen hatten, schlichen Sie sich durch die Hintertür wieder hinein. Oben in der Küche stellten Sie Jessie zur Rede. Vielleicht hatten Sie nicht vorgehabt, sie zu stoßen, aber im Eifer des Gefechts war es jedenfalls das, was Sie taten. Und Jessie fiel über das provisorische Geländer und landete direkt auf ihrem eigenen Haken.«

Vinston holte tief Luft. Im Raum war es mucksmäuschenstill geworden. Das einzige Geräusch, das man hörte, war Jonna Ostermans Stift, der über ihren Notizblock kratzte.

»Was sollten Sie tun?«, fragte Vinston sanft. »Entweder die Polizei anrufen und gestehen oder versuchen, alles wie einen Unfall aussehen zu lassen und das zu vollenden, womit Sie im letzten Jahr begonnen hatten, nämlich Jessies Leben zu Ihrem zu machen.«

Das Zucken an Elins Auge nahm zu. Ihre Gesichtsfarbe war von Rot zu Weiß übergegangen.

»Sie wussten, dass Christina und ich gleich auftauchen würden, also holten Sie eine Flasche Champagner aus dem Kühlschrank, nahmen Jessies Handy an sich und liefen durch die Hintertür zurück zum Auto. In dem Moment fängt die Kamera Ihren Schatten ein, nicht auf dem Weg hinein, wie wir dachten, sondern auf dem Weg nach draußen. Sie setzen sich mit Jessies Handy ins Auto, und als ich am Tor klingle, antworten Sie und geben sich für Jessie aus. Genau wie das eine Mal, als Niklas Modigh Sie mit Jessie verwechselte, dachte ich, ich würde mit ihr sprechen, da Ihre Stimmen sich ziemlich ähnlich sind. Außerdem öffneten Sie das Tor von Jessies Handy aus, sodass das Sicherheitssystem die Aktivität registrierte und damit bewies, dass Jessie noch lebte. Dabei war sie bereits seit einer Viertelstunde tot.«

Vinston machte einen Schritt zurück, bevor er weitersprach.

»Über die Überwachungskamera in der App konnten Sie sehen, wann wir ins Haus gingen, und alles, was Sie dann tun mussten, war, das Tor noch einmal zu öffnen, diesmal von ihrem eigenen Handy aus, um Ihre Rückkehr zu faken. Danach fuhren Sie mit dem Auto wieder vor und parkten an der gleichen Stelle wie vorher. Dann kamen Sie angerannt, die Champagnerflasche deutlich sichtbar in der Hand, sodass Sie von der Kamera erfasst wurden. Zum Schluss blieb noch die letzte Vorstellung: Sie zeigten sich schwer schockiert, ließen die Champagnerflasche fallen, und während Christina und ich von dem Glas abgelenkt waren, legten Sie Jessies Handy zurück auf die Küchenarbeitsfläche, wo Esping es anschließend fand.«

Vinston schaute Elin Sidenvall an, die keine Miene verzog.

»Was Sie nicht wussten«, sagte er dann, »war, dass Urdal sich in der Baubaracke versteckt hatte und Sie sah. Urdal versuchte daraufhin, Sie zu erpressen, sodass Sie gezwungen waren, ihn zum Schweigen zu bringen.«

»Aber der Einbruch gestern«, protestierte Klas Mårtensson. »Der Mörder, der versucht hat, sich Zutritt zu verschaffen, um sie zu töten?«

»Radiotheater«, sagte Esping. »Elin wollte früher einmal Schauspielerin werden, und diese Vorstellung war wirklich geschickt ausgeführt. Tatsächlich fing sie bereits vor ein paar Tagen an.«

Vinston nickte und ergänzte:

»Sie, Elin, waren es, die den Zettel mit dem Nicolovius-Zitat in meine Zeitung gesteckt hat, um uns zu verwirren. Als wir nicht glaubten, dass Fredrik Urdals Tod ein Unfall war, zeigten Sie mir, dass Sie auch solch einen Zettel bekommen hatten, und ich zog automatisch den Schluss, dass jemand Sie bedrohte. Was sagte Jessie doch gleich in ihrem Sommerinterview? *Wenn die Kunden nicht mögen, was man ihnen zeigt, lenke ihre Aufmerksamkeit auf etwas anderes.* Genau das haben Sie getan. Sie brachten uns dazu zu glauben, Sie seien in Gefahr, und als Sie mitten in der Nacht anriefen und Angst um Ihr Leben zu haben schienen, sind wir direkt darauf hereingefallen. Sie hatten vorher alles vorbereitet. Die zerbrochene Scheibe, die Schäden an der Tür. Alles, was Sie tun mussten, war, Theater zu spielen und das Gespräch in den richtigen Momenten zu unterbrechen. Als Sie unsere Autoscheinwerfer sahen, warfen Sie die Axt aufs Garagendach und schlossen sich im Badezimmer ein. Der Schrei, bevor wir die Treppe hochrannten, war das i-Tüpfelchen auf dem Ganzen.«

Im Haus war es vollkommen still. Alle Blicke waren auf Elin gerichtet.

»Aber warum?«, fragte Klas Mårtensson, der offensichtlich noch nicht überzeugt war. »Tötet man wirklich jemanden, nur weil man rausgeworfen wurde?«

»Oh, das ist nicht der Grund«, entgegnete Vinston. »In Wahrheit hat Jan-Eric das Motiv kürzlich schon erklärt. Oder besser gesagt, König Lear. *Wie es schädlicher nage als Schlangenzahn, ein undankbares Kind zu haben.*«

Bei den Worten zuckte Elin Sidenvall zusammen.

»Die Information fand sich in den Ermittlungsakten, genauer gesagt im Obduktionsbericht, aber wir haben sie übersehen«, erklärte Vinston. »Jessies Becken zeigte Spuren einer Symphysiolyse.«

»Eine Beckeninstabilität?«, fragte Christina verwundert. »Dann muss sie ein Kind bekommen haben.«

»Richtig! Jessie wurde schwanger, da war sie erst siebzehn«, sagte Vinston. »Ihre streng religiöse Familie erlaubte ihr nicht, abzutreiben. Kurz nach der Geburt wurde Jessie volljährig, zog nach Stockholm und dann weiter in die USA. Das Kind wurde von der

Familie Sidenvall adoptiert, die schon zwei Söhne hatte, aber sehr gern noch eine Tochter wollte.«

Wieder wurde unter den Gästen getuschelt. Elins Augen verdunkelten sich.

Vinston wandte sich an sie:

»Ist es nicht interessant, wie leicht man im Nachhinein Ähnlichkeiten entdeckt? Jessie Anderson hatte sich die Haare blond gefärbt und eine Reihe von Schönheitsoperationen durchführen lassen. Aber aus manchen Blickwinkeln, vor allem, wenn sie die Fassung verlor, wie beim Streit mit Jan-Eric Sjöholm, sah man die Verwandtschaft doch. Außerdem haben Sie Jessies Migräne geerbt, so wie sie selbst sie von ihrer Mutter hatte.«

Er hielt kurz inne. Im Raum herrschte angespannte Stille. Elin wich Vinstons Blick aus.

»Vorhin habe ich mit Ihren Adoptiveltern gesprochen«, fuhr Vinston dann fort. »Sie erzählten, dass Sie immer davon besessen gewesen seien zu erfahren, wer Ihre biologische Mutter war. Und vor ein paar Jahren hätten Sie sie gefunden. Und Sie schrieben ihr einen Brief, ohne eine Antwort zu erhalten.«

Elins Gesicht verzog sich zu einer verbitterten Grimasse.

»Ich vermute, dass Sie daraufhin den Plan fassten, sich Jessie anonym zu nähern. Dass Sie sich langsam in ihr Leben schleichen wollten, bis sie unentbehrlich und geliebt wären und es wagen könnten, Ihre wahre Identität zu lüften. Und ich denke, dass Sie genau das getan haben, als sie gemeinsam den Sommertalk hörten. Vielleicht nach der Stelle, wo Jessie ihre Kinderlosigkeit bedauerte? Eine perfekte Gelegenheit für ein tränenreiches Happy End. Sie erzählten ihr, dass Sie in Wahrheit ihre Tochter seien, dass sie überhaupt nicht kinderlos sei.«

Vinston schüttelte langsam den Kopf.

»Aber leider hatten Sie eine viel zu hohe Meinung von Jessie. Anstatt überglücklich zu sein, schmiss sie Sie raus, beschimpfte Sie vielleicht sogar als Stalkerin und Psychopathin. Sie wies Sie ein zweites Mal ab.«

Elins Blick war schwarz geworden. Ihre bittere Miene verzerrte sich noch mehr.

»Im Auto beschlossen Sie, Jessie eine letzte Chance zu geben, nachdem die Modighs gefahren waren. Sie kehrten zum Haus zurück, um ihr begreiflich zu machen, dass Sie ihre Liebe wollten. Ein Teil ihres Lebens sein wollten. Aber manche Menschen sind einfach nicht fähig zu lieben. Und vielleicht war Jessie einer von denen. Also stießen Sie sie über den Rand. Denn wenn Sie schon nicht in ihr Leben gelassen wurden, konnten Sie zumindest das Zweitbeste tun. Es übernehmen. Sie wechselten die Frisur, den Kleiderstil, begannen, Jessies Auto zu fahren und in Jessies Bett zu schlafen. Aber zugleich war Ihnen klar, dass wir Ihnen auf die Schliche kommen könnten und Sie etwas tun mussten, um ein für alle Mal Ihre Unschuld zu beweisen. Deshalb veranstalteten Sie diese kleine Scharade gestern. Und tatsächlich hätten Sie damit wohl Erfolg gehabt, wenn diese Katze nicht gewesen wäre.«

Vinston beendete seine Ausführung und posierte mit ernstem Gesicht, als der Fotograf des *Cimbrishamner Tagblatts* ein paar Bilder schoss.

Elin Sidenvall kramte in ihrer Handtasche nach einem Taschentuch, so dachte Vinston zumindest. Aber stattdessen zog sie einen Gegenstand heraus, der Ähnlichkeit mit einem Rasierapparat hatte. Vorne standen zwei Spitzen ab, und als Elin auf einen Knopf drückte, entstand zwischen ihnen mit einem elektrischen Knistern eine blaue Flamme.

Das Raunen unter den Anwesenden klang diesmal ängstlich.

»Zur Seite!« Elin wedelte verzweifelt mit der Waffe. Klas Mårtensson und die Personen, die ihr am nächsten standen, machten ein paar Schritte zurück. Daniella Modigh stieß einen Entsetzensschrei aus. Der Fotograf knipste ein Bild nach dem anderen, sodass sein Blitzlicht auf Hochtouren lief.

»Weg hier. Keine Fotos!« Elin bewegte sich auf die Hintertür zu.

Die übrigen Gäste wichen erschrocken zur Seite, nur Vinston blieb stehen.

»Diesen Elektroschocker haben Sie benutzt, um Fredrik Urdal bewusstlos zu machen, richtig? Er stammt aus der Kiste mit den Selbstverteidigungswaffen, die Jessie nach dem Brandanschlag in den USA bestellt hat.«

»Gehen Sie weg, sonst bekommen Sie auch was davon ab«, zischte sie.

»Sie können nirgendwohin, Elin«, sagte Vinston ruhig. »Denken Sie doch nach!«

»Aus dem Weg!«

Elin machte mit dem Elektroschocker einen Ausfallschritt Richtung Vinston und hätte ihn beinahe getroffen.

»Vinston«, sagte Esping. »Ich denke, Sie sollten Elin in Ruhe gehen lassen.«

Vinston sah sie fragend an.

»Tun Sie einfach, was ich sage«, erklärte sie überraschend ruhig.

Vinston machte einen Schritt zur Seite, und Elin bedachte ihn mit einem hasserfüllten Blick, bevor sie an ihm vorbeilief und durch die Hintertür verschwand. Vinston wollte ihr sofort hinterherrennen, aber Esping hielt ihn am Arm fest.

»Warten Sie!« Sie streckte einen Finger in die Luft, als würde sie auf etwas horchen.

Nach wenigen Sekunden war von draußen ein gellender Schrei zu hören. Danach ein Schlag.

Esping griff nach dem Funkgerät, das sie in der Jackentasche trug.

»Alles in Ordnung da draußen, Svensk?«, fragte sie.

»Alles okay, wir haben sie festgenommen.«

Esping lächelte zufrieden.

»Ich habe mir schon gedacht, dass Elin nicht einfach aufgeben würde. Sie ist immerhin Jessies Tochter und tough genug, es mit einem arroganten Hünen wie Urdal aufzunehmen. Deshalb habe ich sicherheitshalber Svensk und Öhlander draußen im Garten postiert. Tüchtige Kerle, wenn man ihnen nicht allzu schwierige Aufgaben überträgt. Sind wir hier jetzt eigentlich fertig, oder war noch was?«

Vinston schüttelte den Kopf.

»Nein, das ist das Ende der Geschichte«, sagte er.

EPILOG

Die Sonne strahlte von einem hellblauen Sommerhimmel herab. Sie saßen im Garten von Felicias Kaffeehaus auf zwei Bänken an einem Tisch unter einem gestreiften Sonnenschirm. Amanda, Christina und Poppe auf der einen Seite, Vinston, Esping und L-G auf der anderen.

»Und, was passiert jetzt mit den anderen?«, wollte Amanda wissen. »Mit Margit Dybbling und den Sjöholms?«

»Margit Dybbling wird wegen Sachbeschädigung angeklagt«, erwiderte L-G. »Aber in Anbetracht ihres Alters bleibt es sicher bei einer Bewährungsstrafe. Das Gleiche gilt für die Sjöholms, wenn der Staatsanwalt sie überhaupt wegen Mittäterschaft anklagt.«

»Jan-Eric wäre bestimmt sehr enttäuscht, wenn es zu keiner Anklage käme«, spottete Esping. »Bad Boy mit über siebzig, und dazu noch Zeuge in einem Mordfall. Das ist doch garantiert eine Eintrittskarte in jede Talkshow, ganz zu schweigen vom nächsten Sommertalk.«

Über den Kommentar mussten alle Anwesenden lachen.

»Ein extragroßer Cappuccino für Sie, Vinston«, sagte Felicia, die mit einem Tablett an den Tisch gekommen war. »Nach den vielen Artikeln im *Cimbrishamner Tagblatt* sind Sie jetzt eine lokale Berühmtheit. Und so nett wie Jonna Osterman sich über Sie äußert, könnte man fast meinen, dass Sie ihr heimlicher Schwarm sind.«

»Aber ich bin immer noch kein Stammgast.«

Vinston zeigte auf Bob, der im Schatten lag und ihn wie immer ignorierte.

»Du musst Geduld haben, Papa. Du bist doch erst seit etwa einer Woche hier«, sagte Amanda.

»Und du solltest vielleicht üben, nicht sofort nach deiner Fusselrolle zu greifen, sobald ein Tier in die Nähe kommt«, fügte Christina hinzu, was zu erneutem Gelächter führte.

Seltsamerweise störte es Vinston aber nicht, dass sich die anderen über ihn lustig machten. Im Gegenteil.

»So, lieber Vinston, und wie groß soll die Tasse Tee sein, die Tove bekommt?« Felicia zog fragend die Augenbrauen hoch.

»Die größte, die Sie haben«, sagte Vinston. »Wenn Esping Margit nicht auf dem Video identifiziert und das Elektrokabel im See gefunden hätte, hätten *wir* den Fall nicht gelöst.«

Felicia hob die Augenbrauen noch ein Stück, als wäre sie mit der Antwort nicht ganz zufrieden.

»Und außerdem hat sie noch eine Reihe anderer Qualitäten«, fügte Vinston hinzu, wobei er und Esping es vermieden, einander anzuschauen.

»Das brauchen Sie mir nicht zu erzählen.« Felicia setzte sich neben Esping und küsste sie auf die Wange.

»Aber ich habe mich im Mörder geirrt«, gab Esping zu und errötete leicht.

»Dieses Mal, ja. Aber Sie werden noch andere Gelegenheiten bekommen«, antwortete Vinston.

»Ach, das passiert sicher nicht. Ich meine, wie groß ist schon die Wahrscheinlichkeit, dass in Österlen mehr als ein Mord stattfindet?«

»Tja«, sagte Vinston. »Man weiß ja nie.«

Als sein Handy klingelte, entschuldigte er sich und entfernte sich rasch außer Hörweite.

»Hallo, hier ist Doktor Tegnér vom Karolinska.«

»Hallo!«, erwiderte Vinston viel zu munter. Sein Herz pochte plötzlich heftig.

»Also …« Der Arzt räusperte sich. »Es tut mir wirklich leid, dass es so lange gedauert hat. Ferienzeit, Sie wissen schon. Jetzt haben wir Ihre Ergebnisse jedenfalls …«

Vinston hörte das Rascheln von Papier. Sein Herz klopfte laut, sein Mund war trocken. Jetzt würde das Urteil über ihn gefällt werden.

»All Ihre Werte sind ganz normal«, sagte Tegnér. »Die einzige

Erklärung, die ich für Ihre Schwindelanfälle finden kann, ist Stress. Ich verlängere Ihre Krankschreibung daher um vier Wochen, und dann vereinbaren wir einen neuen Termin. Was halten Sie davon?«

Vinston verspürte eine Welle der Erleichterung, und er musste sich zusammenreißen, um eine vernünftige Antwort zu geben.

»Dann bleibt es dabei«, beendete der Arzt das Gespräch. »Ruhen Sie sich gründlich aus. Schönen Sommer noch!«

Vinston blieb mit dem Handy in der Sonne stehen und grinste vor sich hin. Ihm fiel ein Stein vom Herzen, und der Tag fühlte sich auf einmal noch viel besser an.

Er verspürte den plötzlichen Wunsch, Jonna Osterman anzurufen und sie auf einen Drink einzuladen. Aber bevor er seinen Plan umsetzen konnte, kam Poppe langsam über die Wiese auf ihn zu geschlendert.

»Können wir ein paar Worte wechseln, Peter? Ganz unter uns?«, fragte er leise.

Vinston ahnte bereits, was kommen würde.

»Selbstverständlich.«

Poppe sah sich über die Schulter um, als wolle er sich vergewissern, dass niemand von den anderen zuhörte.

»Es gibt etwas, was ich dir sagen muss. Etwas, das mit dem Fall zu tun hat.«

»Du meinst, dass du Nicolovius bist?«

»Woher weißt du das …?« Poppes Gesicht war ein einziges Fragezeichen.

»Das Schwein«, sagte Vinston. »Esping fand mehrere Shakespeare-Zitate in Nicolovius' Texten. Das roch schon von Weitem nach Jan-Eric. Aber im letzten Brief fand sich der Ausdruck *Das Schwein beißt zurück*. Das ist ein Terminus aus dem Kartenspiel Kille oder Cambio. Christina zufolge deine neueste Passion. Deshalb wolltest du alleine mit mir in der Bibliothek sprechen, richtig? Du wolltest herausfinden, ob Nicolovius, das heißt, du selbst, im Verdacht stand, in den Mord verwickelt zu sein.«

Poppe nickte verlegen.

»Ich hatte wirklich nichts mit der Sache zu tun«, versicherte er. »Ich liebe Gislövshammar und fand das ganze Projekt fürchterlich. Ich konnte bloß nicht laut protestieren, weil Sofie Wram eine gute Freundin ist. Aber ich hatte das Gefühl, etwas tun zu müssen. Deswegen habe ich Nicolovius erfunden. Ich hätte gleich die Wahrheit sagen sollen, sowohl dir als auch Christina.«

»Tja.« Vinston zuckte mit den Achseln. »Wir machen alle unsere Fehler. Das Wichtige ist wohl, dass wir sie nicht wiederholen.« Er warf einen Blick zu Amanda hinüber.

»Wirst du es Christina sagen?«, fragte Poppe.

Vinston schüttelte den Kopf. »Das überlasse ich gerne dir.«

Als sie zu den anderen zurückkamen, lag ein großes Paket auf dem Tisch.

»Von der Polizei Simrishamn«, erklärte L-G. »Als kleines Dankeschön für deine Hilfe.«

»Das ist doch wohl kein Honig?«, fragte Vinston.

»Nein, aber die Fuhre, die du bestellt hast, ist in meinem Wagen. Dieses Geschenk war Toves Idee. Sie hat gesagt, dass du das dringend gebrauchen kannst.«

»Aha, was kann das wohl sein?«

Vinston riss das Papier auf.

»Ein Paar Gummistiefel«, stellte er belustigt fest.

»Für den Fall, dass Sie noch weitere Abenteuer mit mir bestehen müssen«, sagte Esping mit einem breiten Lächeln. »Denn wie Sie selbst gesagt haben: Man weiß ja nie …«

Sie blieben noch lange zusammen sitzen und genossen sowohl den Kaffee als auch die Gesellschaft. Aus einem Radio irgendwoher war Musik zu hören, und ein lauer Südwind versprach einen langen, heißen Sommer. Hoch über ihnen schwebten zwei Milane am Österlen'schen Himmel.

SOMMERNACHTSTOD

Ein Kind verschwindet. Ein Dorf schweigt. Jahre später kehrt die Therapeutin Vera Lindh in ihren Heimatort zurück. Ein neuer Patient hat ihr eine beunruhigende Geschichte über einen verschwundenen Jungen erzählt, und sie hofft, endlich zu erfahren, was ihrem Bruder damals zugestoßen ist. Doch nicht allen im Dorf gefallen ihre hartnäckigen Fragen …

SPÄTSOMMERMORD

Eigentlich will Anna Vesper als neue Polizeichefin im beschaulichen Nedanås vor allem einer persönlichen Tragödie entfliehen. Doch als ein Mord geschieht, der offenbar mit einem seit Jahrzehnten ungeklärten Todesfall zusammenhängt, muss Anna ermitteln. Was sie herausfindet, ist ebenso erschütternd wie gefährlich für ihr eigenes Leben …

DROEMER ⊛

WINTERFEUERNACHT

Auf dem traditionellen Luciafest gerät die junge Laura mit ihrer besten Freundin Iben in Streit. Am Ende des Abends brennt der Festsaal lichterloh. Iben stirbt in den Flammen.

Erst dreißig Jahre später kehrt Laura in das Dorf zurück. Sie weiß, dass sie sich endlich der Vergangenheit stellen muss: Was ist in jener Nacht wirklich geschehen?

BLUTEICHE

In der Walpurgisnacht 1986 wird in einem Schlosswald nahe dem Dorf Tornaby ein Mädchen getötet. Alles deutet auf einen Ritualmord hin. Als über dreißig Jahre später die Ärztin Thea Lind in das Schloss einzieht, entdeckt sie ein vergilbtes Foto. Es zeigt eine Gruppe Jugendlicher, die sich um das tote Mädchen schart. Thea kennt sie alle …